常評事集·常評事寫情集

外三種

山右歷史文化研究院 編

上海古籍出版社

圖書在版編目(CIP)數據

常評事集·常評事寫情集：外三種／山右歷史文化研究院編．—上海：上海古籍出版社，2016.12
(山右叢書．初編)
ISBN 978-7-5325-8300-3

Ⅰ.①常… Ⅱ.①山… Ⅲ.①古典詩歌—作品集—中國—明清時代 Ⅳ.①I222.74

中國版本圖書館CIP數據核字(2016)第274690號

常評事集·常評事寫情集(外三種)
山右歷史文化研究院 編
上海世紀出版股份有限公司
上 海 古 籍 出 版 社 出版
(上海瑞金二路272號 郵政編碼200020)
(1) 網址：www.guji.com.cn
(2) E-mail：guji1@guji.com.cn
(3) 易文網網址：www.ewen.co
上海世紀出版股份有限公司發行中心發行經銷 上海中華商務聯合印刷有限公司印刷
開本700×1000 1/16 印張47.75 插頁5 字數556,000
2016年12月第1版 2016年12月第1次印刷
印數：1—400
ISBN 978-7-5325-8300-3

I·3127 定價：128.00元

目　録

常評事集
常評事寫情集

〔明〕常倫　撰

李正民　點校

常評事集卷二

常評事集卷三

常評事集卷四

常評事寫情集卷一

常評事寫情集卷二

自課堂集

〔清〕程康莊　撰

李雪梅　點校

詩餘

詩選

松龕全集

〔清〕徐繼畬 撰
孫晉浩 馬斗全 點校

奏疏卷下

文集卷一

文集卷二

文集卷三

文集卷四

詩集卷上

詩集卷下

兩漢幽并凉三州今地考略附漢志沿邊十郡考略

王石和文

〔清〕王珻　撰

傅惠成　點校

王石和文卷一

王石和文卷二

王石和文卷三

王石和文卷四

王石和文卷五

王石和文卷六

王石和文卷七

王石和文卷八

王石和文卷九

常評事集
常評事寫情集

〔明〕常倫　撰

李正民　點校

點校説明

常倫（1492—1526），字明卿，號樓居子，山西沁水縣人。明正德六年（1511）進士，除大理寺評事。恃才無忌，遭讒，謫壽州判官。又忤上官，遂棄官歸里。有司起復，遷知寧羌州，不赴。放情山水，流連聲伎，以詩酒自娱。詩學李、杜，文學子長，又善書畫，尤工散曲，自度新聲。因酒酣馳馬渡水，馬驚，墜亡。著有《常評事集》四卷、《常評事寫情集》二卷、《校正字法》一編。《寫情集》爲散曲集，成就較高。

常倫的散曲多嘆世樂閑之作，在勘破世情、隱居樂道的詞句後面，不時透露出對官場黑暗、人情險惡的不滿。李昌集《中國古代散曲史》將常倫定位爲明中葉北派散曲代表作家之一，稱其散曲“任真放逸，獨領風騷。其風格豪雄恣肆，亦有清逸朗麗者”。錢謙益《列朝詩集》之常倫小傳稱其散曲“悲壯艷麗。其吊淮陰侯詩，中原豪俠至今猶傳之”。

明嘉靖七年（1528），王溱、南大吉刻印《常評事集》四卷，《常評寫情集》二卷，其中《常評事集》收詩175首，賦4篇，贊、銘、傳、引、雜著各1篇。前有嘉靖七年南大吉序及總目録，后附祭文、墓誌銘及無名氏跋。《常評事寫情集》收散曲200餘首，后附佚名之跋文。《山右叢書初編》收入此集。今據《山右叢書初編》本（簡稱“《山右》本”）標點，以王溱刻本（簡稱“王本”）爲校本。凡原本之錯字及異文、闕文、衍文、倒文，均出校記。疑莫能明處則出注。

常評事集序

夫物有至壽而不朽焉者，其道乎！文者，道之華也；道不朽，故文亦不朽。是故道者天地之始、羣物之祖也。天地其闔闢乎？羣物其生死乎？而道則常運而不息。是故海水之爲漚也有聚散，而海唯悠悠焉爾矣。故曰："晝夜者，生死之道也。"是故人受天命之中以生也，其道同。唯夫氣之萃也有清濁，物之蔽也有淺深，譬如水之清而穢諸塗，譬如鏡之明而蝕諸垢。聖人者，洞然而至清，廓然而至明，與道爲一者也。故其文與日月明、與天地并焉。衆之去聖雖殊也，苟反於道，則其歸也一而已矣。是故伊、傅、顏、孟之徒奮乎千世之上，而神采精英至今燁然其弗滅也。唯夫人生也弗知夫同、蔽也弗知夫反，是故剛柔判、善惡出矣。剛善者氣多豪邁，柔善者氣多肅雍，而惡者始相遠也。是故其氣豪者其志慷以慨，故其詞多洋洋焉；其氣邁者其志壯以烈，故其詞多洸洸焉；其氣肅者其志狷以介，故其詞多泠泠焉；其氣雍者其志冲以紆，故其詞多渢渢焉。夫此類也，視聖人之文弗如也，然皆可以麗世而垂耀不朽也已矣。是故晉産如常樓居子者，彼所謂豪邁之士也。是故其幼也達，能文而好古。其出而爲評事也，方在弱冠，而獨超然俯視一世。故其所爲鬱若層宮、殷若神鐘而莫可窺也，是故賈讒。樓居子則乃託意用酒，既又放形洞靈之墟以自浼焉。故其所爲穆若玄穹、洞若幽壑而莫可窮也，是故徵毁。樓居子則又就移壽判，禦寇而報期捐軀。故其所爲奮若震霆、矯若翔龍而莫可攀也，是故取娼。樓居子則又歸卧榼山之陽，養晦以自適焉。故其所爲蕩若鈞天、悠若雲門而莫可挹也，是故起憐。樓居則又飀飀如也、囂囂如也。得年才三十又四，而乃又遽爾已矣。噫！天何奪我樓居子之速也？孔子曰：“四十五十而無聞焉，斯亦不足畏也已。”夫以樓居子之才而又方在壯年，使其不死，反身而求道以蹈焉，則其所就，當繼六經而傳也，奚翅凌〔一〕《騷》駕《選》已乎？噫！天何奪我樓居子之速也？樓居子既没之三年，會稽太守南瑞泉子者北遊，而南放於平陽。太守王玉溪子者遅而與之遊，乃出所收樓居子之集而示之。瑞泉子覽而歎曰：“惜哉！其可悼也已矣哉！吾不復見樓居子清廟遺音、黄鐘積響，猶幸得見是集焉，則是亦可傳也。”於是校而歸之玉溪子。玉溪子乃遂刻之，而樓居子之没也始不朽矣。

樓居子名倫，字明卿，沁人；玉溪子名溱，字公濟，開人；瑞泉子名大吉，字元善，渭人。三子者同舉辛未進士。而瑞泉子之與樓居子者友也，又自夫齠幼者也。玉溪子初亦爲沁水令，故知樓居子者莫二子若也。使其不死，豈止是邪！孔子曰：“朝聞道，夕死可矣。”嗚呼！其真可惜也，其真可悼也已矣！瑞泉子曰：“予校樓居子詩，得古詩四言三首、五言二十首、七言十又九首，律詩五言十又四首、七言十又一首，排律五言七首，絶句五言十又二首、七言十又五首，凡百又二首。夫所謂“樓居”者，託“仙人好樓居”之意以自況也。故集中有《仙人好樓居》篇。樓居子之出也，初爲大理評事，故曰《常評事集》云。

嘉靖戊子夏六月癸亥瑞泉南大吉撰，新安後學羅文瑞書。

校勘記

〔一〕“凌”，原作“淩”，王溱刻本（以下簡稱“王本”）作“淩”。

常評事集卷一

賦

丹賦擬荀卿體

有物於此，産於北坎，交於南離。耆可少艾，朽可神奇；無父無母，先天而生；非日非月，焕赫其明。乾坤不能包其大，鬼神無以測其靈；爲道之祖，亙萬古而莫能名。凡愚蠢蠢，窅然無覺，就正聖師，願聞崖略。曰：此夫浩浩廣博，不擇人者與？神而有信，静藴真者與？先死而後生者與？得類而同征者與？潛伏而竢時者與？日暮途遠，倒行而逆施者與？息以爲祖，天以爲師；日以爲符，月以爲期。動赤歛黄，藉玄爲基；其甘若醴，其滑若脂。一獲永獲，龍師雲馳。百昌莫殫，請歸之丹。

石樓賦有序

夫石樓，吾邑之名山，脈自大行，沁寔經焉。我大司徒李公取以自稱。倫無似，雅辱國士之眷，故不揣蕪劣，爰造兹賦，雖詞乏〔一〕精典，少致仰止之私云。其辭曰：

維太行之盤紆兮，矻雄鎮乎西州。胡厥脈之遐衍兮，鍾兹山曰石樓。鞠巆崵兮散嶔巇，岊峉兮巍𡺃。層巒疊岑兮天巧而神奇，冠星辰兮蟠地絡。仰捫九關兮，俛睇乎雲霓之承蹻。峰隱翔易兮，壑積邃古之冰霫。雪谷幽邃而窈窕兮，峎嶜嶄嚴以骫折。扶桑左顧兮，迴右盼乎流沙。眺崑崙而指弱水兮，紛奇觀之亡〔二〕涯。厥壤沃而砠潤兮，密〔三〕茂委以夥木；松桂巃嵸兮，椒蘭樸樕。奇鳥異獸兮紛紛疾疾，巢林薄而遊岩麓。環沁流之泱泱兮，順趣乎溟海之遥也。時漲川而宓汨兮，勢軋乎廣陵之潮也。迺有碩人降兮，后皇是輔；重華作兮，夔龍踵武。伊尼阜之效靈兮，岳降自天。兹邇覽而逖逖聽兮，吾始乃徵其洵然。進作忠以事君兮，達哉恬〔四〕默乎功成。橋斯欒以高卧兮，履坦坦兮怡情。荃弭節于峻高兮，被草木以寵榮名。與名之亡極兮，於何幸兮山靈。於是稱歌曰：鞠彼南山，疇與行兮；仁者樂之，名孔揚兮。威鳳歛翮，千仞岡〔五〕兮；山中叢桂，暫尚羊兮。魏闕延佇，詎可忘兮；歸來，蒼生望兮。

别懷賦送内弟還京

耿中宵而不寐兮，眷携手而不釋。何予身之獨留兮，羌鶩駕而遠適。嗟天時之憭慄。清白露下〔六〕。且霖雨之淫淫兮，山擁塞兮煙霧。慨文豹之深伏兮，反想夫龍魚之蟄藏。忍遊子之長徂兮，衢周逖兮莄將雨霜。憶異時之全盛兮荃在抱，余弱冠結二姓之婚媾兮，萃衣冠兮華館。曾歲月之幾何兮，予抱釁而離尤。賴后皇之明聖兮，賤臣得予告兮西州。遂携女姊而來歸兮，汨乎六載之淹留。痛予考之不諱兮，佇迢迢兮我外舅。背予大父之丘墳兮，鴒原曾不得以歡覯。顧吾生之菲薄兮，世已矣夫焉求。疇能訣絶于骨肉兮，罔念夫狐死之首丘。徵前郤之藩羝兮，遵偭戒乎垂堂。女鶌鷯之卑栖兮，曳泥黿之倘羊。矚飛鴻之冥冥兮，惆飲餞而罄觴。淚縱横以沾臆兮，恨别促而晤長。氣紆軫而誰語兮，子真舍我而翱翔？感秋蓬之轉薄兮，追嬋媛兮春華。攬雲軒以彳亍兮，聊飲泣而作歌。歌曰：山川留滯春徂秋，子復棄我疇娱憂。道路阻脩日月驟，離别何其色重覯。保體千金行善〔七〕。予中野庶來復。

下叶音户。莄，古天字。

筆山賦時年十六歲

山形甌，石色碏；驅神兵，加斧鑿。儼乎大鏡之開，凜乎寒玉之削。雄一邑以崔嵬，鎮三晉而橐籥。極萬仞之盤旋，聳五峯之立卓。疑天上之飛仙，遺袖中之筆閣。以夭草爲潁毛，化硯池爲溝壑。石立人形，崖崩虎攫；怪怪奇奇，磊磊落落。東則沁河浩蕩，山環其中；萬頃一碧，泛緑浮紅；波摇明月，浪拍長空。可登兮可釣，可浴兮可風。一瀉千里，莫竟其窮。南則小山玉立，狀若崑崗；黄沙崖半，翠栢成叢；乾坤秀氣，造化神工。肩武夷兮丹山碧水，分太行兮怪石危峯。若紀計之有盡，雖九章而無功。於是自西而望，則雲林縹緲，有山翕然；煙霞出没，光景連綿。藤鎖樵人之路，花迷仙子之嵒。鄙楚山兮六六，妬巫峽兮三三。自北而眺，則山名鳳凰。一參一差，一弛一張。集岐山之瑞，來沁水之陽；異兩石之分立，若一刃之所傷。玩斯山也，則浩浩乎若憑虛御風，而不知其身之幾許；飃飃乎謝塵羽化，而不覺其心之徜徉〔八〕也。

客有自西方而來者，舉以告先生。先生曰："噫吁嘻！此吾志也，試爲子言之。粤彼晉陽，實予之鄉。山塵雨趣，天之一方。胡馬依風，丹葵向陽。故嘗知外之不足貴，抑亦思本之不可忘。第欲早尋乎青山之郭，將以晚搆乎緑野之堂。聽子言之是是，使我心而皇皇。"客乃俯而歎曰："於戲！物華兮天寶，人傑兮地靈。惟山川之秀，乃豪俊之鍾。蓋聞筆山之所由美，因究筆製之所由興。故夫太極抱真，造化藴藉；神機之破，鬼物之泣；雲漢昭回，日星分汲：此天地之所以爲筆也。鳳鳥有感，麟獸就殛；隻字衮褒，片言斧抑；羣后臧否，天王黜陟：此《春秋》之所以爲筆也。雷奔電歷，霜懸露滴；兔盡南山，鴻飛西適；出入有神，迅速無覓：此學士之所以爲筆也。實該事工，褒當貶的；一夫所言，萬世所適；正人直書，絶惡如敵：此史氏之所以爲筆也。今先生名著於海宇，望隆於公卿；筆端霜擁，筆陣風生；吐胸中之錦繡，燦筆下之崢嶸；驅海淘兮硯滴，焕星斗兮文明；固將以經綸之大手，寫天下之太平。而晉之山名爲筆者，又奚足以爲先生之經營哉！雖然，蕭齋始號，古以别名；後之因之，是則是憑。或趣夫山水，或扁夫軒亭。脱姓字以專美，與詩人而結盟。緣小子之何識，惟先生其自評。與其千里之徒慕，孰若一號之稱情。慨筆山兮何幸，共人琴兮俱清。”

乃歌曰：“沁之水兮筆山，仰高風兮難攀。挹先生之清兮，與斯山而班班。”先生亦起而歌曰：“筆之山兮沁之淵，身清流兮心高於顛。予之號兮子之宣，良有得兮我心之同然。”客喜而笑，相爲飲樂。月落尊空，客去卒醻。先生援筆而書，拂琴而操，蓋有得於高山流水之調也。

樂府二十一首

上之回

上之回，雷震鼓。電揚旂，八駿舞。雙龍飛人間，曾不足徘徊。更欲鑄鼎擬軒后，脱屣妻子，乘彼白雲歸。

銅雀伎

慘慘西陵望，悠悠夜壑深。繐帷朝夕奏，陵樹鬱成林。薄質非曩顧，悲歌徒至今。别有承歡者，椒蘭異寸心。

烏棲曲

斑騅摇轡嘶春風，腰環玉重錦繡重。青樓倡女露嬌面，高調鳴箏冀郎盼。鏡臺尚繞脂粉香，雲鬟初試金鳳凰。含羞凝眉〔九〕耐催促，欲前不前影華燭。烏□烏棲楊柳煙，曲房夜宴金屏前。笑脱寶簪叩箏柱，聊且聽郎歌《玉樹》。

善哉行

龍不易章，鳳不更彩。玉抱堅貞，磨而不敗。丈夫處世，行行虎步。時止則止，復何回顧？知機其神，猶豫禍大。伍甘逆旅，李嗟税駕。高高商山，中多紫芝。卓哉黄綺，允矣吾師。

放　歌

櫪下閒龍驤，匣中繡〔一〇〕寶刀。魚服大羽箭，多半蝕皂鵰。拂塵命徒侶，長嘯出東郊。猛虎不再顧，秋水有潛蛟。時哉勿重陳，臨風焚六韜。

東飛伯勞歌

春來飛燕秋歸鴻，巫雲楚雨行相從。誰家艷色絶代人，鮮粧袨服照東鄰。珠簾繡户藏春粧，玉臺寶鏡對花光。可憐年可十四五，嬌慧由來解歌舞。風前花落溝水流，空餘窈窕誰可求？

陌上桑

日景城頭花，轉照羅敷家。羅敷晨起粧，青鏡盤雙鴉。錦衣被明月，寶鬟輝晴霞。娥娥行採桑，盈盈步淺沙。傾筐時顧盼，唐棣無顔華。邂逅逢五馬，譃誕期同車。兩兩看鴛鴦，各各在水涯。使君亦智者，賤妾豈倡家！

放歌行二〔一一〕首

道路周旋凡幾日，石榴花發垂朱實。娥眉之月俄下弦，梧桐一葉颺風前。不謂懷人悲落木，秖緣撫景惜芳年。芳年去去東流水，無情日月雙丸駛。幽蘭叢桂旦夕芳，去燕來鴻迅如矢。悠悠轉覺行路難，紛紛未見眼前是。有身不願留塵凡，性癖海濤山岳峙。胡爲人羡人復憐，丈夫自有制命權。所貴我身壽天地，寵辱豈值浮雲烟。無須遠遊窮八極，歸謝時人返自然。

其　二

我久絶塵緣，塵緣與我絶。自視六合交，眇然胡與越。乘閒即縱醉，不識富與貴。富貴良悠悠，得失非我愁。我愁道未遂，不得凌滄洲。滄洲何緲茫，玉城十二樓。世人妄謂蜃氣之所結，不知實在扶梁之東頭。鳳麟如雞犬，金玉輝丹丘。鼓煉玄黄激水火，但見日月往來於方圓之際無停休。昔聞團土作愚人，作愚人，我輩稍慧，或是分萬一於天真。不然少小混濁世，如何便能汲汲求隱淪。隱淪之人乘紫雲。乘紫雲，非有神，神蓋童子輝簡册，《黄庭》自解生氤氳。

當窗織

當窗玉手織流黄，一日才成半匹强。千絲萬絲那可數，斷斷續續儂心苦。

采蓮曲三首

素月開歌扇，紅渠艶舞衣。隔江聞笑語，隱隱棹歌歸。

其　二

棹發千花動，風傳一水香。傍人持并蒂，含笑打鴛鴦。

其　三

沼月并舟還，荷花隘江水。笑擘菡萏開，小小新蓮子。

述别四首

晤對樂居人，浮客促歸思。曉月斂未光，僕夫儼相遲。遠送越郊坰，願言不遐棄。故歡雖莫追，新賞或可冀。一解

可冀還伊何，維駒南山陽。托宿蓬萊闕，飲餞聊盡觴。叢桂迥見招，幽蘭不可忘。曜靈俄西隱，秉燭仍彷徨。二解

彷徨歡未極，戒車已在門。時哉不我假，東轡倏朝暾。旦夕復再易，婉孌意彌敦。濡滯長鶩駕，款傾中曲言。三解

款言止林丘，驪歌終别促。眷眷情不忍，戚戚分平陸。仰矚浮雲翔，背飛雙鴻鵠。行矣加餐飯，惠音佇金玉。四解

結客少年塲

結客多少年，鞍馬何翩翩！馳過邯鄲娼，夾坐唱鳴弦。needs醉一然喏，劍挺起當筵。壯士行何避，輕齎入幽薊。斷彼讐者頭，漆之爲飲器。生當持報君，死當爲鬼厲。

大堤曲

襄陽女兒十五餘，耳後雙懸明月珠。日暮放歌堤上去，春風習習動羅襦。

仙人好樓居篇

蓬萊何所有？曄曄多靈芝。金銀爲樓觀，海氣欲差池。玉堦鏤起鳳，寶柱刻盤螭。明月交綺疏，白榆馳四逵。下載〔一二〕神鰲首，上拂扶桑枝。枝間兩燭龍，照耀黄金墀。中有神化翁，綽約好容姿。橐籥鼓大塊，元氣由噓吹。逍遥先浩劫，來去方無涯。

妾簿命

已矣復已矣，奈何當奈何！妾身自薄命，忍賦《戾孱歌》？

四言古詩四首

乘馬三章餞秦侯

乘馬既馭，僕夫啓途。之子何之？駕言西徂。

衣冠濟濟，飲餞於郊。林初出日，侯兮逍遥。

青蠅白璧，實隱我心。侯行自保，遲子好音。

畫　馬

吁嗟瘦骨，曾馳千里。識道尚能，君胡棄爾。

樂　字

月白風清，天高地闊。浩浩中立，云胡不樂？

四日龍興寺作

勞勞行役，徂江之東。我憂炎熱，慰此南風。嗟嗟旻天，密雲不雨。今此黔首，命懸稷黍。愧無神術，叱彼轟雷。鞭笞蟄龍，江海摧頹。八荒普澤，年盡大有。後天下樂，陶然縱酒。

校勘記

〔一〕“乏”，原作“之”，據王本改。

〔二〕“亡”，原作“已”，據王本改。

〔三〕“密”，《山右》本空缺，據王本補。

〔四〕“恬”，《山右》本作“括”，據王本改。

〔五〕“罔”，《山右》本作“罔”，據王本改。

〔六〕“清白露下”之下，《山右》本及王本皆另起一行。

〔七〕"行善"之下,《山右》本及王本皆有闕字。
〔八〕"佯",原作"祥",據王本改。
〔九〕"眉",王本作"媚"。
〔一〇〕"繡",王本同,疑當作"銹"。
〔一一〕原本無"二"字,據王本增。
〔一二〕"載",原作"戴",據王本改。

常評事集卷二

五言古詩四十首

怨　情

金屋貯阿嬌，掖庭非寵顧。賂金愧顔色，持扇悲紈素。徒使濃華歇，坐惜芳時度。繡帶緩春愁，玉屏隱朝霧。在昔妬嬋娟，妾身豈永慕？所嗟按圖人，多爲圖者誤。

望山有懷故居

羈步局重城，流觀狹四野。高高見西山，鄉愁冀傾瀉。天際望不極，延佇聊瀟灑。落葉歸故根，山雲滿楸檟。無情尚有適，何以慰離者？

閨　情

長空粲明月，河外澄清光。摇摇片雲間，嘒星耀薇芒。羽蟲啼日夕，炎熱爲飈商。清閨不能寐，攬衣起閒房。羈雌號林木，徘徊聲正傷。蘭蕙被階除，諒美非時芳。離居不可致，離思復難忘。憂來可奈何，獨掩羅衣裳。

東樓偶然作

雅好逐萬物，近覺寸心慵。卧起重樓上，窗牖俯喬松。白雲變日夕，南山蒼翠重。寒泉垂縞練，高鳥度空明。景閲春秋變，氣受天地清。翹首觀大象，低首覽幽經。

飲酒二首

仙人重樓上，笑盡瓊巵酒。片月忽飛來，皎皎當窗牖。月明酒復甘，酣歌不釋手。

其　二〔一〕

興長嗟漏短，倏忽天將明。北斗看漸眇，隣雞亦既鳴。今日如昨日，念之心平營〔二〕。百年去安極，消息此虧盈。聖喆尚休否，人世更衰榮。庶幾竹林下，可以稱達生。

王侍御公濟過沁水言别

鄉縣吏人喧，候騎揚鞭急。鬱陶結歲時，遅君欣佇立。望望日欲晡，鼓吹滿城入。共歡明月圓，詎知零露濕？别鶴送凄琴，羇愁且復及。

秋夜懷王公濟

月麗西南隅，涼颸動綺疏。蜻蛚聲何繁，唧唧響堦除。螢火度閒房，嗚鴻眇太虚。起坐詠北風，揮琴意有餘。所懷獨不見，秋氣悲何如！

客行篇寄山中所知

客行千里道，塵土緇裳衣。鬱鬱胡不樂？思欲復西歸。逝者如斯夫，朝露待日晞。人生一世間，乃與願相違。黄鵠舉何迥，鷦鷯棲何卑！撫劍獨嗟叱，臨歧浩徘徊。因風寄黄綺，管晏非所希。

宿太行寄憶馬仲房

盤紆太行道，行行衝北風。伏馬疲日暮，息徒莽蒼中。之子倏異域，晤言疇與同。展側不能寐，撫劍臨前楹。明月望霄漢，四衢羅列星。咄彼參與商，使我心冲冲。

大風

勢急過崇朝，聲殷起初曙。五岳欲東頹，萬水逆西注。皇矣漢祖詞，雄哉楚臣賦。所願列子游，飄飄返天路。

大醉後題大雲寺閣柱上

謝公昔高卧，挾妓東山遊。豈榮黄閣貴，不顧蒼生憂？簪綬聊暫出，江漢乃安流。國器良有待，局促非吾儔。

杜工部

少陵本曠達，神秀鍾華峯。兵戈蹈巴蜀，白首悲固窮。緬彼周漢還，誰爲百世雄？茫茫延六季，綺麗紛雕蟲。尚友良卓然，一掃鉛華空。曠哉走巨鼇，皓若攀游龍。長懷阻今昔，寢寤揖高風。

李翰林

白也稱楚狂，長嘯隘八極。吐論識仙才，浩歌知酒德。藉藉陰何間，逸駕時凌逼。召用嗟未幾，風塵遂長謫。寂寞彭咸居，千載爲惻惻。徒傳驅巨鯨，幽渺詎可測！

風雨留樊莊四叔家縱筆

駿馬青連錢，拂拭錦鞍韉。夜飲黄河曲，朝登太行巔。道逢玉童子，袖出“洞靈”篇。卻馬留岩室，從兹千萬年。

冬初風雨在韓王村作

玄霧翳天宇，層岩秘陽精。風巢多棲鳥，冥鴻無停征。澄波下木葉，虚除寒雨零。零雨非潤物，北風凄以肅。志士感歲時，豈伊嗟桂玉。短褐被山阿，兀然抱幽獨。幽獨將何如？在昔多窮居。雞鳴起冥海，取樂於琴書。歲晏亦已矣，懷春緒有餘。

寓　言

萬物静自化，天地初不知。玄液入五内，融滑若流脂。殘者返〔三〕少艾，腐朽爲神奇。未須鞭八駿，目睫即瑤池。

東樓偶然作又三首

自古賢達人，恒言傷暮齒。妙理無窮門，似是非精詣。一息冥至道，譬諸一日死。誰能爲此言，吾師關尹子。

其　二

東園桃李樹，芽核緣相生。春華始夭艷，秋葉倏凋零。上士體微妙，超然神欲行。有生即有盡，常道自溟溟。

其　三

狂士偶坐忘，童子爲焚香。寂照滿天地，不覺松風凉。劃然見明月，長嘯歸岩房。閑留日月住，且獨與相羊。

述情上大司徒李公

微軀何薄劣，弱冠侍清朝。爲郎非所好，移病歸東皐。自愜終焉計，七見發夭桃。風塵屢澒洞，琴酒餘逍遥。欣遇日月新，不辭郡國勞。職司期死報，富貴非所要。時命乃大繆，釁讐夙自招。縱鱗趨下流，鎩翮投蓬蒿。幸親謝太傅，東山時見招。過垂國士顧，期我以雲霄。在昔嗜玄典，先民仰清高。長公一仕漢，巢父獨辭堯。心事倘遂白，丹壑嬉以遨。

飲　酒

狂酲困旬日，不敢開微涓。攬鏡忽自笑，何以慰當年？冉冉歲雲暮，谷風行歸旋。四序寒喧變，百年陵谷遷。

悵今甘碌碌，懷古傷漫漫。賢哉天魯國，醒者沉荆淵。達矣荷鍤翁，死生不入心。當杯燭宜秉，無爲負新懽。

寓詠四首

幽居觀物理，遠取有餘情。鑒瑩明月滿，香結鮮雲生。曲池雙桂樹，烏棲夜夜聲。

其　二

末季安夭折，籛鏗特永年。有盡皆大夢，茫茫誰後先？乃知延命術，未足升雲天。

其　三

靈藥隱異名，玄文秘微旨。經傳函關駕，書授圯橋履。張華徒博物，倚相虚讀史。

其　四

世人嗜黄白，傾家求至真。萬失冀一得，欲富速長貧。詎知懷玉者，披褐遠風塵。

送何邦瑞之京

獨與故人别，不任故鄉情。秋山望無盡，繞樹秋蟬鳴。酒酣脱寶劍，贈子願□行。横琴聊寫興，别鶴調淒清。

答李仲南

翩翩李公子，琪樹臨風前。過我羅雀巷，惠我《伐木篇》。慰我支離人，勉以東西緣。疲驥不任策，冥鴻謝驚弦。止止每自足，數數欲誰妍？茂陵慚小技，海岳憶真仙。因君感神宇，吐意寄言筌。

懷古蹟三首

達人良有托，下士紛相猜。二豪昔大笑，於今安在哉？君看醒酒處，萬古一高臺。

其　二

中散性嗜煆，風流絶世塵。雖稱《養生論》，未解鞭羊真。向生凄賦地，重過亦傷神。

其　三

漢祖揮長劍，時清歌《大風》。業垂兩都盛，雄驅萬世功。啓亂非朝夕，山陽嗟爾公。

夜　酌

爍爍雲中光，悠悠下歸壑。旅雁亦何哀？高枝喧暮雀。長夜殊未央，旨酒聊自酌。適意非獻酧，飃飃良獨樂。嘉時難屢得，懽戚已如昨。瞻彼桃李蹊，豈伊猋始籜。時蟄慕龍蛇，求伸羞尺蠖。長嗟不滿百，所須千歲藥。咄哉形獨留，長勤竟焉托？念我宿昔居，雲霞望冥莫。歸來姑射山，仙人長綽約。

遊仙二章寄外舅滕洗馬先生

巍巍太清上，梵炁千萬重。金闕榜大赤，中居鶴髮翁。文始扇其側，談道啓鴻濛。厥初立大塊，治土仰空青。水火幻二物，萬古旋其中。玄化浸相長，綿綿用無窮。縣此詔來裔，皎然開羣蒙。

其　二

梅生育仙骨，葛子達靈篇。在昔高上人，接躅蹈神仙。榮翁歌帶索，萬世稱名賢。我生免貧賤，况富犬馬年。脱略依山阿，亦惟欣永延。時哉難再得，行矣復何言！

司馬文園

長卿詞賦雄，蛟龍潛江涘。滌器不足慙，題橋聊自矢。遊梁竟蕭索，賦漢何華綺！駟駕酬夙言，驅弩〔四〕良亦侈。晚節淪茂陵，移病老桑梓。徒聞身後書，登封太山壘。

陳思王

思王冠鄴下，本自不世才。婉孌逞柔翰，渾落千人開。時名籍朱邸，高風傾雀臺。連璧豈相下，入室生羣猜。曳泥幸自戢，圭桐已再裁。嗟嗟箕與豆，千古爲悲哀。

陶彭澤

陶令冲散徒，由來達人胄。雅德浮潛輝，流譽邁時秀。代謝占斯須，出處乃邂逅。塵俗眩紛華，王謝遍簪綬。沉酒非湎淫，税駕聊自守。矯世著醇樸，丹裏良可覯。

奉壽大司徒李公

巍巍泰華峙，淵淵溟渤深。開闢鍾元氣，造化寧無心？唯公天所挺，飃飃塵中仙。功成在寰宇，身退乃山川。山川來谷風，高會開東閣。恍離叔卿車，宛下浮丘鶴。壯猷仰笑言，周旋瞻矍鑠。君子綏福履，昔聞詩人篇。如海之不竭，如岳之不騫。帝典詢黃髮，赤舄一朝還。

山居懷王公濟

夏山滴蒼翠，樓閣俯芳林。白雲開遠眺，玄典慰幽心。素琴時在御，濁酒時自斟。持此足自樂，恨不同所欽。仰顧西飛鳥，情馳金玉音。

鞦韆詞

輝輝粉黛粧，盈盈鏡奩影。結束媚芳春，顧盼惜流景。佳遊選樂方，馳情暢幽境。雲際構重榱，花間飛并綆。舉袂蕩輕颸，揮汗浹華領。側矣道傍觀，危哉聊見逞。

校勘記

〔一〕“其二”，原本無此二字，據王本增。

〔二〕“平沓”，疑當作“屏沓”。

〔三〕“返”，原作“近”，據王本改。

〔四〕“弩”，王本同。疑當作“駑”。

常評事集卷三

七言古詩十八首

萱竹圖

籊龍含露滴秋花，霜錢著草封丹砂。寒[一]雲流光北堂曉，蜀銅開月孤鸞老。修蛾凝黛閲千年，誓移海水轉青山。帝命雲章授神媪，機分織女呈天巧。天龍日下吟芝田，海上仙期拾瑤草。

長安大賈行

長安大賈舊屠酤，金多甲第開通衢。花迎步障百餘里，猶能施錦屋椒塗。芙蓉照耀金屏紆，鳳凰不動垂流蘇。就中妖艷多名姝，鮮粧袨服世所無。步摇宛轉青氍毹，如意不避紅珊瑚。曲房清夢馳九烏[二]，華燈夜雨聞歡娱。有時爲具開珍厨，門前雜遝飛龍駒。趙琴高張蜀弦舒，玉盤次第來駝酥。當筵氣岸左右呼，綵衣奔走蒼頭奴。酒酣羅列咨啖哺，撫兒指僕談江湖。自矜百萬輸兩都，五侯七貴同樗蒱，縫掖之子何區區！

陳氏山莊送吴子還澤

經旬何倏忽，懽樂苦不足。寒風催斜暉，匹馬送將歸。青絲載酒青山頭，茅堂歌舞醉離憂。山下水流去無盡，此情與子共悠悠。酌白酒，烹黄鷄，人生樂事苦不齊。與君大笑且盡醉，醉後分馳任馬蹄。

寄吴子

前時乘匹馬，送子青山下。昨暮剖雙魚，得君尺素書。三復恍如見顔色，置之枕中常卷舒。憶昔提携縱行樂，座裹仙人多綽約。歌聲直上巫山雲，舞態迴迴緱嶺鶴。長醉詎知日月移，大歡量擬江湖闊。人生樂事不可長，相思寒律轉青陽。即愁門前五柳樹，青青日夕攪離腸。

醉時行

黄鶴棄我去，於今二十年。尚憶風露夕，飲啄下芝田。謫來人世不得返，日飛月轉時相煎。欲隱金馬門，薄俗憎高賢。草衣藜杖謝諸吏，珠宫貝闕期羣仙。吾兄夙夕有仙骨，骨肉與我爲世緣。即欲攝景淩青烟，待君獻策承明前，拂衣携手長飅然。

徐魏二生歌

昨日高會今病酲〔三〕，猶憶臨觴如建瓴。徐子雅遊固相契，魏生傾蓋遺忘形。笑言已覺白日速，鳴弦秉燭喧紅亭。豈獨喝月使倒行，欲瀉銀漢來金瓶。吁嗟乎！昨日之樂如夢中，安得車馬常相從。

思歸吟

朝思歸兮白日長，暮思歸兮夜未央，悠哉悠哉我心傷。

謝王公濟貽書苑歌

故人握中和氏璧，慨然授我不少惜。嗚呼古道久茫昧，神物隨化無真迹！覃思畫前眇今古，耽玩枕中忘旦夕。乃知三十年前非，去日茫茫嗟面壁。連日誦君詩，低頭服君書。不信尋舊染，試較今何如？陶冶有法度，何况泣鬼雨粟元氣俱。邇來落魄百不耐，尚抱二癖猶爾爲。青春歸來山川麗，白日宛轉窗牖遲。紫雲久割端溪妙，素毫盡獵中山姿。感君忍負千年望，閉門且矢十年規。

夜望行

月出高城偶翹首，飛烏三匝啼城柳。黄姑織女限河梁，南望箕星北看斗。男兒墮地當自强，時來賈販亦侯王。羽毛棄擲眼前事，胡爲鬱鬱令心傷？

去歲行

去歲偶來游燕趙，不謂留滯長安道。半年館穀乃寄人，自笑謀身何草草！買舟復作壽春行，南北相望雲浩渺。千里遨遊類轉蓬，百年悠悠不自保。古稱沉憂令人老，攬鏡似覺容枯槁。男兒三十亦不小，浩歌歸去誰云早！

硯莊行送葉子良器之東昌

開元以前數名硯，天下獨有端溪石。歙硯傳自葉氏莊，曠古神光啓幽僻。南唐硯官開諸山，呵叱山靈不敢惜。至今片石重南金，琬琰珪璋珍几席。葉氏之澤宜衍長，百世果鍾尚書郎。少年揺筆登省堂，籍籍海宇稱文章。即今出守股肱郡，虎符丹轂生輝光。君不見荆璧稱無價，卞和聲亦揚。硯兮硯兮名益彰，名與名兮其無疆。

敬亭行奉贈張中丞公

東南有山何盤紆，千里雄鎮吴楚都。下盤地絡摩天樞，渾茫直與元氣俱。雲霞之間走龍虎，長江淼淼看杯盂。丹丘日夜琅玕長，松樞石洞多幽爽。白龍黄鶴紛下來，仙翁羽客時常往。靈異豈直方外居，高標屢中詞人賞。每愛康樂來遊篇，李白長吟絶可憐。遠遊往往托夢寐，一聞公名神爽然。得非山靈默有待，榮被草木光雲烟。君不見，謝傅一爲蒼生起，東山之勝今猶傳。我公庸業時仰止，流芳奚啻萬斯年！

書孫秀才箑

世人笑荆璞，卞和能刖足。仲尼志當時，楚狂歌鳳衰。丈夫寄懷各有托，傍人未必能知之。吾聞海外有丹丘，中藏五城十二樓。行將脱屣棄妻子，一劍凌霄恣遠遊。

憶昔行

憶昔十六汝鄧游，朱顔黔鬢紫雲裘。馬馳千里射百中，左右鞬服雙吴鈎。傲岸不爲物所屈，舂陵雅節非吾儔。座中食客日常滿，浩歌擊筑喧高樓。腐儒舉蹈促規矩，而我聞之還掉頭。北游携策於明主，遂沐深恩侍冕旒。壯心感激圖死報，欲請長纓分北憂。詎意漢廷薄少年，蒼蠅貝錦紛相讐。飈然移病茂陵下，種瓜樹柏營荒丘。袁謝歸來樂閭里，鬪雞走馬同沉浮。出亦非我榮，處亦非我愁。翟公門巷任羅雀，海客忘機隨狎鷗。囊中曠世長生術，來雲亦欲凌滄洲。吴門長醉漢天子，眼前飛議何啾啾！

真卿帖歌有序

是帖得自亡友張主事鵬程，久失之矣。近屬治裝，偶獲於帙中。撫迹興懷，能不惻然乎！因係之歌，兼寄劉侍御。

故人遺我書一帙，緘之三年字不滅。荒原宿草復經春，人世悲懽成永訣。治裝明日余西歸，散帙糾紛驚在掇。滿堂决背來凄風，展玩徒令心惙惙。長罹兵火魯公書，大字欹殘多斷碣。草書獨此細作行，遒勁鈎連三過折。昔藏不啻百黄金，重襲於今惜顔色。故愛長留席上珍，重情誰迺山陽血。眼中之人何寥寥，嗚呼慟逝兼傷别！

驄馬行

我家櫪上青海驄，據鞍八尺行步工。追風躡影鳥翻覆，誰其匹者江之龍。憶昔淮南討兇寇，數萬義兵操甲胄。當時驍騎如雲屯，營中獨見爾馳驟。我昔與爾同生死，奚忍見爾在泥滓？吁嗟舉世誰孫陽，陰霾接天房星藏。

城邊行贈蔡典史震

蒙恬營秦塞，蘇建城朔方。各開千里嶮，遺利不可忘。遠屏匈奴萬餘里，山川北走皆金湯。胡騎近飲長城窟，代郡雁門多失亡。天子臨軒授黄鉞，將軍五道出長楊。時議仍開榆塞紫，月滿遥防秋草黄。移書郡國征羣吏，獨聞吾子才且良。通山斬谷不憚遠，飛烽列嶂遥相望。大城小城鐵不如，高鳥卻度雲迴翔。胡兒叩鞍長歎息，漢兵超距歌樂康。丈夫樹業方未艾，聖代立賢還無疆。眼前勞子未足喜，薦書聞已達明光。

詠筆山

平生愛作名山客，那直筆山鄉之陌。數點危峰天外清，一曲寒流望中白。紅塵不與俗人争，清景豈用錢買成？飲酒賦詩樂山郭，吟風弄月傲江城。日尋麋鹿爲儔侣，笑倚草窗歌白苧。肯讓梅溪處士家，更憐東山先生墅。謝安風流自出塵，浪迹江山屬後身。展圖閣筆難爲語，水遠山清太逼人。

五言律詩三十二首

經海子

積水明人眼，蒹葭十里秋。西風摇雉堞，晴日麗粧樓。柳徑斜通馬，荷叢暗度舟。東鄰如可問，早晚卜清幽。

復會南瑞泉元善度上得孤字有懷趙北厓文載

高會如昨日，西風下井梧。感時悲舊約，懷遠阻長途。夜飲歡相對，秋吟興未孤。丹心期可久，黄髮故人俱。

出飲郊外值雨

夙夜勞爲具，中途冒雨來。愁傾簷外溜，懽覆堂中杯。碧斂浮烟重，紅舒返照開。重城知未闔，吾駕得遲回。

琵　琶

紅袖揮金撥，朱絲繫玉肩。團圞懷夜月，幽咽瀉春泉。白雪調終宴，青雲遏遠天。悠悠時斷續，引恨似當年。

玉泉亭

武帝時乘輿，金輿駐翠微。至今看草樹，猶似被光輝。泉迸聞仙樂，雲流見畫旂。亭高重回首，冉冉下斜暉。

贈任侍御

高風迥行部，此日暫停輪。羅雀尋窮巷，乘驄問野人。梅花吹笛晚，竹葉泛杯春。别鶴當明發，凄琴慘故親。

與馬君房遊玉清宫

叨陪金馬客，重得玉清遊。蓬闕瑶壇肅，松樞石洞幽。撫景同謀醉，憑高一散愁。大夫能賦者，下士若爲酬？

和王公濟過韓信嶺

漢代推靈武，將軍第一人。禍奇緣躡足，功大不容身。帶礪山河在，丹青祠廟新。長陵一抔土，寂寞亦三秦。

聞大同變有感

天王大一統，戍卒敢横行。中丞亦何罪？頸血濺邊庭。報國恨無地，扼腕氣不平。咽嗚奮雄劍，夢入大同城。

同年會歸贈黨員外

草閣青春晚，華筵白日初。歡齊千里外，誼重十年餘。玉斝酣浮蟻，銀絲薦鱠魚。歸途策匹馬，三度從高車。

竹

庭竹娟娟色，虚堂肅晚陰。翠交紅果潤，清蔭碧苔深。凉月侵冰簟，流風送玉琴。歲寒終不改，長此護雙林。

軍中示所知

丈夫志四海，拔劍遠從征。報君期馬革，憂國舞雞聲。不受千金賞，寧邀萬代名？功成拂衣去，湖水一舟輕。

病中偶然作

我生本疏懶，近復病相侵。永日惟高枕，熏風且素琴。山青連閣迥，草緑閉門深。不解催遲暮，勞勞日月心。

阻雨大覺寺信宿次大司徒李公韻

避雨棲靈境，息徒偃月山。倏魚思遠逝，倦鳥羡知還。坐即蓬窗下，行惟茅屋間。前峯聞絶勝，泥潦滯高攀。

其　二

淹留三宿外，擁塞四山環。霧隱青岩麗，苔緑碧石斑。雷霆無暫息，日月有餘閒。桂玉牽愁思，長吟動客顔。

月

二月至六月，盈虧馬上看。歸來茅屋下，又見桂輪寒。側想天衢迥，重嗟行路難。驚烏三匝樹，已得一枝安。

客　睡

客睡愁中減，中宵步月華。勞勞身有患，數數智無涯。雲想驂鸞轡，星言膏鹿車。明當遍五岳，擇勝了丹砂。

岩　居

岩石新發興，野趣舊相諳。萬物皆中賞，寸心胡不甘？虞卿書自著，陶令酒常酣。何限狂夫意，當從智者談。

懷　晉

行行窮趙境，懷晉思悠哉！徒念山川迥，其如日月催。卿心芳草際，旅夢白雲隈。秖恐迷歸路，時時首重回。

治城南小園

卜築城南地，悠悠閲歲華。門思陶令柳，徑假邵侯瓜。預擬青春至，問留白日斜。不妨從老圃，酩酊足生涯。

贈鄉人孫忠

爾愛郯子國，邀游東魯鄉。因留一廛地，遂解百金裝。故里懷丘壠，春風餘晝堂。還如雲際雁，一歲一迴翔。

重　感

兩地看兒女，三年盡喪亡。永懷常忽忽，不敢問蒼蒼。鶯語驚〔四〕回首，猿啼愁斷腸。那堪啓巾笥，時見故衣裳。

紫騮馬

草黄憐駿骨，瘦影立沙頭。誤蹶追風足，長誣泛駕羞。冰合交河水，塵驚絶塞秋。聞道駑駘盡，横門復壯遊。

别李仲南

頗愜新知樂，終銷生别魂。論心同雅道，在耳有玄言。山送琴尊盡，門催車馬喧。懶題《招隱》賦，芳草遍平原。

挽趙生

衛玠清羸甚，談棋復損神。舊遊如昨日，哀訃訝傳人。巾櫛虚新婦，箕裘悲老親。我心如槁木，感激亦沾巾。

撥　悶

芳草郊原合，歸心旦夕俱。移文勞往復，促駕候馳驅。近市驚塵滿，登樓落日孤。幾回瞻過雁，三匝見啼烏。

八月十五日夜飲翠間堂

憑軒呼月出，共酌故山秋。素魄非恒滿，清光答勝遊。納凉霑醉好，卜夜盡懽留。誰兮笙歌散，團團悄下樓。

倚樓二首〔五〕

徙倚重樓上，翛然一望開。亂鴉棲樹合，百雉接雲廻。乘月興不淺，臨風賦易哀。蕭條懷郭隗，騰跨愧燕臺。

其　二

久滯歸田興，還驚上國春。憑高聊縱目，撫景倍傷神。多病真違世，浮名豈庇身？茂陵行謝渴，未許著書頻。

春日經始逍遥亭

抱痾疏吏事，官舍有餘清。緑樹經春合，黄鸝盡日鳴。旋移山石至，新搆藥欄成。曠達懷中隱，千秋萬古情。

失題二首

不分春歸疾，天風故放狂。桃花與榆莢，無那性飛揚。

其　二

薄暮回青帝，侵曉首朱明。持醪不盡醉，迎送若爲情。

五言排律八首

寄黄少府

白髮未滿鏡，青袍遽解歸。鵠翔違雉堞，鷗狎泛漁磯。藜杖尋丹穴，荆扉偃翠微。長辭彭澤粟，閒採首陽薇。昔仕琴爲樂，兹還金莫揮。高風清薄俗，懷子思依依。

與馬使君自玉清宫登榼山不盡興而還

雲卧留仙境，蹊遊入梵宫。賞心千載遇，携手數宵同。扶杖百尋上，當杯四望通。遠林低礙日，近竹細吟風。駐蓋景初静，揮弦調未終。興長嗟晷短，岐路忽西東。

詠　簾

剪削湘君節，梭抛織女絲。波紋疑水潤，霞綺恍天垂。妙曳瓊鈎響，光宜錦帶姿。綺花開麗日，繡鶴舞流颸。歌歛梁塵繞，香飄朱户遲。知君厭塵濁，長此奉光儀。

東韓苑洛汝節

泰〔六〕川當北斗，靈氣産雄才。東省山濤入，西藩召伯來。安人傳萬姓，簡帝擬三台。按部臨山邑，前驅入憲臺。門羅除鳥雀，車從下蓬萊。言笑青春返，周旋白日迴。曉看長者轍，竊感不燃灰。

飯信圖

余幼渡淮詣漂母祠，因詢飯信所，亡從識矣。近閲故藏書畫，偶見是圖。追念昔遊，遂賦其事。

昔我涉淮水，停橈眺楚墟。側聞漂母義，遐想王孫居。松柏新祠麗，蒹葭故國餘。丹青兹展玩，今昔倍躊躇。誰謂千年下，猶圖一飯初。憶當時逐鹿，寧久食無魚？執戟雖雕瘁，登壇遂發舒。諸侯無固壁〔七〕，驍將盡回車。左顧聞劉重，前驅促項除。剖封榮帶礪，移王耀鄉閭。簞食施良薄，囊金報匪虚。功名雖不竟，樹立亦渠渠。

寄贈方伯李公

冀州今重地，方伯古專征。國器惟瑚璉，君王借寵靈。秦川蕃牧馬，洮水静屯兵。中外欽揚歷，旬宣屬老成。暫留西土化，入輔泰階平。蔽芾甘棠愛，千秋餘令名。

遊榼山寺得然字

縈廻谿壓度，高下木森然。碧殿雲標望，丹梯樹杪懸。窮尋逾勝境，行樂慰芳年。榻轉流蘇合，疏排翡翠連。梵花飃綺席，仙吹韻朱弦。振袂淩千仞，啣杯眺八埏。滄溟好去便，笙鶴醉浮天。

代贈黄少府

支離仍佐邑，隱逸已經春。遐想東山客，曩偕西土臣。秉心慚製錦，展興羨垂綸。浮世名終幻，棲岩懶是真。薄遊予亦倦，行接海鷗馴。

校勘記

〔一〕“寒”，原作“塞”，據王本改。

〔二〕“烏”，原作“鳥”，據王本改。

〔三〕“酲”，原作“醒”，據王本改。

〔四〕“驚”，原作“警”，據王本改。

〔五〕“二首”，二字原本無，據王本補。

〔六〕“泰”，原作“秦”，據王本改。

〔七〕“璧”，疑當作“壁”。

常評事集卷四

七言律十一首

壽鄭老八袠

丈人舊隱長安市，谷口無慙鄭子真。常日追陪驚矍鑠，異時賓客倍情親。靈桃遥送千年實，弱水潛通萬里春。早晚定乘黄鶴去，飃飃知與赤松隣。

送劉大行使占城

象郡舊傳青瘴外，平生虚擬畫圖中。近聞馳義浮滄海，遂感深恩下碧空。符節光輝通嶺月，樓船縹緲送天風。秖應文藻傾夷俗，未羡葡萄入漢宫。

夜陪祭皇陵

山包清路接杉松，迥入朱門步晚風。麟臨傷心思駐蹕，龍飛回首幾號弓。雲旗恍見遥天外，露冕虚陪寢殿中。拜仰皇圖垂曠大，還瞻佳氣滿秋空。

錢王明府公濟考績

朝天遠上三年績，製錦聲馳百雉城。雲際履舃飛不返，日邊珂馬寵相迎。山川愁阻懷人夢，江漢徒增戀闕情。多病浮名真自棄，勿因辭賦薦長卿。

寄劉潤之侍御

日望長安千里餘，風吹銀漢落雙魚。情深交誼勞垂念，性癖疏慵任卷舒。窮巷一區楊子宅，下簾三復老聃書。幽閑轉覺滄洲穩，更欲乘桴遠卜居。

登武安王寨訪趙秀才廷璋

兵戈遠憶前朝寨，祠屋猶存漢將臺。翠蓋銜泥乘逸興，玉盤行酒集羣才。晴鄰野寺聞鐘鼓，夜話荒亭籍草萊。獻策明時愁子去，散懷他日共誰來？

題南園壁

繞堂幽境剪荒蕪，夾户烟霞擬畫圖。植柏種槐存遠計，栽花插柳暫供娛。清秋載酒時能醉，白日看山興不孤。虛比茂陵淹駟馬，實拚此地老潛夫。

寄任子充時從兄任授詩

半年不見黄生面，八月深增宋玉悲。絳帳傳經聞遠約，青衿歸詠喜相隨。提携况近寒花節，登眺何妨落木時。多辦金錢市牛酒，從君數醉向東籬。

别蔡典史震

九重予告歸鄉縣，去日官僚獨故人。車馬郊迎歡復會，林丘數過倍相親。忽驚離别留寒夜，預擬飛騰望早春。才力看君猶矍鑠，莫將衰鬢歎風塵。

春别外舅滕脩撰先生

敢於骨肉擬乘龍，幸藉松蘿寄遠蹤。金匱秘文時見視，玉堂多暇日相從。病移館室違趨走，歸卧山扉遂懶慵。芳草不勝遊子望，春風回首丈人峰。

答王平陽公濟登城之作

使君暫出承明廬，天子遥分金虎符。暇日高城舒眺望，片雲遠道倚踟蹰。謝暉詞翰非時敵，黄霸功名與世殊。會見徵書還魏闕，無勞能賦歎江湖。

五言絶句十六首

感　别

下馬别諸叔，上馬淚沾裳。故愛思林竹，能容小阮狂。

日　暮

日暮凉蟬咽，草陰蚯蚓鳴。不盡秋雲望，何如宋玉情。

寄俞希德希陶兩秀才

鼓吹喧清夜，樓船泛玉人。就中多醉客，不負爾情親。

登　樓

十尋松倚樓，朝登散客愁。夜看牛斗氣，銀漢傍人流。

兔

韓信傷雲夢，馮驩誇孟嘗，何如依素魄，宛轉伴霓裳。

風雨留樊莊縱筆

老農占積雨，飢雀自成羣。詎知威鳳翮，沾濕因青雲。

樊莊二首

平子歸田日，虞卿捐〔一〕印年。春秋千古意，詞賦萬人傳。

其　二

劍氣雲霄上，丹光日月中。澄江含寶鑑，靈籟韻天風。

去　鄉

去鄉日益遠，懷土情彌深。道傍無賴柳，日日攪離心。

感别二首

寒木千萬枝，遊子千萬思。寒木發陽春，遊子來何其。

其　二

紛紛相送者，行行返故鄉。故鄉無限樂，浮客不能忘。

畫　馬

匈奴近和親，厩馬肥苜蓿。龍種聞崚嶒，嗟爾閒多肉。

其　二

駿馬迴驕嘶，圉人亦佇立。千里試霜蹄，臨岐養神力。

翠間謠

山翠下空堦，亭間滿花竹。朝往澹忘歸，夜遊時秉燭。

風雨留樊莊四叔家縱筆

朝愁山出雲，暮厭盆傾雨。暮暮復朝朝，此意當誰語？

樊莊又一首

癡兒何擾擾，問舍復求田。誰憐當日主，朽骨閉重泉。

七言絶句二十五首

步虚詞五首〔二〕

竹枝楊柳騷人怨，桃葉桃根兒女情。濁世新詞君莫唱，清宵聽取步虚聲。

其　二

閉關絶粒久抛書，萬古煙雲護草廬。東嶺徘徊留白日，北窓高卧抱蟾蜍。

其　三

日抱滄州霞綺開，五城十二玉樓臺。逍遥中有諸仙聖，盡是虚無一氣來。

其　四

河源清比玉無瑕，銀漢迢迢摇浪花。羣飛乾雀知秋至，棲滿牽牛織女家。

其　五

六鰲舉首海山高，日月周旋神樹腰。西鄰豎子偷緣木，踏折南枝落絳桃。

楊柳詞四首和南瑞泉元善之作

道傍楊柳持作鞭，欲進不進紫騮馬。徘徊歎息行路難，落日離憂不可寫。

其　二

怪折陽關枯柳枝，行行今已是春時。客愁擬到新豐醉，應是桃花撲酒巵。

其　三

垂柳垂楊滿近川，邯鄲歷歷走幽燕。阿誰明月吹羌笛，一夜青青迥接天。

其　四

青樓楊柳密弄烟，千絲萬絲不可數。此時少婦歌楊花，應望天涯淚如雨。

伏城驛壁見劉潤之南元善詩有感

麗句北風懷柱史，新詞楊柳憶仙郎。行吟燕市應同醉，其奈烟花蜀道長。

畫

蕭蕭斜日丹楓下，眇眇寒雲白雁哀。扁舟横笛秋江穩，故國尊罏歸去來。

小書寄從兄秀才

羽翮摩天驚再困，山川滿地未安居。鶺鴒原上應翹首，鴻雁雲中數望書。

寄俞希德希陶兩秀才

放船淮水酣歌夜，最愛卿家賢弟兄。他時方外能尋我，携手崑崙處處行。

送何邦瑞之京

一别長安已六年，羨君此去若登仙。故人霄漢如相問，爲説重樓只醉眠。

德勝寺賞牡丹三首

青苔幽境暫徘徊，懊惱名花半未開。漫留詞客《清平調》，爲借三郎羯鼓來。

其　二

寂寞濃花古佛前，自開自落已多年。于今上客留歡飲，百倍精神對管弦。

其　三

長安城内曾相識，金谷園中賞更新。相逢今日空山裏，冷雨凄風惱殺人。

登　樓

醉倚南樓望北山，山中日月有餘閒。但令對此常酩酊，何用虚名滿世間。

過德勝寺

無數青蓮月宇開，好山入户水縈迴。時從數騎田間飲，醉引笙鐘避暑來。

聞大同事重感二絶

亂兵五堡久縱横，日暮雲中任鎖□。流血再侵邊帥幕，白頭誰念蔡中丞？

其　二

大若不制不可制，何時赫赫天兵至。消息不忍問路人，清夜空山泣狂士。

沁水道中

處處人家蚕事忙，盈盈秦女把新桑。黄金未遂秋卿意，駿馬驕嘶官道傍。

玉清宫戲題

玉函金簡數行書，鶴背飄飄上碧虚。羣仙瑶殿收封事，應笑人間久謫居。

和王公遊藐姑射山作二首

野亭酌酒水潺湲，畫出崔嵬鏡裏山。接籬倒載山翁醉，落盡青天日未還。

其　二

河東城西姑射山，蓮花秀出洞雲間。欲借使君行樂處，吾將從此謝人間。

贊

仙贊

一息内定，萬物皆我。出定入定，無可不可。神妙谷神，精合至精。若按圖而求此翁之實，其於恍惚杳冥耶？

樓居先生傳贊

先生生燕趙，不知其世籍族氏所始。燕趙故多慷慨，故先生少好游俠，談兵擊劍，有古豪風雲〔三〕。甫弱冠，則折節讀書，好治百家言，尤邃黄老。嘗曰："近儒而兼釋，了一而畢萬，毆末而崇本，此天道也。"故嗜之不輟。往往自誦傳異人，時固有莫信者矣。性嗜酒，霑醉時輒歌詠若無人。輒有非之者，弗顧也。嘗病免歸田，止于樓。日飲詠，探玄理，若將終身焉，因自號曰"樓居"云。

贊曰：鵾鵬之於鶡鷃，燕雀之於鴻鵠，古之人命之曰：自適其適，各知其知也。觀先生之迹，其取適而逃知者與？信斯人也，固非數數求滿人者矣。先生本居樓〔四〕，號樓居。予聞之公孫卿曰"仙人號樓居"，豈謂仙耶？

銘

老母庵銘

艮藏坎環兮真人墟，金銀樓觀兮擬海隅。中有羽士兮抱虚無，朝伏陽烏兮夕蟾蜍。玄珠寂照兮與天符,散髮岩岫兮曳華裾〔五〕。若翱翔兮故踟躕,卜兹山兮千萬餘,永勒吾銘兮台爾徒。

傳

辛元傳

辛元字靈倩,其先東海人。鼻祖歷劫翁,以混極育化稱。其後世澤漸斬,往往散處民間,故辛氏子孫多不肖矣。至元,生而慧亮放達,性好遊,天下事無所不説者。及冠,賫橐中裝值萬金,賈遊蜀,遂以貲雄西川。西川故多佳麗,元安之,弗念歸也。爲任俠,自號朱離君。從僮客數十輩,日以蹤放爲好。其客最狡者五人,皆陰爲權利,而孟明者爲冠首。即元有嗜樂,咸曲爲招致,各當其意所欲爲。用是馳騖日廣,不事生産,人皆謂之浮生云。初,崑人申生,元外戚也,素於元至深。其人獨負血氣,數附護。朱離君亦憐之,兩人者相爲倚重。東海兒歌之曰:"微辛父,氣爲主。舍申翁,誰爲宫?"及元之客蜀也,不禮於申生。申生聞之亦怒,絶不與通,坐是亦失執,貧不能自振矣。客有説申生者曰:"生何拒若主之深耶?朱離君習雖狂躁,然仙才也。足下必欲計久,舍此無所與可。其鋭于易動輕出者,用羣奴故耳。足下誠能返之,除室與居,徐説以道德之言,强以清虚之宴,宜無不從者。"申生然其計,乃厚具招元。使者數返,申生乃駕自往迎元。元不得已,强忍詣申君。酒數行,申生起爲壽,因字謂元曰:"靈倩公,天下奇士也。始吾與公素昧平生,托造化幸得侍君遊。然僕非公亡以爲主,公非僕亡以自存。雖天下至昵,不是踰也。今公舍雅遊、狎姦細,洵自娱矣。竊恐一日釁發,吾縱不惜朽下土,公匆匆將安之乎?即能改圖,則安固之業雖億世可也。"元乃佯聽之,因避席謝曰:“君休矣!行當爲君改之。”于是申生請舍處元,飲食起居皆曲爲之防。居無何,其故僕數輩陰守之,而元亦數數閒出。申生患之。客復有説申生者曰:“子之守若主亦疏矣,盍求安之之術也?”申生曰:“奈何?”客曰:“子昔留久放之徒,而處之以幽曠之地,是宜其不從也。玆尚稚,姑女留此人〔六〕,少壯而愈靈。竊慮一朝風雨奄及,則長必舍子而他適矣。且吾聞朱離君外雖剛陽,其中未必有也。誠得柔貞之婦以佐之,苟意念相孚,可不强而自固矣。走里中袁氏子,體柔懷真,良偶也。子盍往求之?”申生大悦,乃從黄負媒焉。黄負者,戊巳校尉黄壤之婦也。先是,媒十餘曹往,皆不字。及負往媒,乃字。行卜十有〔七〕一月。至日,令元親迎之。既婚,元大説,果屏舊習,黜故僕,深居幽寂,悉如客計焉。明年輒息。其子亦神異不倫。朱離君夫婦咸重之,秘不敢逸,稍上試而已矣。後遷泥丸里。居泥丸者九年,元乃携申生并其妻子,始爲採藥滄州,遂不返。世傳以爲仙去云。

贊曰:《詩》稱“其何能淑,載胥及溺”,言附比之禍均也。申生兩資客計,卒正其主以及其身,可謂明哲矣。朱離君賈蜀,爲任俠,及其一言自悟,能返正以上遊,豈不誠大丈夫哉!夫以歷劫翁之事觀之,則其事〔八〕遠矣。

引

玉溪引有序

玉溪,溪似玉也,有二義焉:溪色玉色,溪聲玉聲。澶淵王子公濟,德可玉比,因取以自稱。溪在沁,予沁人也,故嘗托琴心以寫其趣。其詞曰:

紫芝榮晚，冥鴻且秋，坐盤石兮臨溪流。素琴高張，神宇逍遥，目光波之粲玉，耳瓏璁兮聲幽。想像溪仙兮，德明潤而道腴；汪汪湯湯，激揚徽音，振清冷而莫與儔。乃宫商参發，角徵雜揉；心得手敏，景合興符。但覺其寫真播妙於五弦，坐忘乎浮世之煩憂。願緘此曲於芙蓉之玉匣，將以遺溪仙兮登遠遊。

雜　著

談博有序

西泉任子以象戲自喜，時或窮日盡明，不少釋手。嘗見雙陸，説之，近稍稍能當局矣。夫象戲，奕類也，雙陸遞準投子。孟堅有言：博縣於投，不專在行，殆博之流乎！丘壑多暇，作《談博》以遺之。

客有問於樓居子曰："昔仲尼稱博奕之爲賢，奕之傳尚矣。故桓譚擬論，班固陳旨，王郎號爲坐隱，支遁稱以手談，其他國手名賢，圖譜紛然，何可勝言！近世雙陸者，博之流也。或曰肇於陳思，或曰入自夷域，論家無定説，學士不加以品題。雖較奕未優，要之適閒徵樂，其致一也。豈亡説邪?"樓居子逌爾而笑曰："小知有師，小道可觀。客既我叩，寧惜洪鐘之小鳴乎！析理縱談，事著明矣。夫其制局方廣，地維鎮矣；訣騎黑白，陰陽分矣；門梁以别，内外限矣；月月相直，星星相當，天文絢矣；疾遲剩除，返復倏忽，人事奮矣。隻則見持，耦則亡虞，存詩人棠棣之義；彰往察來，明乎得失，得大易消長之概。勿貪敵資，慎守我居，避實擊虚，蓋孫武戰陳之奇；頻爲内據，門爲外樞，梁遏犇趨，有王公設險之威。撞門逾頻，明遲暗疾，田文之脱秦强；撤底守死，時至潰敵，趙襄之保晉陽。彼騎被執，我家無隙，井陘之拔旂；食馬餘騎，觸險趦趄，垓下之潰圍。風或不競，外馳内救,較計索情,後舉是求,漢高之遷,用智之柔也;氣豪和[九]應,憑淩大呼,心愉手敏,敵無所措,唐文之戰,破竹是務也。内梁馬逸,則剗外以障之,長圍勢也;因投縱擊,單騎以調之,老師智也。局耦勢當,鴻溝烏江,勝負先後,則神閒者强;單點孤立,減竈佯北,機括玄微,則食餌者厄。是故三才擬之形,詩書爲之徵;藴伯王之略,騁才智之雄。該[一〇]具崖略,古今可方矣。推其至也,則坐忘寢食,傍若無人,有遺世獨立之趣;懸遞待投,不怨勝己,有樂天知命之譽。因系之辭曰:

嵁岩閒寂白日延,遊戲陸博娱我神。地平天成陰陽半,風雷搏擊幾後先。感客啓予撰斯文,理如縣寓遺所歡。

附録

祭常明卿文

維嘉靖四年,歲次乙酉,十二月乙酉朔,越十有二日丙申,平陽府知府年生王溱,謹以牲醴庶羞之奠,致祭于故大理寺右評事常明卿先生之靈曰:

弱冠飛騰,聲動禮闈。試政并遊,晤言不違。君授大理,負才召譏。左遷壽春,忤時長歸。嗚呼哀哉!昔予治沁,寔君故里。今守平陽,東望伊邇。好音好惠,高義相擬。聞君北征,忽沉秋水。王盧李杜,風流相似。古之才人,終多如此。嗚呼哀哉!元化混闢,循環宇宙。邃古非先,終天非後。殤殞非夭,耄期非壽。君獨慕仙,予又何咎?所可哀者,母孀妻幼。煢煢百年,叔姪視守。君視諸叔,如父之厚。今君不幸,寧忘汝救?興言及此,寄哀感舊。志君之行,銘石是授。載潔其觴,載陳其豆。庶或有知,致詞爲侑。嗚呼哀哉!

尚饗。

大理寺右評事常君墓誌銘

晉之才子曰常君，諱倫，字明卿。其先曲沃人，後徙居澤州之沁水。曾祖曰瑜，授馬營倉大使，以子軏官贈大理寺左評事。祖曰曇，贈文林郎陝西道監察御史。父曰賜，舉進士，歷監察御史，至陝西按察司副使。母張氏，封孺人。弘治五年十一月一十一日生明卿。明卿生而風神秀異，警敏絶人。五六歲能誦書賦詩，爲奇語，驚其大人。于時學士大夫見者奇之。正德五年庚午，年十九矣，舉于鄉，得亞元。明年辛未，與予舉進士，同觀禮部政，授大理寺右評事。才高氣豪，不自檢，然開口言笑有晉人之風。嘗宴集於所親，酒酣議論風起，屈其座人。人有忌其才者，假封事短之。乙亥夏，遂以考京官例得外補。明卿告病，歸卧于端氏别業。丁丑冬，丁副使公憂。既服闋，又二年辛巳，爲今上嗣統之初，補壽州判官，有能聲。嘉靖元年冬，山東盗起，流劫河南，犯鳳陽。明卿率民兵禦之，保其境。三年甲申春，以事獲咎于上官，乃棄官歸。歸數日，有報陞知寧羌州，竟未履任。落職家居，游藝，得枕中法。爲書瀟灑遒勁，直與晉唐人争上下。簡牘皆可珍玩，有《校正書法》一篇。詩則宗李、杜，上窺魏漢，矯矯多自得意，有賦讚、古詩、歌行、五七言近體絶句若干首。文效司馬子長，而不爲蹈襲語，有序、記、誌、論、雜著若干篇。爲畫不學而妙絶，精於音律。善。後闕。

常評事傳《縣志》張晉山《沁水遺文》 張　銓

公名倫，字明卿。其先曲沃人，後徙沁水。曾祖瑜，以子軏貴贈大理寺評事。祖曇，贈監察御史。父賜，由省解舉進士，歷陝西按察司副使。公生有異徵，風神穎秀，警敏絶人。五六歲時能誦書賦詩，爲奇語，咄咄驚人，見者莫不嘆賞。性好弄，從父宦邸，遇卷軸，觸手揮灑,已則擲筆嬉戲去。父軏寬之曰:“此吾家千里駒也,踶囓何妨!”時出所爲詩文,質之當代文人李崆峒、何仲默輩,一時聲噪士大夫間。正德庚午,年十九,舉鄉試第二人。宴鹿鳴日,歷階而升,請與第一人覆試。藩臬諸大夫慰解之曰:“子固應元,爲主司徑絀耳。”始唯唯而退。明年辛未,成進士,授大理寺評事。公性本落拓豪放,恥爲拘簡,又負才,淩駕儕輩。一日,讌集於所親,酒酣,議論風起,屈其坐人。忌者假封事中之,遂用考功例,謫外補壽州判官。時山東盜起,流劫江淮。公募死士,設方略禦之,寇不敢犯。直指使者行部,公故人也,以郡倅遇公;公弗堪,語稍不遜,大被折辱,遂棄官歸。亡何,轉寧羌知州,不赴,家居。放情山水,流連聲伎,常以安石、太白自比。性善飲,飲輒數斗,或累夕日不醉。醉則索筆疾書,頃刻滿壁。常曰:“豈有旋翻故紙而後爲文者乎?”有貴人求贊其像,公大書惡語軸端,左右錯愕,已而徐取續成之。其曠達善戲謔多類此,以故人皆目公爲狂,而公益深自負,所交遊必海内知名士,不即勢位傾一時,視之藐如也。文學司馬子長,詩宗李、杜,上窺晉魏,多自得語。書法遒勁似顔魯公,而瀟灑有晉人意,畫不學而精妙。尤工樂府小詞,盛傳澤、沁間,伎兒優童咸彈弦出口歌之,至今不廢,曰“常評事詞也”。里居既久,忽欲入京補官。道經潞安,晨起衣緋,跨馬出郊,舞劍疾馳。馬渴赴飲,墮水死。聞且見者無不悼異之。年僅三十有四,所著有《校正字法》一編、《評事集》四卷、《寫情集》二卷,行於世。

贊曰:余嘗聞長老言,先生好談神仙,曰“仙人好樓居”,因自號樓居子。以今考其生平,蓋有玩弄宇宙、飃飃出世之意焉,倘亦東方、太白之流耶!世每訾文士無行,先生視親孝、交友信、居官廉,所由與放棄禮法者異矣。豪氣未除,骯髒以死,人至以俠名之。嗚呼!是未可與耳食者道也。

常評事倫小傳《列朝詩集小傳》　錢謙益

倫字明卿，山西沁水人，正德六年進士。除大理寺評事，謫壽州判官，遷知寧羌州，未上卒，年三十有四。明卿多力，善騎射，時馳馬出郊，與侯家子弟俠少年較射。問知爲常評事，奉大白爲壽，輒引滿揮鞭去。又時過倡家宿，至日高舂，徐起赴朝參。長吏訶之，傲然曰："故賤時過從胡姬飲，不欲居薄耳！"中考功法調判，庭詈御史，罷歸。益縱聲伎，自放酒間。度新聲，悲壯豔麗。善書畫。好彭老房中法，謂神仙可立致。從外舅滕洗馬飲，大醉，衣紅，腰雙刀，馳馬渡水，馬顧見水中影，驚蹶，刃出於腹，潰腸死。平陽守王溱爲收葬之。有《常評事集》四卷。其吊淮陰侯詩，中原豪傑至今猶傳之。

常倫小傳《明詩綜》　朱彝尊

倫字明卿，沁水人。正德辛未進士，除大理寺評事。謫壽州判官，遷知寧羌州。有《常評事集》。王元美云："常明卿如沙苑兒駒，驕嘶自賞，未諳步驟。"陳卧子云："明卿氣骨高朗，頗能自運。"

常評事集跋

昔愚過沁水，慕常子明卿之才，一見莫逆。數從宴遊，輒酣暢賦詩，洋洋乎，渢渢乎，雅音嗣起也，竊歎其才而已。夫亨衢濟濟而斯人獨落落以亡，悲乎悲乎！明卿既殁之四年，愚至汾陽，見太守王公，出斯集，則謂一元曰："子爲書之以傳。"愚聞而悲，覽而喜。喜斯集之遇而悲明卿之不遇且壽也。夫不遇且壽者，命也；斯集之傳者，才也。才者，名之實也，立言建業之幹〔一〕也，人之所恃以不朽者也。古之人常以名壽并稱，竊惟名之不朽，斯壽之大者而已，遇不遇無論焉。故悲餘而繼以喜也。嘉靖戊子。

校勘記

〔一〕“捐”,原作“指”,據王本改。

〔二〕“五首”二字原無,據體例補。

〔三〕此句當作“有古豪士風雲”。

〔四〕“居樓”,王本作“樓居”。

〔五〕“裾”,原作“居”,據王本改。

〔六〕“姑”,《山右》本闕,據王本補。

〔七〕“有”,《山右》本無此字,據王本補。

〔八〕“事”,王本作“世”。

〔九〕“和”,王本作“禾”。

〔一〇〕“該”,王本作“談”。

〔一一〕“幹”,原作“餘”,據王本改。

常評事寫情集卷一

樂　府

黄鍾醉花陰

翡翠屏深玉荷小，紗窗映涼蟾皎皎。茱萸冷，篆烟消。可惜良宵，尊酒誰歡笑？排愁悶，强斟着，恨無賴西風穿畫閣。

喜遷鶯

秋聲成調，掩蒼苔庭院寂寥。蕭蕭，落葉下丹楓樹杪。一弄兒淒涼斷輳着，常被他搬弄倒。越越的愁腸易惹，睜睜的業眼難交。

出隊子

肌膚如削，洛陽人，春病惡。芳心一片種心苗，紅淚時時落眼稍，白髮看看侵鬢角。

刮地風

都只爲載酒青樓閒，落魄武陵源，留賞仙桃。玉人兒，早瞧破，于飛妙筝語先挑，冷諢廝嘲。剔團圞、月轉珠箔，意慇懃、酒捧金瓢。囀鶯喉，呈艷曲，遏雲宵。醉淋漓，宫錦袍，笑吟吟、裙褪鮫綃。燭花前携手歸羅幕，倚輕盈楊柳腰。

四門子

鬢雲偏，暗裏金釵落。異香聞，羅襪小，枕兒上頑，被兒裏嬌，雨雲濃、百般喬做作。蜜和酥，漆共膠，山海誓、同偕到老。

右水仙子

呀呀呀，好姻緣暫阻拋；敢敢敢，把三秋當一朝。盼盼盼，趙璧重完；想想想，藍橋重到。怕怕怕，病相如不自保；喜喜喜，卓文君心性堅牢。是是是，把鮮花一枝親付托；准准准，向靈神幾句深盟約。謹謹謹，遮護定鳳凰巢。

醉花陰

回首蓬壺舊仙侶，縹緲處、烟霞萬縷。憑高聳，翫清虚，散誕蕭疏。笑日月，搬朝暮；正蒼海，拍天浮。轉眼桑田一萬古。

喜遷鶯

靈枝弱木，覰蟠桃紅映珊瑚。瀟疏，閬風玄圃，煉石燒金守玉爐，都將天地補。一箇箇長遊八極，一箇箇永脱三途。

刮地風

悔赴瑶池貪醉舞，磕碎了寶篆天符，二十年謫降下雲霞路。翹首清都，曳尾泥塗，被這夥肉眼愚夫，笑我做落魄狂徒。拙生涯，閒打探，一就模糊。也隨緣，入仕途，戲雙飛、雲外青鳧。歎徵卿拜相非吾慕，賦歸與，返故廬。

四門子

斂豪華，深掩讀書户。玩乾坤，悟太初。金丹篇，火記圖，一星星説來三共五。實和虚，有和無，稽首向猶龍道祖。

右水仙子

尋尋尋，偃月爐。降降降，袖裏青蛇膽氣粗。將將將，十月嬰孩

□□□〔一〕。千重土釜。趂中霄，月正午，證果來至道虛無。笑從前奔走紅塵路，被𡟱娘名利胡擔誤。罷罷罷，歸去也，舊蓬壺。

中吕粉蝶兒

月映紗窗，助離人半天愁况，盼佳期夢繞高唐。玉簪折，銀瓶墜，朱弦絶響。挹江流九曲柔腸，搬不下倚雲屏一團嬌樣。

醉春風

殘漏枕邊長，疏星簷外朗。關山迢遞隴雲深，空教我想想。常記得：板撒紅牙，杯擎翠袖，燭摇書幌。

紅繡鞋

常記得，倚春風羅裙蕩漾，整金釵玉筍纖長。空教我魂靈兒終日在他行。翡翠衾，珊瑚枕，碧玉鈎，紫檀床，冷落了幾般兒誰共賞？

上小樓

盼殺那留春畫堂，空剩下暖雲錦帳。一段恩情，半載歡娱，都做了萬種淒涼。你那廂，俺這廂，天涯懸望。兩情濃，相思一樣。

我爲你揭鮫綃淚點多，倚闌干別恨長。月擬蛾眉，花比豐姿，雲想衣裳。對銀釭，憶艷粧，越添愁樣。望巫山暮雲遮障。

滿庭芳

羈留一方，山高水遠，利鎖名韁。玉人兒横担在身兒上，輾轉思量。彩雲深簫閒鳳凰，翠衾寒枕冷鴛鴦，好教我空悽愴。心勞意攘，恰便似蠶老爲絲忙。

耍孩兒

想當初，相逢正值榴花放，似風流神女襄王。陽春一曲韻悠揚，酒闌時，携手相將。晚風細細吹楊柳，春色融融透海棠。兩下裡情飄蕩，和諧魚水，顛倒鸞凰。

四　煞

擁翠衾，怯曉寒；并香肩，納晚涼。盟山誓海真難忘。撇不下鏡中顔色桃花態，記的咱、枕底情思蘭麝香。細想你嬌模樣，臉含蝶粉，衣染鶯黄。

三　煞

你艷麗動彩樓，俺豪吟滿錦囊，郎才女貌真相尚。俺是箇才調集裏風流客，你是箇子美詩中黄四娘，非是我自誇奬。我愛你雲雨嬌態，你敬我星斗文章。

二　煞

你爲我静悄悄把疾病耽。我爲你悶懨懨將經史妨。你爲我一腔事鎖眉尖上，我爲你素絲相結香囊在。你爲我玉腕殘膏羅袂藏。兩地裡添惆悵。我爲你疏狂了心事。你爲我清減了容光。

一　煞

餘　音〔二〕

山萬重，水萬重。書幾行，淚幾行。幾時得與那人兒，重會在芙蓉帳。俺將這、訴不盡離情慢慢講。

粉蝶兒

霧擁雲狂，傾瀉下六花飈蕩。散瓊瑶，水潤山光。冒餘寒，鞭瘦蹇，錦囊携上。喜鴻鈞，氣轉三陽。探前谿，早梅開放。

醉春風

滑擦路難行，徘徊心正想。風前一點暗香來，安排着賞賞賞。遇景留神登危，着力踏高凝望。

紅繡鞋

遠觀着模糊雪嶂，近覷着點綴春光。婷婷嫋嫋壽陽粧。宓妃游洛浦，神女下巫陽。比清標，岩際長。

普天樂

慢攀折，輕偎傍。看了他冰肌玉骨，抵多少國色天香。想當初東閣吟，西湖望，月落參横多惆悵。喜今宵邂逅相將，春遊不枉，佳期不爽，天巧合當。

耍孩兒

一杯滿泛將寒盪，嫩枝柯輕籠玉掌，嬌紅片片映衣裳。愛則愛，先占春芳。成谿桃李虚妖冶，臨路楊花太放狂。歲寒中，誰相讓？不是他一番徹骨，誰慰俺九曲柔腸。

二　煞

一霎兒天漸昏，半星兒意忘忘，襟懷彷彿餘香蕩。歸心去怯千尋險，望眼愁迷十里長。浮嵐瘴，山村隱隱，嶺樹茫茫。

餘　音

半天歸興奇，滿腔春意廣。遮莫凍倒谿橋上，也落段風流話兒講。

粉蝶兒

酒病花愁，斷送的粉郎憔瘦。笑尋常載酒青樓，不離了翠娥紅袖。散千金買笑纏頭，錦窠巢儘咱情受。

醉春風

駿馬月中嘶，嬌鶯花下宿。少年蕩卻少年心，猛回頭，醜醜醜。數載着迷，幾場牽惹，一朝參透。

紅繡鞋

口兒顛着疼着，内心兒存千罷千休。恰便似五湖明月泛金鈎，急流中將餌下，滿載後把竿收。這些兒君悟否？

上小樓

非是俺言而不投，非是俺情兒不厚。甚的是繫馬平康，啼烏柳市，跨鶴揚州。晚粧樓、燕子樓，曳番在左右。開一條太平街，往來通透。

滿庭芳

想當初不羞不憂，狂歌一曲，痛飲千甌。明明夜夜胡迤逗，魄染魂留。銜一味簪花殢酒，誰三思落葉歸秋？既夢覺，陽臺後，從今罷手，再休題風雨替花愁。

上小樓

休笑我仙道難、舊境熟。恁看劈破恩山，填平慾海，創立丹丘。閒處遊，静裏脩，磨光刮垢，賞冰壺皎然依舊。

耍孩兒

一天雲散巫山岫，尋件天長地久。金爐春暖火光浮，抱元陽一粒丹頭。你看那嬰兒姹女廝交媾,抵多少浪蝶狂蜂兩趂逐,漫使的心狂謬。成就得銀河邊潮通有信,索强如藍橋下浪滚無休。

餘　音

好堅着一寸心,相應着一片口,傳示他卓文君慢把車兒驟,請袖彼相如弄琴手。

雙調新水令

廠雲樓憑煖玉闌干,憶青霄素娥凝盼。一年今夜好,百歲幾回看。從睡覺紅日三竿,早吩咐,夜筵辦。

落梅風

霜鐘罷,戍角殘,喜霏霏一天雲散。忽冰輪恍然凝望眼,把一杯首先深泛。

折桂令

舉盈盈玉液井寒,味愜吟懷,光射歡顔。細細簷櫳,深深院宇,小小盤餐。這答兒風光自揀,這些兒風味誰攀? 樂事常慳,逝水難還。覆掌傳呼,莫得留殘。

雁兒落

齊排翡翠鬟,斜搭琵琶絆。悠揚趙瑟調,宛轉秦箏按。

得勝令

花露傍人殘,香霧遏雲還。皓齒歌樊素,纖腰逗小蠻。開顔緩帶來芳饌,閒頑藏鈎欹玉山。

沽美酒

醉顛狂,天宇寬;舞蹁躚,月光寒。俺只待舉手閒將玄兔攙。扶摇十萬,顯神仙舊豐範。

太平令

乞求他靈丹燦燦,養成咱健翮翻翻,與月姊翱翔雲漢。呀!既如今落凡,耐煩與諸君樂閒,且捱俺謫降蓬萊期限滿。

梁州序

青山岑寂,芳林遮映,鎮日風林不定。碧空凝望馬頭迎,冉冉雲升。蕭蕭冒雨,怯怯衝泥,努力巉岩磴。蒼苔衣怪石滑難登,彷佛昭關白髮生。合谿水縈,山途梗,驚湍怪石雷霆挣,沙洲際盼殺小舟横。

又

危樓天末,疏鐘聲迥,敲破模糊烟景。霏霏颯颯晚來急,風雨催行。加鞭瘦馬,拂樹驚鴉,宛轉藤蘿徑。松杉開野寺,霧濛騰,擁塞今宵逆旅情。合前

又

九秋般信宿留停,嘆天外雲痴雨横。聽涓涓行潦,水聲山應。怪殺沙鷗對浴、巢燕雙飛,故把人搬弄。鄉園才尺五,指遥峯,卻羡高翔鳥翼輕。合前

又

瀉丹梯瀑布飛鳴,恨巫娥行雲薄倖。送涼飈陣陣,陡驚秋令。正值玉琴弦斷,瑤席尊空,此際擔愁病。晚來横吹起,斷腸聲,那得關山

片月明。合前

節節高

銀床冰簟清，暗孤燈，雙鈎悶控珊瑚柄。馳歸夢、入户庭三徑，葡萄滿泛玻璃净。一杯未盡笙歌送，驀地雞聲魂夢驚，依然旅館人孤另。

披衣望翠屏，出閒亭，飛身願入清虚境。瑤笙弄，白鶴乘，青鸞從，鞭笞天馬虹霓鞚。雨師風伯隨驅從，得趂雲龍恣遨遊，何憂旅館人孤另。

餘　音

雲思夢想都無應，喜高崗嵐消霧輕，親整雕鞍待晚晴。

并州歌庚午應試偶成，時年十八歲

郵亭烟柳，嘆故園，回首目斷汀洲。青山紅樹景肅疏，蟬報新秋。江天雁過人千里，茅店雞鳴月一鈎。柴門曉，畫角悠，不堪風露透征裘。摇金轡，驟紫騮，晉陽臺省碧雲頭。

谿雲迷遠眸，着一鞭，迢遞景物情幽。孤烟起處緑陰中，掩映紅樓。半竿晴旭穿紅葉，一帶寒山枕碧流。楓林冷，衰草柔，客中瀟洒不勝愁。尋詩侶，覓酒儔，人家遥在水西頭。

衰蒲繫小舟，見漁翁罷鈎，簑笠初收。牧童歸去吹横笛，顛倒騎牛。晚風卷葉催征馬，秋水浮萍逐去鷗。寒鸦噪，枯木幽，白雲堆裡過荒坵。天將暮，人未休，愁看落日射山頭。

呼童覓酒樓，暫解雕鞍，且遣離愁。藤床紙帳難成寐，歸夢悠悠。荒村枕壓千重思，都只爲金殿臚傳第一流。蟾宫曉，桂殿秋，嫦娥年少最相投。文場戰，閬苑游，龍門一躍占鰲頭。

餘　音

風雲路,慢馳驟,玉鞭敲馬赴皇州,管取來春作狀頭。

九換頭

[雁兒落]春風燕子樓,歌舞閒迤逗。[水仙子]惺惺自古惜風流,劃地相逢兩意投。[折桂令]似嬌鶯乳燕相逐,月轉紗窗,風細簾鈎。[落梅風]美恩情等閒成就,至誠心兩廂都應口。[攪箏琶]暗一點靈犀透,喜孜孜雲雨共綢繆。[慶宣和]願取今宵到白頭,厮守厮守〔三〕。[清江引]休猜做出墻花、臨路柳,小可的難消受。[甜水令]錦衾一刻春情厚,笑黄金,過北斗。[沽美酒]呀! 想當日恁愁俺愁,剛撥得自由。但有箇負心的,天呵折壽。

金鎖掛梧桐

懨懨十二時,一點愁而已。雪鬢朝來,青鏡還添幾,那人輾轉心窩裹。猶記昨〔四〕宵,駿馬向垂楊繫;誰料今朝,丹鳳把梧桐背。空教我相思不斷,似春江水。

東歐令

離腸苦,日千廻,門掩青苔,春光又歸。緑陰望眼相遮蔽,寂寞添縈繫。此情惟有落花知,堆堆積積告他誰?

皂羅袍

夢想芙蓉并蒂,嘆鴛鴦雙塚,對長連枝。東隣不負美人期,西廂更續風流記。笑開歌扇,歡縫舞衣,細穿花徑,高擎酒巵,暢風流一刻千金貴。

餘　音

海還枯,石還碎,幽歡密約不成灰,萬劫千生誓不違。

校勘記

〔一〕三字原缺。

〔二〕"音",《四庫全書存目叢書》本(以下簡稱《叢書》本)無此字。

〔三〕"厮守厮守",《山右》本作"厮守守守",據《叢書》本改。

〔四〕據文意,應爲"昨",原誤作"咋"。

常評事寫情集卷二

小　令

水仙子

扶摇萬里上雲霄,重仰中天日月遥,雕鞍駿馬長安道。候朝雞,還報曉,打疊起山野風騷。報不盡皇王聖,報不盡慈母勞,盡忠孝正當吾曹。

又

畫堂歌舞慶生辰,麗日和風近早春,天邊青鳥傳佳信。感羣仙,下彩雲,玳筵前瑞氣氤氲。花簇東山妓,香開北海樽,宴蟠桃四座醺醺。

又

畫堂蠟吐日光輝,繡幕屏開山翠圍,金爐火煖春明媚。紫檀槽,小忽雷,捲江湖傾瀉金杯。字草龍蛇陣,詩裁錦繡堆,與清風明月徘徊。

又

瓊樓釵〔一〕掛月如鈎,玉砌閒留酒滿甌,松濤萬頃東風透。絳紗籠,燭淚流,强支吾良夜悠悠。無奈春虚度,其如笛起愁,兜的呵又上心頭。

又

太平閑殺老神仙，且養山中草木年，招尋賴有諸親眷。出紅粧，列玳筵，畫欄前脆管繁弦。艷曲低低唱，香醪細細傳，款留到斗轉參旋。

又

虚名枉被世人猜，山水閒開自己懷，清狂生怕君王怪。託蓴鱸，早去來，住煙霞，到天台。孩夢不到紅塵路，再休題白玉階，俺自有閬苑蓬萊。

又

憶當年今日下瀛洲，一住人間二十秋，向紅塵參透閒生受。且歸來，得自由，小茅庵養拙藏頭。一粒還丹就，三神訪舊遊，再追歡故友浮丘。

又

習閒成懶懶成痴，痴懶風光只自知。懶折腰先把功名棄，痴懨懨静坐的，静中運默默玄機。採至寶，憑咱手段留閒氣，煖咱肚皮。懶和痴到大來便宜。

又

一年難得兩中秋，況復身閒在故丘，前番要過今番又。九霞觴，不離手，對清光痛飲長謳。再接嫦娥面，深鎖狂客愁，依然間醉倒西樓。閏月中秋。

又

匆匆策馬向長安，霜冷貂裘十月寒，陽關且放歌聲慢。酒推辭，人去懶，暫流連小小杯盤。秋色無窮意，夕陽有限閒，好難抛萬種交歡。

折桂令

望雲亭、一派笙歌。天地忘懷，日月消磨。未解朝酲，酒傾涓滴，詩漫吟哦。輸快樂風流到我，讓功名富貴於他。叢竹陰多，小院凉多，試問先生，不醉如何？

又

半生魔、酒病詩癯。自揣狂哉，早賦歸與。玉笥斑高，黄芽瘴歹，金榜名虚。笑青紫、當年謬取，退雲山、今日何拘？棄卻銅符，焚卻金魚；樂殺扁舟，淡殺三閭。

又

恰歸來、又見青春。萬種閒情，一葉孤身。空閒煞、赤手擎天，孤忠貫日，猛氣吞雲。儘草舍茅廬自穩，笑紅纓白馬他親。世事紛紛，何必紜紜？醉也昏昏，醒也昏昏。

又

碧梧桐、高護茅廬。窓外丹山，窗下丹書。身遠心閒，何妨城市，便是蓬壺。賞籬外黄花亂簇，唤尊前竹葉頻沽。花照歡娱，酒送模糊。説甚神仙，輪到狂夫。

又

腳蹤兒、海角天涯。土土塵塵，纔博得腰帶生花。此去千山，穩乘五馬，閒坐三衙。升與沉看來似耍，去和留到底由咱。掉背行踏，開口嘻呵。仙樂仙家，官屬官家。

又

醒來時、日轉窓紗。錦帳扶頭，又進流霞。酒興寬濃，詩情放浪，醉眼麻花。嘆白日簷前過馬，笑紅塵井底鳴蛙。名利輸他，快樂便咱。辭卻皇家，住老山家。

又

雨聲寒、秋氣瀟森。百尺朱樓，獨自登臨。一片青山，兩行白雁，萬户疏砧。黄葉舞、風前太緊，彩雲飛、天際難尋。抱膝長吟，此意何深？閒寄秋娘，唱與知音。

又

下疏簾、小院幽哉！笑對知音，儘好開懷。緑酒深傳，冰弦慢撥，烏帽斜歪。嘆趄趨、春光過客，笑奔忙、帝輦塵埃。醉倚茅齋，今夜和諧。醒抱瑶琴，明日重來。

又

怎生來、不理瑶琴。一段幽情，千里知音。烟水溓溓，雲山浩浩，消息沉沉。這兩字功名待怎？那一場離别難禁。醒也消魂，醉也消魂。目斷遥岑，腸斷遥岑。

又

夜筵開、玉指銀箏。雁字聯翩，鶯語輕清，高棟塵飛，遥空雲遏，小院風生。助良宵千金夏景，惹詩人萬種春情。好也天明，歹也天明。紅袖扶詩，錦帳酩酊。

又

平生好、肥馬輕裘。老也疏狂，死也風流。不離金尊，常携紅袖,慣傍青樓。袖兒褪、揉花玉手,話兒藏、釣趣金鈎。軟款温柔,故意包羞。花柳神仙,風月班頭。

又

玉爐中、火煖如春。汞裡煎砂,鉛内抽銀。紅黑相投,陰陽相戀,子母相親。玄牝成、綿綿息泯,寶珠圓、久久陽純。换鼎移神,身外生身。名列仙曹,位證真人。

水仙子

朝醒殢殺老神仙,日午紗厨自在眠。隔窗兒心友厮呼唤,起來呵惹早天,强披衣、情思昏然。命西子重排宴,向東山列管弦,這其間、真趣忘言。

又

紅樓間阻二年餘,緑酒歡娱五夜初,香風淡蕩三春暮。錦窠巢重做主,是和非一筆勾除。請退波馮魁鈔,拽回來卓氏車,問芳卿、意下何如?

山坡羊

没來由卞和閒恨,最知音逢萌安分。傷今吊古,嘆人海魚龍混。懶鑽頭桃李門,且抽身桑柘村。才非王佐,敢指望黄金印?野處山居,也樂田家牢瓦盆。醺醺多多酒入唇,紛紛紜紜耳不聞。

又

已矣乎人間閒事,去來兮仙家舊志。衣冠塵土,且收斂風雲氣。三台貴俺也知,五湖遊未必痴。英雄自古,回首多神異。試看那莊老喬松也,彼一時,此一時。丹墀曾將聖主辭,瑤池還同王母期。

又

漫崢嶸十來載人間仕宦，喜團圓十來口山中仙眷。匆匆行色，趁秋水把蘭舟轉。泛風波離那邊，托平安到這邊。清閒舊鏡，千萬足平生願。快活殺、水遶山圍也，一畝園，百畝田。遥天瘴起，黄茅人未還；平川神護，丹砂命自全。

又

悶葫蘆一摔箇粉粹，臭皮囊一挫箇蟬脱。鴉兒守定，兔兒窩中睡；曲江邊混一廻，鵲橋邊撞一廻。來來往往，無酒兒三分醉。空攢下箇銅斗兒家緣也，單買那明珠大似椎。恢恢，試問青天我是誰？飛飛，上的青霄咱讓誰！

又

講甚麽官卑官大，説甚麽位高位下。嘆浮生夢景，把往事休牽掛。罷辰衙與晚衙，尋詩家問酒家。榮枯得失，總付與漁樵話。似這等散誕無拘也，便宜殺，快活殺。生涯，或栽花或種瓜；行踏，任披襟任散髮。

又

二十個春秋冬夏，數十場酸鹹苦辣。些娘世事，海來樣胸襟大。青白眼一任他，雌黄口儘説咱。藏諸韞櫝，珍重連城價。攘攘青蠅也，漫沾法半點瑕。喧嘩，笑兒曹花木瓜；撐達，看先生海上槎。

又

山和水、水和山、廝環廝輳，醉而醒、醒而醉、閒迤閒逗。無邊光景，天付與咱情受。崢嶸萬户侯，包藏萬古愁。無榮〔二〕無辱，免使得雙眉皺。試看那感嘆華亭也,便宜殺范蠡舟。悠悠,人心無盡頭;休休,人生有盡頭。

又

嘆人世陰晴不定,想兔魄今霄瑩净。山啣樹捧,擁出軒轅鏡。滴溜溜秋露冷,景蕭蕭秋夜冷。重樓獨賞,不盡登臨興。把酒問嫦娥也,肯相陪到三更?銀屏,望嬋娟自在明;金瓶,儘狂夫自在傾。

又

樂淘淘連朝酒興,困騰騰今朝酒病。芙蓉帳冷,誰把香肩并?空閒雲雨情,虚擔風月名。青燈長夜,捱了些閒孤另。閒寫曲離歌也,叫山童唱與我聽。金瓶,涓涓莫漫傾;瑤觥,深深且解酲。

山坡裏羊

先生何故?鵬程雲路,扶摇八翼排清霧。舜禹謨,孔孟徒,不思日月催薄暮,死爲功名膽氣粗。功,也到土;名,也到土。

又

簾瓏四面,屏風八扇,蘭膏一點燒黄串。不這邊,不那邊,瀟瀟灑灑閒庭院,露滴紅蓮月在天。天,也是仙;仙,問甚天?

又

春朝春夜,花開花謝,天時不許人間借。且要些,且笑些,無窮世事無窮業,古往今來眼角趃。乾,酒盡者;咱,先醉也。

黄鶯兒

芳草卧斜陽,醒來呵,酒滿觴,樂淘淘再儘江湖量。春風細草堂,春色媚草堂,等閒傲殺淩烟上。任吾當,天高地敞,到處撒清狂。

又

不要待如何,小亭兒,景致多,陰陰翠竹風來大。老先生醉呵,閒寫會醉歌。墨淋漓常把羅衫汚,撒風魔横批順抹,得消磨處且消磨。

又

和氣滿三田,抱元精,守自然。降魔全仗三清劍,將日月手摶,把乾坤踢翻,顛來倒去千千遍。大功圓,嬰兒現,飛上大羅天。

又

金勒玉驄驕,嚲絲鞭,過小橋,青莎芳草平沙道。緑摇着柳條,紅映着小桃,山光嵐氣紗籠罩。賞東郊,少年行樂,最稱意是春朝。

又

又一度笑顔開,畫樓頭,玳宴排,和風麗日堪人愛。歌舞内放懷,詩詞上縱才,對知音不厭玻璃大。與吾儕、醉而復醒,明日抱琴來。

又

秋雨正銷魂,亂鴉啼,不忍聞,離愁萬種縈方寸。倚雕欄盼君,劃金釵恨君,佳期常把金錢問。信難真,遥山隱隱,腸斷楚臺雲。

又

紅潤汚鮫綃,賽春風,點絳桃。千金一刻于飛效,笑西廂事喬,盼東山意勞,離愁萬種誰行告? 好難熬,相思害殺,十二分爲多嬌。

沉醉東風

驚曉夢數竿翠竹,報秋聲一葉蒼梧。迷茫遠近山,淺淡高低樹,看空懸潑墨新圖。白首詩成酒一壺,人在東樓聽雨。

又

但得箇歡娱縱酒,又何須談笑封侯。拙生涯樂眼前,虚名譽抛身後,兩眉尖不掛閒愁。一日深浮三百甌,亦可度天長地久。

又

鏡裏容顔漸老,人間勳業徒勞。乾坤容我閒,富貴非吾好,落些兒散誕逍遥。醉覺三竿日色高,將玉斝香醪更倒。

又

四時中除冬夜永,百年間惟酒情濃。遲遲玉漏傳,款款金杯奉,碧窗前醉眼朦朧。回首興亡萬代空,試看那邙山亂塚。

又

洗耳向窗前碧灣,舒心呵門外青山。因留連偃月爐,偷走下連雲棧,笑一場夢破邯鄲。地久天長一粒丹,因此上功名意懶。

又

花衚衕鶯兒燕子,錦排場板句箏詞。幽歡燰玉杯,密〔三〕約泥金字,爲多情捱多少相思。重訪天台自有期,再休放挑花逐水。

梧葉兒

不盡君王報,難忘慈母恩,待去也、又逡巡。慚愧朝隨駕,繾綣暮倚門,酩子裏自傷神。回首望雲山隱隱。

又

壺内三杯酒,床頭一卷書,高卧小茅廬。酒樂百年内,書窮萬古餘。名利待何如? 且收斂沖天鳳翥。

又

明月何曾動? 浮雲本自移,借一陣好風吹。影内山河大,光侵星宿稀。看輝輝,普照爾乾坤萬里。

又

玉斝葡萄釀,金釵花月人,歌舞畫堂春。舞態堪消夜,歌聲聽遏雲。漸覺的醉昏昏,扶俺向紗厨略盹。

又

待月崔徽意,悲秋宋玉情。前世業,到今生。甜受用,常迤逗;紙條兒,厮調哄。笑惺惺抵死呵,風涼露冷。

又

錦褥堪人愛,蘭房可意凉。逍遥枕,紫檀床。紗窗細,薰風透;綉簾垂,午夢長。扶持的到高唐,這快活要人會享。

又

暫别三千地,常思十二時,回首舊佳期。夜館孤燈暗,高樓片月低,兩地夢相思。懊惱殺功名半紙。

謁金門

自知本痴,不慣使風雲氣。眼前誰較是和非,一任相猜忌。市虎三成,棘蠅一起。越相識,越牙戲。掩扉下帷,笑殺劉伶醉。

又

恰山翁興來,正山童酒釃。酩酊方何礙平生志?氣捲江淮,放浪形骸外。玉石同山,魚龍混海,使不着咱豪邁。且放開這懷,再休題那才。醉了也,君休怪。

又

一詩一詞,風月攄才思。尊前談笑總心知,無半點閒拘忌。落日留歡,涼飈做美,任散髪開襟袂。此卮此時,卿與俺休辭醉。

又

愛閒的没權,攬權的不閒,兩件兒曾經慣。烟波名利大家難,更險似連雲棧。灑淚江洲,行吟澤畔,笑黄犬東門嘆。總不如掛冠住山,到大來無災患。

又

身不離畫樓,手不離玉甌。酒痕滿羅衫袖。雙眉不慣鎖閒愁,生性嫌銅臭。草聖三杯,解酲五斗,任鋤瓜老邵侯。身外事不求,門外事不啾〔四〕,前程事隨天受。

又

趂春朝景解,正春醪味便。賞花柳,閒庭院。知音談笑緑尊前,麗日移門幔。處世支離,隨時過遣,嘆名利非吾願。酒傾呵似泉,筆揮呵似椽,只要到月出也君休散。

普天樂

列紅粧,開華宴。春風細細,夜月娟娟。乾坤放浪人,詩酒風魔漢。富貴浮雲非吾願,任人呼平地神仙。壺中自遣,門前不管,身外忘言。

又

慕長生,學仙道。烟霞快樂,雲水逍遥。把功名,一旦抛,早喚起黄粱覺。薄利虚名空拖調,枉擔閣一段清高。今朝悟了,閒烹龍虎,穩跨鸞鶴。

又

酒忘懷,風吹帽。浮雲縹緲,山葉蕭條。嘆人生,有限杯,能幾度舒眉笑。戲馬臺成荒山道,盡消磨萬古人豪。清尊共倒,黄花未老,隨我酕醄。

又

怨伯勞,傷飛燕,青宵佇立,白日愁眠。憶舞裙,思歌扇,得見多情芙蓉面。敢承望,雲雨俄延。天高地遠,緣薄分淺,動歲經年。

又

縱金杯,張青幕。樓頭畫皷,恰轉更初。夜月明,春風度,月朗風清把情懷助。問先生,不醉何如?規規矩矩,文文禮禮,笑殺酸儒。

金字經

殘月樓頭照,疏燈窗下明。夢覺山城雞亂聲。聲聲,樵樓報五更。催起今朝興,披衣倒玉瓶。

又

催起今朝興,披衣倒玉瓶。倍覺醇醪香更清。清清,消除萬古情。動殺不如静,支離過此生。

又

動殺不如静,支離過此生。何用悠悠身外名。名名,無邊愁患縈。獨鶴閒雲性,翛然去住輕。

又

獨鶴閒雲性,翛然去住輕。回首仙家憶舊盟。盟盟,逍遥白玉京。漫笑俺塵境,終須返太清。

又

富貴人争羨,山林俺自便。落魄人間老謫仙。仙仙,還他濁世緣。遨遊遍,騎鯨飛上天。

又

蓬鳥思歸去,功名笑倘來。漫説當年賈誼才。才才,徒教俗子猜。紅塵外,青山好避乖。

又

冷覷籬邊鷃,閒忙隙内駒。不識仙翁暫謫居。居居,乾坤一草廬。功行足,凌雲上碧虚。

清江引

紗窗半竿斜日影,起照菱花鏡。纔將鬢髮梳,旋把衣冠正。令人報、前庭上筵席等。

又

金爐[五]□□黄串餅,起坐心清浄。佛燈自在光,仙□□□□。

曲江漸升紅日影。

又

燈下銀箏壺内酒，快活閒情受。東門黄犬悲，西領白駒驟。因此上、傳杯不放手。

又

三月正當三十日，𥉂眼春歸去，有恨嘆春疾，無計留春住。教誰與、牡丹花做主。

又

教誰與牡丹花做主，春去花憔悴。且延有限杯，莫問無窮事。拚今宵、花前沉醉死。

又

燈前一聲長嘆息，不覺流紅淚。未到別離時，先慘相思味。抹姻緣、天呵權放筆。

慶宣和

分香賣履老曹瞞，横槊裝酸。征西兩字漢家官，他每不管不管。

又

丈八長鎗鐵鑄成，虜陣横行。金牌十二恨蒼生，錢塘塜、露冷露冷。

又

小入毫釐大過天，有訣真傳。烰烰火裏要栽蓮，得意處、行滿行滿。

又

一爐惡吒虎龍爭,玉蕊纔生。甜如蜂蜜冷如冰,内景内景。

又

這家妙事有誰知?龍虎爭馳。以恬養知鎮如痴,請參透他、就裏就裏。

又

一拳打碎鳳凰樓,風雨何愁?得休休處且休休,把前程、罷手罷手。

乾荷葉

平生無限風流事,恨謝安不與俺同時,山中也有蒼生志。細尋思,身後勳庸一片紙。

又

山中一刻春無價,玉杯長夜進流霞,雲霄給了箇清閑假。住田家,落魄人間快活殺。

又

神仙妙訣誰知道,配嬰兒、和姹女、只咱瞧,最玄一點玄關竅。不難學,一粒玄珠天共老。

又

謝安高卧東山上,逐朝家歌舞醉顛狂,起來不負蒼生望。拒秦强,留得芳名世世講。

又

巫山夢覺銀缸滅,緑窗前驀見月兒斜,半床翠被余蘭麝。恨重疊,枕上風流何處也?

又

兩間茅舍青山下,蒼松和翠柏兩交加,就中一段春無價。我和他,對月臨風無限耍。

滿庭芳

名花可人,風流夭艷,占斷芳春。雕鞍特地來尋問,一見留神。仗幾度春風透引,更三杯春釀温存。恐怕颾成陣,把香容瘦損,先折一枝春。

又

春風畫樓,徘徊寶殿,放浪金甌。千金難買良時候,春漏悠悠。髣髴似白衣送酒,旋教他桃扇閒謳。歡耍今宵,又與鄉鄰聚首,醉殺種瓜侯。

又

吞花吐酒,沈郎添病,宋玉增愁。風流作下風流受,睡起東樓。錦箏前笑看他袖手,翠杯中厭殺恁扶頭。歌舞捱長晝,夭桃嫩柳,催逼進觥籌。

又

新來夢覺,琴心色膽,柳怪花妖。東山不廢登臨樂,歌舞笙簫。

經俏眼多多少少，笑春情攘攘勞勞。回首青年好，偷閒輳巧，浪瘦沈郎腰。

河西六娘子

窗前日影又西斜，細將這、美酒斟者。遮莫要到懨懨夜，暢好是歡悦。杯盡去重賒，今日神仙拚醉也。

又

欲將春酒洗春愁，强支吾、春夜悠悠。春來掩過春衫扣，春病好難瘳。春水向東流，好似春情没斷頭。

又

連朝不敢傍金甌，漸酒病揫搜。今霄飲興重迤逗，依舊也風流。象板送鸞喉，一洗人間萬古愁。

又

堦前唧唧草蟲鳴，更良夜深。更怕離别，且盡歡娱興，呌一聲芳卿。玉斝捧瑤觥，遮莫醺醺要到明。

紅繡鞋

且賞宴東山懽聚，暫收拾西閣琴書，愛風流自笑病相如。紅亭花月滿，綉幕鳳鸞逐，緑窗鶯燕語。

又

趂剛風衝開雲路，借凉蟾幻出冰壺，玉瓶送酒賽江湖。賞風月何辭醉，望霄漢儘狂呼，唤嫦娥天外舞。

又

恨鞍馬催人歸去,托麟鴻問爾何如?夢魂常繞畫屏紆。筝柱桃藍玉板,串撒驪珠,憶尊前花解語。

又

笑錦袍淋漓紅汚,任瑤觴泛濫金波,小亭凉風雨忽來過。勞攘白圖甚?酩酊待何如?况清閒輪到我。

又

纔把征袍脱下,暫將寶劍歸匣,入門分引絳籠紗。夜永酣浮蟻,月落散棲鴉,天明催去馬。

風入松

想當初雞卵未分離,玄和黄那個人知。業風吹動分天地,盤古王那答兒坐起,有天地然後有夫妻。

又

有夫妻漸長兒孫,招攝的地魄天魂。澆漓變化淳亨運。堯與舜方纔揖遜,可又早湯武攘三軍,攘三軍只到于今。細尋思離亂傷心,麟蹄鳳網,嗟讒譖去來麼世間誰禁?拂袍袖把赤松尋。

又〔六〕

赤松子留訣在人間,説嫩龍嬌虎是金丹,一爐神火中霄見。握鶏卵重登彼岸,着人道拔宅向三山。

醉太平

門懸着艾虎,酒泛着菖蒲。畫堂歌舞又歡娱,便千杯不阻。恢恢，儘着江湖度，淘淘，要盡山林趣，悠悠，不管廟堂謨，老先生受福。

又

歌傳着玉筝，酒泛着瑶觥。不堪旅邸送君行，況朝酲未醒。惟君最識疏狂性，對君唱徹相思令，懷君無限别離情，把欄杆自凴。

又

華燈夜宴開，玉斝日舒懷。朱顔去了不重來，有千金難買。攢積枉惹錢神債，歸來未免君王怪，清狂又被俗人猜，嘆世情忒歹。

又

畫堂燒絳燭，緑酒泛金壺。狂歌醉舞二更初，勸來呵不阻。淩煙轟烈非吾慕，長沙寂寞非吾廬，高陽豪放儘吾徒，覷浮名似土。

醉羅歌

細雨細雨飛瑶砌，香醪香醪進玉杯。涼風漸透薜羅衣，無限清和趣。翠屏一帶也堪品題，丹楓萬簇也堪品題，無心冉冉孤雲細。醒還醉，山共水，此中真意幾人知。

又

淺斟淺斟葡萄釀，低唱低唱縷金腔。春風相伴杜韋娘，好把情懷放。周郎知趣何如粉郎，雙生知趣何如粉郎，多才喜遇嬌模樣。心相印，興自長，遮莫爛醉錦筝傍。

又

月兒月兒團團上，華池神水映輝光。胞胎灌溉紫芝長，有一個人相傍。降龍伏虎也在這場，超凡入聖也在這場，與後人立一個學仙樣。天書詔，彩鳳翔，虛空粉碎壽無疆。

小桃紅

羣山萬壑一茅亭，斷刻遺名姓。今古風流有誰并？笑惺惺、汨羅送了靈均命。前人勝景，先生不醒，倍見萬年情。

又

疏星淡月畫樓懸，人坐生綃面。十二闌杆笑凭遍，好涼天、流螢看撲白團扇。更長漏轉，唱低斟淺，樂殺飲中仙。

又

酒酣如意碎珊瑚，豪氣凌雲霧。歌舞東山舊風度，暢歡娱、不知身世催遲暮。顛仙自阻，兒曹快睹，任蛟龍寂寞卧江湖。

一半兒

垂楊重繫紫驊騮，竹葉深浮白玉甌。清瘦潘郎春病陡，爲誰憂？一半兒因花一半兒酒。

又

少年豪氣訪孫吴，滿腹經綸天地補。羞與兒曹争快睹，且收入藥葫蘆。一半兒文來一半兒武。

又〔七〕

虎龍又媾産真精，烏兔盤旋觀内景，月滿華池甘露冷。内丹成，一半兒昏昏一半兒醒。

醋葫蘆

喜今宵一刻長，趂秋燈終夜朗。酒淹羅袂任淋浪，忒字兒高陽心性狂。越漏永,越添情,況玉杯牽紅日上扶桑。

又

掛青山月一鈎,燦〔八〕銀河星萬點。玉杯松下且留連,細細香風傳脆管。嬌滴滴玉人兒作伴,風流花月散神仙。

又

裩鮫綃錦袖中,舉霜毫端石側。春情兜的上心來,記得中秋看月色。全不慚柳精花怪,殢風情暗裏墜金釵。

駐雲飛

洞府清高,萬古乾坤日月遥。獨佔青山樂,不許紅塵到。嗏!丹鼎自和調。虎龍盤遶,白雪黄芽,煉就長生藥。只候天書下碧霄。

又

窗外青山,一段風光畫裏看。野景情無限,野處身無患。嗏!倦馬已知還。幽谷清閒,雲本無心,風度西溪畔。已矣人間行路難。

又

春色三分,明月風光減二分。花也飛將盡,情呵傳無盡。嗏!粉面懶重匀。門掩黄昏,羞對菱花,不似年時俊。淚漬鸞箋寄遠人。

駐馬廳

夜飲朝眠,自分人間緑鬢仙。又被一張故紙、兩字功名,半載俄延。青袍白馬逐塵緣,洞花谿鳥應埋怨。何日飃然,碧雲拂袖,丹砂歸煉。

又

皺轉三更,不盡詩山曲海情。捏殘班管,書遍銀箋,撥損瑤箏。梅稍窗映月兒明,松枝簷掛參兒正。笑問先生,何時是個、酒闌人静。

一封書

葡萄釀味濃。出紅粧,捧玉鐘,珠簾透晚風。列笙歌,畫閣中。三月韶光歸去疾,百歲歡娱幾度同。鬢蓬松,眼朦朧,遮莫燈前酒暈紅。酩酊卧,更漏永,三竿睡覺日華東。

又

梨花院日遲。樸簾櫳,柳絮迷,銀箏送玉巵。且風流,此一時。三疊陽關三嘆惜,半世姻緣半別離。問佳期,説佳期,秋風匹馬阮郎歸。

喜春來

怕狂不敢留沉醉,賞趣虚爲出郭遊,鋤瓜今日笑君侯。門外柳,五樹冷禁秋。

又

青萍削玉原無價,緑耳追風浪有名,一丘一壑老英雄。殘照影,長嘯把曲欄憑。

賽鴻秋

舊住在太清天瓊瑤闕、梵氣清虚殿。閒來時補乾坤、搏日月、静把神丹煉。八百萬泛蒼溟,覷幾度桑田變;九千年跨青鸞,赴一遍蟠桃宴。醉翻王母觴，謫離羣仙眷。因此上下青霄、來人世、化落在深宅院。

雁兒落帶得勝令

林泉拂袖歸，雲雨抽身退。晴風范蠡舟，雪夜袁安被。○鵷鷺罷追隨，鹿豕與徘徊。自得閒中趣，渾忘醉後思。崔嵬、四面山常對，摧頽、千杯酒莫辭。

又

千金身自頤，三寸舌常閉。徒懸捧日心，休説冲霄志。○情事有天知，斷送任人欺。去就皆由命，埋藏且趁時。粧痴、瀟灑閒中意，頻題、淋漓醉後詩。

又

喜青山雨乍晴，近寶殿風初定。暫追遊雲水鄉，猛撞入芳菲境。○魏紫舊馳名，金谷最多情。閒草清平調，還思花萼亭。銀箏宛轉花間聽，金瓶流連月下傾。

又

飛雲般鬢髮颸，滿月樣容顔俏。煉丹砂一粒靈，任日月雙珠跳。○海上路非遥，天上路非高。歌吹廻雙鳳，樓臺駕六鰲。雲霄有路終須到，林臯無勞睡得牢。

又

再休題碧油幢去歲勞，且要〔九〕些黄金盞今宵樂。尋這間風流安樂窩，趁那答塵土長安道。○不耐煩摔碎許由瓢，怕俄延撑折李鷹篙。判斷了喬公案七八座，死捱過大會垓一兩遭。守丹鼎逍遥十二時猿聲報，跨紫霧飀飈三十天鶴背高。

又

滿斟着白玉杯，兒女每燈前跪。趂他快活年，儘俺酩酊醉。○世事與心違，日月老將催。法界三千大，浮生七十稀。占些兒便宜，早跳出塵凡累。笑從前貪痴，再休將名利題。

雁兒落帶清江引

石崇富結讐，韓信功催壽。榮華有是非，年命無先後。○五柳莊兒常自守，醉也還重又。風塵且避乖，花月閒情受。老先生快活殺詩共酒。

又

青衣列畫樓，緑酒傳紅袖，一梳頭一月餘，大開口三更後。○斷送一生除是酒，不讓劉伶後。何嫌日太疾，自有天成就。任瀟瀟五株門外柳。

對玉環帶清江引

何用麟袍、羊脂玉繫腰？可笑痴人，馬蹄金恨少。白髮不相饒，青春容易老。昨日東風、花開花謝早，今日西風、林稀林葉凋，○做下領傲風霜粗布襖，去住從吾好。一爐龍虎丹，萬古雲霄樂。這前程比他每誰大小？

又

好個人兒，秋波嬌又涎。好段風光，春花媚更鮮。燕舞掌中翻，鶯歌簾外囀。一刻千金、風流緑酒邊，一日三秋、相思皓月前。○桃源夢回仙路遠，想像芙蓉面。香留金縷衣，詩寄白團扇。懊惱殺當年劉和阮。

對玉環

留住青春,人間日月長。遠離紅塵,壺中天地敞。清班鵷鷺行,皇家麟鳳網,撒手由咱,英雄會忖量;信口隨他,漁樵閒論講。

脱布衫帶小梁州

兩相牽雨約雲期,兩相趂燕子鶯兒。我爲你渾忘垢恥,你爲我剩擔閒氣。○秉燭千金一刻時,受用殺風月便宜。偶然一步不相隨,朝思憶夜夢不相離。

么閒題半紙虚名利,漸明朝一旦催逼,别外情從前意。些娘私事,敢付與老天知。

小梁州

趂青春培養的紫芝生,早辦前程。雲中烏兔不曾停,休争競薄利與浮名。○向山林正好學些静,打熬成一顆珠明赤子靈。天門迸、三千功行,穩步上瑶京。

二犯江兒水

捱徹相思時候,玉人兒纔厮守。正調和琴瑟,温煖衾裯,又分開鶯燕儔。離合好無休,悲歡不自由。想昨夜綢繆,今日離愁,把金杯、淚珠兒多似酒,割不斷相思兩頭。我這裡驊騮懶驟,他那裏悶懨懨獨倚樓。

連珠賽鴻秋

閑來時飲香醪,一任醺醉。醉了呵靠牙床,且自昏昏睡。睡足也夜懨懨,依舊排筵會。會中間樂淘淘,瀟洒忘塵累。身外待何如?

閒裏多風味。嘆人生屈指誰百歲?

錦庭樂

倚朱樓,眺青山,遥瞻碧天,彩雲邊忽見嬋娟。比尋常十分皎然,遇中秋爽氣新鮮。宜賞瑶巵玳宴,笑對銀筝粉面,暢風流夜未闌。惟願取年年今夕、人月團圓。

并州歌

心慵意懶,嘆雲霄回首,夢破邯鄲。功成名遂,更遲留,誰免憂患? 青山揮洒孤臣血,寶劍催殘壯士顔。封侯印,拜將壇,虚名枉與後人看。長安道,行路難,不如歸去舊青山。

晝眉序

微雨送新凉,夏木陰陰護草堂。聽銀筝一曲,换羽移商。日月呵笑爾奔忙,天壤間由咱豪放。晝長高卧東山上,衢一味痛飲清狂。

一江風

雨初晴、一洗山容浄,宜寫入冰綃縈[一〇]惸。敞雲亭樹影,當窗苔色侵。簾花落,瑶堦静,銀筝入耳清清。金壺信手傾,消盡閑中興。

傍粧臺

興飄然,東山高卧散神仙,歌兒舞女厮陪伴,無一日離尊前。眼前光景如流電,又是端陽列玳筵。主人情重,佳釀味便,願同佳節萬斯年。

寄生草

盼來呵來何暮,説去呵去好疾! 托春心愁把花箋寄,鎖春情獨把重門閉,搯春纖常把歸程計。若他行再接上玉簪折,論咱心實不愛黃金貴。

堯民歌

第一爲三軍受苦,第二來百姓遭荼。非是俺文官好武,講孔孟曾看孫吴。擺列着營前鐵皷,磨擦了鞘裏昆吾。他便是赤眉銅馬待何如?江山社稷要人扶。英雄英雄下狠毒,殺他個片甲無歸路。

賽兒令

他要官,俺樂閒,鳳凰池争如俺雲水間?身離長安,夢破邯鄲,名利不相關。要鄉情小小杯盤,縱高眠大大蒲團。詩懷天樣闊,酒量海來寬。看明日又三竿。

金盞兒

恁衷腸,俺衷腸,半點兒誰敢厮虚誑?姻緣簿寫百年長。比風流,張殿試;賽窈窕,杜韋娘。既同巢棲燕子,願雙塜化鴛鴦。

彌陀僧

翠竹交加,掩映窗紗,這風光一刻千金價。閒行早來到涼亭下,將着這玉杯也,樂淘淘痛飲流霞。清涼這答兒,正好消長夏。

永團圓

我愛他容嬌,他愛我才學,但相逢一耍一個天大曉。詩酒酕醄,歌舞逍遥。既趂了少年心,永團圓只到老,

醉高歌

今生柳市歡[一]娱,夙世桃源伴侶。同心結子連環玉,一點真誠

暗許。

天净沙

知音就是知心，何拘朝市山林，去住一身誰禁！杖藜一任，相思便去相尋。

落韻鎖南枝

疏狂性，放浪懷，拂袖閒思歸去來。想陶潜實是明白，快活殺三徑花開，五柳庄千金難買，草舍柴門倒比那彭澤大。十八學士官，二十八將臺，你覷破那答兒擔憂、那答兒開懷？傍寸人兒隨恁揀。

又

春將盡，日漸遲，瞧空偷閒進玉巵。你覷他十二個忙時，不如俺十二個閑時，掐指頭兒光陰有幾？如今的時年，白紙上不希罕黑字。看甚麼經？讀甚麼史？既如今碌碌庸庸，又何須苦苦孜孜！小厮每、向前來斟上酒。

新製嬌鶯兒

凭闌閒顧，涼風颼井梧，寒日下平蕪。隱隱丹梯青嶂，遥指東歸路。藍橋懷舊侶，秦樓誰做主？正是俺對景牽情，愁見那寥寥雲際，飛送過雁兒孤。

又

疏燈寒照，紗籠窗月皎。風露響簷鐸，那更秋蛩四壁、都向離人鬧。紛紛愁亂攪，懨懨天不曉。空教我輾轉紗厨，盼殺那陽臺雲雨，怎能勾夢兒交。

又

愁懷無奈，終朝雲雨排。獨坐小書齋，兩目秋光蕭索，觸忤人無賴。霜侵林木改，露滋籬菊色。俺這裡屈指閑思，只恁般星移景换，没一個信兒來。

又

幾行白雁，飛鳴過遠山。音信杳難攀，唯有寒蟬聲咽，似助人愁嘆。佳人懸望眼，歸期應恨晚。料那壁寂寞青樓、正值着寒霄長漏，怎捱得被兒單。

校勘記

〔一〕“敍”，原作“叙”，據《叢書》本改。

〔二〕“榮”，原作“樂”，據《叢書》本改。

〔三〕“密”，原作“蜜”，據《叢書》本改。

〔四〕“啾”，叢書本同。疑當作“瞅”。

〔五〕“爐”，原本闕，據《叢書》本補。

〔六〕原本無此字，據體例補。

〔七〕原本無此字，據體例補。

〔八〕“燦”，原作“爍”，據《叢書》本改。

〔九〕“要”，原作“要”，據《叢書》本改。

〔一〇〕“犖”，《叢書》本作“愣”。

〔一一〕“歡”，原本及《叢書》本誤作“勸”，以意歡。

常廷評寫情集跋張晉山《沁水遺文》　佚　名

是帙爲小令若干，爲套數若干，爲新製小令若干，皆我室弟廷評常樓居所作，而乃兄紫沙之所集焉者也。見而悦之者，我邑侯張東川也；悦而欲刻之者，我幕賓曹君也。録成將壽諸梓，愚遂僭數語以識顛末。若夫樓居之氏名、家世與其衍業，其他集并前序已詳之矣，余奚以贅爲？

自課堂集

〔清〕程康莊　撰
李雪梅　點校

點校説明

程康莊，字坦如，別號崑崙。明萬曆四十一年（1613）生，山西武鄉縣信義村人。他自幼博覽羣書，尤擅詩文，少年時代歷遊韓山漳水，與武鄉社會下層接觸較多，因此，程崑崙在秉承深厚家學的同時又積累了豐富的生活閱歷，描寫家鄉風土的詩作感情尤爲真切。

崇禎七年（1634），程康莊二十一歲時，就學于山西學政袁繼咸帳下。次年考取拔貢。崇禎九年（1636），袁繼咸被山西巡按御史張孫振誣陷，押解入京，山西名士傅山先生等聯絡山西生員百余人，聯名上疏，赴京爲袁繼咸訴冤請願，程崑崙爲師請命，自是奮勇當先，他陪伴傅山先生左右，協力謀此義舉，并有詩記之："青主去救袁夫子，千金擲地神揚揚，抗書共我見天廟，袁師乃得歸故鄉。"

程崑崙少年時即勇擔義舉，敢于直觸天顔，經歷自是不凡，其人品性格頗受武鄉一地夙風雄壤、大氣蕭爽的地域脈息與雄渾氣質之熏染，而這種獨特風格，於其詩文中，亦是不時流溢。

明崇禎八年（1635），程崑崙考取拔貢。清順治十一年（1654），他被山西巡撫保薦隱逸，應試高等。清順治十七年（1660）補江蘇鎮江府通判。當時正值清王朝定鼎之初，政局混亂，鎮江地處要衝，有駐軍鎮守。海氛甫靖，軍民混處，治安紛擾，程崑崙到任後，拯災撫困，恩威并用，有的放矢地制定出一系列防止駐軍擾民的條例規範，一時民懷兵慴，鎮江府内遂治安肅然，程崑崙之名亦因此而威振江浙。

雖嚴明慈惠，循良著績，程崑崙之仕途卻并未因此而一帆風順。他在鎮江府通判之位上履政多年，直至康熙六年（1667）方得調任安徽安慶府同知。

程崑崙赴任安慶後，留心民瘼，切務實政，制定防江策，平息盜風，決疑案多所平反，社會大治。安徽巡撫甚至下令把他的治亂方鍼推行於沿江各縣，江南、江西人民均賴其法令而得以安寧。

康熙十年（1671），程崑崙奉詔回京補官。後因前任之事牽連，遷任陝西省耀州知州。仕途不暢，程崑崙内心不乏怨懟，但爲官者對轄地百姓應有的責任與關愛，於他心中卻須臾未有忘懷，時耀州遭叛兵萬餘圍城，城故圮壞，程崑崙臨敵無懼，力挽危局，他親自督率兵卒吏役，日夜巡防，往來戍守，誓不與匪俱立，叛軍臨城下，程崑崙守坐矢石之巔，臂三分垂城外，整暇不迫，并伺叛軍隙連發數十砲，一舉殲滅，耀州困境乃解。

耀州圍解後，防軍到來，軍需供應極其浩繁，官府財力頓時吃緊。程崑崙不擾民生，遂傾其私有，并以個人名義借債，奔走上下，方保供應。此無私之舉大得民心，他離任時，耀州百姓攀轅卧轍，送之遠郊，且爲其立德政碑并肖像祀之以紀念。

縱觀程崑崙的詩文，在汲取唐詩宋詞古法遺風的同時，更重於真情實感的抒發，爲文練句頗下功力，有秀逸、奇峭、婉麗之獨特風格。

程崑崙雖政聲顯赫，卻仕途乖蹇，屢遭排擠，他臨危受命，綰政耀州，成效斐然，頗得護軍之青眼，曾許其官升巡道，卻被他事所阻，未能如願。心灰意冷之餘，程崑崙自行求去，康熙十四年（1675），他屢次上書要求退休還鄉，得準核後，由耀州鬱鬱歸里。

康熙十八年（1679），程崑崙病卒於武鄉，《清史列傳》卷七十一爲其存傳。

本次點校所用版本主要有五種，分别説明如下：

一、《自課堂集》，清錢謙益、陳維崧編選，康熙五年（1666）刻本，此本在二十世紀三十年代由山西省文獻委員會收入當時編輯的《山右叢書初編》。

二、《程崑崙先生詩文合集》，清黄傳祖、王士禛、李長祥、杜浚評選，順治十八年（1661）刻本，九行二十字，花口，無魚尾，四周單邊，屬國内外孤本，現存首都師範大學圖書館善本部，是目前國内外所藏與程崑崙相關的詩文集版本中最早最好的版本，點校中簡稱《崑崙詩文合集》。

三、《四大家文選》，清陳維崧編選，康熙六年（1667）刻本，九行十八字，白口，單魚尾，四周雙邊，山西大學圖書館藏。此文選中收録有程崑崙部分作品，點校中簡稱《崑崙文選》。

四、《程崑崙先生詩草》，清武鄉詩人趙三麒編選，康熙四年（1665）刻本，八行二十字，單魚尾，四周雙邊。收録程崑崙詩作三十七首，點校中簡稱《崑崙草》。

五、《衍愚詞》，清王士禄、陳維崧編選，清康熙四年（1665）留松閣刻本，九行二十一字，花口，無魚尾，四周雙邊，是收録程崑崙詞作最完備的版本。

本次點校，程崑崙先生文章以《自課堂集·文集》爲底本，以《程崑崙先生詩文合集》、《崑崙文選》爲校本；程崑崙先生詞作以《自課堂集·詩餘》爲底本，以《衍愚詞》爲校本；程崑崙先生詩作以《自課堂集·詩選》爲底本，以《崑崙草》爲校本。

該書文集、詩余、詩選下原有“武鄉程康荘昆侖着、虞山錢謙益牧齋選、宜興陳維崧其年選”字樣，今删去。

序

甚矣，文之途岐也，歸於正而後可。故古今之稱作者，其論文必先辨其是非，得乎是之所在，其自著之文者無不是矣！不得乎所在，其自著無復一是者矣！昌黎氏之言曰："惟其是而已矣。"此之謂也。六經以外，左、國之文，孟子、莊周、司馬遷、班固之文何如哉？昌黎、臨川、廬陵、眉山之文何如哉？是猶大路然。後之爲文者，繇之如猶大路，然其間忽忽有六朝生於唐、虞、夏、商、周、秦、漢之後，若不知有聖人，不知有左丘明、孟子、莊周、遷、固其人者，此不可解矣。去六朝之世，唐宋大家相繼興起，以明之三百年，其文雖衰，猶未墜地。自其末年迄於今日，學者忽忽尚六朝，不知有聖人，不知有左、國、孟子、莊周、遷、固，又不知有昌黎、臨川、廬陵、眉山，猶不可解矣。

唐、虞、夏、商、周、秦、漢之文，唐宋八大家之文，其在人耳目之際猶月然，雖兒童見之，皆知其爲月也，不以爲盤也；抑猶星然，皆知其爲星也，不以爲火也。陸機、陸雲之輩出，以盤而混之月，以火而混之星，後之人又抱盤以爲月，執火以爲星，於光彩天上垂之大地者，則遺之獨何與？其陷溺之亦至於斯哉！

數十年來，海内之號爲文人者，有王於一、侯朝宗、張繡紫、謝石臞諸人，其成家各不同，要皆驅馳於大道之中，生於狂瀾，卒能砥礪，可謂不惑矣。王生、侯生既已繼没，繡紫、石臞又以不得意之人困於風雨，予正以二公之在此時相與究論，乃於晉中又得崑崙程子，其文或以八大家變太史公法，或以太史公變八大家法，又或以太史公八大家變已法，又或以已變太史公八大家法，而自成其爲一家之言。夫文無所宗，則荒唐無所主，有所宗矣，不能以其所宗者互相變，或互相變矣，不能以其變者變己，亦即能以其變者變己矣，或又不能以己變其所變者，是皆不能以無恨於其文焉。以觀於崑崙之文，可謂變矣，可謂變變矣，無不變則無有乎一定之文，而無有乎一定之文正以有乎一定之文，文章之道然哉，則崑崙然乎哉！文之在古今，苦於多榛蕪，時六朝榛蕪矣，相與尚之，又榛蕪矣，豈惟榛蕪，且將墜地。

侯生常自謂少時汩没六朝，極力爲之，乃得拔出；王於一則視六朝如寇仇，二公是以有其文名於世。今吾黨漸孤危，得崑崙子，蓋幸焉，其與西冷青湘同驅馳乎大道，乃在斯乎。

予過潤州，崑崙以其文來，予因述予之所謂文者，而叙其文如此。

木庵。

康熙三年九月古夔李長祥撰〔一〕。

校勘記

〔一〕《自課堂集》未存此落款，據《崑崙詩文合集》補。

序濟南王士禄西樵譔

昔人謂韓退之以文爲詩，今觀其詩，泱泱也，雖柳之以詩爲詩者，無以過也。謂蘇子瞻以詩爲詞，今觀其詞，琅琅也，雖黄與秦之以詞爲詞者，無以過也。惟其才大，故無不宜也。

崑崙以文章名海内，乃點筆爲詩，詩工；倚聲爲詞，詞又工，其《衍愚詞》四十餘篇具在，試取而讀之，縱復專家獨詣能遠過乎？是以詞求崑崙，雅不足以盡崑崙，亦可以見其才大而無不宜矣。

僕更有異焉，古來工文者，退之之前莫尚班馬，班則猶有明堂寶鼎諸詩，子長不聞也，是工文者不必盡兼詩也。古來工詩者，子瞻之前莫尚李杜，李則創爲《菩薩蠻》《憶秦娥》諸詞，子美不聞也，是工詩者不必盡兼詞也，即其莫尚者，且有然矣。

吾聞大江以南之尸祝崑崙也，於其文合某某四家而奉之爲大家，於其詩合某某十家而奉之爲名家，出其餘爲詞，又爲專家獨詣之所不能過如此。此豈區區兼人之目足用褒贊歟？若夫挈温較韋，擬柳比周，僅操詞家之説以相衡量，抑愈陋矣，僕固略而弗述也。

序金壇後學蔣超譔

崑崙程公集成，海内鴻生儁老序之者無數，論意氣則有若似園趙君石渠，美興會則有若西陵孫君宇台，崇問學則有若芑山張君爾公。至於追原水土之深厚，闡揚祖孫創述之閎深，與夫表章風雅，流連遇合，姚江朱君博成實總其粹。其他唧芳送華，涂湅舟漆，異口同聲，不可勝述，蓋皆出乎至誠，非謬諛也。公宦不列雄要，四方之士至者，無縞紵之歡，而其佩服若此。

昔子雲著書，世無識者，惟桓譚、侯芭信其必傳。以今觀之，猶恨子雲不如公徵信之速耳。夫文章一道，依世互變，西漢子長去古未遠，其氣渾厚，其學贍雅，一時號爲文字之祖。自此而後，遷延至於六朝，俳儷大作，昌黎振興其間，挽弱爲强，斲雕爲樸，子瞻所謂功不在禹下也。在宋之初，大儒崛起，以倡明理學爲宗，義主恢徹，詞主演迤，然而浮泛叢蔓動輒盈紙，識者厭之。明興，凡爲學者，束首受書，曲肱安穀，即學爲八股軟熟之體，因而闌入古文詞，忽偶忽散，倏古倏今，街談巷議，無不竄集，挨諸龍門、昌黎，真不啻龍伯之於僬僥，西施之於嫫母也。公自爲制舉業，即好爲崛强瑰異，與西江松陵諸公頡頏顔行。吾先子與琴張、介生兩先生，蓋皆自媿爲邾莒不能及焉。鼎革以來，公流離放廢，奇氣鬱結，益發之於古文詞，粲粲落落，琅琅蕩蕩，句廉皎潔，劇鉥心腎，甚者珠光玉威，變幻百出，不可捉摸。

噫！西漢不可作，惟昌黎思有以拯之。當時學者，如樊宗師、元次山、大中二子，皆稱貌似而已，固不能闖其隩隅，陟其門户也。及明，有圭峰先生力追沕古，有方圓曲折之勢，繼此而後，誠未見有能勝圭峰者也。公爲吾郡通守，官事叢穉，大兵永鎮以來，拮掘芻茭，日不暇晷，又累攝軍正，鞭扶之暇，口瘏手瘁，獨能專精學問，有志復古若此，使得如子長、子雲優游石渠、金馬之間，執油素記異聞，于以潤色國家鴻業，豈有量哉？

公仕途益顯，其文章將益進，惟予不肖，忝爲公班尹，子孫不能學公萬一，見公全集，輒曉夜受而讀之，兼爲諸公殿後，叙之曰：禰韓祖馬，兒視樊元孫劉，即之宛然一圭峯而已。此書必傳，敢以鄙言爲定。

序虞山錢謙益撰

余生平師友多在三晉，若曹安邑、傅定襄、孫沁水、張陽城數輩，皆以正學偉節表儀朝野。而武鄉程司空鳳菴，推諸公之聲氣，以臭味及余，日月遞更，宿草彌望，每矯首三晉雲山，晨星曉月，耿耿在心目間，爲悵然太息者久之。而司空之孫崑崙使君，應玄纁之聘，筮仕京口，清聲異政，與其淵才雅思，金舂玉應，騰涌於金鰲鐵甕之間。余竊喜司空之有後，可以爲善類之勸，而尤惜諸公之箕裘邈然無聞，未知夫天道之果可必者終何如也？

崑崙聞余猶强飯，喜大父輩行尚在人間，盡出其詩文，屬余爲叙，且謂余有老馬識道之智，俾是正其得失，則請循而論之。余讀世之作者，户立壇墠，曹分函矢，人和氏而家千里，彬彬乎盛矣。繁聲縟綵，駢枝驪葉，以裨販爲該博，以剽擬爲側古，買菜求益，嚼飯餧人，其失也罔；么絃促節，浮筋怒骨，發音聲於蚓竅，窮夢想於鼠穴，神頭鬼面，宵吟晝厭，其失也誕。要而言之，雕花不榮於春陽，涔蹄不歸於邛浦。覈其病源曰：無本而已矣。

旋觀崑崙之詩文，才氣横溢，詞源倒流，如噴泉之涌出，如龍氣之直上；徐而按之，辭有體要，文有原委，不騁奇於篇什，不求工於字句，如武庫之有五兵，如玉府之有六玉，井井乎其行列也，離離乎其相屬也，進而扣所有，愈出而愈不窮也。韓子有言：“昭晰者無疑，優游者有餘。”養其根而竢其實，加其膏而希其光，有本者如是，其崑崙之謂乎？

吾聞司空少負淵敏，得純正兩夫子之家傳，出入天人，上下經史，著書滿家，張皇幽眇，屯膏未施，以其學詒子孫。崑崙之學，其發源於乃祖遠矣。《詩》不云乎：“有斐君子，如金如錫，如圭如璧。”吾謂君子之光澤，與被於金錫圭璧者猶淺，而浚發於子孫者彌深且長。讀崑崙之詩文，而瞻企其光芒潤澤，溢金錫而孚圭璧者，可不知其所自也乎？昔者文中子之教，興於河汾，而叙世家者，授《元經》而歌《伐木》，推本於銅川府君。余叙崑崙之文，而趣舉其所由來，其亦有河汾之志乎？白頭黄髮，三世老友，若猶是雕繢之句，吹噓聲名，望塵吹影，與斯世尋行數墨之流，角逐於少年場中，此固非余之所以自處，而亦豈崑崙之所以屬余者哉？

序 婁東吴偉業譔

吾友新城王貽上爲揚州法曹,地殷務劇,賓客日進,早起坐堂皇,目覽文書,口決訊報,呼謈之聲沸耳,案牘成於手中。已而放衙,召客刻燭賦詩,清言霏霏不絶,坐客見而詫曰:"王公真天材也。"乃貽上盛推程公崑崙不置。程公,鎮江通守也,南徐幕府初開,軍國異容,主客狎進,程公一儒者,左支右掣,日不暇給,顧以其間爲詩、古文、詞,與貽上郵筒唱酬於煙江相望之内。嘗登焦山,披草搜《瘞鶴銘》,遺迹爲衝波撼擊,缺蝕不完,别購善本,磨懸崖而刻之,拉貽上同游,相視叫絶,憑高吊古,各賦一章紀其事,江干之人艷稱之。

余因以追溯舊游,蓋識貽上在十年之前,而崑崙别去已三十餘載。貽上年盛志得,一以爲趙張,一以爲終賈,其材具誠不可揣量。崑崙制舉藝,盛爲當時東南諸子所推。歲月綿邈,知交零落,若余之僅存者,其衰遲已不足數矣。乃崑崙農力耆事,克振奮於功名之塗,吏治文章偕精疆,少年争能而度智。吾聞山右風完氣密,人材之挺生者,堅良廉悍,譬之北山之異材,冀野之上駟,嚴霜零不易其柯,修坂騁不失其步,若程公者真其人乎!噫嘻!抑何其壯也。

在昔江左六朝,京口、廣陵爲桓庾王謝名家世胄迴翔之地。揚州從事,北府參軍,文采風流,至於今未沫。貽上之先大司馬,有勳德於雲中,崑崙大王父大司空公,清修直諫,在先朝皆著節老臣。今兩家子弟,砥礪名行,讀書從政,綽有令聞,覽斯編者,能無慨然於世德之顯翼而家學之弘長乎?崑崙之於文,含咀菁華,講求體要,雅自命爲作者。其從吾郡袁子重其郵書於余也,自以身名畹晚,投老一經,不克酬其所志,視其中若有不舍然者。余則以爲士君子處世,當隨分自效而已。自古富貴而名多澌滅,唯博聞績學之士,垂論著以示來禩，雖殘膏賸馥，與江山同其永久，而又復奚憾焉。因叙其集以歸之，并以寓貽上何如也。

康熙四年上巳前五日，通家治弟婁東吴偉業拜題〔一〕。

校勘記

〔一〕《自課堂集》未存此落款，據《崑崙詩文合集》補。

書栢鄉魏裔介

向者在部之日，辰入申出，循例執簿，未得效執鞭之誼，然聞老年翁才名久矣。今春，蔣虎臣公祖以大集見示，每一披閱，則賞心悦目。竊以爲古文之廢久矣，三代而後，自當以馬班爲宗，韓歐爲嫡派；二蘇筆舌妙天下，而失之泛溢；程朱理學入堂奥，而詩文有遜焉；明季一代，濂溪、正學、弇州而外寥寥也，豈不難哉？大作於流衍之中而絜以法式，於奔放之餘而達以精采，然非鏤金剪綵之比，其爲大家可傳無疑也。方欲寄聲相詢以千秋文字之秘商，而彭子士報先至，已道台意，續承手教，虚懷殷殷下詢，若以僕之著述，足以稍繼古人之一二者，僕非敢當。以爲詩以抒情，貴得三百篇諷諭之意，故子美可尊也，而并喜香山文以抉理；貴得六經經緯之意，故兩漢可師也，而兼取唐宋金粉之香艷。訓詁之餖飣，不足以言詩，不足以言文也。

今先寄拙作數種，希指教一二。彭子士報不日南去，此後瑰瑋之作、雋永之詠，望不時教示之也。臨楮馳切，不盡欲吐。

叙合肥龔鼎孳譔

南徐北顧之間，山川麗崎，江流湍激，從來文人騷客登臨憑眺之所也。每思得荀中郎、王阿大一流人作官此地，與風景相映發，當倍有可觀。

今果獲遇武鄉程崑崙。崑崙，大司空孫也，司空先代名臣，崑崙爲其佳子弟。少年時，蜚聲京雒，頡頏上流。其古文辭，蒼深崛奥，直抉柳柳州、王介甫之神，世人不知，以爲似孫樵、劉蜕，非矣。詩歌堅古深樸，上逼浣花翁，絶非鬬花儷葉者比；詩餘琢字鍊句，周秦辛陸，遂兼其勝，崑崙崑崙，足以豪矣！至其幹局英達，意氣磊落，凡諸懿迹，筆不能書。即如陳子其年，天下才也，崑崙獨於風塵蹭蹬時以國士待之，此豈今人所易得？然則人如崑崙而豈徒文章之士乎哉？

舟次廣陵，夜讀崑崙全集，倚檣題數語寄之。

康熙五年十月。

序晉安黄文焕譔

當此時，士子談詩文者，大多潤不必漱，籤不必臚，慨然席踞古右，何地蔑有？詩尤倍文，以字句無幾，舌易辭强，腹易辭枵也。年踰笄弁，梓已數帙，昔之老名下嗛嗛然怯於問世以務銶腎，此風絶矣。

居官則談詩文太寥，不惟簿書廢道，原不暇談，且不肯談，平日本領，未窺奥窔，於是飾詞自張曰："吾長於政事，此小技耳，於道非尊。"即能詩文，復不敢談，恐人視爲文章聲氣皈依貽累也。寧逃之一丁不識，不欲附於萬卷經破。

又地有南北之分，北方風氣高勁，不墜纖麗，本屬詩文之區，空同、于鱗均擅北産，然南方唱和，習所漸染者多，至於以時論之，則宜少宜多，又各分焉。前日老名下迄今尚存者，閉門造車，喑不輕吐，間或吐之，閟而不梓，候實宜少。若生在今日，宦在今日，得志逢時，其氣壯，其情樂，百無可閟，蓋居官與士子俱宜多不宜少矣。

崑崙詩文之名，嘖嘖萬口，余以夏五過京口，新稱識荆，示集索弁。爰於衆論中爲拈定論，不專諛詩文，而窮詩文之所從來，宜多宜佳何在，則請共核之，曰：時兼前後也，地兼南北也。方其爲諸生時，與陳大士、章大力、羅文止、張公亮、楊子常諸公暨發干霄，漣漪縈水，夙昔精華，盡收諸不律中，低徊醖釀，迨今日而始出其瑚璉，則兹時之孚尹，固所再收者，于以生虹，夫何艱哉！岳生屬北，紆組則南，此非地兼乎！

昔人談詩文，謂得江山之助，或有江無山，或有山無江，不能兩全，獨京口則諸山大江畢備。金焦爲江中澄泓突兀，奇尤居勝，公且以其詩文爲金山爲焦山，誰與京者？天下之泉多矣，中冷孤稱第一，于以供崑崙磨墨蘸毫，益助第一之詩文，不其然乎？

序錢塘陸沂譔

晉中程崑崙先生，本武鄉華胄，以名德博洽，爲時輩所推。崇禎間，如楊子常、顧麟士、陳大士、羅文止諸君咸推爲祭酒，以文章取正焉。尋州郡欽崇道風，屢徵山林逸遺，先生皆卻之。順治時，對策大廷，爲京口司馬，一時稱其廉平。

予過潤州，讀其全集，五古風格，出入建安黄初；而五七諸近體絶句，則兼有李杜之長，或時浸淫於嘉州龍標之間；至排律及七言歌行，則渾然少陵也。文章原本馬班，融會左穀，其頓挫處則入韓歐諸大家，而峭勁遒壯，往往有不屑唐宋之意。

蓋其學博而才高，氣堅而骨秀，故能獨有千古，俯視流輩，良有以也。山左王貽上先生有才子之望，頗與先生齊名，而推之爲今之空同，且云："古文匠心，於周秦及唐宋大家無所不合。"予常服其知言。

序黄岡杜濬譔

蓋余既序崑崙程先生詩文集，而發明其湛深經術學有原本，與汎濫詞章者不同。崑崙以爲知言，因屬余泚筆論定其新舊諸藏稿。既卒業，則知之益深，因復爲之序曰：余讀《春秋左氏傳》，其傳列國卿大夫訏謨辭令，蓋莫高於晉。再讀《國語》，益數其意思深長，非他國可及。彼自從亡五人，以及范文、欒武、韓宣、魏獻、羊舌大夫之徒，炳然蔚然，不可尚矣。至漢而有龍門遷，遂爲百代文章之冠。晉二孫、南北朝温子昇輩姑不論，而三唐人文林立，若王勃、宋之問、温庭筠、司空圖，指不勝屈。其最者，詩賦則有王維，文章則有柳宗元，足稱千古之絶，何其盛哉！

竊怪自宋迄今，雖作者不乏，而求其巋然傑出之士，可以頡頏王柳者，顧頗不易遘，何歟？即近代所推有王槐野氏，觀其習尚，蓋亦時作耳，非古人匹也，何以其難若是歟？豈誠天運有時而剥復，地氣有時而變遷歟？

乃今崑崙氏崛起上黨，奮發爲天下雄，其叙事之文，祖述司馬遷，不必言矣。吾評其詩，絶類王維，蓋不事王之修飾，其質肆往往近杜而有王之靈異；其文絶類柳宗元，蓋不事柳之刮削，其怪奇往往近韓而有柳之疏峭。至以其餘，溢爲小詞，則又閒雅都麗，有温庭筠之風焉。是皆晉之傑也，嚮絶於世已千年矣。

崑崙一朝而尋其緒，則吾不第服崑崙之才，而并以賀太行之屼崒、黄河之混茫，其毓爲人文，行將復春秋漢唐之舊也，豈不快哉！或曰："崑崙之復古，不惟其文章，即其吏治斌斌，蓋亦不減其鄉之馮野王、尹翁歸、張京兆諸烺烺燭史册者。"余尤以爲篤論云。

序海寧朱一是譔

余少時，言詩者户竟陵也，既而趨濟南，二者皆有失。竟陵尚別惡同，羊棗馬肝，此單嗜耳，豈可飯乎？濟南曰：“唐無古詩，自有其古詩。”余曰：“明無唐詩，自有其唐詩。”然去唐遠矣，其失也，聲律通美，性真不抒，庖人司烹，肥臠巨鮮，膩口少味，易牙吐棄之。竟陵若在，亦反唇譏矣。近家頗知明詩之非唐，其於唐也，又好談初盛，句規字仿，無異於集唐而已，之所以爲唐且初盛者安在？

夫詩者，性情之事也，隱乎内外，觸乎古人之詩而内詩見焉。譬包陽之鏡，就日引燧。燧者，詩也；日者，詩之性情也；鏡者，古人之詩也。苟無性情，以古人之詩爲詩，是無日而但有鏡，即有光明，鏡之光明耳，安從取燧以適我用哉？

崑崙程公，文人之宿老也，而兼長詩，以古人之詩引性情之詩，冥然相赴，古體忽顔謝，忽陶韋，近體忽李杜，忽高岑王孟，無詩不合乎古人，要之皆崑崙之詩，崑崙性情爲之耳，豈止劑竟陵、濟南之偏，并近家之句規字仿者而變化出之，其爲真唐詩也哉！

公，晉之武鄉人，三晉分屬趙。夫子删詩，有唐風，無晉風，何也？晉之分有魏風，無趙風，又何也？史言三晉多權變之士，崑崙以詩著聞，豈不補删詩者之有憾歟？今崑崙之詩具在，麗而則，質而多風，人讀之，鏘鏘乎若附金石，非邶鄘以下可擬，況唐魏之儉僿，視如何也？

序梁溪顧宸譔

余與崑崙先生訂交最先，讀其詩文最久，欲序屢矣。余遲遲未出，蓋謂凡物處美惡之間者，必待人言而後定。先生之詩文，辟諸夜光照乘，凡有目者，皆知其爲至寶，必呶呶焉噪於其側，既無從摘其瑕，又安必指其瑜乎？

世惟眩於好譽者之云，而天下詩文之真面目盡掩，非詩文之自掩也，譽之者實掩之也。韓歐之後，更無韓歐，李杜之後，更無李杜，今必譽之曰："文，韓歐也；詩，李杜也。"先生何必不韓歐，何必不李杜，然而先生之真面目掩矣。即如夜光照乘，雖棲之以敝篋，襲之以敗絮，其連城之價正復不減，若籍之以良錦，韜之以文匱，飾乎其外而誇其美以示人，併其中之所存者，幾於不可定。况言心之聲也，以先生之心而發爲先生之詩文，其光氣熊熊然，所云夜光照乘者，皆先生之詩文也。使先生必心韓歐，心李杜，則當先生操觚咿詠之時，心韓歐也，則文韓歐也，心李杜也，則詩李杜也，更何從而發先生之詩與文哉！先儒有云："制於人而不得爲者，吾莫如之何；由乎我而人莫之制者，不有得於人，必有得於天。"此所云詩文之真面目也。先生之得於天者，人莫之制，豈韓歐李杜遂足以制先生乎？今先生之詩文具在，雖孤行於世，可也；雖與韓歐李杜并列，可也；雖韓歐李杜從而退避三舍，亦可也。又何必以韓歐李杜概先生之詩文，而使先生受制於人也哉！此余不敢輕序先生意也。雖然，序不足爲先生重輕，而序者必託先生以傳。李漢、李陽冰之徒，使不見姓名於韓李之集，將泯没無聞於世久矣，則余又何必不序先生之詩文，而託先生以傳也乎？

自課堂集·文集

王司勳五種集序

詩三百篇，本諸性情，故君臣之告戒，士女之贈答，郊廟之奏頌，憂讒畏譏之愴惻，春秋聘會，大夫陳述以見志，莫不有詩。然因事感懷，宣鬱則止，無專之學，其在後世，始專以詩名家。

於是漢有蘇李，魏有曹劉，唐有李杜王孟錢劉韓柳元白，宋有蘇黄，明有信陽北地瑯琊歷下諸子，皆以一時并稱爲美，當時之人亦推崇之，以爲屬辭比類，相得益章，既非强世之所難能，而又以樂盡乎人之有同量，異曲同工，無所貳焉矣。

乃讀詩者，上下於千百餘年之間，聲響已盡，美刺繇興，其於蘇李曹劉王孟，原始考正，先後之間，沿其故名，少所訾議。而信陽北地，則至於自相牾牾激卬而相稽。其他李之於杜，錢之於劉，韓之於柳，元之於白，蘇之於黄，王之於李，論者皆以爲不可幾及。

比之既已非實，不諱而猥居其先，以易天下之視聽而并稱能言者，遂至於不可盡信。然則大曆、元和、元紹、弘正、靖隆，其途屢變而不謀與於西漢、建安、黄初、開元、天寶之盛，方其沉鬱，不待銖銖而較之，其勢亦可大睹矣。猶曰風俗移易，與時推遷，此得之於異姓則然耳。

若夫伯仲之中，連翩絡屬，以共驅爲能，則璩瑒機雲之外，不少概見。然而應璩崎嶇牽引事例，應暘和而不壯，機雲飭采色，多觝滯，無流宕之美，倡予和汝，其致固足矜高，苟以責其不足，則尚有憾焉。惟西樵王公之詩，體物備善，其所裒集，自壬辰以至丙午，詩凡二十二卷，詩餘二卷，篇章既衆，淹通纍貫，隨方以合其節。當其得意疾書，雖刻燭授簡，未若其迅，而貞純麗秀，得之十年慘澹者，無異與儀部貽上兄弟競爽，號爲杞梓，名聞於天下。

嗚呼！人之度越，奚啻霄壤，自昔生材之艱，或累百世而一出，或數十年而後一見，其難得易失如此。即在華疏精粹，同馳畛域，不能兼而有之，以乘勢於一時。使公與貽上，生不同時，時不同地，地不同姓，翫其詩歌，淳古聲俊，可復開元天實之盛，猶將嘆於慕無窮，而况處同氣之間，不離堦除而進得唱酬之樂，退有激發之心，使天下畢赴以張其赫赫之光，豈非卓爾不羣者乎？詩曰："棠棣之華，鄂不韡韡。"又曰："伯氏吹壎，仲氏吹篪，聲相應也。"

司勳、客部，一時兄弟之盛，雄於天下。此文極論古今，飈發泉涌，激宕如意，此之謂文稱其人。（施愚山先生）

高深蒼老，激揚頓挫，直凌歐蘇，西樵阮亭之詩，得此可并稱不朽。（方樓崗先生）

極沉鬱，轉掣絶奇，至其論詩處，綜核前哲，本末源流畢見，故是千年絶調。（陳其年）

歷紀序

今上時乘十載，依放古化，於是虚己側席，崇經筵，置日講，間接宴見，以求天下之俊烈。繹堂沈公，以壬辰第三人及第，起家册府，分麾通永，久之窟伏，乃上書自明。上聞其名，敕吏部召前，給方絮隃糜，書唐詩甚善。士方求俊烈，再召見弘德殿，問"賢賢易色"章義何在？口畫之亡隱，敬事而信，所以安治之道盡卷卷，其暴發爲文，務畢其度，務制勝之繇，公悉引申大義以中之。故上數以詩屬公，爲《召見》五言排律，《經筵》七言近體，《文王訪吕尚圖》五言律，《紀遇》五言四十韻，凡六召而迭爲進。公産雲間，雲間固工於詩，而所爲詩清醇秀折，如天閑老驥，蹄間三尋，伉倢奮竦，即隘爲之期，而趨之迅於注射，與雲間詩復異然。

上嘗喜書法，自董思白、王覺斯兩公而後，當世娓娓無所偶，獨數命公書唐詩及巨字，又令踰日專精録漢唐古文二卷以聞。其所書雄强拂蔚，因態爲變，震動殊縱，故交錯比董王矣。

公素有赫赫之譽，臨事尊重，勳業卓爾，論者以爲方之前古，若賈誼、司馬相如、柳公權、李白、吕文仲、王著、葛端蕫，雖備顧問待便殿，要人各位其一長，惟公必備善乃已。上廉其能，令吏部更持議，復其秩如故，而先後所賜賚貂裘茶緞，意良厚。於是公連其事紀之，恐遲之或有所遺忘，受華名而忽聖澤，且無以示後人也。因請予引其端，予小臣數奇，無路見天子，今得公遇會處際之餘輝，側名於其間，即沾微秩。儻不附青雲，亦何能躬睹其盛哉！董思白，名其昌，亦雲間人。

胚胎秦漢，直可俯視韓柳。（宋荔裳先生）

叙事中奕奕生動，使人讀之惟恐其易盡，自非太史公無此手筆。（陳其年）

賣舡行叙

昔陳季卿寓青龍寺，視竹葉爲舟，泛江西齋，以爲盛事。而歐陽永叔自汴絶淮，浮大江抵巴峽，計其水行，幾萬餘里，歸而治其燕私之居，名之爲“畫舫齋”，有似樂於舟居者，何哉？

蓋天下倜儻智計之人，往往飛廬擊檝，以發其參輔奮榮之氣。及其居幽處獨，猶不能忘其勢，固然也。宛陵愚山施公監司潮西六載，凌霜介烈，比待除歸里，縮屋茨草垣舍，不治經史，襆被而外，寂無餘物，而所駕官舸，蓬窗如舊。其經崩湍激浪，春澌月潊者屢矣，宜其置之耳目，浮深結纜，與賓客斗酒促膝，眺迴以自娱，曾未幾時，而棄之若遺，以營兔裘，斯豈無故而然與？彼公所蓄固洪檣，不克時時出遊，負重又無以資也，而括舟之令方亟，篙師黄頭之費，漸不能繼，是公之賣船買屋，固有所不得已而爲之者乎！

夫世寧無，無所易而屋具，與有所易而不爲屋者，此皆以爲可有可無之事，故天下不乏賣船之人。賣船而無有望於其屋，則鹵莽而存之，與鹵莽而棄之，其於船所無繫戀，此概可以不論。如公者，固非船不能爲屋也，船之存亡關乎屋之得失，豈若季卿、永叔静對堂廡，棲息枕席之上，而其志意嚮往，即同青簾兼載，置身煙波杳靄之間，無所往而不極意稱快哉！或曰：公滌除眥㨀，不以玩物喪志，蓋非也。

氣沛而辭澤，如鮮霞之褰林，傾輝之映岫，此種文字最不易得。（錢礎日）

淩虚抗勢，用意於崎嶇之外，故百轉千廻而姿態衍溢，叙賣船行者當以此爲壓卷。（陳其年）

郡齋雜詠序

丁未之歲，余量移皖城。十一月朔三日將晡，抵江口，距五里，驚飈蹶動，衝波竣急，颯然而至，舟人相對錯愕，不能皷棹與之復争。越日渡江，官署尚未起，聞予至，始有徙去者。

蓋予之至以四日，而涖治即以五日，然後從而視之。庫屋無檽橑，蒿藜覆壓，虺蜴之所家，日光活活，穿隙而入，予乃信皖城之荒側也如此。居閑臨暇，創“木庵”、“也足亭”，迤而上爲“桐風閣”，閣之前蒔以梅桃紫薇，每至花時，雜糅可愛。太守趙興公以其傍隙地有樓翼然，虚檐閎曠，署以“來清”，大龍百子之勝隱然遠見。俯仰其下，予既無創治之勞，而又有升高之樂，遂循東橋，踰文竹嶺側出而攬其尤，樓之外渭川萬竹，廓然森秀，雖寒茅逢藋，足蔽風雨。然視曩時委翳榛莽於荒側之區者，有餘適矣。駢梁甲舘，其欲何窮。

電發以予之知所止也，分以一詩紀之。夫皖地在陳時，與九江俱隸江州。昔元微之寄江州司馬白樂天詩，殘燈無焰，暗風吹雨，於寒窗起坐之際，覺僻陋之苦，若有側然不得已而居之者，樂天亦云：此語他人尚不可聞，况僕哉？然則予之所處之地抑可知矣。

處極苦之境而能樂，真樂也。先生有蕭然物外之致，可謂青山碧水，高深各極。先生樂皖城之荒陋，皖城樂先生之瀟灑矣。（方樓崗先生）

此篇位置應在韓愈《陽山送客》之上。（成二鴻）

初極説得荒凉，中復極其閒曠，末復從閒曠中轉入荒凉，矯翅連軒，迴環合抱，必傳之作。（陳其年）

吴吟序

余倅潤州七載，歲一至平江，旋不踰時，祇取晨鳧之隱，不復浮游曼衍以曠瞻爲娱。丁未之歲，余四至平江，更歷寒暑，至累月踰時猶不得歸，自非風雨之交，未嘗不與客俱逐水泥丘，不顧窮盡，而客之來者日益衆，沙棠一葉，幾不能容。

予思人生聚散無常，要以大賢仇偶爲快耳。以予之偃蹇，雖抱膝窘蠢，私恨約結，固不求眷戀於人，而人之於予當無有厚之以意，舉之以色者，此其常也。何乘沙浮醴，同人於野，至窮聲音，極延瞰，務飧饔以逮夜，不忘麗澤之益。豈居窮而行鈍，而復有登臨聲氣之助，反若出於富貴旗旄之所不能幾者。

即予之初意亦不及此，彼世人得守其家者，毋論若貧不自得與仕宦他鄉，雖同親戚，共昆弟，曾不得朝夕與居，日爲衎衎之歡，况姓氏爵里迥然不齊，越在千里之外，一歲而四至，不爲疎數，可不謂之難乎？不然親戚昆弟非其所依，猶不能不以饑寒名位爲累，使非予偃蹇必不能與吴習，不與吴習亦安能爲此吟，人生聚散，其可忽乎哉！

感慨抑揚，曲盡史遷之法，而視友朋如骨肉，以文章爲性命之意，洋溢言表，崑崙真不可及哉！（方樓崗先生）

奇横古折，輕逸秀潤，無所不有。八家之文，止占得一邊，吾於先生無間然矣。（陳其年）

孫無言歸黄山序

江南之勝，甲於天下，而廣陵新都，考其分野，悉隸揚州，其初未嘗分也，至春秋戰國時或隸吴越，或隸楚，相繼無有間。迨秦已來，始分廣陵爲九江郡，新都爲鄣郡，而域仍隸於揚州，其富饒亦略等。繇此推之，分域已定，雖百世其無改，寧獨今乎？然則後之居廣陵新都者，亦無俟過爲分别矣。

乃廣陵號沃野，爲天下奥區，珠玉齒革，瑇瑁金錫，魚鹽絲布，百貨之所集，其舟車往來，冠蓋敖游，相望於道。居其地者，猶江河就下，易富不乏無所期而自至。惟新都人居之獨多，雖其人未即來，私心嚮往誠有之。若夫自廣陵趨新都，其生産更落無所資度，非人情之所便而心期會。

休寧孫子無言，居廣陵，獨日以黄山爲念，因豹人請予言叙其歸志，何也？或曰黄山有虎頭醉石，水簾飡霞，珠砂之峯，石牀丹竈可以棲息。其梯巒溪洞之美，險遠幽邃，因推而前，逾廣陵且倍屣，無怪乎無言之戒期遄歸也。或曰不然，廣陵雖坦衍，其間小帆羅浮之山、甓社平望之湖界乎屬内，而平山竹西甘泉九曲之池、二十四橋皆近在几席，昔何遜、韓琦、歐陽修之徒日集豪傑而讌之，温醇肥美，往往登頓忘返，然必取於此，未始他求。黄山即可矜，苟與廣陵絜長較短，終未能下，亦何必懷此故都哉！

或曰士之歸也，因循念其鄉，彼有不可忘其所鍾在其中，則無言裝爲，去宜不旋踵，若無所爲容者，乃居廣陵十餘年，匿不即歸，豈無言欲歸而未能遂耶？亦有所待而然與？

夫自古聖賢信任之端在於持志，其志既立，恣所爲，顧有不可亂者。《易》曰："嘉遯貞吉，以正志也。"又曰："不事王侯，志可則也。"古之人有身處草野之中而心乎魏闕者矣，是故長卿題柱，郭丹入關，致嘆子雲，棄繻而去，終拜謁者，蓬萌擲板就學，雖所趨在功名，詭於道德，而皆能不傷其志以逢時命。當其身在貧賤而履亨之念未衰，此其意豈須臾忘富貴哉？至於老聃柱史，曼倩從乎，漢朝君平下肆，莊子爲漆園吏，伯休賣藥都市，則又身寄朝市之中而志在山林，將昔之所云大隱混迹，其道或同乎此耶？

兹無言居廣陵，重得黄山地青崖白谷之間，自奮結思之日久矣。彼其强立不回，蓋有輕視繁囂，蕩祛物累之意，不肯因時俯仰，變其恒節，將取舍之極正於内，而操術之堅著於外，志一立則從恣絶耳。若以爲依戀先人之廬墓，與親戚鄰里朋儔歡然道故，是生人之常情，究無足爲無言重輕。且無言之詩，驚采動人，即欲逃名，其可得乎？誠能居静以御動，取彼以勵此，使黄山之志久與相洽，惟吾之所得爲，則何必憂懷懾處，棲躬隢陋，然後乃爲歸哉！今以廣陵之麗，行所無事，以制其躁妄而有以自止，則天下更無不可居之地，即甇甇羈守廣陵，終其身無躡天都劍石之墟，聚廬而托處焉，又胡不可也！

送無言歸黄山序多矣，而無言卒未歸，則知其托於文章以有傳耳。予於諸序，獨喜介夫爲第一，今又得先生而兩，蓋深心老法相御而行，末段反題處更爲奇觀。後學熟讀此等文數篇，豈復有題足爲我難哉？（李雲川）

曲折千里，滔滔汩汩，而赴壑結脉，僅在末後一議，此

文之善於宕漾，以取氣勢者也。謀篇之法，繇此可悟。（談長益）

送歸黄山序盈千，余最愛三篇，王於一以嗚咽勝，孫介夫以含蓄勝。若夫風馳霆擊，地負海涵，則崑崙先生以雄奇勝。先生誠文中之崑崙也，他文悉培塿矣。（陳其年）

陳氏家乘序

自武王封虞舜之後胡公滿於陳，而陳之姓始著。敬仲以降，元龍、伯玉皆能以廉隅自飭，然間世而一生，無如太丘父子祖孫性行淑明，聚於一門之内，天下誦説無窮而及於今。

今陳君吉甫之爲譜也，垂法戒，别善惡，使後之人見其懿行則曰："我曷不爲此以底於理？"見其嚚昏則曰："我其可以惡德而忝厥類乎？"若離於理，雖百世而後其能免於訾耶？若然，則吉甫之譜乃以彰善而革穢也，後之人由是篤於行義，緩急通其有無，親疏無所怨讟；父嚴子孝，長幼以睦，口警於目而勉於心，罔有凶德者，夫非此譜之功也哉？

吉甫之祖自豫章來爲安慶郡丞，後遂卜居龍舒，吉甫又自龍舒遷於皖，則吉甫之譜雖踵隆公之後而實創於皖。曜所聞而親所信，克昌厥世，以守宗祊，其自此昉矣。且吉甫精巫咸之術，貧富悉與善藥，不責其報，其所施姓名書於帷墻幾滿。吾聞龍眠百子之間多隱於術，吉甫豈非其人歟！

此篇純似荆公。（宋荔裳先生）

議論同於老泉而古勁過之，卓然西京之製。（魯青藜）

清逸宕折而古氣卻自横溢，所謂泉飛雲散，似其情思者耶？先生於諸體殆無所不備。（陳其年）

代重刻貞觀政要題辭

康熙己酉八月，方伯黄石法公自建業來皖城，從大中丞張公折獄覆奏。携《貞觀政要》示余曰：“此黻黼太平有餘矣。吾從仕宦邸，其於金閶鹽官建康之間，購之十年乃得此書。恐世之常不得見此書，而吾得之又恐其不傳爲可嘆也。”余曰：“曷梓之可乎?”皖城太守趙君興公因慨而許請終其事，未幾，興公没而公亦以讀禮去官。

庚戌四月，公復來皖，其所欲梓者竟不得梓。過逢署太守事劉君松舟，踵而成之。將以致天下之獻納吾君者，先自《貞觀政要》始，且令天下後世之讀此書者，既不若公購書之勤且勞，而聞道興業之功日滋以遠，不亦廣乎！劉君曰：“予安敢貪天之功，惟我法公耀明於世。”公曰：“否，凡政不得其要，猶朽索之駕騕膝，動見秏病，若以章程軌事，則迅於景靡。故政不得其要者，皆忘也。夫今與昔雖不同時，其張弛因革之宜隨形裁割，乘古人所已效，則法尊而勢便，先事而爲之計，推成而爲之謀，則不至於有過。後之覽者，循是書而行之，是世有變而道不可變，久安長治，固可恃源而往矣。”

言約而理該。(宋荔裳先生)

似不着力而古折踈巖之氣，若千槌百鍊而出，無一字泛下者，非古文化境焉能有此。(陳其年)

瞟城唱和詩序

袁子重其既以《江行贈言》懇懇請予爲序，丁未春杪與予同舟，復以《瞟城唱和詩》使予一續其事而筆之於言。夫天下豈少能言之士?而袁子皆棄不以請。即余亦不以袁子之請爲屢求速效不以任其事，而袁子必以爲瞟城之詩，雖善得吾之言，而後有所驗於天下也。

吾聞瞟城，昔有唐仲升、婁子柔、李長蘅、程孟陽，皆世所稱賢豪，近日侯廣成、黃蘊生諸君，悉一時之秀。今袁子之至，皆不及見，况於予生長銅鞮，數千里外，徒慕瞟城而未至其地者哉！歐陽文忠公謂“善人君子，難得易失”，而交游零落如此，使袁子今日得見仲升諸子，其裒集唱和之盛，當不止此。則予即不獲至其地，而獲見袁子所集仲升諸子唱和之詩，今昔之美當與併傳，而予亦如身至其地焉者，庶幾不使他日有生不同時之感也。

全從淡宕處得歐陽永叔之神，絶無描摹刻畫之迹，正使終日描摹刻畫者不能下一筆耳。（顧修遠）

有開闔，有抑揚，有頓挫，興致淋漓，情文悱惻，自是必傳之作。筆意鬆快極矣，而中間步伍又復嚴整，才法兩到，能不服膺耶！（孫介夫）

江上草序

潤州當江南山水之勝，江流浩漾，巖窔屹崒，削成而孤立，爲世所獨絶。其近而釜鼎、檀、汝、唐、長、五州、馬迹、石公，遠而水漸、雞籠、九靈、爛石、華姥、鬱岡、獨公、良常之山，所爲幽阜清林，春蕪灌莽，溪巒洞壑之美不可勝窮。

余來八年於此，欲盡得而攬之，以歌詠其盛，顧非有徵輪錢轂之繁，震愆毛摯之治，與夫岣嶁蒼梧之遠不暇及。而予以佐理戎問，牙旗繽紛，馬矢塞道，皆未能躬親其地以式遄其行，况於爛然成章乎！

東嘉玉叔王公，司李潤州，治尚仁恕，飾以文雅，政事之餘，其於北固月華，金焦八公，鶴林招隱，顧龍竹林之間，足迹所詣，畢爲之詩。旁及金閶、虎丘、惠山、要離塚、漂母祠、韓侯釣臺、蕪城，無不清辭盛藻，爰效風騷，即友生之所贈答，節孝之所激楚，緣情喻志，亦以吐出其胸中之奇。

余以窮愁抑鬱之身，未嘗越諸郡以外，不過一舉手一舉足之勞，而志莫之逮。乃聞諸山之名，則其氣勃勃然不能自止。及詢其實，則若方壺萬里之外，渺不相屬，胡獨異哉？且予與公從此總轡别矣。公所處東嘉，於潤州爲接壤，異時補官，舟車往來，經過於此，風流澹蕩，山川有靈，則屬辭綴響，猶將俟之以垂諸金石。余將守土皖城，其舟隥蒼流之勝，終不能從而與之游也矣！

一能遊，一不能遊；一能詩以紀其勝，一無暇爲詩以紀其勝；一後尚能再遊，一後遊尚未有期。兩兩相形，只如説家常話，而參差曲折自具，深得大家之法。（顧修遠）

昌黎《新修滕王閣記》，步步以不得游觀爲恨，此則處處將自己托影，而山川之勝、玉叔之詩，籠燈罩月，不即不離，全以神致取勝者，大家中惟永叔有此境界耳！（孫介夫）

徐電發集序

友朋之於人，甚矣哉！《易》曰："出門同人，又誰咎也。"又曰："官有渝，從正吉也。"《禮》曰："儒有合志同方，營道同術，并立則樂。"由此觀之，蓋天下之人才既多，然後知其所各受形之以其最能，然後知其可勉。故安肆鮮腆之行嘗出於孤陋少聞之人，必畢驩於所交，以日驗視其所爲，庶可使人之善有以合於己，而天下之吏於是乎有得人之慶，雖敬義而德不孤，不習無不利，亦待其德之既立，往攸利乃與習流異，非灑然其無所與也。

往時，余倅京江，日與曹耦登臨於射堂研山之側，瓠葉兔首，招尋不絶，而地當沃衍，塗四達，衣冠之儴佯，駐舟停策，輒爲需于之合，故士至京江以不得見予爲恥。然予藉以托下風結遐心則有之矣，欲其行吟口誦以躭思乎經術，非特不能顧，亦有所未暇耳。今涖皖城，處於陿阸荒側之區，其地淳鹵沙莽，山石嶄嶄，且墉壑卑陋，巷無居人，即於浮山天柱之勝，皆遠在百里以外，不克乘凌，無所期窮其所以往。故予得以精研百氏之囿，奮其獨斷，以親墳索，當其包羅古今，遊神八極，旦旦而嗟究之，亦若沛乎有餘，而求其更生抗論，同尹敏、班彪之互發不寢，謝真、邊讓之雄談未已，王弼、裴徽之語徹天人，是欲東其轅而西適，其力雖勤，終其身不至，豈得有一日而數變其説，以匡予之不逮者哉？

春仲，徐子電發自吴郡來爲童蒙師，氣駿而德攻，辭奢而才亦美，時時著書，至與身等。予嘗歲時無越思，宛委尚未就，電發操翰即成，成即一字不復再易，敏捷之稱，砉然以解。余每於清讌之暇，輒來就電發坐木庵中，丙夜不輟，電發清言緒論，辯若懸河。至其賦詩臨文，慨當以慷，余見其縱横成章，若絳螭之騰九閎，相與疑義，共柝聲徹左右，彼道生之遇真長，其義豈踰於此耶！

以電發之才，宜無所往而不合，乃名山挹之而不以至，止鑛朴以自藏而類相從，是離膏梁而懷窟志也。夫行莫乖於寡黨，樂莫大於相知，余得近電發以來，回視曩者在京江時，衎衎陶縱，方延矚應接之不暇，恒若抱札負筆，力不能從，尚何進德修辭之是問。今處陿陁荒側之區，雖浮山天柱之勝不克淩乘，而蓄六典九籍之富供其劉覽，又有電發日傍膝而相對，吾知蹈暇處逸，耳目專而英華積。是曹耦衆不必謂其多，結游獨不必謂其簡，予之敬義而德不孤者，豈非以陿陁荒側故耶？雖然，電發今又將行矣，則予豈特結遊之獨而已哉？

如登臨名山大川，使人意氣超舉，又如讀《伐木》諸詩，使人心志和平，增友聲之重。電發奇士，得先生而益彰矣。（施愚山先生）

昆陵晚悟文法只開闔二字，究文之開闔，即《易》“翕闢”之義也。此文可謂盡開闔之妙，前叙京江之多友而反不見有益，蓋是“翕”，而“翕”後叙皖城之荒側，得電發而相與有成，是“翕”而“闢”。可知崑崙學術原本六經，即日用

飲食，莫非文章之道。（方樓崗先生）

今之規模大家者，優孟衣冠，索然氣盡矣。先生雄奇變幻，不可以一家名之。每出一語，川流山峙，決然不可澌滅，起衰振懦，信屬第一手筆。（陳其年）

陳伯饒入學序

士之始進，以文遇知於督學使者〔一〕，其功不足以濟三户〔二〕，其聲華氣力不足以自贍養。歲之舉者率以二十五人，蓋其所習〔三〕聞而爲故例也，而何至矜名〔四〕寵能綴文奮辭以稱其美乎？程子曰：是不然〔五〕，吾嘗見爲童子試者矣。童子去諸生，特一間耳，試之前獨覈其三代籍貫，扶同詐冒，吏持其卷，必十倍其真〔六〕。試之日，以割裂極枯澀之題，窘其才思，限其光晷。其售者，百或得五七焉，其不中試者〔七〕，雖負英才〔八〕，豎隸得加之以威，稍有不充其欲者，必借端中傷，是以困窮〔九〕既不獲肆力於詩書而名之以富〔一〇〕，又有身家門户之累〔一一〕，糜沸之患，上下不可知，毀身憔志，尚懼無以自保，又何優游執經之樂乎？

石盤陳伯饒〔一二〕，吾知其免於此哉〔一三〕。其父累葉席仁恕〔一四〕，以農事起家。伯饒年弱冠，能習經書大義，已載其名於二十五人中，循是而往〔一五〕，不易其行，即欲久淹巖穴〔一六〕，不可得也。韓愈之言曰："文章之作，恒發於羈旅草野，至若王公貴人，氣滿志得，非性能專好之，則不暇以爲。"使伯饒生於王公貴人之家〔一七〕，雖不受窘辱，然未必涉獵書傳〔一八〕。今讀書專一之氣以取時名〔一九〕，而又無向者糜沸之患，庶幾其克濟也哉〔二〇〕！

質樸見古致，後段回顧前段，酷似昌黎。（張爾公）

樸質是其本色，好在樸質中正極鬆快，而鬆快處又純然古法，能自制其筆之所之，遂使氣逸而静，全不躁矜以傷其雅，讀之如廬陵在前，不覺其爲近代文字也。（陳其年）

極老靠又極烟波，極峭削又極夭矯，其老靠處正其烟波處，峭削處正其夭矯處〔二一〕。（陳其年）

十峰堂集序

吾讀書自堯舜以至今日，其文稱繁衍矣，而深嚴奥鬱，卒莫過於六經。遺人用之，繇其道率治安循，非其理其言弗驗。故《易》奇而隱，辭變象占，曲折應之無不中；《書》叙政事，拂世摩俗，更復醇古；《詩》三百篇，温柔敦厚，與詩窮變；《春秋》比辭屬事，言謹而義盡；《樂》比聲律；《禮》備法物，綱紀人倫。蓋古之人，非專意興縱以爲之文也，撫時觸事，浩乎其有得也，而後辭舉焉，亦以其理確焉耳。其後楊子雲擬《太玄》，乃終不顯，王安石廢《春秋》，不列學宫，胡安國謂其滅倫亂理，而《春秋》之道至今益盛，此豈可以意爲增減也哉？至於秦漢之際，文彩蔚然，惜所以施之不純。宋人尚理，其踪迹坦白之處，反極安於樸露固矣。今之爲文者，務爲辯博可喜，然浮筯演迤，輒書其所見，甚者等於裨販，顧視六經，齮齕割裂之不暇，况能相底於成乎？

獨晉陵錢君礎日，文以經史爲根柢，清醇爾雅，無駢枝骫骳之習，以待理得而決然出之，往往襆被浮游，經督亢、析津、靈巖、長白之間，洶濤所激，嶄巖所感，羈愁蹇産之懷，一以攄之於文，清慮慧志，不改其度。故礎日所居近九峰，徑輪廣袤，皆參差奇絶。又慮九峰不自收拾，輒自比一峰，曰："吾恃九峰爲類而不孤，雖洪志之青牛，長房之葛陂，龐德公之於鹿門，未若吾以身爲之障，非形格勢阻而能禁吾意之所以往，斯已足矣。"是以每當静對硉矹鬱咈，洩雲粉野之變幻，不出户庭而悉在。

夫以山水之胸，牢籠經史，克濟其長，不清絶不足以發其高潔精神，不足以驅淹抑迨，久而忘其虚實，不知九峰之有而一峰之爲無。故羈窮得與俱乃効功於文章，以一馭九，集成而命之曰《十峰草堂》，豈爲誕乎？

原原本本，光怪之氣逼人。（宋荔裳先生）

以人作一峰，事本奇，而文之靈奇變幻，出無入有，無所不妙，當其操縱隨意時，筆利干將矣。（陳其年）

兼濟堂集序

文之與詩，爲之於斯道將著之時，非專舉其鋭，則淺植而薄發，其更事也甚難。非權藉者力有以振之，則必不能以己之説式於四隩之外，其示人也不廣。以甚難之術，行不廣之教，終其身處於知之所未周，而究無以濟其成。故足乎己無待於人者，業也。有其權以助其教者，其勢也。古之人業崇而勢尊，然後可以得志於天下。以予觀於唐宋以來，如安石得君之專，固勿問已；昌黎、廬陵、眉山兄弟，數嘗柄用矣；柳州、南豐，載筆褰帷，不可謂不遇也；惟明允、少陵、太白之徒，雖遭困躓，卒奇其才，召對天子之庭，授之以職，是以天下綴文之士，毋論識與不識，聞其名者，皆有以著其能而希其光。故教之化人也深，於命人之效上也捷於令。泰山之高不嶕嶢，則不以滓滃雲而散歊蒸，彼荷旃誦讀者習見其上之人，乃可以如此，而使其言久存也。即同是而輻輳慕之，顧非有卑蠢固陋之質，亦知腐塞誠不可用，必不肯自安廢失。及其爲之，又多爲上所親重，則所以起奧渫之窮而章其美也，豈其微哉？

今栢鄉魏公，以程朱之學肩皋夔之任，巨川舟楫，保衡夾介，已歸大府之譽矣。而所爲詩文精神奥拔，齊乎日月之光，雖古之微言六義，条貫表裏，務有以盡乎情實。蓋公齒不過强仕，而道德文章政事名位粹於一身，天下深享弼亮之功，霑其清芬俊烈，二十三年於兹矣。使公鞠躬管籥，進求盡忠而不存心於著書立説，則斯人無以誦公之妍辭。即公著書立説，而伸於此者詘於彼，譬之遵塗而行終苦流瀆，調鐘諧金石而使之運斤，亦無以塞天下之望。即公能之矣，臨高而高有以挾之，而負其盛位，往且不見，俾物終無以窺其深淺，則雖立之以表，猶不能作其氣，鼓其勇，奪其耳目，是亦氣矜之餘也。兹公居上相之尊，理學詩文滿衍大備，是前人之所不能兼者，公悉兼而有之。其於卑官窟伏淪迹之子，身處環堵，易衣并食，不啻推分結驩，延攬然信，山川且不足以間之。矧其氣感平生，扶揺謀面，近在輦轂之下者，虚往實歸，豈有藏疑自匿而不克遂其砥礪者哉？

予荷公知，與吴子冉渠、楊子仲延梓公詩文，公諸方内，使學者積之於慮，著之於目，感悟效法，因其居高以起之，必爲巧發而理解，丕變之機，將在於此。然則當斯道將著之日，謂權藉者專舉其鋭，舍公而誰乎？夫權藉之與詩文固不必盡合，要之非權藉則詩文之指又何由而大顯哉！

栢鄉爲趙忠毅宅相，故理學文章皆有所本。序中以上相之尊，理學詩文，結驩之節，相激而出，備兩漢之遺法者也，可與《晝錦》、《醉白》兩記并傳而三。（方樓崗先生）

滃鬱崱屴中極流宕曲折，是以柳州之風骨兼昌黎之神韻，近代震川、遵巖諸公無此深厚。末幅叙公推誠下士一段，令讀者欷歔累息。（徐釚識）

嘗見栢鄉魏相國與崑崙先生書云："向者在部之日，辰入申出，循例執簿，未得效執鞭之誼，然聞老年翁才名久矣。今春蔣虎臣公祖以大集見示，每一披閲，則賞心悦目。竊以爲古人之廢久矣，三代而後，自當以馬班爲宗，韓歐爲嫡派，二蘇筆舌妙天下而失之泛溢，程朱理學入堂奥而詩文有遜焉，明季一代，濂溪、正學、弇州而外寥寥也，豈不難哉！大作於流衍之中而絜以法式，於奔放之餘而達以精采，然非鏤金剪綵之比，其爲大家可傳無疑也！”

又與彭士報書云：“余於時人之文，二十年來未有大賞心者，詩則佳者指不勝屈，殆亦無媿古人。今於程子崑崙之文，不禁賞心，蓋自今春，虎臣蔣太史見惠，乃知武鄉有此碩士，士報兄至，又得詳其况懷，益令我生溯洄之思矣。‘所謂伊人，在江之湄’，能無慨然？”

又與彭士報書云：“今之爲文者，病於浮詭散漫，無有式度，其知式度者，又病於枯索藻彩之不露，是之謂瘦嵴。惟昌黎公無此失，雖眉山父子亦未盡祛此也。程崑崙好講程式，此得作古文之準繩矣，而時發爲光彩，露爲鋒鍔，木之豫章，刃之干將也，吾是以嘆賞不置焉！”

合觀數書，相國之推許乎先生者備矣，而先生叙相國之集，委曲詳明，盡其情實，乃知文字之投合，風飛雲起，信非偶也。（陳其年）

雲起樓集序

夫人之嗜好不同，結髦鍛鍊，其尚固偏，垂纓執籌，委己從之，雖賢者有所不免。乃至營得失於未可知之間，敞罔掩噎，終身而不知返，皆好之不得其正者也。惟上焉者，得詩文而習之，風雨晦明，愜志以相於，自非負材明達既專且博，則退有就求之心，當前而或失者有矣。

故匡衡讀書，不辭客作，延篤從唐溪季度受《左氏》，無紙成誦而去。凡以内得於心又樂從其所與遊，苟遇於日，務盡其能，不敢謂他日可待而忽，以爲今人之不足恃，必其中有好之而莫知其窮者乎？曲阿高君芝巖，少有叔倫之譽，又有楚珍、公亮、簡臣、虎臣諸公，雞壇同志，不出里門，皆一時之彦。已而復以文章致身，數上春官，久於燕市，上自垂紳鼎食，下至羈賤之士，審其善端，悉交其人，如饑渴之於飲食，彤彤洩洩，期竭其術而後止。其於銀鈎鐵畫之奇，紅梅墨菊之秀，彌年累月，購之不以爲勞。故其發爲詩文，寬閑靚適，有恢宏黼黻之觀，論者以爲穠鬱纖秀，自昔難兼，使無閎意眇指，采摭既衆，天柱之高，劇驂之坦，豈能强而同之乎？

高母有賢，操食蓼自給，每以洛誦取友爲訓。今君方朱輪墨綬以就煩邑，將有投綸得魴之佐，夾介雷封，爲慈母授經介壽之報。然則登高而賦，篋笥益富，當與楚珍、公亮、簡臣、虎臣諸公，後先接踵，豈非委心結意之不肯苟哉！

古色斑然，有鼎匜之氣。（宋荔裳先生）

泓然澹折，挹之深深，絶似歐陽永叔。（紀檗子）

結構極密，字句極練，此文着眼處，全在好之得其正上，至其光焰不磨如盧江丹井，燁燃燭天矣。（陳其年）

唐詩韻匯序

古之爲類書者多矣，雖以歐陽詢、張説、白樂天、陸贄之賢，皆聚集其事，以自矜其能。後之編次者，每每掠其腴雋以附益之，惟恐其不備，而《太平》、《册府》至號爲御覽，欲以此周知天下之事理，豈不悖哉？今施君匪莪，輯《唐詩韻匯》一書，豈沾沾於字句之怫悦而不遑其餘耶？抑概縷其全篇，自以其質爲賞罰而不加減否耶？

吾觀四唐之詩，體製初備，克殫所長，又當時以此進退人材，士子白首研精，法律之嚴，屬耦之切，智力架構，無所不善其清越之聲，甚者譜爲樂章，達於宫寢。嗚呼！可謂盛矣。

匪莪之爲是書也，按部分韻，無論其所本所不合與合末，始終畢具，使世之學人，去好惡接於目而知窮然後無不特，開卷之間，高華易見，即傾黔之作，幾於沮顔感懣而不能有以自容也。

豈兔圈記室，割裂其辭者可比哉？匪莪負材殊俊，於學無所不通。初爲宛陵學博，事省功倍，及綰符范州，兵火之餘，桑樞舊華，上漏下穿，無浮榮之累，故得以漁獵而不制，雖一體之中，可千萬計。乃能視世之所少者而專攻之，則其傳於後世又可知也。若夫匪莪之詩，亦集唐句，上下其間，而損益之，轉運舒繹，如出一人之口。每當得意疾書之時，輒不能自禁，軒豁詭秘，往往至於滂流。余辛亥在燕，匪莪盡出其所有以餉予，求予言而弁之甚殷。予固不喜爲詩之割裂者，故因是書，别其得失以辯之。

文字結構要争上流，如存全篇而厭補綴，此乃據上流之法也，故婉轉暢發，有倫有脊。（錢礎日）

類書之弊在於割裂，既使上下文義不顯，徒令觀者作悶，猶其小者也。自有類集而學人束書不讀，使儉腹者竊取失實，斯先生之痛惡而深絶者矣。（陳其年）

文概序

國家〔二二〕受命二十三載，上方持乾符通肆覲〔二三〕，旁求俊乂，車書方物，大小之國畢至。文治已洽，於是天下文章之士，大放厥辭，各程其材以效伎美，風發泉流，務極宏侈之觀。京江何子雍南、程子千一，方少年，天資雄邁，喜論著，自周秦漢唐宋以來，精深閎博，和平淡薄之音，名賢所遺，莫不探賾兼綜，支分而條晳〔二四〕矣。然其言既存，其論已定，凡諸家之所睹記，藏之名山，傳之其人，未嘗放棄於榛莽之間，因其所已然，粲然備具。乃二子〔二五〕者之選，斷自明洪武，迄康熙丙午，幾三百年，合其文辭，彙爲一書，曰《文概》。其間人止數篇，雖有專家之學，力蹙幅盡，不以多及〔二六〕。嗟乎！二子者之苦心，於斯略可見矣。

夫天下之大，斯文之衆，紛紜駁遝，必體製既立，然後可以辨其工掘〔二七〕。是故有詔册、諭告、制誥、露布、記序、題跋、書表、論策、説解、辨議、頌贊、箴銘、祭文、行狀、碑誄、墓誌、疏傳、哀辭之異其體；綺靡瀏亮〔二八〕、俊烈雄放、悽惻〔二九〕峭直、辯潔彬蔚、深醇爾雅、平徹蒼厚，煒焕奇肆之異其辭；天地日月、風雷霜露、江河山阜、人倫事物、禽蟲魚獸、花實草木、樓臺邸第之異其變動。葳蕤揮霍，所趨各殊，雖有智鑒，不可以力强而致。方其肆力於文也，精思傍訊〔三〇〕，馳鶩乎上下之際，未始不以爲恢恢乎其若有遇也。及其機見既窮，岨峿底滯〔三一〕，而後嘆其途之既廣，非一人一事之可以推求，而勞此生以竭情於無餘者，盡可悔也。故里〔三二〕之鬱者，往往言不能文；言之文矣，又或志泥而易亂。

仲尼曰："言之不文，不能行遠。"楊子曰："雕蟲篆刻，壯夫不爲。"孟子皇皇周流，不暇著述，不以求乎隆隆之譽者，以此也。今之人知尚八家矣，吾知其無有異也。然後之致論者，以韓柳之才，不克爲史，永叔和雅，時乏英氣，荆公文深而暗，南豐負質峻潔，失之寬緩，三蘇之文，沛若有餘，微傷於巧。彼八家之於文，可謂盛矣，而汲汲以窮年者，非其不及〔三三〕，義實相妨，又何論其材之下焉者乎？

故二子者之爲是選也，斷自洪武，以明之文未論定也，迄康熙丙午，從王也，盛方始也，又體無不備，故人各以其類也。然則二子者之選，非徒〔三四〕以是概天下也。乃天下之文，不盡概於斯，而斯文足以概之。抑將使天下之讀是文者，推廣其意〔三五〕，嚅嚌涵泳而漬漸以入焉。吾安知所云概者，不進於古所爲耶？不然，恐天下之人貴遠而賤近者陋也〔三六〕，貪多而拒少者失也，拘其所見而不以自廣者愚也，告之而不以喻者恥也，如此而謂曰：二子者之選，將以概乎天下之文而求其歸焉，又烏可不思其所據也哉！

武鄉素爲文，探源周秦，揚光漢魏，矜字慎句，含毫不下，漸放爲大家之篇。雖體制條暢而神腴氣古，詞儁調折，所爲矜慎者自見，譬黄河萬里，紆洄九曲，其宏深更在星宿之有本也。今人妄爲大家而不識大家，徒以柔曼繚繞者當之，其亦知武鄉之大家有如是哉！（朱近修）

行文紆徐，有峨冠博帶之容，此自氣度迥别處。余尤喜其善狀從來文人情事，勝讀陸機《文賦》。（孫豹人）

潤色鴻業，揚厲本朝，子雲、長卿之儔也，其文氣横奥，則由其識堅而筆悍耳。（陳其年）

劉崑麓詩序

順治己亥，余與崑麓劉君同謁選京師，十月探竹，予得倅潤州，君爲司理，庚子春，又肩隨涖事。彼潤州當海逆熛起之後，枹皷餘息，大獄朋興，君以銜策馭黠馬，左右於執事之間，考中聽色，奏當如流。當其時，郡人欽君風節，皆以爲崔鄾謙之復見今日。壬寅，君移治臨江，如在潤州時，計征騑在路，十年於斯矣。辛亥，余補官來燕山，與君同寓蕭寺，君乃稍稍出其詩以相示，俾予叙之。余思初與君在潤州相戒爲廉吏，灡清露覆，請寄無所容，衹知君以吏能也。今君之詩，醇鬱流宕，如江澄月朗，使人聽之淒清欲絶，無艱澀奡兀之態者，非久於詞塲而能若是耶！抑治劇理屈清材駿發之氣，出其緒餘以爲詩，而後能相與以有成耶！

君生於武陽，有紫金漆園之遺，服形練色，行光容裔，而其詩復與政迹稱最。考劉氏才彦，代不乏人，其來有自矣。故孝綽辭藻，流聞河朔，隱之酌水，其操益勵，道和莒人，倉卒立定，孝泉賦詩，天泉池荷，方之於君，豈有遜乎？且予既見君於蘭若，而漳浦别駕禹君谷王能詩尋至，星沙太守吕君大吕習於吏事，聞亦飭裝在馬蹄間，彼三君者，皆武陽人，悉與予結游。嗚呼！天之生材，夫豈偶哉！

此等結構，惟昌黎能之，王介甫而下，未之及也。（宋荔裳先生）

思理鑱巖，下筆極有分寸，妙在叙次中老辣波宕，自非時流可幾。（陳其年）

松臺山房詩集序

凡物之速成者易盡〔三七〕，而堅好者必遲。《周禮》㡆人湅帛，以欄爲灰，渥淳其帛，實諸澤器，淫之以蜃，宿諸井，厥七日夜。歐冶鑄劍，用赤堇之錫，若邪之銅，助以雷雨，不足雠也。阮師作刀，授以水火之齊，候陰陽，鍊五精，取剛柔之和，需以三年。染者，三入而爲纁，五入爲緅，七入爲緇。若夫操的而貫虱，九折臂而成醫，蒙金以砂，琢玉於璞，陶施之事，髻墾薛暴，不入於市。是物之堅好〔三八〕，其爲之甚難而又遲，若此固未有取効於速成而朝夕不相待者也，其於詩文也亦然〔三九〕。

司馬遷父子，相繼爲太史，厥有《史記》。班固《漢書》〔四〇〕，仍彪之業，固死，章帝復令其妹昭，就東觀校輯，始足成之。張衡爲賦〔四一〕，乃至遲以十年。豈依違其思腸而不之決邪〔四二〕？并心肆力，勢固不得止耳。至於相如之腐毫，王充之氣竭〔四三〕，孟郊之奇澀，賈島之苦吟，唐球之燃膏，張説之悽惋，皆遲之又久，研慮方定。嗚呼！可謂難已。

東甌季昭張公既歿之二十五年〔四四〕，又典王君始以其詩屬予爲序〔四五〕，且謂予曰："吾習公久，或道過其門，凡所爲飲食宴樂，悲歌激憤，無所不有，獨未嘗一語及詩〔四六〕。今公且沕〔四七〕，公之裔有藏而惜之者，以其詩來，幸君之詳擇而勿傷其志〔四八〕。"

予觀其詩，洋洋累千餘篇，則世之以詩名者，又未有若公之盛者也。其詩闡諧辨潔，音容康樂，而探賾致遠，雖豚魚鬼神之幽渺，無不極其形容，每有一物而詠至三四十首者，體裁略〔四九〕

備，可謂得〔五〇〕才人之致矣。然公宦迹所至，山川險怪，其間盛衰之幾，羈愁柳鬱，嘿然有感，悉於詩乎發之。至建節益州，持公屏私，去其苛暴，與民休息，雖與賢士大夫晉接之頃，深用自晦，更絶口不言詩〔五一〕，故公之詩又往往不爲人所知。聞子既擇其詩如干首，爰援〔五二〕之梓，因語之曰：“世人在方内〔五三〕，足齒乎〔五四〕人，甫〔五五〕能操翰，應聲成響，即倨然有居高自矜之意〔五六〕，篇什諓諓，争以其詩鳴於世。今中丞研精數十年，綴藻彌煩，獨不出一語以示人，此其志豈復爲朝夕可喜之計哉〔五七〕！”嗟乎！詩學之日雜而詩亡，舒元輿所謂“數與麻竹相多，雖舉天下爲剡溪不足給”。以視公之詩材工麗，深用自晦，又當何如也？

前段是閱歷甘苦之言，復聲采具備，昌黎《答李翌〔五八〕書》，謂古之立言者，無望其速成，中間自序如是者有年，凡數轉，得此文正相發明，而筆意放縱自如，則又得之養氣者不同也。（孫豹人）

詩文之難成，譬諸練帛鑄劍，遲之久而又久，方能盡善盡美，此至論也。今人刻燭擊蓋，自誇爲敏捷者，讀此文能無廢然！（方爾止）

先生每爲余言，生平著書十失其九，今兹所録，悉係僅存。蓋先生平日最攻〔五九〕苦於文，故能探幽抉奥，直奪昌黎、廬陵之席也。此篇明道似昌黎，頓折似廬陵，若其繁稱博引，則又極似柳州《論李睦州服氣書》。噫！至矣！（陳其年）

嬾逸草序

今夫竭心思腐神智終其身，傳者不能逾數篇，焚膏繼晷，而句之精者，累世不數見焉，豈詩之爲道苦難而事離若此哉？當其事與景赴，其悲歌感慨之衷，巖佚簡易之氣，若以適其興會而止，及其簡練揣摹得之而措之手，然後知其扞格而難操，辭與願違，動見乖迕，則古之以詩傳於世者，皆立志甚深者也，立志深則其光焰亦厚。

故其始也不敢爲，及其爲之也不敢易，既已爲之而不易矣，則不得以不甚惜之心，不自重其所處。是以閉門距躍，勤則得多，從未有以“嬾逸”命世者。吾友壺嵐陳君，獨自顔其草曰“嬾逸”，何也？蓋陳君之爲人，以之求田問舍則嬾，撩零五白則嬾，浮湛鄙里則又嬾，而蟬聯於酸風苦雨之中，挾策於慘澹經營之際，則選言而後出，尚恐吾詩之或一毫以嬾也，而敢取徑於嬾乎？

或曰：陳君之嬾，似在於逸，計其居恒之詩，激觸所得，偶然爲之，縹緗漫滅，以廢棄而不能悉存，陳君之嬾，似在於逸也。或曰：不然，陳君篤於詩情而嬾於世務，有所不嬾以成其嬾，誠恩其久而逸也，取一鸞片羽以發吾覆者，謀諸殺青，又何不可，詎聽其逸焉而已乎？

陳君曰：否，否。余嘗恨世之外强而中乾者，勇於立言，喋喋求多，以取憐重，爲尅核者所嗤笑，諸君奈何窘我嬾逸耶？雖然，迎寒以夜來諸陰也，川不可防氣之導也，陳君即欲遂其嬾逸有不可得者。況陳君長男已過典謁矣，次男亦咄咄逼人，其弟吾青又欲火攻其兄，吾恐齒牙獎借天下之口，將不獨屬陳君。彼陳君者，寧獲以嬾逸自竟哉！

就“嬾逸”二字反覆穿穴，似諷似規，前後因斷爲連，借賓形主，深得古大家謀篇之法。（張爾公）

題是“嬾逸”，文卻説不嬾逸，然究竟未下斷語，隱顯即離，妙有文心，此爲韓歐秘訣。（李雲田）

筍迸生於石罅，絶不旁溢一語，而層次干霄之氣，具足於此。文氣甚得子長之潔。（談長益）

宕逸淋漓，似昌黎《送高閑上人序》，澹蕩往復，似永叔《僧惟儼詩集序》，一段曲似一段，一步緊似一步，成連先生

刺船時，海水窅冥，真能移我情矣！（陳其年）

爲〔六〇〕張芙莊明府序

山西之爲縣，七十隸於府，八隸於州〔六一〕，然獨沁州土敝爲最嵴，武鄉乃隸之，磽陿甚於州。其地連山二百餘里，土分少而石分多〔六二〕，即上〔六三〕之所界。又崀峗不平，耕者畏其盤紆九折，使牛摩髖脱肉而欲其菑播得乎〔六四〕？遞引而下之爲大沙，磊磊嘗不絶。每水澇則傷稼，岸易爲谷，愆陽則困篚成虚。不毛之地凡什九，乃使之出租賦，守條籍，歲較其入，往往以積逋致困。其里社蕭條，率二十里落落十餘家〔六五〕，皆穴處於峻崿之間，遥伺之支體危竦〔六六〕，形色非人，矧身於疲曳者歟，蓋無人耘耔者復如此〔六七〕。

其權店驛〔六八〕，懸隔百里而縮，風霜兵火之餘，人煙滅没，諸臺司部使者，朝夕至或不得僦屋暫居。凡雞糈膾脯輪蹄帷幔之需，無一不取資於縣給，極紛卒不可治。或風雨之交，河流迅急，擊之不斷〔六九〕，不能辨牛馬者，又時時有之。爲屬吏即不敢謝守土，必親請承命迎道左，以是率爲常。

夫權店之爲塗也既遠〔七〇〕，而南關之在其封内〔七一〕，又爲鄰州代其置郵，至兼程敝策而去，何憊也。其水陸無所産，無翁伯素封，持篋資，候時轉物以通商賈。獨士大夫貴盛，喜讀書，博洽通美，有登高而賦者，比類酬和，相與發其光華，準其尺度〔七二〕，則吟哦之際，亦有其勝者焉。

荆南張公之蒞是邑也，毛米無侵，條彙其地丁之荒亡者，由大中丞白公代請，報可，免其十之四焉。嗚虖！昔之人困之以税田灌輸之法〔七三〕，而公之利行之於轉盼俄頃之間，先號後笑，民今而後，得以優游用寧矣。公才盛未已〔七四〕，無苟〔七五〕且操切之政，其謀諸己也，不恃其事之不至，恃我有以豫之。權店旁有巨盜結仇，毒矢以掠行人，公捕得之，悉受誅。老子曰："慈故能勇，儉故能廣。"其公之謂歟！

公志行文章，卓絶於時，簿牘期會之暇，即與諸生湛匿於鉛漸之業〔七六〕。降至牛醫乞兒〔七七〕，悉以和色承之，蓋以父母之心，加一邑之衆，必纖毫無憾而後即安。大抵公之爲人也，仁厚沉静，不決躁險，嚴以其類而考之，必有增秩之榮與難老之壽，以應夫修母致子之理。況公居平慎内閉外，引接道炁，此誠凌霄漢納華滋之至要也。不然，以公之勤勉，成其德業之所就者如此，豈非運行體中精神大於身，故能獨遂其功者哉？會〔七八〕大夫士共與醆斝觴公而徵序於予，予故即公所爲逾强之事而推言之〔七九〕，其於可久之道也，顧不偉歟！顧不偉歟！

開口一氣，精神充發，氣象雄武，全是韓昌黎矣。無一語涉祝頌套，逕叙述張公治邑，本末褒揚，令德明備婉至。（張爾公〔八〇〕）

古人作文，每有關於國計民生如此，前叙地方之弊，後出芙莊治行，總是杜少陵《穪春陵行》，諷天下爲邦伯意也，所以壽之者至矣，而所以自壽其文者何如耶？（顧茂倫）

最有關係文章，卻得之壽文中，大奇。（陳其年）

王貽上詩序

王公貽上詩，英絶爲世稱首，莫不交口誦之。蓋公年少，本其家學肆力於歌詩，豈阿所好哉？往歲謁選京師，以兩家籍誼，公嘗不棄予，進而教之。胠其裝，得公生平譔著最多，皆伯氏西樵、禮吉子側諸公所亟稱者，其足以導揚風雅，鼓吹一代無疑。是時，余心折公，未嘗不嘆其道彌廣而詩彌工也。

今公李邗上，余倅潤州，兩人時晤，語如疇昔，顧余鞅掌簿書，雖樂誦公詩，欲勉己和之，輒不可得。乃公一日過余曰："嚴滄浪云‘詩非强作，待境而生’，斯言非誣。然念余所遭歷，江山之勝，佳時月夕，未見於辭，詩境安在，深幸公自有詩境，詩又無弗工也。”

昔劉勰論商周楚漢至詳，嘗姍斥魏晉之淺綺、宋初之訛新，以爲風氣使然。至於王通，其於謝莊、王筠，謂其纖碎，徐陵、庾信，詘其夸誕，若是者，舉非定論耳。夫詩世代升降不齊，其間崛興間出，不以世代漸劘者，往往不絶，它亡具論。唐貞觀洎景龍，諸應制體製略同，而蘇頲詩稱最，即《小臣桃花行》，當日雖逸其姓氏，至今讀之能令羣作皆廢，豈可以李杜儲王而外，遂無其人哉？

以余觀近代詩道寖降，公獨蔚然以古秀典則爲詩家矩矱，後先所譔著，莫不盡其能而專美，乃世類言新城追蹤歷下，與瑯琊昆季翃翊，孰知公兼體備善，非一端可涯涘哉？頃公偕余憑眺金焦、麟冢、龍洞諸勝，感時弔古，發爲聲歌，皆窮態極妍，高翶翔於天，幽光可以潜於淵，幾於康樂《遊山》、少陵《岳陽樓》、《秦州》、《何氏園》諸篇，軼瑯琊、歷下而過之。雖詩待境生，公則希微寥泬，何往非境，何境無詩，屹乎不爲世代所拘。余故知公之詩之必傳也，公其以余言質西樵諸公，諸公謂余阿乎哉？

文之淡者難於縱，此之縱處全是淡處，而秋水澄泓，其中有物未易窺也。冲夷宕折，矩度全是廬陵。（潘江如）

淡漠處如彈古瑟，音響最不易尋。（陳其年）

重刻郭九子詩序

余方總角，著書輒盈几案，然以羈賤，不能自刻而刻人之詩，又不能自刻人詩，而因衆以刻其人之詩，余固古所謂遺其有我者之人也。雖然，鵔鸃孔雀，皆自愛其羽，而精衛獨銜石填海，亦各從其志而已矣。

楊侯郭九子，流寓武安四十餘年而歿。負性孤騫，其詩雖學景陵，要自刻露，不用一律以犯難而蹈高，與之衡今人、較上下，則今人無所幸焉矣。又十年，余客於此，悲九子之詩不傳，謀與九子交者，與之圖博輯料簡之事，皆欣然許其成。所穪含光宵練，有識共賞，向使九子即不隕穫，能自剞劂，而其詩又不足以傳，則有在而糊窗覆瓿者矣，况其没乎！

乃九子既歿，而露盤梓及其半，未幾，露盤又亡，至於予而始盡歛其居平詩歌，以發惜誦之幽光，斯非獨九子之詩之存，而諸君子之篤於義也。昔皇甫謐爲《三都》作序，世始知重左思，徐渭爲中郎所許，世乃知有渭名。余雖不敢言爲九子掘根存實以成其名，然用力少而取材衆，憑予乞言籌氾畫塗若斯之易，則非遺其有我者之人，未有不亟刻己詩而急亡友之詩者矣。

落筆有奇理異彩，是天之使然，人不可得而强也。

俯仰多態，感慨環互，自搆架之材。似蘇子瞻《乞墊董傳書》，古今交道所難，余畏愛崑崙類如此，非獨慕其工於辭也。（張爾公）

不自刻詩而刻人之詩，先生生平篤於交誼如此，讀此文勝讀一篇《山陽聞笛賦》也。（陳其年）

綏庵詩集序

庚子春，予倅京口，數晤金沙蔣公虎臣。公以詩著名，於詩神理敷暢，辭義卓然，爲之起敬。冬杪，從劉司理讀公《宿金山寺》詩，始大異之，然未極其所止，竊以爲其致與人殊矣。越數日，公過予，授一編曰："予集成，子其爲我序之。"頃得肆睹其所爲，以爲幸。壬寅三月，蔣君玉大將詣江楊，就予郡齋理前説，予不辭固陋，請得而盡言之。

夫詩盛於唐，世輒謂古今人不相及，宋元且毋論，明初作者，時或旁通直暢，然沿習故輪屢矣，形束而不即變。至何李奮起相然信，始革蕪音，王李繼之，濟以雕潤，雖盛藻跨俗，而疏折樸削之美，抑鬱未遑，迨景陵出，風斯靡矣。

今寓内詞人，并驅方駕，所在都有，而求其深中隱厚自竪有餘，爲世所稱誦者甚少。惟公之詩，搜奇破險，窮幽入微，不羈固難知，或擬之松陵、昌谷、平昌、昌黎之間，非不得其一端，而未能有以盡其變。蓋公氣質高邁，情思刻深，而又遭世早遇，加以學問，故風雅之作，波屬雲委，使非少陵不足以期之矣。或曰公以盛齒掇巍科，躋華省，不數歲，典浙試，名爲得人，掃軌以來，託志南陔，優游愛日，未幾，而灑皋魚之泣，陳李密之情，近且愴深播越，并日而食，若無以自存，而公静以馭之甚安，其詩名日以尊。

故天人之憂，孺慕之感，一篇之中三致意焉。今集已亥以後諸作，奮危言，舒哀緒，音彩高耀，不可一世，視杜陵入蜀後詩波瀾無二。向使公典試後旋反承明，遂參揆席，雖其詞藻著之臺閣，然求其詩創絶人區，發皇忠孝，以振起時代之衰，窮而益工，如集中所載，不猶有間耶？今公以方富之年，浴德立言，會天子以師傅强起之。公澡身稷卨，砥節有素，豈不施之裕如哉？

予少游京師，嘗及事尊甫先僉憲公，與公亮、簡臣爲金石之交。余雖寡昧，不足窺公津涯，知其上孚庭訓，垂教後世，所有光顯其親，將在乎此，孰謂詩之爲道，古今人不相及哉！

引而歸之於大，彼字句之文，不戰而自屈矣，文家占地步類如此。（李雲田）

作詩序必須如其人如其詩，若概以李、杜、岑、孟目之，作者之性情反不能自見。余於淮上讀虎臣詩，愛其清折淡遠别有寄托，先生此序能從其至性中寫出無限憂感，絶不作仕官中鋪張揚厲之語，是深知虎臣之心者矣。（顧修遠）

作文必先立意，立意高行文自高，中間樸處掘處，尤不可及。(陳其年)

携虹草序

方今海内宴[八一]安，名公巨卿，深沈於詩，且既已致身通顯，其力足以聚書取友，加學而不已[八二]，雖江河可移，况負魁奇偉麗之材者乎？乃備位者沿是迹而起，心恥其不能詩，慮無不漫然爲之避，異量之名[八三]，世俗不察，從所致以爲重，即莫有起而正之者。

凡人之行，非謂抱義者也[八四]，下之至於桑門羽人，里巷布衣之士，時以其羈愁抑鬱之思，盡發之於其詩，窮年矻矻，習與慧增，而言[八五]之善者，亦復可采[八六]。若彼賤者，肆志吐辭，不及擇音。而欲持淺薄乖次之謀，造作於時，此詩之所以多可訾也[八七]。夫天下之人，不竭力盡知而欲其能詩[八八]，猶不琢玉而求温澤也。故習之者衆，則美者赴功，其始[八九]必有將盛之形；視之也輕，則沿流必易，其終故有易衰之患。昔建安之間，號稱七子，開元天寶，不過李杜王孟高岑儲常數人而已。今期聲律之名[九〇]，而不畢其學，何今人之視詩太易乎？

錢唐禹金高君，不務苟同，禹金以研[九一]敏之資，崢嶸高論，其所爲詩歌，務衷於閑麗而後即安，以命詞場，何施不可。而乃致書於予曰："僕廢百事，激勵於詩，氣雄不以下人，且從未嘗乞人序，蓋以世鮮知己。而古文之難，雖紛然各出，求其駕左史，凌昌黎，而獨傳於後者，實未之見也。兹典型在御，願得一言以爲重，假令今則不得公文，在僕爲棄奇不能知人[九二]，固無以自慰。"然則禹金之詩，已厭薄世人一切而駕其上，獵乎精英，止乎義理，乃猶不求人知而務極其功於人[九三]所不見之地，此豈今人亡具盜名者所可幾哉！余時日盡費於簿書，未能卒讀其詩，而即爲之序，於其行也，敢摭其實。讀禹金之詩而聽其言，彼易視詩者[九四]，亦可以廢然而返矣。

詩道難言，作詩序尤難。崑崙先生之詩，博綜經史，涉歷世故，上而公卿大夫，下至布衣寒士，無不争慕其詩，得一言以爲重。而禹金尤不屑一切，乃獨乞其序言以傳。至此文之論詩處，無一泛濫語，非學深才厚者不能道隻字。（顧修遠）

今天下無不人人爲詩矣，諷先生此文，爲之三嘆，其有功四始，何減卜子夏一序。（陳其年）

文字最忌入俗，雖岐扁不能醫也。先生以古鬱之思，運靈變之筆，使俗下不敢望其項背，信是一代作手。（然明[九五]）

江行贈言序[九六]

今夫事之關於彝倫者，苟不發於至性，則不足以風示來今[九七]，而言亦不能垂之以其久。故共姜靡慝，爰賦《栢舟》，《陟屺》慎旃，永懷瞻望，至於《蓼莪》之銜恤，琳妻之女訓，崔母之通經，斯其言固足以傳矣。然而悲思哀慕之音，率感激於一己，而四方之彦，歌詠未備，則公論之難齊[九八]，而人情不可期也。迨夫事遠人湮之後，不有作者，其何能述？乃使古人行事，蕪滅於山巔水涯淒風斷簡之間者，不可勝紀。豈至行未純而真風不足以訓世耶？抑阻於時而未能以羅而致之耶[九九]？

平江袁子重其之母，二十九歲而寡，撫育孱嗣，尚在提抱。今重其童然秃且老矣，食貧負薪，以養其母，母亦行年八秩[一〇〇]，而賢母孝子，節操益堅，至於饑寒困苦而不變。故重其隨其所之，士大夫皆樂於之交，既從其游，旋紀其事，詩歌之衆，累然充棟，其於南徐廣陵，大江南北，旬日之内得詩四十餘首，雖逆旅者亦及焉。夫重其非貴顯於時〔一〇一〕，而二郡又非其里黨，何道而臻此貞〔一〇二〕行感人。嗚呼！可謂盛也已！

至性二字，聯絡通章，又無蹊徑可尋，真是作者。隨意寫來，極真極樸，重其得此而傳矣。凡立功貴有其具，而不能無藉於天，立言亦貴有其具，而不能無藉於人。如重其，赤貧之士耳，雖能愛慕其親，若無《霜哺全編》，寓内誰知有袁氏之母，亦復誰知有袁氏之子哉！武鄉程崑崙先生，既許孝子之有母，更許節母之有子，盡收重其《江行贈章》，付之梨棗，復爲弁言，以紀其盛，是寓内諸君子，皆有藉於先生之一言以爲不朽，而袁氏之節孝，更有其具矣。豈非天助乎！（宋射陵）

析處必使之渡，收處必使之留，文在情中，聲在絃外，髣髴成連先生刺船海上時。（陳其年）

文之整者難潤，厚者難勁，此則整矣厚矣，整而潤，厚而勁矣，允爲範世之業。（程世英千一）

王翰孺稿序

夫物不受變則材不成，人不易業則智不明。今天子思駕前古，專以策論表判設科，士從此博通務經術矣。往時海内所貢士，概以八股一法考其程度，故士人并時覃思，其心力畢粹於此，必有窮聖理於既湮，發微言於不墜，偏勝獨得，而篇有可存者焉，非一旦之可以盡廢也〔一〇三〕。

平輿王君翰孺，順治十五年舉進士，盡心於八股間，清迴俊發，學有專家，幾失而復得者再矣〔一〇四〕。晉陵鄒君程邨，悦其有可存者梓之，問序於予。予與翰孺同官南徐，其受知於君〔一〇五〕者深，其知君〔一〇六〕之文亦深，余因爲之旁通其論矣。

夫世人之文，過平則詞蕪氣竭，争事闡緩，固揄棄不足道；

才大者乃駭而謀之〔一〇七〕，務極恢譎，然於以神止理安則又大蹶，浮疏終媿，大氐綿連殆矣〔一〇八〕。翰孺之文，氣浩理得，其於聖賢之旨，思無越畔，然嘗闊而大之，稱其才能，亦無所不合〔一〇九〕。其理南徐也，不欲泰廹，必彖於德。江南積案盈筐，賴君〔一一〇〕多所平反，不任係縲榜笞，務究切之而轉規窮曲，使頑頓虞詬無恥之民〔一一一〕望風犇遁，豈非所謂邦之司直者耶？昔人嘗言之矣，士或多聞，而不及施於治國，雖左史倚相，第使之考妖祥，紀事實。司馬談號通今古，善文詞，乃終於文史星歷之列；至於發大議，定大策，開人之所惑，於以正君訓民威敵，則古者叔向、子産、晏嬰、令尹子文之徒以是爲文，張之後世焉。今翰孺將〔一一二〕閎中而肆外，發爲精華，流爲政事，在境無夜吠之聲，當官有言泉之樂。吾不知叔向、子産、晏嬰、令尹子文之徒於翰孺之雄略如何，而翰孺之文則期進於古〔一一三〕，於以秉畫省之直筆，補東觀之闕文，名聞〔一一四〕於外，聲施於境，豈其猶有所待哉〔一一五〕！

辭氣奔騰之極〔一一六〕。

策論表判與八股，一代興廢之所關，故篇中藉翰孺之文論其始末，文復姿態俱備，真大家之合作。（鄒程邨）

文有根據。（陳其年）

字彙辯序

余讀芑山張子《字彙辯》，古今六書是非已〔一一七〕備於諸君子前序。顧余交芑山久，知芑山之爲辯，非含其精且微、遠且大者，日肆力於麤顯近細、句櫛字比，以耀人見聞者也。或〔一一八〕曰："芑山二十年來，隱屏郊坰，閉户著書如初，其讎竄《字彙》，有功承學，惜未〔一一九〕鋟流耳。"余聞而歎曰：諒哉！芑山之守道不渝也。夫余自識芑山〔一二〇〕，見其稽古慎交〔一二一〕，身雖隱而匡世拂俗，鮮不適於用，名雖章而儉德抑慮，未嘗矜其能。至於獎就四方之士，上溯孔孟關閩濂洛之學，不徒以訓詁自見。

今之爲《字彙辯》，非辯字也，即明道辯惑之功也。卒觀其書，審音考文，釐複糾謬，既集六書之成，而其間因字以窮理，窮理以闡經，據經以翼史，下逮歷代諸子百家怪奇瑋麗之説，博攟精擇，與經史遞相發明，究歸於理學經術之源流，使學者識所折中，而不爲異端曲説所眩，豈但探賾於頡誦，問奇於棻雄，爲所不必爲，殫歲月而耗鉛槧哉？

宋涑水司馬光曰："備萬物之體用，莫過於字，三才之藴，性命道德之奥，禮樂刑政之原，皆繫於此。"横渠謂經義取證明而已，雖不識字，何害爲善。余頗疑之，士苟不識字，經義且不明，何有於爲善哉？此岜山所以參互六書，補後先未備，爲一代開繼之助，學者執六書求之則非也。昔家純公、正公〔一二二〕以倡明理學爲己任，雖不得志於時，當熙寧、紹聖間，諸大臣相繼引薦，稍有所建白，附在史氏，而又得周濂溪爲之師，吕晦叔、邵堯夫爲之友，衎衎講肄，道教日著〔一二三〕。純公知大常禮院〔一二四〕，雖與有司議，牴牾不合，進退自〔一二五〕如，未有羣起而排之者。正公剛〔一二六〕直見忌，亦止〔一二七〕蘇軾、胡宗愈等〔一二八〕黨壘聱齖，誣以姦邪，究無毫髮損於正公。然而後世有識者，深痛方圓枘〔一二九〕鑿之不相入，吾道隆污顯晦之所繇分也，豈阿兩公〔一三〇〕哉？岜山〔一三一〕獨學寡與，可謂艱劬甚矣，而覯閔挫抑輒復倍蓰於純公、正公。

嗟乎！豈盡岜山之過與？抑時使然與？是書卒業於十數年羈困之餘，揆睹正公修輯遺書、庶幾有補之意〔一三二〕，其明道辯惑之功何如哉〔一三三〕？讀是書者，追惟響者陰陶與典之訛，旁魄規磨之陋，迺始愧墨夥頤，嘆岜山博綜〔一三四〕至是，而不知是書〔一三五〕固不足以盡岜山也，惜夫！

字原有關係，此於字之内，更求其有關係者究竟，字是如此，特難爲無識人言耳，文字真能追髓〔一三六〕。

先生文皆古勁奇闢，此又條達淹密，豈昌黎狀樊紹述輒似紹述耳。（潘江如）

艺山先生，余三十年父執也，著書窮理，守先待後，然氣性崖岸，往往爲流俗人所翕訾。故崑崙先生此文相爲悲慨，至藉字學以發凡起例，尤見兩先生其相知深也。（陳其年）

宋射〔一三七〕陵詩序

詩人之法，可學而至。獨才與氣之間，其隱在内，體無定端〔一三八〕，雖有善者，亦不能爲之强同。苟求其善操己之長，與性冥通，則適於道〔一三九〕，而皆有可傳。藝之至者不兩能，豈不信哉？今之號爲詩人者，離本失實，舍赴我之塗，而徒爲我所附之塗〔一四〇〕，困於才能，舉動乖錯，即令似之，觀者怠厭，其亦不善用所長矣。射陵宋君，産於淮陰，砥廉隅，又屬古乘皋父子、孟卿文學積漸之地，習爲詩歌，才清氣沛。今由廣陵渡京口，凡江河之所臨泛，行旅之所流憩，山林之勝，人物之賢，悲歡俯仰〔一四一〕，莫不吐納華音，裁於獨斷。其詩深而利，博而有法，指事懷人，歸諸本實。吾聞物之奇者，金玉劍蜃之類，其氣皆能上薄於天〔一四二〕，結爲光怪城闕樓閣，而況於才人之詩乎！夫詩道日新，英瑋芊眠〔一四三〕，人無才氣，果未能顯，若蹈藉前賢，寧有當哉！

爲幅甚短，情思周密，其起伏變化，有百折不窮之勢。（杓石）

直是下視樵蛻，或曰："於八家何所似？"余曰："似王荆公。"（陳其年）

宋荔裳先生文集序

五岳以泰山爲宗〔一四四〕，自昔德業文章之盛，以孔子爲宗。士厚而殊尤，其人必奇，行義必不同於俗。吾聞山東之國，繇孔子已來，商瞿、曾參、孟軻、伏勝、匡衡、鄭玄、何休之徒，湛於經術；王粲、左思、顔延之、劉勰、任昉，皆能以文采耀於世，風俗與化移易，豈非士發憤厲、有根柢之容、隱然岳峙者哉？荔裳宋公，齊之昌陽人也，之罘丹崖，得氣至厚，其爲古文辭，理析〔一四五〕秋毫，務豐奇偉之辭，驚態横生，而不離乎古法〔一四六〕，天下懾服，亡能仰視之者。然公所遇雖窮，其文屢變而益工，煩省險易，皆見其長〔一四七〕。嗚呼！古文之傳絶久矣，賴公而彰之〔一四八〕，以振呰窳之病，庶幾其有瘳乎！公愛士之誠，出於性成，制義度衷亮賢，疏舉才俊〔一四九〕之士，充廬接踵而至，相與援翰討論，共起居，接飲食，後先所慰薦堀穴巖巖之子，甚備得其心，雖在逆旅〔一五〇〕而風雅不鬲，終宴竟日，日更數十人〔一五一〕。故公當瑣尾流離之頃，竭智畢志，出死力以相從者，悉彰〔一五二〕蔽於公，非好著書立説〔一五三〕、取友識道，理能若是哉？予王父大司空公仕山左，繇憲副大參廉憲左右轄垂十年，蒞其地，與公之先世結分獨深。今公不遠千里而錫之以文，屬余爲序，亦可以知公之者文能神期矣。

鋪張語能不泛設便佳，而下筆簡練，尤深得韓柳之法。（孫豹人）

序今人之文，直從泰山孔子説來，可謂源本之論〔一五四〕矣，非玉叔不足以當之。（方爾止）

短而嚴，開闔皆有節制，是昌黎文字。（陳其年）

魏鄧林稿序

余少即儃僈廢時，遺形丘壑〔一五五〕，時魏子鄧林方行，文能僶俛而用篤，然視其人〔一五六〕，吶吶不輕出諸口，吾甚異之。及讀《專學篇》有云："聽清角之韻，不見嵩岱之形；察秋毫之末，不聞電霆之響。心入秋毫，意溺清角，始知游心無垠，然後一勉於正，而期其所必至，非矯爲之也，不得不用篤耳〔一五七〕。”鄧林爲仲舅對槐公子，仲舅慷慨喜施予，且性不畏强禦，井里時執不下，常取片言止之，其爲人如此，而不及見鄧林有今日。然而純篤用學〔一五八〕，鄧林固有以報仲舅矣。耳不順乎非，口不隸乎善，與名賢比榻而坐，或説一高言，如饑得珍俊，喜動於顔色，豈同於一意誦讀、冥行而擿埴者乎〔一五九〕？鄧林雖屢挫於時，然爲文高嚴俊麗，其光昭先緒，不慮其不顯〔一六〇〕。鄧林往矣，予既喜其篇章矯異絶俗，而其氣誼又鬱紛紜以獨茂，鄧林其真不可測〔一六一〕哉！

質堅而思入又潔〔一六二〕。

能刬去諸家蔓語，結句尤有深情。（張爾公）

關鎖綰合極有法。（陳其年）

郝文疆入學序

邑之西有爛柯、西交諸山，峭險阻隘，蹄股相承。然上無松桂榆柳美箭之所生，下無魚蒲之産，其人黑肌而廣額，負土而粗飽，單貧陋院，無鼓篋之士質疑問難，以求仕進。獨石盤距百里外，靈巖窮岫，松檜旁通，子衿不絶，四時之中，吾伊達於林谷。郝子文疆，予舅氏騰霄公子也。予年十二，懷璧就試，與舅氏同時入學宫，時文疆尚未生，舅氏謂予曰：“使吾亦有子如虞詡，歲通《尚書》，於願畢矣！”今不圖文疆之忽進於斯也。文疆意美志勵，有殊異之資，選良材，求明智，不能使文疆即學宫而止，殆潛精研思之業，不於其身，必於其子孫，其至文疆而歸善也耶！噫！石盤鍾邑靈秀，草木溪澗，蓊葧披拂，文疆又能依師義，博通經業，有相助之美，苟教之不失其時，考行詢譽，又安見形勝之不足以發其文思也。

通篇借形勝發論，極抑揚頓挫之致。（錢牧齋先生）

寓有期屬文疆意，不多設諛辭，行文伸縮合度。（張爾公）

秋鷹削草，矯鋭無前。（陳其年）

沛山記

山水之峙於天壤，不可勝紀。苟非吾之所有，雖太華、匡廬、嵩岱、彭蠡之勝，蹠穿膝暴，不能徧歷。即偶一遊涉，如逆旅之行躅，亡將久之勢，徒與咨嗟歎息，以過而不留爲恨。獨長平之沛山，在梁溪西南，取道里許，大司農沛蒼田公童冠刻意，近在鄉聚之内，未嘗塗覲卒遇，停策其開。已而公仕於朝，任職不能出，又未獲攬兹山之所謂西南爽氣者。

順治辛丑冬，始一過里門，與父老怡衎，乃求所謂沛山，探巖之巔而止。長巒青壁，激觸嶒峻，萬松蕃滋，與山爲際，然羊腸錯迮，每逢其絶處，輒得襄岸，非假乎人力，皆能奪松之所區。有所施宜，蓬室處中，大率科别易足，於是席草列飲，鮮雲薄垂，岑壑盡露，不有此也，山何以止我哉？上有滄池，水可深丈餘，渺沔漭沉，當其既溢，達於陽陸之限，神龍所憑依，屢於旱時循禱，甘雨汎沛。久之，楝楹樊欞，撓折朽敗，喬松不衛，而日且傷伐之。

山旁草田，可資引溉，土人逋賦，廢不操作，聞公之來，竊相告語求售曰："今其能釋我前患耶？"公既得山之明年，爲康熙壬寅，方除地燔翳，楱神凌檻，更擇其閑曠，編葺巖庭，以爲攸止之所。升高騁望，凡梁溪之枌榆，廬舍鷄犬，擔負歷歷，皆在目前。異日者，公歲時臨玩，聚宗族賓客於斯，風亭月榭，在於几舄，非有曠日跋涉之勞，擇地而行，尚虞不足，豈若太華、匡廬、嵩岱、彭蠡之遠不可托哉？雖然，沛山之久於梁溪數千餘年，求之必得，可趨而就也。必待公以興者，天固厚於他時而使之順安於萬世，其自此始乎？吾觀前古，山水之以人顯者衆矣，不特鮑、陶、壺、焦、禹門之名，因人而重，即蘭亭酒樓、釣臺銅鼓，一事之微，稍經濡迹，猶足導揚無窮，况沛山之邇，公業得之爲己有也哉！

沛山披榛莽剪芟而得，固自奇勝，文則紆迴蒼潔，一唱三嘆，尤是老手。（龔芝麓先生）

絶似柳子厚《黄溪》、《西山》諸記，而匠心慘澹，無摹擬之痕。（宋荔裳先生）

柳子厚《永州新堂記》爲穹谷嵁巖淵池於郊邑之中，逸其人，因其地，全其天，文辭峭拔，亦是此意。然較之先生此作，靈動奇快，則未之有逮矣。（陳其年）

遊華山記

殊名同質者，華也〔一六三〕。舊志曰："滑樹聲彌古西漳之湞焉，淬沁州之交口，漫淚〔一六四〕於濁漳。"程子曰："冀州之水，黄河自秦西北來，復有濁漳，會彼欒陽，此發鳩之山，炎帝少女之所採而取也。"澔汧乎潤哉！君子不以嵂嵲之多而忘天柱之功〔一六五〕，九河之費而忽蔥嶺之自，吾於是而督兹山之所以爲本矣。郡守俞公曰："滑非雅也，不若花。"而予邑中丞魏公，又易之以華，其名益美。吾聞巨靈仙掌以分河流，具在於華，其事甚奇，滑之所髣髴與？何〔一六六〕名之古也！形勢詳中丞記中。

丙戌八月，游息於此，程子肅然而肆睇曰："衆山幢嵱中而乃有華，有華而衆山皆培塿矣。"衆山之情氣咸在華，遠而睇之，百里外皆有華也〔一六七〕。崓嶆咫尺之間，反隱而不見，瑰偉幽遐，蓋衆山之精色俱奪矣。高閬箭括，石磴迭出，松枝磊砢稍於清漢之表，雖無求奢乎，乃復以少見奇。大氐華之爲體也，水事遠而人景鮮，孤情逼而天機露，錦石斑駁，或如茄房，或如紙臼，或玄髮靚粧，或椎額蹙鶡，架高布淺，胎於石而族於石[一六八]，殆無往而不與石爲類也。故山之砠者，咸取資於草木，所謂葉帷樹柱，土迹居其半，華不讓美於膚，斯爲難耳。山下出泉，丁香生石罅，穴胸貫腦[一六九]，山果熟自落，紅越丹砂，石殿無欞，不具築墁，當與天地畢命[一七〇]。左偏一閣墻舊圮，予所理也，經五歲矣，再面如逢故人。郡人王生，趺跣石室中，獵師樵子，往往見者，戲侮其下，何不登羽車而去乎？俞公傳甚佳，王生當藉之以傳，彼深山之遺蜕者，固多矣。

程子曰："嗟乎！吾觀《虞書》，西巡狩致祭西岳焉，地鎮秦城，於今爲烈，夫非此磝礐乎？"今山之形與貌山者之心，殆無往而不欲華也。夫華，寧不可學哉？夫華，寧不可學哉！

不難在牢籠勝概，而難在格高體厚，句工字琢，備擅其長，子厚當之，未免小巫耳[一七一]。

奇幻不測，別具匠心，華山諸記推此爲冠。忽起忽伏，如羅浮兩碣，因風雨而成合離。（張爾公）

酈道元《水經注》無此蒼厚，柳柳州《鈷鉧潭記》無此雄高，必傳必傳！（陳其年）

遊禪隱山記

余久負柴桑之癖，居於坻崿之間，蓋無日不山者，而悄愴慕類，又欲考勝以發其歡，是誠好騖哉！丙戌之秋，余弟坦之謂予曰："榆州雖彈丸，而禪山巖嶭，怪石翳薈，不可名狀。"七月既望，期往觀，已而糾裹不果。二十一，余乃發東田，薄暮，素沫滂沱，簷繩溜下。二十三，秋霖猶不止，厥明，光風劙雲，火精隆起，其流潦雖止而泥淖沾漥，跼石之足，不敢奮而前，然心不能久待。趨至黑石崖，路險不任騎，每泥一斗水半之，又沿弓背蛇行，前趾未脱，後者復陷，乃恨石名而全未見骨，何倒置也。

日昳，至長寧，低枝稠濁，蝨蝱聚如雷，寺僧秉炬入，尋具茗承飲，水鹽瀛不可食。翌日，至高書峪，去禪山五里耳。俄欲得山，頹府不材之地，入眥皆泛去，亡足謀厥心者，以是益欲得山。乃山於徑窮處忽來，與我之來也，情勢相告，俱在一里之外，崖崟方脱，偶見即欣，睎諸山體稍昂豁，而巖窟獨美，如中岳而誦嵩高，其爲四山之中則尊矣。入深忘返，渺然無際，高掌蔽其前，指族向抱，予命名屏山。松之芊眠，雖不甚多，桀竪者，支墮者，偃蓋形者，鬱鬱羈雌者，清風時來，悽若自止。屏山趾因於橋，石甃頗工，時久而泐，厪通五兩。橋下澗水西流，會於漳。予獨往視之，瑟泊漣羅，石怒蹟其上，詭故不蹟水，魚貫而過，至此粉光不易入，似澀縮不能忍。

予行亂石上，不至滅跗，循橋而度，止存釋迦一殿，餘皆廢諸榛莽，蕩爲平沙矣。僧如善連居敞帀營甎石之重窣，山門四旁，不拂自净，有碑尚在，皆面墻而立，龜趺悉没，可嘆也。左偏堰碶下頽，無非沮洳者，可圃之，外無隙地，稍過即志云道人泉，此獨不習。遊事稍竣，振衣戒道，回顧鹿苑頗寬，而荒塗在目，諸紅爪紺髮，珊瑚之舌，無不漏身於瀏颸，悽悷於霒霤。一僧性洪來如逆旅，如善亦居遠郕，過此雖僧亦山中所無也。余蹙然而嘅曰：余在髫齓，即聞禪山之勝過於諸寺，寺僧誅蓬蒿而變黄溼，出乘驚駱，藏鏹盈筐，五六年間，燼於萑苻，至使瓢棧不聞。嗟乎！始盜不過數人，驅除甚易，網漏吞舟，執事之罪也，不禁動河山之感。是日下山，宿於蔡樹砦，遂爲記。

嚴峻蒼鬱，仿佛柳子厚《黄溪》、《鈷鉧潭》諸遊記，而色酣暢較勝。（周兼三）

山水愈奇，摹寫愈平，此胸中無山水者也。摹寫愈奇，山水益奇，此胸中別有山水者也。試看子美《發秦州》諸詩，秦州安得有奇山水？即使秦州山水果奇，更無奇於子美之詩

者，讀先生此記亦作是觀。（顧修遠）

架險緣空，如鄧艾裹兵入蜀，至於憑吊之餘，忽生愴惘，則又不得僅作遊記觀耳。（何潔雍南識）

鈎棘搜剔，畦徑都絶，覺柳子厚諸遊記了不異人意，訾家洲、鈷鉧潭能毋裂眼争耶？（陳其年）

遊古峰山記

初繇禪山至蔡樹砦，日已瞑，小瞎僂俙，崕斗上不得盤曲，草滑如脂，余之舉趾，恒以兩僕爲高低，實不辨廣輪。土人束燎睩睩語於塗，晃朗猶日，是日於夜也。詰朝歷官石巖至漆樹林，蓮峰忽捲，久之益險，石齒硗砑者，互銜不盡，矗矗仄仄，髟髴勢欲墜，或小如盤，或大如駱駝，樓闕攢蹙隱現，近在舄履之間。余本畏山險枳步，患諸君先我，詭忘其艱，輒即往。既登，乃詡諸君曰："余善出不意，何似韓信從夏陽渡軍安邑時耶！"然余之任兩足，實驅市人而戰，其不依騶肩而婁幸者，但防其氣靡耳。

至則崚嶺揉雲，即古峰山安國寺也，殿外四碑光可鑒，一書"慶成府官田"常歲徵租者，巾車而來，捆載而反，率六百里，然歲不過得緡五百環。當時榆州何以隸南朔作佃，其遠若此。三牌鱗次立，文悉鄙陋不可讀，其他叢林螭桷，囊之兕渠彀弩而來者，悉以代薪爨。折而南有寶舍，以柴樊之，數武建層搆百尺，朱雲安牕，最上則樓而易之以臺，飛廉不發而叫風銅馬，息心深山窈窕中，良於十萬師矣。

東下一泉湛然，華浪不作，夾干礐體，受半瓠稍寬然有餘，坐而汲，無勞人之費，然千人飲之彌不窮，予呼爲觸雲泉。水尻有田可以穿竇灑流，畝足一鍾，一日之作苦而甘永費，惜哉！中衢地稍塌，流水潺湲，塌旁柳偃蹇不成行，蛇伸孛散，雜花吐牙，摇魂於赤檉之間，多不可狀。鈎祓觀比泉所謂作潺湲聲者，有自來矣。命僕夫釋馬長松之下，繮紲不施，花蹄緑蘚與青莚俱平，躡岡而上，羣岑忽俯，萬松錯若，略壯於指，或摇如麈尾。其飛節界於道連拱者絶少。與土人坐盤石角飲，爇松肪爲炬，酒得沸。明旦秋雲汎濫，垂芒欲雨，從東阪下，處處馬搏頰也，約數里而縮，僕踵力不及則助以手，手力不及則攝以目，踵手目之不及則河下龍門駛不越也。

求一卷節石小頓，不可得，土人笑指西北，有頂山勢更嶕嶢，即志云諸山突起而此爲之冠，使公見之寧不復嘆鬱㠑哉？乃興適無餘，遂不往。

敘裁變動如水窮雲起，寓言十九，悟者自悟。末段從慘澹經營中出，使人神魄洗然，故不易及。（張爾公）

怪怪奇奇以爲序事，惟昌黎能之，兹何出窮制勝，無窮也。其中引喻莊恢，俱出人意外，讀此視柳州諸記，未免有積薪之嘆。（李雲田）

字裏行間，覺有無限嶙峋險仄，非先生性情中自具山水不能道。隻字淺根人臨山水佳處，縱欲求奇求奥，卒不能奇不能奥也。（何潔雍南識）

斑剥奥缺，蒼異涼詭，不可句讀，只可捫摸，覺字痕紙背猶爲苔蘚所纏。（陳其年）

遊準提巖記

循太玄洞而東，陂嶇盤行，不一里，崖壁斗絶，可數百尺。山麓有巖石罅垂虆，勢態突怒如欲落，雖勇者，乍觸之乃慄。溝其前斷，諸秀木緣滋，繁蕪蒙綴，每當青逵朱夏、白藏淒厲之時，日月在形，衆山錯迕，無所弗見。巖臨徑口不深，遊者軒軒坦坦而入，無俟呼類束炬，有伏陰幽憂之防，然從無窟宅其中者。侍御左公反税之後，風收雨霽，輒葛衣鹿裘以往，仿八體録方書，寒暑勤事勿替，拾橡飲水，與人事勑斷。既殁，州人爲像祀之，其傍季子惢淵於中妍飾準提菩薩，骨法衣理明蔚，準提巖以名。

夫物不自始，有始之者矣。當此巖之未有以擬像也，非無强力可爲者不爲，其欲爲之者，率皆往來佛老子之徒，鬱邑侘傺而賫志以老死，荒寒委曠，鱗石蕭條，以訖於今，豈足異哉？余守是邦之二年來游於此，惢淵數請予之言，益不怠。余固愛其境幽，撮而記之，俾鑱諸石。後之至斯巖者，如彭祖之井、賈島之峪、白公之堤以其人存，非得之余之言而以傳於後耶？

公諱佩玹，字栗仲，由侍御爲山東觀察使。侍講沈公繹堂題其額。

深思曲致，於詭故不測處有鵲反鸞驚之勢。先生治耀，如子厚之居柳州，使山水因人而傳，左公當資以不朽矣。（杓石）

不難在深而難在異，不難在曲而難在新，不難在新異而難在爾雅，此種文字非氣候已到者決不能道隻字也。（陳其年）

天下第一江山記

凡事之廢興，物之存亡，散落衍溢〔一七二〕，皆以工力敵，其質之堅脆，罔幾也。故昌黎道高與寡，其撰《平淮西碑》，雖勢阻力格，禁之無繇，至於矯遣斷擊，名亦足以暴於天下。而段文昌之文，詘不旋踵，嚮時之禁，適所以顯〔一七三〕天下能者耳。焦山《瘞鶴銘》，淴汩江流中，非窮冬水落絶望不能至其地，而論者謂瘦捷清拔，大字之妙，無過於此。後之往觀者，流連反覆，相與考其源流，窮其時代〔一七四〕，以荒忽無名之迹，見知聞之所不及，揣擬摩切，以求其人，若有不能已於目而釋於心者，而周廊之刻則過焉而不問，豈非廢興存亡之幾，理至者數無以導〔一七五〕之，而何論其質之堅脆也哉？

余來治潤，康熙四載於暮之春，同張君南溟、程君蒼孚、袁君重其詣甘露寺山門，門當山南峻岨處，梁天監中武帝嘗幸此，賜二鐵鑊〔一七六〕，中儲水以飲僧衆。鑊受水廣，産碧芙蓉，蘇文忠詩“坡陀受百斛，積雨生微瀾”是也。又御書“天下第一江山”六字，久之，字漫〔一七七〕滅破〔一七八〕耗矣，鑊亦僅存焉。今門榜六字，乃宋淮東路總管延陵吴琚所書。琚寡嗜欲，惟日臨池學書，縱體盻蠁，綽有餘態，董文敏稱六字爲江以南第一名榜。雖克所願，而風掣雨蝕，木書有暗，余俾人挈置其下，就如松鉛意戢勢珍，復見舊時之所貴，仍揭之楣。時宋君射陵寓潤，工書法，遂乘原字雙鈎，驚鸞之美，視昔有加，余捐貲勒石，去高安埤路相逮，與遊人往來會。嗚呼！木石形也，堅脆質也，固矣〔一七九〕。然而事貴取於當機，而物嘗入〔一八〇〕於人之所不能料。以予觀於前古，吴主皓改元甘露，寺名用之，至夫乾符、建炎、至元之間，屢罹兵火，其寺之廢興存亡者頻矣〔一八一〕。鐵鑊今已不存，即琚所書亦非武帝之舊，又安知琚之所書木與石之久暫，豈若世俗不察，石必久立，木乃侵迫即朽，不同量哉？予獨喜射陵之鈎摹，磊落骨梗，能盡琚之巧，其後必傳，而不在乎木與石之間也。至兹字之藉吾文以傳〔一八二〕，焉能於百世之外較〔一八三〕木石爲〔一八四〕堅脆耶？

本是立石以求永久，卻從木石之久暫不可預定，翻覆變幻，立議甚奇。至於前後關捩，歸諸文與字之可傳，尤爲篤論，名山藉兹以不朽矣。（黄俞邰）

小文字極往復抒折之妙，堅樸處尤不可及。（陳其年）

議論既奇，敘事又古，淩厲頓挫，備極其美。（然明〔一八五〕）

永慕堂記

古之人功遂名尊，率治私第、建堂榱以稱其志，如白樂天之七葉、韓魏公之晝錦、梅吏部之有美。彼所稱賢豪，皆卬足其勢能之榮順且宴宴，苟不出於此，亦不過留連於碧瀾煙雨之間，而居有彤軒，退有文欀，其心無所求於世，卒其所自爲謀者，與富貴之人不異，孰有臨榱桷而思父母者哉？曾子曰："身也者，父母之遺體也。"行父母之遺體，居處不莊，非孝也；事君不忠，非孝也；蒞官不敬，非孝也；敢不敬乎？故孝也者，百行之統也，孝道勖斯領聞備矣。然孝於親，其所遭亦有不齊者焉？怡聲愉色，得侍父母之側，幸也，或父母有一在堂，其命也，即岵屺失望而感時輟社，劬勞之德，鬱邑不得伸，卒不敢有須臾之或忘者。

所謂大孝終身慕父母，吾於滄州侍御張公見之矣。公初就外傅，日記千言贈君，心齋公心獨喜曰：是兒岐嶷明秀，當必孤騫，張氏其能顯耶？十一歲輒孤，太君范孺人以一婦人矯厲搘拄，於屯邅之際，篝燈戒讀，極夜而不止。公由膠序登賢書，乙未舉進士中第，丙申得令廣川，洗寃平反，有萊蕪魯山之頌。天子廉其能，尋召入爲侍御，特命持斧吴會，公服單薄，按部聳善落奸，不遺餘力，七郡傾風而化。壬寅，上疏乞歸閭就養，而太孺人年且八十餘，竟苦二豎斛火罔效。服除，公方烏衣蒼佩，進陳明法，立於栢府之中，搏風待問，追思自家食以至策名之後，其間更寒暑，改窮達，奉太孺人之指導者三十餘年，雖贈公賜爵如柱吏，然不獲見絳騶簪筆之盛業，已禄不逮養矣。往者即綰銅符簿領劇邑，其迎養太孺人者，亦不及一歲而止耳，曾不能如葭墻折芰時啜菽飲水，常在慈母七箸之右，此公之痛心疾首而不能已於慕者也。夫人之於父母之年，既不可以力而致，而時移歲改，顧復之恩久而遂忘者，比比皆是也。向使公積疴六載，饑饉侵奪，苟非太孺人食荼不挫，延越人醫之，俾其操瓢亢宗易業之言儻入於耳，其去持槖補衮之尊安，奚啻霄壤？故齒禄以來，走獨鹿，過廬溝，歷絳巖支硎大江長蕩之險，漿酒霍肉，閉距而不通，具官銜命，怱怱未嘗自釋，而今已矣，生鞠之恩可憶而不可復睹矣。彼公年未老，能養而不得養，其所以自盡者獨有一慕耳。今慕之日多於養之日，則公又安得而不永爲慕邪？昔王義方拜御史，請命於母，終爲直臣；崔玄暐奉母訓，以貧不自存爲願，卒以清節得名。是不忘親者所以忠於君也，累日積久而致行之，然則公之所爲永慕者，豈特有懷二人已哉？

寫仁人孝子之心，其詞清醇而雅健。（龔芝麓）

昔人云"讀《陳情表》而不流涕者，必非孝子"，吾於此文亦復云然。（宋荔裳）

公文多蒼嚴奇崛，而此纏綿篤摯，有嗚咽之音，惟賈長沙、楊惲一輩人足以語此。（陳其年）

尚友堂記

滄州侍御張公既以"永慕"題其堂，而復名其三子曰友周、友程、友朱，别爲堂以居焉。康熙辛亥，余補官來京師，公謂予："子曷爲之記？"予再拜受命。竊觀唐虞三代以降，嬴秦取詩書百家雜燒之，自是諸經孔孟之學，不能自立，學者罷老於陰陽名法，穿鑿繳繞。漢興，雖稍稍補裰缺失，而弘崇雜霸。魏晉而後，專己保殘，佛老之徒幾徧天下，雖使契施五教，弗和於俗。因循及宋，使非茂叔、與家、鈍公、正公、元晦數賢倡明道統，舉諸經語孟，考定章句，拆疑參實，又著太極通書定性、語録、近思、綱鑑、小學等書，佐翼聖道，然後性命之旨曠然壹趨於正。絶續之間，幾何不澶漫決壞哉？是以君子慎人所以交己，審己所以交人，原其所以來，則知其所以去，見其所爲始，則觀其所以終，此在正交之道則然，况於尚友古之人乎？昔馬伏波之誡兄子也，龍伯高敦厚周慎，口無擇言，廉公有威，願汝曹效之，杜季良豪俠好義，清濁無所失，不願汝曹效也。王昶以默沉渾深名其四子，乃曰："欲汝曹顧名思義，松栢之茂，隆冬不衰，晚成則善終。"夫敦厚周慎、默沉渾深，不過聖道之一體，而企踵不已者，施衿結褵，淑身之訓，恐其流於燕僻耳。今公卓蹤清軌，既以身爲律度矣，而必令三子尚友乎數賢者，蓋以獨智之慮，害世傷道，而受取既嚴，則微言大義漸漬於成教，不然徒挹雕陵之餘緒，窮石室之遺文，春華清藻，撫几溢目，彼浮天體物豈有窮極乎？抑數賢者，非獨以理學鳴於世也。考茂叔司理南康，執法至委手版，部使爲之伏氣；鈍公在御史，極論新法不便；正公與鈍，正殿説書，不負侍講；元晦九考在外，立朝僅四十餘日；其所立身進退，各有本末。今三子者約履疆志，能使濂洛紫陽之學復存於今日，是楊吕陸蔡尚在大小履冒之中，他焉者詎可儷乎？此公命名義哉！

從尚友發出如許大議有關世道之文。（龔芝麓）

援引根據，有典有則。（宋荔裳）

倡明理學之文，務期明白正大，垂之百世而罔弊，當以此種爲則，先生之文豈可以一格拘哉？（陳其年）

與陳大士書

乙亥歲，祭酒倪公元璐建議復古成均之法，詔天下減場一日，如鄉試例，糊名易書，分房校士，以學使者爲總裁。丙子，彙所拔士貢之天子，肄業辟雍，教之以兵農禮樂天下國家之務，許其計劃當否，言便事，指斥姦佞，不得禁之，鬱興大肆〔一八六〕。然後需以歲紀，第其高下，材行砥礪，授之以翰林臺諫六部之官，材良而行不備，試之以守令，其材行弇鄙者，則斥不復用。僕年二十，隨所貢之士旅亦進，得至京師凡二千餘人。相國某聞而惡之，削元璐爵，卒不以此取士，而士而卒蹙縮不敢復言〔一八七〕。當是時，太學生以貲入應制舉者五千餘人，越歲丁丑，公車之士復五千餘人，計凡在京師者，又一萬餘人。足下以盛名居閒曹，士作肅相從問文辭，日以百數，各愜其願而歸，如候蟲飈風之過耳，問其姓名則已忘之矣〔一八八〕。足下所不可忘，獨有十人，書之東壁，而以僕爲選首，於是山東王漢、容城喬已百、常熟楊彝、吴門徐鳴時輩，推足下之意，時時近僕，僕亦刻身爲文，得勢益彰〔一八九〕，聲施輦下。

憶足下初從先大人司寇公，見僕文，急讀之，稱善〔一九〇〕，常在稠人廣聚之中，吟誦不絶。僕始入都，即車騎過從，每有良朋宴私，僕必與俱，或偶有所憶，折簡招之，當其上下古今，閎論崇議，源流既合，得意之後〔一九一〕，出見妻子。僕嘗出政治得失策及申捄山右學使者疏，足下酒後耳熱，欷歔感概，抑何壯也！僕苦不能遠睇長安道上，風沙滿目，每遇足下跬步之外，輒不知匿避，足下遥見僕，必下馬顧盼，與僕立語，移時乃去，今之縉紳所未有也〔一九二〕。

自僕屯蹶觝滯，絜絜歸里，即閉門著述，既不能以顯美自張，及其見之篇章，則沮然駭指〔一九三〕，以是雖間〔一九四〕道稍加，而衹以自慰。今足下之使，踰上艾出皐落，臨九京之險，皆嶒崚巖穴，勞形消骨而後至，以致足下之書，滲灕之資，言繁意重，覼縷不竭，而索僕所爲文，其言曰："今人之文，大率有二種，奢辭餘潤，則取法於雲間，而反之者，則謹毛失貌，務出於卑下。夫道不趨中必有矯枉之弊，事不適雅則來速朽之機〔一九五〕。《易》云：物不可以終合，故受之以泰。道喪數百年而將顯，其有待命於吾子耶？知吾子之業，月異而歲不同，其可慮謗詘以自止乎〔一九六〕？"足下愛僕而略其陋，謂可進與作者，意良厚，乃僕不能策名理世，今復昌言孑立，悠悠之口，徒益〔一九七〕詆訶耳。既而思之，今之以文鳴於世者，亦少刊落矣。抑知古之爲文者，變如莊周，哀如屈宋，潔如馬遷，專如楊雄，皆不相規迹〔一九八〕，卓然有以自命。今日之文，雖以先輩大家爲則，然當用其意與法，不當學其腐與庸〔一九九〕，而遂以爲先輩大家也。惟足下制舉之文，清奇刻削，能發前人之所未言，二百七十年以來少有其敵，天下用其麟角者已能乘堅策肥，致身富貴，而足下守其道彌篤，教天下益不能已，固足以暢僕之所懷來矣。至足下所寫古文辭，恢弘肆衍，雅俗間出，則與足下之制舉業所謂清奇刻削者稍異，雖賢者固不可測。然以足下之才，即爲莊周、屈宋、馬遷、楊雄、唐宋八家之文，無所不可，要不當趨世俗之所豔，易精竭〔二〇〇〕慮而施功於不用之地，是則非僕所望於足下也。足下之與時文，世俗之所矜者，足下不以聽也，足下之所有者，又必世俗之所無也，何獨至於古文而取世俗之耆乎？僕願足下以拂於於耳背時者，自堅其所守，而務返乎醇一不偏之理，臻於茂美，天下後世必有知足下之文者，亦以大賢之所許爲貴耳，彼闤闠藂細之言，豈有當哉？艾千子集大半出於時文之序，其他論説甚少，淘汏難盡，失之太易，足下苟易所操〔二〇一〕，自非足下敵也。大抵國家以制科取士，故研精章句，不復以古文爲念，惟足下其裁之。僕蒙足下惓惓之愛，未有葭莩之親也，而足下推擇不已者〔二〇二〕，欲其共相切劘也。使旋，録詩文數十首奉獻，未知其有得也。然不敢從時應事以取世憐，惟足下有以教我。道遠思勞，言不盡意。

勁悍中復饒夷猶，文氣在退之、習之之間，若規切大士處，與僕雅有同懷，其後大士想不能用其言以有進，故經義得以單行，使海内立言之士讀己吾集而短氣，背時堅守，教我至矣。至大士之推獎清流，自是古人風烈。寒夜誦先生此篇，爲低回者久之。（李雲田）

向讀何李論文，愈寫到緊切處，殊覺不緊切，愈寫到爛熳處，殊覺不爛熳，以其所爭駁，皆古文之皮毛，正使班馬韓歐從旁竊笑。得先生此論，大雅不羣，文章之精微畢見，不獨箴切大士，可盡教今世之夢夢於古文者矣。（顧修遠）

峭骨雄姿，副之以名言卓論，古文中論文書最多，從未有親切而勁悍如此文者。（何潔雍南識）

此文分兩大段，前段序交情，拉雜瑣碎，寫得極纏綿，後段論古文，反覆紆迴，寫得極婞直，到十分處，初看之若斷，細看之仍一片也。先生文格不苟處，亦先生人品不可及處。（陳其年）

壬午辭邑侯余公舉立德立言立功書

僕命薄材謭，閉門誦書，徒以枯木朽株稍自斂制，爲閣下寬仁所見録，不敢爲尺一之牘以煩隸人之問，而閣下好之益篤，每有一味之甘，一物之美，則必同者，欲竭誠款，不擇朝暮而進。僕結茅學宫之側，閣下朔望過臨，必呼左右詢僕在否，身爲之駕，撫存慰藉，或竟日以去。父母妻子，苟有疾病，必致藥餌，一日數饋問不絶，畢至安乃止。是何閣下不忘崛伏，除拘攣之見而德契同也〔二〇三〕，豈以僕爲尚堪用世哉〔二〇四〕？昨望門相造，又以立德立言立功薦僕，以答晉撫之聘，然僕才質耿鄙，實有未克〔二〇五〕充其望者，敢爲閣下陳之。夫子依於孝弟，依於順友，依於信，循涯察分，不過盡其彝倫之職而止耳，非即以此爲可賈聲名〔二〇六〕、荷盛寵之端，矧仰轢昔賢，如蹈春冰，銜此狂戾，罔知攸寘。至於鍵户誦經，汎濫百氏，祇以謂遯世而無悶，非必求知於人也〔二〇七〕。且僕年齒未暮，多愁善病，方之徐幹之操翰成章〔二〇八〕，孔璋草檄能愈頭風，豈特未逮〔二〇九〕，蓋亦相去以遠矣。方今流氛未遏，中原土地，相繼陷没，僕既無木箭紙羽之奇〔二一〇〕，遠思長想，終苦不任〔二一一〕，此不足膺立德立言立功之聘，章章明矣。若夫負性疎庸[二一二]，日未至昳，昏昏思睡[二一三]，胸中長有所欲盡，每以形格勢禁，不敢悉吐，即或方出諸口，從旁笑者，已謂狂悖尪怯[二一四]，如此以應符牒，豈不戾哉？雖閣下欲自隗始，弗斥駑駘，而山麋之性，不樂翹車，即勤勤終身不悔。惟閣下遂其狷潔之懷，則餘烈可以激人共被清風矣。

附

邑侯余公《薦蔡撫立德立言立功文》："廉得程康莊，事父備孝，同焦華之夢爪；送母極哀，似王修之罷社。聲氣聯於吴越，而匪類則割席矜高；友恭著於庭闈，而讓美則荒園獨戀。卻臨城之巨寇，蟣虱無所復依；結寄傲之蓬牕，猿鶴於焉自宕。三墳五典，樂鐘鼓之長康；六緯七經，擅巾箱之特富。文流水瀉，綴筆不甚停思；辭望春華，染翰即求無偶。他如通時達務，剸犀何難；議助捄荒，揮金不顧。誠所謂德言之淵藪而功實之典模也。"

文達，蔡撫批云："程生文行表表，通達時務，無忝三立之選，仰候回省聘行，繳。"蔡公諱懋德，字雲怡，己未進士，崑山人，巡撫山右。余公諱一鳳，字忝生，甲子舉人，龍遊人，爲武鄉令。李學憲《申薦蔡撫文》："廉得程康莊，姿饒根器，學本淵源。玉樹臨風，夙擅謝庭之秀；牙籤映雪，窮搜鄴架之奇。紛内美而六行惟修，懷席珍而千秋自命。牛耳共推於吴越，允稱名下無虚；鴻儀難秘乎銅鞮，可謂國家有士。急需樂顧，宜厠[二一五]狄門。此真正學古尊經、秉禮淑躬之彦，本道叨有地方之責，不敢不博採輿論，仰祈物色者也。"李公諱聯芳，四川進士。

先生於此，其有知己之感乎？古來感恩易，知己難，昌黎所以致不滿於一歲九遷也。惟先生仕情甚淡，乃爲真德真功，然余侯之於先生亦云真知己矣。(顧修遠)

往見徐巨源、劉伯宗卻聘書，辭義茂遠而閎正，得此文

可鼎足而立矣。(談長益)

巉然斷山，先生之人；傑然老幹，先生之文。(陳其年)

澹泊寧静，先生自樹有素。至於文氣堅重，當於西京以上求之。(程世英千一〔二一六〕)

甲申辭薦舉書

昨示求賢文格，又欲以寡闇之質，策名服寵，有懷恐墜，無媿不集。蓋壠薪井汲，切松煮朮，乃依山之篤戀，媿然無徒，亦誠久矣。昔狂寇未賓，晉撫雲怡蔡公仄席求賢，不惜羔雁，而邑侯余公每以頑才齒録明哲，僕去樂辭榮，屢書避匿，不敢以希當世之務。夫當是之時，搦朽摩鈍，鉛刀皆思一割，曾不能以此時有所建明，尚復何益於殿最乎？甲申歲，州縣求舉者肩差鍾係，而僕隱名南郭，未嘗一往厠足其間，此事人所共見，豈不灼哉？今閣下惓惓敷求，若僕遂膺辟命，則昔之式廬而請者，既以謝絶不顧，而復厭棄墻東，貪求脂膏，總使僕可有《北山》之譏，而憔悴支離，職業曠墜，毋乃病乎？惟願許全初志，庶幾養日修夕，則殘軀得以永托矣。

韓昌黎具起衰之才，三上宰相書，未免過於悲憾，士當窮愁未遇，實有難爲情者。先生卻聘諸書，意甚堅決而語多謙婉，以視昌黎，何如也？(周兼三)

絶類任彦升諸啓。(陳其年)

乙酉辭徵赴選書

同司理過東山，遊數日乃去，歸即讀移文，又徵僕赴選。僕制尚未終，似可無言，將默然而已乎？恐乖賤子自陳之義。昔仲車避諱，足不履石，温叟念父，不聽絲竹，石與絲竹雖爲瑣小，而避之者，因父故也，况於三年之喪乎？自古皆然。惟宰我欲短喪，而孔子責之，顏回設生鹿墮角之喻，所繇與方儲李陶異矣。僕自髫年喪母，常存蓼莪之悲，今父服未除，方越周歲，廹切在衷，悽愴之痛，豈緣霜露而動？是以每當禮墓之餘，即柴車草履，凝涕於高巖大澤之傍，雖有青紫之榮，非其志也。夫人各有志，有入關而嘆者，亦有匿迹勑斷家事者。今既欲用之，而必枉其才，以屈其仕，無論性有所不能，即其材果能冒然任之而不辭，閣下亦安取此薄於孝之人而弗顧天下之論乎？伏願收回成命，則廉恥不至淪喪，閣下亦無失人之誚矣。

文旨悽惻而結搆正自井然。（錢牧齋）

似魏晉間牋奏，詞短而情長。（周兼三）

又似陸雲諸書。（陳其年）

民視民聽論

聖人所持以馭天下之法〔二一七〕，有可自己操者，有不可自己操者。可自己操，是以使天下服其不測之能。不可自己操，抑仍自吾裕夫感通之故而已可以有所不攖於天下，已可以不攖於天下，而小往大來之數，平康正直之理，一人券之而有餘矣。故天下但見聖人之有所操於己，不見聖人之無所操於己〔二一八〕，則誠有要焉。可以使天下斷斷然無不操於己之事，何所爲操虖？吾有取於《廣至理》所云："聖人以天下之耳目爲視聽。"試爲之敷别其説。《書》曰："天視自我民視，天聽自我民聽。"言乎天之視聽存乎天下之人也。《易》曰："知幾其神。"言乎聖人之智如神也。使聖人譎幻其術而無要道以爲之操，雖智窮天地，猶有所不能，而况天下之大，滭浡蔓羨，威蕤紛紜，賤或在内，虎或在旁哉？而要之不極天下之至詳，無以得天下之至要。田巴談齊稷下，論三王，巇五帝〔二一九〕，從而服者千人，魯連一説使其杜口卷舌，終身不敢出。樗里之智，自以爲天下不足以當之，及遇甘茂而智窮。天下之機非一人技術所可料，此言雖小，可以喻大，田巴㮙里，此其驗與！雖然，未睹其大也。自古及今，聰明之君莫有絶於堯舜者，堯舜之時，以四岳九官十六族之耳目爲其視聽，故君曰都，臣曰俞，君曰吁，臣曰咈，籌國事若一家，推赤心如父子。而其大者，羲和授時，羲仲東作，雷雨不迷，山川望秩。其君曰宥之三，其臣曰殺之三，以至於草木焦卷，禽獸犇遁，五品以馴，而車服以庸，皆萬禩之鴻業，百代之仰沫。堯舜方且勤於求賢〔二二〇〕，逸於得人，號爲如神，尊曰濬哲，上副三光之明，而爲萬物稱首者用此，以是爲天下之至詳乎？天下之至要乎？不謂之天下之至要不可也。苟不握其至要者〔二二一〕，即號物之數有萬，兼以三公九卿二十七大夫八十一元士，爲不能求柴胡、桔梗於罣黍梁父之陰，綜覈之政，告密之門，天下至此日多事矣。是以誠得乎操於己者，雖以堯之安安，舜之無爲，四岳九官十六族之助，禹稷契臯夔之臣〔二二二〕，馳驟視聽而有餘。不得乎操於己者，雖以漢宣帝之察，唐則天之苛，三公九卿二十七大夫八十一元士之多，號萬之衆，以求耳目而不足。今有人於此，百無不知而或昧於一焉〔二二三〕，數百以至於一，如命楊之枝，偶一不中，前者皆覆矣。有一人者，知得其半而明庶物，察人倫，以準而考之焉，則百無不中矣。不操於己，百敗之道也；操於己，百中之道也。《詩》曰："如彼飛蟲，時弋一獲。""先民有言，詢於芻蕘。"又曰："予曰有疏附，予曰有先後，予曰有奔走，予曰有禦侮。"《書》曰："若跣不視地，厥足用傷。"是聖人以人之耳目爲己之耳目，又以耳目人之耳目轉相耳目其人〔二二四〕，故其視不窮，聽不窘，推其至要以應天下之至詳。可操於己者，固操之己也；不可操於己者，亦操之己也。天下有知不辨菽麥之人，而聖人弗之易焉矣。雖然，聖人者天下人之耳目也，有聖人而萬品以之就裁焉。故天下得以其身爲質，而供葑菲之求。不然，是蚊蠅終日犇騰〔二二五〕，曾不能越階序，及其附蘭笳依六駁，豈不坐致千里哉？此文有四友而十五王之業以冒，非文猶有借於四友之謂也。

極有法又極縱，極縱又極入，尤難在江海之文，浩浩萬里而不妨於清秋之澄霽也。以司馬長卿、賈長沙之文兼之宋儒之理，雄視一代，未易就也。（李研齋先生）

雄節邁倫，高氣蓋世，蒼蒼漭漭，一往之勢。觀海莫測其瀾，當代古文手，不得不推爲第一耳。（楊子常）

騰名冠俗，揚采絶羣，正便百折千廻，舒卷各極其致。非山川間氣所生，何能有此？（主考袁袁山先生）

張旭之草書，公孫大娘之舞，變幻縱横，瀏脱頓挫，每讀此等文，動嘆子瞻無奇。（陳其年）

擬宋以范仲淹兼知延州謝表康定元年

哲王勤遠，特予專閫之司；聖主勵精，不忘一隅之慮。有其人者易其備〔二二六〕，故士多而國以寧〔二二七〕；緯夫武者經夫文，故相難而將不易。俯躬無地，申命自天。臣仲淹上言：竊惟衣裳所會，皇圖有不率之邦；弧矢以威，帝載有未歸之俗。是義雖存乎決勝，而效必取於用人。虞闢四門，咨衆岳以亮於〔二二八〕采；周咸二輔，重分陝以大其禎〔二二九〕。思方叔之猷，美吉甫之德。裴度臨蔡，秉鉞而功乃成〔二三〇〕；鄧禹能文，總戎而外始定。元勳推轂，國老受脣，如濟川之有舟，若幽堂之得燭。迨作牧之權不重，則簡在之命亦輕。分虎出守，猶以囊被蒙譏；持斧撫民，不免薏苡作謗。卒未有委諸葛於錦江，拔吕蒙於行陣，使之自圖方略，坐鎮名城，如今日者也。兹蓋伏遇任官在正，夾輔惟賢，量出於兼容并包，志勤乎參天貳地。受投水之巨石，用若登天；去障日之浮雲，視同棄屣。宣麻殿上，使車入間，謂元昊暴興，西陲飇起。雖有流唐漂虞之志，而遐方有所未來；雖有戢戈柙刃〔二三一〕之心，而内地猶有所未服。顧我錫士〔二三二〕，莫如延州，廛偏安地乎?〔二三三〕固精兵處也。有事則急〔二三四〕，而事過即已，豈内庭用人之意，所以結其死綏之謀〔二三五〕；守無不周〔二三六〕，後戰無不威〔二三七〕，固國家養士之隆〔二三八〕，所以食其保障之力。爰是命臣分麾以討，俾臣固圉求寧。豈是郤縠握籌，取其悦禮〔二三九〕；抑復祭遵在漢，急於用儒。幸犀節之既持，敢曰亂繩不理；且牙璋之已建，寧容横草無功。必使遠臣無尸禄之嫌，庶幾聖主有賢臣之頌。臣仲淹寵深報淺，恩大才微。受臣要衝，出於非常之望；加臣階級，莫知所至之由。慮先駑駘，首填溝壑。伏願用人無二，宥過不疑。懼取中山之功而猜樂羊之心〔二四〇〕，則老臣不求先容之可念〔二四一〕；畏無曾參之德〔二四二〕而致投杼之憎，則朝廷遥制外官之可悲〔二四三〕。惟十有二州〔二四四〕，咨十有二牧，以五百里甸〔二四五〕，暨五百里綏〔二四六〕，庶負固之倫槀街授首，而冠帶之國玉帛朝宗矣〔二四七〕。

心與雲開，翼隨風舉，王駱有其麗藻而無其清標，蘇歐有其飄逸而無其蒼厚，此道中領袖〔二四八〕，舍此安歸?（楊子常）

有聲有韻有色有態，似陸宣公奏議，又似蘇學士表啓，場中得此，舉爲白眉，信非偶耳。（房考李翔南先生）

擬唐宋表而以近體行之，縱雕繢滿眼，如唐人作齊染畫，不無起人指摘處。崑崙以古文手作稱頌體，曲折排巖〔二四九〕，古氣蒼然，所謂使事而不爲事使，微眉山，其誰與伯仲? 真宋表中楷模之作也。（鄒程邨）

駢麗之體，寫得如許生動，真足掩映一時，宜楊子常先生擊節，此文不置。（陳其年）

乞修聚楊橋啓

蓋聞促障千尋〔二五〇〕，須留鳥道；長河萬里，亦有石門〔二五一〕。

矧夫吕母張侯，亘飛虹之妙勢；赤蘭白虎，掩浮渭之能聲者乎？武鄉土河聚楊〔二五二〕橋者，蔽日金峰〔二五三〕，廻豁地絡，有圯受履則如砥長歌，失彴閉塗則東馬言返，洵四區之都會，而東山之濟津也。正德五年，知縣呼公，庀村勸衆，合巧程工。繇是馳騁螭龍，念三時之保障；徘徊雁齒，類半月之乘空。不期地有騫崩，流多泛濫〔二五四〕。帀欄没蘚，高鳥過而銜衣；斷鎖斜梁，香步留而怯堰〔二五五〕。某君劍捕吞蛟，情悲折柱，指囷中之粟，葺霧隱之橋。猶恐水漲桃花，不歸瀉蕩〔二五六〕；是以身窮馬嶺，别引涂溝。然鵝眼之資既奢，則卿雲之惠彌急，意尋餘燭，心艷殘膏。達官貴人，分東閣西園之費；素封蒸士，捐仙華丹穴之資。從此修路通轅，少壯翠微之色；連阡歷陌，都知啓閉之時。特爲從史若此〔二五七〕。

轉折類歐蘇四六，故文勢奇動，無填剽之累。（錢牧齋）

結響鏗然，不遜齊梁諸子，當於駢麗中審其韻度。（張爾公）

是齊梁四六體，不是初唐四六體，當辨。（陳其年）

人才策

愚觀天下無事〔二五八〕，則人才覆露〔二五九〕，輕於鴻毛；天下有事，則摩勵人材〔二六〇〕，重於泰山，非其異也。王人居廣厦細旃之間，南金北毳，充於府庫〔二六一〕，燕歌趙舞，紛紜後庭。出建翠華之旗，隨乘流珠〔二六二〕之馬。材官騶發，惟所指麾；公卿大臣，屏氣汗息，惟恐得罪遠竄；小臣賤品，復不敢越俎於〔二六三〕其間。士雖有儀張之口、范蔡之辯〔二六四〕，復何所用邪？及其有變〔二六五〕，武夫紈絝之子，削剥軍儲，以事達官貴人。兵驕禍〔二六六〕動，所至輒靡。欲一旦收治安之效，捷如風雨，則養育人材，安得不如泰山之重哉？

今陛下破格用人，備知民間疾苦，近又下罪己之詔，減膳撤樂，畎畝耆老，皆扶犁感動〔二六七〕，願少存喘息〔二六八〕，以觀大化之成。即小有未安，正殷憂啓聖之日，而非以爲外患之足憂。雖然，執事發策，急以人才問，而思所以學習之。愚雖經生，闇於大義，敢不據所見聞以陳之乎？

伏惟問曰：人有才，猶水能潤，火能熱也。涓潦隙光，潤與熱能幾，必候到坎盈，然後烹調五味，滋溉百物，水火不習，尚不能有功於人〔二六九〕，而况才乎？夫天下之物，各有完虧，完虧之候，各有生熟，天不能冬温而夏肅，地不能水上而火下，三歲之童，不能持走，其勢然也。故見岐路而悲，睹素絲而泣〔二七〇〕，良以習俗移人，賢者不免，而要以習之中善惡各别也。

問曰：明試法祖唐虞，試之將以習之也。書曰："學古入官。"惟九載考績，任之既久〔二七一〕，故君子得以有所著見，而小人不敢爲非。不學而入官，猶未操刀而使割也。

問曰：武侯曰：學須静也，才須學也。意學故所以習歟？夫學非静則無以致遠，才非學則不足與觀理。是猶朋從而擾，面壁而立，其能有所通乎？

問曰：三代莫盛於成周，至今讀王制：大司徒諸篇，所以習之者，抑何備歟！自學廢，士始習以官，倉人庫人其小也，周禮以鄉三物而教之，故家有塾，黨有庠，術有序。簡其不率教者，以告於大樂正。又上造士之賢於上，而命之大司馬，復試之以賢，然後官之。且立東膠西虞之名，故淺見淺聞者退，而一時人才之盛如此。倉人庫人，此學之廢與？

問曰：漢公卿缺，則補以良二千石，守令辟選多自掾吏功曹。試考人才之盛，莫如孝武孝宣之世，孝武時，文學則有公孫弘〔二七二〕、董仲舒，應對則有嚴助、朱買臣，奉使則有張騫、蘇武，籌算則有桑弘羊，篤行則有石慶、石建，將帥則有衛青、霍去病，質撲則有卜式，審律則有李延年；孝宣時，文學則有蕭望之、尹更始，將相則有趙充國、邴吉、魏相、于定國，治民則有黄霸、龔遂、王治、韓延壽、張敞、嚴延年之徒，非其習之素，何其備員耶？

問曰：唐臣建議，凡不歷都督刺史，不得任侍郎列卿，不歷縣令，雖有善政，不得任臺諫給舍，非以其習歟！此又用人之格言，而罘罳之龜鑑也，使實奉行之，其可久也。

問曰：天下之大，非一流之業，釣射蓬輪，道可相通。儒者而器别朝歌，書生而功成采石。即國朝蹇忠定以中秘起，楊文貞以審理起，李文達以銓曹起，商文毅輅、彭文獻時，皆以詞林起。然其謀事斷疑，救時達變，績爛汗青，抑又何歟？豈所以習之學者素與？

國初定制，原以三途并取，故一時人才，各攄所長〔二七三〕，宋濂一代文章之宗，他如知府況鍾輩，皆起於不次。今聖明勤思贊弼，枚卜之隆，布羅中外，宏文之貴，移諸卓循，革事例銀馬之舊，復成周辟雍之規，周到之仁，沕潏蔓羨，邇陬游原，遐闊泳沫。然愚以爲救時之策〔二七四〕莫如久任，久任則與事相習〔二七五〕，無扞格難操之慮。若其不能，從而黜之可也，苟能之矣，即仿古增秩之例以勵其餘。愚竊見當今之人材，惟推官縣令猶有考選一途，有所期而砥節，至於司道郡守，望卿寺翰林終無可至之日，况於尚書侍郎乎？且尚書侍郎卿寺翰林既已不習外務，而使之分任國家之事，雖賢者不乏而準爲成例，則幾何而不至於扞格難操也哉？倘陛下焕然與天下更始，必使之内外互遷，則疏逖之臣喜其有功名之路，而内之大臣不得居積重之勢，如此而曰天下無才，天下豈真無才邪？

吞九溟於筆海，抗五岳於辭峰，捫虱而談當世之務，皆有以中其髋髀，真古文之極筆。（主考袁袁山先生）

辭必窮力而追新，情必極貌以寫物，人間餘習一字不肯犯其筆端，今世之昌黎也。（楊子常）

議論精切，其透處直配眉山矣。（李研齋）

條對詳晰，復有古光堅響，此西漢晁賈體也。（陳其年）

水草菴乞油疏

丙午冬，余過秣陵，循覽故墟，至水草菴。萬竹隱蔽，如窮野聚落，蕪階編蓬〔二七六〕，旁達於河，引其水可以浸注汚塗，佳〔二七七〕蔬雜植，不勞而具，三時恒蔚。然去城僅里許，而人迹罕至，車馬之聲，不接於耳〔二七八〕，余喜其類隱者之所居，從而息焉。其僧木禦不尚冥寂，好爲紀綱純朴之言〔二七九〕，纖悉曲折，爲人譬説而毫不以怠。噫！是菴也，既無列刹碭基之侈，孤居而僻處，其徒又能祗肅克順以修其教，於是必期之以日，而後聽者始來，觀者始衆〔二八〇〕。擬於十月之望，告環生土長之人，縱來之而闡其説，白〔二八一〕齯齒以至童子，凡有至者，咸叩其解，磨揉答問，終日不倦。雖浮屠之術〔二八二〕，儒者所不道，乃樂從文史，其志亦有不可没者。然而一油之微，苟爲不畜，則無以克〔二八三〕下厨，和滋味，故必以求施於衆力。夫事有所因，其用乃彰。使此菴處桃葉青溪之間〔二八四〕，烏衣治〔二八五〕城之側，則人物轇葛，不謀而合，亦無俟勸之而後施，今世之人不以孤處，或聞予之言而樂爲施焉。若有油然其自得，勤然其不能自已者，雖藉勸於微，是兩得也〔二八六〕。况智而傑者，操之自我，誠不以是，亦何藉於余言哉？

極似曾南豐《墨池記》，短峭甚，更蕩漾甚。（陳其年）

涔蹄耳風，沸之而瀾，亦自如綺。（李雲川）

回環作致，小菴得此可傳矣。（談長益）

題最小而文中“不尚冥寂，好爲紀綱純樸之言”等處最

有關係，侯朝宗論文謂“於人所忽處，必動色敷陳”，此之謂也。(程世英千一識)

東田建三官殿疏

予本性愛丘山，自流氛入范陽，天地否閉，即去城五十里，結茅東田。東田丹崖峭絶，能使行者顧嶺息心，雖無飛泉松檜金刹之所棲處，然多古君子，時時馳騁古今，辭條理舉，亦一樂也。其居仁慕義，無問親疎遠邇，歲時餽問嘗不絶，以故予即輕去其鄉，而亦樂與之相安焉。近復同文章之士，楊[二八七]搉上下，每苦梵宇剥蝕，崇閎者少，甚矣其時與地之難遇也！以東田古君子之多，而又有慕義好善之誠，宜乎[二八八]其積之能散，必有棄宅以爲攸館者，不必其自圖福利，而後爲之也。無何，史君自遠捨宅一區，地四十二畝，復謀裝嚴三官其中，凡金漆丹雘之費，不得不取助於四方。寺僧明智，持簿謁予，乞引其疏端。嗚呼！予嘗游三吴燕豫之間，稍聞形勝，即裹糧景從[二八九]，以爲聲華文物之助，矧此近在几席，即吾[二九〇]之漢南河朔也，而有不喜助其成者乎？雖然，人世[二九一]喜施予，非有國家之令甲，有司之督促，而急爲之就者，必有以希其福利而然也。孔子曰：“民可使由之，不可使知之。”亦微示之以意而已矣。不然，人孰不欲擁沃壤起臺榭[二九二]，居則有連簷高閣之美，與夫土爰稼穡之富，乃一朝拱手而奉之神明，若捧爵酒，妻女無詬誶之語，豈非慕義好善有以積之而然乎？吾故廣其説而布之，必多從風而靡者，而又何裝嚴丹漆之是慮也哉！子曰：“鬼神之爲德，其盛矣乎！”使天下之人齊明盛服以承祭祀[二九三]，洋洋乎如在其上，如在其左右。詩曰：“神之聽之，終和且平。”蓋勸善也[二九四]。

純乎《史記》，非復落八大家圈套矣，以爲此題此體，尤難之也。一句結極古極老又極遠，意味又極長。(李研齋)

題甚小，議論甚閎博，募疏之别體也。（張爾公）

募疏文閒寫淡寫，極得體，末數行硬筆盤空，奇絶。（陳其年）

募修觀音堂疏

今夫以虚言而取信，以一人而斂天下之財，往往其耳目所及者，輒皆符其所願，何浮屠之募修獨易哉？然予鄉之觀音堂衆矣，謂大士之於人也，更事悲愛耳，故隨其所至，不無誠信。乃大士之靈智，同其爲堂之豐儉大小不能聽其齊，豈關乎爲文之人及募修之人，其行於己與得於人者，各因其分而止耶？惟邑南山之麓，負山臨水，曲有才致，結搆因諸衆力，至於缺則補之，則予仲叔必自期於成。客歲秋雨泛濫，以致丹牆飛棟，兀兀然於箕星玄冥之下，無復向時幽秀矣。邑人於是蹙額而請曰："施言之功，等於喜捨，惟公之言，乞書厥端。"嗚呼！人世之所樂輸者有二，其一欲尚冥寂，希後效焉，則輸；其一欲時登眺，博明高焉，則亦輸，他不具論。往者流寇作難，士大夫咸嬰禍患，而余叔至挾室家，入狼虎之都而安堵以歸，何以無跼躅乎？夫大士不因人之好施而後行其悲愛，彼世之人，因敬生捨，因捨得全，雖以日積之微，亦可以乘乎至盛之理，況達官素封分寶鏹而出之者哉？異時屹嶸以成連房周堵，俯河流而作障，牽烟柳而迴嵐，則又有游人墨士挾馬如龍，携觴潔榼而至者，謂之冥息可也，謂之遊覽可也。不然，波臣嚙堤，客歲水溢，可爲大患，雖更起而張之，吾知其同於聚沙耳，曾不若所至之區即有誠信也，忍乎哉？

行文舒縮合度，凡其意之所到，筆即隨之，惟東坡有此。（錢牧齋）

游戲之文，子瞻小品。（陳其年）

方樓崗邵村詩跋

袁子重其將訪予南徐，無舟〔二九五〕，至昆陵，即詣樓崗、邵村舟同行，與方初未識也。二方聞袁子來，既相得甚驩，遂置酒泥飲，窮昏旦〔二九六〕不絶，各爲一詩贈之，搜擇篋中無箋，即取同舟人楊子亦昭箋書之其上〔二九七〕，以貽袁子，同舟人相視大笑。袁子俾予紀其故，其在道路，似加密焉〔二九八〕。

段落數折，入他人手，不知作多少襯貼。此則峻削骨立，一字一轉，而神情眉宇飛舞紙上，更有他人千言萬語不到處，洋洋灑灑，大文字之法即藏其中。（黄心甫）

人奇事奇文更奇，竹〔二九九〕數尺而有萬丈之勢，傳矣。（陳其年）

書平母馮孺人節孝編後

有是母，有是子，然有是子，乃知有是母。使馮孺人不以饘酏奉姑，六籍訓子，佐夫勤恤民隱，絶聚糧之資子遠，僅盡心干櫛，縱笄總毛鬌之節，無沈辭清藻以發揚其芳烈，則其事不足以傳。古云："一人之精，文重思煩，刊落不盡。"平母修理誠高，非得天下才名之誦，揭義無窮，亦安能爲中㮰之宗哉！

絶似班孟堅《漢書贊》。（宋荔裳）

文僅百字，如挽强拗鐵，遒勁非常。（紀檗子）

如畫影騰空，神劍在匣，時作龍虎之聲，使人不敢逼視，在短文字中此是第一等，必傳無疑！（陳其年）

維揚合畫跋

古之畫者，顧陸張吴不必盡同，豈一畫而必數人合轍哉？况匯羼瀾淪、枯槎槁木、盤車棧路、漁市風亭之間，皆參差以取勢，損益變化，乃盡其能。

今龍標丘君俾侍御、道人、山樵共作一畫，隱其姓名，又未指某山、某水、某宫室人物、某橋、某舟、某林木爲侍御與道人、山樵之筆也。及予視之，清絶雄放，精靈之氣，杳靄之色，悉聚指下，雖予亦不知其同也異也。然視之既窮，其意各别，始信是畫去其形似，存其骨氣，騁思運斤，其同之而未嘗不異也。要之此三人者，真人傑哉！

嘗見黄倪合作於吴中友人之家，各具妙義，不相下而實相成，但有不得於時之意見楮墨間。讀此想見此畫之妙，龍標曾向余索題者再，而偏阻不得相示，惜哉！（方樓崗）

先生短文臨霞發秀，益加精妙。子厚送李渭、獨孤申叔等篇，非不短悍，視此未免氣促耳。（陳其年）

焦山古鼎詩跋

嘗考唐元和中進士劉師服、校書郎侯喜，與衡山道士軒轅彌明爲石鼎聯句，生勁奇險，辭旨幽眇。南陽韓愈，爲叙其事，文情激宕，得其情狀，後世文章之士，無所學焉而至〔三〇〇〕。

獨新城王氏之盛，甲於天下，銓部西樵公、儀部貽上公，詩人之冠冕，於今亡比。嘗遊焦山，觀所爲古鼎者，雕螭刻篆，龍文九光，各爲一詩紀之。其詩縱横豪邁，辯若河瀉，且爲文〔三〇一〕明本末，徵興廢，多骨鯁慷慨之音，期爲有所省〔三〇二〕，以垂萬世。又縮楮爲圖，高一尺三寸二分〔三〇三〕，腹徑一尺五寸八分，口徑一尺四寸五分，耳高三寸，闊四寸二分，足可六寸一分，深可八寸二分，釋字七十八，闕字七，疑字八，蝕字二。其銘之文雖不全，然隱約可讀，使後世之人觀覽詩圖，不必登雙峰三詔之間，而周鼎之源流形似，盡在其指掌中矣。

吾不知石鼎之在當時有刻篆否，能釋其音義否，其淺深、大小、長短爲圖與否〔三〇四〕，而愈之文與師服、侯喜、彌明之聯句皆不及焉。其兩公之詩踰古垂烈〔三〇五〕，則有識者皆得而見之，又毋問也。至於余文〔三〇六〕，雖不必與退之較軒輊，分優劣，讀兩公之詩，不可不有以叙之，以貞諸石。

段落分明，而前後關鍵，纏綿貫合，步步有法，老到之極。（方爾止）

口齒歷歷，如數家珍。凡作家之文，須觀其神氣之間，疎密合度，自有一段不可及處。（杓石〔三〇七〕）

離奇駁蝕，先生所長，最喜其神理黯淡，不易捫摸也。（陳其年）

周元恭詩跋

今時士大夫喜著詩，詩復喜多。其初放言遣辭，不自擇其美惡，故以多勝者反以多敗，而無孤往獨立之概焉，安在其能詩也？夫狻猊吞貔裂犀，一日可盡五百里，鵬翼如垂天之雲，故縱所之負青天。尚不能食貔犀，而責其五百里，無垂天之翼，而望其絶雲氣負蒼天，吾知其難矣。

以余觀於周子元恭之詩，雖不甚多，泓崢蕭瑟，歷落可喜，有孤往獨立之概焉。蓋元恭之志，無取於多，而多之累已去，多之累去而少者乃以天存。嗟呼！如元恭者，又安可量哉？

深於詩者，方知少之妙，善於序詩者，方能言少之妙。今作詩者多，而能自少者鮮矣。中間奇峰忽吐，如蜃樓海市，眩人心目。然細按之，不過二三行耳。此先生之善用少也，作詩者不當作如是觀乎！（顧修遠）

寥寥數語中，奇情横肆，陸離光怪，令人不可逼視。雜昌黎雜作四首中直無分辨，卻妙在借詩少立説，尤以金鍼示人，要知時下大部題本稿覆瓿何益。（孫介夫）

瘞鶴銘跋

焦山鶴蛻有銘，書法遒利能自振，然所謂華陽真逸、上皇山樵人，皆無時代姓名可考。或曰譔自顧逋翁，如《聖教序》集右軍字耳。夫逋翁非藏名者，何從得右軍筆而迹其所爲乎？或曰：爲陶貞白。貞白隱於良常，以華陽度之，或其是耶？且華陽在潤州境内，與焦山非相絶。當其往來高峰峻岨之間得意疾書，姑隱其名，使後人推索得之，亦猶郭景純以爪髪埋石簰山，欲以藏諸名山耳。考貞白昔慕靈迹，頗以名心爲累，陸敬遊十賚當九錫，其文輒稱引金經鶴銘，疑屬好事，得無類是歟？

今觀其字，清勁有法，孤雲新月，當在虞褚諸公之上，其爲貞白，益信矣。銘石崩於潮汐，其拓本唐宋之時尚全，即歐公僅得六十餘字，後此者能觀其形勢哉？予倅南徐，尋近代殘本亦不可得。

辛丑秋，計逋客出《玉煙堂帖》相示，乃見此銘，從初拓全本仿而刻之，而神情近似。余因歎鶴銘之在今日，名存實亡，況江間洲渚，人煙滅没，躡山而望，荒寒在目，又誰從山中窮此勝迹，乃垂金屈玉已屬烏有耶？因損禄秩鐫石，與後世共寶之，庶巧之在人者，天下得而廢之也哉！

原銘怪石峻嶒，大於半間屋，其陽砥平，四方如席，字纍纍成行，縱横正等。今易之兩兩相比者，從海鹽翻本，笈笥可以取觀，爲石十有三，横亘五丈有奇，經始於辛丑陽月，至壬寅上巳畢工。謀置海雲堂兩廡，與衆賞之。贊於玆舉者，吴人潘生陸、計生僑。

鐘鼎文也，與銘相稱。

焦山雖奇，《瘞鶴銘》字蒼古有法，尤山中之第一奇觀。崑崙補刻海雲堂内，既不没古人之用心，而山靈實藉以生色

矣。行文有斷有擊，有源有流，自是作家之文。（錢牧齋）

事奇，文更奇。先生爲潤州，王阮亭先生爲揚州。兩先生皆搜剔古人殘碑斷碣，風流文采，掩映一時，傳之千古，當深人流想矣。（陳其年）

元人手卷跋

闇由火見，學書而不得古人之迹，雖資性踰人，無以著其揚波騰氣之勢。昔羲之初習衛夫人書，怡懌以爲獨步，迨渡江北遊，然後見李斯、曹喜、鍾繇、梁鵠、蔡邕諸書，又見張華岳碑於從兄洽所，始信習衛夫人書膠柱乖剌耳。

今電發所蓄元人書法甚富，幾四百年矣，箕張婉螻，各盡其能，非人世所有，置之几案間，正如斷雲連鷺，神彩爲工。夫世之毫翰特起，委棄於荊棘者何限，電發研思不已，黑唇皂袖，則雖鹽石尚有益於金玉，况寶此英異之筆乎！

昌黎雜説，簡折爲勝，以取姿耳。若直敘中犇騰奇矯，復有不得不止之勢，雖增一字不可，此道固當推公獨步。（陳其年）

不數百言而曲折無盡，有岑蹄江海之勢。（方樓崗）

王端士七言絶句詩跋

世謂律難於古，絶句又難於律。夫絶句之爲辭也簡，其騁思齊章〔三〇八〕，固不難〔三〇九〕於古與律也。然古之爲體，汪洋灝漾，足以恣其俊烈〔三一〇〕。律言稍充，利華贍，工屬偶，意思芊眠，於以孚甲幽蔚，變幻百出，律之去古亦尚有間哉。至絶句，則迫於易盡，儻蕩之材，不能羈束，而情致刊落，又若〔三一一〕索莫，弗能爲之振拔，非古與律之所可儷也。

若端士之於詩易矣，於七言絶尤易矣。凡京江廣陵之所紀，無非七言絶句，其聲摩空，星稠綺合，豈其有異於人哉？精思不勞，而閑靨〔三一二〕根於性情。序曰：“詩者，志之所之也，在心爲志。”斯出之不竭矣。

忽起忽伏，忽捭忽闔，務極天然，絶無牽合支離之態。東坡所云：“行乎其所不得不行，止乎其所不得不止。”惟斯文有之。（黄心甫）

夭矯百轉，顧盼偉如，若蛇龍震撼，風雨卒臨，不能窺其所届。（韓式靈）

短小精悍，文中郭解。（陳其年）

四氏贊 四氏俱真定人，死於流賊之難，容城喬百一爲之作傳〔三一三〕

程崑崙曰：“余平生喜節俠，然以世俗人不談〔三一四〕，或有人，余或不知焉〔三一五〕。”灰林魏氏，年十四于歸，始三朝，見賊如急，恐不得死，端表移景恒直，嘻，不可異哉！賊恨狡〔三一六〕女，深慮以全，蛾峨淑德〔三一七〕，淵然明節矣。

趙氏義聲，肝心斷傷。然昔人謂〔三一八〕：“一脈存不可謂之絶，一目張不可謂之亂，一人有立志不可謂之土崩〔三一九〕。”聞今賊中衣冠者時時〔三二〇〕不絶，氏獨氣剛不挫以死〔三二一〕，其何烈也〔三二二〕！倘所謂俗風不能移者耶〔三二三〕？

嘗讀〔三二四〕傳，見史母程夫人，將其家下峽江，以橐金腰纏之，兵暴至〔三二五〕，與嫗謀曰：“輸金果可生吾兒，無資不復能出蜀，均死，死以全史兒。嫗見身死，爲吾出腰中金，告兒速走。”遂死，兒逃。余竊嘆：當死時不以驚悸未定，次第出其兒，誠烈矣〔三二六〕。顧高氏難此焉，身既臨賊，始倉皇決變，全母與夫兒三人命後，乃抗顏處死不退哉。身死數日，嗚沙撲面，草聚髮間，椒嶺無人，風煙俱息〔三二七〕，幽魂當此，可哀也已。

梁氏，梁家莊人也，爲梁家生氣矣。古人愛〔三二八〕一草木尚生歌詠，梁氏死義如何乎？然安謂非與高氏激發而爲此者乎〔三二九〕？語曰中道性成，豈不信耶〔三三〇〕？

高古真古文。

離奇錯落，極其變化，得龍門傳贊之髓。（錢牧齋先生）

數言耳，波瀾萬狀，余曾見豫章傅平叔《陳烈婦傳》，極相似。（陳其年）

祭城隍文

問者以天地積陰，寒雪翻紛，將恐利〔三三一〕於粦麥，厥爲民害，智窮慮詘，畊耨懈怠，無以贍養孤弱，備粢盛明。其簠簋報塞乎神明，神明不享。重以凌澌結氣，上下皚皚咸一色〔三三二〕，崕沈谷没，弗克痛斷。惟予閔閔是懼，披竭至誠，以昭布乎元神，庶幾協氣横流，白日出位，晴和景明〔三三三〕，三光爲之盻蠁，不敢忘神之祀，承事有常。

古氣斑斕，絶非常調，高於韓柳一等。讀此作，真如向桃源避秦人問漢魏以前，有非今世所知者，豈特淮鼎餘丹，頓使雞犬脱卻塵骨乎？（宋射陵〔三三四〕）

森然古崛，直是周以上，不論秦漢矣。龔黄召杜，愛民之意雖同，恐無此文采耳。（程世英千一識）

似謠，似庾語，似易林，似農家書。（陳其年）

成甫吴公墓誌銘

康熙元載，壬寅初夏，友人進士吴君，至〔三三五〕銅鞮二千里外至，相與握手道故，語未及肚終，輒悽愴泣下，乞爲厥祖銘其所以名久存者，曰："嗟！胡不悲，吾先祖懷奇任直，未得志於時，爲世聞人。今一旦考終於正寢，君與吾同里閈，交深，知吾祖甚悉，非君不能銘吾祖，吾祖非君之銘，不足以取信於人。”嗚呼！予别公未幾而銘公也，能〔三三六〕不痛哉！

公韓檜，字成甫，沁洲徐村人。年少讀書，務博通大義，肆志不詘於富貴，雖伏處巖穴布衣之士，然好施予。視里中喪祭婚娶〔三三七〕，富者以禮，窮乏以貸之。伯兄棟，家貧惟仰食於公，賴公以火，竟殯葬其死〔三三八〕。歲當大祲，翳棄道殣，公自縮八〔三三九〕口，出粟哺㮕者，賑人之急如己身，豈復有所期要耶？公性自迭〔三四○〕，進士君已貴，不盛車騎，務導從。春秋佳日，即杖履召諸故老，安步阡陌之間，彈琴賦詩，調笑詼諧，每泥飲，至於忘歸。或進士君偶至〔三四一〕，諸故老欲引避，面作赤，俯首促促，公必令鈞席耦俱竭其歡乃罷。志愈恭，氣愈下，未嘗一日而有自矜之色。

乃公處家庭，則待其子若孫，肅如朝典，故公有六子十一孫，皆早自豫教，經書傳記，率循理警説。其子若孫習爲文章者，悉有名於時。冢孫玶，己亥以弱冠舉高第，負氣節，富言辭〔三四二〕，必有光大先緒者。公既以忻忻於前，且復無所憾於後矣。公娶於郝某女，嘗逮事翁姑，能佐公以孝聞。以順治辛丑二月二日先公一年卒，距生明萬曆丁亥十二月二十六日，年七十有五。公生於萬曆戊子六月五〔三四三〕日，卒於康熙壬寅正月十八日，少室中一歲，而得年適同。子六人，同出。道黄，先公九年卒，娶某女〔三四四〕；道默，廪生，娶某女，爲進士君玶父；道馩，增廣生，娶某女，繼某女；道馥，早卒，娶某女〔三四五〕；道著，廪生，娶某女；道凝，廪生，娶某女。孫男十一人，長即玶也，娶某女；琦，聘某女；璜，聘某女，道默出。瑛，娶某女，繼某女，道黄出。琬，娶某女；琰、珪，未聘，道著出。瑚，聘某女；璉、琮、璠，未聘，道凝出。孫女爲道黄出者三，一適諸生劉青藜，一適諸生霍文龍，俱先卒；一適襄垣諸生魏三卿。道默出者三，一適某，

一適某，一未字。道穡出者三，一適某，二未字〔三四六〕。道馥出者一，許某。道著出者一，未字。凡十一人。曾孫女一人，琠出，許某子。將以某歲某月某日葬〔三四七〕公於某山之陽。琠時守選於家，暴迹以揚其祖，可謂知所本矣〔三四八〕。予因系之銘曰：

奕奕吴氏，遥裔實繁。歷世滋大，恩紀華軒。所由勃興，孝義直方。既安其居，以篤不忘。厥胤維則，閨人匹休。秉德合度，乃貽孫謀。諸孫翼翼，方尊維長。率祖攸行，聲號直上。乞言納石，爰暴生平。無有議怨，尤兹德程。演而肆之，永固不刊。後世迭興，幽宅其安。

節舉大概，而吴公品行宛然在目。陸士衡曰："銘貴博約而温潤。"此其是矣〔三四九〕。（王鶴山）

爲生平故舊志墓，不妄許一字，酷似昌黎之銘東野。（周兼三）

每愛讀王介甫諸墓誌銘，此八家中别調，亦千古來絶調也，正似先生此種文。（陳其年）

某公暨配烈婦某氏合葬墓誌銘

晉有君子曰某〔三五〇〕，小學時，以伯兄爲師〔三五一〕。伯兄已貴，公方〔三五二〕束髮，從伯兄立，則端服〔三五三〕整足，伯兄命之坐，然後坐，俛首低肘，持恭敬自衛，年三十以爲常。與人交〔三五四〕，不臨高而爲高。故公始發爲文章，志静思深，務衷於道，識與不識，聞其名者，皆曰君子君子。嗚呼！今世爲貴〔三五五〕人子弟，即不窮雕繪美綺騎引醇飯肥，亦以修藝自矜釜鼓易滿耳〔三五六〕，焉〔三五七〕有盈而不溢者哉？公雖席兄貴，家至貧，食虀委巷，治壁中一經，業甚精，嘗著《尚書解義》四卷。早年廩學宫，屢試輒屈諸生其下，諸生亦人人自廢。

崇禎十七年，流賊李自成寇晉，濫索金錢，公挾伯兄遠遁，賊追躡者幾百人，張軍破伍，從者星散，無不〔三五八〕見賊惜勇。公大語曰："事莫傷於猶豫，災莫重於狐疑〔三五九〕。今叢林在前，峻谷在後，短兵强弩，進退無據，惟有死鬭耳。"公善〔三六〇〕決拾〔三六一〕，斃數人，乃引而去，於是畢入平河隆德之墟〔三六二〕，登山〔三六三〕臨水〔三六四〕，備經險阻，未嘗以時命自尤〔三六五〕，意氣之不衰如此。賊鋒少劣，手捽賊渠而報之，棄其身，餧諸狗鼠猨狖，偉哉烈也！語曰："通乎道者，不可驚以怪。"信然哉〔三六六〕！

逾三載，某月日卒，年三十六〔三六七〕。曾祖某官，大父某官，父某。初配某氏早卒〔三六八〕，繼配婦某氏〔三六九〕。伯兄隱居深山時，米鹽薪餐，往往告匱，霸陵醉尉，不無殊視。烈婦同爨〔三七〇〕，事兄嫂益謹，無有間言〔三七一〕。聞公之喪，悲涕不能自止，曰："天乎，嫁其人而不從其死，背理害道篾倫，縱靦顏復比爲人，其何以自對乎？"趨至其門，從餘傍顧，見繐幃即哭，失聲以絶〔三七二〕。既蘇，家人勸之百端〔三七三〕，終不然否一語〔三七四〕。後五日亭午，寒風裂飢〔三七五〕，孤舘虛明，烈婦煢來煎迫，以頭擊地者數，泣盡繼之以血，遂縊死〔三七六〕，年〔三七七〕二十有五。

噫！舍生於呑氣之人〔三七八〕，決命於俄頃之際，視從來冠帶之倫，矯語平時，自稱鴛鷺，當其變也，化筌變茅，是何不如不讀書之女子，從容就義，視死如歸哉！伯兄將以某日葬公於某山之側，而烈婦爲祔。伯兄屬予志，予曰：文繁云富，公執筆海涵地負，函然〔三七九〕有干青雲之志，可以達矣而不達〔三八〇〕，追躡崇宕〔三八一〕時，決狐疑，定死生，自以爲長棄溝壑矣〔三八二〕，而不死。患難既平，爲賊授首，即茹薇被褐，以至胡耇可也〔三八三〕，身殞名存，豈富貴可敵哉〔三八四〕？烈婦守貞不醮，髮露肝傷，形如腒臘〔三八五〕，後期一死，亦婦之常，魂亡舟折，何其速也〔三八六〕。火不焚影，一夫一婦，同歸泉路，聲施天壤。嗟呼悲哉〔三八七〕！是爲銘，銘曰：

彼有君子之稱而死不奇，乃婦人從一以終而名不可移。嗚呼！此一朝之事而千古以爲悲，後之良史耶其將採爲〔三八八〕。

情惻音哀，摹寫曲盡。（張爾公）

先生此文前幅似《史記》，中幅似《後漢書》，而議論過之。（周尚拜識）

奇處似昌黎《樊宗師銘》。（陳其年）

代魏克正墓誌銘〔三八九〕

魏克正，世居武鄉，美鬚眉，俶儻負喜氣〔三九〇〕，善〔三九一〕爲人筴，事無不中。嘗慕魯仲連之爲人，顧不欲鉤棘章句，務泛濫無所然否，而自孤其智能〔三九二〕。尤善規堰瀦，束帛斛米，皆經區畫。雖處布衣冠，門外車馬，聯延〔三九三〕不絶。與大司馬震彝魏公及予爲執友，予兩人凡有所興作，則必與克正謀。克正嘗爲予兩人新池隍，美橋梁，與粥結廟，偶一不繼，即倒彼橐中所有以期於成，而又能量其出入之數以相準，故事無不治。

甲申歲，流賊李自成犯〔三九四〕予鄉。予罹難後，環堵蕭然，克正出多金濟予。當是時，追念昔者，緩急婚宦相扶持，承饋仰沫相晏樂，無不約同河山〔三九五〕，至此餽問皆絶，嘗嘆歌魚之士已散，克正攻〔三九六〕獨引手任恤，又戒莫屬人知，此豈操觚之士懷璧盗名者所可及哉？

南山〔三九七〕僧脱凡幾百人〔三九八〕，克正指囷中粟數十石，供其盤飡，曾無留意，外節已衰而慷慨如昔，予於是悲其時雖邁而志彌迅也〔三九九〕。一口忽輟食，卧床蓐間不起，湯熨鍼石酒醪無不到，俞跗治之亡効。予往問之，未嘗〔四〇〇〕不洒然異容，雨涕泣下也，克正且屬余無忘墓文爲不朽，余〔四〇一〕固已心許之。

克正諱四端，生萬曆五年二月初四日，卒順治某年某月日。祖諱璉，貢士。父諱禮賢。妻李氏，李科女〔四〇二〕，能遵姆訓。克正婢妾甚多，而逮下無害色〔四〇三〕。弟三傑，姪足徵，皆茂才，應徵武生〔四〇四〕。側室三人，姚氏、張氏、武氏。子二人，長起徵，守備，早卒，娶郭申女，至今在，能卻百鎰〔四〇五〕；次桂徵，娶生員李廷森女。孫男一人，上遊，娶趙欽女。曾孫一人，曰靈鳳，銘曰：

急者濟之以其時，無者通之以其財。苟不知治生與擇人，亦安能施之以各當哉？嗟嗟魂兮，招之而孰知其來〔四〇六〕。

重在貸金一節，慨當以慷，淋漓滿志，如韓文公作《柳子厚志銘》，用以柳易播一事盡情絢染，振蕩文情，遂覺通篇豪邁，大家得意之作。（張爾公）

寫克正之爲人，皆在文游古處慷慨任俠上，極其盛衰之感，悲涼之態，使人讀之惻惻心動，真妙筆也。

太史公《伯夷列傳》、韓退之《柳子厚墓誌銘》合爲一文，何其跳盪乃爾！（陳其年）

先王父資善大夫加工部尚書服俸管佐侍郎事程公行述〔四〇七〕

上齒而至鮐〔四〇八〕背，服官而至台司，天屬而至五世〔四〇九〕，在古尠儷，而況於今乎？不然〔四一〇〕，或終老牖下，而易簀之時，不免攣縮呻吟，而後物故，亦生人之大齊也。王父有前三者〔四一一〕，而又從容以去，於戲！是所謂度行積思而幾於道者耶〔四一二〕！然功名雖已見於天下，迹其居平，實自爲誌，不欲以金玉易譔述，惟少即望孫康莊博一第，光大先緒。今即戹塞不得〔四一三〕伸，奈何令王父〔四一四〕治行寂寞乎？且孫莊毀而扶杖，不獲抽軒遨之辭，累二十日而僅得其一毛，又安能不令王父〔四一五〕治行寂寞乎？按程氏出自洛陽，遠祖諱敏，當高帝時負版武鄉，遂居信義，爲信義人，九傳而生通議大夫諱繼孔府君，繼孔府君生通議大夫諱視箴府君，王父考也，仁德隱約，皆得工部左侍郎如予王父官。

王父諱啓南，字開之，號〔四一六〕鳳菴，博學工文辭，天拔自然。明萬曆庚子，蒸髦士獻書太原，學使者陳公所學，預使縣次給食，館王父三立書院。已徹棘，惟王父文通經書古義擢，領經元，與金臺趙維寰〔四一七〕、武林葛寅亮〔四一八〕，聲稱振天下，語具從信録中。辛丑成進士，馮公琦發策所甄士，而本房吴公宗達、張公至發，先後登鼎鉉，王父與文公在兹，其文又冠絶時人。

壬寅，起家襄陽府司理，山南索慓悍〔四一九〕喜爭，小不戢輒爲大訌，王父繹於庶頑，不忍究法，所推鞫亦罔不直人意。郡有婢盜金走，而要殺於路者，購求民間，見手帕灰，官以爲民間殺婢〔四二〇〕，罪抵死。理者十輩來，皆言民間殺婢，罪固當，王父蹶然起曰："叱嗟，安有灰而辨其爲首帕，亦安有首帕灰而辨其爲被傳之婢乎〔四二一〕？"乃微使人緝諸路，得一人。王父指之曰："此殺人者。"追其金，金具在，衆亦不知其竟以何術得殺人者。

民間之罪醳之語具别集中，直指使按部諸干禁黠吏姦民不公數十事，下司理，司理日拜謁罷敝，當驗問，不得驗問。一日皆捕繫至，王父適自烏臺出，吏料其不能即決〔四二二〕，曰："捕繫者若何？"王父即肩輿上繫令背經緯之深瑕淺釁，務盡其曲折，數十事人姓名，無一人忘失者。吕堰驛界過客飛文負勢，不盡執票〔四二三〕，驛常私具朱鬣，朱鬣更不給，王父使一指揮按驗之，得票使〔四二四〕爲傳置，害馬遂息。

癸卯，分校楚材，得周子訓、傅子伊、李子世高、劉子寰、邢子懋勳、張子堯熙、彭子健侯。丙午，當滇比士，復聘王父，得莊子自正、雷子恒、張子法孔、周子良材、陳子爰諏、曹子宗載、吴子天民。諸門下生三以天曹掌選〔四二五〕，而法孔以貞素尤著名於世。王父凡七薦於西臺，治臣黄公，撫臣張公，上封事最其能。己酉，更推選吏部，會收税太監谿壑無厭，王父砥廉節，不能中其欲，未得請，山南人軫慨高風，事不就，立廟峴山上，與羊叔子同祀，可謂隆施支久已〔四二六〕。

庚戌，吏部尚書孫丕陽，請擢賢能深倖官員，擢王父兵部武選司主事。王父疏陳三可慮，其略曰："臣聞勾踐謀國，避及怒蛙，秦穆投醪，虎臣奮命〔四二七〕，故將有死之心，士卒無生之氣，而兵不雄於天下者，自古及今未之嘗有。今京操之法，厮役豢養皆厮其中，按籍而呼，則豎髮語難，徵發甫罷，則連幕幾空，一可慮也；驍騎龍驤，非中官子弟，則臺省之私人，是以爪牙爲紈袴之地，而威稜無以憺於方國，二可慮也；輕軀傾命之人，飛將不侯，捆載既入，則補官除罪，計無不遂，此天下智桀之士所爲寒心〔四二八〕，而國家異時必有難俛之禍，三可慮也。伏祈清冒濫，屏私人，簡將帥，則臣幸甚，天下幸甚。"書既奏〔四二九〕，上大悦。癸丑，加陞郎中〔四三〇〕，管理清黄，凡世爵武衛應具官即日得官，不應具官終難啖以利〔四三一〕，大臣居其間，亦不得招權攬金錢。

王父修貌，身不勝衣，冲夷奮爲仁勇，重爲輔臣葉公向高、李公廷機、樞臣王公象乾所引重。往例清黄事竣，增秩至大恭，王父力辭不受，言："臣爲天下除倖竇〔四三二〕，臣不亦當以躐級呈身〔四三三〕。"神廟廉其素狷好，遷山東濟南道副使，歲苦蚆蠦齊集，争豕牢而咽糠覈者數十萬家，煮革木實不得即絶粒閉目死。王父親即其處繪之，使吏抱圖上書，乞不賦山澤，許得支官舍之儲蓄賙委隸首，又與肆首分食飲，時拊循其跛且弱者，俾魚貫會食，食畢然後罷歸舍。於是〔四三四〕齊人皆自以爲程公能活我，所活當以數十萬計。青齊之壤界有神通寺，諸盜依險阻旁叢，引强持滿，要攫赤仄，過者鮮得脱於虎口〔四三五〕。王父擇刺操者百五十名〔四三六〕，立神通營，披甲楯，就加芟薙，諸盜咸曰："須謹避此刺操。"亡匿山中〔四三七〕，盜悉平。

戊午，陞布政司右參政。其明年，例入覲，衣被醜敝，希簡交接，雖覆州縣殿最，絶不許彙録〔四三八〕文書，假盤餐以通賂賄〔四三九〕。及長安還日，發篋中并無尺繒〔四四〇〕，詔賜金雜帛，有云："二東民力，焚竭少寬，遼海軍儲，灌輸長利，可謂積勩於齊魯間矣。"庚申，遷〔四四一〕按察司。天啓壬戌，舉天下清操卓異，王父爲第一，會上命〔四四二〕吏部都察院吏科都給事中河南道引奏，賜宴賚帛，仍紀録，即與不次擢用，語具十六朝廣彙中。尋遷右布政。頃之，又遷左布政，廉平能約束法令，令於〔四四三〕國中曰：貪惏之倚法者，以其重兑故也〔四四四〕，今與有司約，凡解户至，使人自爲兑，不得〔四四五〕令左右把撮。苟非庫貯即急〔四四六〕倉口以藉手於人，解户可即日歸至京邊錢糧，吾有以熟慮之也。解户亦自兑畢，率百兩爲錠，取其一〔四四七〕，榜曰樣銀。吾先寄而入之主者，俟解户至〔四四八〕，視輕重銖兩罔差，趣〔四四九〕驗收，是吾令行於國中而交聞於主者也〔四五〇〕。此便在齊無抗弊，固甚善，久之而民益利，解户多奇羡，恐中乾，密注其數，移有司。有猾吏侵牟〔四五一〕，不自慮知覺，乃有司已得文，取吏掠笞數十，吏恐，以頭觸地請死，自是不敢相緣引爲姦，而民省漏卮矣。

東疆弗靖，曾重加齊人税，以給客兵。事已，客兵去，歲溢銀三十六萬兩，前兩臺居藩者，以爲役財供奔走，得自取之。會鄒滕之間，白蓮妖人徐鴻儒，集羣不逞，至數十萬人，奮棘矜而下者十餘城，勢至燎原。齊兵益驕横，獰惡陶掠，藉口需糧饟，已而掠盡，又颺去。王父曰："是三十六萬兩可用也。"兩臺心難之而口不忍發。又知王父清執不可回，乃命歷城令吴公阿衡招納白梃十萬，椎牛釀酒，捐角徒裼以趨敵〔四五二〕，不用國家半銖之費，以天之道家自爲鬭之心，逆憝叛黨如縛豕而置之京師〔四五三〕，計上首功，既有旨〔四五四〕，勞王父以節鉞。癸亥，陞太常寺正卿。澤流在民，民思之不能已〔四五五〕，又皆千里負擔駢沓不絶，至合符之頃，猶肅祇願我公留，踰時得蜚輓，恐代者爲政即黷貨故也，爲廟春秋奉祀，如在山南時。王父所在有冰蘗聲，乘折轅至都，賣田自給，考正舊儀。時逆黨魏忠賢銜憲蔽明，無所還忌，王父與東林諸君子竊懷憤。乙丑乞賜骸骨，疏曰："自古治亂榮辱之端〔四五六〕，在所信任。蘇子曰：'冰炭同處，必至交争。薰蕕共器，久當遺臭。'言君子小人，不同位也。今魏忠賢威移主上，蟠連禁闥，倪文焕、崔呈秀等扇黨與，摇唇膏吻而横於世，指夷光爲嫫母，借鈎鉅作刑書。如鄒元標、孫居相、葉向高、李邦華、張光前等，咸削籍排擯，不容於位，萬璟、楊漣坐掠重身死，魏大中、左光斗、趙南星又禁錮桎梏，坐法柱〔四五七〕造贓款，以王振、劉瑾之勢加之郅都之手，不六翮盡空不止〔四五八〕。彼魏良弼、魏良才等，方且坦腹加官，意廣心軼，危毒海内，語曰：'民志不入，獄囚自出。'况齊州荒旱，彭城水絶〔四五九〕，江南地震，關中豕妖，反天不祥，於斯見之矣〔四六〇〕。乃尚有進玉璽，賦鳳儀者，以便偏指，非臣所望也。臣愚以爲，衆正立即朝之禎祥，羣枉至即國之妖孽。今即使朱草日生於廷〔四六一〕，麒麟在囿，臣猶以爲無因而至，而敢爲回面汙行不思變轍者乎？臣愚非徒抱寂寥之志〔四六二〕，有不求聞達之誕也〔四六三〕，臣實不欲同罷驢爲羣，與汩俱没。臣知此言出，必與忠賢有郤，將枉王度剸刃臣，然臣奮然有不顧死亡之心〔四六四〕，願盡拳拳，伏乞〔四六五〕陛下信忠賢等秏亂國柄，罪應死，早加元標等於近膝之上，厲賢予禄，臣即受敗害，固所不辭。臣聞'忠無不報，信不見疑'，慮陛下〔四六六〕即過意，以擢臣閭伍之中〔四六七〕，稍勿程督，當放臣還山〔四六八〕中。幸陛下裁察，無使臣困頓長安，終無所益。"

疏上，忤忠賢意，即日斥退。當是時，天下方爲魏忠賢建生祠，樓閣相望，使者糜郡國，倉廥不贍〔四六九〕，又從豪貴人相貫貸，豪貴人心甚喜〔四七〇〕，願助郡國，皆大費，使者或躧財紀姓名以爲禍福。王父滋〔四七一〕不平，爲文譏貰貸者。

居四歲，懷宗立，事覺姦露，急收殛魏黨，并疏倪文焕等注爲逆案，使後世〔四七二〕知狠如梟貪如狼，爲臣不忠者悉屏戮之，而邦華等俯臨盤石，詔悉起田間，以禮折節之。己巳，起陞王父通政司通政使，謂王父敢言不附權黨，蔭一子入監讀書。世所推賢大臣，山右有曹公于汴、韓公爌、孫公居相、魏公雲中、王公之寀、魏公光緒，并王父爲七人，吾邑武鄉居其三。

庚午，數折於外，武器皆敝損〔四七三〕，聖意以起部冗闒，故大司空缺重其人，廷議咸奉王父。王父素遵軌躅，不欲暴貴炫燿，但受工部左侍郎，居半歲餘，大司空終亦不補，王父身兼任之，爲作鎧胄袖、皮兜鍪、步盾、火禽、燧象，及聖意〔四七四〕自度已具足，然後聽人補。時聽陵〔四七五〕數歲勞苦不成，木商磚賈言楠杉在崇崗絶箐之地，圍丈者難覓，磚自臨清舟航相接，暨悉〔四七六〕詣陵所，必一錢專直一金，徒恃口舌，撓工期，或貨入者延遷待，他官〔四七七〕以是頗爲常。王父呼商賈讓之曰："國家待若等獨羸，若數言磚木乏絶，今山不加童，窯不加寡，而工累歲懸若手。與若期，五月不至，則若之命，懸於金科之下矣。"商賈皆徒跣謝，務奉法順流，陵寢竟告成。於是上以爲能，加大司空服俸，領官如故，又詔〔四七八〕賜黄金十觔，表裏二十端，例蔭一子，固讓不受，而寺人之徒嗆嗆復用事矣〔四七九〕。

屬户工二部以太監張彝憲視事，尚書座引而西，彝憲引而東，諸司既見尚書，彝憲居正堂舍，不得不揖，彝憲出入儀衛甚都，右侍郎某氣折，每出，孅趨而送之盡恭〔四八〇〕。王父曰："古者大揖〔四八一〕空，金印紫綬禄比丞相〔四八二〕，而彝憲擾之姦人〔四八三〕，吾安所能共事也？邇孫曹諸公，相繼已去位，吾寧洪泓戀職，豈腐鼠可嚇耶？"連章求退〔四八四〕，值都御史缺人，吏部以王父名進，彝憲嗾科臣某〔四八五〕，疏論王父年七十且老，當致政，然王父素清慎，亦不能他所〔四八六〕唊説。王父杜門不治事，陳乞歸里，凡十一疏，其略曰："當逆黨肆虐之時，臣瀕死者已數矣〔四八七〕，陛下不以臣不肖，拔臣内史，晉臣司城，臣即碌碌未有報効，然考高祖〔四八八〕止給内侍灑掃之役，故趙同恭乘，袁盎寒心，乃陛下〔四八九〕無人，獨用彝憲監事，臣恐忠賢雖誅，而忠賢之類尚冀死灰復然〔四九〇〕，不止羞朝廷〔四九一〕而辱當世之士也。臣不敢自言愛鼎，臣聞積羽沉舟，羣輕折軸，今科臣某〔四九二〕，小人之尤，孽芽其間，排抵臣年老，不足任事，臣慮一日不去，必加詬姍，況臣雅遊已盡，彝憲定用急臣〔四九三〕，臣生平爲氣每欲獨完，豈可使見放餘生，復就湯鑊?"

疏再入〔四九四〕，得旨："工務殷繁，正資〔四九五〕坐理，覽奏，情辭懇切，準暫馳驛歸里。病痊即行起用。"王父雖身不可見〔四九六〕，每邑中災疲有大繇役，使使與兩臺陳乞，如邑志所載〔四九七〕，原糧一石〔四九八〕，全徵銀八錢三分一厘，今如王父議以瘠疲例止徵五錢一分五厘〔四九九〕，其章章較著者已〔五〇〇〕。冬十二月，流賊貫弓之卒百萬，一日夜馳二百里，以兵襲城西隅，有驕色，計在必得。王父曰："我分守此，諸君勿亂，守部譁，則心不固矣〔五〇一〕。城中火起亦不救，下自有救之者〔五〇二〕。"賊見城上黄蓋起，悉引兵前，王父闞其來處，連發數十砲，賊卒死數千人，皆熠服〔五〇三〕，莫敢支吾。急引去，繼輸粟脩睥睨表城砲臺敵樓〔五〇四〕，遺書督臣張公宗衡，郡守焦公裕，致大砲二十位，城圮，又分部築之。至今城西南臨河如卻〔五〇五〕月形者是也。沁州浮糧忽累三千餘金，民繇是重困敝〔五〇六〕，上急徵如渴思飲，狡吏怙勢持符牒者，若摯鳥之酷〔五〇七〕，於是州牧張公三傑，綜覈其數，請王父與藩君力争之得免。

甲申，流賊李自成竊起，據九鼎，使懷宗〔五〇八〕不終其紀，王父膠致縲絏，以孫莊輩夾獲得不死。已而李自成使賊黨身勸爲之駕，王父叱之曰："在魏黨用事時，吾鎩羽不仕，賊揣我何心，豈以吾爲懼死哉〔五〇九〕?"賊黨義之，置不問。王父久城居，至是復還信義，信義劇傍更立一寨，名雙脩，中結草亭籬簞。冬則營窟其間，僂而進，無遺欲矣。所著書有《易經宗聖録》、《集賢録》、《易時草》、《陰符經解》、《醫學撮要七類》、《也足園文藁》，卷帙浩繁，無餘資不能盡顯於世〔五一〇〕。王父寬然長者，所過循理譬説，爲人師表，紀綱絃歌之聲不絶，諸儒始得修其經藝，若魏子枚野、左子寅三、李子勝其、安子振生、家猶子衍洙，咸薦賢書。諸孫附鳳成進士，兵燹之後，狐兔遊於堂除，諸博士撞鍾待問，靡然鄉風矣。或族中人，理生不得其意，爲給荆筆殘行，子性〔五一一〕皆滿意去，讀書益不輟，推此之志意，於未婚者侄彝績、奏績〔五一二〕，曾孫一中輩，悉爲委禽，亦不責其報。信義故先世兵大起，南城缺門，爲作開閤，左偏水所崇期也。堆石布其渠，表其外廊〔五一三〕，宜文昌，又立一閣，故城之水，折入五雉，與柱礎平，將壞其里舍，别往受之，則費民田，民不便。王父計畝賞所值而自供其税糧〔五一四〕。俗曰〔五一五〕："捨溝不忘本也。"自此之旁權店有盜孫憲，侵奪數起，骴骼不絶於路。王父獨上書〔五一六〕熹廟，以一守備，治次舍，距兵三百，至今不能廢。

王父雖歷朝甚久，家無長物，常所奉飯而食者以十數。少時所受餼一日盡，不盡不歸，邑侯黄公憐之，從所居市膏腴，曰："無愁勞鉛槧也。"王父詳許受，以資弟哲南輩。故王父少時，不會計利事，窘益甚，惟從叔希灝，慮其窘，赤仄半自出，王父自受敕歸，分己財爲置松柏廬舍祠堂田亦如之〔五一七〕。厥後吾邑先用事，大臣雖睨成〔五一八〕，然早即世，惟王父獨存，邑中質平補弊，盡王父所獨裁。

一日王父即自爲誌〔五一九〕，其言曰："昔宋景文公作治戒，訓其子以儉葬，皇甫謐、周磐之徒，咸有達觀，不欲務崇侈。予因自爲誌，不令我死買文章求諛，非我志。”其言頗涉怪者而已，不及生平政績。

“予生以壬戌，月辛亥，日如其年，時如其月。予年十七，百日習一經。曾納凉慈雲寺，假寐，蠅醜扇觸予面，侍者爲拂予面上〔五二〇〕，劉子傑〔五二一〕見而異之，予笑而不答。予喪父，喪母，喪王父，薦遭閔凶，九年不得就試，俗送形之日，則捽盆，陰陽家治桃茢，急驅遣，予亟止之，曰：‘人受生於父母乎？受生於桃茢乎〔五二二〕？受生於父母，父母必愛子，子必願見父母，遣之何爲？予尚恐不得見父母，子勿遣，傷我心。’

予與弟如玉，夜行大澤中，迷路，視草間有光，頃之，光觸天，有偉丈夫長十丈餘，語予此神光也，予去之，恥與魍魎分榮，光亦忽不見。庚子家約，非予妻高淑人躬簸揚〔五二三〕，則五種不得精鑿，時斛粟方致七斗米，箕中水〔五二四〕暴發，既長踰丈，而捷書即至。越歲，偕計吏北上，止延壽寺。丙夜獨就舍，比丘心慮予思茗，擎一器往，則儼然白叟〔五二五〕也，假寐〔五二六〕朱几上，比丘恐驚叟〔五二七〕醒，輒騰趠，厥明，復見予，不知叟〔五二八〕所處。以事變恒常，謂余〔五二九〕上第春官故耳。予李南郡，郡中人失火，燒萬餘家，惟徙家室，甞不暇舉，自太守郡丞以下迹至皆使人救火，火愈不得息，予聞往，向火指畫，令其返〔五三〇〕，火即返所燒空隙處，移時亦無火。南彰縣井甃不成，諸囚瘴暑陽驕蹇，輒欲死，予視其地穿之，未三尺，得古井〔五三一〕，短綆可汲。自戎曹遷二東憲副，抵里門，謁崔府君廟，往時監司至者，黄冠發鯨魚三千石之鐘如其數，鏗然響殿上。予爲人除拘忌，與伯兄秀峰，輒安步以往，甫叩頭，黄冠闃然不至，而洪鈞亦自響者三，秀峰兄在旋蟲下驚曰：‘雷師乎！’爲右轄，詣岱宗靈巖寺，僧俸懸黎之磬，擊軒訇之皷，勝幡十，簴三枚，迎予山旁口，入其寺，飲予萱帶，作委綖餠，菰梁珍異駢羅，皆不假咄嗟而辦。予頗怪其夙具爲用，詰所自，僧言數在寐中師命之〔五三二〕，程公定宜此時來，問師何人，則六十一年前五臺順寂僧也〔五三三〕。由是在奉常，觸姦不死，在冬官，以尚書服俸領左丞，三代同爵〔五三四〕，蔭及妻子，此亦布衣爲人臣之極也。我即終，慎勿請謚世官祭葬，留應得之物以還朝廷〔五三五〕，毋聽入鄉賢，留非分之榮以予孔廟。吾歿後，峴山渤海之間，魂魄常依於此，比於桐鄉焉足矣。葬埋之法，棺以周身，柏三寸，槨以周棺，松二寸，靈輀〔五三六〕前具銘旌一，書予官爵，具帆十，書薤露其上，芻靈從宏父本等，止十六人，不須多，亦不足用縠練，毋用熊羆〔五三七〕四目，使桑門誦經，毋使俳優揚清哇如俗，暖伴衣衾，足覆惡器，以瓦營兆止，勿犯五終，吾欲露形脱囊而下，度汝等理難，爲吾子孫，萬勿務華，求觀美，不聽改之，改之是以吾爲真死〔五三八〕也，汝豈忍以吾爲真死哉〔五三九〕！爲吾誌日，行年八十二，爲崇禎十六年癸未，吾日砥墨，反復作細書，不曳杖，如三四十歲人，眼前即五世子又孫〔五四〇〕，孫又作人父，男女幾四十人，兵亂以來，散處方隅，予多不能識，即識，識其稍長者〔五四一〕。”

爲誌後，又七年所，王父足迹不入城市，超然榮辱之外。庚寅十月朔八日，忽治具觴族人，列子孫其下曰：“京生云：‘孰易如葦，孰化如燬。’謂人生至促也。”吾生平不用醫藥，對汝曹顧無甚憐之色〔五四二〕，語涉恢奇，復就楸局，屢勝，精彩倍張王，雖頗怪其語不祥，以張王故，不慮其他，獨時時見空中肅手，鍵户寂無人，遥作語，已而大笑，家人亦有竊眡其青衣角巾，立西南隅者，蒸汗即如雨，不敢復近前。是日日中歸舍，無疾而薨，私悲公悼，不下億萬人。

嗚呼，痛哉！王父生嘉靖四十一年壬戌十月十一日亥時，至順治〔五四三〕七年庚寅十月初八日午時，享年垂三月不至九十。元配王母高氏，封孺人，累贈淑人，沁州生員高公文斗女也，性不喜飾文綺，自飯嘗草蔬，然事耄姑極滋味醇醲，脱簪珥以供客，費恒不乏，勞苦而中捐，生嘉靖四十三年甲子八月十六日戌時，卒萬曆三十四年丙午六月二十八日亥時。繼配王母張氏，累封淑人，沁州孺官張公信女也，讀書識大義，數勸王父罷官休舍，當白蓮揭竿時，抱印立井上，脱有禍，亟從井以爲潔泉矣，生萬曆十七年己丑七月初九日午時，卒崇禎四年辛未閏十一月二十五日寅時。子男六人，長即先府君，諱嘉績，懷宗御極，歷刑部雲南清吏司郎中，盡心期無刑，懷宗褒其惟良折獄〔五四四〕，詳具縣志國史中，不具載。初娶李母，贈宜人，鞏昌府經歷李公佳女；繼即先慈魏宜人，儒官魏公爍女，爲兵部尚書魏公雲中女弟；繼趙母，封宜人，儒官趙公良珍女，俱先卒。次諱偉績，以增廣生掄入太學，萬曆癸丑報訃，晉諸王邸中，娶户部江西司主事魏公之幹女，爲行唐知縣魏公國模女孫，次史公遵女。次諱奇績，幼拾芹頖，脩文地下亦最早，俱先王母高淑人所出。次諱蘭績，增廣生，娶沁州生員楊公起龍女，繼楊公起鵬女。次諱皋績，舉人〔五四五〕，娶榆社贈中書舍人李公可緒女，爲宛平縣君李公錦製女孫。次諱乃績，廩生，娶沁州儒官李公應試女。女子二人，長適府谷知縣魏公鰲子增生魏繩緒，爲湖廣巡撫魏公光緒弟；次適沁州貢生霍公守身子生員霍人龍，爲沅州府同知霍公梓孫，俱係王母張淑人所出。孫男八人，長即康莊，安慶府同知〔五四六〕，娶沁州增生劉公光彦女，爲黄崗知縣劉公夢周女孫。次康年，縣丞〔五四七〕，娶太康知縣魏公令望女。刑部先府君出。次康世，生員，娶沁州癸酉舉人劉公光蔚女，爲徐州同知劉公夢弼女孫；繼省祭李時化女，繼魏永康女。次康祉〔五四八〕，增廣生，娶生員魏啓中女。偉績出。康舄，生員，娶江寧知縣杜君〔五四九〕來鳳女。蘭績出。康濟，皋績出。康功、康侯，乃績出，俱未聘。孫女四人，偉績出者一，適大司馬魏公震彝子生員魏世泰，早卒。蘭績出者一，早殤。皋績出者一，乃績出者一，俱未字。曾孫五人，長正，縣丞〔五五〇〕，娶廩生魏誾大女。次驤，舉人〔五五一〕，娶魏運興女。即莊所出。次爲則，舉人〔五五二〕，娶生員李光春女。康年出。次象，康祉出，未聘。曾孫女七人，莊出者三，長適生員張育葵子張際泰，餘未字。康年出者一，適昌邑知縣魏蓮岳子生員魏編。康祉出者一。俱未字。玄孫二，其益，聘魏編女，其觀，未聘，正出。外孫男一騋，外孫女二，俱幼，繩緒出。將以辛卯二月十八日營葬王父舊阡，起兩王母祔焉。

嗟呼！王父清風高節布天下，遐邇餔歠而啜惠者，至厚贍也，今炳一晦千，治行寞〔五五三〕，然人所習聞見者，又不敢不稍加論次，俾太常議謚，史館編載，有所得稽考，而冀立言君子銘之。世有同目，必有同心〔五五四〕以憐其泣血者矣。

力大思精，氣長法整，真宏文也。有條有理，有經有緯，固是料好，然織作染色之功難矣，絶大文字。勁以誌爲結，法力大，近代未有也。

筆勢如生龍活虎，無處不變動，無字不奇古，能使大司空公呼之欲出，是行述中從來第一篇文字，韓柳歐蘇集中皆無，皆不能及。（錢牧齋）

似柳柳州《府君神道表》，曾南豐《先大夫集序》，叙裁歷然，兼寓愴惻，文生於情，類如此。（張爾公）

合龍門《平準》、《封禪》，扶風《食貨》、《地理》，昌黎《平淮西》、《南海廟碑》，廬陵《瀧岡阡表》而爲一文，天雨粟，鬼夜哭矣。虞山錢牧齋先生云此是"行述中從來第一篇文字，韓柳歐蘇皆無，皆不能及"，知言哉！（陳其年）

寧州同知竇公行狀

公諱希儞，字企善，山西武鄉人。以順治九年恩拔天下貢士，試吏部，公考中州同第二。十六年四月，授寧州同知，九月始抵任。甫至，當事以公才可任，署萬安縣，詣萬安五日，而代者至，既歸。又移署樂平，三辭乃克免〔五五五〕，值寧州牧無人，更以公署之，遂不得辭。夫萬安故屬廬陵，樂平隸鄱陽，公所處則豫章地也〔五五六〕。故例，署官皆不越境外，獨公兼攝三府之間〔五五七〕，曾不踰期。當是時，臺司皆喜公智能以待其事〔五五八〕。寧州漕運多積逋，吏取民榜笞桔棋〔五五九〕之，其令廣〔五六〇〕於秋荼，民苦骨肉離，不復相任，固欺也〔五六一〕，國賦終不得平。公氣仁，拊循元元，不忍任法〔五六二〕，然不以廢法，而賦亦不廢。前牧塵牘久不結，仰於公也〔五六三〕，公計日淺而孰慮精，推逸取勞，不煩自理。州有余生負欽贓産且盡，身慮無聊，前牧不能代解免，公委曲陳其家破傷，産盡亡以傷〔五六四〕，卒免其贓。歲大比士〔五六五〕，柴炭供自州，常供之外，吏輒中飽，不足以當餓虎之蹊，公按其籍，不多與〔五六六〕，亦不多取，而民氣乃復。甘泉基自署舍旁，官匿其有，民無以自託，而欲固不可致也。公曰："水火當與民共之，奈何獨幽默以自珍乎〔五六七〕?"即爲竹籬界之，寧人幸其在界外，皆得取〔五六八〕。公清同修水〔五六九〕，薪米瓜蔬之屬，率先價而後取，民度其予我過多，以所餘者還官廳，其自擇而已。公有署萬安以及寧州〔五七〇〕，至順治十七年六月，計前後止九閱月，而事無不集，當事羅其才〔五七一〕，方謂其曠日積久而計公〔五七二〕也，寧之人方謂克〔五七三〕利於民，樂我公之盡策。公乃起而嘆曰："嗟乎！吾毛血衰矣，豈少俶黨任厥職者〔五七四〕，而獨勞我也〔五七五〕? 且吾聞之'欲而不知止，失其所以，欲有而不知止，失其所以有'，吾豈若妄庸人，衣文繡之衣，矜龜組之華，旗旐而馳道，氣雄志得，一不在位，則心恒鞅鞅，而浮游於世之温蠖者乎?"遂乞休〔五七六〕，終不復顧，當事者知〔五七七〕其不能奪，乃允其歸。

公性本純和，無慠容〔五七八〕，然羽之笞之，務訓子姪以禮[五七九]，嘗撫其甥孟生輔陽，三爲之娶，分其産與子等。公以爲愛子孫之計深[五八〇]，不若爲子矜利[五八一]，普安於中飭於行施於親黨，豈復求爲可報之德哉？以康熙二年六月十五日卒，享年七十三。

公姓肇自東晋，始祖海；至四傳而生明，登明正德辛未進士，歷官光禄寺正卿；明生一桂，登嘉靖丙戌進士，歷官刑科都給事中，以大顯於時；曾祖熊；祖攀桂；考豪，陝西安化縣知縣。先娶魏氏，繼程氏、安氏，俱先公卒，又繼魏氏；子男二人，長方暘，廪生，次旭暘，庠生；孫男二人，長鳳生，庠生，次鳳賓。公與予共謁選於京師[五八二]，同寢食者三載，而旭暘與之俱。方暘與予有文字之知，余又屬其母黨。今自數千里外來請予爲之狀，予固宜有言也，何敢辭。謹狀。

叙事簡而爽，其操縱處姿態横生，烟雲縹緲，真永叔得意筆也。（顧修遠）

前後就企善辭署引退二事上，見其恬静之思，是其本質。中間形容其任事處，又具作用。非史遷不能有此轉掉如意之手筆。（杓石）

文則刻苦，意則自然，有鍼線，無痕迹，諷之絶可愛！（陳其年）

鄉介賓儒士悦彝魏公行狀

予幼失恃，先君司寇公職宦於朝，頗依舅氏悦彝魏公，心儀舅氏，如見母焉。己丑四月辛亥，夢公形貌頹唐，沮然爲離别狀，心怪之而不敢言。越一日，公果暴卒。及公卒，自遠方弔者輒數百人，以公誼至高聞於里黨，予乃更嘗涕，不啻失恃也。公弟奠彝先生則又嘗師予，命狀公行。予少習古文詞，重以師言，不可違。

狀曰：公諱和中，字悦彝。始祖成甫，虞城人，元末徙居武鄉。曾祖諱玉，祖諱國林，俱俠駿才，食餼爲諸生冠。祖病且死，時祖母程氏年十七，生爍三月耳。截髪五十載，三旌其閭，語具邑乘中。爍生五男一女，男諱在中、持中、致中、受中。受中，所謂奠儀先生者是已。公當其四，女即先妣魏宜人。日讀百家書，羸疾寢劇，猶訓予兄弟不輟，公有以教之故也。初，公未生，母李氏夢月落炷皂，詰朝而生其所。公修髯偉姿，多智鑑，少即不受束箝，且其家以仕官鳴於時者益衆，若大司馬振彝、中丞元白、太康令于野、寶鷄令滄岳、孝廉星杓，纓組輝耀，集於一時。公上下古今若數一二，卒不肯就試捆束聲調，嘗曰："丈夫當有奇行，使千秋萬年後尸祝不絶，公侯將相，其量寧能百世，何以狐裘而羔袖耶?"祖母二親，相繼遭閔凶，而居廬茹素，未嘗見齗，有曾閔之所不能加者，豈得以公爲狂脱也哉？三兄亦先公卒，其所以葬之視三喪。諸姪世封、世官、世巽、世徵，爲家塾延其師，横經講貫，孳孳不怠。國税歲輸二百餘金，盡出其私，而不以告言。世官病，乃祝天曰"兄止此血胤，寧以吾子當其險"，卒兩全焉。終其身無譙讓，諸姓盡補邑弟子，而世官文益閒美。駸駸乎火攻者衆矣，今理生飾行課田問織婚嫁已畢，子孫成行，雖三兄而在，未必使人人無所怨議於心，而公以一人無親疏厚薄之嫌，其與通顯得志於時者，比權量力，不知誰當雄霸耳。公嘗爲從伯某後，産至渥也，已而有嗣，一旦盡舍以去。大司馬既死，罹難，需金甚急，公貸以數百，振人之阸勝於己私，率此類也。里中人於是高公誼，狥朝廷令甲舉公賓介，有司望公深，亦延頸思托焉。如流賊嘯聚之時，公建北城浮橋，綰轂其口，又督修砲臺，捐造大砲，夜奮白挺立城頭，擊賊之細卒首竿於市，賊始懾而遁。屬歲饑，野如赬，爲饑民施饘粥，日結浩穰，更爲室二區，别男女之來就食者。當斯時，人矜懻忮，豐取嗇出，彼耕者無所仰食，獨公貸之粟而不責於人，藉以生全者甚廣。兵燹以來僑居下郝，下郝盜故往來哨集處。巷無居人，公親撫流人墾之，又極技巧通鹽磁販油賣酒，與時俯仰，以所長易其所寡，至今山硎水崕之下，原田膴膴，所謂羊門馬户者徧阻巖爲居矣。

公素善解紛，諸懷急少年有格鬥，不敢使公聞，聞之則悉言極諫，雖鄉豪居其間未必聽，得公一語，涣然冰釋，里中人以是不至捍文罔。大抵公孝友喜施予，諸藉機利而生者悉資於公，自雞鳴起至日入西晻，手署口訣，各厭其意而歸，能以賤徵其所貴，未嘗一飯無雜賓，然其奇羡或勝於纖嗇。飲酒不能多，每過從諸君，即漏盡不休，人反以公爲豪於酒。卒之日，無問老少，重繭而來者，屨錯於户，亦可以信公之好行其德矣。

公生於萬曆十九年八月二十二日，卒於順治己丑年四月二十四日，享年六十有一。元配籍氏，鄉耆來聘女，側室二人。子男三人，曰世晉，庠生，籍氏出，娶貢生李永興女；曰世嫌，曰世豫，某氏出；女一，孫男一人。將以某月日塟於某山之陽，爲撮其實，以待乎後之人。

極清極縱，起伏極貫串，其工練之處，逸動之姿，全不傷古，在古誌狀中卻是盧陵，信不謬也。

起伏斷續，酷類太史公列傳，能不朽悦彝先生者，賴有此文。劈空提出“失恃”二字，通篇文情皆含蓄其中，故語皆確不可移。(張爾公)

或似《段太尉逸事狀》，或似《貨殖傳》，或似《吕氏春秋》，紛紛綸綸，令我駭然以驚也，可云無一字在秦漢人以下。(陳其年)

校勘記

〔一〕《崑崙文選》卜崖主人旁注：“一起如瘦鯨渴虎掉尾而下。”

〔二〕《崑崙文選》卜崖主人眉批：“《史記》：楚雖三户，亡秦必楚。”

〔三〕“習”，《崑崙文選》作“飫”。

〔四〕《崑崙詩文合集》旁注：“得古文先抑法。”

〔五〕《崑崙文選》卜崖主人旁注：“六字一轉。”

〔六〕“真”，《崑崙文選》作“直”。

〔七〕《崑崙詩文合集》旁注：“童子試苦境數出。”

〔八〕《崑崙文選》卜崖主人旁注：“可嘆。”

〔九〕《崑崙文選》卜崖主人旁注：“夭矯而下。”

〔一〇〕《崑崙詩文合集》旁注：“農家。”

〔一一〕《崑崙詩文合集》旁注：“讀書人有許多難處，歷歷如畫。”

〔一二〕《崑崙詩文合集》旁注：“接句敏捷。”

〔一三〕《崑崙文選》卜崖主人旁注：“一筆收。”

〔一四〕《崑崙詩文合集》、《崑崙文選》“其父”後有“似寉”二字，此處應斷句在“似寉”之後。

〔一五〕《崑崙詩文合集》旁注：“規勉語。”此句《崑崙文選》卜崖主人旁注：“下語有分寸。”

〔一六〕《崑崙詩文合集》旁注：“期望語。”

〔一七〕《崑崙詩文合集》旁注：“期望語。”

〔一八〕《崑崙詩文合集》旁注：“轉有鈞力。”

〔一九〕《崑崙文選》卜崖主人旁注：“如此便收如萬馬奔騰，刁斗一聲，忽焉而立。”

〔二〇〕《崑崙文選》卜崖主人旁注：“到底不下一實筆。”

〔二一〕《崑崙詩文合集》此評語爲李研齊先生所云。

〔二二〕“國家”，《崑崙詩文合集》作“皇清”。

〔二三〕《崑崙詩文合集》旁注：“起處弘敞。”《崑崙文選》卜崖主人旁注：“一起矞皇。”

〔二四〕“晳”，《崑崙詩文合集》、《崑崙文選》作“貫”。

〔二五〕“子”，原作“字”，據《崑崙詩文合集》、《崑崙文選》改。

〔二六〕《崑崙文選》卜崖主人旁注：“字奇。”

〔二七〕“掘”，《崑崙詩文合集》、《崑崙文選》作“拙”。

〔二八〕《崑崙文選》卜崖主人旁注：“勝讀《文賦》。”

〔二九〕“惻”,《崑崙詩文合集》作“悽”。

〔三〇〕《崑崙文選》卜崖主人旁批:“甘苦之言,讀之太息。”

〔三一〕《崑崙詩文合集》旁注:“轉折動宕已盡情事。”

〔三二〕“里”,《崑崙詩文合集》、《崑崙文選》作“理”。

〔三三〕《崑崙詩文合集》、《崑崙文選》旁注:“又一宕。”

〔三四〕“徒”,原作“徙”,據《崑崙詩文合集》改。

〔三五〕“意”,《崑崙詩文合集》、《崑崙文選》作“義意”。

〔三六〕《崑崙詩文合集》旁注:“似忽説開乃更緊密。”

〔三七〕《崑崙詩文合集》、《崑崙文選》旁注:“突兀。”

〔三八〕《崑崙詩文合集》、《崑崙文選》旁注:“總來。”

〔三九〕《崑崙詩文合集》、《崑崙文選》旁注:“以上零零碎碎拉拉雜雜萬態惶惑。”

〔四〇〕《崑崙詩文合集》、《崑崙文選》旁注:“魚龍百變,衹有七字收入正意。”

〔四一〕《崑崙詩文合集》、《崑崙文選》旁注:“以上雜述事物,此又歷數古賢人君子,爲聞之難,以爲義例。”

〔四二〕《崑崙詩文合集》、《崑崙文選》旁注:“拗筆最妙。”

〔四三〕“充”,原作“克”,據《崑崙詩文合集》、《崑崙文選》改。

〔四四〕《崑崙詩文合集》、《崑崙文選》旁注:“六字作結唱三嘆,得廬陵之神。”

〔四五〕“君”,《崑崙詩文合集》作“公”。

〔四六〕《崑崙詩文合集》、《崑崙文選》旁注:“主。”

〔四七〕“今公且汾”,《崑崙文選》作“今且公汾”。

〔四八〕《崑崙詩文合集》、《崑崙文選》旁注:“志字是大綱領。”

〔四九〕“略”,《崑崙詩文合集》作“明”。

〔五〇〕“得”,《崑崙詩文合集》作“極”。

〔五一〕《崑崙詩文合集》旁注:“主。”

〔五二〕“援”,《崑崙文選》作“授”。

〔五三〕“在方内”,《崑崙文選》作“就方内”。

〔五四〕“乎”,《崑崙詩文合集》、《崑崙文選》作“平”。

〔五五〕“甫”，《崑崙詩文合集》、《崑崙文選》作“才”。

〔五六〕“意”，《崑崙詩文合集》、《崑崙文選》作“態”。

〔五七〕《崑崙詩文合集》、《崑崙文選》旁注：“志字照應。”

〔五八〕“翌”，《崑崙詩文合集》、《崑崙文選》作“翊”。

〔五九〕“攻”，《崑崙文選》作“工”。

〔六〇〕“爲”，《崑崙文選》作“壽”。

〔六一〕“山西”至“於州”，《崑崙詩文合集》、《崑崙文選》作“山之西其縣七十有八，七十隸於府，其八隸於州”。

〔六二〕《崑崙詩文合集》旁注：“言地土之薄。”

〔六三〕“即上”，《崑崙詩文合集》、《崑崙文選》作“即其土”。

〔六四〕《崑崙文選》旁注：“苦甚，不可卒讀。”

〔六五〕《崑崙詩文合集》旁注：“言風俗。”《崑崙文選》旁注：“此剛直逼柳州。”

〔六六〕“竦”，《崑崙詩文合集》作“疎”。

〔六七〕《崑崙文選》旁注：“一結。”

〔六八〕《崑崙文選》旁注：“入權店驛。”

〔六九〕《崑崙文選》旁注：“溝洫志中奥語。”

〔七〇〕《崑崙文選》旁注：“真昌黎。”

〔七一〕《崑崙詩文合集》旁注：“言迎送之遠。”

〔七二〕《崑崙詩文合集》旁注：“忽於序次瘠疲中發出一段，風雅操縱之妙如此。”《崑崙文選》旁注：“秋鷹忽撇，掠拕將回，轉折之勢如此。”

〔七三〕《崑崙文選》旁注：“祇用數語唱嘆，文不多而意已足。”

〔七四〕“盛”，《崑崙詩文合集》、《崑崙文選》作“涌”。

〔七五〕“無苟”，《崑崙詩文合集》、《崑崙文選》作“無一切苟”。

〔七六〕“即與”至“之業”，《崑崙文選》作“即與士大夫質疑問難深相敬待”。《崑崙詩文合集》在此句後有“故質疑熏德者，決百川而歸之海，其於纓緯之流，深相敬待”。《崑崙詩文合集》旁注：“先政事而後文章，看他步驟。”

〔七七〕“降至牛醫乞兒”，《崑崙文選》作“雖降至牛醫賤隸”。

〔七八〕“會”，《崑崙詩文合集》、《崑崙文選》作“會公初度之辰”。

〔七九〕“言之”，《崑崙詩文合集》作“言之期進三公而壽諸國焉”。

〔八〇〕“張爾公”，《崑崙詩文合集》作“李研齋”。

〔八一〕“宴”，《崑崙文選》作“晏”。

〔八二〕《崑崙詩文合集》旁注：“拈出學字作骨。”

〔八三〕《崑崙詩文合集》旁注：“世俗可笑。”

〔八四〕《崑崙詩文合集》旁注：“句古。”

〔八五〕“言”，《崑崙詩文合集》作“鳴”。

〔八六〕《崑崙詩文合集》旁注：“平心之論。”

〔八七〕“而欲”至“所以”，《崑崙詩文合集》作“其言鄙而俚，其思淺而不屬，此詩之爲道”。

〔八八〕《崑崙詩文合集》旁注：“好喻。”

〔八九〕《崑崙詩文合集》旁注：“古文老境。”

〔九〇〕《崑崙詩文合集》旁注：“結學字。”

〔九一〕“研”，《崑崙詩文合集》作“妍”。

〔九二〕《崑崙詩文合集》旁注：“宕折。”

〔九三〕《崑崙詩文合集》旁注：“從致書一段結束。”

〔九四〕《崑崙詩文合集》旁注：“冷然有餘味。”

〔九五〕此評語據《崑崙文選》補録。

〔九六〕程康莊《江行贈言序》末有宋射陵評語云：“若無《霜哺全編》，寓内誰知有袁氏之母，亦復誰知有袁氏之子哉！武鄉程崑崙先生，既許孝子之有母，更許節母之有子，盡收重其《江行贈章》，付之梨棗，復爲弁言，以紀其盛。”可知此序係程康莊爲袁重其《霜哺全編》所撰序文。

〔九七〕《崑崙詩文合集》旁注：“成仁取義此性二字。”

〔九八〕《崑崙詩文合集》旁注：“自古忠貞遺逸，其與長林茂草俱盡者不知凡幾，讀此可發三嘆。”

〔九九〕《崑崙詩文合集》旁注：“此又歸之於己，及覆詠嘆，極俯仰頓挫之致。”

〔一〇〇〕《崑崙詩文合集》旁注：“精意刻畫。”

〔一〇一〕《崑崙詩文合集》旁注：“如此收法極其遒拔。”

〔一〇二〕“貞”，《崑崙詩文合集》作“至”。

〔一〇三〕“一旦之可以盡廢也”，《崑崙詩文合集》作“亶備類而已”。

〔一〇四〕“學有”至“再矣”，《崑崙詩文合集》作“散云霞之彩而泄其思”。

〔一〇五〕“君”，《崑崙詩文合集》作“公”。

〔一〇六〕“君”，《崑崙詩文合集》作“公”。

〔一〇七〕《崑崙詩文合集》旁注：“詞語簡練。”

〔一〇八〕“綿連殆矣”，《崑崙文選》作“促數秏矣”。

〔一〇九〕“思無”至“不合”，《崑崙詩文合集》作“不失尺寸，渾然堅而厚，比之先輩取法荆川、太僕之間，俗下罕儷矣，且翰孺爲人慷慨氣誼”。

〔一一〇〕“君”，《崑崙詩文合集》作“公”。

〔一一一〕《崑崙詩文合集》旁注：“又就不泰迫、絫於德宕跌一番，曲折盡態。”

〔一一二〕“將”，《崑崙詩文合集》作“之文”。

〔一一三〕《崑崙詩文合集》旁注：“又擬左史倚相同馬誤而詣之。”

〔一一四〕“聞”，《崑崙詩文合集》作“垂”。

〔一一五〕“其猶有所待哉”，《崑崙詩文合集》作“不偉哉”。

〔一一六〕《崑崙詩文合集》此評語爲李研齋所云。

〔一一七〕“已”，《崑崙詩文合集》作“業”。

〔一一八〕“或”，《崑崙詩文合集》作“先是余方購芑山撰著者，友人諗余”。

〔一一九〕“惜未”，《崑崙詩文合集》前有“甚巨”。

〔一二〇〕“芑山”，《崑崙詩文合集》後有“以洎於今”。

〔一二一〕“稽古慎交”，《崑崙詩文合集》作“則甄藻儒先之醇疵，舉世淆亂者能別之，慎交則洞晰氣類之誠僞，舉世狎邇者速之”。

〔一二二〕“正公”，《崑崙詩文合集》後有“兩先生”。

〔一二三〕“道教日著”，《崑崙詩文合集》作“道日以著，教日以盛”。

〔一二四〕《崑崙詩文合集》旁注：“原本家。”

〔一二五〕“自”，《崑崙詩文合集》作“綽”。

〔一二六〕“剛”，《崑崙詩文合集》作“侃”。

〔一二七〕"止",《崑崙詩文合集》作"僅"。

〔一二八〕"等",《崑崙詩文合集》作"諸人"。

〔一二九〕"深痛方圓柄",《崑崙詩文合集》作"往往爲兩先生太息不已,蓋深痛枘"。

〔一三〇〕"公",《崑崙詩文合集》作"先生"。

〔一三一〕"芑山",《崑崙詩文合集》後有"以正公之端恪,兼純公之温稱"。

〔一三二〕"意",《崑崙詩文合集》後有"較若合符"。

〔一三三〕"哉",《崑崙詩文合集》作"此"。

〔一三四〕"博綜",《崑崙詩文合集》作"精博"。

〔一三五〕《崑崙詩文合集》旁注:"步步推開。"

〔一三六〕《崑崙詩文合集》此評語爲李研齋所云。

〔一三七〕"宋射陵",原作"射宋陵",據《崑崙詩文合集》改。

〔一三八〕《崑崙詩文合集》旁注:"確。"

〔一三九〕《崑崙詩文合集》旁注:"原不取於雷同。"

〔一四〇〕《崑崙詩文合集》旁注:"語工。"

〔一四一〕《崑崙詩文合集》旁注:"機流手敏。"

〔一四二〕《崑崙詩文合集》旁注:"奇極,横極,如飛流孤嶂,磊落可喜。"

〔一四三〕《崑崙詩文合集》旁注:"到底奇横。"

〔一四四〕《崑崙詩文合集》旁注:"一起聳拔作勢。"

〔一四五〕"柝",《崑崙詩文合集》作"拆"。

〔一四六〕"而不離乎古法",《崑崙詩文合集》作"而合其變又"。

〔一四七〕"然公"至"其長",《崑崙詩文合集》作"是以紬華若拾遺,遲疾聽其俯仰,無剌喉燥吻之習,而巧復有餘"。

〔一四八〕《崑崙詩文合集》旁注:"作一波蕩如夔門之東三峡。"

〔一四九〕"才俊",《崑崙詩文合集》作"艷發"。

〔一五〇〕《崑崙詩文合集》旁注:"五字是龍門四公子列傳數萬言。"

〔一五一〕《崑崙詩文合集》旁注:"所不到處。"

〔一五二〕"彰",《崑崙詩文合集》作"鄣"。

〔一五三〕《崑崙詩文合集》旁注："借患難相處一段，唏噓感慨，益令宋公生色，如《晏嬰傳》之敘越石父也。"

〔一五四〕"源本之論"，《崑崙詩文合集》作"尊崇之致"。

〔一五五〕"遺形丘壑"，《崑崙詩文合集》作"未能得氣去"。

〔一五六〕《崑崙詩文合集》旁注："一篇主意。"

〔一五七〕《崑崙詩文合集》旁注："照應。"

〔一五八〕《崑崙詩文合集》旁注："又照應。"

〔一五九〕《崑崙詩文合集》旁注："正見用篤處。"

〔一六〇〕"鄧林"至"不顯"，《崑崙詩文合集》作"鄧林之文高深奇麗，不可一世，其遭時處際，光昭先緒，豈足爲鄧林難者"。

〔一六一〕《崑崙詩文合集》旁注："含藴無窮。"

〔一六二〕《崑崙詩文合集》此評語爲李研齋所云。

〔一六三〕《崑崙詩文合集》旁注："突兀。"

〔一六四〕"漫泼"，《崑崙詩文合集》作"泼漫"。

〔一六五〕《崑崙詩文合集》旁注："筆路離奇，絶非常境。"

〔一六六〕《崑崙詩文合集》旁注："吞吐有致。"

〔一六七〕《崑崙詩文合集》旁注："數語已書華之形勝。"

〔一六八〕《崑崙詩文合集》旁注："句工。"

〔一六九〕《崑崙詩文合集》旁注："句工。"

〔一七〇〕《崑崙詩文合集》旁注："句工。"

〔一七一〕《崑崙詩文合集》此評語爲錢牧齋所云。

〔一七二〕《崑崙詩文合集》旁注："一篇骨子。"

〔一七三〕"顯"，《崑崙詩文合集》作"昭"。

〔一七四〕《崑崙詩文合集》旁注："即焦山以形甘露，文情激宕。"

〔一七五〕"導"，《崑崙詩文合集》作"奪"。

〔一七六〕"鐵鑊"，《崑崙詩文合集》作"從獲"。

〔一七七〕《崑崙詩文合集》旁注："老筆。"

〔一七八〕"破"，《崑崙詩文合集》作"墮"。

〔一七九〕《崑崙詩文合集》旁注："絶大議論，委曲操縱，宕迭生情。"

〔一八〇〕"入"，《崑崙詩文合集》作"出"。

〔一八一〕《崑崙詩文合集》旁注："情文悲壯。"

〔一八二〕《崑崙詩文合集》旁注："轉更生奇態。"

〔一八三〕"較"，《崑崙詩文合集》作"因"。

〔一八四〕"爲"，《崑崙詩文合集》作"較"。

〔一八五〕此評語據《崑崙詩文合集》補。

〔一八六〕《崑崙詩文合集》旁注："取士之術，嘗不欲得其用，在奉行者，何如耳。"

〔一八七〕《崑崙詩文合集》旁注："可嘆處在此二語。"

〔一八八〕《崑崙詩文合集》旁注："所謂君自難記，非脱累也。"

〔一八九〕"得勢益彰"，《崑崙詩文合集》後有"不忍釋手"。

〔一九〇〕"稱善"，《崑崙文選》後有"不忍釋手"。

〔一九一〕《崑崙詩文合集》旁注："大士慷慨之處呼之欲出。"

〔一九二〕《崑崙詩文合集》旁注："與大士在京師知厚處結。"

〔一九三〕《崑崙詩文合集》旁注："信道貴篤，從來如此，行文之奇，直凌史、漢。"

〔一九四〕"間"，《崑崙詩文合集》作"聞"。

〔一九五〕"機"，《崑崙詩文合集》作"譏"。

〔一九六〕《崑崙詩文合集》旁注："寫歸里後與大士知厚處，一結。"

〔一九七〕"徒益"，《崑崙詩文合集》作"祇增"。

〔一九八〕《崑崙詩文合集》旁注："真文章命世之本。"

〔一九九〕《崑崙詩文合集》旁注："議論醇正，實是至言。"

〔二〇〇〕"竭"，《崑崙詩文合集》作"極"。

〔二〇一〕《崑崙詩文合集》旁注："正中壬子之病，若壬子者，可曰水窮未見雲起也。余於今人之文亦有此論。"

〔二〇二〕《崑崙詩文合集》旁注："拉拉雜雜，又説出一段知厚，將規切處作一結。"

〔二〇三〕"德契同也"，《崑崙詩文合集》作"合德一也"。

〔二〇四〕《崑崙詩文合集》旁注："因接爲起。"

〔二〇五〕"未克"，《崑崙詩文合集》作"能副"。

〔二〇六〕《崑崙詩文合集》旁注："敦倫大節，看得平常，是大學問人作用。”

〔二〇七〕《崑崙詩文合集》旁注：“真隱如此。”

〔二〇八〕“多愁”至“成章”，《崑崙詩文合集》作“過日輒忘，方之高風讀書兩暴”。

〔二〇九〕“逮”，《崑崙詩文合集》作“達一間”。

〔二一〇〕“之奇”，《崑崙詩文合集》後有“又乏鳴琴鈎巨之手”。

〔二一一〕《崑崙詩文合集》旁注：“辭婉而意堅。”

〔二一二〕“疎庸”，《崑崙詩文合集》後有“多愁善病”。

〔二一三〕“思”，《崑崙文選》作“欲”。

〔二一四〕《崑崙詩文合集》旁注：“賢者杜口卷舌，豈得已哉，可發三嘆。”

〔二一五〕“厠”，《崑崙詩文合集》作“側”。

〔二一六〕此評語據《崑崙詩文合集》補。

〔二一七〕《崑崙詩文合集》旁注：“開大而精。”

〔二一八〕《崑崙詩文合集》旁注：“如環無端。”

〔二一九〕《崑崙詩文合集》旁注：“星月光芒横於天上，半夜欲落。”

〔二二〇〕《崑崙詩文合集》旁注：“收法老。”

〔二二一〕《崑崙詩文合集》旁注：“一波未平，一波覆起。”

〔二二二〕《崑崙詩文合集》旁注：“得意之文，有神相奏，不知不覺。”

〔二二三〕《崑崙詩文合集》旁注：“反復辯論，文氣折而不窮。”

〔二二四〕《崑崙詩文合集》旁注：“意到成法，全無筆墨之痕。”

〔二二五〕《崑崙詩文合集》旁注：“收有餘情。”

〔二二六〕《崑崙文選》旁注：“大雅鏗訇。”

〔二二七〕《崑崙詩文合集》旁注：“氣古而筆捷便不同。”

〔二二八〕“於”，《崑崙詩文合集》作“予”。

〔二二九〕“禎”，《崑崙詩文合集》作“楨”。

〔二三〇〕《崑崙詩文合集》旁注：“語必孤秀。”

〔二三一〕“戢戈柙刃”，《崑崙詩文合集》作“滌殷盪周”。

〔二三二〕“士”，《崑崙詩文合集》作“土”。

〔二三三〕《崑崙文選》旁注：“流麗。”

〔二三四〕“急”，《崑崙詩文合集》作“憂”。

〔二三五〕《崑崙詩文合集》旁注：“尊爾不羣，即使當時范公握管，不能暢所欲言若此。”

〔二三六〕“周”，《崑崙詩文合集》作“備”。

〔二三七〕“威”，《崑崙詩文合集》作“克”。

〔二三八〕“隆”，《崑崙詩文合集》作“報”。

〔二三九〕《崑崙詩文合集》旁注：“辭麗春華。”

〔二四〇〕《崑崙詩文合集》旁注：“字字入情。”《崑崙文選》旁注：“悲慨如子瞻諸謝表。”

〔二四一〕“念”，《崑崙詩文合集》作“悲”。

〔二四二〕“畏無曾參之德”，《崑崙文選》作“畏匪曾參之賢”。

〔二四三〕“悲”，《崑崙詩文合集》作“念”。

〔二四四〕“州”，《崑崙詩文合集》作“岳”。

〔二四五〕“甸”，《崑崙詩文合集》作“綏”。

〔二四六〕“綏”，《崑崙詩文合集》作“甸”。

〔二四七〕“負固”至“宗矣”《崑崙詩文合集》作“冠帶之國得身浴恩膏，負固之倫亦首懸藁街矣”，《崑崙文選》作“冠帶之國得共浴恩膏，而負固之倫亦共沾王化矣”。

〔二四八〕“袖”，《崑崙詩文合集》作“秀”。

〔二四九〕“巖”，《崑崙詩文合集》作“宕”。

〔二五〇〕“千”，乾隆版《武鄉縣志》作“干”。

〔二五一〕《崑崙詩文合集》旁注：“在王初寮、蔣子禮之間，柳州豈得以駢拇忽。”

〔二五二〕“楊”，乾隆版《武鄉縣志》作“陽”。

〔二五三〕“峰”，乾隆版《武鄉縣志》作“章”。

〔二五四〕“濫”，乾隆版《武鄉縣志》作“溢”。

〔二五五〕《崑崙詩文合集》旁注：“秀蔚中氣骨嶄岸。”

〔二五六〕《崑崙詩文合集》旁注：“工警。”

〔二五七〕“史”，乾隆版《武鄉縣志》作“臾”。此句《崑崙詩文合集》旁注：“單句結。”

〔二五八〕《崑崙詩文合集》旁注："吞吐漢魏。"

〔二五九〕"覆露"，《崑崙詩文合集》、《崑崙文選》作"之育"。

〔二六〇〕"人材"，《崑崙詩文合集》、《崑崙文選》作"人才之求"。

〔二六一〕"府庫"，《崑崙詩文合集》、《崑崙文選》作"郡庫"。

〔二六二〕"流珠"，《崑崙詩文合集》作"惡離"。

〔二六三〕"越俎於"，《崑崙詩文合集》、《崑崙文選》作"有所閲説於"。

〔二六四〕《崑崙文選》旁注："詞鋒坌涌。"

〔二六五〕"變"，《崑崙詩文合集》、《崑崙文選》作"事"。

〔二六六〕"禍"，《崑崙文選》作"寇"。

〔二六七〕"感動"，《崑崙詩文合集》、《崑崙文選》作"往觀"。

〔二六八〕"存喘息"，《崑崙詩文合集》作"許曳死"，《崑崙文選》作"須臾死"。

〔二六九〕《崑崙文選》旁注："引語如畫。"

〔二七〇〕《崑崙文選》旁注："楊泣路歧，墨悲素絲。"

〔二七一〕《崑崙詩文合集》旁注："條答詳明。"

〔二七二〕《崑崙詩文合集》旁注："閎肆淹雅，可垂金石。"

〔二七三〕"各擄所長"，《崑崙詩文合集》、《崑崙文選》作"各有所得"。

〔二七四〕"救時之策"，《崑崙文選》作"當今之急"。

〔二七五〕"久任則與事相習"，《崑崙文選》"久任則"後文字與《自課堂集》多不相同，録全文於後，謹供參考："久任則諸務備舉，應黜者立黜之，優者仿古增秩之例，再以六部大臣更相歷次，登進閣員，則大事不模糊矣。又宜令郡縣入翰林部屬，部屬仍歷司道，翰林亦出習外務，則平天下無如此也已。"

〔二七六〕《崑崙文選》旁注："入手鋪叙，即多追琢之音。"

〔二七七〕"佳"，《崑崙文選》作"嘉"。

〔二七八〕《崑崙文選》旁注："城市中自有山林，要人領略耳。"

〔二七九〕《崑崙文選》旁注："異人。"

〔二八〇〕《崑崙文選》旁注："還將幽隱處説破，妙，妙。"

〔二八一〕“白”,《崑崙文選》作“自”。

〔二八二〕“術”,《崑崙文選》作“流”。

〔二八三〕“克”,《崑崙文選》作“充”。

〔二八四〕《崑崙文選》旁注:“轉側振宕之間,瀠洄不盡,古秀之致,相遇於筆墨之先。”

〔二八五〕“治”,《崑崙文選》作“冶”。

〔二八六〕“雖藉”至“得也”,《崑崙文選》作“雖藉勸於微文,是兩得也”。

〔二八七〕“楊”,《崑崙文選》作“揚”。

〔二八八〕《崑崙文選》旁注:“頓挫。”

〔二八九〕《崑崙詩文合集》、《崑崙文選》旁注:“應首句性愛丘山。”

〔二九〇〕“吾”,《崑崙詩文合集》、《崑崙文選》作“古”。

〔二九一〕“人世”,《崑崙詩文合集》、《崑崙文選》作“世人”。

〔二九二〕《崑崙詩文合集》旁注:“就人情反寫一段情致淋漓。”

〔二九三〕《崑崙詩文合集》旁注:“大文正如此作,民祠文字,可謂正人心矣。”《崑崙文選》旁注:“不意此題忽有此結,先生可謂‘聖於文也’。”

〔二九四〕《崑崙詩文合集》旁注:“結法老。”

〔二九五〕《崑崙文選》旁注:“無舟妙。”

〔二九六〕“昏旦”,《崑崙文選》作“日夜”。

〔二九七〕《崑崙文選》旁注:“無扇更妙。”

〔二九八〕《崑崙文選》旁注:“詘然而止。”

〔二九九〕“竹”,《崑崙文選》作“作”。

〔三〇〇〕《崑崙詩文合集》旁注:“古勁。”

〔三〇一〕“文”,《崑崙詩文合集》、《崑崙文選》作“之”。

〔三〇二〕《崑崙詩文合集》旁注:“句經百練。”《崑崙文選》旁注:“一句含蓄二十一史。”

〔三〇三〕《崑崙文選》旁注:“筆法似退之化計。”

〔三〇四〕《崑崙文選》旁注:“如煙雲滅没,風物儻恍,又如岩岫杳冥,姿態濃淡,可望而不可即也。”

〔三〇五〕《崑崙詩文合集》、《崑崙文選》作“其詩之深遜兩公”。

〔三〇六〕“文”，《崑崙詩文合集》、《崑崙文選》作“之”。

〔三〇七〕“杓石”，《崑崙詩文合集》作“魯公”。

〔三〇八〕《崑崙詩文合集》旁注：“波瀾淈淈。”

〔三〇九〕“難”，《崑崙詩文合集》、《崑崙文選》作“艱”。

〔三一〇〕《崑崙文選》旁注：“精語。”

〔三一一〕“若”，《崑崙詩文合集》、《崑崙文選》作“苦”。

〔三一二〕“麐”，《崑崙詩文合集》、《崑崙文選》作“麗”。

〔三一三〕“四氏”至“作傳”，《崑崙文選》作“真定人，死於流賊之難”。

〔三一四〕《崑崙文選》旁注：“可以觀世。”

〔三一五〕《崑崙詩文合集》旁注：“好論頭。”

〔三一六〕“狡”，《崑崙詩文合集》作“猾”，《崑崙文選》作“滑”；“深慮”，《崑崙詩文合集》作“再三”，《崑崙文選》作“挾智”。

〔三一七〕“蛾峨淑德”，《崑崙詩文合集》作“峩淑德”。

〔三一八〕“昔人謂”，《崑崙詩文合集》、《崑崙文選》無此三字。

〔三一九〕《崑崙文選》旁注：“更奇。”

〔三二〇〕“時時”，《崑崙詩文合集》、《崑崙文選》作“往往”。

〔三二一〕“氣剛不挫以死”，《崑崙詩文合集》、《崑崙文選》作“明挺堅決，酬還死志”。

〔三二二〕“也”，《崑崙詩文合集》、《崑崙文選》作“耶”。

〔三二三〕“不能移者耶”，《崑崙詩文合集》、《崑崙文選》旁注：“每有言外之意。”

〔三二四〕“嘗讀”，《崑崙文選》作“讀嘗”。

〔三二五〕《崑崙詩文合集》旁注：“以史母形出高氏。”

〔三二六〕“不以”至“烈矣”，《崑崙詩文合集》、《崑崙文選》作“全活幼子，義人節士有不如”。

〔三二七〕“鳴沙”至“俱息”，《崑崙詩文合集》、《崑崙文選》作“埃垢積首，草横髮間，連山夜寂，人烟四絶”。

〔三二八〕“愛”，《崑崙詩文合集》、《崑崙文選》作“嘉”。

〔三二九〕《崑崙詩文合集》旁注：“寥寥數語，意思深長，使人尋味不盡。"

〔三三〇〕"語曰中道性成，豈不信耶"，《崑崙詩文合集》作"君子不同匪人，蓋即有以"，《崑崙文選》作"君子不同匪人，蓋良有以"。

〔三三一〕"利"，《崑崙詩文合集》、《崑崙文選》》作"不利"。此句《崑崙詩文合集》旁注："元老憂時之言。"《崑崙文選》旁注："奥衍瑰奇。"

〔三三二〕《崑崙詩文合集》旁注："簡奥古健鏡之文。"

〔三三三〕《崑崙詩文合集》旁注："字字西漢，真可俯睨晉魏。"

〔三三四〕"宋射陵"，《崑崙詩文合集》作"宋份臣"。

〔三三五〕"至"，《崑崙詩文合集》、《崑崙文選》作"自"。此句《崑崙文選》旁注："叙得真摯有致。"

〔三三六〕"能"，《崑崙詩文合集》、《崑崙文選》作"豈"。此句《崑崙文選》旁注："淡。"

〔三三七〕《崑崙文選》旁注："省。"

〔三三八〕《崑崙文選》旁注："省。"

〔三三九〕"八"，《崑崙文選》作"入"。

〔三四〇〕"迭"，《崑崙詩文合集》、《崑崙文選》作"佚"。

〔三四一〕《崑崙文選》旁注："好摹寫。"

〔三四二〕"富言辭"，《崑崙詩文合集》、《崑崙文選》作"言語妙天下"。

〔三四三〕"五"，《崑崙詩文合集》、《崑崙文選》作"九"。

〔三四四〕"女"，《崑崙文選》作"氏"。

〔三四五〕"女"，《崑崙文選》作"氏"。

〔三四六〕"二"，原作"三"，據《崑崙文選》》改。

〔三四七〕"巹"，《崑崙詩文合集》、《崑崙文選》作"合巹"。

〔三四八〕《崑崙文選》旁注："老筆簡練。"

〔三四九〕"是矣"，《崑崙詩文合集》作"近之"。

〔三五〇〕《崑崙文選》旁注："起便峭岸。"

〔三五一〕"以伯兄爲師"，《崑崙詩文合集》、《崑崙文選》作"即師其伯兄"。

〔三五二〕"方"，《崑崙詩文合集》、《崑崙文選》作"才"。

〔三五三〕“服”，《崑崙詩文合集》、《崑崙文選》作“股”。

〔三五四〕“持恭”至“人交”，《崑崙詩文合集》、《崑崙文選》作“無箕倨偃仰之容，終三十年同一日，若尊尺璧”。

〔三五五〕“貴”，《崑崙詩文合集》、《崑崙文選》作“名”。此句《崑崙文選》旁注：“唱嘆處窮然蒼古。”

〔三五六〕“自矜釜鼓易滿耳”，《崑崙詩文合集》、《崑崙文選》作“自矜斯釜鼓之滿耳”。

〔三五七〕“焉”，《崑崙詩文合集》、《崑崙文選》作“烏”。

〔三五八〕“無不”，《崑崙詩文合集》、《崑崙文選》作“咸”。

〔三五九〕《崑崙文選》旁注：“何等機略，如見三鎮惡蕭摩訶一流人。”

〔三六〇〕“公善”，《崑崙詩文合集》、《崑崙文選》作“公素善射”。

〔三六一〕“決拾”，《崑崙詩文合集》、《崑崙文選》作“二人決拾”。

〔三六二〕“斃數”至“之墟”，《崑崙詩文合集》、《崑崙文選》作“而横敵膽落矣，逮夜乃得從别徑遁去，於是徧歷平河隆德之墟”。

〔三六三〕“登山”，《崑崙詩文合集》、《崑崙文選》作“登山爲文”。

〔三六四〕“臨水”，《崑崙詩文合集》、《崑崙文選》作“臨水叶韻”。

〔三六五〕“備經”至“自尤”，《崑崙詩文合集》、《崑崙文選》作“備嘗艱阻”。

〔三六六〕《崑崙文選》旁注：“何其崛奇。”

〔三六七〕“三十六”，《崑崙文選》作“三十有六”。

〔三六八〕“卒”，《崑崙文選》作“喪”。

〔三六九〕“某氏”，《崑崙詩文合集》、《崑崙文選》作“某氏者，某女也”。

〔三七〇〕“同爨”二字，《崑崙詩文合集》、《崑崙文選》無。

〔三七一〕“益謹，無有間言”，《崑崙詩文合集》、《崑崙文選》作“恭敬不替，同爨十餘年，莫有間言”。

〔三七二〕“悲涕”至“以絶”，《崑崙詩文合集》、《崑崙文選》作“賈涕承睫，及至其門，前布懸紙，内列繐幃，烈婦撫棺，一痛而絶”。

〔三七三〕“勸之百端”，《崑崙詩文合集》、《崑崙文選》作“百端勸之”。

〔三七四〕“終不然否一語”，《崑崙詩文合集》、《崑崙文選》作“終不然否一語，其死志已立矣”。

〔三七五〕“寒風裂飢”，《崑崙詩文合集》、《崑崙文選》無此四字。

〔三七六〕“烈婦”至“縊死”，《崑崙詩文合集》、《崑崙文選》作“於羣坐中忽出，即其處覓之，已縊死”。

〔三七七〕“年”，《崑崙詩文合集》、《崑崙文選》作“年僅”。

〔三七八〕《崑崙文選》旁注：“勁語盤空。”

〔三七九〕“函然”，《崑崙詩文合集》、《崑崙文選》作“函函然”。

〔三八〇〕《崑崙文選》旁注：“一折。”

〔三八一〕“宕”，《崑崙詩文合集》、《崑崙文選》作“巖”。

〔三八二〕《崑崙文選》旁注：“二折。”

〔三八三〕《崑崙文選》旁注：“三折。”

〔三八四〕《崑崙文選》旁注：“四折。”

〔三八五〕《崑崙文選》旁注：“五折。”

〔三八六〕《崑崙文選》旁注：“六折。”

〔三八七〕“嗟呼悲哉”，《崑崙詩文合集》、《崑崙文選》作“嗚呼痛哉”。此句《崑崙文選》旁注：“七折。”

〔三八八〕“彼有”至“採爲”，《崑崙詩文合集》、《崑崙文選》作“德可仰，貴不奇。石可壞，名不移。賢人嗟，哲士萎。雲山恨，鸞鶴隨。一朝事，千古悲。彼良史，將採爲”。

〔三八九〕“代魏克正墓誌銘”，《崑崙詩文合集》、《崑崙文選》作“魏克正墓誌銘”。

〔三九〇〕“喜氣”，《崑崙詩文合集》、《崑崙文選》作“氣”。

〔三九一〕“善”，《崑崙詩文合集》、《崑崙文選》作“喜”。

〔三九二〕此句《崑崙文選》旁注：“煉句刻苦，類曾南豐。”

〔三九三〕“聯延”，《崑崙詩文合集》、《崑崙文選》作“屬路”。

〔三九四〕“犯”，《崑崙詩文合集》、《崑崙文選》作“侵”。

〔三九五〕《崑崙文選》旁注：“叙事中夾議論，寫得煙雲歷落，勝讀昔人絶交書也。”

〔三九六〕“攻”，《崑崙詩文合集》、《崑崙文選》作“顧”。

〔三九七〕“南山”，《崑崙詩文合集》、《崑崙文選》作“上黨”。

〔三九八〕“幾百人”，《崑崙詩文合集》、《崑崙文選》作“居南山幾百餘人”。

〔三九九〕《崑崙文選》旁注：“嗚咽之語。”

〔四〇〇〕“嘗”，《崑崙文選》作“常”。

〔四〇一〕“余”，《崑崙文選》作“予”。

〔四〇二〕“李科女”，《崑崙詩文合集》、《崑崙文選》作“李科女，媛號之誦”。

〔四〇三〕“而逮下無害色”，《崑崙詩文合集》、《崑崙文選》作“而逮下無害色，克正是以無小星之困”。

〔四〇四〕“應徵武生”，《崑崙詩文合集》、《崑崙文選》作“應徵武生，丙夜書聲助以熊丸，蓋善輔克正之志矣”。

〔四〇五〕“能卻百鎰”，《崑崙詩文合集》作“能卻百鎰栢舟”、《崑崙文選》作“能卻百鎰誓栢舟”。

〔四〇六〕“急者”至“其來”，《崑崙詩文合集》、《崑崙文選》作“嗚呼克正，惟予之幹，曩友云亡，稽琴曰散，葬子佳城，夜臺漫漫”。

〔四〇七〕“先王”至“行述”，《崑崙詩文合集》、《崑崙文選》作“先王父資善大夫加尚書服俸管工部左侍郎事程公行述”。

〔四〇八〕“鲐”，《崑崙詩文合集》、《崑崙文選》作“鮐”。

〔四〇九〕《崑崙詩文合集》旁注：“起勢嶙峋，包含一篇大意，逼似歐陽永叔之文。”

〔四一〇〕“不然”，《崑崙詩文合集》、《崑崙文選》作“即不然”。

〔四一一〕“王父”，《崑崙文選》作“我王父”。

〔四一二〕《崑崙文選》旁注：“堅古。”

〔四一三〕“得”，《崑崙文選》作“能”。

〔四一四〕“王父”，《崑崙詩文合集》、《崑崙文選》作“我王父”；《崑崙詩文合集》旁注：“如此冒起，有異色，有古質，奇甚，奇甚！”

〔四一五〕“王父”，《崑崙詩文合集》作“我王父”。

〔四一六〕“號”，《崑崙文選》作“別號”。

〔四一七〕“與金臺趙維寰”，《崑崙詩文合集》、《崑崙文選》作“頡頏金臺趙惟寰”。

〔四一八〕“武林葛寅亮”，《崑崙詩文合集》、《崑崙文選》作“金陵李胤昌、武林葛寅亮”。

〔四一九〕“索”，《崑崙文選》作“素”；此句《崑崙詩文合集》、《崑崙文選》旁注：“突入，好。”

〔四二〇〕《崑崙詩文合集》旁注：“叙次逼古。”

〔四二一〕《崑崙文選》旁注：“叱嗟二字如解光奏趙昭儀一書中間有云瞠也。”

〔四二二〕《崑崙文選》旁注：“叙次皆酷似正史。”

〔四二三〕“票”，《崑崙詩文合集》、《崑崙文選》作“官票”。

〔四二四〕“使”，《崑崙詩文合集》、《崑崙文選》作“始”。

〔四二五〕《崑崙詩文合集》旁注：“得士。”

〔四二六〕《崑崙文選》旁注：“奇人奇事。小結。”

〔四二七〕《崑崙詩文合集》旁注：“諸疏皆淵古有氣岸，可遴入名臣奏議。”《崑崙文選》旁注：“諸文皆漢疏。”《崑崙文選》又有眉批注：“越王伐吴，欲人輕生，見怒蛙而式之，左右曰，奚敬於此。越王曰以具有氣也。古樂府以膠投漆中，誰能别離此。”

〔四二八〕《崑崙詩文合集》旁注：“古筆。”

〔四二九〕“書既奏”，《崑崙詩文合集》、《崑崙文選》作“書奏”。

〔四三〇〕《崑崙文選》眉批注：“青黄，疑是青黄四時樂也。”

〔四三一〕《崑崙文選》眉批注：“此處俱從《漢書》‘食貨’、‘地理志’來。”

〔四三二〕《崑崙詩文合集》旁注：“名言。”

〔四三三〕“不亦”，《崑崙詩文合集》、《崑崙文選》作“亦不”。此句《崑崙文選》旁注：“寫直臣有聲有色。”

〔四三四〕“於是”，《崑崙文選》作“於是乎”。

〔四三五〕《崑崙文選》眉批注：“赤仄，即錢也，漢武鑄赤仄以一當五，蓋以赤銅爲郭也。”

〔四三六〕《崑崙文選》旁注：“弭盜。”

〔四三七〕《崑崙詩文合集》旁注：“古筆。”

〔四三八〕“彙録”，《崑崙詩文合集》、《崑崙文選》作“寅緣”。

〔四三九〕“賂賄”，《崑崙詩文合集》、《崑崙文選》作“賄賂”。

〔四四〇〕《崑崙詩文合集》旁注：“廉介。”

〔四四一〕“遷”，《崑崙詩文合集》、《崑崙文選》作“加陞”。

〔四四二〕“會上命”，《崑崙詩文合集》、《崑崙文選》作“上命”。

〔四四三〕“令於”，《崑崙文選》作“於”。

〔四四四〕《崑崙詩文合集》旁注：“實政令美文辭，從漢詔變來。”

〔四四五〕“至，使人自爲”，《崑崙詩文合集》、《崑崙文選》作“到，即自”。此句《崑崙文選》旁注：“興利。”

〔四四六〕“庫貯即急”，《崑崙詩文合集》、《崑崙文選》作“貯庫便兑”。

〔四四七〕“取其一”，《崑崙詩文合集》、《崑崙文選》作“任取一錠”。

〔四四八〕“至”，《崑崙詩文合集》、《崑崙文選》作“到”。

〔四四九〕“趨”，《崑崙詩文合集》、《崑崙文選》作“即許”。

〔四五〇〕《崑崙詩文合集》旁注：“古筆。”

〔四五一〕《崑崙詩文合集》、《崑崙文選》旁注：“假懷中得，極爲排宕。”

〔四五二〕《崑崙文選》眉批注：“《張儀傳》：‘秦人捐甲徒裼以趨敵。’猶言袒裼也。”

〔四五三〕《崑崙詩文合集》旁注：“戢亂。”

〔四五四〕“既有旨”，《崑崙詩文合集》、《崑崙文選》作“有旨”。

〔四五五〕“澤流”至“能已”，《崑崙詩文合集》、《崑崙文選》作“民思戀不”。

〔四五六〕《崑崙詩文合集》旁注：“劾逆黨。”

〔四五七〕“柱”，《崑崙詩文合集》、《崑崙文選》作“枉”。

〔四五八〕《崑崙詩文合集》旁注：“簡言危切。”

〔四五九〕“絶”，《崑崙詩文合集》、《崑崙文選》作“決”。

〔四六〇〕《崑崙詩文合集》旁注：“極似劉向、李尋語。”

〔四六一〕“廷”，《崑崙詩文合集》、《崑崙文選》作“庭”。

〔四六二〕《崑崙詩文合集》旁注：“古筆。”

〔四六三〕《崑崙文選》旁注:“此疏即漢文所少，必傳無疑。”

〔四六四〕《崑崙詩文合集》、《崑崙文選》作“出萬死不顧一生之計”。

〔四六五〕“伏乞”，《崑崙詩文合集》、《崑崙文選》作“乞”。

〔四六六〕“慮陛下”，《崑崙文選》作“陛下”。

〔四六七〕《崑崙文選》旁注:“直而辭戇。”

〔四六八〕“山中”，《崑崙文選》作“山”。

〔四六九〕《崑崙文選》旁注:“廥音膾，芻囊之倉。”

〔四七〇〕《崑崙文選》旁注:“無一筆不犬遷大奇。”

〔四七一〕“滋”，《崑崙文選》作“玆”。

〔四七二〕“後世”，《崑崙詩文合集》、《崑崙文選》作“千秋萬載後”；此句《崑崙詩文合集》旁注:“古筆。”《崑崙文選》旁注:“又夾雜論出。”

〔四七三〕“皆敝損”，《崑崙詩文合集》、《崑崙文選》作“敝損”。

〔四七四〕“及聖意”，《崑崙文選》作“聖意”。此句《崑崙文選》眉批注:“《周禮》火弊獻禽以祭竈，《左傳》巨人尹固與王同舟，王使執燧象以奔吴師。注:燒火燧繫象尾使赴吴師驚卻之。”

〔四七五〕“時聽”，《崑崙詩文合集》、《崑崙文選》作“德”；此句《崑崙詩文合集》旁注:“築山陵。”

〔四七六〕“暨悉”，《崑崙詩文合集》、《崑崙文選》作“悉”。

〔四七七〕《崑崙詩文合集》旁注:“古筆。”

〔四七八〕“又詔”，《崑崙文選》作“詔”。

〔四七九〕《崑崙詩文合集》旁注:“照應。”此句《崑崙文選》旁注:“連綿山嶺，若斷若續。”

〔四八〇〕《崑崙文選》旁注:“文筆如畫。”眉批注:“孅音纖，纖，趨足供也。”

〔四八一〕“揖”，《崑崙詩文合集》、《崑崙文選》作“司”。

〔四八二〕《崑崙文選》旁注:“淡文。”

〔四八三〕《崑崙詩文合集》旁注:“古筆。”

〔四八四〕《崑崙詩文合集》旁注:“引退。”

〔四八五〕“科臣某”，《崑崙詩文合集》、《崑崙文選》作“黨人阮震亨”。

〔四八六〕“所”,《崑崙詩文合集》、《崑崙文選》作“有所”。

〔四八七〕“臣瀕死者已數矣”,《崑崙詩文合集》、《崑崙文選》作“臣頻死者數矣”。

〔四八八〕“祖”,《崑崙詩文合集》、《崑崙文選》作“帝”。《崑崙文選》眉批注:“趙同,幸臣也,事出《史記》。”

〔四八九〕“乃陛下”,《崑崙文選》作“陛下”。

〔四九〇〕《崑崙詩文合集》旁注:“防危。”《崑崙文選》旁注:“安得聞此忠言。”

〔四九一〕“朝廷”,《崑崙文選》作“明朝廷”。

〔四九二〕“某”,《崑崙詩文合集》、《崑崙文選》作“阮某等”。

〔四九三〕《崑崙詩文合集》旁注:“古筆。”

〔四九四〕“再入”,《崑崙詩文合集》、《崑崙文選》作“入”。

〔四九五〕“正資”,《崑崙文選》作“資卿”。

〔四九六〕《崑崙文選》旁注:“以下叙家居事。”

〔四九七〕“如邑志所載”,《崑崙詩文合集》、《崑崙文選》作“如邑志所載減微糧一揭”。

〔四九八〕“原糧一石”,《崑崙詩文合集》、《崑崙文選》作“每原糧一石”。

〔四九九〕“今如王父議以”,《崑崙詩文合集》、《崑崙文選》作“今以”。

〔五〇〇〕《崑崙文選》旁注:“有文。”

〔五〇一〕《崑崙詩文合集》旁注:“方略。”

〔五〇二〕《崑崙文選》旁注:“妙。”

〔五〇三〕《崑崙詩文合集》旁注:“退賊。”

〔五〇四〕《崑崙文選》旁注:“城上垣缺曰睥睨,言於孔中睥睨非常也。”

〔五〇五〕“卻”,《崑崙詩文合集》、《崑崙文選》作“小卻”。

〔五〇六〕“困敝”,《崑崙詩文合集》、《崑崙文選》作“困”。

〔五〇七〕“若摯鳥之酷”,《崑崙詩文合集》、《崑崙文選》作“若猛獸摯鳥之發”。

〔五〇八〕"懷宗"，《崑崙詩文合集》、《崑崙文選》作"天子"。

〔五〇九〕《崑崙文選》旁注："即惜守節，照應忤璫。"

〔五一〇〕《崑崙文選》旁注："又序。"

〔五一一〕"性"，《崑崙詩文合集》作"姓"；《崑崙詩文合集》旁注："厚宗族。"

〔五一二〕"於未婚者侄彝績、奏績"，《崑崙詩文合集》、《崑崙文選》作"而於未婚者侄奏績昆仲"。

〔五一三〕"廊"，《崑崙詩文合集》、《崑崙文選》作"廓"。

〔五一四〕"計畝賞所值而自供其税糧"，《崑崙詩文合集》、《崑崙文選》"計畝償所值而自貢其税糧"。

〔五一五〕《崑崙文選》旁注："峭。"

〔五一六〕"獨上書"，《崑崙詩文合集》、《崑崙文選》作"上書"。

〔五一七〕《崑崙詩文合集》旁注："報德。"

〔五一八〕"睨"，《崑崙詩文合集》、《崑崙文選》作"晚"。此句《崑崙詩文合集》旁注："一篇大文，祇閑閑數語結之，真古文老手。"《崑崙文選》旁注："一篇大文，祇閑閑數語。"

〔五一九〕《崑崙詩文合集》、《崑崙文選》旁注："以自誌作收，奇極。"

〔五二〇〕《崑崙詩文合集》旁注："怪事。"

〔五二一〕"傑"，《崑崙詩文合集》、《崑崙文選》作"三傑"。

〔五二二〕《崑崙詩文合集》旁注："文氣生動。"

〔五二三〕"簸"，《崑崙詩文合集》、《崑崙文選》作"簸揚"。

〔五二四〕"水"，《崑崙詩文合集》、《崑崙文選》作"火"。《崑崙詩文合集》旁注："怪事。"《崑崙文選》旁注："奇。"

〔五二五〕"叟"，《崑崙詩文合集》、《崑崙文選》作"猿"。《崑崙文選》旁注："奇。"

〔五二六〕"假寐"，《崑崙詩文合集》作"懸睡"，《崑崙文選》作"懸垂"。

〔五二七〕"叟"，《崑崙詩文合集》、《崑崙文選》作"猿"。

〔五二八〕"叟"，《崑崙詩文合集》、《崑崙文選》作"猿"。

〔五二九〕"余"，《崑崙詩文合集》、《崑崙文選》作"予"。

〔五三〇〕《崑崙詩文合集》旁注："怪事。"《崑崙文選》旁注："奇。"

〔五三一〕《崑崙詩文合集》旁注："怪事。"《崑崙文選》旁注："奇。"

〔五三二〕"命"，《崑崙詩文合集》、《崑崙文選》作"告"。此句《崑崙文選》旁注："奇。"

〔五三三〕《崑崙詩文合集》旁注："怪事。"《崑崙文選》旁注："奇。"

〔五三四〕《崑崙詩文合集》旁注："結服官至臺司案。"

〔五三五〕《崑崙詩文合集》旁注："見何等心胸。"

〔五三六〕"輛"，《崑崙詩文合集》、《崑崙文選》作"輛"。

〔五三七〕"羆"，《崑崙詩文合集》、《崑崙文選》作"熊"。

〔五三八〕《崑崙文選》旁注："奇古班駁處，上有苔蘚痕。"

〔五三九〕《崑崙詩文合集》旁注："古筆。"

〔五四〇〕《崑崙詩文合集》旁注："結天屬至五世案。"

〔五四一〕《崑崙文選》旁注："妙。"

〔五四二〕《崑崙詩文合集》旁注："應從容以去案。"

〔五四三〕"順治"，《崑崙詩文合集》、《崑崙文選》作"清順治"。

〔五四四〕"懷宗褒其惟良折獄"，《崑崙詩文合集》、《崑崙文選》作"懷宗帝褒其爲良折獄"。

〔五四五〕"舉人"，《崑崙詩文合集》、《崑崙文選》作"廩生"。

〔五四六〕"安慶府同知"，《崑崙詩文合集》、《崑崙文選》作"府通判"。

〔五四七〕"縣丞"，《崑崙詩文合集》作"貢生"。

〔五四八〕"祉"，《崑崙文選》作"社"。

〔五四九〕"君"，《崑崙詩文合集》、《崑崙文選》作"公"。

〔五五〇〕"縣丞"，《崑崙詩文合集》、《崑崙文選》作"增廣生"。

〔五五一〕"舉人"，《崑崙詩文合集》、《崑崙文選》無此二字。

〔五五二〕"舉人"，《崑崙詩文合集》、《崑崙文選》作"生員"。

〔五五三〕"寞"，《崑崙詩文合集》作"寂"，《崑崙文選》作"寂寞"。

〔五五四〕"必有同心"，《崑崙詩文合集》旁注："懷側。"

〔五五五〕《崑崙詩文合集》旁注："叙次簡古。"

〔五五六〕《崑崙詩文合集》旁注："一束乃緊。"

〔五五七〕《崑崙詩文合集》旁注："正見其才可任。"

〔五五八〕《崑崙詩文合集》、《崑崙文選》旁注："語含蓄妙。"

〔五五九〕"桔棋"，《崑崙詩文合集》、《崑崙文選》作"梏拲"。

〔五六〇〕"廣"，《崑崙詩文合集》、《崑崙文選》作"密"。

〔五六一〕《崑崙詩文合集》旁注："古筆。"《崑崙文選》旁注："句法。"

〔五六二〕《崑崙詩文合集》旁注："作用。"

〔五六三〕《崑崙詩文合集》、《崑崙文選》旁注："句古。"

〔五六四〕"傷"，《崑崙詩文合集》、《崑崙文選》作"償"。

〔五六五〕"歲大比士"，《崑崙詩文合集》作"歲大比"，《崑崙文選》作"歲當大比"。

〔五六六〕《崑崙詩文合集》旁注："作用。"

〔五六七〕《崑崙文選》旁注："句法。"

〔五六八〕"皆得取"，《崑崙詩文合集》、《崑崙文選》作"得取，至今呼爲竇公泉，稱其名實也"。

〔五六九〕"公清同修水"，《崑崙詩文合集》、《崑崙文選》作"公清同修水，尚捐俸以賑貧生，輪奂學宫，自用不過"。

〔五七〇〕"有"，《崑崙詩文合集》、《崑崙文選》作"自"；此句《崑崙詩文合集》旁注："一束更緊。"《崑崙文選》旁注："作一總結。"

〔五七一〕"當事羅其才"，《崑崙詩文合集》、《崑崙文選》作"當事者奇其才"。

〔五七二〕"公"，《崑崙詩文合集》、《崑崙文選》作"功"。

〔五七三〕"克"，《崑崙詩文合集》、《崑崙文選》作"盡"。

〔五七四〕《崑崙詩文合集》旁注："古筆淋漓，逼真歐陽永叔之文。"

〔五七五〕"也"，《崑崙詩文合集》、《崑崙文選》作"耶"。

〔五七六〕"乞休"，《崑崙詩文合集》、《崑崙文選》作"即日乞休"。

〔五七七〕"知"，《崑崙詩文合集》、《崑崙文選》作"料"。

〔五七八〕"無慠容"，《崑崙詩文合集》、《崑崙文選》作"無驕慠之容"。

〔五七九〕"務訓子姪以禮"，《崑崙詩文合集》、《崑崙文選》作"務訓子姪以禮，又立義學以教其鄉人”。

〔五八〇〕《崑崙詩文合集》旁注：“此一束，使全章皆爲生動。”《崑崙文選》旁注：“又以一語作束。”

〔五八一〕“利”，《崑崙詩文合集》、《崑崙文選》作“之利”。

〔五八二〕《崑崙詩文合集》、《崑崙文選》作“公與予共謁選於京師，嘗托厚於公”。

自課堂集·詩餘

菩薩蠻·詠青溪遺事畫册和阮亭程村作八闋

乍遇

小姑居處朱樓起，鳥啼聲隱楊花裹。香氣出羅衣，能留蛺蝶飛。"能留"二字，將"香氣"看得重，故妙。　遠出〔一〕青可見，繡領遮團扇。小立看鴛鴦，心憐浴故雙。妙在"故"字，將"鴛鴦"説得入情。

語微入妙，又似有一種至理存乎其内，噫！天下非大文人未易與之言情也。(黄心甫)

輕婉蒽蒨，吹氣若蘭。(何雍南)

氣體古，甚似從六朝小樂府中變出。(王西樵〔二〕)

弈棋

曲廊幽砌丁香吐，千言一默眠鸚鵡。空局與郎棋，無嫌着子遲。當是作態。　棋争先後手，局外防多口。曲盡女郎情性。不定惱纖兒，回嗔納子時。

在弈棋之情態上着眼，甚妙。(林茂之)

"空局"二句，絶似《子夜歌》。(王西樵)〔三〕

"回嗔納子時"五字雋妙，癡情嬌態煞是可想。(孫介夫)〔四〕

私語

桐花滿院渾疑雪，疏枝影浸閑庭月。人映月娟娟，清陰并嚲肩。　夜鳥飛未倦，暗識裙花茜。"私"字畫出，妙，妙！細語合誰聞，還應帳底人。明明道破，反妙然到底，使人不可得而聞。

情詞最忌餽〔五〕腐，如此濯塵冰壺，方可謂之佳麗耳。(杜于皇)

"人映月娟娟"五字幽靚，後段模寫私語入微，亦從唐人"細語人不聞，北風吹裙帶"脱胎。（王西樵[六]）

迷　藏

踏青已謝園林近，新妝自飾鵶雛鬟。女伴自迷藏，輕衫逐吹涼。貼"迷藏"上自切。　衣香防巧邏，暗向薔薇躲。較"香氣出羅衣，能留蛺蝶飛"更覺新穎。窺叢見好枝，矜新插鬟絲。如此體貼，是精細人。

情生於景，知此者可語填詞矣。（王西樵）[七]

"衣香防巧邏"可謂巧思。（王西樵）[八]

彈　琴

秋風嫋嫋飄梧葉，博山罏内沉香爇。緑綺手中彈，揮絃白雪寒。　明珠聲一串，變作英娥怨。忽作變調，妙！風雨暗瀟湘，哀音應指長。

"揮絃白雪寒"、"哀音應指長"句意閒永，詞家習氣淘洗一盡。（計甫草[九]）

彈琴圖畫不出者，此則以微思冷致寫出之。（程千一）

讀　書

妙[一〇]窗然蠟摇風竹，攤書微解咿唔讀。奈是語應人，行間一處頻。着想俱别。移時即對面，伴劇題紈扇。詎忍不回頭，青燈暫欲休。妙處俱在言外。

極種情語，出之極冷，所以妙。（王貽上）

妙。（陳其年）[一一]

潛　窺

常驚嬌艷膚如雪，中庭顧兔分明月。物性愜雌雄，含情倚户窺。　無人誰見慣，如此方能飽看。何謂檀郎看。淺靨發紅潮，回頭理翠翹。

嬌羞無語，正難爲情。（林茂之）

驚疑惝怳，曲盡情致。（王西樵[一二]）

秘　戲

殘燈淡月肱環玉，朱顔一色分鬢緑。綃帳嬾教垂，低聲雙笑時。觀“雙笑”則“嬾垂”亦應雙指，而“秘戲”已在不言之表矣，妙，妙！飛花粘屈戍，火齊寧容睹。明鏡曉窗中，枕痕深更紅。

情在境中，注腳不得。（黄心甫）

模寫處似從《焚椒録》中得來，“明鏡”二句亦有味外味。（王西樵〔一三〕）

山花子·歲暮阮亭過京口用其見寄來韻〔一四〕

日暮江樓鼓角鳴，帆開驛路引笳聲。十里迴舟冰雪夜，尾舟行。　已訂泊船三日計，相思徹夜二毛生。預恐歸程方逼歲，有此句，下句方妙。過江城。

好在“尾舟行”、“過江城”，押得有味。（錢牧齋）

念奴嬌·萬歲樓春望

海天春曉，看陰雲吹盡，炊煙微白。萬歲高樓聊一上，秀色南山堪摘。北固金焦，稱雄天塹，漸覺重墉〔一五〕。頃年鏡考，山川遭此奇闢。　堪笑草草登臨，花柳謝〔一六〕，愁懷偏集〔一七〕。孝伯風流曾寄賞，山水依然疇昔。澤國增防，於今普徧，地盡嫺戎索。南徐名勝，至此可消兵革。

鏡考今昔，綽有餘情。（林茂之）

渾脱流宕，直可追蹤辛、陸。（孫介夫〔一八〕）

朝中措·平山堂同阮亭次歐公原韻

千山晴色繪秋空，雲影大江中。昔日遺蹤何處？只餘白草悲風。　踟蹰四顧，荒城落照，破寺疏鐘。八字多少感慨。風物向南差勝，江湖卻羨漁翁。

如鶴唳秋空，當在六一、東坡之右。（杜于皇[一九]）

胸中眼中，出脱一切。（譚公子[二〇]）

海棠春·閨詞同阮亭程村作四闋

曉　妝

輕風暗觸珠簾響，起語即俊。瓊户悄，琉璃結網。映鏡耀新妝，珠色波中漾。　髻梳學就芙蓉樣，逞淺靨，傾城相賞。眉翠串長蠶，留着修張敞。

温柔旖旎。（黄俞邰）

午　睡

夜衾香汗眠難足，鈎綺帳，北窗肱曲。嬌靨夢懽開，繡隱芙蓉褥。　襪圍新剥雞頭肉，移晝漏，簟文生玉。"芙蓉褥"、"簟文生玉"襯出佳麗。鬢膩落芳蘭，顧景南簷竹。

顧景簷竹，豈睡尚未足耶？（林茂之[二一]）

晚　浴

日移涼散疏梧影，飛的的，綺寮螢醒。珠汗饋蘭湯，坐定冰肌冷。　當簷明月圓如鏡，扇新浴，香奩徐整。茉莉馥微風，旋欲烹茶餅。清事。

鋪敘晚浴始末，細心之極。（顧茂倫）

夜　坐

梧桐露下疑疏雨，掩魚鑰，偏聽砧杵。未擬向宵牀，淒切陰蟲語。此境不堪。　雁聲嘹唳横天去，更地近，池塘蟆鼓。不寢憶良人，何處閑揮塵。

雖是夜坐，都敘到難寐處，此争上流之法。（林茂之）

長相思·望焦山

上金山，望焦山，潮没平沙湧翠鬟，蘆州斷一灣。確當不易之語。

白雲還，白鷗還，兩岸人家煙水間，西風片舸慳。

似張志和一輩人，視白香山“汴水流，泗水流”又是一調。(杜于皇[二二])

數語耳，直可當“焦山圖記”。(何雍南)

大有羽扇綸巾之趣。(王西樵[二三])

勝情高寄，如孟參軍命駕時。(鄒程邨[二四])

長相思·秋夕

暮天晴，暮潮平，一片紅霞水底明，漁舟入浦輕。妙在“輕”字。　　涼吹生，夕露清，嘹唳長空早雁聲，寒衣催未成。

精神都在兩結句之上。(施又王)

雋冽如讀崑崙子詩。(王阮亭[二五])

南柯子·春郊

岸草低新漲，山花壓短墻。淺淺景自佳。行逢滿擔冷淘香，安得壚頭沽酒醉斜陽。

只是道得出，若眼前有景道不出，正使窮搜苦索亦復何用？(黄心甫)

牛衣古柳賣王瓜，情致髣髴。(王西樵[二六])

春光好·詠杏

梅靨碎，柳眉顰，艷陽春。正是鳩鳴蓬屋，不嫌貧。似與詠杏無涉，插入自妙。　　玄燕初窺粉臉，黄鶯不及芳晨。絳趺千樹仙人宅，總含仁。

“蓬屋”句妙於唐温憲“鳩鳴屋脊春”語，以之詠杏，尤得旁襯之妙。(王西樵[二七])

小令中自有古調，此等是也，今人不知久矣！(杜于皇)

生查子·旅夜聞雁

壁月廣庭輝，雁度人聲静。爲想稻粱謀，出户看聯影。寒入小窗虚，"人"字因"虚"字生來。燈暖孤檠冷。倚枕聽哀音，一夜悲蓬梗。

凄切處稼軒不能及。（鄒流綺〔二八〕）

相見歡·懷人

天邊嬌鳥啣紅，錦堂東，三字接上引下。願擲芳心將去過簾櫳。芳心非可擲之物，且難將去，不必膠柱正妙。添羅袂，遊軒砌，玉玲瓏，曲曲深深腸繞畫屏中。

淡淡説來，卻自情至。（鄒流綺〔二九〕）

一段深情逸韻不可方物，擲卻心去，幻理奇趣。（譚公子〔三〇〕）

"擲"字從古詩"賣眼擲春心"來，造語尤縹緲。（王西樵〔三一〕）

錦堂春·曉起

朝露方收，纖霞乍捲，恰日上簾櫳當面。夢初辭，風漸轉，看雕梁乳燕，潛窺婉孌。　　占盡風流，玉鈎將展，料粉氣肌香相間。蝶情慵，鶯唤淺，這嬌羞意態，要人重見。"承恩不在貌，教妾若爲容"，與此參看。

寫美人曉起光景，語語入妙，覺柳屯田爲俗。（王西樵〔三二〕）

古詩人不屑作詞者，以詞尚軟媚，詩貴高古，詞取纖佻，詩宗渾雅，不但擇體不同，亦頗相妨，恐入乎詞出乎詩也。先生詩才幽窈，詩骨蒼特，似具鐵石心腸者。乃拈詞温細摇

曳，如出兩人手，合古今算之，未見第二人也。（黄心甫）

搗練子·秋情

人寂寞，路彌漫，薄衫臨鏡影兒寒。人似霜華容易老，情含無限。夕陽先怯水晶盤。

"夕陽"句寫秋情入微，覺人人有此感。（王西樵[三三]）

諷詠生憐。（杜于皇[三四]）

蝴蝶兒·詠蝶

蝴蝶兒，鬧春閨，單飛不稱阿嬌思，開窗欲問誰？"不稱"、"思"、"欲問誰"，要領"單飛"二字一氣讀下，方知其妙。　怎似園中見，天光花影隨，有情應許粉墻知，東鄰雙翅垂。"雙翅"在"東鄰"，可悲在此。

篇意從少陵"俱飛蝴蝶元相逐"七字變出。（王西樵[三五]）

通首結構在"單飛"、"雙翅"四字上，順口讀過則失之千里矣！（王貽上）

如夢令·對菊

今日酒清花瘦，欲語無言時候。與菊花無言，人淡如菊，語意自別。恨重不禁愁，虧煞菊花獨秀。迤逗，迤逗，也得玉盤長守。

"欲語無言時候"，的是菊開時景意。"酒清花瘦"四字亦名雋。（王西樵[三六]）

詞口合則無不合，此詞家三昧也。（杜于皇[三七]）

漁家傲·詠荷

小葉平鋪枝上早，瀠洄緑水影[三八]相抱。風動來回彌窈窕。塵事少，半天低度蓬萊島。　恰好紅粧微步巧，欹眠一任輕風掃。對對綺羅依翠葆。人不到，晝長長自愁晴昊。句巧。

幽俊正如雪中鴻影。（鄒流綺[三九]）

西江月・秋霖

緑野瀰瀰[四〇]淺浪，連天陣陣飛濤。荒天無計問游敖，憔悴一年花草。花草關心，正復不淺。　帳冷芙蓉殘夢，聲聲慢入仙操[四一]。無花無酒坐南臯，啼鴂數來初曉。

音節甚遒。（王西樵[四二]）

正自牢騷。（杜于皇[四三]）

柳梢青・海棠

春醉如酲，并芳連蒂，一様將迎。雨到含珠，風來舞翠，分外輕盈。　搴芳莫妒紅裙，色占盡，名香暗輕。池内菱粧，樓前飛燕，的的傾城。"菱粧"、"飛燕"，點綴人好。

從來詠海棠者無此摹擬。（林茂之）

長命女・詠燕

天欲曉，待捲珠簾飛去小，妙在"小"字。碧瓦參差皎。看窗前人睡起，細語簷前聲悄，等得雙飛雙去杳，綽約風光早。

"細語簷前聲悄"數句，較前人如説"興亡斜陽裏"反覺含蓄，足耐尋繹。（孫介夫[四四]）

"小"字押韻佳。（黄俞邰）

漁父・梨花

寂寞梨花帶雨香，輕風不動意難償。雲易老，事多妨，片片驚飛憶故鄉。

"輕風不動意難償"，摹寫入骨。(黄心甫)

感恩多·閨情

莫爲南浦别，天上真愁絶。願依桃李枝，復芳思。芳思依桃李，妙想天開。倩取鶯鳴蝶舞，傍香圍。要得懷歸，何如休亂飛。較"東鄰雙翅垂"，思更苦，情更妒。

情不知其所起，一往而深。(王西樵[四五])

温香泥人，箇中探討，要自不淺。(杜于皇)

直從極微處寫出無限幽豔，因知淺思膚解者未許言情。(程千一)

點絳唇·詠草

春色朝朝，閒花遍野愁春樹。欲尋知故，滿地王孫路。堪恨萋萋，一徑和煙住。青無數，三字接的陡甚。連天朝暮，寂寞將愁付。

"青無數"三字簡妙，是詠草絶頂語。覺昔人"春風吹又生"、"南北東西路"皆不及。(王西樵[四六])

"一徑和煙"二句，有風情，有摇擺，箇中三昧。(孫介夫[四七])

措思設景，倉皇奔注，使人不得停口住目而意態相逼而來，真是絶調。(林茂之[四八])

望江南·西湖六闋

一

湖上水，兩兩斷橋横。浄洗鉛華香粉膩，遠吹魚浪玉花明，影破恨浮萍。"云破月來花弄影"不如此語渾妙。　翻落照，遠遠暮雲平。日上花枝湘女怨，霞明水底茜衫盈，水調學歌聲。水調反學歌聲，無情説得有情。

"影破恨浮萍"、"水調學歌聲"爲西湖寫照，可使遊人閣筆。（林茂之）

二

湖上酒，簫鼓倍瓊巵。畫榜不教空月色，流杯莫負好花枝，潋灔六橋澌。生事小，買笑及芳時。"及"字應"小"字妙。花病闌珊將醉解，春愁瘦減畏容知，緑蟻印平池。

"買笑及芳時"五字自是解人語。（王西樵[四九]）

"畏容知"是瘦減人欺瞞自己處，然適有此境。（林茂之[五〇]）

三

湖上花，朵朵舞輕霞。笑靨有心矜國色，愁腸無那見春奢，飛燕自輕斜。　　春夢短，花蕊漫相誇。紅雨暗傷翻地錦，紫蕤新折負天葩，無語暮雲遮。傷心在不言。

盛衰之感，令人墮淚。（黄俞邰）

四

湖上風，隱約度江東。怕折柳條雙鬢短，愁飛花雨萬家紅，淅淅過湖中。　　恩愛淺，漂泊恨難窮。清響虚徐吹拂拂，翥鴻拉撻怨重重，二語即歌舞形之。指顧及芳叢。

語自婉約，亦如風之善入。（林茂之[五一]）

五

湖上雲，低亞復氤氲。五字能盡雲之態。出岫無心豐沛起，凌虚有路肺香聞，工麗可喜。晻曖幾曾分。　　飛去急，心繫在餘醺。高觀鳳飛通澤氣，重樓曲奏藉仙翁，"高觀鳳飛"、"重樓曲奏"，皆是言雲。錦繡百花文。狀雲盡妙。

"低亞復氤氲"寫湖雲入妙，"凌虚"句撰語亦奇麗。

（王阮亭〔五二〕）

屬對精美，壓倒詞壇。（林茂之）

六

湖上雨，搣搣意何窮。朱鼈出波將破塊，高唐離夢亦行雲〔五三〕，造語奇極。飛槮萬條風。挽風雲更奇。　鏡水滑，漠漠對前峰。魚婢散絲新得潤，鳧翁觸石欲浮空，"散絲"、"觸石"俱指雨言。簫鼓有無中。

"山色有無中"是平山妙句，"簫鼓有無中"是湖上妙句，可以分擅。（王西樵〔五四〕）

風流駘蕩，可作西湖棹歌。（陳其年〔五五〕）

六首分别悲喜，體物入情。（黄心甫）

風流駘蕩，當作西湖棹歌，永世不易。（杜于皇）

燕歸梁·勸酒

花謝殘香不上枝，着意追隨，一回歡笑一回思。杯在手，莫推辭。　破除萬事前期遠，金波動，錦雲吹，全浘緑蟻浸玻璃。休冷落，好花枝。丁寧語佳。

如聽杜娘金縷。（王西樵〔五六〕）

似黄九又似放翁，可謂當行。（杜于皇〔五七〕）

多少商量，無窮愛惜，喚醒癡迷。（孫介夫）

巫山一段雲·宋玉

十二峰頭小，雲蹤盡可憐。峰峰低度枕函邊，實敘的妙。宋玉也難眠。　濕透高唐舘，分題夢雨篇。山高雲重阿誰憐，兩押"憐"字，不礙其佳。朝暮説神仙。

"峰峰低度枕函邊"説得旖旎親切。（王西樵〔五八〕）

"雲蹤盡可憐"是泛言，"山高雲重阿誰憐"是指人言，

各有其妙。(林茂之)

卜算子·題袁重其侍母弄孫圖

大孝古來難，誰與袁生伍。堂上萱親八十齡，猶作斑衣舞。善事吉祥來，春暖慈顏喜。擬使佳兒習父風，老大能如此。是大快心事。

后段换韻，是花間遺法。(王西樵〔五九〕)

正以輕清見長。(周兼三)

聲聲令·春思

柔風目極〔六〇〕，孤雀〔六一〕橫飛，無端思緒隱難平。雲翹迎氣，坐看玉砌苔生，怕卻簪花學送迎。　何處吹笙？心裏韻，指間聲，斷腸容易與誰賡。玉關人遠，夢中尋，意難明，君懷莫知，古今同慨。拚此夕鬥卻心兵。

寫美人曉起光景，語語入妙，覺柳屯田爲俗。(王西樵〔六二〕)

求之夢中，又是思量不着一條轉計。(林茂之〔六三〕)

望遠行·春望

春日愁來人未來，攜酒花林幾回。鱗鴻無計語多才，涼沙過盡又崔嵬。　休悵望，溯波洄，遠水萍花暗猜。"猜"字奇。流年流水幾時開，愁聽孤夜棹歌哀。

"攜酒花林幾回"大是雋語。(王西樵〔六四〕)

幽情苦意，惻惻動人。(黃俞邰〔六五〕)

校勘記

〔一〕"出"，《衍愚詞》作"山"。

〔二〕評語據《衍愚詞》補。

〔三〕評語據《衍愚詞》補。

〔四〕評語據《衍愚詞》補。

〔五〕"魄",《衍愚詞》作"塵"。

〔六〕評語據《衍愚詞》補。

〔七〕《衍愚詞》此評語爲陳其年所云。

〔八〕評語據《衍愚詞》補。

〔九〕《衍愚詞》此評語爲陳其年所云。

〔一〇〕"妙",《衍愚詞》作"紗"。

〔一一〕評語據《衍愚詞》補。

〔一二〕評語據《衍愚詞》補。

〔一三〕評語據《衍愚詞》補。

〔一四〕《衍愚詞》存此詞題爲《歲暮阮亭過京口用其見寄韻》。

〔一五〕《衍愚詞》此句作"漸覺重墉窄"。

〔一六〕《衍愚詞》此句作"花殘柳謝"。

〔一七〕《衍愚詞》此句作"愁思茫茫集"。

〔一八〕評語據《衍愚詞》補。

〔一九〕《衍愚詞》此評語爲陳其年所云。

〔二〇〕評語據《衍愚詞》補。

〔二一〕《衍愚詞》此評語爲陳其年所云。

〔二二〕《衍愚詞》此評語爲陳其年所云。

〔二三〕評語據《衍愚詞》補。

〔二四〕評語據《衍愚詞》補。

〔二五〕評語據《衍愚詞》補。

〔二六〕評語據《衍愚詞》補。

〔二七〕評語據《衍愚詞》補。

〔二八〕《衍愚詞》此評語爲陳其年所云。

〔二九〕《衍愚詞》此評語爲陳其年所云。

〔三〇〕評語據《衍愚詞》補。

〔三一〕評語據《衍愚詞》補。

〔三二〕評語據《衍愚詞》補。

〔三三〕評語據《衍愚詞》補。
〔三四〕《衍愚詞》此評語爲陳其年所云。
〔三五〕評語據《衍愚詞》補。
〔三六〕評語據《衍愚詞》補。
〔三七〕《衍愚詞》此評語爲王阮亭所云。
〔三八〕“影”,《衍愚詞》作“光”。
〔三九〕《衍愚詞》此評語爲陳其年所云。
〔四〇〕“瀰瀰”,《衍愚詞》作“澐澐”。
〔四一〕《衍愚詞》此句作“聲聲入耳蕭騷”。
〔四二〕評語據《衍愚詞》補。
〔四三〕《衍愚詞》此評語爲陳其年所云。
〔四四〕評語據《衍愚詞》補。
〔四五〕評語據《衍愚詞》補。
〔四六〕評語據《衍愚詞》補。
〔四七〕評語據《衍愚詞》補。
〔四八〕《衍愚詞》此評語爲陳其年所云。
〔四九〕評語據《衍愚詞》補。
〔五〇〕《衍愚詞》此評語爲陳其年所云。
〔五一〕《衍愚詞》此評語爲王阮亭所云。
〔五二〕評語據《衍愚詞》補。
〔五三〕“行雲”,《衍愚詞》作“雲濃”。
〔五四〕評語據《衍愚詞》補。
〔五五〕評語據《衍愚詞》補。
〔五六〕評語據《衍愚詞》補。
〔五七〕《衍愚詞》此評語爲王阮亭所云。
〔五八〕評語據《衍愚詞》補。
〔五九〕評語據《衍愚詞》補。
〔六〇〕“極”,《衍愚詞》作“及”。
〔六一〕“雀”,《衍愚詞》作“鶴”。
〔六二〕評語據《衍愚詞》補。

〔六三〕《衍愚詞》此評語爲陳其年所云。

〔六四〕評語據《衍愚詞》補。

〔六五〕《衍愚詞》此評語爲陳其年所云。

宋荔裳觀察吴門舉子索題四首

玉雪分眉宇，驊騮倍絶塵。理衣能自愛，對客已相親。是幼兒纔有知識光景，要明眼人看出。硯撫金星貴，茶黏赤印春。向來飛動意，當不爲蒲輪。觀察萊陽人，高棲吴郡，故云。

客夢摇沙島，箕裘天屬情。是旅寓吴門語。無官終易得，繼莢可爲榮。較"向來飛動意，當不爲蒲輪"更明白道出。藥自穹窿採，珠從香水生。百年應已定，吾道預提衡。落想極深。

虎兒雖未語，符彩入雲流。物態差分醉，鄉心易解愁。客中舉子，實有此境，妙，妙。膝邊添歲色，掌上視吴鈎。寫得入情。召石何時到，秋光正未柔。又是"客夢摇沙島"注腳。

新詩應萬卷，當任後昆傳。宗武終能賦，於陵嗣必賢。思從縹緲下，氣與島門旋。六句總因觀察一代詩豪婉轉發揮，且五六切萊陽吴郡更妙。待入丹崖去，清江兩岸懸。如此結法，餘音嫋嫋。

極飃逸，極奇變，昔人謂襄陽清遠，右丞雅秀，然方之於此，奇氣篾如矣。（陳其年）

寄相國魏石生先生二首

芳蘭瞻顧五雲居，紫閣絲綸素有餘。疏草栢臺霜獨凜，參苓藤署鑑恒虚。即看今日承明地，猶是當年中秘書。相國由庶常起家，故云。沖主宵衣方勵治，赤霄理翰近何如？結語倢。

相國先由大中丞晉冢宰，從來兼之者鮮矣，非此不足以盡其生平。（陳其年）

恒山岳氣接王畿，帝輔繇來近紫薇。槐水且徐營緑野，人倫方倚重黄扉。禁中盡日携書卷，座上能時見布衣。進賢著書，當今惟有相國耳。問字幾年心折此，“此”字承五六二句，妙甚。平津東閣望終歸。

雅調高音，非大曆以後可及。（方樓崗）

寄大司馬龔芝麓先生二首

紫塞黄雲蘆荻秋，諸蠻應避武鄉侯。名歸自昔推江夏，道廣於今屬太丘。尚書舟過維楊，晉謁之士至數千餘人。自古得人之盛未有若此者，信非妄語。天下方輿分緩急，人間虎豹肅徵求。卓鍊。衹今百道風煙息，銅鼓宜分宵旰憂。

片類可廢其餘，字累足以爲玷。先生每下一語，從千錘百鍊而出，故特見菁華，宜乎宇内同聲推轂也。（陳其年）

尚書喉舌重朝端，中外真同柱石看。記籍所收徵士衆，解衣常念故人寒。“名歸自昔推江夏，道廣於今屬太丘”，自人歸尚書言。“記籍所收徵士衆，解衣常念故人寒”，自尚書好客言。功名漢上歸芊袥，雅量江南屬謝安。退直品題新作徧，自慚蕭艾附椒蘭。敘事自古。

清輝濯濯，高、岑絶佳之作。（方樓崗）

吴伯成明府重築慧山二泉亭

載取華流上客船，銀濤不斷草如煙。聊隨畫轂春山下，新築紅亭夕照邊。一唱三嘆，使人不復知有對偶，故妙。游屐爲尋雷笋出，雙林留試雨茶旋。一氣注下。誰將韻事能重紀，補輯當年陸羽編。

句句相生，句句相成，盛唐法則。（方樓崗）

贈潘雨臣

拏舟久欲過畷城，何日公餘信此行。拂水老臣同静便，梅村學士共詩名。如曉聞天籟，清機徐引。賫辭苜蓿階前奏，春酒笙鏞座右傾。着色俱别，衹是不與人同。獨惜黄侯諸子謝，靈光今衹見先生。侯廣成、黄蘊生皆𠴨城名宿。

輕輕動宕，姿態横生。少陵所云“詩罷有餘地，篇終語清省”，正是此等。（陳其年）

同袁重其遊錫山秦園二首

精靈高衍近名泉，載酒登霞繫客船。引水入園花塢徧，依僧爲圃荔門全。湖雲善舞如垂袖，吴鳥能歌類管絃。不待入園而方塘槎枒，風台翠羽，使人羡戀不已，真屬妙手。肯借袁安一高卧，少游詞譜共君填。看竹不見主人，故作餘想。

李、王之勝鍾、譚，在高整，鍾、譚之異李、王，在清新，崑崙兼之矣。（方樓崗）

薜荔斜侵雨後山，與君躡屐到其間。此等句與“何日公餘信此行”承上轉下，妙不可言。清冷一磵分泉液，瘦削羣峰亦霧鬟。秀潤渾成，宛然如畫。節鉞中丞無别墅，留仙祖爲中丞。藏書太史得名山。既過秦七思黄九，謂黄心甫。袁尹風流莫便還。

王槐野論詩，必要有照映，有關鎖，有頓挫，有開合，先生之詩既能高蹈又復流轉，於此有專美矣！（陳其年）

同重其魯公然明右尊宴毛東令丹六宅觀菊

野岸青山郭，虚舟到隱淪。菊枝猶裊裊，時屬秋盡，用“猶”字妙。公子自循循。丹六少年，東令之子。秋盡魚梁淺，官閒杖屨親。因秋盡水落，故魚梁淺；因魚梁既淺，故舍舟步履，與杜“幸有舟楫遲，得盡所歷妙”同一襟期。晚來供玉饌，莫限酒盃頻。

訪觀晚菊，全在此處着眼，自覺陡聳。名手之異於是蹊者以此。（陳其年）

毛東令丹六邀同重其電發右尊魯公杓石然明遊大石山日暮無僧思詣靈巖不果

歸雲何太晚，僧去不知家。大石幽僻，至無一僧，只有石花肅客耳。嵌石危方定，大石高數十丈，插天倒垂而下，其中可容百許人，險側可畏，其境最奇。飄楓驟不譁。神幢無佛火，荒極。天界有龍蛇。石巔有池，龍常畜於此。想像琴臺勝，棲林應未差。日暮無僧投止，故思靈巖勝地，應未差耳。

名人爲詩，即境布語，自然高曠。若于鱗、明卿，十篇而外不耐多讀，正以着意在字句耳。（陳其年）

金孝章爲其子亦陶寫運甓圖索題

我慕金閶里，埋名有亦陶。艱難無衆力，矯激任吾曹。運甓心事，揣摩周到，雖使亦陶自言，未必及此。肉食金閨遠，躬耕谷口勞。分陰應自惜，不必問山濤。切實語不浮。

犖芬出羣，居然天寶之音。（方樓崗）

掃葉

霜葉肯辭地，飄零奈若何。奇極，險極。離披林屋盡，摇落洞庭波。初晰微微出，寒陰故故多。叠字最怕俗，又怕牽强，如此獨擅其妙。汝曹觀節序，莫自恨蹉跎。作掃葉詩似對人談道理，奇絶。

奇峭絶倫，詠物如此。季迪梅花，孟載芳草，卑卑不及格矣！（陳其年）

贈李膚公

懸輿晏息歷艱辛，流涕時看諫草新。行砥必無慚柱史，數奇終自屬遺民。韻高調雅，卻不見慘淡經營之色。春申硼道游踪密，綺季山根築鑿頻。誰謂商瞿蘭夢晚，丈夫五子更嶙峋。可謂有是父有是子。

三句從次句生出，五六句又從第四句生出。全詩總是首句“歷艱辛”，法力甚細。（方樓崗）

贈陳伯峻遊擊

樓船走舸谷陽屯，移戍桓桓誦虎臣。千里吴山雲逐旆，半生葛塢劍隨身。芙蓉秋月雞豚静，楊柳東風壁壘新。華秀雄麗。江上支離沙作岸，支離，陳名。不知受服是何人。

雅鍊之甚，高響振青雲。（方樓崗）

贈吴冉渠郡丞二首

大冠威重鬢眉蒼，治在延陵屬故鄉。巧合。游迹人徐留寶劍，來歸自粤獻長楊。古書多載金閶里，冉渠贈書十二櫥，儗以來歲倍之，其好學如此。夜雨常同朱雀航。丹籙可能分示我，聞將採術到良常。

寓矯健於冲雅，所謂“濯足萬里流”也。（陳其年）

虬簷白袷續長編，軍署新開海岳邊。清老。鼙鼓應銷蝨蜮衆，鯨鯢近斷荻蘆煙。青摇酒壆關門柳，紅見詞人幕府蓮。氣最閒適，非幽細人無此矩度。不獻九如歌十賚，横吹畫角放樓船。

讀之興致翩翩，覺寬然有餘地。豈若今人局促垂頭、盤跚蹩躠以自域哉？（陳其年）

奉呈按察佟韓一先生

帝庭揚涣號，虚舘捧瑶京。嵩岳元精異，驊騮鄉曲英。蟬冠峨劍佩，豸服駐雙旌。耿鄧官勳大，劉盧地望清。國章因祖德，公族繼家聲。烏府祥麟集，圜扉茂草生。趨庭頒錦韉，浥露賜金莖。政已標三異，鸞今佇一鳴。匡時勞陟屺，拔俗藉持衡。歷敘其世業、政治之美。鈴閣衣從綵，珠櫳萱更明。八龍荀氏美，七貴漢時榮。迹并丘園秀，筵塵紱組迎。御盃調寶瑟，促柱聽銀箏。歷敘其家倫、讌會之盛。夜獵長楊火，天空細柳營。皂鵰雙箭下，突騎角弓横。鷹眼高秋疾，黄沙鋒候平。迴鞍千嶂碧，飛蓋數峰晴。歷敘其射獵之能。野出青泥飯，餐分黑鬢羹。常傾三雅爵，每薦五侯鯖。豁達仍霄漢，恭勤信藿誠。下僚矜晼晚，幕府際崢嶸。歷敘其待下款洽之誠。願保東華氣，皇塗揭令名。此乃所以達報之意。

五排之妙，杜、白稱雄。使二君操翰，亦豈能復過於此？（方樓崗）

留别錢日菴太守二首

使君簡迪自王廷，署有黄芝五種馨。已見射潮成淛岸，更聞鼓瑟詠湘靈。精確語，不易。懸車共飲中冷水，觸石同翻瘞鶴銘。北府軍儲關氣象，專城今賴有平亭。氣隱又蒼厚。

使事圓妙如此，詩家化境。（方樓崗）

高蓋朱幡舊有名，敢因錢起共詩盟。芙蓉日落江逾静，丁卯橋空水自清。確妙，至此諷詠無盡。謂我愛題鸚鵡賦，逢人盡儗濟南生。誰言官樹輕離别，馴鶴臨岐有别聲。使人可感。

一段不忍輕别之意，似驪歌在路，執手流涕。交情之密、共事之雅雖未説出，俱透露矣。此與“北府軍儲”二句結法又自不同。（陳其年）

留别王玉叔司李二首

世難淳風獨有君，花光竹實并江濆。自是盛唐，非中晚語。三時最沐天臺雨，千里曾携雁宕雲。止水閒庭同落木，想見其人。白頭芳翰接皇墳。慚予將賦謌驪曲，旅服儗將酒半醺。

閑閑叙次，不盛談功名政事。何有俗氣得上其筆端？（陳其年）

名郡風流古士師，臨岐慷慨賦將離。冰心只合裴寬共，野竹何妨袁燦窺。不難於典切，難於韻致。丹室未歸藏舊屐，石梁入夢有新辭。因君拂拭梳翎羽，先生量遷皖城。敢學公儀拔露葵。

典雅新麗，太白佳句如此。（陳其年）

留别吴冉渠郡丞

深秋九月大江濆，詔許涪翁入境聞。公量遷同安郡丞，撫軍題疏，詔許赴任。攬轡共成廻雪賦，經時同檢碧雞文。一時文雅之盛，真爲難得。山齋墻外過青玉，郡閣窗前候白雲。公與冉渠聯署，語見確妙。此去龍眠山下望，不堪回首惜離羣。

清逸俊發，不假雕飾。此情至筆隨而天然凑泊者也。今人雖藻繢滿眼，其於秋水芙蓉相去遠矣！（陳其年）

贈同安趙太守

使節驅車張鎮州，褰帷争羡五驊騮。氣概好。起家遼海稱經術，物色天階冠列侯。陽澤春臺青口畔，月明犬吠小孤秋。境與事協，故佳。懸知佐郡非能事，楊歷空隨庾亮樓。

如離朱、墨翟，動有軌則。（陳其年）

少室行贈趙獻吾太翁九十

少室山人面如雪，鉛筆光流身瀫冽。硬悍見筆力。九十猶堪授壁書，子孫衮衮爲時傑。阿丘不用逍遥杖，老溪惟聞廣長舌。東邨清酣美且賤，一飲百斗心始悦。飲如長鯨，益見豪態。汎濫城市同鼓刀，旋憩雲亭能喚鐵。徐州秃尾此地無，露雞粔籹隨炰鼈。字字真切而不矯使之筆行之，故不可及。不願結綬金馬門，但喜尋幽探禹穴。安期食棗大於瓜，屈强得飽乃奇絶。結法亦奇絶。

少陵《石濠》、《潼關》諸作皆是真切見妙。此詩筆刀雄使，可敵萬夫，而獻吾一生行徑纖毫畢出，所以爲奇。（陳其年）

遥寄吴人千明府

銜策單車出建章，少年才思美青揚。山東詞賦同金剪，勾漏丹砂結翠房。近水始知天漢廣，離家益覺夏陰長。先生爲同江司馬，吴公即令武鄉，屬其梓里。再三諷讀，益覺其用意之精當。十年宦迹同黄幹，李熹何曾望故鄉。七律結句如是雄健者絶少。

此詩當分二段看，上四句美明府，下四句乃自叙也。然五、六承上起下，事雖自叙而意屬明府，迴環合抱，固稱雙絶。（陳其年）

贈孔履文

分林結宇瞰江州，玉帳常從擁上游。弭節自能增氣色，履文在撫軍幕下，妙！妙！銀箏猶自説風流。陳琳奏記工無敵，奉禮琴樽爛不收。屬對之正、用事之妙，當無有兩。不見鯨鯢千里静，垂鞭欲控聽鳴騶。

流麗健老，典則宏深，可謂兼到。（方樓崗）

贈西毓

拂衣投老一丘亭，抱膝時聞夜雨鈴。户外松陰常不改，苑中仙粒有餘馨。西毓静攝，二十年不入城市。閑尋邾莒克魚税，會注金沙當水經。幾度百花洲上望，始知身世重黄寧。句硬有力。

通首雄厚，無一懈句懈字。惟梅邨先生乃可與先生比美耳。（陳其年）

寄贈梁溪吴伯成明府

青溪一點倍孤妍，華省雙鳧望若還。春雨到門寒仄仄，蘭臯藉客月娟娟。好客之誠，隱然言外。葛洪鍊葯隨丹井，吴質論文散紫煙。右丞善作富麗語，無此秀色。遥憶九龍崗下路，對言應費買錢山。秦學士對巖新闢名園在山麓。

詩未有不清而可以言穩、不工而可以言老者。名人之作在於氣骨之間，豈得以貌求之哉？（陳其年）

吴司成梅村

南閣軍諮盛有名，楞伽山上數峰晴。不知雪案詩盈尺，盡逐春風一夜生。司成有近刻。

太白絶句之佳，只在疎豁見大意，看此是何等軒爽。（陳其年）

宋觀察荔裳

消夏灣前漸落暉，青城膾鯉未言歸。何時對酌穹窿下，青翰舟中白板扉。觀察寓吴門，移舟餞别。

落句不説盡，更有致。（陳其年）

計孝廉甫草

水國芙蕖十里風，還家應在伏陰中。三年到處逢人問，不及隨翔踏雪鴻。南徐别甫草數年矣！

此詩轉合妙在末句，與元微之《劉阮天臺詩》同一機軸。（陳其年）

宋孝廉既庭

投板歸來喜負書，新詩應是過黄初。松陵帶得桃花紙，勁弩藏觔恨不如。電發携元人手卷，有既庭跋。

電發携元人手卷墨迹最多，且各占一派。而既庭書法謹密，故并及之。（陳其年）

顧徵君茂倫

笠澤風寒作雨聲，麻衣履影閉柴荆。吴江最鱸有魚賤，不忍行春絶送迎。徵君閉門著書，時惠予鱸魚。

即事數詠，而高致自見。（陳其年）

金處士孝章

踏葛攀林興不窮，陣雲濫濫石梁空。酒船市肉分皮截，最愛金家沙洛紅。同遊石湖大井市，金酒最著。

隨意點綴，自有揮斥入極之態。（陳其年）

袁處士重其

垂老風霜無别丁，海東曾子雪千莖。任他貧賤長如此，不敢簪蒿怨目耕。重其以孝稱。

奇險之句爲絶，獨有工部。（方樓崗）

送徐電發歸

東去垂楊未掛絲，客心彌曠轉淒其。河橋怪底人如市，只有春風與别離。電發自予署歸里。

三、四句用意極深折，反覆讀之乃見。（陳其年）

姜茂才西銘

雄筆論文近入吴，靈篇籍記玉盤珠。畫眉深淺隨時問，應在人間甓社湖。西銘，甬東人，寓平江。

流麗使老，典則宏深。（陳其年）

家文學杓石

徵詩獨屬艷情篇，稚齒蛾眉四十絃。寶馬千金應不惜，何緣華屋望神仙。杓石刻《閒情集》。

十詩高采宏亮，繼武龍標，如玄圃積瓊，岑山貫玉，錢、劉、皮、陸皆不敢望，况其他乎！（方樓崗）

送王孟遷之任滇中兼許文石不至

熊幡一去彩雲西，玉案通幽近碧雞。棠下垂陰煙漠漠，舟前過目草萋萋。用事入化，如水中之鹽。南皮行蓋誰相訊，逆旅分襟不敢啼。"不敢啼"乃深於啼，始信丈夫非是無淚。莫道平泉餘怪石，牙檣猶恐不曾携。

意在筆先，點染皆妙，故無添砌之病。（陳其年）

答王翰孺

妍山黛色昔同看，陌上秦青歌未殘。一自歸橈臨仞壑，翻令飛蓋各風湍。行雲流水，卻有生秀之致。懷人火燧逢時變，時雖變而意不變，寄懷良厚。臥閣芙蓉出水寒。家在金隄深處住，篳門微尚掛魚竿。

格律隱使，李頎、常建得意之作。（陳其年）

薛式九給諫貽扇索題

颺言待詔按箴夔，畫省春風意不移。置笏玉階仙仗迴，陪趨金陛漏聲遲。體格莊嚴。文章晚節飛騰入，獻納東亭高義垂。俊色又有味。補衮幾年深雨露，許身數問夜何其。

典切流麗，與唐人早朝詩位置無二。（陳其年）

呈杜兵備道三十韻

青震扶輿首，中朝屬望宜。乾坤資太始，日月近高枝。國轉金城壯，秦臺海甸奇。百花滋澤圃，千乘托名陲。鄒魯推玄軌，鍾裴秉令姿。協齡成相業，并李得仙詩。世業青編舊，冰心莖露垂。開天儗鳳戢，驚代佐龍基。皇眷依丹地，人情仰素絲。歷叙政迹，因其位與地而言之，而轉掣甚易。良圖必進御，讜論每宣墀。山立無留草，冠危有諫詞。鸞棲宮禁竹，鶚落下方池。當用埋輪術，還資擁傳馳。轉掣具不着力。隼來風自直，鵬激力堪追。溧水皆藩服，留雲若置棋。兼轄江、鎮二府，故云。南行識練馬，東去定蛟螭。武帳謀中野，戎行擇倢兒。簡孚申畫在，防利寵綏期。轉調更工。振鷺將書伐，酬庸合篆碑。最言已十上，專勅幸重貽。羽翼歸茹蘗，公侯信刈葵。月卿移斗位，星使上臺司。畫角三軍集，旌旃一鳥窺。"一鳥窺"正見其軍容之肅。潘仁思作賦，袞職莫辭歸。能以幽堂静，常教緣字披。排中妙境。澄江深浩浩，狠石白差差。又因江、鎮發議，而奇情宕致，更自出羣。駕馭多才子，徵歌俯翠眉。榷關蠻客富，量地稻田治。不戰非忘肅，全身固可師。史臣憑玉管，帝念及彤帷。

色澤之美，轉掣之奇，其言亦長，縱横益妙。此工部所以獨絶於千古也。（陳其年）

避地土河雜詩十首

避地因嵐曲，窮棲易琢磨。是窮苦人本領。老峰當雨變，細草受泥多。衆峰迷離，山雨急流之狀，非久在山居人不知。未上韓康駕，寧辭寧戚歌。"寧"字是實用，非商量語。浮生甘藥餌，山中受用。履道近如何。

辭清氣老，得其一語即可以傳。（杜于皇）

茅屋依誰立，中心浩不平。二語作嘆，下六句皆其所嘆事也。投鐮方問姓，賣藥尚求名。極没要緊事，叙出憤懣。秘訣留丹穴，生涯付耦耕。翻從高士往，身似白鷗輕。即"殘生隨白鷗"之意。

清響歷歷，包含無盡。（黄心甫）

終年期入道，嬾病更相因〔一〕。"嬾"是"入道"處，要知。書閤從魚蝕〔二〕，形臞與鶴親〔三〕。登山無蠟〔四〕屐，歷洞有秋塵。寫山中荒寂情緒，有漸近自然之意。爲卜匡廬曲〔五〕，安禪信隱淪〔六〕。

有道之言，自爾知緩。（陳伯璣）

既和平，復新警。（程千一）

獨往邊陰静〔七〕，花時雪未消。江河依山，氣候寒涼。雖盛夏，入山早晚着絮，故花時雪尚未消。柳眉將學翠，春鷰欲聞嬌。雖是寫境，亦言氣候。削管飛蓬牒，披衣認藥苗。荒林擬卒歲〔八〕，不敢問寬饒〔九〕。

天然卓鍊，五言律所難。（王貽上）

久客逢僧話，鄉心一倍灰。僧一笠少年能詩。鴈堂皆〔一〇〕破堵，馬迹漸新苔。語憲蒼涼。飛䨥崇丘立〔一一〕，綿岡宿墓來〔一二〕。“來”、“立”皆狀其形勢，其妙在此。愁聞鐘聲響〔一三〕，風雨日西頹〔一四〕。難堪處在日色西頹。

詩須觀其氣格，若氣格不高古，雖有佳句亦不入格。看崑崙詩，當於氣格高古處辨之。（錢牧齋）

選隘懸崖露〔一五〕，人家置屋牢。村人居山腰土室，身如猿鳥，皆屢世不易其處。斷斷聞捽鬥，日日見呼號。風土詩寫來如在眼前，便佳。索帶嘗粗飯，藜牀共〔一六〕濁醪。嶺雲無意緒〔一七〕，世間無心者莫過於雲，反着“無意緒”三字，翻案甚奇。秋葉下南皐〔一八〕。

諸律格趣似老杜《秦州雜詩》。三、四一聯正如“家家養烏鬼，頓頓食黄魚”，此何關於詩情？寫出自有氣味。詩不必太鑿，而傳者此類是也。若但習爲吴語細咳，即白矜嫵媚，不知其通體皆俗矣！作律詩者屬對、顔色、姓名處着盡功夫，巧施丹粉，乍見亦覺可喜，久之略無遠神，此各家通病，即中、晚所以不及初、盛者正復如是，古樸一派不得不讓西北諸公出人頭地，温、邢之才固可與徐陵、江總同日語耳。（陳伯璣）

眢井從無水，岑流總易乾〔一九〕。地名土河，其實無水，居人率於十里外擔負井汲，惟暴雨後始接池流，故嘆其易乾。種瓜山地冷，蓄菜豆苗酸。謀生之事，瑣悉盡致。骨肉他鄉遠，提衡〔二〇〕異路難。計疏歸不得〔二一〕，苦境。終日腐儒餐。

尋常點景，淳樸。（黄心甫）

閑日消書硯，低頭着鶡冠〔二二〕。客來深鳥怪，與“荒村惟見鳥”、“山鳥怪人來”各有其妙。窗捲借天看。一“借”字妙甚，空景布奇。近讀孫登贊，遥牧李白竿。全不着意，固自有致。自傷衰謝後〔二三〕，詩思入高寒〔二四〕。

落拓可喜。（黄心甫）

荒寂有致。（陳伯璣）

雨夜兼風夜，他鄉憶武鄉〔二五〕。疊句奇，“武鄉”二字更押得確妙。空階如倒井，獨樹更摇霜。二句申説首句。歸夢寒燈乍，一“乍”字合之夢境、燈境、歸夢境、寒燈境，幽悽變幻，令人墮淚，奇絶，險絶、此等句意古人所無。愁心别路長。二句申説次句。蕭條臨斷壁〔二六〕，枕簟失隄防〔二七〕。

徑生想異，一字不同世吻，是此道開闢手。（黄心甫）

不徒壓倒竟陵，亦復催頽歷下。（何雍南）

不信青山路〔二八〕，蘇門已五年。風霾隨日變，扇霧幾時遷。五載難堪過活。谷暗桃花瘦，山深鷄犬賢。上二句歷敘荒凉之狀，於此忽嘆桃花、鷄犬之清賢。語似錯亂，正寓意亂離之際，惟賢者而後能安此也，視祖詠“暗澗泉聲小，荒田樹影寒”更進一步。東鄰仍病肺〔二九〕，高枕瑣窗眠〔三〇〕。

自慰自嘲，許多無聊轗軻在内，先生詩每每側看倍出，索解人豈易得耶？（黄心甫）

十首不即不離，參差錯落，曲盡遠近濃淡之妙。（杜于皇）

諸詩高古深厚，自是子美敵手，他家非不流麗，氣味自别，正如小山清池難與於黄河泰岱之觀耳。（錢牧齋）

雨中陪劉孔著給諫登金山同諸僚友

春雨還無賴，瀟瀟江際風。人當逢大雅，山莫在晴空。同雅人看雨景，自是勝事，然可與解者言。煙色仍花上，龍腥忽霧中。有此二句方見

"山莫在晴空"之妙。提綱勿過急，相戒小奚童。又因"龍腥"句，"相戒"思議妙絶。

流動新桀，中含元氣，全是盛唐。（黄心甫）

挽丹徒蕭令亡姬

旅病醫難愈，孤魂棲易驚。姬以母子隔絶鬱死，乃知二語確當。峽雲應是夢，粧鏡復誰擎？情緒可傷。忍淚看兒女，逢人托死生。兒女勿失慈母，逢人托向，慘不忍讀。靈輛從此去，腸斷一枝瓊。

句純是血，不見有字。（黄心甫）

一字一淚，只是體貼到極處。（杜于皇）

魏太康詞公字于埜，令太康，李自成破城殉難〔三一〕

國破身隨盡，身亡義不亡。爲死者吐氣。但存〔三二〕天地在，終是卞嵇〔三三〕長。丘壟扶溪過，風煙到壁傍。風景悲切。誰知宓子賤，致此劍刀傷。

議論正大，更添慘切。（林茂之）

長平八子詩

陳壺嵐〔三四〕

壺嵐曠周旋，十春謀一面。網户傾陳醁，掃徑通羣彦。寫書得良朋傾家醞，情事如見。山色棲城頭，長河浄如練。即"山色"二句想見壺嵐胸中丘壑波瀾，獨妙。丘壑滿胸中，浮華豈能眩。

不肆雕飾，老筆緯以真氣，自司推倒詞人，大似太白放達之旨。（陳伯璣）

姬相周〔三五〕

姬公方下士，返駕更延賓。登大〔三六〕倚積墨，衣敝不重陳。古人風致。春城覊旅客〔三七〕，遲暮但經旬〔三八〕。二子遠來謁，翛然同避秦。但説客居見子，而主人款客之情見於言外，意味深長，餘波不竭。

行徑不衫不履，堪爲姬生衍作小傳。（黄心甫）

申癸衷〔三九〕

申子寒氈破，麄鱀逼畫屏〔四〇〕。“逼”字説孤窮人，可憐。迎賓無雜〔四一〕座，賃屋半疏櫺。始交若有契，坐久更忘形。獨謂〔四二〕吾師老，終當託汗青。

格高氣老。（杜于皇）

武君十〔四三〕

君十愛棲遲，銜觴事林壑。俯視〔四四〕塵土腥，亡簪茹藜藿。此中大有作用在。闢我匪繇天，板纏聊見薄。處窮人見識，要拿得定。剩有素心人，同期馭鸞鶴。

“闢我匪繇天，板纏聊見薄”，此君十之高致，與俗流不同處。若世間無品人，處世涉物一無主張，則視鄉愿何異？（王貽上）

陳吾青〔四五〕

吾青既藏輝，裘敝舍〔四六〕亦秃。獨念王子房，經天注東哭。險極。當時英雄人，潛闔何太速。不如飲美酒，逸光〔四七〕向幽獨。原是咨嘆吾青，忽説道吾青哭子房上，卻又將子房死亡一段極致悲悼，正是筆力之奇幻處。

逼似太白。（陳伯璣）

龐鳩六〔四八〕

鳩六屣履迎，投轄苦不早。下榻雖未成，所感在懷抱。凡交情之相洽，皆以意不以文，類如是。竹擭時寫書，開樽驗文章〔四九〕。想〔五〇〕契已忘言，鴻名永爲寶。

拈出一事，不必盡其人而可以盡其人。筆下歷歷落落，摇曳自喜。（黄心甫）

石泰華〔五一〕

泰華恩感人，豁達吐懷素。累觴求一醉，情神與之赴。取友在神情上，便非泛交矣！顧見日將昳，乾坤漭迴互。常恐促歡節，"恐"字正從"累"字來。酒向西光妒。反云"酒"妒"西光"，落想甚深。

説得磊磊落落，公榮、伯倫如在目前。(陳伯璣)

武二酉〔五二〕

二酉富詩書，搴芳眇流輩。蝸舍取廚煙，隨階有餘態。二酉好服食，有秘室，故歷敘其位置。共友檢農皇，曬藥松〔五三〕陰背。卜築本無塵，丹砂有時配。"有時配"則今尚未配，可知意在言外可想。

閑情冷致，着意渲染，特覺神采燁燁。(黄心甫)

《八子詩》較延之《五君詠》，此稍變其音節，轉入唐調，尤喜其不陳。(孫豹人)

吴銅川像

我愛銅川子，露頂存而真。被服壓機巧，風俗使其淳。迴首雙短袖，意氣觸星辰。激昂雖不偶，千里尋殊鄰。兩足頗結束，奉事山水津。露頂、被服、短袖、結束，皆就銅川衣褶上想象其生平行徑，極瑣細，極的確，一字移易不得。自益清露苦，苟爲奴隸嗔。昨從吴越來，新詩向我陳。高篇讀未已，摇艷砲蒼旻。句奇。不窮天下目，胸懷何繇中。一轉，兔起鶻落，從天而降。兹意儻可傳，欣欣常偕人。落句天然奇絶，當有神助。

篇中奇横處定有一番刻畫、一番體貼，津津道出，絶非紙上浮言可以襲取，大率惟太白可語此，餘子固不足論也。(黄心甫)

對策太和殿

上國材賢浩縱横，人才濟濟全從"浩縱横"三字看出。琢磨詞氣類華星。彩容好。西山爽氣朝來見，魏闕青途得後輕。未得之時多少艱難，既得則見輕矣！筆湧萬言風雨迅，人看一日羽毛成。雄健。爐煙細處垂天仗，静聽公卿曳履聲。

何等雄渾，卻無冠蓋膚鞹之氣。（黄心甫）

引見乾清門

多士逢秋志易開，百年鵷鷺此追陪。香山積翠新豐外，石鼓晴光御苑廻。莊麗，然氣自蒼。紫禁金鋪承輦至，朱門燎火動天來。引見語須要如此莊嚴。臨軒聖主垂清問，咫尺長楊獻賦才。

點景易，實講難。五、六正佳，但知賞次聯者，淺之乎言詩矣。（黄心甫）

贈西河萬僉事二首〔五四〕

王師輕翼〔五五〕剪浮娥，憲節承恩麗日多。汾水遠從天上静，見得王師所向無前，專言汾水安静之意。平丘昨向夢中過。都從安静得來。龍章曳藻飛殊寵，春令乘陽起太和。雖是酬庸，亦非是太平盛事。按部鳴騶還問俗，西山寇盗近消磨。

是王師甫定後慶幸之詞，勿作溢美語看過。（錢牧齋）

臬使單車執法年，森然玉尺鏡中懸。澄清喜見西河郡，提挾還兼六府權。屬對法老。萬户風煙親〔五六〕有色，千山桃李盡皆賢。又從萬公身上看出民安士美，太平景象。居〔五七〕王鎖鑰雄方鎮，象緯恒占四輔前。

語莊而不板，色采而不浮，所以可貴。（杜于皇）

五叔廬墓南嶺

鳲鳩事業等飛灰，天上星精去不回。悽吊獨深。孝子顯名曾擾兔，棘人多病畏登臺。孝子心事，遊觀都廢。三年哭泣無乾土，五色文章出異才。若是無才人行孝，猶不足以顯揚祖德。惆悵司空艱守衛，晨昏常到北邙來。

從先德着手，起結便高出一世。（潘江如）

哀慕中精神結聚，不失氣象，自爾悚動得人。（杜于皇）

贈棗强張明府〔五八〕

南方重會曠周旋，歷落風塵古道全。江上畫船非舊日，楚中簫鼓憶當年。今昔之感，盛衰不同。歸心又值雙鳧近，客况何愁匹〔五九〕馬還。傲骨自在，所以可貴。無那廣川花侵縣〔六〇〕，紅亭緑酒盡沽錢。

着意處出之輕倢，乃見大家。（黄心甫）

確似高達夫七言律，非屬泛儗。（杜于皇）

金山寺

寂寂澄江淺復深，帝鄉遥動白雲心。神仙有術能浮玉，老衲無言識藏金。語自不浮。潮過蓬壺通夜息，風分吴楚散秋陰。能使一篇警策，金山之靈奇亦吐露無餘。峨然怪石憑虚峙，南北帆檣自古今。

大雅之音，辭旨妥確。（陳伯璣）

整麗仍帶流動，一字移他處不得。張祜中二聯佳矣，而非完璧。况孫魴“天多剩得月”句，敢與先生頡頏耶！（黄心甫）

焦　山

一山浮翠落城隈，清磬聲聞兩岸開。妙處在一“開”字，使人可思。樹梢人家經雨出，海門魚浪逐風來。指次如畫。雲公講法還留石，焦子辭金不起臺。極目江天千古思，塵勞慙説佩刀才。

先生本幽異詭特之才，七言近體復有此清潤雅倢，才大如海，真不可測。（黄心甫）

起語已畫出焦山，如傳神者面目既肖，向後衣褶布景便不勞餘力矣！（杜于皇）

甘露寺

山樓高擁白雲平，萬壑千峰面面生。語確。絶壁幾人堪試馬，雙柑若個解啼鶯。窗寒夜月迷秋色，石古松濤起梵聲。秀麗之極。羨得鱸魚垂釣叟，曾來沽酒向江城。

語意娟秀，無不妥確。（錢牧齋）

起二語已盡山形，與焦山詩同一結搆。（杜于皇）

潤州劉司李環山堂二首

高齋爽氣接巖城，四壁山暉立意晴。妙在"立意晴"，似屬有心。蔀屋齊炊千樹合，臣心如水一江平。子美所云"語不驚人死不休"也。坐來玉案當雲起，"起"字連"雲"字説，妙絶，若易他字，便無味。夢入金花有鳳鳴。他日長安風色好，應馳驄馬望中行。

氣清法老，平中之奇。（陳伯璣）

才子風流動帝都，於今飛舄下雙鳧。匣中不負龍津劍，池内潛還合浦珠。東閣花香憑興放，"憑興放"自在之極。西園草色得春敷。"草色得春敷"，想見除舊更新之意。槐堂綜理多閑日，一向琅玕醉玉壺。

音響清越。（錢牧齋）

萬歲樓

郡齋接近古樓臺，尚想王恭鶴氅來。北渚春風生嫩柳，南山霽色落仙杯。風骨高邁。人煙自帶橫岡迴，鵝鸛偏驚列戍逐。每一登臨深感慨，只今須借出羣才。有樓以人重之思。

置之王少白、孟襄陽二作中不可復辨。（杜于皇）

的是盛唐，不屑爲隨州潁州等調。（何雍南）

鶴林寺

名藍曾嗣法融禪，古迹還追江左年。野色戴公籬槿外，松陰劉氏井苔前。語不可磨。秋風青嶂盤黄鶴，春日丹花笑杜鵑。工麗至此。每嘆簿書閒未得，來遊半日已登仙。

三四一聯，詩中有畫。（蔣虎臣）

中四語鶴林事實，點染無痕，所以入妙。（方爾止）

上黨司理乘馳傳訪予窮巷中留飲數日去乃視偉予幾以復來用答其意〔六一〕

板榻方移夏，雲峰正卻塵。補出時令。世方倚鼎業〔六二〕，性屢味蒲輪。所愛尋商洛，終然托釣綸。何當思惙惙，忽有客轔轔。公子期〔六三〕毛薛，時人重〔六四〕倩賓。披襟忘結綬，斂笏下沾巾〔六五〕。情詞惻然。坐隱南風急，書成角扇新。淡能終〔六六〕友約，詩可慰〔六七〕年貧。遣詞必俊。藿食御杯酒〔六八〕，荆桃種水濱〔六九〕。是山莊窮巷光景。填門媿鄭驛〔七〇〕，投轄效陳遵〔七一〕。際亂真難別，離羣久益辛〔七二〕。雁蒼宜數至，鯉赤幸常親。只點“蒼”、“赤”二字便好。一諾無嫌隘，千金漫〔七三〕托鄰。深山留老驥，杖策共祥麟。飛含影金爛，摛光動玉振。嘗懷衛仲叔〔七四〕，百拜禮天民〔七五〕。結想高。

此等排律，篇法、章法、句法無一不得少陵之神髓，今人對面不知，則王李鍾譚睋卻眼孔，可勝浩嘆！（杜于皇）

陳皇士太君七秩詩

賢媛徵彤史，徽柔配玉堂。星應寶婺降，筮得有嬀昌。典切。懿善元珠映，幽閑擬蕙芳。大家遵訓誡，季女潔烝嘗。肅肅承佳會，優優佐令望。栝棬追茂宰，巾櫛奉文莊。翰苑從官邸，鄉閭避豎璫。新綸還史局，舊德冠宮坊。別鵠孤鳴急，離鸞隻影藏。

陳情隆二惠，錫謚美千霜。龍采平輿并，鴻聲冏寺揚。艱難寧恤緯，遜退但循墻。古鬱絶倫。秋濯絲人錦，春挑帝女桑。蒿簪恒獨御，瑤色每空張。氣岸俱古。截髮成名廣，懸鈴葉夢祥。女師風里閈，子姓世珪璋。連璧歸家督，雙珠屬季方。含飴懽胤厚，戲綵悦身康。琢璞爲鳩杖，鏤金入燕筐。語工緻。天孫臨巧節，壽軫發靈光。七秩玆開宴，羣公畢進觴。羅紈馨藹藹，葱佩慶穰穰。想見鈞天樂，還貽阿母漿。何能勞鞅掌，躬侍綺筵傍。

典麗深老，此體獨步。（杜于皇）

典則整暇，是讀書破萬卷之手筆。（陳伯璣）

題隱士高齋二首

高處疑無地，青山與屋齊。懸崖絶壁，至其地者方知，切妙。不知城市裏，猶覺白雲低。

似一幅高尚書小景。（杜于皇）

出之極自然而意況最遠。（何雍南）

面勢因山壁，臺高未列墻。恐遮流水去，天際曉蒼蒼。情景自然，臨摹不得。

一段爽氣浩浩落落，逼真青蓮。（黄心甫）

挽程柴團太君二首

休父陰靈在，相從蟾兔移。只看丹旐上，猶帶百年悲。詞不奢而悲自見。

“只看”、“猶帶”，空字見奇。（林茂之）

誰謂清修久，猶教掩夜臺。天不可問。九泉非往日，“非往日”已伏“不見”在内，妙！妙！不見子孫哀。

正以不見子孫則子孫之哀益爲深惻。（錢牧齋）

讀旌孝録有感二首

封樹長年怨，哀情發更多。遥如練水上，點點到寒波。淒絶。

"遥知"二字是讀《旌孝録》語，名手一字不肯空下。（林茂之）

江夏無雙士，青烏葬四親。大孝在能全四親上。常存風木恨，慷慨向凌晨。

五言絶極推盛唐王、李、崔、孟諸作，錢、劉以下詩雖工，格漸下矣。讀此詩嘆古音斯未墜耳！（周兼三）

挽内子四首〔七六〕

窺紅臨鏡想氤氲〔七七〕，繡幙春風絶不聞〔七八〕。上句依稀想象如或見之，下句云"絶不聞"則情思更苦矣。忍使夜深清兔魄，翻簾猶照石榴裙。酸極。

通首不言悲，而悲情更苦。（潘江如）

無情花鳥怨黄昏〔七九〕，花鳥既"無情"，如何又説"怨黄昏"？解不得。薄命嫦娥〔八〇〕入羡門。萬里關山孤月冷〔八一〕，斷橋何處可招魂〔八二〕？

此首雖有"怨"字，而着"花鳥"邊説，所謂愈鬆愈緊也。（潘江如）

嘆息容華事渺然〔八三〕，悲事説盡。龍鄉輟曉憶嬋娟。猶憐舊日小兒女，細逐西風泣斷天。痛語，不堪多讀。

兒女之悲勝於己身，是一層緊一層也。（潘江如）

舞鏡情悲子駿堅〔八四〕，綉香玉鷰草芊芊〔八五〕。説出委積光景，情思慘然。早知買土藏雲髻，何似吹簫莫學仙。自埋自怨，情緒無聊之極。

想到學仙幻極，卻又説仙不必學。思路奥特，真空中之樓閣。（黄心甫）

范懷素柳航二首〔八六〕

楊柳蕭梢思不窮〔八七〕，“蕭梢”貼“楊柳”，妙甚！臨窗艷艷〔八八〕小桃紅。扁舟盡日垂陰滿〔八九〕，疑是明〔九〇〕湖一路中。柳航周遭徧植垂柳，間以桃株。西湖一名聖明湖。

想落雲霄，無從消息，唐人中不易得也。（蔣虎臣）

植柳千行立暮煙，“立”字横甚。虚沙岸火傍高舷〔九一〕。“暮煙”、“岸火”都是夜景。夜深風雨驚人至，只恐乘流欲上天。雄奇高邁，使人不敢迫視。

闢境造意甚奇，滔滔漭漭有一瀉千里之勢，古人中惟太白堪與比擬耳。（錢牧齋）

二首俱極悠揚婉秀，斷是王龍標、李青蓮一派。（何雍南）

答董心素〔九二〕

不見於今又五年，歸廬風雨撥書眠。夜來客夢梅花冷，凍折西窗三兩絃。冷妙。

首句只言其别之久，下三句第述其别後孤窮情冷之况，一字不及思憶與問答之意，而纏綿之情使人尋味不盡。（林茂之）

趙平符齊雲齋二首〔九三〕

憶昔曾登君子堂，桃花水外百垂楊。位置自佳。自從惜别如煙草，歷亂多於春晝長。情至語，非特比擬之妙。

三、四語雋永，有無窮之味。（杜于皇）

雲根常自北山限，半入前峰半入臺。確是“齊雲”。溜雨呼鶯渾不解，月明正好賦詩來。

可與王右丞《小臺詩》并傳。（杜于皇）

秋雨呈任雲石太守

秋日愁將雨點消，射陽北渚憶征船。金風不肯吹愁去，風何以吹愁？且說“不肯吹愁”，更妙！點點從教助寂寥。不止不能消愁，反又添愁，不是怨風，還是恨雨。

不可增損，抵一長篇。（杜于皇）

贈高分司

草草相逢未可忘，長安雪後小糟傍。寫酒樓傾蓋，光景如畫。自從一別風期後，又見秋花晚節香。

絶似嘉州。（潘江如）

飲西河朱太史峪園謀嬌侑觴乃更以意屬予延其舍予雖留醉然終卻其請四首〔九四〕

疲驢皂〔九五〕帽入孤村，客裏逢春竹葉罇。但使杏花能作伴，莫教紅袖傍雲根。即春色點染有情。

“不教紅袖傍雲根”，不必說到自身而地步已夐不可攀。（黃心甫）

光氣欲流。（程千一）

離石青娥倚畫樓，離石在汾州寧鄉縣。鳳鬟度曲不知愁。“不知愁”，是幼年女子性情。莫因太史虹橋渡〔九六〕，錯認仙人在上頭。美人臨勝地，發興自是不同。

風氣大佳。（孫豹人）

四竹成鄰莫放寬，峪園四圍布竹。感君青眼不曾難。大寓感慨。桃花洞口誰相問，小伎能鄰范叔寒。

謀嬌自不俗，故峪園詩每首皆序及。（楊子常）

白水朱魚太古嵐，七字寫盡園中勝概。園林二月柳毿毿。相逢只飲葡萄緑，“只飲”二字，卻請意即在其中。縞袖新妝墮馬憨。

絶不露出卻請意，涵蓄深廣。（黄心甫）

國風好色而不淫，即此數詩可想。（杜于皇）

杜于皇陳集生同飲署齋

硯廬容几席，盡日象筵開。愛雨移廊坐，聽更畏僕催。惟恐客去之情，使人消受。交新無狎論，氣爽見多才。以氣取人，是巨眼。呼取河東酒，情親自醱醅。集生索家醖。

語至真到處，風味自别。（王貽上）

秋　雨

雨脚因門變，秋來也自妨。“妨”字險。小花緣逕濕，輕霧到衣涼。石級荒荒白，溪流闇闇長。兩聯寫微雨入畫。歲凶兼廢酒，善於處窮，在一“廢”字。山險恃空囊。“空囊”有何不“恃”，於“險”中卻用得着，妙！妙！

設景着色無不精入。（杜于皇）

鑿空架險，此道中五丁手也。（程千一）

山　中

已〔九七〕是因書誤，冥居恨少書〔九八〕。讀書人一經貧賤便無可展布處，而山中閑寂，無書可讀，深用悵恨。非書能窮人，殆窮者而益專也。看山愁欲盡，學睡勝於初。不獨是無書消遣之法，始信古人真有睡方。耕稼妨吾嬾，兒童喜客居。杜南鄰詩“慣看賓客兒童喜”，彼是説“看”，此是説“居”，俱盡其妙。無嗟青草滑〔九九〕，開闢帶經鋤〔一〇〇〕。句奇。

山居人妙境，亦實境。（潘江如）

赴漁陽訪胡詹事〔一〇一〕

蒼茫〔一〇二〕羈命達，世意礙芳蘭。人耶？命耶？吾道非耶？側目當年事，浮名此日寒。風塵孤劍直[一〇三]，嶠嶺暮鐘殘[一〇四]。"直"、"殘"字老極。爲問朝中舊[一〇五]，蒼生憶謝安[一〇六]。

古調激越，自是名手。（王貽上）

丁酉四月既始得微雨[一〇七]

小雨芳原潤[一〇八]，微飄動遠空[一〇九]。黑雲初扇麥[一一〇]，白鳥細隨風[一一一]。是微雨光景。水廟和牛土[一一二]，桑林降玉虹[一一三]。是久旱後。不須矜大足，宿莽半荒巃[一一四]。有憂勤惕勵之意在。

喜雨詩難得如此蒼老。（錢牧齋）

贈馬玉筍銓部[一一五]

梅風思曠蕩，淑氣引新年。乙未杪冬廿五日爲馬公初度之辰，將屆立春，措思切當。待露[一一六]常披奏，分曹獨進賢。大節不苟。一經傳竹素，上國聽鶯遷。惟願青雲侶[一一七]，春光只在前。"春光只在前"，仍從杪冬廿五日發議，以此等語作壽詩，極妙！可悟作詩之法。

色澤芳鮮，一洗習氣。（錢牧齋）

寄殷國張使君[一一八]

聞説三川郡[一一九]，張公載米來。饋魚聊挂壁，"聊"字自然，與作腔者迥異。行縣畏煩財。使百姓享無事之福，自是循吏。獨坐臨書帙，從人勸酒杯。風流可想。建封方好士，自有不凡材。

樸秀全是子美。（杜于皇）

讀旌孝録有感

淒凉江夏後，忠孝映丹青。負土存三葉，封丘抱一經。句蒼老。風來天淼淼，火退雨冥冥。黄居被回禄至先人四柩，尋致暴雨，柩獨存。合兆應須吉，悲生腐草螢。

古雅卓練，所謂扣如哀玉者。（杜于皇）

棋負

豈謂南風急，猶稱賭墅爲。漏天秋雨賤，殘日菊花遲。“漏”字、“賤”字、“殘”字、“遲”字各相照。犯角憂三遂，衝心怨百罹。感懷遥深。藏機應未密，不敢咎天時。自安之詞，其思更苦。

感懷獨深，絶無敗亦可喜之意。（林茂之）

三壽詩有序四首

世有可壽者三，而年其一焉。展釜生魚，留鸞集社，時得爲而民可字，表百城之長，褒有德之侯，妙簡麟閣，曰有政事。縷管題詩〔一二〇〕，桃花浣紙〔一二一〕，崔顥詠而筆杜，君苗見而硯焚，華國者不朽，曰有詩文。絳綃生陸地之蓮，勾漏蓄靈砂之種。偓佺筭大〔一二二〕，彭祖齡遐〔一二三〕，是其壽也，蓋在於年。邑大夫李公，紅山詩伯，柱下名家，瘦馬臨羊徑之途，單車度胡甲之嶺。化方周歲，令屬懸蒲，作器鑄田，莒葉同禾莖而滋茂；拘牛曝背，絲雨共風騶而咸調。傳遞得蘇，竊銅無假。至於暇日，書尋鳥篆，詩染雲煙，文澹鬱而沉蒼，賦瀏亮而博洽。秋風亭上，長州縣中，遂無不標之句矣！僕豆重榆暝，鶉懸壁立，執瓶筲之賤器，過溝爨之奇知。遂蒙蔡公倒屣而迎，以致陳君投轄而止。每抽屈宋之艷，必來班馬之褒。屆節蘭秋，當公申旦，投珠顧印，嘆所不如，嚼句成篇，不心能廢，蓋以言贈猶勝於食其德而罔報也。公方且廉稱市韭，政譽雷門，詩作金聲，名隸玉室。武城雖小，絃歌在户，王質採樵，尚且入道，而况於公乎？然公不但已也，緋衣銀印，坐進三公，緑字丹文，揚光萬載，然後翻霞觴而淋醉墨也。其合三者而爲壽乎！爲賦詩四首。

瘠土逢山斷〔一二四〕，邑處萬山之中，土少石多，於山麓斷處始有微田。溝堘落日邊〔一二五〕。藜飧〔一二六〕姑簡略，錦使避周旋〔一二七〕。邑去驛傳七十里，使車過臨，皆不親詣。秋水明於鏡，子山佳句。風簾捲入天。"簾捲入天"奇矣！因風捲入，尤奇。此等句皆古人所不及。士元非百里〔一二八〕，會傍酒如泉〔一二九〕。邑酒著名，李公終日泥飲，其於政務，垂簾坐理而已。

才人治小邑，所謂"印鎖經秋帶鮮痕"也。（林茂之）

山自聰明出，巧合。人生韓子城。長驅憐驛苦，蒙諭省民爭。鶴瘦銜珠舞，槐深夾路生。此皆狀清閑無事之意。凱之垂簾，夷甫清談，有如一轍。自從明府在，鷹犬寂無聲。

不勞而理，詩亦全不費力。（林茂之）

雷封何地古，詩思日堪題。噴墨皆成字，登樓每聚奎。李公風雅，於斯可見。花當珠露立〔一三〇〕，用"立"字輒有思致，與"飛㟧崇丘立"同妙。月隱市橋低〔一三一〕。佳景。本自爲仙吏，雙鳧過野畦。

緊聳在五、六一聯，能使全首生動。（林茂之）

素節引東阡〔一三二〕，坤牛飯暮天。奥闢。莖長絲載綱，露足雨添煙。唐人"宿霧足廟煙"，不若此"添"字奇闢。國豆從時俗，瓊膏樂壽年。"壽"字一見，亦不知其爲壽詩。皋狼風土瘠〔一三三〕，游鯈小如拳〔一三四〕。可作風土記。

合全詩觀之，大似柳愚溪遊山水，胸手眼別有注射，能使窮陬瘠壤皆屬可傳。（杜于皇）

興致奇闢。（林茂之）

贈劉康侯美人子素二首〔一三五〕

從來無字伎者而予字之，即無不尚其嬌且艷者，而予獨素之，則子素固足當予字者也，固字之曰子素。〔一三六〕

永巷經春〔一三七〕粧翠寒，琵琶小伎素衣寬。即其裝束，雅態備見。當時誤入天台去，玉貌金蟬〔一三八〕欲辨難。肌理骨肉不可鋪張，只在裝束上揣摩，益冷妙。

妙想妙筆。（潘江如）

緑帳流波謝綺羅，“流波”二字妙極。妖韶〔一三九〕無奈夜情多。微艷。紅兒最有春如海〔一四〇〕，春安得如海？妙不可言。度入東風障後歌〔一四一〕。

貽上最能爲情語，公詩渾麗，復使人在思議之外。（林茂之）

即王林州先生席賦十日紅菊二首〔一四二〕

欲逐寒英步紫苔〔一四三〕，柔鬚屈朵漫相催〔一四四〕。花未大作。淒辰落雨胭脂濕〔一四五〕，一日須當看一回。無字不是“十日紅菊”，然恰是題中所有，他人卻隻字不能道出。

結句穩貼，意復含蓄。（黄心甫）

清光似〔一四六〕與昨宵同，回憶確妙。廣漠金吹〔一四七〕琥珀紅。十日花開猶未徧〔一四八〕，不知何事怨〔一四九〕秋風。問得無端，卻妙。

反照出“十日”兩字，高手渾雅如此。（黄心甫）

白洋河題高遊擊壁四首

萬里風清絶燧烟，中軍雄略在弋鋋。黄河曲裏安如堵，用佐龍飛十四年。自然流動。

妙極天然，七言化境。（鄒流綺）

白高金鞍使臂騎，磨刀霍霍日遲遲。雄心壯烈，視“獨坐親雄劍”，氣概又不同。將軍玉帳嫺韜略，知是狂氛欲盡時。不戰而屈人之兵，先説使騎，後歸主將，缺一不可。

調高氣雄。（周兼三）

煎　茶

下相祠前畫角哀，雲花驟雨作驚雷。七字皆狀煎茶。不知謖謖清風起，又在淩虚百尺臺。上三句每句伏案末句，以“又在”二字一挽，大有應接不暇之勢。

高響入雲。（潘江如）

對　酌

竹葉尊絲不自謀，殘尊落日下紅樓。主人只有情難盡，一似長河萬古流。與青蓮"别意與之誰短長"同妙，必傳無疑。

一注而下，當是絶調。（杜于皇）

贈安東王分司

麟脯金盤進蕊宫，先生顔色倍青葱。太公更有安期壽，都在蓬萊渤海東。篇中"倍"字、"更"字、"都"字照顧完密。

太公在署中，夾説有味。（楊子常）

贈文鍊師二首〔一五〇〕

濯濯〔一五一〕仙人王子喬，靈顔翠髪〔一五二〕上丹霄。始知五岳無行徑〔一五三〕，不信華林一葉凋〔一五四〕。鍊師誦黄庭，茹芝草，學延年之術，故語多托寓。

"不信華林一葉凋"，是向道猛勇之意，卻微寓規諷。（王西樵）

姑射仙人莫記年〔一五五〕，霓旌時御〔一五六〕白雲邊。不知卻粒緣何事〔一五七〕，猶獻〔一五八〕人間子母錢。説得好笑，今人自媿。

此雖諷人，還諷鍊師，勿被瞞過。（王西樵）

壬午秋闈忝生余公不謂其駑下亟物色予謂陽直彭子籛先生程君果得途吾兩人當破十萬錢快諸公飲已落太原公房遭賺黜榜諸公咨嘆欲識予卷知其處乃流俗口不可用謂失予卷不知欲識予也然予場前不以捉刺勤舘人謁請太原公固自守泊然耳〔一五九〕

帳望玄珠秋水濱〔一六〇〕，津頭無數採珠人〔一六一〕。俯視一切。驪龍未睡誰先得〔一六二〕，愁見朱絃又敝秦〔一六三〕。文章雅淡者，比之“朱絃”。

主司冬烘，古今同慨。以先生之才而不遇識者，真爲恨事。何余公索之牝牡驪黄之外，此士所以有知己之感也。（鄒流綺）

題袁母寒香晚節圖

拂牖筫簹木榻穿，寒花如雪雨田田。袁母二十九歲而寡，行年八秩，爲《竹菊圖》，寓寒香晚節之意。不知白髮緣何盡？霜啸於今八十年。二語包藏無盡，抵他人千百餘句。

高華典重，一時作者無出其右。（林茂之）

重逢引贈荆郡丞〔一六四〕

荆公讎比三十載，手不停披去朱黄。已復星攢入太學，願交海虞楊子常。子常傳癖推第一，千衆萬象〔一六五〕篇相質。須臾倒抹似塗鴉，令庸衆人敗興。惟君〔一六六〕卷卷稱入室。我亦燃膏喜著書，同君〔一六七〕岳岳起名譽。當時雖共文星暗，淹室時臨〔一六八〕長者車。李詩謝賦羨筆精，二十餘人盡國英〔一六九〕。野情距躍終不改〔一七〇〕，飛騰漫浪何由撑。神采奕奕，使人不敢迫視。况值袁師蒙大難，慷慨還生憤不平。吁嗟荆君〔一七一〕嘗草疏，起得超忽。二十餘人爲之助。能令死灰忽又燃，袁師談笑出門去。豪俠舉動，出入於生死之間，且能還其故物，津津言之，至今嘆爲奇事。即今汲郡佐風猷〔一七二〕，皆謂袁師薦君〔一七三〕始。又找袁師一句，餘波瀠迴可愛。衛人利賴破誅姦，委珠披絮心如水。畫出廉吏。我來訪君〔一七四〕詣衛輝，蒼山點黛高巍巍。羽人勤息言君〔一七五〕德，玉堂石室生光暉。荆君〔一七六〕雅不爲自潤，大庇衛人何皆肥。清態肥人，不是一味無爲。君不見屢困蓬蒿藜藿子，猶致今朝澹不歸。結在自己身上卻不覺。

無端提出一楊子常，極口推許，鈍人必謂與題面無關，豈知題中波瀾筋節全在於此。及袁師一段，極力摹寫袁師，

正是推許郡丞作用處。特他人用正衍故不靈，此用側挑遂爾聳動飛舞，不可控捉耳。（黄心甫）

七言古長於叙事，絶去雕飾，能使讀者精神飛動。（孫豹人）

結納行遥寄姜明府〔一七七〕

余年二十號龍媒，拳毛踏地詣金臺。起調每每凌厲一世。回眸不見逢伯樂，徒然按劍被人猜。感從中來。新興姜公摘句好，場中五判千軍掃。相對唏嘘向我商，揺毫擲簡生煩惱。久困場屋人，揣摩不定，牢騷無聊之狀如在目前。君今結綬在南燕，邑無喧鵲卻鳴絃。可邀冰柱雪車客，重上河陽玳瑁筵。

起勢如持滿之弦、吐銜之馬，是歌行最得手處，後復遒宕，以少勝多。（杜于皇）

調急，是唐人孟東野。（黄心甫）

慶雲見東南行

丙戌立秋後二日，玉琯新移氣漸凉。碧天遠引浩無際，卿雲驀見東南方，直敘作冒，已見大意。赤如朱雀千端錦，黄似靈州塞外羊。黑侔純漆霏霏出，白照蓮花劍上霜。青者飛來類車蓋，只增一"者"字，靈妙出脱，全不費力。心折先生神筆在此，世人不知。别有佳氣鬱其傍。犇騰輪菌非一態，隨空亂足動鸞翔。屏翳宛轉謀出岫，乍看還疑忽在岡。四句形容五色，混合一處，忽聚忽散，雲之形體畢露。佛家九雲未足語，從龍垂翼杳何所？邴原尚是人中鶴，董京白社逢孫楚。羅文錯落定休明，吐潤敷華不得阻。"慶"字意出，詩之光昌博大所不必言。閶闔風高近大虚，芙蓉日影下幽渚。一氣磅礴。我慕虞廷歌復旦，時豐不止登禾黍。

他人定不敢將五色字五句排下，先生直排去，略不用參

差架疊法，氣直而且老，如讀漢人文，魏晋以下手脚視同糞土。其摹畫處有一字落世諦否？何物心孔，藏此鬼斧神鏤？（黄心甫）

投知引贈張伯將郡丞〔一七八〕

吾鄙推奇節之士〔一七九〕，句生勁，七言古佳處。後有青主前伯將。主客變提，別具手眼。青主去救袁夫子，千金擲地神揚揚。抗疏共我見天廟，袁師乃得歸故鄉。至今抱甕絶人事，埋光剷采游何方。此段言客。張公伯將不可及，癸酉飛才傾大邑〔一八〇〕。風流不減〔一八一〕樂與王，剔華掞藻如波急。此段言主。余時籍甚少年場，龍文百斛聲猶澀。"如波急"極得文章變動之妙，"聲猶澀"要看出是不得志處，非自謙語。張公不棄爲兄弟，勝流往往遝〔一八二〕雲集。開化寺中拂〔一八三〕綺筵，嘈嘈囋囋奏朱絃。永新皓齒〔一八四〕風情在，枕麴承糟劇〔一八五〕可憐。我每洛薄〔一八六〕居上座，因〔一八七〕公叔姪稱盡賢。自怪致身〔一八八〕期反掌，悲在"自怪"。久知棄繻且空還〔一八九〕。似太白。壬午蒼茫猶一遇〔一九〇〕，風塵慘澹嗟遲暮。公今坐嘯理〔一九一〕鄴都，富貴應不違其故。伯將不可及處。嘗聞冰雪畏人知，轉見屏蔽開鑪鑄。虚舍求賢似李邕，隨車卻〔一九二〕有甘霖澍。嘆我終年日益貧，懸空簞陋托〔一九三〕隱淪。意氛由來不自惜〔一九四〕，專權竇霍輕故人〔一九五〕。意氣雖"不自惜"，轉爲權貴所輕，可見從來通塞分途，難得意氣之投分。嗚呼青主身良賤，又挽入青主，妙！妙！自而非公難具陳。不然相識滿天下，世間誰有如公仁？賓主雙結，如二賢合傳。此只似不了語，然何嘗不了？

今人不識師友二字，操管漫云，作詩亦言性情，亦言懷抱，不知其所藏爲性情懷抱者何物？先生未嘗爲袁師專作一題，感觸及之，聲淚俱下。師友若此，五倫可知，五倫若此，則所藏爲性情懷抱者不待拈髭搦管，即一舉一動一語一默無非詩矣！區區按節尋聲，所謂作詩必此詩也！焉得有詩人哉？

顧奉武鄉先生爲天下詞壇矜式，必先洞晰其本領所在，然後開卷讀先生文集，乃不負先生現詩人身而爲説法耳。（黄心甫）

神氣超逸，熟於太白《憶舊遊寄譙郡元參軍》及《答杜秀才五松見贈》諸篇方合此境。（孫豹人）

紹聲篇〔一九六〕

人生無子萬事促〔一九七〕，伯道樂天如轉燭〔一九八〕。廣平雖有風少衰〔一九九〕，姚崇二字多致辱〔二〇〇〕。丞相明經繼韋賢〔二〇一〕，緑縹紫焰志高搴〔二〇二〕。大兒將車次持杖〔二〇三〕，能使神俊相周旋〔二〇四〕。歷敘子之賢愚作冒，欲奠一之有佳兒，乃見交誼古處，而筆致流動斑駁，自當壓倒一世。鄴下新傳王奠一〔二〇五〕，提衡傾蓋酬羣匹〔二〇六〕。晝理縹醪白露羹〔二〇七〕，耦曹滿座無閑日〔二〇八〕。流麗可喜。俠氣應留護地天，還從阿囝問詔編〔二〇九〕。國器豈〔二一〇〕須歸老大，豆芝咄咄在初年。奠一結客之外别無他長，故其象賢亦只就俠氣一邊説去。人情大都喜有息，何論相知未相識。從不識奠一上生議，高奇。成詩緝字動鬼神，此語未必無關力。將奠一有子説在得詩之助，不特將自己手筆看得大，一似世間實有此理，奇極幻極。藍田産玉不厭多，歲歲年年讀我歌。羲之獻之似立竹，參差瞥捩〔二一一〕不如他。拓開説去，仍歸在讀己之詩上，可謂善占地步。

世有其人本無可傳，而得名人之詩文以傳者，不知何限。可見詩文力量足與天地悠久，語非怪誕，實有此理，雖謂奠一之子異日得崑崙此詩之助固無不可也。（錢牧齋）

賀一不相知人之有子，是極泛套事。鋪砌箕裘，令人欲嘔，卻從崎嶇逼仄之處闢出一洞天，全副性情、全副懷抱，豈止點鐵成金，直如菩薩神通，能令一切樹間出莊嚴藏，今人奈何易言詩也！（黄心甫）

疇林茂之將同貽上刻其詩集

僕本疎慵愛林壑，先人賜書手長把。何知作吏苦風塵，況值瀕江偪戎馬。自嘆艱難秖厚顔，夢中聊自悔空山。“厚顔”因“艱難”來，既“厚顔”則不得不自悔矣！卻説夢中“悔空山”，蓋人情於夢寐之中屬念山林乃是常態，一經拈出，便使人痛快耳！紛紛鵷鷺徒滿眼，終然棄我如等閒。此艱難處。三十年前思林子，懷中雲錦深仰止。巋然魯殿餘靈光，嘩若鄧林茂柟梓。昨者貽我白門書，胸中頗著程坦如。奇肆。但諷名篇心迹親，不問安置誰吹虚。茂之爲貽上慰薦，然公之好士實不因人獎挹而然。聞翁今已踰耋齒，拄頰高詠尚未已。手書贈我之長歌，萬里岷源導江水。二語長歌中極蒼勁之句。得意忘年何敢當，疾讀渾如按混茫。好事之誠於“疾讀”二字看出。别録集中兩三卷，縱觀天地久低昂。俱有致。乾坤傾洞尋干戈，文士精靈恃不磨。四方上下覓鍾期，藏詩無過乃翁多。敢謝官微禄米薄，國門忍廢琳珪作。請翁强飯當春風，況與王公同一諾。“同”刻意，只未“一”點出。

疇贈詩入先生手，定有一片孤情至性繚繞於前後左右而後下筆。世人作詩但從題下筆，從題下筆者末也，先有繚繞於前後左右者本也，不争末而争本，當代作者林立，孰能窺先生之涯涘哉？（黄心甫）

興致瀟灑，青蓮筆意，此等自然以敏捷得之，殷璠所謂“氣來情來”也。（孫豹人）

元社擬春夜宴桃李園詩有序〔二一二〕

白集無宴詩，考《唐文粹·春夜宴諸從弟桃園序》云：“會桃花之芳園，序天倫之樂事，羣季俊秀，皆爲惠連，吾人歌詠，獨慚康樂。”與今本“桃李之芳園”有别，然天倫、羣季、惠連、康樂皆指從弟，則俗從桃李者誕於是矣，因發其旨，與世見之。

青塗乘歘吸〔二一三〕，君子懷苦辛。盛年狥推恕〔二一四〕，薄俗負徂春〔二一五〕。往者不可追〔二一六〕，梓澤悠沉淪。晝夜歲之半〔二一七〕，寂歷分良辰〔二一八〕。以“夜”補“晝”，全從“半”字上加一番警悟，使人不得錯過。淑節蒻新酒〔二一九〕，且未敦四鄰〔二二〇〕。楚雀緣風葉，華宗墜緑茵。都從桃園結想，絶無浮響。心賞欣在兹，護法會天倫。阿連比才悟，綺文燦高旻。肆志抽玄秘，康樂如有神。將從弟俊秀、天倫樂事筆筆清出。名章拔灌木，迴句映沙塵。補出擬詩。况此晴芳氣，千笑月前人。紅霞紛未已〔二二一〕，甘與〔二二二〕羣季親。又繳入春夜桃園。羽觴流不極，無惜攻伯仁。以宴從弟擬詩收，結構甚密。

詞句芳潤而氣格之周祥温厚，雖太白未易及也。（潘江如）

送魏次公之廣陽〔二二三〕

嚴程宜别引〔二二四〕，冉冉抗前旌〔二二五〕。離情何哀鬱〔二二六〕，秣馬脂車輪。煎沙五六月，丹衢映人明。點綴苦熱難行之景。黄金方結士，安得弗果行。朝發珍珠泉，暮出東山平。佇立已忽去，遺輝獨屏營。是去後無聊光景。君才凌〔二二七〕博物，常懷千歲名〔二二八〕。何能阻往路，日夕齊逢迎。願言奮羽翼，不見思彌生。既思良友，又欲良友之思我，此等投分，妙在兩下心照。

南陂遺響，更增疎宕。（陳伯璣）

有煌煌京洛篇之概，其情至則直接河梁矣，不以長短多少論也。（杜于皇）

培風亭冬槐〔二二九〕

枯條撐屋角〔二三〇〕，餘枝聚門闌〔二三一〕。秋葉落已盡〔二三二〕，自信天地寬〔二三三〕。摹寫冬槐之跳脱，是有至理存乎其間，詠物如此乃深。顧盼理有適〔二三四〕，愛此形影端。有時寒月起〔二三五〕，或來門外看。陶句。

乾潔宜如此，持兹心想歡〔二三六〕。一槐耳，愛其端節，且從門外來看，奇人行徑自是不同。

"乾潔"二字説冬槐，確妙。（王貽上）

"枯條撑屋角，餘枝聚門闌"，刻鏤突兀，妙在起句，入中幅便不奇。（黄心甫）

感梅

見汝〔二三七〕悟時艱，榮華向冬月。借梅寓意，悲共晚遇。南枝感激生〔二三八〕，將梅説得有心，更妙！北枝亦清越〔二三九〕。徂落道彌尊〔二四〇〕，辭羣志猶揭〔二四一〕。孤清之極，可賞在此。零雪紛下頹，微風鳴弗歇。輜軿合幽棲〔二四二〕，"合幽棲"接在"輜軿"之下，故妙！悇憛雕壯髮。静夜生媿悔〔二四三〕，對如〔二四四〕嘗不曰。静夜思惟，實有不可告語者，對梅付之嘿然，高人心事，全無隱諱。丈夫非無知，宅情與汝〔二四五〕竭。所悦煒爗時，不易清堅骨。只高擡梅，妙在不説自己。

起五字驀頭一棒，通身汗下，是大導師。（黄心甫）

懷寄冷峻，《感遇篇》耶？《行路難》耶？（杜于皇）

馬玉筍銓部太君屢相迎不到其弟既釋褐宜霑禄貴重矣顧就養太君里中未仕馬公乞詩紀之〔二四六〕

冠蓋盛京華，攀輪〔二四七〕鳴得意。委身〔二四八〕重妻子，恐非平生志。妻子具而孝道衰，讀之汗下。阿弟謝軒墀〔二四九〕，遺榮有餘嗜〔二五〇〕。不因三釜養，何〔二五一〕獨與人異？馬公蒞南曹〔二五二〕，念母苦不置。長跪接素書〔二五三〕，十迎邈不至〔二五四〕。婦人惜家園，爛漫居常事。久宦致違親，怳惚如夢寐。將婦人惜家園不肯即來説得極等閒，而人子思慕之情至於夢寐怳惚，波瀾頓跌，愈鬆愈緊。詔許膺翟茀，蒼茫佩君賜。起跪再致辭〔二五五〕，忠孝〔二五六〕理不二。獨有無家難，何以云不匱？願以許身愚，批鱗求〔二五七〕上治。進退各有節〔二五八〕，家聲幸不墜〔二五九〕。結處雙挽有力。

至信之言，忠孝一致，惟老杜言之有味，讀此令人感泣，覺李令伯《陳情表》俱可不必。（杜于皇）

北平除夕懷弟坦之〔二六〇〕

流景判〔二六一〕須臾，客心〔二六二〕危恐知。苦在不敢知，不獨有斯邁斯征之意。情愁薄天漢，世事良足疑〔二六三〕。大酺臻〔二六四〕新歲，去〔二六五〕日弗羈縻。人往有所返，暦易〔二六六〕難可爲。從來除夕詩被“難可爲”三字包盡。飆〔二六七〕塵忽及老，蕩滌赴前期〔二六八〕。“赴前期”苦矣，“蕩滌”二字更苦，妙！妙！凜凜互代謝〔二六九〕，四時更不移〔二七〇〕。弱弟習柔翰，夢吐鳳凰奇。蛟龍入我懷，控引天地思。臨岐〔二七一〕奮分手，坎壈怨阿誰。紫苔漫岱輿，千歲亦不饑。遥香子如薏，仙人乃採之。困貧守茲晷，安得恒少時。忽而文翰，忽而仙人，若斷若續，情思縹緲，古詩之妙往往若此。

少陵喜晴詩，叙及桑麻婦女，忽云“千載商山芝，往者東門瓜”，離合之妙波瀾莫二。（王貽上）

古詩用生用拙，自工部以後絶響，時人不肯爲，繇不能爲，使之讀此詩決不能解其妙，微公吾誰與歸？（杜于皇）

贈蔣虎臣太史

自惜生側陋，無因陳四科。吏道又苦拘，聞見何由多。邂逅親君子，論議如懸河。謂得展殷勤，軒車數來過。契闊忽已久，日月空蹉跎。昨來山有信，體中頗清嘉。叶。著書有餘閒，真訣得茅家。叶。神仙可坐進，養壽節松霞。叶。此言豈予欺，此樂勝鳴珂。真正知己必欲養其身以有用，故相信之深，不可當作一段冷話。躊躕爲君念，再世承恩波。雖曰無宦情，其如主眷何？代爲籌度，所謂愛君且欲君先達也，養其身以有用，正在於此。中朝正側席，旦夕還鑾坡。顧予思請益，預恐聞驪歌。

規模機軸，全似儲光羲。（黄俞邰）

歌麻二韻，古人通用，坡公古義尚然，今人絶無通者，不知韻經之故耳。（方爾止）

與顔、謝相逐，正未知誰爲後先。（何雍南）

贈王貽上司理三首

春風來清江，吹彼澤中蘭。芳草日堪把，相望隔長瀾。我豈無舟楫，欲往良獨難。寤寐襲芳菲，獨立以長嘆。公與貽上夾處一江，雖詩簡往來不絶而會面維艱，大江南北倚兩公爲詩伯，“寤寐”、“長嘆”蓋道其實也。

淹婉無聲色，而洗濯極净，其追琢之工在字句之外。（黄心甫）

嚶鳴豈不懷，所媿非同響。黄鳥飛春風，晛睆音下上。翩翩灌木間，百舌安能仿。毛羽本自殊，中心徒養養。淡淡數語，中懷百結。

音節甚清，然見其厚不見其清。（黄心甫）

直逼三百篇，奚有漢魏。（程千一）

大鵬搏風起，萬里何逍遥。藐爾深林中，一枚寄鷦鷯。畀棲以俟時，英雄立身不苟，本末畢見。翻飛願一朝。自顧終菲薄，焉敢希扶摇。

八句中凡四轉，曲盡抑揚之妙。（杜于皇）

“嚶鳴”二首全用比體，此法惟漢人有之，即漢詩中亦不多得，僅“新裂齊紈素”、“迢迢牽牛星”、“洛陽城東路”三首耳。（方爾止）

牛首山

金陵朝衆山，南峰若拄笏。牛頭何峭崒，皇州儼對越。四語即可抵《牛首山記》，獨子美《游山》諸詩差足擬此。晉家南渡時，徽名錫天闕。

前朝屬混一，龍蟠興也勃。離方象朱鳥，珠宫嵌石窟。何年小辟支，靈鷲標崪兀。臺殿駕空虚，金艧輝日月。朱華永芬芳，瑶草時翕艴。窮目大江外，帆影向空没。語多獨詣。右顧指松雲，山色苔徑滑。靈境擬窮蒐，日昃何能卒。懷哉赤縣遊，靈氣豈消歇。忽然宕開，胸次曠然，不受羈紲。何當稅塵鞅，巖棲採薇蕨。

遊山詩最嫌涉套，此詩字字爲牛首寫照，俯仰今昔，惻焉興懷，他山決難通用。（方爾止）

遊覽詩貴領其要，要者勢位尚背起止之所在也，貿貿登眺，雖終年同康樂搜鑿，猶未夢見耳。（黄心甫）

攝山棲霞寺

舊京日蕪没，佳麗今可追。披圖覽名勝，命駕探幽奇。攝山鬱東峙，乃在大江陲。孤嶂凌太清，日月互蔽虧。煙崖極登頓，雲岫泯參差。取景狀勢，極其真切。珠宫晨夕梵，天花晝夜吹。奇石抱藤蘿，高澗瀉污池。喬松響春朝，飛藿聚秋蘺。施鳥及鷗鳧，奔獸來麃麋。山間好景，須借文人之口形出，不然雖有好景，如同錯過。樵隱雖不同，風雨良在兹。緬懷明居士，更憶江總持。捨宅樹逸軌，停山賦新詩。大藥豈悮人，靈草生有時。艤舟試登岸，東風赴前期。

攝山者，謂其山産靈草可以攝生也，明居士捨宅爲寺，江侍中撰文勒碑，此棲霞本末所當指次，他人遊覽匆匆，知此者鮮矣！（方爾止）

有着落，不肯泛泛寓目。“樵隱雖不同”、“風雨良在兹”二語淵穾，爲通篇筋骨，若無此二語則精神不起矣。（黄心甫）

寫景最幽窅，錬格又最穩切。（談長益）

竹林寺

夾山疑見古招提，白石青松路不迷。江映高窗雙嶼出，天圍絶頂衆峰低。精理畫意。時聞獵騎回鐘梵，每逐官曹就品題。嘗與王貽上游此。擬煮春泉參玉版，城中美酒不教携。寺中祭酒。

軒翥秀潔，七律中最上一乘，淺學不知其妙。（杜于皇）

格調全是盛唐，中原七子有其聲響，無其氣韻。（方爾止）

虎丘寺

盤空塔勢出青林，一阜娱人自古今。四面維舟山路迴，千人聽曲石塲深。山形來路，指畫分明。雉兒化後空獅吼，虎迹潛來但鳥吟。獨上峰頭望湖海，繁華消歇動悲心。一往情深。

登虎丘者踵接於路，至其精思秀氣發揚透徹，能使山之本領畢見，從來作者應推獨步。（黄心甫）

王貽上尊人五十雙壽詩四首

列朝聽履上星辰，錫誥還加對策身。望著東山宜作相，樽開北海正留賓。屬對精工。高門盡屬朝中貴，大雅方歸膝下人。可稱有子。更喜齊眉俱黑髪，是雙壽。擬逢十度賦莊椿。

舉止閑雅，自屬大家。（鄒流綺）

雙壽今朝慶肆筵，四方名彦奏鴻篇。欲知翁媪承顔喜，不離雙壽。請看門闌致客賢。庭際晴梅舒近臈，杯中寒月放初絃。點綴有情。白華歌罷由庚繼，謾詡仙人赤斧年。

流麗可愛。（周兼三）

飛來玉羽舞庭中，不是揚州致阿戎。廬橘着花看漸白，山礬吐秀愛初紅。纔着景便自疏秀。承筐珪幣華筵盛，滿壁文章上客工。思子更登吴觀憩，方不泛。遥遥練焉入雙瞳。

即“承筐珪幣”、“文章上客”着想，自覺高雅。（鄒流綺）

鵲華山色曉煙開，獻壽宜傾無算盃。子仕綺年方早貴，大快心事。身恬世德又重培。兩朝濟上聲名大，千里淮南祝頌來。金母木公差比擬，到底拈着雙壽。玉音彤管共昭回。

發揮雙壽之意卻一字不落常徑，所以爲妙，然非以西樵、阮亭昆季必不能發公之奥衍至此。（杜于皇）

詠菊三首

日子近重九，嗅之覺菊寒。不知風甚冷，但對南山殘。此語總束上三句，意甚閑冷，與“悠然見南山”之句同妙。

此先生少年作，而真氣已勃勃動人。（林茂之）

每嘆經時秀，其如朝槿心。只此二語，羣卉目當見奪。不知陶靖節，獨有菊成林。

盛稱靖節，正高擡菊處。（林茂之）

不到南陽谷，焉知青蕊繁。庭前摘短葉，痕緑上闌干。若云“緑痕”則不妙矣。

三詩正以散散不着力見高。（錢牧齋）

幽秀之色，挹之不盡，其思之所入别也。（程千一）

施又王過别二首

重過京峴路，此去復何之。遊人行徑，着此一問，情懷惘然。酒向離亭醉，遲君知幾時？説破更覺淒切。

流動蘊籍，五言絶當以此等爲第一義。油腔濫調皆鄙不足道耳。（林茂之）

苦愛詩成性，高詠不礙閑。不云“不礙苦”，而云“不礙閑”，正妙。提防秋葉盡，莫度建陵山。兩詩末句皆有勸其莫行之意。

“莫度建陵山”，正欲成其閑適之志耳。（林茂之）

輓鄉達二首〔二七二〕

文獻風規盡，陽城失大賢。空餘青谷水，流恨在年年。“流”字下得自然。

老成。（孫豹人）

謝公聞棄世，談笑馭霓旌。不厭窮泉苦，是談笑轉語。終懷故國情。

句短意長。（錢牧齋）

情隨韻永，一往淒愴。（程千一）

雨花臺二首

高原聊一上，花雨想空蹊。貰酒還青幔，分曹自白題。琢練語，自不可磨。煙銷孤塔湧，樹盡衆山低。奇確。雲氣蒼梧是，風前望不迷。

“煙銷”、“樹盡”二語寫今日雨花臺，曲盡其致，非親歷者不知。（方爾止）

老樹亭何得，荒墳路可尋。曾收七族淚，不换一君心。人人意中有此，口中卻道不出。野祭來披薙，春祠憶合簪。蒼凉。當時同室門，慘極尚沾襟。

渾淪不露，情旨鬱然，一唱三嘆之外尚有餘情，從前作者皆可廢卻。（黄心甫）

袁重其輕舟過訪

急雨臨花在，春心亦自添。雨急而花仍在，故春心亦自添也。一“在”字引人着勝。帆清衝驛至，煙曉得風占。一“占”字寫風煙入神。見友時分惠，爲官俸獨廉。皋橋他日往，訪客下丹檐。

喜其來計其往，使人感激。（王貽上）

題張山人像

楚山不可盡，逸思在揮毫。山人以書名。松勢多新態，琴聲入大濤。寒雲時卧石，寶劍暗隨絛。即景布語皆佳。似得棋中趣，飛鳴向九皋。山人於棋，有積薪之譽。

事雖切景，詩自灑脱。（林茂之）

輓張洪宇總戎太君

颶風吹波翻海縣，鯨鯢騰陸天地眩。帝遣天丁鼓雷電，致誅水怪坤軸奠。先師精衛天一方，口銜木石不相當。獨遺阿母啼望羊，委軀泥沙甘絶肮。鯨鯢逃遯不敢將，海若哀之訴帝傍。太君死於寇氛，故極力形容生氣猶在。百神招魂下大荒，樂奏鈞天鳴鳳凰。神之來兮何洋洋，身雖殞兮壽無央。行助厥子夙願償，哀哉阿母名芬芳！

結響悲壯，極抑揚轉幻之妙，非長吉鬼語所能彷彿。（杜于皇）

别有聲光震撼於字句之外。（談長益）

愴悽中具有激昂之勢。（何雍南）

校勘記

〔一〕“因”，《崑崙草》作“親”。

〔二〕《崑崙草》此句作“書裏藏龜殼”。

〔三〕《崑崙草》此句作“牀頭濯錦鱗”。

〔四〕“蠟”，《崑崙草》作“木”。

〔五〕《崑崙草》此句作“寂寞從他慣”。

〔六〕《崑崙草》此句作“悠悠隴畝民”。

〔七〕《崑崙草》此句作“正好尋詩料”。

〔八〕《崑崙草》此句作“諸生罷絳帳”。

〔九〕《崑崙草》此句作“此地更寥寥”。
〔一〇〕“皆”,《崑崙草》作“都”。
〔一一〕《崑崙草》此句作“茶是松枝煮”。
〔一二〕《崑崙草》此句作“桑從地畔栽”。
〔一三〕《崑崙草》此句作“惠休詩思熟”。
〔一四〕《崑崙草》此句作“見慣肯重來”。
〔一五〕“露”,《崑崙草》作“路”。
〔一六〕“共”,《崑崙草》作“對”。
〔一七〕《崑崙草》此句作“飄蓬誰似我”。
〔一八〕《崑崙草》此句作“唯有頌離騷”。
〔一九〕《崑崙草》此句作“池流可壯觀”。
〔二〇〕“提衡”,《崑崙草》此句作“親朋”。
〔二一〕《崑崙草》此句作“低眉元自赧”。
〔二二〕《崑崙草》此句作“伸眉着鵕冠”。
〔二三〕《崑崙草》此句作“詩腸喧不静”。
〔二四〕《崑崙草》此句作“强半畏離酸”。
〔二五〕“憶武鄉”,《崑崙草》作“定客鄉”。
〔二六〕《崑崙草》此句作“不堪愁思苦”。
〔二七〕《崑崙草》此句作“誰復搗衣裳”。
〔二八〕“青山路”,《崑崙草》作“齡猶少”。
〔二九〕“仍病肺”,《崑崙草》作“多處士”。
〔三〇〕《崑崙草》此句作“還肯數周旋”。
〔三一〕《崑崙草》存此詩題爲《太康令魏于埜舅忠烈祠》。
〔三二〕“存”,《崑崙草》作“留”。
〔三三〕“卞嵇”,《崑崙草》作“許雷”。
〔三四〕《崑崙草》存此詩題爲《陳壺嵐孝廉》。
〔三五〕《崑崙草》存此詩題爲《姬向周孝廉》。
〔三六〕“大”,《崑崙草》作“山”。
〔三七〕《崑崙草》此句作“有客頗好留”。
〔三八〕《崑崙草》此句作“一住卻經旬”。

〔三九〕《崑崙草》存此詩題爲《申癸衷孝廉》。

〔四〇〕《崑崙草》此句作"秋容上畫屏"。

〔四一〕"雜",《崑崙草》作"雅"。

〔四二〕"謂",《崑崙草》作"爲"。

〔四三〕《崑崙草》存此詩題爲《武君十茂才》。

〔四四〕"俯視",《崑崙草》作"擺落"。

〔四五〕《崑崙草》存此詩題爲《陳吾青茂才》。

〔四六〕"舍",《崑崙草》作"舌"。

〔四七〕"光",《崑崙草》作"先"。

〔四八〕《崑崙草》存此詩題爲《龐鳩六進士》。

〔四九〕"章",《崑崙草》作"草"。

〔五〇〕"想",《崑崙草》作"相"。

〔五一〕《崑崙草》存此詩題爲《石泰華孝廉》。

〔五二〕《崑崙草》存此詩題爲《武二酉茂才》。

〔五三〕"松",《崑崙草》作"冬"。

〔五四〕《崑崙草》存此詩題爲《寄西河萬僉憲》。

〔五五〕"輕翼",《崑崙草》作"倏忽"。

〔五六〕"親",《崑崙草》作"新"。

〔五七〕"居",《崑崙草》作"君"。

〔五八〕《崑崙草》存此詩題爲《代贈棗强張明府》。

〔五九〕"匹",《崑崙草》作"五"。

〔六〇〕《崑崙草》此句作"不謂雷封堪乘輿"。

〔六一〕《崑崙草》存此詩題爲《上黨連司理顧予山莊飲酒賦詩數日乃去又訂來後約於其行也而賦此》。

〔六二〕《崑崙草》此句作"世悲灰鼎業"。

〔六三〕"期",《崑崙草》作"訪"。

〔六四〕"重",《崑崙草》作"羡"。

〔六五〕《崑崙草》此句作"執手想懷民"。

〔六六〕"終",《崑崙草》作"忘"。

〔六七〕"慰",《崑崙草》作"任"。

〔六八〕《崑崙草》此句作“魯酒驕花睡”。

〔六九〕《崑崙草》此句作“張梨破醉闉”。

〔七〇〕《崑崙草》此句作“贈言君吉甫”。

〔七一〕《崑崙草》此句作“酬句我陳遵”。

〔七二〕“辛”,《崑崙草》作“幸”。

〔七三〕“漫”,《崑崙草》作“冀”。

〔七四〕《崑崙草》此句作“不辭東道主”。

〔七五〕《崑崙草》此句作“俟爾濕河濱”。

〔七六〕《崑崙草》存此詩題爲《代挽内子》。

〔七七〕《崑崙草》此句作“連城玉質委高墳”。

〔七八〕《崑崙草》此句作“百斛明珠一旦分”。

〔七九〕《崑崙草》此句作“靈車斥苦去孤村”。

〔八〇〕“婣娥”,《崑崙草》作“人亡”。

〔八一〕《崑崙草》此句作“最恨鬼區無所覓”。

〔八二〕《崑崙草》此句作“枉教啼雨更招魂”。

〔八三〕《崑崙草》此句作“舞鏡情悲子駿堅”。

〔八四〕《崑崙草》此句作“劈破蓮根絲尚牵”。

〔八五〕《崑崙草》此句作“蓮花流去水西邊”。

〔八六〕《崑崙草》存此詩題爲《題鄴下范懷素柳航》。

〔八七〕《崑崙草》此句爲“楊柳絲牽欲鬥風”。

〔八八〕“臨窗艷艷”,《崑崙草》作“碧天如洗”。

〔八九〕《崑崙草》此句爲“扁舟獨爲圖書繫”。

〔九〇〕“明”,《崑崙草》作“西”。

〔九一〕《崑崙草》此句爲“書航遥挂最高邊”。

〔九二〕《崑崙草》存此詩題爲《董心素孝廉書至詩以訊之》。

〔九三〕《崑崙草》存此詩題爲《趙平符進士齊雲齋》。

〔九四〕《崑崙草》存此詩題爲《招飲西河朱太史峪園謀嬌侑觴歸途謀嬌復延至其舍予雖留醉然終卻其請》。

〔九五〕“皂”,《崑崙草》作“低”。

〔九六〕《崑崙草》此句作“莫緣太史飛橋過”。

〔九七〕“已”，《崑崙草》作“本”。

〔九八〕《崑崙草》此句作“身閒恨没書”。

〔九九〕《崑崙草》此句作“驚人疑有句”。

〔一〇〇〕《崑崙草》此句作“瘦貌不關渠”。

〔一〇一〕《崑崙草》存此詩題爲《代呈胡内翰》。

〔一〇二〕“蒼茫”，《崑崙草》作“文章”。

〔一〇三〕“孤劍直”，《崑崙草》作“期古道”。

〔一〇四〕《崑崙草》此句作“桃李暫投竿”。

〔一〇五〕《崑崙草》此句作“國世恩向報”。

〔一〇六〕《崑崙草》此句作“師情老更歡”。

〔一〇七〕《崑崙草》存此詩題爲《丁酉四月予鄉始得微雨六叔病中索詩走筆應之》。

〔一〇八〕《崑崙草》此句作“紅日□燒空”。

〔一〇九〕《崑崙草》此句作“雲生暮井東”。

〔一一〇〕《崑崙草》此句作“何人不看雨”。

〔一一一〕《崑崙草》此句作“到處礙長風”。

〔一一二〕《崑崙草》此句作“簷滴朱樓細”。

〔一一三〕《崑崙草》此句作“河流碧澗通”。

〔一一四〕《崑崙草》此句作“一半是荒隴”。

〔一一五〕《崑崙草》存此詩題爲《乙未杪冬廿五日爲吏部馬玉筍壽》。

〔一一六〕“露”，《崑崙草》作“漏”。

〔一一七〕“青雲侶”，《崑崙草》作“萬千載”。

〔一一八〕《崑崙草》存此詩題爲《寄殷國張太守》。

〔一一九〕“郡”，《崑崙草》作“共”。

〔一二〇〕“題詩”，《崑崙草》作“詩題”。

〔一二一〕“浣紙”，《崑崙草》作“籤編”。

〔一二二〕“筭大”，《崑崙草》作“大筭”。

〔一二三〕“齡遐”，《崑崙草》作“遐齡”。

〔一二四〕《崑崙草》此句作“地僻城如筍”。

〔一二五〕《崑崙草》此句作“逢山綴石拳”。

〔一二六〕“藜飧”，《崑崙草》作“米鹽”。

〔一二七〕《崑崙草》此句作“案牘躲周旋”。

〔一二八〕《崑崙草》此句作“羅侯方壯勝”。

〔一二九〕《崑崙草》此句作“連最好烹鮮”。

〔一三〇〕“珠露”，《崑崙草》作“露下”。

〔一三一〕《崑崙草》此句作“柳度門前低”。

〔一三二〕《崑崙草》此句作“商氣老肥田”。

〔一三三〕《崑崙草》此句作“大都緣界好”。

〔一三四〕《崑崙草》此句作“落得撫琴絃”。

〔一三五〕《崑崙草》存此詩題爲爲《劉康侯美人字》。

〔一三六〕序言據《崑崙草》補。

〔一三七〕“永巷經春”，《崑崙草》作“高髻雲鬟”。

〔一三八〕“玉貌金蟬”，《崑崙草》作“至到而今”。

〔一三九〕“妖韶”，《崑崙草》作“嬌羞”。

〔一四〇〕《崑崙草》此句作“從來趙女傳如玉”。

〔一四一〕《崑崙草》此句作“一段穿雲裂石歌”。

〔一四二〕《崑崙草》存此詩題爲《王林州先生席上命賦十日紅菊》。

〔一四三〕《崑崙草》此句作“雨過重陽菊漸開”。

〔一四四〕“漫相催”，《崑崙草》作“見新裁”。

〔一四五〕《崑崙草》此句作“胭脂亂抹雙紅頰”。

〔一四六〕“似”，《崑崙草》作“尚”。

〔一四七〕“廣漠金吹”，《崑崙草》作“睡老難披”。

〔一四八〕《崑崙草》此句作“十日圓球開未徧”。

〔一四九〕“怨”，《崑崙草》作“惱”。

〔一五〇〕《崑崙草》存此詩題爲《平陽文鍊師哀人生之險毳安上帝之金台寄迹予鄉聖母祠日誦黄庭茹芝草而四方之人以其新亦頗有獻錢米者予嘗造而問焉贈詩》。

〔一五一〕“濯濯”，《崑崙草》作“不見”。

〔一五二〕“靈顔翠髮”，《崑崙草》作“赤龍指日”。

〔一五三〕《崑崙草》此句作“腰中嘗帶昆吾劍”。

〔一五四〕《崑崙草》此句作"斬盡人間花月妖"。

〔一五五〕"莫記年",《崑崙草》作"出洞天"。

〔一五六〕"御",《崑崙草》作"到"。

〔一五七〕《崑崙草》此句作"不如調運金花藥"。

〔一五八〕"獻",《崑崙草》作"還"。

〔一五九〕《崑崙草》存此詩題爲《壬年闈中余忝生父母急欲物色予謂同考彭子籛先生曰吾兩人有得崑崙者出闈日當設席張□□千萬錢爲諸公一醉既而落太原公房遂遭嗛黜既放榜諸公扼腕予卷咸欲一識之當時里中轟傳失予卷子不知乃欲識予也雖然予場前不肯見太原公固自守泊然耳》。

〔一六〇〕《崑崙草》此句作"不怨投珠終勒帛"。

〔一六一〕《崑崙草》此句作"琵琶慚媿負君恩"。

〔一六二〕《崑崙草》此句作"當時難得驪龍睡"。

〔一六三〕《崑崙草》此句作"腸斷蘇公枉注存"。

〔一六四〕《崑崙草》存此詩題爲《重逢引贈荆二府》。

〔一六五〕"象",《崑崙草》作"衆"。

〔一六六〕"君",《崑崙草》作"公"。

〔一六七〕"君",《崑崙草》作"公"。

〔一六八〕"淹室時臨",《崑崙草》作"幸得門多"。

〔一六九〕"盡國英",《崑崙草》作"更結盟"。

〔一七〇〕《崑崙草》此句作"由來高義互相許"。

〔一七一〕"荆君",《崑崙草》作"我公"。

〔一七二〕"佐風猷",《崑崙草》作"需分理"。

〔一七三〕"君",《崑崙草》作"公"。

〔一七四〕"君",《崑崙草》作"公"。

〔一七五〕"君",《崑崙草》作"公"。

〔一七六〕"荆君",《崑崙草》作"我公"。

〔一七七〕《崑崙草》存此詩題爲《結納行贈姜明府》。

〔一七八〕《崑崙草》存此詩題爲《投知引贈張伯將二府》。

〔一七九〕《崑崙草》此句作"吾黨素言豪俠士"。

〔一八〇〕"飛才傾大邑",《崑崙草》作"高名滿大邑"。

〔一八一〕“減”,《崑崙草》作“數”。

〔一八二〕“悠”,《崑崙草》作“成”。

〔一八三〕“拂”,《崑崙草》作“列”。

〔一八四〕“皓齒”,《崑崙草》作“樹子”。

〔一八五〕“劇”,《崑崙草》作“轉”。

〔一八六〕“洛薄”,《崑崙草》作“登龍”。

〔一八七〕“因”,《崑崙草》作“托”。

〔一八八〕“自怪致身”,《崑崙草》作“自謂青雲”。

〔一八九〕《崑崙草》此句作“誰知棄繻復空還”。

〔一九〇〕《崑崙草》此句作“壬武秋闈更一遇”。

〔一九一〕“理”,《崑崙草》作“在”。

〔一九二〕“卻”,《崑崙草》作“獨”。

〔一九三〕“托”,《崑崙草》作“羨”。

〔一九四〕《崑崙草》此句作“值兹兵燹流難後”。

〔一九五〕《崑崙草》此句作“疇是當年石契人”。

〔一九六〕《崑崙草》存此詩題爲《紹聲篇爲鄴下王奠一作》。

〔一九七〕《崑崙草》此句作“生平能解結奇人”。

〔一九八〕《崑崙草》此句作“正當海内苦風塵”。

〔一九九〕《崑崙草》此句作“陟崇犯險何曾面”。

〔二〇〇〕《崑崙草》此句作“妙卜懷素都其憐”。

〔二〇一〕《崑崙草》此句作“懷素爲言王奠一”。

〔二〇二〕《崑崙草》此句作“緩急之中誠可必”。

〔二〇三〕《崑崙草》此句作“畫錦堂前醉五侯”。

〔二〇四〕《崑崙草》此句作“炊金更上鴛鴦樓”。

〔二〇五〕《崑崙草》此句作“放眼肯交天下士”。

〔二〇六〕《崑崙草》此句作“俗伍莫得知厥由”。

〔二〇七〕《崑崙草》此句作“常恐此道至君止”。

〔二〇八〕《崑崙草》此句作“天涯寥落圖知己”。

〔二〇九〕《崑崙草》此句作“咸從阿因覓象賢”。

〔二一〇〕“豈”,《崑崙草》作“不”。

〔二一一〕“瞥揬”，《崑崙草》作“叫出”。

〔二一二〕《崑崙草》此詩序言爲：“家有白集，并無宴詩。猶記《唐文粹》有《春夜宴諸從弟桃園序》，内云：‘會桃花之芳園，序天倫之樂事，羣季俊秀，皆爲惠連，吾人歌詠，獨慚康樂。’與今本云‘桃李之芳園’有别，未知孰正。然曰天倫、羣季、惠連、康樂，則指諸從弟言明矣，今一從唐文，以安所信。”

〔二一三〕《崑崙草》此句作“人生猶過隙”。

〔二一四〕《崑崙草》此句作“朱顔日以老”。

〔二一五〕《崑崙草》此句作“慚媿對青春”。

〔二一六〕《崑崙草》此句作“黄金弗可留”。

〔二一七〕《崑崙草》此句作“晝短有夜長”。

〔二一八〕“寂歷”，《崑崙草》作“百歲”。

〔二一九〕《崑崙草》此句作“陽和都序首”。

〔二二〇〕《崑崙草》此句作“丹葩曜角巾”。

〔二二一〕“紛未已”，《崑崙草》作“益清緒”。

〔二二二〕“甘與”，《崑崙草》作“織字”。

〔二二三〕《崑崙草》存此詩題爲《送魏次公北上》。

〔二二四〕《崑崙草》此句作“依親宜北上”。

〔二二五〕《崑崙草》此句作“終然離别情”。

〔二二六〕《崑崙草》此句作“君行余千里”。

〔二二七〕“凌”，《崑崙草》作“傲”。

〔二二八〕《崑崙草》此句作“況向季智盟”。

〔二二九〕《崑崙草》存此詩題爲《魏進士培風亭冬槐》。

〔二三〇〕《崑崙草》此句作“門進離一步”。

〔二三一〕《崑崙草》此句作“槐枝加客冠”。

〔二三二〕《崑崙草》此句作“空凍全舒日”。

〔二三三〕《崑崙草》此句作“勢若安於闌”，且此句後另有“經次崑壘路，奇情識者難”一聯。

〔二三四〕《崑崙草》此句作“余亦方散人”。

〔二三五〕“起”，《崑崙草》作“寢”。

〔二三六〕“歡”,《崑崙草》作“觀”。

〔二三七〕“汝”,《崑崙草》作“爾”。

〔二三八〕“感激生”,《崑崙草》作“層遞開”。

〔二三九〕“清越”,《崑崙草》作“力發”。

〔二四〇〕《崑崙草》此句作“世冷彌自立”。

〔二四一〕《崑崙草》此句作“寡客香不没”。

〔二四二〕“合幽棲”,《崑崙草》作“戀貧賢”。

〔二四三〕“生媿悔”,《崑崙草》作“面爾坐”。

〔二四四〕“對如”,《崑崙草》作“闔口”。

〔二四五〕“汝”,《崑崙草》作“爾”。

〔二四六〕《崑崙草》存此詩題爲《吏部馬玉笥先生迎養大夫人不至其弟未就殿試隨侍里中命同社爲詩紀之》。

〔二四七〕“攀輪”,《崑崙草》作“逐客”。

〔二四八〕“委身”,《崑崙草》作“男兒”。

〔二四九〕“謝軒墀”,《崑崙草》作“换青衫”。

〔二五〇〕《崑崙草》此句作“好手未策試”。

〔二五一〕“何”,《崑崙草》作“胡”。

〔二五二〕“涖南曹”,《崑崙草》作“在吏曹”。

〔二五三〕《崑崙草》此句作“問母來何時”。

〔二五四〕《崑崙草》此句作“十迎不一至”。

〔二五五〕《崑崙草》此句作“覽揆弟稱觴”。

〔二五六〕“忠孝”,《崑崙草》作“遠近”。

〔二五七〕“求”,《崑崙草》作“來”。

〔二五八〕《崑崙草》此句作“或者慰母心”。

〔二五九〕《崑崙草》此句作“消息時時自”。

〔二六〇〕《崑崙草》存此詩題爲《都門除夕懷弟》。

〔二六一〕“判”,《崑崙草》作“斷”。

〔二六二〕“心”,《崑崙草》作“子”。

〔二六三〕《崑崙草》此句作“怪殺世上兒”。

〔二六四〕“臻”,《崑崙草》作“拉”。

〔二六五〕“去”,《崑崙草》作“舊”。

〔二六六〕“易”,《崑崙草》作“移”。

〔二六七〕“飆”,《崑崙草》作“風”。

〔二六八〕《崑崙草》此句作“坎坷予抱怨”。

〔二六九〕《崑崙草》此句作“踒跦戀片刻”。

〔二七〇〕《崑崙草》此句作“攢翠恨兩眉”。

〔二七一〕“臨岐”,《崑崙草》作“雙雙”。

〔二七二〕《崑崙草》存此詩題爲《代挽鄉尊》。

松龕全集

〔清〕徐繼畬　撰
孫晉浩　馬斗全　點校

點校説明

徐繼畬（1795—1873），字健男，號松龕，晚清山西五臺東冶鎮人。自幼隨父修習舉業，嘉慶癸酉（1813）中舉人，道光丙戌（1826）中進士。之後歷官翰林院編修、陝西道監察御史，後外放福建，歷任延建邵道、汀漳龍道、福建布政使、福建巡撫，福建巡撫任内兩兼閩浙總督。道光二十八年（1848）英國傳教士違約租住神光寺，事件發生后，時任福建巡撫兼閩浙總督的徐繼畬堅持和平勸導，與主張强行驅逐的林則徐等福建鄉紳意見相左，遂屢遭彈劾，於咸豐元年（1851）被免職，降補太僕寺少卿。咸豐二年（1852），因福建巡撫任内官犯逃脱一事受到追究，於主持四川鄉試歸途被“傳旨革職”。回鄉后，主講平遥超山書院，以之養家糊口。在鄉期間，先後遭逢太平軍北伐、東捻軍北征，以及陝西回民起義，此伏彼起的反清斗争，一次次威脅到清王朝在山西的統治秩序，徐氏遂幾次奉令襄辦地方防堵、組織團練，爲山西地方大吏所倚重。同治四年（1865），徐氏重歸官場，被命以三品京堂在總理各國事務衙門行走，并受命管理同文館。同治八年（1869）告病歸里，四年後（1873）賞頭品頂戴，當年秋天去世。

徐繼畬是中國近代史上的一位先行者，任官福建的地理之便，使其得以近距離接觸“洋人”、“洋事”，直接體驗這場“數千年未有之大變局”。面對這場“大變局”，他既没有一概莽撞相向，也没有處處委屈避讓，而是能够正視之、考察之，試圖給予切實的了解。他在福建布政使任上完成的《瀛寰志略》一書，以比林則徐《四洲志》更爲嚴謹、客觀的態度，更加準確、翔實的内容，向國人介紹西方世界，爲當時國人了解西方世界開啓了一扇明窗。

徐繼畬的《瀛寰志略》一書，早已被世人所矚目，也早已被中國近代思想史學界所重視。但是，對徐繼畬本人的研究還很不够，還有着很大的發掘空間。作爲一位深受儒家傳統文化熏陶的士大夫，其爲官廉潔盡職，曾兩度被上官考評爲“有守有爲”；其爲學嚴謹求實，在歷史地理的考據中頗有精彩之論。而對社會現實的密切關注，是其更爲突出的一個特點，社稷的安危、社會的穩定、百姓的安寧，等等，無不爲徐氏所牽挂。在歷史研究關注點“下移”的當今，這樣一個有别於歷史“風雲人物”的士大夫典型，應當具有别樣的研究價值。

《松龕全集》初版於民國四年（1915），包括奏疏上下兩卷、文集四卷、兩漢幽并凉三州（附沿邊十郡）今地考略一卷、詩集二卷、徐氏本支叙傳一卷，共十卷。民國二十五年（1936）《山右叢書初編》去“徐氏本支叙傳”一卷，以其餘九卷收入再版。兩本差距不大，故本全集仍依據《山右叢書初編》本點校，文集部分以民國四年版《松龕全集》爲校本，詩集部分以光緒二十六年（1900）闇然堂本《退密齋吟稿》爲校本（兩校本簡稱勘本）。處理方式大體分爲三類：第一，凡屬明顯印刷錯誤者，如“戌”錯爲“戍”，“已”錯爲“巳”之類，均徑直改過，不出校注；第二，明顯錯誤，但易出歧義者，徑直改過，并以校注加以説明；第三，有疑義但兩本均同，則保留原字，并出校注加以説明。另，因底本刊於民國二十五年，其時書坊用字頗不規範，繁、簡兩體交錯使用，對此，本點校一仍其舊，不做校改。

本書由孫晉浩、馬斗全點校。奏疏、文集、考略共七卷係孫晉浩點校，詩集兩卷係馬斗全點校。點校者水平有限，於此點校本未敢稱善，盡力爲之而已矣。

跋

是編奏疏二卷，文集四卷，詩集二卷，又兩漢幽并凉三州今地考略一卷，徐氏本支叙傳一卷，予同里徐松龕先生遺著也。先生以碩學爲名臣，出入三朝，歷臺諫，任封疆，所條陳時務，洞中機宜。前清道咸之際，海氛初煽，英人百計狡嘗，當事者率狃於侈大，不能究厥底藴，或失則激，往往有之。先生蒞閩久，務得其强弱勝負之所以然，而不爲旦夕功。曲意諮訪，隨事防維，大要不輕啓釁端，示之無間可入，以服其心而屈其計。而深識遠慮，常燭照數計於數十年之前，數十年之後，覆成局而案之，有歷歷不爽者焉。惜當時輿論囂然，廷議未協，先生雖疊荷知遇，卒不得諧，抵瑕者尤媒孽之，旋即罣議去，而閩事亦日以壞矣。先是朝廷命先生撫粤西，時相密陳，以閩撫鄭祖琛易之。粤西事敗，幾危全局，識者歎焉。事具《五臺縣志》。同治初，總理各國事務衙門奏設同文館，先生奉召供館職，年已老，徘徊卿署者三載。時西教習畢利干、丁韙良等，皆泰西名碩，獨敬禮先生，諸王大臣莫能儗也。今先生歿四十年矣，世益變而事益亟，而先生之一身始也紛然，今也漠然。嘻！可慨也已。錫山生也晚，未及親聆教訓，而生先生之鄉，讀先生奏議及詩文集，忠誠愷切，規晝詳明，未嘗不三致意焉。初先生著《瀛環志略》，板藏同文館，罕行世，見者亦不之重。自東瀛翻本出，而坊肆乃流傳殆遍，蓋人心之好尚如此。海防外復關心藩部，有幽并凉三州考略之輯，凡邊疆形勢，無不口講而指畫之。今集中所載是也。先生以絶異之才，承尊人廣軒先生家學，平生最篤嗜兩漢書，嘗有評釋，未及訪得，諸著述亦多散佚。玆從其門人畹香杜公處蒐得奏疏、古文若干卷，先生堂姪悦庭公所手鈔也。晚而學詩，不主一家，稿出人争誦之，近復搜集若干卷，依類分次，都爲一編，而以考略、叙傳附焉。鄉邦後學，儻有學先生之學、志先生之志者乎，則是編之刻，已足津逮。至先生之爲傳人，與先生文之必傳而無疑者，則又不恃乎此也。

民國四年陽曆十一月，五臺後學閻錫山謹識。

奏疏卷上

特參州縣入省鑽營疏

爲嚴禁州縣久離職守，入省鑽營，以重地方而息奔競事。竊維州縣爲親民之官，必須時常在署，公事方無遺誤。臣聞各直省州縣往往托故進省，爲營求升調之計，累月經旬，遷延不返。署門懸公出之牌，典吏代拆行之事。相驗則委之鄰封，案牘則畀之幕友。冤抑無控訴之所，動釀巨案；緝捕無催比之日，一任逋逃。吏治廢弛，莫此爲甚。以臣所知，如山西州縣中，史夢蛟、林樹雲并稱能員。史夢蛟任忻州最久，一年之中在州署者不過三四月，其餘八九月常在省中。臣籍隸五臺，密邇忻州，知之最稔。聞林樹雲任保德州亦復如此。不知兩人終年在省所爲何事，若云面禀公事，何至曠日持久？如曰委審要事，省中豈無幹員？大約非爲本省營求遷擢，即爲他人旁通線索耳。聞各州縣欲得好處者，以兩人爲先容，每到省中，其門如市。兩人在山西最久，亦歷州縣甚多，問其官聲，紳民絶無頌感，不過長於酬應，善於逢迎，歷任上官倚爲心腹，名爲兩地守土之官，實爲省垣壟斷之首。一則由忻州升知府，旋調首府；一則由保德州調署汾州府，此其盤桓省垣〔一〕之功效也。查兩州地方百里，户口數十萬，一歲之中常有七八月無官，不知倉庫、監獄何人典守，命盜案情何人勘驗，户婚争訟何人判理，水旱偏災何人查辦。幸兩州民淳事簡，尚無他變，而刑政之廢弛，不問可知。隳職守而啓奔兢，此風斷不可長。恐各直省中似此者正復不少，相應請旨勅下各該督撫，嚴飭各州縣，非奉檄調，或親解要犯，不得無故進省。其有事到省者，事畢不得任意耽延，希求調劑，違者即予嚴參。庶州縣各重職守，而奔競之風亦漸息矣。臣愚昧之見，是否有當，伏乞皇上聖鑒。謹奏。

特參州縣諱災催徵疏

爲特參諱災催徵之州縣，請旨飭查，以紓民困事。竊查上年山東一省收成歉薄，經該撫查明被災州縣，分别奏請緩徵，當蒙恩旨允准在案。臣聞上年山東被災，登、萊、青三府情形最重，該撫奏請緩徵，惟登州一屬不在其内。查訪登州被災情形，係上年七月間，海風陡作，一日一夜，勢極猛厲。秋禾正茂之時，全致偃折仆地，竟係顆粒無收，與萊、青不分輕重。該州縣諱匿未報，上年下忙錢糧照舊開徵。災黎竭蹷完納，膏髓已罄。目下青黄不接，糧價騰翔，賣男鬻女，道殣相望，壯者棄産奔逃，弱者填委溝壑，人心洶洶，朝不謀夕，而今年上忙又開徵矣。聞現在該府英文，親赴各州縣勸捐，蓬萊捐得制錢一萬餘千，黄縣捐得制錢三萬餘千，其餘各州縣亦俱捐有成數。苟非情形急迫，未必如此辦理，何以上年秋間竟爾諱災不報？既已諱災，必須開徵；既已開徵，則分數不足便干參處，該州縣自顧考成，勢必從嚴催比。當此災荒極重之時，富民猶可輸納，極貧下户嗷嗷待哺，加以胥吏之追呼，必且激而生變。在該州縣不過貪得平餘陋規，有心諱匿，而民間慘酷情形置之不問。如果登屬并不成災，該府縣何以紛紛勸捐？勸捐與催科并行，尚復成何政體？皇上軫念災區，山東一省恩施普被，而登州一屬獨困於州縣之屯膏。以勸捐解玩視之謗，而以催徵收囊橐之私，下爲民命益殘，上爲國家斂怨，居心如此，何可姑容。相應請飭下該撫，確查該府州縣諱災實情，從嚴參辦。速將上忙錢糧停徵，緩至今年秋後，庶渥澤得以下究，而民困稍蘇矣。事關民瘼，臣既有見聞，不敢不陳，伏乞皇上聖鑒。謹奏。

特參藉端科歛疏

爲特參藉端科歛之知縣，請旨嚴行查辦，以儆官邪，以蘇民困事。恭查上年恩詔案内祭告歷代帝王陵寢，在山西者欽派平陽鎮總兵部費音往祭。其商湯王陵，在蒲州府屬之榮河縣界内。臣聞，該縣知縣武履中，於上年十月奉文之後，在署内設席遍請書差，告以努力辦理，大家沾光，隨傳唤值年里長，逐日在縣聽候辦差。城内設公館七處，湯陵附近設公館七處，科派乾菜鋪墊銀一千五百兩，修理、裱糊、器皿、燈籠、綵綢、紅氈、夫馬一切雜派，又五千餘兩，其餘無名之費不可勝數。該縣分十三里半，每里按地丁一兩須攤銀六、七、八錢不等，合計該縣地丁三萬餘兩。自上年十月奉文之後，胥吏四出，日事追呼，闔境騷然，民不聊生。臣訪聞之下，不勝駭異，竊思官祭品物例有支銷，致祭大臣宜減從前往，何至張皇數月，朘削一方，一切科派至二萬餘兩之多。是該縣起意狼吞，自飽私橐，情節顯然，兼恐該總兵有藉差需索情事。山西祭告不止一處，榮河如此，他處恐不免。相應請旨飭下該撫，嚴行查辦，勿事姑容，勿任消弭，以儆官邪而蘇民困。是否有當，伏乞皇上聖鑒。謹奏。

特參退贓誘結疏

爲特參退贓誘結之知縣，請旨嚴飭查辦事。竊查上年恩詔案内祭告商湯王陵，榮河縣知縣武履中藉端科歛多金，經臣奏參在案。臣風聞該撫委員查訊，該縣武履中得信之後，浼人向本地紳民説合，退還科歛原贜，令該縣各里長爲之出結；該紳民良懦畏事，業經爲之出結完案；該撫疑其不實，現在委員覆查等語。臣竊思，山西州縣貪墨成風，或遇言官參劾，或遇民人告發，則百計消弭，化爲烏有，此種風氣歷來已久。該縣武履中既經科歛於前，復敢以此等伎倆脅誘紳民，爲之出結了事。現在該撫雖委員覆審，而所委之員不過本省道府，道府仰食州縣，向來聯爲一氣，原審之員既迴護該縣，覆審之員必迴護原審；該縣紳民既爲出結，輾轉欺蒙，該撫亦將無如之何，而貪官汙吏終立於不敗之地，從此益無忌憚矣。相應請旨勅下該撫，將該縣暨經年書差提省嚴究，摘傳紳民里長，明切曉諭，務將該縣退贓誘結實情一併審出，按律懲辦，庶墨吏稍加儆畏，而迴護、消弭之積習可略除矣。臣職司耳目，有所聞不敢不陳，伏乞皇上聖鑒。謹奏。

請整頓晉省吏治疏

爲晉省吏治廢弛，請旨嚴飭整頓，以肅官箴，以除積習事。臣竊維致治之道，首厲官方，官方既肅，而後民風日趨淳樸。臣籍隸山西，知其風土，山西民俗勤儉，古稱唐魏之遺，賦税如期，不煩追比；農賈相半，絶少曠游；惜身家而畏官吏，重羞惡而鮮譸張，在各直省中，民情最爲安静。邇年來，巨案迭興，大吏多獲咎以去，論者遂以山西一省昔稱樂土，今爲畏途，而不知皆吏治之不肅有以致之也。大端有二，請爲我皇上言之：一由於操守之不講也。晉省向有富足之名，謁選者掣得山西，欣然有滿載歸來之意。然山西州縣陋規，如平餘、雜税之類，亦復無多，辦公之餘，斷不足酬其夙願；繼之以請富户，賣案首，猶不足也，於是相率而取之詞訟。晉民良懦畏事，富者尤甚，一人被繫，舉家憂惶，習知非賄不行，不敢不傾囊以獻，但得訟息，額手稱慶，雖復傾家蕩産，斷未有敢以勒索等情上控者。累萬盈千收入囊橐，而安然無患也，拚不潔之虚名，享無窮之厚實。上官飽其酬應，不特不加參劾，或反登之薦剡。如榆次案之吕錫齡，調繁缺者也；太谷案之李聯蒙，調首縣而加升銜者也。一省之中，相習成風，恬不爲怪。或遇賭博、鴉片等案，牽連富家子弟，官吏欣然以爲奇貨，其視案牘取錢，竟如他省之陋規尋常者。在百姓耳聞目見，習爲故常，未較曲直，先籌苞苴，幾不知人間有清白吏。而該州縣等廉隅既毀，罔惜聲名，竭其聰明才力，盡萃於納賄之一途。至於民生之休戚，地方之利弊，無復有過而問焉者矣。此在他省固亦不乏，而在山西則尤爲錮習者也。皇上澄叙官方，山西大吏屢以不職蒙譴，邇者巡撫、兩司新經特簡，在該臣等受恩深重，自當整躬率屬，力挽頹風，惟積重難返之勢，破除匪易。相應請旨勅下該撫司等，力矯從前迴護陋習，嚴飭各州縣洗心易慮，自立檢閑，訪其聲名狼藉者，從嚴參劾。其有民間上控，牽及地方官受賄情事者，提省嚴加追究，必使盡情敗露，置之重典，不得發交本管道府，任其消弭。或有操守廉潔，民情愛戴者，加以獎勸，優以升擢。務使貪廉異迹，賢不肖殊科，庶乎人知勸懲，而吏治蒸蒸日上矣。一由於重案之不辦也。山西民情戇拙，不諳機械，即間有好訟之徒，亦復伎倆淺薄，其明習吏文，能持官吏之短長者，蓋絶無而僅有，遇有命盜重案，辦與不辦，任州縣之顛倒，而不敢深求其故。於是該州縣等遂以消弭爲秘訣，有人命聽其私和而不究者，有横遭慘死勸令掩埋而不辦者，有逆倫服制之案開釋而不辦者，有業經取供收禁忽無故而縱去者，有改盜爲竊者，有報盜而不勘、不緝者，有刃傷事主而不究者。其言曰化大爲小，化有爲無，而其實則諱大爲小，諱有爲無。在該州縣等，不過憚煩難，圖安逸，省推鞫之勤勞，避承緝之處分，而善良日見消沮，强横愈以得志。間有不勝冤憤，瀝情上控者，該上官又以爲州縣業經消弭，翻案必須參劾，授意覆審之官，必使之恐嚇捺磨，脗合原案而後已。小民稔知上控之無益也，不得不隱忍息事；該州縣有恃不恐，遂無不消弭之事矣。夫彰善癉惡者，所以勸懲斯民而趨之向善也，若使竊刦不捕，殺害不償，則是兇盜善良無所分别，又何怪趙城教匪之揭竿而起也。此種情弊，在别省爲偶見，而在山西則爲牢不可破之積習。相應請下旨勅該撫司，嚴飭各該州縣，遇有命盜重案，據實詳辦。倘有隱匿不辦者，經該管上司訪聞，或民人告發，先將該州縣奏參解任，提省嚴究，如係有意消弭，即將該員嚴行參辦。庶該州縣等聞風知儆，刑政漸舉，而吏治日有起色矣。以上二條，臣爲整飭吏治起見，是否有當，伏祈皇上聖鑒。謹奏。

請除大臣迴護調停積習疏

爲請除大臣迴護調停之積習，以核名實，以振綱紀，仰祈聖鑒事。竊維國家立政，期於大法小廉，外而督撫膺封疆之寄，内而卿貳分部院之司，聖主簡任賢能，於庶司百僚之中特加拔擢，置之華顯，爲大臣者固宜公忠體國，不避怨嫌，庶足以核名實而振綱紀。臣伏見比年以來，外省巨案迭出，或經言官彈劾，或係民人控告，皇上權衡輕重，有交督撫查辦者，有欽差大臣查辦者，乃查辦之事大半融化消弭，竟未有水落石出、大快輿論者。嘗揆其情形，不外兩端：督撫之積習，曰迴護；欽差之積習，曰調停。督撫之迴護也有故，如地糧之平餘，漕米之折色，驛站之差徭，行户之官價，州縣藉以辦公，相沿已久，而非奉明文，究屬違例，或有刁衿、訟棍挾嫌京控，坐誣則本非虚妄，據實則必須參官。苛一現任之州縣，屬員不免含冤；裁一歷久之陋規，公事愈形掣肘，不得不宛轉消融，化爲烏有。此迴護之出於不得已者也。乃久之而積習漸深，遂至官吏之枉法，命盜之沈冤，無不從而迴護之。每遇發交之案，授意承審之員，先思開脱之方，次講彌縫之術。恐科道之復言，則以風聞有故，釋其妄劾之愆；恐原告之翻控，則以懷疑有因，免其反坐之罪。其説曰體恤屬員，其名曰護持大局，務使臺垣知彈劾之無功，而白簡不復施；紳民知京控之徒勞，而奔訴不復見。一省之中苟安無事，是爲太平。而貪墨之倖免不問也，冤抑之莫雪不問也，此督撫迴護之積習牢不可破者也。至於欽差大臣，俱係多年京秩，深於閲歷，熟於世故；所忌者喜事之名，所避者深刻之謗。禄位崇高，恒虞蹉跌；風裁峻厲，懼招怨尤。且與外省督撫司道半係年家故舊，多有交際往來，當其奉命出京，已存一苟可塞責，不欲深求之之見。迨乎入境以後，館餐殷勤，迎候祗肅，見面生情，萬難恝置，於是設法調停，爲一切瓦合之計。事有數款，則洗刷其重者，而留其最輕者；事止一端，則掩没其真者，而留其疑似者。使被劾者雖罣吏議，而不致大傷；入告者雖成子虚，而不致相激。歷來奉簡書者，以是爲萬全之策，分位尊則擔承有力，保全衆則感頌必多，亦幾幾成爲積習矣。夫事達天聽，中外震悚，使出親信，耳目具瞻，明是非而別黑白，愜輿論而儆官邪，所關洵非淺鮮；乃委曲消弭，直同於鄉里之和協，失天下之望，啓狎玩之心，名實之日淆，綱紀之不肅，未必不由於此。况乎使節出京，沿途騷動，驛站疲於送迎，地方困於供應，惟直隸一省習爲故常，夫馬之外所費無多，此外各直省，修飾公館，犒勞僕從，鋪墊必須文錦，庖廚日進珍饈，雖奉差大臣潔己自愛，杜絶苞苴，而一切鋪排，動須鉅萬，故冠蓋久駐之地，虧空必多，此種情形自在聖明洞鑒之中。欽差之所以屢發者，皇上之不得已也，豈欲諸大臣馳驅千里外，作和事老人哉？邇者廣東一省發欽差者至三次矣，原其案情，一公正道府足以完結，乃星軺之出至再至三，言事者屢瀆聖聰，奉差者屢煩聖慮，幾於大廷之上無一可恃之人，章奏之來無一可信之語，上虧國體，下滋物議，不知諸大臣受恩深重，何以自安。臣竊惜諸大臣徒顧情面，蹈於欺罔而不覺也。五月間欽奉上諭：朕綜理庶政十六年矣，諸王大臣尚不知朕惟求一實字耶等因。欽此。聖諭煌煌，臣恭繹之餘，曷勝欽佩。伏思聖主當陽，諸臣畏法，在外之督撫，鰓鰓救過，求所謂大貪大酷，敢於恣縱者，無有也；在内之公卿，斤斤自守，求所謂作威作福，敢於專擅者，無有也。然而利未盡興，弊未盡革，綱維未見其日張，風俗未見其日厚，殆有故焉，所短者惟一實字耳。大臣之負清名、有時譽者，大約以緘默不言爲慎密，以圭角不露爲深沈，以漫無可否爲和平，以多所容忍爲寬厚，以模棱兩端爲和衷濟事之道，以遵循故事爲奉公守法之規。觀其章奏，所敷陳似乎精密周詳，了無遺憾，而實則鋪張粉飾，紙上空談，稽諸事實，大謬不然，於聖訓所謂實字者，固相遠矣。如督撫之審理控案，欽差之查辦事件，據實推求，何等直截，而必出於迴護調停而後已，此其不實之明驗也。一事偶然失實，所關猶小；中外習於欺蒙，所關甚大。相應請旨勅下督撫部院大臣，痛除情面，力矢真誠，斥鄉愿之陋習，溯正直之遺風，於聖訓所謂實字者恪遵深體，夙夜無忘，庶乎名實不淆而綱紀日振矣。臣幸值昌言無諱之世，不敢避譏切貴近之嫌，愚昧之見，是否有當，伏祈皇上聖鑒。謹奏。

政體宜崇簡要疏

爲治法漸多具文，政體宜崇簡要，敬陳管見，仰祈聖鑒事。臣竊維古今治術，時各異勢，而大致不外兩端：開創之初，大難甫平，政令簡質，其病在於疎略，而核實之意多；守文之世，百事求詳，法制周密，其病在於煩瑣，而虚文之患起。歷觀往古，大抵如斯。我國家重熙累洽垂二百年，被列聖涵濡之澤，經數世漸摩之化，幅員之大，聲教之廣，户籍之繁，文物之盛，稽諸前古，罕有倫比。皇上宵衣旰食，勤求上理，十六年中兢兢業業，所謂以實心行實政，固天下臣民所共見共聞者。惟是承平既久，庶務日繁，庶務繁則政令多，政令多則科條密，科條密則奉行漸不以實，而諸事習爲具文。臣伏見近年以來，言官申明舊例，部臣改議新章，或邀特諭通飭，或奉俞旨允行，閣下之部，部下之督撫，督撫下之司道，司道下之府廳州，府廳州下之州縣，牌文一張，占抄一紙，司簽者纍纍抱持，置之案上，閲一事由，畫一月日，發房存案，如是焉而畢矣，求其細閲一過者不可多得也，而何論乎奉行也。夫令行禁止，朝廷之所以整齊萬物也，而今日之弊，則患乎令之而不行，禁之而不止。即如保甲之法，三令五申，所得者胥吏斂錢，門牌一張而已，其實奸宄混迹，漫無稽察者如故也。鴉片之禁，三令五申，所得者州縣出結，年終一報而已，其實販賣成羣，肆無忌憚者如故也。觀此兩端，其餘亦大概可知。臣以爲令之而不行，不如不令也；禁之而不止，不如不禁也。何者？未令未禁之先，彼猶懼不測之威，而不敢存忽視之見。若夫令焉而不行，而依然日日而令之；禁焉而不止，而依然日日而禁之，彼且以爲當其令也，本不求其必行，當其禁也，本不求其必止，姑爲是空言以符合事例而已，又何怪其視爲具文，而束之高閣哉？然以今日事例之繁多，而一一責之成效，則雖嚴刑峻法亦有所不行。何則？夫一事之行非易易也。理可行矣，揆之以勢；勢可行矣，量之以力；力可行矣，寬之以時。夫而後責之以成功，稽之以明效，其有廢閣不行者，嚴法隨之，如是者，歲不過數事焉耳。若夫不揆其勢，不量其力，朝三暮四，紛至沓來，一事未行，數事復積，前事未竟，後事已改，雖使强能之吏，竭蹷爲之，亦苦於日不暇給，不得不概從棄置矣。棄置之後，遲之又久，終無有後咎餘責，則又何樂而不爲。是故所奉之文與例不盡合也，所行之事與文不相涉也，所奏之案與事不相符也，是之謂名實不符。名實不符，而欲吏治之日上，何可得也。臣嘗稽諸古訓，《書》曰：臨下以簡。《論語》曰：居敬而行簡。《易·繫辭》曰：易簡而天下之理得矣。以是知簡之一言，固治法之樞要，簡非疏略之謂，乃核實之謂也。臣竊謂當今時勢宜簡者有三：一曰教令宜簡。欽惟我皇上廣開言路，採及芻蕘，凡諸臣之所條奏，苟有片長可取，無不仰邀俞旨，通行訓諭，所以下察邇言，上裨國是，誠堯舜之用心也。惟是中外疲玩之積習由來已久，遂致言之諄諄，聽之藐藐。《記》有之：王言如絲，其出如綸；王言如綸，其出如綍。言所係之重也。今或以煌煌聖諭，而布告之餘，視爲泛常之文檄，漠然不以經意，輕褻甚矣。臣以爲，諸臣之所條奏，或推闡舊章，或指陳時弊，拾遺補闕，職分宜然。其間識見既殊，淺深亦異，或非大體之所關，或非時務之所急，或語雖近理而事屬難行，或意涉從同而業經申諭，既爾上瀆宸聽，即已無須〔二〕採納，原可留中備酌，不必悉見明文。若其事關切要，勢無阻難，經聖慮之折中而期於必行者，既降諭旨，宜重考成，度其事之難易，限以一年二年，或興或革，課以明效。如有仍前玩視，別經發覺者，宜責成科道各官，援引前諭據實糾參，於本案外重治以違悖諭旨之罪。如此則教令所出堅如金石，信如四時，而不至於壅遏而不行矣。一曰條例宜簡。臣竊見六部則例日益增多，律不足而求之例，例不足而求之案，陳陳相積，亂如棼絲。雖删減舊文，查銷舊案，節經奉有明旨，而所祛者不及千百之十一。且每隔數年輒行續纂，其間頭緒紛繁，首尾乖舛。堂官茫然，問之司官，司官茫然，問之書吏，書吏因緣爲奸，顛倒蒙混，無弊不生。至於行之外省，則或異或同，參差不一；或准或駁，變幻多端。關説未通，雖完善而必阻；安置既妥，即疎漏而無妨。有時以封彊大員而低首降心，乞靈於刀筆之下吏，故論者謂。六部之權全歸書辦，非書辦之有權，條例之煩多使然也。臣以爲用删減之法，則所祛無多；不若用擇要之方，則繁蕪自削。宜令精熟部務之堂官，於司官之中選其嫻熟例文、能知大體者數人，就現行事例中精審詳定，另爲一編。切於事理者存之，瑣屑無味者棄之，勿商確於書吏，勿牽制於浮言，綱領取其分明，文法取其簡浄，事省其十之五，文省其十之七，名曰簡明事例。使留心公事之堂司各官不苦望洋，得以知其梗概，庶不至聽命於狡猾之書吏；而有司之奉行者，亦不苦於煩亂淆雜，而視爲具文。如此則漸歸核實，而叢弊可剔除矣。一曰處分宜簡。臣維考功職方之設，議功議過，使百僚各知勸懲，誠澄叙官方之要法也。而現行之例則苦於太繁太密，而不得大體。嘗見各直省州縣，有蒞任不及一年，而罰俸至數年、十數年者。就今日之處分則例而事事求之，殆無有一日之中能免於參罰者，左牽右掣，動輒得咎，徬徨四顧，救過不贍，如是則酷吏固無所施其虐，循吏亦無所見其長。究之議處之條愈增愈密，規避之方亦愈出愈奇，如失察造賭具，則以市買爲路拾；失察藏軍器，則以鳥鎗爲竹銃。諸如此類，不可勝數，彼此相遁，上下相詭，非所以清治道也。條款既多，互相蒙雜，輕重軒輊，書吏得以上下其手，尤非所以勵官方也，此六部條例之中弊端尤大者。臣以爲，各官處分凡有關於國計民生，或有關於官箴品行者，不妨從重從嚴，使之知儆。其餘事涉細微，無關治體，與夫苛責太深，情勢所難者，宜就現行事例之中準情酌理大加删削，要者存之，冗者去之，務使勸懲之條嚴明鄭重，庶罣吏議者自悔愆尤，而賢能之吏才力得伸，不至束手而安於庸懦矣。以上三條，皆因其太繁者而救之以簡，簡則重，繁則輕；簡則實，繁則虚。萬物之理，大抵皆然，其在治術，尤關至要。臣嘗考三代之治，商人尚質，其法駿厲而嚴肅，故六百年中綱紀秩然。而漢之制猶爲近古，其科條之所存者，大抵簡明質實，不事煩苛，故循良接迹，而吏治稱盛。師其意而用之，以救今日之時弊，亦其宜也。臣管見所及，是否有當，伏祈皇上聖鑒。謹奏。

授閩撫謝恩疏

竊臣於上年十月蒙恩補授廣西巡撫，當即具摺恭謝天恩，一面束裝迎摺北上。行至浙江衢州地方，奉到硃批：著來見。欽此。

隨即趲程前進。道光二十七年正月初七日行至杭州，准軍機處咨：道光二十六年十二月二十五日内閣奉上諭：鄭祖琛著調補廣西巡撫，福建巡撫著徐繼畬調補。徐繼畬接奉此旨，無論行抵何處，即馳驛折回新任，鄭祖琛著俟徐繼畬到任交卸後再赴新任，均毋庸來京請訓，扃滿三年再行奏請。欽此。臣即恭設香案，望闕叩頭謝恩。伏念臣一介庸愚，毫無知識，十年之中由知府擢任封圻，方慮才輇任重，隕越堪虞，兹復渥荷温綸，調補福建巡撫，聞命之下，悚惶彌切。閩省山海錯雜，民氣囂凌，邇年以來更多掣肘，臣在閩多年，雖備諳其土俗，而整頓乏術，時切冰兢。兹以孱弱之才，驟膺艱鉅之任，臣惟有殫竭血誠，力圖挽補，盡其心之所能盡，爲其力之所能爲，斷不敢畏難苟安，以冀仰答高厚鴻慈於萬一。現遵旨由杭州馳驛折回，除俟到任後恭疏題報外，所有微臣感激下忱，理合具摺恭謝天恩，伏乞皇上聖鑒。謹奏。奉硃批：知道了。欽此。

報接任疏

竊臣欽奉寵命，調補福建巡撫，在杭州途次具摺謝恩，遵旨馳驛折回。道光二十七年二月初一日，行抵延平府境，准調任撫臣鄭祖琛，將欽頒福建巡撫關防、王命、旗牌委員齎送前來。臣恭設香案，望闕叩頭，祗領任事，於初六日到省。伏念臣猥以竦庸，渥蒙簡用，自道光十七年陞授延建邵道，二十三年擢任藩司，先後在閩已逾七年。雖稟承聖訓，尚未蹈於嚳尤，而殫盡愚忱，終抱慙於竭蹶。兼以閩省素號瘠貧，福、厦兩口現又爲夷人互市之區。官民交困，催科與撫字兩難；番漢雜居，彈壓與覊縻匪易。臣受恩深重，固不敢因積疲難返而相率循延，亦不敢因嫌怨易生而少存畏葸，惟有勉策駑駘，將地方夷務與督臣劉韻珂悉心商確，督同屬吏，力圖妥善，冀酬高厚鴻慈於萬一。所有微臣接任抵省日期，除恭疏題報外，謹繕摺叩謝天恩，伏乞皇上聖鑒。謹奏。奉硃批：一切認真勉力，夷務尤當細心妥辦。欽此。

報福州將軍出缺疏與副都統東純會奏

爲福州將軍因病出缺，現將海關、將軍各關防暫由臣等分別代辦，請旨先行派員接署，一面迅賜簡放，循例由驛馳奏，仰祈聖鑒事。竊臣徐繼畬於本年六月十二日接准督臣劉韻珂抄摺咨會，以前在臺灣行寓因舊症復發，精力不支，奏請給假調理，兹已內渡，病體尚未減霍，合將關防、印信交臣接署等因，并將總督關防、鹽政印信各一顆，於十三日早一并委員賫送前來。臣徐繼畬當即接收兼署，正在具摺奏報間，適福州將軍敬斆於十二日未刻因病出缺。臣徐繼畬聞信後，遂會同臣東純前往看視，見該將軍僵卧榻上，僅有一二僕從在彼哭泣。臣等當向該僕查詢，據稱，該將軍到閩後不服水土，本未斷醫藥，又因各口税課雖竭力整頓，終形短絀，萬分焦急，以致本年夏初染成痰喘之症，服藥調治總未見效，至六月初旬病益增劇。該將軍猶力疾辦公，日形愁歎，遂致痰氣上逆，兩腿浮腫，延至本日未刻因病出缺等語。伏查該將軍於道光二十四年由福州副都統蒙恩擢授是缺，迄已時歷三年，凡所爲招商之計，裕課之謀，均無不兼籌并計。臣徐繼畬前在藩司任內，與臣東純并督臣劉韻珂等因公接晤，該將軍總以閩海關額徵課項歷查前任從無短絀，惟自英夷互市以來即征不足數，迨伊履任之後，復年甚一年，實屬上負國恩，下孤職守。臣等見其憂心如焚，恐致成疾，每以閩海關今非昔比，現在華税實爲夷税所佔，短絀勢有必然，再三慰解。而該將軍終焦慮莫釋，以致中氣日損，染成痰喘之症。臣等不時往看，該將軍猶勉强搘拄。至六月初，臣等因其病勢日增，復先後往視，見其兩腿浮腫，氣喘不息，每一談及税務，即愧懼交迫，哭不成聲。并稱受恩深重，現在呻吟床褥，自分萬無生理，從前短征之咎，自問已難再贖，此後不能將關税挽復舊額，益覺孤負高厚，瞑目爲難，伏枕叩頭，淚隨聲下。臣等當囑其安心調理，猶冀病勢漸瘳。詎醫藥罔效，遽於十二日未刻因病出缺。臣等入署檢視，該將軍囊橐蕭然，不異寒素。且其在閩本止一子鋭莊隨任，今春又回京葬母，此外并無親屬，又無結實可靠之僕。因思該將軍服官中外垂數十年，歿後情形竟至如此。臣等目睹一切，不禁垂涕，當將身後事宜督同在省司道代爲料量，務臻妥善。惟查該將軍所管八旂及海關事務均關緊要，未便一日曠悮，臣等面爲熟商，衹可將關務由臣徐繼畬暫行代辦，旂務由臣東純暫行代辦，并將海關、將軍各關防即於是日分别接收回署。惟臣徐繼畬甫承寵命，新授撫篆，辦公已形竭蹶，現又接署督篆，兼管差務，量才度力，勢不能再理關税。惟有仰懇聖恩，先行派員接署海關事務，一面迅賜簡放，以重職守而專責成。除將接署督篆日期由臣徐繼畬另行恭摺附驛奏報外，所有福州將軍因病出缺所遺關務、旂務，暫由臣等分别代辦緣由，謹循例由驛馳奏，并將家人〔三〕雷鳴賫呈敬斅遺摺一件一併附呈御覽，伏乞皇上聖鑒訓示。謹奏。道光二十七年六月十三日拜發，七月十七日准兵部火票遞到軍機處夾板，欽奉硃批：另有旨。欽此。道光二十七年六月二十九日奉上諭：福州將軍敬斅，由福州副都統陞任將軍，辦事慎勤，尚稱厥職。兹聞溘逝，殊堪軫惜，著加恩照將軍例賜卹，任内一切處分悉予開復，所有應得卹典，該衙門察例具奏。欽此。

報兼署督篆疏

爲恭報微臣兼署督篆日期，叩謝天恩，仰祈聖鑒事。竊臣於六月初間准督臣劉韻珂自臺灣咨會，以舊疾舉發，奏懇聖恩，給假調理等因。是月十二日，督臣劉韻珂由臺灣内渡行抵省城，十三日早將總督關防、鹽政印信同王命、旗牌等件，委員賫送前來。臣恭設香案，望闕叩頭，祇領任事。伏念臣才識庸愚，甫膺疆任，前因督臣赴臺閱伍，督署一切事件奏明交臣代辦，兹復兼署督篆，臣才輇責重，深慮弗克勝任，惟有盡心竭力，勉圖報稱，遇有緊要事件，仍與督臣面商辦理。所有微臣兼署督篆日期，除恭疏題報外，謹繕摺附驛，恭謝天恩，伏乞皇上聖鑒。謹奏。再，督臣劉韻珂在臺灣閱伍事竣，於六月初七日自八里坌登舟内渡，初八日在洋面陡遭風暴，不能收入五虎正口，收泊長樂縣之松下港口登陸，於十二日抵省。臣面晤之下，見督臣面色焦黑，聲音發啞，間形喘急。據云，出省後在興化、泉州勘審洋盜二百餘名，抵臺後校閱營伍，查辦一切事件，操勞過甚，致犯舌間滲血舊症，在臺時每日唾血三四次，近已減少，又因内渡遭風顛簸，午後頭目眩暈，喘急較甚，精神難以支持。現擬抵署赶緊服藥調理，將臺灣所辦事件分案覆奏，一俟病體略痊，即行銷假接印，斷不敢因有請假兩月之奏，必待假滿方出等語。臣查督臣劉韻珂氣體尚强，滲血舊症本係積勞所致，過勞則發，静養即痊，無大妨礙，兹因衝冒炎暑往返重洋，又查辦事件太多，勞勩過甚，遂致觸發舊疾，調養一兩旬當可痊癒，足紓聖廑。臣謹附片陳明。謹奏。奉硃批：知道了。欽此。

覆查林則徐病體疏

再，臣於五月十二日〔四〕承准軍機大臣字寄一件，因督臣劉韻珂出省閱伍未回，臣就近先行拆閱。内開：五月初三日奉上諭：前任雲貴總督林則徐經大學士潘世恩等先後保奏，已有旨令劉韻珂等查明該員是否在籍，能否來京，該督等務即傳旨，飭令該員迅速北上，聽候簡用，毋稍延緩。如病體實未復元，諭令上緊調理，一俟痊愈，即行來京。將此諭令知之。欽此。臣遵查，前任雲貴總督臣林則徐，於本年三月初間回籍醫病，即住居福州城内，臣當將欽奉諭旨恭録咨行，隨親至該員宅内看視。該員力疾晤面，據稱仰蒙恩旨宣召，亟思馳赴闕廷，求賞差使。唯所患喘嗽、脾泄各症雖已漸痊，而疝氣之症總未痊可，略經勞頓立即舉發，醫家謂之奔豚。此氣一經下注，兩腿疼脹異常，不特不能拜跪，甚至偃卧床榻不能起立。現在遍覓良醫，上緊調治，一俟稍可支持，立即束裝就道，斷不敢稍躭安逸，自外生成等語。并據遣丁呈請代奏前來。臣查該員林則徐面貌雖形減瘦，言語精神尚覺健爽，惟所稱疝氣未痊，委係實情。臣當諄囑該員上緊調理，一俟痊愈，即行遵旨進京，切勿延緩。至前奉上諭，查明林則徐、陳慶鏞能否來京候簡之處，係督臣劉韻珂於閲兵途次接奉，現經恭録轉咨到臣。查陳慶鏞住居泉州，督臣閲兵路經泉州，可以就近查詢。除俟督臣回省另行覆奏外，所有傳旨飭諭緣由，合先附片陳明，伏乞聖鑒。謹奏。

請宋儒李綱從祀文廟疏

奏爲請以宋儒從祀文廟，恭摺奏聞，仰祈聖鑒事。據署邵武府建寧縣知縣周保勳、教諭林觀雲、訓導鄭依仁會詳，稱宋丞相李綱，謚忠定，籍隸邵武縣，政和二年登進士第，歷官至觀文殿大學士，公忠亮節，冠於同朝，讜論忠言，形諸奏牘。所著《易傳》、《論語説》等書，粹然一出於正，洵足昌明正學，扶持名教，於人心學問有裨。詳請具奏，從祀文廟，以崇儒術而闡幽光等由。臣查宋朝李綱，當南渡之際，立朝守正，風節凜然，捍大難於倉卒之間，定危疑於頃刻之際，經明晦而不變，歷初終而不渝。其論災異也，以人身之氣色爲徵，而言聖人觀變於天地，而修其在我者，故能制治保邦，無危亂之憂；其論用兵也，以士風爲表裏，士風厚則議論正而是非明，功罪當而人心服。且言天下之理，誠與疑、明與闇而已，故其指陳時弊而以十事上請，無非推本探原，發明斯義，實有得於聖賢明新至善之旨。晚年究心經學，手著《易傳内外篇》、《論語詳説》等書，皆足以羽翼聖經，昌明正學。迹其生平，鞠躬盡瘁似諸葛亮，忠讜至計似陸贄，先憂後樂似范仲淹，明體達用似王守仁，洵爲千古之真儒，非止一朝之名相。臣伏查道光年間先後崇祀兩廡者，有陸贄、文天祥、吕坤、劉宗周、黄道周、湯斌、孫奇逢、陸隴其諸人，李綱之學術經濟，方之諸儒皆可不愧，似應俯如該縣學所請，崇祀兩廡之列，以彰國家惇崇庠序、表樹風聲之至意。兹據藩、臬兩司轉詳請奏前來，臣謹會同福建學政臣黄贊湯合詞恭摺具奏，伏祈皇上聖鑒，勑部核議施行。再，閩浙總督係臣兼署，毋庸會銜，合併陳明。謹奏。

奉硃批：禮部議奏。欽此。

奉諭密防英夷疏

再，臣於五月二十五日承准軍機大臣字寄一件，因督臣劉韻珂出省閲伍未回，臣就近先行拆閲。内開：五月初五日奉上諭：本日據納爾經額奏，委員開導英夷，現已起椗南旋一摺，已有旨諭，以該夷將來難免復來，令納爾經額佈置周密，嚴加防範矣。因思英酋心懷叵測，此次先至上海投遞公文，旋即遣人駛赴天津，雖經納爾經額委員親赴夷船，諭以所備公文二件已由江南驛遞一分呈覽，何必重複投文。再三開導，該夷情願折回上海聽信，不復投遞，隨即起椗南旋。而夷性譸張，往往聲東擊西，言此意彼，即使陸建瀛等遵旨曉諭，仍難保無妄念挑衅，沿海滋擾。從前夷船由海入江浙一帶，屢經失事，追溯前因，能勿早爲之計？最可慮者，如江南之海口及泖湖等處，一經夷艓闖入，不惟驚擾居民，兼恐阻礙漕運，而浙江之定海孤懸海外，尤爲夷人所覬覦。着陸建瀛、傅繩勛、福珠、洪阿、吴文鎔各就緊要處所悉行察看，豫爲籌防，斷不可稍存大意。文武官員總須慎選曉事得力者分布防堵，其一味卑謟懦弱者概行更换。經此飭諭，倘有疏虞，惟該督、撫、提督等是問。其福州向准通商，且有夷酋在城居住，平日尚屬相安，惟當此夷情浮動之時，劉韻珂、徐繼畬亦應留心查看，擇要密防，切勿恃其平日安静，致有猝不及防之患。至徐廣縉、葉名琛，連年籌辦夷務，一切悉臻周妥，此時該夷忽有反覆，欲行反間，未墮其術，亦應多方準備，勿致激怒生變，使有藉口。惟防夷之策，各省皆可籌維，而馭夷之權，粤東似有把握。將來該夷回至粤東，如果俯首聽命，自可仍前貿易；倘因所請不遂，挾其故智，駕駛兵船竄擾腹地，則防之於後仍不若制之於先。徐廣縉、葉名琛惟當督率紳士，激勸夷商，告以上年議欲進城，各國便停貿易，歸怨英夷，使之利鈍曉然，暗銷桀驁，自遠勝於撻伐申威。諒徐廣縉等必能善體此意，設法控馭，使之頹然自阻也。總之，有備無患，惟在先事豫防，夷餤縱復鴟張，静鎮必可得力，該督、撫、提督等共輸忠悃，振刷精神，藉口無由，防堵足恃，朕實有厚望焉。納爾經額此次摺片，均著鈔給閲看，將此各諭令知之。欽此。并將直隸總督臣納爾經額原奏一件、片奏一件鈔寄前來，臣隨即恭録密封，飛寄督臣劉韻珂欽遵辦理，并與在省司道密商。查福州一口，於道光二十四年開關，夷人初到時，與本地民人猶時有争競，近三四年以來華夷相安，毫無枝節，就現在情形而論，安静無異平日。惟犬羊叵測之性，喜人怒獸，難以情理揣度，誠如聖諭，不可恃其平日安静，致有猝不及防之患。伏查福州港道口門最狹，沙淺復多，各國小船雖往來無礙，而大船易於擱淺，是以英夷貨船向在口門外熨斗〔五〕洋面停泊，用小船撥貨入口。道光二十八年，英夷曾有巡港兵船在貞山汛〔六〕港内擱淺損壞，從此大船再未入港。然恃險爲古人所戒，安保夷人不乘潮冒險駛入大船，且炮火之驚擾，亦不必定用大船，自應預籌密防，以備不虞。福州港内各炮台，係道光二十七年臣與督臣劉韻珂親行履勘修築，長門暨閩安南北岸新建炮臺勢扼險要，新鑄炮位皆在炮臺安設，地近省城，尚覺便於調度。惟英夷此時并未露蠢動形迹，辦理一涉張皇，不特居民驚擾，且慮夷人猜疑，肇啓釁端，反多未便，只可暗中籌畫，外面仍寂然無事。臣已密飭辦理通商各員時時留心防察，該夷有何動静即行密稟。至厦門，亦係五口通商之地，港道深通，無險可扼，防範頗爲不易，督臣劉韻珂此時正在南路閲兵，可以就近體察情形，密飭各文武妥爲辦理。除俟督臣回省後籌商一切，另行具奏外，合先附片密陳，伏乞聖鑒。謹奏。道光三十年五月二十八日具奏，八月初六日[七]奉硃批：知道了。欽此。

報英人租住神光寺并採買臺灣煤炭疏

再，福州一口，當道光二十四年開關之際，英夷派有領事夷目李太郭來福駐劄，李太郭即欲在城内租屋居住。時臣徐繼畬尚在福建藩司任内，經臣劉韻珂密與商酌，以夷目准住城邑雖已載入條約，但城廂重地，使醜類雜處，諸多未便，務當設法拒絶，方臻妥善。惟官爲禁阻，該夷必以有違條約藉口，必須密約紳耆居民公同出阻，然後臣等再以衆心不服、衆怒難犯等情危詞聳動，或可使之畏葸中止。隨飭前署侯官縣保泰向紳民密爲授意，并令先具聯名公呈，以便由縣據此照會，俟李太郭進城之日，再行邀集多人在南門外堅持力阻，俾臣等得以措詞理拒。詎聯名遞呈者雖有二百餘人，迨李太郭進城之日，紳耆士民竟無一人出城阻止。閩縣差役家丁上前勸阻，幾致決裂，李太郭隨入城租往烏石山積翠寺房屋。嗣該夷等在南臺口岸開市貿易，臣等復以該夷之索要馬頭無非欲廣銷貨物，若能勸諭居民、舖户不與交易，則該夷無利可牟，自必無所貪戀，棄之而去。隨復密飭署福防同知裕禄及保泰，邀集紳耆，囑令密約居民、舖户公立議單，不與夷人來往貨買。及開市三月，果無一人前往交易，該夷情急，將洋布等物零星拆售，仍不能出脱。該夷正在窘迫，即有奸民向英夷私通消息，謂夷貨之不能銷售由於官爲主持，并非百姓本意。該夷[八]即求臣等出示曉諭，臣等佯爲不知，仍飭該廳[九]縣向舖户、居民默爲勸諭，堅持議單，竟無成效。臣等以閩省民情既不足恃，自不必再露端倪，致令嘵舌，仍與之要約明白，嗣後惟領事夷官准租住城内房屋，其餘商夷俱遵條約住城外港口，并令將賃屋租約送地方官用印，不准私租。六七年來雖口舌不免，臣等隨時隨事寬嚴互用，相機駕馭，尚各相安無事。本年英夷領事若遜回國，交繙譯官金執爾代辦通商事務，該國有講經夷人二名來福租屋，金執爾即在城内烏石山下之神光寺代向寺僧租屋兩間，將租約送侯官縣用印。該縣興廉，因勦辦夷務之前任浙江寧紹台道鹿澤長先經臣等委赴邵武府一帶查辦鹽務出省，未能稟商，憶及上年曾有夷官租賃城[一〇]内寺屋收存行李之案，誤謂事同一律，即于租約内用印交給。嗣臣徐繼畬查知，以講經夷人應住何處，約内雖未載明，惟既非夷官，即與夷商無異，斷不聽其入城居住。興廉即往向夷官金執爾言明錯誤，囑令遵約搬移。金執爾索要照會，興廉即引據原議條約照會金執爾，令在城外另行租賃。金執爾當將照會鈔呈在粤夷酋吱咹查核，并覆興廉以應否出城須俟吱咹批回辦理。臣徐繼畬當以夷人之不准居住城内，確有原約可憑，現在金執爾既堅欲等候夷酋吱咹回文，似不妨暫行從緩，且俟吱咹覆到再行圖維。詎數日後，即有在城紳士仿照廣東紳士前致夷酋書信之式繕寫公啓，交侯官縣轉致夷官，令講經人作速搬出城外。旋有書院肄業生童，謂神光寺係各生童會課之地，難容夷人租住，應各約會同至寺内與之講理等語，公具告白在城貼遍。又閩省士民亦貼有公白數十紙，其語意均與書院生童所貼告白約略相同。

因之匪類人等，即以割取夷人首級寫列字條黏貼數紙，希圖乘機滋鬧，藉得肆行搬搶。金執爾接到公啓，當至侯官縣署交給興廉送還，仍約俟吱咹批回再定。嗣見公白字條，復至臣徐繼畬衙門兩次投遞申陳，先則剖訴緣由，求爲保護，繼以此事伊已具禀夷酋，可否不敢自主，乞候批回辦理。臣徐繼畬即一面劄覆，一面與臣劉韻珂往返密商，均以閩省紳民果能同心協力，與地方文武一氣相承，不稍退縮，則衆志成城，不但現住之夷人驅逐甚易，即有比此重大之事當亦無求不得，尚何顧慮。無如福州民氣孱弱，重利輕義，心志不齊，與廣東情形迥不相埒，即就臣等前飭阻止進城及禁絶交易兩事已可概見。該夷目等駐閩已久，此等情形知之甚悉，若但以文人恐喝之詞爲脅制夷人之計，非惟無益，實恐有損。且此時夷酋吱咹既以廣東阻其進城在江蘇、天津投文申訴，凡屬通商口岸，縱或事事如常，假示和好，猶恐挑釁生端，若辦理稍涉歧異，則該夷有辭可藉，鮮不執爲口實。況此次該夷之違約租房固屬理曲，而興廉之誤行用印亦不得謂非差錯。現在講經夷人既已進屋居住，該繙譯官金執爾又堅欲等候酋夷回文再行定見，自須從緩設法，使之心願情服，自行搬遷，方爲正辦，斷不宜操之過急，致令別生枝節。臣徐繼畬當飭該管府縣，密諭生童各體此意，勿再肇釁，一面故示優容，以講經夷人現尚未得住處，豈忍逼令遷移，致使露處，但省中紳民既不甘願，必難日久相安，衹好在神光寺内暫行借住，不准租賃，一俟城外覓有妥善房屋，即行退還等語劄覆金執爾知照。刻下生童等均以默喻止息，該領事金執爾亦别無異詞，仍由臣徐繼畬密派兵役，在於神光寺附近各處彈壓巡防，以免匪徒乘間釀釁。至侯官縣知縣興廉辦理錯誤，咎有應得，若遽因此撤任，轉使置身事外，并恐啓外夷輕視之心，故由臣等先行飭司記過，仍責成該縣從容布置，務令該夷人等自願搬移。如或不知愧奮，辦理始終失當，即當從嚴參辦，以示懲儆。所有講經英夷租賃城内房屋，現經臣等設法籌辦緣由，謹合詞附片密陳，伏乞聖鑒。再，本年三月，臣劉韻珂於出省閲伍之前數日，接到夷酋吱咹照會，欲求採購臺灣雞籠山煤炭，以備火輪船之用。臣劉韻珂當以臺灣非通商之地，該國船隻不應違約擅到；該處向不産煤，所有居民亦從無燒煤之事；雞籠山爲全臺總脈，該處居民係閩、粤兩籍，性情强悍，保護甚嚴，久禁開挖，以培風水，斷非官員所能强，此事斷不能行等詞照覆。并咨兩廣督臣徐廣縉就近向該酋諭阻，一面飛飭臺灣鎮道府，會督淡水廳，固結民心，堅爲防拒，使之無可覬覦。嗣後該酋并無續瀆。兹於六月初四日接據臺灣鎮道府會禀，本年三月二十六日，有英吉利火輪船一隻駛進雞籠口停泊。該處文武各員問其來意，據夷目嗶哈吒囉聲稱，欲赴天津公幹，船中缺少煤炭，求爲代買。該文武覆以此處本不産煤，且經紳民呈請，嚴禁私開，山坡久已封禁，無從代買。該夷語甚恭順，隨於三月三十日開船北駛等因。臣等即將奉到防夷諭旨恭録，密行該鎮道，密飭各口文武隨時留心防範，切勿稍涉大意。復飭淡水文武時時密查，如有私挖煤炭者立即杖斃，以杜勾串夷人之漸。合併陳明，謹奏。奉硃批：另有旨。欽此。

再奉諭密防夷情疏

再，臣等於道光三十年六月二十四日承准軍機大臣密寄：道光三十年六月初三日奉上諭：據陸建瀛、傅繩勛馳奏，天津夷船已回上海，即日起椗回粤一摺，據稱夷目麥華陀於五月十六日由天津駛回上海，經蘇松太道等開導，現已情願回粤，定於五月二十七八日起椗等語。是該夷徒勞往返，其技已窮，惟夷性叵測，難保不竄赴沿海各岸游奕。著該將軍、督、撫等密飭各海口文武員弁，隨時偵探，加意防守，不可稍涉張皇。如遇該夷船駛近口岸，仍當妥爲曉諭，勸令迅速回粤，不得違約恣行等因。欽此。臣跪讀之餘，仰見聖慮深遠，訓示周詳，下懷欽佩，莫可言宣。伏查此次夷船於上海投文之後，即遣人駛赴天津，迨經直隸督臣納爾經額委員開導，該夷船即由天津折回上海，旋復由上海起椗回粤，忽南忽北，往返徒勞，誠如聖諭其技已窮。臣等於奉諭後，即分别咨行水師提督及各該道府隨時查探，設有夷船駛至，務當示以鎮静，妥爲理諭，使之無端可藉，廢然而返。現在福、厦兩口并未報有夷船駛入，亦無經過轄洋之事，查閩省洋面相距上海本不甚遠，屈計夷船自上海起椗以後，爲時已逾一月，既未駛入兩口，自必早由外洋回粤。惟夷情反覆無常，偵探不容稍弛。臣徐繼畬於五月二十五日接奉寄諭，飭令擇要密防，因臣劉韻珂先已出省閲伍，當一面飭屬欽遵，一面密咨臣劉韻珂遵照查辦。臣劉韻珂當以厦門一口四面環海，港闊水深，無險可扼，值此夷情浮動之際，巡防堵禦固宜講求，而駕馭牢籠亦應參酌，總以制夷而足以服夷，息事而不致生事爲要，隨於閲伍至厦時，將該處應籌各機宜，與水師提臣及該管道府廳縣面商指授，密爲布置。其福口預籌情形業經臣徐繼畬附摺陳奏。至兩口夷情均極静謐，從前福口民人與夷人初到時尚不免有口角争競之事，近則華夷相安。即日前講經英夷租賃城内神光寺房屋一事，始因在城紳士繕寫公啓公白促令搬移，彼此不無猜疑，迨臣徐繼畬令該夷暫行借住，并密諭紳士從緩設法，該夷疑團已釋，該紳士等亦無異詞。兹臣劉韻珂於回省後，復飭經辦夷務委員候補道鹿澤長、候補縣丞郭學琠密爲查探，知神光寺内所住兩夷，一係講經，一係行醫，因醫死兩人，該委員等即密遣親信廣爲傳播，數日内絶無就醫之人，行醫之夷即欲搬出，而講經之夷未允，現雖同住一寺，不時争論，業已分炊，其勢似難久處。臣等即密飭該委員等，隨時隨事相機勸諭，務令即早遷移，勿任久居城内。就目下兩口情形而論，均安貼如常。惟居安必先思危，有備乃能無患，臣等惟當督飭委員及各口文武，確探行踪，密察動静，不稍懈忽。設有夷船駛至，亦必持以鎮定，勿涉張皇，籌防堵之宜而不露防堵之迹，務使該夷頹然自阻，無可挑衅，仰副我聖主廑念海疆，告誡諄諄之至意。所有臣等遵旨飭屬密防，及夷情安静各缘由，謹合詞附片密陳，伏乞聖鑒。謹奏。

覆英夷租住寺屋寔情并鎮静籌辦偵察謠言疏

奏爲英夷租住寺屋，原奏不足爲信，謹臚陳實情，并將鎮静籌辦、偵察謠言各緣由密摺覆奏，仰祈聖鑒事。竊臣等於道光三十年八月初十日承准軍機大臣字寄：道光三十年七月十八日奉上諭：有人奏英夷突欲借住福建省城之神光寺，侯官縣知縣不察輿情，遽將租約用印，經該士民疊次呈控，并公給該夷書信，明白勸阻，該夷仍執印文不肯退租。地方官意在遷就，有帶兵護送入寺之説。朕思馭夷之要，莫先於固結民心，若如所奏，强民從夷，勢必激生事端，關係匪淺。著劉韻珂、徐繼畬按照所奏情節妥爲曉諭，不可致生夷釁，亦不可稍拂民情，總期民夷兩安，方爲不負疆寄。其地方官如查有辦理不善之處，必當從嚴參辦，不可稍存姑息。原摺并士民公信刊本均著鈔給閲看，將此諭令知之。欽此。跪讀之下，仰見我皇上智周慮遠、弭釁安民之至意，臣等曷勝欽服。遵將原奏及士民公信逐一披閲，公信與閩省傳布、刊布無異，原奏情節不無臆斷，謹爲聖主縷晰陳之。查英夷租賃神光寺房屋二間，係租定之後即行搬入，止有兩夷并箱籠數隻。彼時城内紳士尚不知其事，經臣徐繼畬查知，以該縣興廉辦理錯誤，嚴行申斥，飭令設法勸諭搬移，始有紳士公呈。又數日，始有紳士致夷人公啓暨書院生童及闔省告白，旋有匪徒黏貼某日定取夷人首級帖子。臣徐繼畬以省城五方雜處，良莠溷淆，道光二十五年南臺地方民夷争毆，即有匪徒黄坤坤等乘機搶奪夷行之事。在紳士明白事理，固不肯造次搆釁，而奸匪藉勢倡亂，或夤夜滋事，殺傷夷人，釀成大事，或肆行搶掠，殃及居民，均不得不豫爲防範。而稍露形迹，又恐該紳士謂保護夷人，衆口交譎，故密飭營縣暗派兵役，在神光寺附近一帶彈壓巡邏，以防後患。當暗派兵役之時，已在夷人搬入寺屋旬餘之後，實無帶兵護送入寺之事，此原奏之不足爲信者也。興廉一奉申斥，自知錯誤，即函致代理領事夷目金執爾，促令搬移，復又照會金執爾，勸令赶緊搬移。臣徐繼畬亦兩次劄令金執爾，轉飭二夷必須迅速搬移，方可無事。而夷性狡執，尚未能遽使轉動。迨臣劉韻珂閲兵回省，即面晤紳士等，以英夷二人租住城内寺屋係屬有違條約，漸不可長，必應令其移寓南臺港口。惟緩則可圖，急則生變，現值夷酋在上海投文，天津赴訴之際，不可使之藉口，總宜從容設法，令彼自退，該紳士等并無異詞。旋據夷目闞那申陳，以伊接夷酋文咹批示，原定條約外國民人亦准住城邑，講經人未便搬移等語。臣等詳加揣度，該夷因粤東不准進城，心不甘服，現赴上海投文控訴，故將原定條約中夷商准住港口之文，翻賴爲准住城邑。若由臣等咨會兩廣督臣徐廣縉照會該酋，未免轉增饒舌，隨由臣劉韻珂逕行照會文咹，以原定條約分明，中外咸知，不應翻異，且闔城士民積憤不平，即暫時暗中彈壓，終難保不有變故，該二夷原租寺屋以六個月爲滿，應屆租滿之時即自行搬出，泯於無迹等情，交新换代辦領事夷目星察里寄投文酋，尚未接其回文。是臣等督同興廉先後辦理，總期使二夷搬出城外，文卷具在，并無稍存遷就之意，此又原奏之不足爲信者也。臣等查明，該二夷一係講經，一係醫病，其所租寺屋亦多敝壞，若令城廂居民皆不赴寺聽經、就醫，該夷株守無聊，自必處居不安。再令泥作、木匠皆不受雇與之修理〔一一〕房屋，則風雨漂摇，該夷亦難久居。復密飭在邵郡督辦官運回省之候補道鹿澤長，授意閩、侯兩縣及委員郭學坤等，以士民公議，如有敢與夷人修理寺屋者，即捆送重懲，并將其住房拆毁，向泥作、木匠人等徧爲曉諭。又向城廂居民徧爲告述，仍以士民公議爲詞，不准赴該寺聽經、就醫。適各生童等投遞公禀，臣劉韻珂傳至署中，復以前情密爲指授，囑其分投禁阻，各生童皆欣然樂從而去。臣劉韻珂又據公禀檄飭鹿澤長照會夷目星察里，并以衆怒難犯各情，面向該夷目明白開導。該夷目口雖巧辯，而實不無餒心。至今寺屋穿漏，赴寺之人甚屬寥寥，以情勢揆之，省垣居民果能同心一氣，該夷寂處蕭寺，斷難日久遷延。臣等猶恐各廟僧人貪利，向夷人私自租屋，又密飭鹿澤長轉飭兩縣，除南臺港口房屋准照條約租與夷人居住外，其城内及東西北關外所有寺廟，士民公議一概不准租與夷人居住，均令住持僧具結存案。是臣等現辦此事雖不動聲色，無非藉民以拒夷，并未强民以從夷，有驅夷之實而無驅夷之迹，不拂民之情而可關夷之口，此皆臣等鎮静籌辦之實在情形也。特是閩民性情浮囂，喜造謠言，從前夷目遵照條約進城居住，間有帶礮入城之謠，經臣等查明曉示，謠言頓息。嗣後夷目時有箱籠出入，民人皆見慣不以爲異。近年久無造謠之事，乃本年謠言紛紛，屢經紳士傳説，有謂夷人用十數人扛擡大箱進城，内係暗藏炮位者；有謂閩安海口大炮四尊被夷人釘塞火門者；有謂夷人雇内地鐵匠鑄造兵器者；有謂閩安海口外有火輪船數隻聚泊者；有謂夷人兵船入港安礮五十餘門者；有謂夷人兵船在南臺開礮，居民驚惶者；又有謂夷人收買萬人坑内屍蟲，二千錢一枚，用製火藥，其毒異常者，均經臣等密委文武幹員隨時查明，實無其事。并查明居民有患吐血之症者，因俗傳偏方，謂死屍蛆蟲燒灰調服可以療治，以二千錢雇人在萬人坑邊尋取，適有鄉民於中元節在附近萬人坑之寺内建醮，惡其不潔，將尋取之人扭送侯官縣涉訟處結，與夷人毫無干涉。復飭鹿澤長向紳士告知，該紳士亦默無他説。惟此等謠言迭出不窮，臣等實所不解，訪察其故，因紳士等以夷人既强租房屋，必以兵船數隻前來福州恐喝，欲議捐貲雇募水勇數百名在海口防堵，約以有事方給口糧。該水勇等不能速得錢文，故任意造謠，以聳紳士之聽，而紳士輕信各謠，即不時傳説，以撼臣等之志。臣等總堅定不移，行所無事，不拂各紳之意而安百姓之心。第已往之謠既屢起屢息，而未來之謠難保不愈出愈奇，遠近傳播，或致上達宸聰。臣等忝膺疆寄，責無旁貸，夷情苟有可疑，何敢不密速入告？而浮言滋惑，亦不敢瀆於上聞，此又臣等偵察謠言之詳細原委也。伏思夷人不畏紳而畏民，緣紳士之筆伐口誅不能懾其氣，而百姓之力强勢衆實可挫其鋒，誠如聖訓，馭夷之要莫先於固結民心。如果民知大義，志切同仇，地方官正樂於激勵以爲防禦之資，無如福州民氣散弱，心志不齊，與粤民迥殊，臣等在閩多年，知之最悉，自辦理夷務以來，士民從不過問。即現在夷人租屋一事，紳士雖有公啓告白，而城内居民咸謂樂業數年，又欲鬧事，使彼遭殃之言，互相含怨。且不特居民含怨也，即紳士與紳士所見亦各不同，彼此頗形齟齬，書院生童隨聲應和，更不主其事。臣等密爲查訪，紳士中倡議者實不過數人，在該紳士等忠憤所激，洵足令人欽重，然以目前之小事，不顧後日之隱憂，究屬失計。臣等又何敢逞一己之才能，而不體宵旰之軫念；博一時之名望，而不計黎庶之安危。現在民夷雖安静如常，該紳士等是否别有籌畫，尚未有所聞。臣等固不便明阻其所爲，致露不和，更不敢曲徇其所爲，致生外釁，惟有凜遵疊奉諭旨，事事處以鎮定，不露張皇，務期華夷兩安，仰副聖明綏静海疆之至意。至侯官縣知縣興廉，係誤行用印，旋即悔悞，引據條約照會夷目更正，實無强民從夷情弊。惟事關夷務，率與用印究非尋常疏忽可比，臣等本擬立即撤參，第恐我參官而彼尚不搬移，於大體反覺有礙，現仍督飭該員將此事妥協辦理。如始終不知奮敏，即以空言特疏甄劾，斷不敢稍存姑息。所有臣等籌辦夷務實情及偵查謠言緣由，謹合詞密摺覆奏，伏乞皇上聖鑒訓示。謹奏。

籌防英人購買臺灣煤炭并换港口疏

再，臣等於道光三十年八月十七日承准軍機大臣密寄：道光三十年七月二十六日奉上諭：昨據劉韻珂、徐繼畬奏，英夷欲往臺灣採煤一節已寄諭，於拒止之後加意防備矣。本日據徐廣縉、葉名琛奏，探得夷酋吱喑回香港後，連日在港與商人私議，福建港口虧折甚多，思换臺灣作爲港口等語。此説雖出自新聞紙，爲其生心設計之端，然與採煤之詞相合，其陰謀覬覦必非無因。臺灣爲懸海要區，民番雜處，平時尚易生事，豈容奸夷到彼借貿易爲窺伺。現已密飭徐廣縉等静俟其間，先折其萌，惟恐其侈心不肯中止，勢必向臺灣附近洋面尋衅，不可不豫爲之防。著劉韻珂等密飭臺灣鎮道，督率文武嚴密防備，於從前夷船撞遇礁石之處加意布置，勿存畏怯，亦毋事張皇。如該夷目有求换港口文書，即答以成約内通商五口本無臺灣地方，斷難允准，該督等一面飛咨粤省，正詞駁斥，絶其妄念，慎勿稍涉游移，致貽後患，是爲至要。將此密諭知之。欽此。臣等跪讀之餘，仰見廟謨深遠，聖訓周詳，下懷曷勝欽佩。伏查臺灣地方并非通商馬頭，亦非各國夷船應行經由之處，乃自道光二十六年以後，節據臺灣鎮道禀報，淡水廳屬之雞籠山一帶洋面時有英夷船隻駛往游奕。臣等查知，雞籠附近各山有産煤處所，該夷火輪船隻需用此物，其頻年駛往，未必不有所垂涎。因恐内地奸民貪利勾串，或竟私自採挖，均不可不防其漸，當經密行該鎮道，轉飭前任淡水同知曹士桂，糾合各鄉士民公同查禁，并刊立禁碑，嚴密防範在案。本年三月，駐福州夷目金執爾呈報英酋吱喑照會，果以採煤一事徑行干請，經臣等備文照覆，正言拒止，復密飭該鎮道等固結民心，重申禁令，使之無可希冀。旋據該鎮道密禀，以委員會同淡水同知史密，邀集紳民公議嚴禁挖煤，立有禁約，復刊碑碣，重申厲禁等情。臣等自照會之後時隔數月，雖未據吱唛再行瀆請，福州夷目亦從未再提此事，惟該酋回至香港後與在港商人私議，欲將福建港口易换臺灣，是其因所求未遂，復欲藉詞於虧折之多易换港口，已可概見，誠如聖諭，陰謀覬覦，必非無因。伏思海外巖疆斷難容異類雜處，但使臺地文武聯結紳民，同心敵愾，協力防範，採煤之想既不復萌，即换港之議亦當中沮。臣等現復密諭該鎮道，并由省派委幹員前往會督該處文武，傳集紳民，諭以大義，怵以利害，務令全臺百姓億萬一心，互相查禁，使該夷恍然於煤炭之未得採購實由民自爲禁，并非官與作難，縱令貪狼狡黠，亦將頹然自失，藉口無由。并密飭該鎮道等查明各口要隘及夷船前撞礁石處所，相度形勢，妥爲布置，總期内無畏怯，外不張皇，鎮静密防，不露形迹，以固我圉。如該酋吱唛竟以求换港口來閩投遞文書，臣等自當堅執成約，明白理諭，正詞拒絶，使之無衅可尋，仍飛咨粤省，一體駁飭，俾絶妄念而弭後患，仰副聖主保衛巖疆，諄諄告誡之至意。除先行恭録密諭，迅速密咨粤省督撫各臣遵照外，所有臣等遵旨密爲防備緣由，謹合詞附片密陳，伏乞聖鑒訓示。謹奏。

覆官紳意見不合疏

再，前摺正在具奏間，八月十八日復承准軍機大臣密寄：道光三十年七月二十八日奉上諭：前有人奏，英夷突欲借住福建省城神光寺，該縣遽於租約用印，并有帶兵護送入寺之説。復據劉韻珂、徐繼畬奏稱，現經設法籌辦，均經先後降旨，飭令該督撫加意防備，慎密辦理矣。本日又有人奏官紳意見不合一摺，并鈔録往來信函及該夷揭帖呈覽。該夷詭譎性成，固當示以鎮静，然過於遷就，必失民心，馭外之道，莫先内安，但不可稍露偏袒之意，致該夷轉有所藉口。該督閱伍計將竣事，著即迅速回省，與該撫遵照前旨妥密籌商，總宜恪守成約，凡該夷稍有違約之處，即當嚴詞拒絶，俾該夷感而知畏，不致遽生嫌隙。至民氣、民情，尤須固結，閩、粤之民，皆吾赤子，該督、撫身任海疆，若民夷稍有不安，即係爾等辦理不善，務當曲體朕意，妥爲控馭，平心開導，毋得苟且目前，致貽後患。侯官縣知縣興廉，於該夷賃住房屋何以不禀明上司，遽將租約率爾用印，與成約不符，致令民夷兩相争執。著即查明嚴行參辦，毋稍廻護。除福州士民致該夷公信前已鈔寄外，所有此次原奏，并紳士公致巡撫及巡撫覆紳士信函、該夷揭帖，一併鈔給閲看。將此密諭知之。欽此。仰見我皇上智深慮遠，訓誨周詳，臣等惶悚之餘，彌切感慙。查閲原奏，持論亦正，惜皆得自傳聞，有激而發，未悉此中底藴。所呈公函、覆函，核與原信相符，夷人揭帖亦與臣徐繼畬及紳士鈔送無異，所有此事實情，并臣等籌辦偵察及暫緩參辦侯官縣知縣興廉各緣由，已於另摺縷陳。竊思和衷爲濟事之方，巨室關通國之慕，臣等雖愚，豈不知此。况紳士中之受恩深重者與臣等相同，如其計畫萬全，臣等方且請益之不遑，尚何敢自存意見。若事關通省之安危，彼此所見各殊，祇可和而不同，未便曲意徇物。即如英夷租屋一事，臣等與紳士雖有緩急之分，然皆堅意驅逐，并無歧異不同之處，而往來會晤談論歡洽，亦無蒂蔕不和之心。所不同者，祇有調兵演炮、募勇二事，而不同之故，紳士不能盡知，臣等亦不敢明洩。緣福州一口，英夷本視爲雞肋，特因强求而得，不能無端抛棄，臣等早已逆料其不肯株守，故時時防範，總不予以可挑之衅，非敢過爲遷就。况現奉諭旨，該夷在香港已有以福建港口换易臺灣之謀，臣等若扶同紳士調兵演炮、募勇，一經各夷偵知，勢必信致香港，設該夷因此藉口，是以小事而墮其奸計，臣等何肯出此。且廻憶從前軍興時，各省招募水陸鄉勇不下十餘萬人，帑金之耗於口糧者不下數百萬兩，然卒不聞何處得一鄉勇之力。而易聚難散，沿海地方數年來盜賊之充斥，半係鄉勇流毒。臣等每論及此輒不禁涕淚垂膺，恨填胸臆，此臣等之所以不因噎廢食，阻紳士嚮義之心，亦不敢隨聲附和，啓夷人猜疑之漸也。原奏謂粤省不許英夷入城，似處處可以仿效，不知粤省之遏夷雖由紳民之齊心，寔得力於洋行之停市。該省港口係西洋各國公市，爲外夷數百年來生財之地，二十一年英夷猖獗，廣州府城幾於不守，然總不敢盡力摧殘者，彼不肯自壞其利藪，且牽制於各國之洋商也。此外四口惟上海貿易差盛，如福州、厦門、寧波等處，市舶寥寥，彼此不甚愛惜。既不能以停市制其死命，而乃欲鼓渙散之民氣，懾狡獪之夷情，竊恐枝節一生，不可收拾。臣等愚昧之見，竊以爲百姓宜安而不宜擾，必於無事之時先自張皇於形迹之間，效法粤省，似亦疎於計矣。至夷人帖子，臣徐繼畬曾令郭學典持問夷目，不特金執爾堅稱不敢爲此，即神光寺二夷亦皆不能書寫漢字，其爲出自漢奸之手無疑，現時未得主名，自應嚴密訪緝。其五口夷目、夷商所用華人難以數計，此輩下流，誠屬可恨，惟江南所定條約中既有准其免罪明文，地方官即無拒逐之法。又各外國夷人在五口習教，係道光二十六年因咈夷瀆請，即有稟准開禁明文，并奉旨於五口張掛告示，地方官何能禁其不來。原稟所云，係未檢查條約，考究案卷。伏思臣等忝任海疆，辦理夷務，其艱難曲折，有止堪自喻而不能爲紳士共喻者，有不堪自喻而并爲紳士所不能共喻者，七八年來倖得無事，無非内安民心，外察夷情，不敢有偏袒之私，不敢存苟且之念，總期民夷相安，上慰聖懷。現在夷人租屋之事，百姓絶不聞問，紳士亦互相齟齬，即倡議之數紳，近日亦少傳説募勇之舉，聞亦無成。福州省城極爲静謐，不致小有變故，堪紓宸廑。所有臣等遵旨妥辦緣由，謹合詞密片覆陳，伏乞聖鑒訓示。謹奏。

校勘記

〔一〕“盤桓省垣”，原作“盤省垣”，不通，徑補。

〔二〕“無須”，原作“無虛”，當爲筆誤，徑改。

〔三〕“家人”，原作“家”，疑缺“人”字，徑補。

〔四〕“十二日”原作“十二二日”，衍一“二”字，徑删。

〔五〕“熨斗”，原作“慰斗”，據勘本改。

〔六〕“貞山汛”，原作“員山汛”，據勘本改。

〔七〕“八月初六日”，據中國檔案館所存清檔，奉硃批爲“七月初六日”。

〔八〕“夷”，原作“奸”，據上下文改。

〔九〕“廳”，當爲“府”，未改。

〔一〇〕“城”，原作“域”，當爲筆誤，徑改。

〔一一〕“理”，原作“暑”，當爲筆誤，徑改。

奏疏卷下

揣度夷情密陳管見疏

奏爲揣度夷情，密陳管見，仰祈聖鑒事。竊維中國形勢，西北爲背，東南爲腹，自古邊患皆在西北。東南海濱一帶土地膏腴，財賦所出，名都大邑及商賈萃集之馬頭，大半近逼海濱，從前僅有海賊，别無外患，至前明乃有倭寇，然皆内地奸民勾結，事平之後其患亦息，自我朝定鼎，戡定臺灣之後，海疆宴然者垂二百年。英吉利以西海島夷，爲强售鴉片之故，突爾稱兵，在粤則擾我虎門，在閩則擾我厦門，在浙則擾我定海、鎮海、寧波、乍浦，在江蘇則擾我上海、鎮江，且闌入長江，直逼江寧，截我運道，逆惡滔天，凡在血氣之倫，疇不懷食肉寢皮之恨。我先皇帝憫念元元，深維至計，特開天地之恩，寬其奔突之罪，俯准各港貿易，俾得息事安人，冒怙之仁，超越千古。逆夷得志而驕，貪求無厭，近因廣東百姓不許入城，復在上海投文，天津走訴，現雖默焉止息，亦未必遂無後言。臣等無料事之明、審敵之智，敢以一得之愚敬爲皇上陳之。英夷遠在西溟，水程隔六七萬里，彼能來，我不能往，奮中國之全力，亦斷不能掃穴犁庭，除其種類。即將其海上之船焚毁數隻，亦未必揚颿遠遁，永不復來。此其難於制伏者一也。中國自遼東至廣東，海岸約七千餘里，除荒僻海口不計外，府州縣城池及著名之市鎮馬頭近逼海口，爲彼砲力之所及者，凡數十百處。彼處處可到，我不能連營樹幟；彼時時可到，我不能晝諜夜探，先時知覺。即使擇要防守，厚集師旅，而彼舟我岸，以兵勇血肉之軀，與浮沉之巨艇相争拒，鮮不爲其炮火所攻潰。論者謂彼長於水，我長於陸，誘致内地可操必勝之權。姑無論水陸長短之説未必可靠，即使可靠，而我之城邑市鎮在海濱者，動輒數萬户或數十萬户，苟欲撤入内地，將并其城邑市鎮而撤之乎？且安插無所；抑委而去之，而聽其逃亡蹂躪乎？將保衛之謂何。此其難於防範者二也。然彼以貿易爲生，其國勢之强弱，民生之舒蹙，其貨船雖無所不到，而總以中國馬頭爲養命之源。攻略割據之謀，敢施於散弱之五印度，孤僻之各海島，而不敢施於暹羅、越南，况中國乎？即使空我海濱數城割而與之，彼亦不敢居不敢守也，而一絶其貿易，即如嬰兒之斷乳，有不可以終日之勢。前年粤東阻其進城，彼亦遂暫時止息，固由粤民之齊心，實則受制於各行之停市。特以入城不能，無顔以對各國，故復爲上海、天津之行，欲别尋轉圜之計，今我以正詞答覆，彼亦既默焉回粤矣。論者謂彼已技窮，從此再無嘵瀆，可保後日之無憂。又或謂彼實慚恚，旋且大肆披猖，復如往年之犯順。以臣等之愚昧料之，知其未必然也。該夷在西洋各國中，與佛郎西迭爲强弱，頃年逞鯨鯢之技，犯我邊疆，亦幾於孤注一擲，未受誅勦，反獲五口，彼自有國以來從無此榮幸之事，方且誇示諸夷，自鳴得意。廣東進城一節，不過欲倖全顔面，若竟毁裂和議，大發難端，調集兵船費既不貲，糾約諸夷勢亦難合，欲如前此之儌倖，有何把握？該夷心計最狡，度必不出於此。惟該夷作事最爲堅忍，已發之端從不肯輕易歇手，既已未獲所求，必且致商其夷主，再作求伸之計。天津之再來走訴，固在意中，而入長江而阻運道，更係犬羊之慣技。設以兵船五六隻驀入長江，以投文控訴爲名扼我之吭，妄肆要求，其炮火在可開可息之間，於和議在可完可毁之際，以此爲牽制之謀、要刼之計，是則不得不慮者耳。長江海口，臣等未經閲歷，善後炮臺工程既已大修，自必較前完善。惟江面寬闊，控扼良難，當以當横、三遠港道之狹，金雞、招寶口門之隘，炮火不可謂不多，兵力不可謂不厚，然一日半日之間尚且失事，必謂長江有砲台可恃，夷船不能闌入，臣等竊不以爲然。且不特長江已也，各省善後案内砲臺布置不爲不密，工程亦未必不堅，用以壯形勢、固邊隅不爲無補，且除修繕砲臺之外，亦別無善後之法，然審思粤東、浙省之往事，而仍欲恃砲臺以無恐，臣等知聖慮深遠，亦必不至於此。臣等伏讀前奉諭旨，以制夷之方粤東較有把握，仰見聖謨淵澈，洞燭幾先。竊謂該夷果有蠢動之意，即使虛張聲勢，亦必須調集兵船，香港距廣州密邇，且有素不同心之花旂各國，信息易通，一得消息，應如何密諭洋商停止貿易，以伐敵謀，或此外另有别法可以箝制，機關爭遲速之間，操縱在緩急之際。兩廣督臣徐廣縉，沈毅詳審，通權達變，自必能仰遵聖訓，布置周詳。至英夷舉動與倭寇本不相同，此番之恫喝與前事又不相同，不特偏僻之海口城邑無混行殺掠之事，即濱海著名城邑不足以牽制全局者，亦未必無端攻擾。今若以防堵二字處處張皇，甚或調兵募勇，洗砲購船，無論一經試辦即須糜帑，而我樹召敵之形，即難保不生其嘗敵之計。宋臣蘇洵所云，寂然若不聞其聲，漠然若不見其形者，正今日之所宜用。臣等疊奉諭旨，以鎮静爲主，以張皇爲戒，竊以爲廟謨淵邃，已操必勝之權，區區醜夷，又何能越此範圍再肆猖獗。惟該夷既有控訴之事，言路又當宏開之時，論功罪者或各矜事後之明，講韜略者或不少剿襲之論，喜事者或思各逞其才能，憤事者或欲再賈其忠勇。血性之談臚之篇章而甚易，耳食之説施之實事而多誣，羣言淆惑，衷諸聖人，伏願我皇上神謀内斷，堅定不移，以羣言備芻蕘之採，勿以羣言亂安危之計，天下幸甚。臣等受恩深重，忝任疆圻，值此衆論紛紜，深滋惶懼，敢密獻一得之愚，上供採擇。是否有當，臣等謹合詞恭摺密奏，伏乞皇上聖鑒訓示。謹奏。

覆周天爵原奏預防英夷疏

再，臣等於八月初十日承准軍機大臣密寄：七月十八日奉上諭：前任漕運總督周天爵，奏英夷和不可恃，宜思患預防一摺，并夾片密陳兵事等語。著該將軍及沿海各督撫按照所奏各條，各就地方情形悉心體察，於無事之時爲有事之備，總期不動聲色，慎密籌防，斷不可稍有洩漏，致啓疑衅，乃爲妥善。原摺、片均著鈔給閲看，將此各密諭知之。欽此。仰見我皇上慎重海防之至意，曷勝欽服。臣等查閲周天爵原奏、夾片，其所稱前次失事皆由專事海門，稱天津海口横沙砲臺，兵法所謂陷地，所言誠爲切中。所難者沿海之城池、馬頭多近逼海口，無委棄之理，無移撤之法，臣等於密陳管見疏中已詳悉言之。即以閩省而論，逼近省城之海港，由五虎至南臺，雖有門户數重，然較從前失事之浙江鎮海，港口寬闊奚止數倍。厦門則港道寬深，一入大担，直抵十三路頭，萬家闤闠，近壓海邊，既無城郭，亦無退步。二十一年英夷入犯時，乘南風揚帆直撥岸上，該處炮位多至二百餘門，血戰未逾半日即已失事，此乃限於地勢，智勇皆無所施。臣等竊窺該夷舉動，現已默然回粵，毫無動静，其或知難而退，從此相安無事，固是天誘其衷；抑以未獲所欲，再以别法要求，亦是意中之事。此時厦門則夷目、夷商與華人雜處，港内夷船每日不下十餘隻。省城則夷目一人，夷商及傳教之夷共十餘人，我有動作，彼皆知之。若於無事之時將炮臺之炮日日演放，炮臺之兵紛紛調集，又或僱募水勇，購備火船，此風一播，夷人定啓猜疑，將來首先張皇之地，即爲首先紛擾之地，是防夷而適以招夷，未免失計。臣等疊奉諭旨，總以鎮静爲主，惟有密籌防禦之策，外面仍示以寂然，或可卻凶焰而安居民。且福州、厦門兩處夷目、夷商，大半携有眷口，性命妻孥在人手中，似不至突來侵犯，果有蠢動之意，亦必先相率以去。臣等衹可詳察動静，相度事機，設法防範，斷不敢稍涉大意，亦不敢稍有洩漏。至周天爵片奏所云木炮，臣劉韻珂於道光二十一年間在鎮海港口設防，勸令慈谿縣紳士葉仁等捐製一門，其粗長倍於萬斤鐵礮，内安銅筒，外包木皮，又用厚鐵箍數十道緊緊圍束，一演炸裂，礮子不能及遠，竟難施用。石礮、土礮均係創聞，更不知其做法，大約書籍所載，世俗所傳，以爲談資則奇異可喜，施之實事則齟齬不合，此等利弊早在聖明洞鑒之中，臣等實不敢强爲附和。所有遵旨體察密籌緣由，謹合詞附片陳明，伏乞聖鑒訓示。謹奏。

交涉華夷命案疏

再，十月十一日據委辦夷務候補道鹿澤長轉擬委員縣丞郭學坱禀報，有蘇以天，即瑞國夷人發士、吕吉士二名，在城外南臺地方租屋居住，十月初十日該兩夷雇坐小船，赴五虎門外夷船借得洋銀二百圓，回至金牌洋面突遇賊船攔搶，發士用小鳥槍擊傷一賊，被一賊用尖鎗將發士刺落水中淹斃，吕吉士泅水逃回，船中洋銀被賊搶去等語。臣徐繼畬查，金牌洋面係屬内洋，距省城止一百數十里，該匪等膽敢駕船搶奪，殺傷事主，不法已極，未便因事主係屬夷人稍涉鬆懈，當即飛檄署閩安協副將林向榮，限三日内務將正賊拿獲。旋據該署副將於十四日將匪船主朱青青，即朱茂科拿獲，并續獲朱瓜婁、朱闊嘴、朱恭恭三名解辦。又據委員等禀報，十月十三日有大西洋，即住澳門之葡萄牙國護貨船一隻停泊南臺江面，船上有黑夷二人上岸買絲烟，一黑夷與舖户陳爐爐争論價值，用手携尖刀劃傷陳爐爐額顱，民人林舉爲進前攔勸，黑夷疑其幫護，用刀戳傷林舉爲肚腹殞命，行兇之黑夷當即脱逃，該處居民將同行之黑夷拿獲等語。當經候補道鹿澤長飭該營縣，將民人拿獲之黑夷先行收禁，勒其交出正兇，該船主咄咥甚爲恐懼，旋於十五日將行兇之黑夷協同兵役在官頭地方拿獲，綑送前來。隨據譯訊供詞，同行之黑夷名唅噬，并未動手傷人，係屬干證，行兇之黑夷名淹波囉吐，供認劃傷陳爐爐，戳斃林舉爲屬實。臣等查各國通商條約，夷人犯罪應交該國領事官自行辦理，惟大西洋，即葡萄牙國領事官住粤東之澳門，福州并無該國領事官，當由臣等委員將兇手淹波囉吐、干證唅嚧二名解送廣東，咨欽差大臣兩廣督臣徐廣縉發交該國住澳門之領事官，查照條約辦理。現在民夷均極安静，除飭將搶奪夷船之賊匪朱茂科等嚴行審辦，并搜拿餘匪，務獲併究外，合行附片陳明。謹奏。道光三十年十月二十九日奏，正月初十日奉硃批：另有旨。欽此。

再覆辦理夷務疏

再，十一月初六日賫摺差弁回閩，奉到軍機處字寄一件，督臣劉韻珂赴浙閲伍，在嚴州因病請假，臣敬謹拆閲。内道光三十年九月二十六日奉上諭：劉韻珂、徐繼畬奏揣度夷情至臚陳租住寺屋情形各一摺，另片奏疊奉廷寄查辦夷人租約用印，地方官辦理不善，并拒絶採購臺灣煤炭，又覈議周天爵前陳思患預防各等語。該夷强租神光寺一事，幾至激成衅端，降旨查办，业已至再至三，该督等既称该夷寂处萧寺，断难日久迁延，究竟何时方可搬去，前此何以听其任意阑入，事关绅民与夷人互相争执，该督等惟当持以镇静，出以公平，总期该二夷及早搬去，庶绅民均可相安。倘筹办终不妥协，竟至酿成事端，惟该督抚是问。侯官县知县兴廉，办理地方公事不知详慎，著即行革职。并该夷觊觎台湾，希冀采购煤炭，并欲求换港口，自当与该处绅民联为一气，正言拒绝，仍坚执成约，明白理谕，断不可稍涉迁就，致贻後患。总之为政不在多言，顾力行何如耳。朕为天下臣民主，不特封疆大吏陈奏不肯逆料其虚诬，即绅民众论亦岂肯遽存漠视，该督等果能固结民心，外抚内防，筹及久远，自不致为士民藉口，转滋事端。若徒託空言，夷患未消，民情亦怨，试问身膺重寄，所谓好恶同民者安在耶？懔之，慎之，将此谕令知之。钦此。臣跪读之下，莫名惶悚，当即行司将侯官县知县兴廉传旨革职，委员摘印接署。查此事，臣与督臣刘韻珂覆奏之後，即严饬侯官县兴廉密谕寺僧，不准收其房租，并密諭城内外泥瓦木石各匠頭，不准代夷人修理神光寺房屋。九月間連日陰雨，兩夷所住之房滲漏不堪，遍覓瓦匠無敢往者，夷目星察里屢向該員興廉懇覓匠人，該員答以百姓不願，斷難相强，且神光寺無人收租，白占房屋亦傷體面，不如搬去爲妥。該夷目無可如何，始稱租屋本是小事，既係士民不願，官府爲難，若不搬移，恐傷和好，惟城外一時難得住處，應先搬至伊國繙譯官所租賃之道山觀暫住，即將神光寺交還，以免口舌等語。臣查烏石山之積翠寺房屋，自道光二十四年起係英夷領事夷目李太郭、阿利國、若遜、闞那接連租住，其東畔相連之道山觀房屋，自道光二十五年起係英夷繙譯夷目夏巴巴理詩、馬禮遜、金執爾接連租住，兩處房屋俱在山坡，四無居鄰，該夷目租賃已閱多年，紳民亦相安無事。今該夷目將兩夷搬至伊處暫住，意在轉圜，并非别租城内房屋，自不便過與較論，致令藉口。惟該夷目説定之後，又向委員聲稱，日後欲在道山觀建盖樓房等語，經臣飭駁不准，故至今尚未定局。現仍令各委員及已革知縣興廉切實開導，俟將神光寺退還，隨時另行具奏。至該夷覬覦臺灣，希冀採購煤炭，并欲易换港口一節，臣與督臣劉韻珂於密行臺灣鎮道之後，密委候補知縣丁錫赴臺會同查辦，該夷倘到臺灣港口妄肆要求，務期官民聯爲一氣，正言拒絶。現尚未據禀復，亦無接到夷酋哎喭照會，如該夷酋到福州講説此事，臣當即堅執成約，明白理諭，斷不敢稍涉遷就，致貽後患。今將現在辦理緣由附片密陳。再，福、厦兩口民夷現俱相安無事，合并陳明。謹奏。道光三十年十一月二十日奏，咸豐元年正月二十七日奉硃批：另有旨。欽此。又准軍機處夾單内稱：貴署督具奏前事一件，已有旨另查辦矣，爲此知會。

覆英夷不肯搬出神光寺及釘塞礮尊疏

再，十一月初七日承准軍機大臣字寄：道光三十年十月十八日奉上諭：朕聞英夷强占神光寺，經福州閩縣、侯官三學生員稟請驅逐，該督將此稟送給夷人閲看，告以城内未便多留，城外都不攔阻，以致夷情益肆，不惟神光寺不肯搬出，更將東門外之鼓山寺、西門外之西禪寺全行霸佔，并南門之銀鑲浦、水部門外之路通橋强買民房，起造樓屋。甚至五虎門礮臺内道光二十一年所鑄六千斤大礮釘塞一尊，南門大樹下嘉慶二十五年所鑄四千五百斤大炮、順治十一年所鑄二千斤大炮釘塞二尊，其時守炮弁兵意存規避，因暗雇打銅匠名旺者起釘修補，然火門釘壞，實已不堪施放。該督委永春知州王光鍔詣驗，乃以并未釘塞含糊稟覆。又日有騎馬夷人四出踏勘，口出狂悖之言，鄉民協力驅斥，地方官反出示禁阻。又閩省南臺停泊火輪船五六隻，向商船每隻索洋錢三百圓，代其護送往來於閩、浙間。又八月間夷人在南臺中亭街用鳥槍打傷兩幼孩，衆人向該夷索償，該督委府經歷郭學堪以查驗爲名，賄和了事各等情。該督、撫身膺疆寄，撫馭之道豈竟毫無主見，任令滋擾，何以并無一字奏及，其生員等公稟又何以送給夷人閲看，殊不可解。以上各情節著劉韻珂、徐繼畬逐一據實覆奏，不准再有廻護。其神光寺所住二夷，究於何時可以搬去，并著隨時奏聞，毋涉含混。此旨該等閲看畢，毋許稍有洩漏，將此密諭知之。欽此。查督臣劉韻珂赴浙閲伍，因病請假，諭旨寄到省城，臣跪讀之下，仰見我皇上弭衅安民至意，下懷莫名欽佩。惟以地方應辦之事上煩宸衷，尤不勝惶悚之至，謹將諭旨垂詢各條逐一分晰，據實覆奏。如英夷强占神光寺，三學生員稟請驅逐，該督將此稟送給夷人閲看一節。查六月間督臣閲兵囘省後，三學生員曾赴督署具稟，請飭神光寺夷人搬去，經督臣劉韻珂將衆情不平緣由札飭候補道鹿澤長照會夷目星察里，催令搬移，夷目星察里隨即照覆，仍是强詞推延，臣與督臣劉韻珂業於八月間覆奏摺内聲明在案，并無將生員等原稟送給夷人閲看之事。又省城東門外之鼓山寺，廟宇寬闊，景致清幽，每逢春夏之際遊人頗多，即琉球人之在福州者亦數數往遊，不止英夷，遊覽名勝，事屬尋常，隨去隨來，并未久住廟中，何爲霸佔。又本年八月間，有蘇以天，即瑞國之傳教，一名發士，一名吕吉士借寓西門外之西禪寺，欲行租賃常住，委員候補道鹿澤長以該寺并非附近港口，未便租與夷人，飭令在城南港口左右另行租屋。嗣該夷又在水部門外看得廢廟地基，意欲租定盖房，因附近居民不願，赴臣衙門暨福州將軍臣裕衙門具呈，臣隨飭藩司慶端會同候補道鹿澤長親往履勘。旋據該司道等勘得彼處距城太近，諸多未便，仍飭令該夷另覓住處，故至今尚在南臺覓房。臣前奏夷人赴五虎門外借銀，回至金牌港内被匪徒攔搶殺斃者，即此兩夷之一。是該夷始欲租屋，繼欲租地，均因與港口較遠，經臣與司道禁飭不准，此人人所共見共聞者，從何有霸佔之事。又本年夏間有花旂夷商盧力、歷甲二人，在南臺之銀鑲浦租賃吴姓屋一所，於門外砌築牆垣，因鄰佑鄭姓以爲礙伊風水，經候補道鹿澤長飭令該夷另行租屋，該夷本不敢違拗，即將牆垣拆去，另租張姓房屋棲止，并無强買民房起造樓屋情事。至釘塞炮眼一節，臣與劉韻珂前此覆奏偵察謠言摺内業經聲明，先是八月初間臣等聞紳士傳此謠言，恐武員或有諱飾，密委因公在省之永春州知州王光鍔，會同閩縣知縣來錫蕃前往查看，自閩安至金牌、長門共設新舊炮位一百二十三尊，俱無損傷，所聞釘塞之舊炮三門，火門亦俱完好，并無釘壞形迹，復暗訪附近居民，亦無夷人偷釘炮門及銅匠修補之事。臣查閩省港口炮位共有一百二十餘尊，夷人釘炮三門，何損於我，何利於彼？且各處舊炮多受潮剥蝕，膛内凸凹不平，難於施放，惟近年臣與劉韻珂督同升任藩司陳慶偕、候補道鹿澤長，所鑄新炮七十餘門頗爲堅固完好，該夷不釘有用之新炮，而釘殘廢之舊炮，意欲何爲？且聞安南門城上有二千斤銅炮一尊，相傳得之海中，乃紅夷炮之最精者，與所云四千五百斤鐵炮并安城牆大樹之下，臣前查勘炮臺時曾經目睹，銅炮精美異常，鐵炮則鏽澀不堪，如果夷人心懷叵測，不釘彼而釘此，尤非情理，其爲紳士前議招募之水勇欲得口糧，造言聳聽，毫無疑義。此等謠言若使夷人聞之，實以啓侮招衅，故臣與劉韻珂密之又密，不敢宣揚。又騎馬夷人四出，鄉民協力驅斥，地方官反出示禁阻一節。查兩年前曾有夷人乘馬行走，道旁兒童戲擲瓦石，致馬驚跌傷夷人，夷人找向委員不依。臣與督臣劉韻珂曾飭地方官傳諭地保，徧囑各家長約束兒童，不許與夷人頑鬧滋衅，并令委員等通知夷目，不得令夷人馳馬。嗣後甚屬安静，至所云口出狂悖之言，實未聞知。又南臺停泊火輪船五六隻，向商船每隻索洋銀三百圓，代其護送往來閩、浙一節。臣查此項夷船并無輪，係篾篷而非布篷，俗名假夾板，係住澳門之大西洋，即葡萄牙國，因英夷新開香港馬頭，其澳門房屋無人租賃，貧窘無聊，因製小夾板數十隻，編列號數，每隻配夷人五六名，廣東水手十餘人，安設夷炮數門，護送商船往來各省港口，業已數年。洋盜最畏夾板，望輒避去，各商船借此壯胆，每在上海、寧波、福州、厦門各港口雇覓護送，俱係隨時講價，出自情願，并非强行勒索。遍查通商條約，并無夷船不准護送華船之文，驟然禁止，未必即肯停息，況閩、浙、江蘇三省洋面數千里，水師即巡緝無懈，終難保無盜船出没，設一旦將護商夷船概行查禁，無論夷人不肯聽從，且恐各商聞之反生怨望，尤多未便，止可稽查彈壓，勿令滋事而已。又八月間夷人在中亭街用鳥槍打傷兩幼孩一節。查八月初三日，有福隆棧夷行所雇之廣東人麥光，在三縣洲曠野地方用鳥槍打鷺鷥〔一〕，適有拔草幼孩鄭春林、鄭春才二人從坎下經過，砂子悮傷，隨經兵役將麥光拿獲。該縣驗明傷俱輕淺，填單飭醫保辜，該行商代爲延醫調治，用過錢三千八百文，兩孩隨即痊癒。該縣將麥光照在曠野地方施放鳥槍悮傷人者減湯火傷二等例，擬以杖八十折責發落，遞回廣東原籍嚴加管束，係屬照例辦理，并非賄和了事。以上各條，大半皆事出有因而傳聞異詞，遂致情節失實。臣與督臣劉韻珂身任封疆，責無旁貸，遇有民夷交涉事件，固不敢遷就縱容，有傷國體，亦不敢操持急切，致起衅端，所以七八年來尚稱安帖。若竟毫無主見，任令夷人滋擾地方，非特辜負深恩，且閩省民情强悍，亦斷不能相安無事以至今日。惟是華夷雜處，枝節叢生，事之關係重大者無不隨時具奏，若夫口角鬥毆，謠言誶語，時時有之，臣與督臣止可隨時處斷，使民夷兩得相安，實未便以瑣屑細故頻瀆天聽，并非有所廻護，故爲隱瞞。所有奉旨查詢各情節，臣謹逐一據實覆奏，不敢有一字含混，致陷欺罔之罪。至神光寺夷人正擬搬去，臣已另片陳明。再，此件係臣親自起稿，令親信在密室繕寫，并無一字漏洩，合并陳明，伏乞聖鑒訓示。謹奏。道光三十年十一月二十二日奏，咸豐元年正月二十七日奉硃批：另有旨。欽此。又准軍機處夾單内稱：貴署督具奏前事一件，本日已奉有諭旨，另行查辦，爲此知會。

覆英夷搬出神光寺并琉球使臣遞文疏

再，神光寺夷人搬移一事，因該夷目星察里欲日後在道山觀建盖樓房，經臣飭駁不准，尚未定局，前已附片奏明在案。細訪其故，該夷目之欲建樓房，係爲繙譯官日後携眷居住之用，經臣飭駁，亦遂止息。臣仍責成已革侯官縣知縣興廉催促兩夷人搬移，兹於十一月二十九、十二月二十等日，兩夷人先後搬至該夷目租賃年久之道山觀居住，將神光寺房屋交還，誤用印之租約亦繳還塗銷，臣隨飭該縣將神光寺僧人傳案出具切結，以後永遠不准將房屋租與夷人居住，以免口舌。所有神光寺夷人業經搬去緣由，謹附片密陳，伏乞聖鑒。謹奏。再據藩司慶端詳稱，道光三十年十月十五日，據琉球國使臣夏超羣等稟繳該國中山王世子尚泰咨文一件，内開：竊查英夷伯德令一案經蒙轉詳具奏，一面移咨欽差大臣，飭令英酋迅將伯德令并妻子一律撤回，此誠皇恩浩蕩，咸[二]激無涯，但今未見該國撥船撤回。又道光二十九年十一月初八日，有夷船一隻到來，隨著訪問來歷，據兵頭來雲口稱，奉英國總辦外務事宜宰相巴劄文一封而來，應具文回復等語。隨即飭官接劄披閲，内云：英國秉政各大臣所欲彼此兩國不禁通商，永久友睦，倘琉球果有此意，則本國商民數名即往琉球地方寄居貿易，俾賓主利益多增。至伯德令係屬英國子民，向在泰西國習練醫道，後過琉球，其心志既係救患濟人，能使琉球民庶精力壯盛，仍屬琉球見諒如前，再得妥保該令平安可也等因。令應好生照看，毋得怠慢，倘有侮辱之事，日後不免兵火。該官婉詞回話，并具文懇請接回伯德令并妻子。旋據啓覆：所留伯德令乃吾國所珍重，如琉球官民巧用壓欺强出境址，吾國所不怡，決不能依順所請等由。於九月初六日長行回國。切查伯德令居球以來，每逢便船勸其回國，不肯聽從，今逢英國船隻到來，即飭懇請撤回，乃該兵頭如前所言説，出危懼之詞，并無接回之語，未知其心懷如何，憂慮益切，寢食不安。伏乞轉詳，妥爲查辦，迅將伯德令并妻子一律撤回，使敝國得以安謐。兹值進貢之便，理合咨覆查照等因。由司具詳前來。臣等查此案，先於上年九月二十三日據琉球國接貢使臣面繳該國王世子咨文一件，以英夷所留之伯德令計今四年之久，未知何日回去，移咨藩司，據情轉詳，當經臣等密咨欽差大臣、兩廣督臣徐廣縉，設法諭催撤回，一面附摺具奏。道光二十九年十二月十八日奏到硃批：另有旨。欽此。同日奉到十一月十一日軍機大臣片，稱本日奉有寄信諭旨，交欽差大臣、兩廣總督徐廣縉辦理等因。又於道光三十年三月二十日，准欽差大臣、兩廣總督臣徐廣縉咨覆英夷伯德令在琉球國尚未撤回一案：經本大臣於道光二十九年十二月十八日將查辦緣由恭摺覆奏，兹於本年二月二十四日奉到御批：依議妥辦。欽此。咨閩轉咨知照等因，均經行司移知該國王世子知照在案。兹據前情，查英夷伯德令并眷屬人等居住琉球國已閱數年，其心叵測，現有英國船隻到球，該國懇請接回，仍未附載回國，反出恐嚇之言，是其意在逗遛，可以概見。上年伯德令既稱非奉官諭不便回去，而前次𠯿噸照覆兩廣督臣徐廣縉之文，又稱通商五口伊尚可呼應，琉球遠在海外，迥非内地五港可比等語，顯係意存推諉。臣等查前定各國通商條約，中國所屬藩封原未議及，該酋𠯿噸既設詞推諉，即使兩廣督臣徐廣縉再行照會，亦難保其必肯撤回。惟琉球以海島微國，世效共球，久託天朝之覆翼，今因英夷留醫士在彼，日切憂危，頻來呼籲，既未便置之不議，更未便將英酋推諉之詞使之聞之，益增危懼。自當仍由臣等咨會兩廣督臣徐廣縉，再向英酋𠯿噸相機開導，將伯德令等及早撤回，以卹藩封而免驚擾。除照録琉球國王世子來文，密咨欽差大臣、兩廣督臣徐廣縉查照辦理外，所有臣等咨請催撤緣由，謹合詞附片密陳，伏乞聖鑒。謹奏。奉硃批：另有旨。欽此。

再覆英夷搬出神光寺疏

再，咸豐元年正月初二日承准軍機大臣字寄：道光三十年十二月十一日奉上諭：前因疊有人奏英夷强租閩省神光寺居住，民夷不安各摺，常降旨交劉韻珂、徐繼畬查奏，旋據劉韻珂等奏稱，該夷寂處蕭寺，斷難久延。復降旨查詢，何時該夷方可搬去，何以前此任其闌入，令劉韻珂等據實直陳。現在劉韻珂業已因病令其開缺，新任總督裕尚未到閩，徐繼畬職任封疆，撫民防夷責無旁貸，乃於降旨飭查至再至三之事，日久并不奏聞，是既已錯誤於前，又復因循於後，漫不關心，成何事體。徐繼畬著傳旨申飭，刻下神光寺夷人究竟曾否搬出，該撫現在如何籌辦，夷情是否静謐，紳民能否相安，俱著明白回奏，毋再含混延宕。將此諭令知之。欽此。臣跪讀之下，惶悚無地。查神光寺所住夷人，先經臣設法開導，勸令搬去，業將辦理情形於上年十一月二十附片陳明。迨兩夷人於十一月二十八、十二月二十等日先後搬至夷目舊租之道山觀暫住，將神光寺房屋交還，租約塗銷，又經臣於十二月二十二日附片具奏在案。閩省道途遥遠，章奏未能速達，以致上煩聖廑，尤不勝悚慄之至。此事辦理錯誤，雖由已革侯官縣知縣興廉未經禀明，誤行用印所致，而臣失於覺察，致生枝節，愧疚在心，無以仰對君父。數月以來，寢饋難安，時時督飭印委各員，設法向該夷曉以情理，喻以利害，一面禁止工匠不爲興作，勸諭民人不與往來，實未敢漫不關心，因循了事。現兩夷人雖已搬去，第未能先事防範，實屬咎無可辭，惟有仰懇聖恩，將臣交部從嚴議處，以爲辦事粗疎者戒。至英夷之租住神光寺本係違約，迨經反覆勸諭，彼亦自知理屈，自行搬去，毫無嫌隙可尋。至紳民之不平，止因神光寺係生童會課之地，不容夷人佔住，今既將原屋交還，其意均已釋然，民夷實屬相安，足以仰慰宸廑。惟英夷狡詐異常，稍有疎忽，即慮墮其奸計，臣身任封疆，責無旁貸，此後惟有隨時隨事倍加詳慎，以冀稍補前愆。再，英吉利夷人在城内烏石山居住者，夷目二人，夷婦一人，附住教士二人；在城外南臺居住者，夷商三人，共計男婦八人。花旂夷人在城外南臺居住者九人，皆係教士，又瑞國教士一人與花旂夷人同住，共計十人。花旂、瑞國夷人均屬馴良安静。臣謹遵旨明白回奏，并將夷人名數附片密陳，伏乞聖鑒。謹奏。奉硃批：另有旨。欽此。

附劉韻珂查覆英人租寓神光寺疏

再，臣劉韻珂於道光三十年八月二十日承准軍機大臣密寄：道光三十年八月初一日奉上諭：前因英夷借住福建省城神光寺，疊經降旨，飭令該督、撫密籌妥辦，并飭劉韻珂閱伍事竣迅即回省會商。茲又有人奏，夷人恃强搆衅，大吏撫馭無方等語，著劉韻珂秉公密查，是否該撫徐繼畬辦理謬誤，有無袒護屬員，徇庇漢奸，并現在民夷能否相安，據實具奏，毋得稍有不實不盡。將此密諭知之，原摺著鈔給劉韻珂，并與徐繼畬閱看。欽此。遵將原摺詳細披閱，并與撫臣徐繼畬閱看，當據徐繼畬面稱，以英夷租屋一節事甚細微，乃竟辦理不能速竣，致人言紛紛，屢煩聖廑，真覺愧悚無地。伏查此次英夷入城租住寺屋之始，臣雖尚在泉州閱伍，然一接徐繼畬函信，即以該夷既經入住寺屋，雖係有違條約，祇宜設法令其搬移，斷不可硬行驅逐，致該酋哎㖷於上海投文之際執此藉口等情函覆。臣回省後查知，徐繼畬辦理此事不動聲色，暗中籌畫，必欲使該兩夷搬出城外，并不爲倡議强逐之數紳所搖，竊以爲所辦極爲合宜。迨後一切辦法，均係臣與徐繼畬密爲商酌，所有實情及籌偵察，并將侯官縣知縣興廉暫行緩參各緣由，已於另摺、另片内縷晰入奏，均係據實敷陳，并無不實不盡。是此事既係臣與徐繼畬公同商辦，如果徐繼畬有謬誤，臣亦不得謂無謬誤，如果徐繼畬初辦時有袒護屬員情事，臣豈肯扶同於後？臣密加查察，徐繼畬實無辦理謬誤、袒護之處。至原摺謂夷人恃强搆釁，查該夷僅止兩人，寂守穿漏之屋，毫無動静饒舌之事，臣竟不知其恃强搆衅者何在。又謂徐繼畬庇護漢奸，徐繼畬雖至愚，諒不屑爲此，臣即不爲代剖，自在聖明洞鑒之中。又謂聞五口互市并未明許入城，該撫廻護前非。查條約，内載明英夷派設領事、管事等官，准住五處城邑，專理商賈事宜等語，中外咸知，原摺所聞之語何所依據？徐繼畬查照條約辦理，并無錯誤，因何廻護？又謂，五口通商而福州省會之區獨令入城居住，本由督撫辦理不善所致。查寧波、上海兩口，城内均有夷人居住，并非福州一處獨令入城，且均係查照條約，浙江、江蘇既無辦理不善之處，即不得謂臣與徐繼畬不善辦理。總之，此時夷務除卻恪遵諭旨，鎮静密籌，别無辦法。現在福州省城内外間閻安堵，闤闠恬熙，實係民夷相安。祇以臣與徐繼畬不肯調兵演炮、募勇，有違數紳之意，即遠近傳布。而言事者但知情關桑梓，不顧安危之大局，即以耳食之言一再上瀆宸聰，隨致宵旰軫念，更難保嗣後不將釘炮眼、尋屍蟲各謠言接續妄瀆，臣實不知其是何居心。臣與徐繼畬受先皇帝特達之知，蒙聖主高厚之眷，雖無才識，尚有天良，且非木偶，何敢因小事而肇大衅。現仍督同辦理夷務之候補道鹿澤長與興廉設法密籌，不稍張皇，俾令該二夷退居港口。硜硜之見，總堅定不移，斷不爲喜事沽名之數紳所摇惑。所有遵旨密查緣由，謹據實密片覆奏，伏乞聖鑒訓示。謹奏。

三漸宜防疏

爲敬獻芻言，仰祈聖鑒事。臣伏見近日雨澤愆期，皇上允侍郎吕賢基之奏，特頒諭旨，使羣臣各進直言。又因御史陳壇之奏，而有引咎責躬之諭。此誠禹湯之用心也。夫雨暘未能時，若事體猶屬尋常，至若兩粤匪徒跳梁未已，南河大工合龍未報，又值庫帑支絀，籌措維艱，宵旰憂勞莫能稍釋。臣以爲此上天之仁愛聖主，使之宏濟於艱難，而增修夫德業也。自古帝王或多難以興邦，或殷憂而啓聖，逸欲者荒怠之由，艱危者修省之助，歷稽往籍，大抵如斯。我皇上自臨御以來，仁孝恭儉之德遐邇同欽，静穆淵深之度臣鄰共仰，而且日勤萬幾，兢兢業業，不邇不殖，出於自然，以徇齊敦敏之姿，懋緝熙光明之學，薄海臣民所爲欣欣拭目，觀郅治之日隆者也。臣幼讀《虞書》，見禹之戒舜有曰：無若丹朱傲，惟漫遊是好。意嘗疑之，以爲舜之大聖，何至有此，禹之陳謨，似乎過慮。然舜且傾心聽納，而曰：師汝昌言。君臣皆聖人，不應有周旋之語，審思其故，乃知聖賢克治之功至微至密，誠以人心惟危，嗜慾易縱，一失其閑，而其流遂無所底極。故以至聖至神，而恒取下愚之事以爲炯戒，不敢謂斷不至此而無庸措意也。《商書》曰：惟聖罔念作狂，惟狂克念作聖。此之謂也。現當釋服禮成，事殊往昔，有不得不變之起居，有不能不備之儀制，正羣情易涉鋪張之時，亦風氣易於轉移之候，雖聖人慎終如始，懋德日進無疆，而古人杜漸防微，檢身常若不及。昔唐臣魏徵有十漸之疏，太宗嘉納，千古以爲美談。夫漸者，已然之詞也，正之於已然，何如防之於未然，臣謹師其意衍爲三防之説，極知迂陋，無補高深，而葵藿微忱不能自已，伏望幾餘幸垂採納。一，土木之漸宜防也。我國家列聖相承，崇尚儉樸，大内宫殿一仍前明舊貫，無所改作。惟圓明園爲三時聽政之地，避暑小莊爲秋獮駐蹕之所，兩處規模至乾隆年間而大備，嘉慶年間有歲修而無增益。我宣宗成皇帝夙崇儉素，力矯浮華，仿神堯之築土階，法大禹之卑宫室，篤於孝思，暫停秋獮，熱河一切工程悉行報罷。惟圓明園澄爽静穆，聖性所安，自正月至十月恒駐於此，然三十年中未嘗增一堵一椽，其遊觀不及之地，座落或報應修，輒令拆撤，以故内府之帑前後撥出外庫者凡一千數百萬，此節省之明效也。然無識之徒乃謂，乾隆年間營繕多而財愈有餘，道光年間工程少而財愈不足。此等無稽之談，正亦不煩深辨。昔漢文帝惜中人十家之産不築露臺，史臣美之；唐太宗因宰相詢問北門小營繕加以誚讓，魏徵以正言争之，隨即省悟。自古帝王，固未有不以裁省土木爲盛德者也。我皇上節儉性成，前徽允紹，即今移蹕園居，不聞有增修座落之事，先聖、後聖志事同揆，凡在臣民胥深欽仰。

臣竊計，數年以來，園亭久曠可修之工必應不少，一切管理之人未必咸知大體，或以有事爲榮，或以沾潤爲念，必且謂黯淡無華，觀瞻未肅，荒蕪不葺，神爽未怡，甚或謂先朝堂構不應坐聽雕殘，九有富繁不必計較纖悉。方今軍務未完，河工未畢，人知帑藏之空虚，亦料無暇於及此；將來兩事告蕆，内庫稍充，難保無以營繕之説漸漸嘗試者。伏望皇上堅持素志，概勿允從，苟非萬不得已之工程，一切停罷，至於裝修陳設之華、珍奇玩好之類，可省即省，無取鋪張。宫庭之内有一分之損裁，軍國之間即受一分之補益，使天下知堯舜之用心出於尋常萬萬也，豈不盛哉！此臣所謂土木之漸宜防者也。一，晏安之漸宜防也。臣嘗觀孔子説詩，以《關雎》爲首，曰《關雎》樂而不淫，哀而不傷，言其得性情之正也，興取雎鳩，因其摯而有别也。漢儒匡衡之説《關雎》也，曰情欲之感無介乎容儀，晏安之私不形於動静，夫然後可以配至尊而爲宗廟主，此綱紀之首、王教之端也。其言有别之義，可謂深切著明矣。蓋主德之或昏或明，君身之或强或弱，政治之或怠或勤，民瘼之或通或隔，揆厥根原，皆肇於此。《齊風·雞鳴》之詩曰：雞既鳴矣，朝既盈矣，匪雞則鳴，蒼蠅之聲。朱子傳曰：賢妃當夙興之時心常恐晚，故聞其似者而以爲真，非其心存警畏而不留於逸欲，何以能此？亦有别之微旨也。是故，姜后脱簪珥而周宣賴以中興，班姬辭同輦而漢史嘉其知禮。匡衡所謂綱紀之首、王教之端，此之謂也。顧以事涉宫闈，絶於聽睹，非外廷之所能悉，亦非臣子之所敢言，雖有折檻之忠、牽裾之直，止能言得失於殿陛之間，豈能争是非於宫壼之際。是故，聖帝明王即以是爲修省最切之地，懲燕昵之過，嚴蠱惑之防，一嚬笑不敢輕，一詞色不妄假，務使清明之志氣在宫無改於在廷，肅穆之風裁在内無殊於在外，所謂衽席之上天命流行，而盛德大業胥於此乎，審端也。我皇上健法天行，至剛無慾，邇者釋服禮成，將備《周官》九御之制，衍《大雅》百男之祥，竊以爲聖德之日新又新，聖政之久安長治，皆將肇基於此。臣謹臚往古之陳言，以當瞽矇之諷誦，所謂晏安之漸宜防者此也。一，壅蔽之漸宜防也。自古壅蔽之患由於言路之不通，然亦有言路既通，而壅蔽之患轉生於不覺者，不可不防其漸也。何者？言事之人學識不同，賢否亦異，其切中事理，有益於國計民生者固不乏人，然亦有本無卓見，未悉事情，欲露姓名，勉陳剿説，拾藍本於邸報之中，論事機於已然之後，不特人人所能言，仰且人人所不屑言，此等奏事，何堪屢省。又或意在沽名，故爲激聒，鼓其矜張之氣，不顧事理之安，以迕旨爲伸節，以獲罪爲成名，前明中葉此風最甚，究其用心，豈曰純白？甚至不肖之徒隱藏欺詐，或懷挾恩怨以公濟私，或受人指揮以言爲市，諸如此類，難保必無。夫人主之開言路，欲得嘉謨嘉猷也，所求若此，所得若彼，雖有納諫之君，亦生厭薄之意，既生厭薄之意，即無採擇之心，縱有可用之言，亦將視同一例，從此公車章滿，不過故紙相仍。而耳目之司不能不别有所寄，疎遠者不可信，不得不寄之親近；文墨者不可信，不得不寄之粗材。始則轉信而成疑，繼則廢明而用察，馴至以羣言爲徒亂人意而無事折中，以衆論爲各挾私心而每伸獨斷，如是則偏重之勢成而壅蔽之患生矣。夫稂莠雖多，嘉禾不可棄也；駑駘雖衆，其驥不可没也；因稂莠而怠耕耘，嘉禾亦摧殘而不植；因駑駘而倦芻秣，其驥亦躑躅而不前。是故聖帝明王有見於此，不以言事者多所乖紛，而遂疎於採擇也。我皇上御極之初，即以開言路爲務，自倭仁一疏手詔褒嘉，言事者紛紛而起，皇上虚懷聽納，一言可採，立見施行，縱有謬談，亦不深責。邇因天旱求言，又復諄諄獎誘，而空言塞責、受人指揮、激直沽名之三弊，切實指明，使之知所愧悔，淵懷若谷之中，寓教誨裁成之意，凡在臣工，孰不感激奮興，思所以稱塞明詔者。惟此臣庶之中，大抵中材居半，其無識之流本無真知灼見，慮蹈三者之弊，固且緘默以自全；即有志之士，仍思慷慨發舒，其於三者之間亦或疑似之難免。臣以爲，空言塞責，事出庸愚，一覽擲之，無關輕重。激直沽名，由於器小，在其人客氣用事，難以語學術之真純，在皇上大度優容，適足見聖懷之深邃。至於受人指使，迹涉營私，果其確有可憑，必當明正其辜。總之羣言淆亂，衷諸聖人，亦在乎我皇上之權衡酌量而已。臣竊計，在京言事之人約有三等：其以章奏陳者，曰九卿科道；以章奏陳而兼得面陳者，曰部院大臣；不以章奏陳而時得面陳者，曰内廷王公。此三者各有所優，亦各有所蔽：九卿科道員數衆多，爵秩未崇，少廻翔之意；聞見較廣，多採訪之途。以風節相磨，怯懦者亦思奮起；以彈劾爲職，貪縱者有所顧瞻。此其所優者也。其有所蔽，則前之三蔽是也。部院大臣久在朝列，既歷受乎恩知，豈無効忠之微念，兼明習於時事，非比新進之迂疎，此其所優者也。然而階級既崇，時虞蹉跌，天顔日近，倍益冰兢，或有所顧忌而不敢深言，或過於矜慎而不敢盡言，究其胸臆之所存，莫能傾吐其十一，此則其所蔽者也；内廷王公日依禁近，或處肺腑之地，或膺璜玉之尊，外無私交黨援之患，内無希倖爵賞之心，此其所優者也。然國家法制森嚴，例不與外人交接，廷評固有所不盡聞，輿論亦有所不盡曉，採訪不越近儔，聽睹不及幽遐，其心可保無他，而其言不盡可據，此則其所蔽者也。臣以爲，聽言之道，以理爲衡，揆之於理而是，芻蕘亦有可採，而况於臣工；揆之於理而非，親信者亦難曲從，而况於疎逖；因所優而忘其所蔽，固慮莠言之雜陳，因所蔽而廢其所優，亦慮嘉言之攸伏。我皇上明目達聰，幽隱畢照，屢下求言之詔，曲施獎勸之方，而臣乃鰓鰓以壅蔽爲虞者，誠慮言事者之限於才識，終未能仰副淵衷，致聖主察納之虚懷不免悵然而思返。惡鴉鵲之鳴噪，雖有鸞鶴亦將有所不願聞；厭蕭艾之縱横，雖有蕙蘭亦將有所不暇採，然而鸞鶴從此無聲，蕙蘭從此不茁矣。此〔三〕臣所謂言路既通而壅蔽之患轉生於不覺者也。夫取士之道，拔十得五不爲少也；求言之道，聞十得一不爲虚也。伏願我皇上聽納之勤長如今日，則言路永無壅蔽之患，而直言極諫之士且接踵而起矣。以上三事，皆載籍數見之談，亦古人熟陳之義。仰維聖德，如日方升，并無纖翳之可指，何慮塵埃之或侵，而臣顧爲此未然之慮，先事之防，迂闊之譏其何能免。顧嘗聞，古之人存理遏欲，不待其端之已兆也；陳善閉邪，不待其機之已萌也。端未兆而閉之，雖凡庸亦易爲功；機已萌而折之，即聖哲亦難爲力。臣本書迂，懵無知識，前在御史任内一知半能，亦常妄有敷陳，上年奉職無狀，自蹈愆尤，荷蒙皇上曲予矜全，改補京秩。自念犬馬之齒已迫遲暮，常恐蒲柳先衰，終無以仰酬高厚。夫才力由於天賦，盤根錯節，非臣之所能勝也；愚戇由於性生，拾遺補闕，猶臣之所可勉也。惟皇上鑒其迂愚，而俯賜採納焉，臣曷勝欣甚。謹奏。

特參晉撫貽誤巖疆疏

爲晉省情形危急，撫臣貽誤巖疆，據實陳明，懇恩速撥重兵就近赴晉援勦，以固根本而衛京畿，由五百里借印馳奏，仰祈聖鑒事。竊查粵匪於五月間竄入豫省，旋渡河圍攻懷慶，撫臣哈芬檄飭太原鎮總兵烏勒欣泰帶兵赴澤州堵勦，該鎮奉文十餘日尚未啓行，該撫任其遲延，并未參奏。迨奉會勦之旨，該撫於六月十七日始帶兵出省，緩程五日始行至距省一百三十里之子洪鎮。迨行抵攔車屯扎，該處距懷慶咫尺，明知各路大兵在東北兩面進攻，南面距河，羣賊潰竄必向西路之濟源，該處與晉省之垣曲接壤，山路可通，河東道張錫蕃赴垣曲防堵，連稟請兵。該撫始則不與，後乃撥與大同兵五百名，亦并不催促前進，遲至一月之久，始於七月二十九日行抵垣曲。而次日賊已由濟源竄入垣曲，倉卒之間不及布置，縣城遂至失守，該道張錫蕃暨該縣晏宗望不知下落。由垣曲至絳縣，有横嶺關天險可守，并無一兵一卒，致賊匪竄入絳縣，由絳縣直趨曲沃，現據平陽府禀報，曲沃已於八月初七日失守。由曲沃至平陽止一百二十里，道途平坦，毫無阻礙，平陽係省南屏蔽，城垣曠闊，經總兵烏勒欣泰帶兵赴澤，存城之兵止一百數十名，萬分危急。該撫在澤州具奏，於七月二十八日帶兵赴陽城一帶防堵，乃遲至八月初六日始由澤州赴陽城，明知三縣接連失陷，平陽危在旦夕，絶不帶兵赴援。烏勒欣泰之兵於八月初三日已折回攔車，經署臬司郭用賓禀請，速飭該鎮帶兵回平陽固守，以免疏虞，乃該撫批駁不准，烏勒欣泰之兵現亦不知逗遛何處。省中現接該撫來文，云潞安之屯留一帶藏有奸匪，現在彼搜拿等語，至三縣連接失陷，平陽一路危急情形，置之不聞不問。是該撫統帶重兵，竟以澤潞爲避賊藏身之地，城池之接連失陷，一概置之度外，其措置乖方已可概見。臣等查平陽以北至省城一路平坦，各州縣存城之兵多者七八名，少者一二名，中間僅有靈石之韓侯嶺有險可守。乃該撫既不馳赴，又不催烏勒欣泰分兵把截，明知省城之兵止剩一千餘名，乃飭令分兵五百赴韓侯嶺防堵，竟置根本重地於不問。合省軍民聞信惶急，經臣等暨衆紳士遞呈阻止，已據布政司臣郭夢齡具奏在案。臣等查現在情形，平陽危在旦夕，聞陝安鎮臣郝光甲已帶兵迎截，内閣學士臣勝保亦帶兵追躡，究之行抵何處尚無確信。該撫哈芬、該鎮烏勒欣泰將境内之兵掃數帶出，又復逗遛澤潞，不肯迅速西行。平陽大城斷非百餘兵所能固守，此城一有疏虞，一路各州縣城守無兵，勢必望風瓦解，旬日之内即可直抵省城。至懷慶各路重兵，雖經布政司臣郭夢齡兩次具奏請旨督催來晉援剿，究竟由何路進兵，何日可到，殊難懸揣，省垣城周二十四里，守以千餘挑剩之兵，實覺茫無可恃。現經布政使臣郭夢齡暨臣等偕同衆紳士，招募得壯勇二千數百名，逐日教練，現又添募數百名，期於同心合力，保守城池。惟外無援兵，究竟聲勢不壯，且慮賊匪由固關一路竄入畿甸，關係甚重。惟有仰懇聖恩，於保定防堵兵内抽撥三四千名，由平定州一路馳赴山西迎剿，如賊匪已竄至省城，固可援手，如其尚在南路，亦可迎頭會剿，其保定防兵由京營再行撥補，亦甚近便。臣等家居省垣，身受天恩，備員卿列，即以百口殉城毫無怨悔，惟念山西一省爲神京右臂，二百年侮亂不生，正供無缺，兵興以來屢次捐輸均能踴躍急公，爲國家所倚賴。今因該撫措置乖方，開門揖盜，致令賊匪竄入腹地肆行焚掠，省南精華各縣一經蹂躪，元氣蕩然，不特捐輸無從辦起，即正賦亦不免殘缺，該撫誤國之罪當居何等。臣等守制在籍，不應越分言事，惟情形萬分緊急，不能不上達天聽，但於國事有裨毫末，褫戮固所甘心。謹借藩司印花，由五百里馳奏，曷勝惶悚待命之至。謹奏。

請命將助剿疏時充總理各國事務大臣

爲陜賊賊入晉疆，逼近畿輔，急宜派兵助剿，恭摺具奏，仰祈聖鑒事。竊自陜賊竄入北山，與晉山隔一河，冬令河水漸合，本屬萬分吃緊之勢，今聞賊匪果由吉州渡河。夫數年來回、捻猖狂陜右，猶可稍寬聖慮者，爲有黄河天險可恃故也。賊既渡河，天險已失，一出山口，千里平原，封豕長蛇，惟其所向，不特三晉生靈盡遭荼毒，晉省殷富之地，歲供京省餉需數百萬金俱無所出，且與直隸界連脣齒，一旦長驅東犯，更恐震動畿輔，爲皇太后、皇上宵旰之憂，此不可不急籌也。撫臣趙長齡職任封疆，責無旁貸，今賊匪既竄晉境，撫臣似宜速帶標兵赴韓侯嶺及上紀略坡一帶杜賊北竄，如賊匪現尚盤踞西山一帶，即速派弁兵堵截各隘口，勿令逸出，是其專責。臬司陳湜素稱勇敢，此次雖已疎防，若令其移兵追剿，萬一河西賊衆乘隙過河，貽禍更大，似宜責成陳湜仍專辦沿河口岸，不准再有一賊一騎渡河。至於剿滅此股賊匪，陳湜不能分身，必須派員專司剿辦。查咸豐三年，粵匪自河北三府竄入晉疆，席捲長驅，勢已不可收拾，幸賴先帝宸算，飭令勝保帶領馬隊兼程赴晉，截斷横流，故山西大半得以保全。今陝賊竄晉，左宗棠自必派兵追剿，然追躡賊後，適足驅之北走太、汾，東走直隸，而不能繞截賊前。臣聞陳國瑞勇敢善戰，賊久憚其威名，現奉旨派往山東，尚未啓程。又直隸總兵余承恩雄毅敢戰，且籍隸山西，熟悉形勢。可否即簡派該二將，速帶勁旅三四千馳往山西，會同左宗棠所派援兵合力兜剿，即可就近聽左宗棠節制調遣。至該二將進兵之路，應探明賊勢，如賊犯太、汾，則取道獲鹿；如賊趨解、絳，則取道臨洛。大意在由東北而擣西南，步步進逼，以剿爲防，不惟保固晉疆，并可遏絶壺關、黎城各口，斷賊匪東竄直隸之路。臣愚昧之見未知是否，伏祈皇太后、皇上聖鑒。謹奏。

嚴查教匪以靖閭閻疏

臣聞聖王之致治也，期於道同而風一，必先除莠以安良，是故左道有誅，奇衺有禁，所以一斯民之心思耳目，而使之歸於大同也。教匪之興由來舊矣，溯自寶、角初興，黄巾倡亂，宋則有王則之變，明則有徐鴻儒之役，其始不過有一二奸黠之徒妖言煽動，惑衆斂錢，迨夫滋蔓既多，遂至跳梁妄作，動煩征剿，杜絶萌芽，誠不可不預爲之計也。將欲消患於未萌，其道有三：一曰申教化以洗其心，孝弟忠信之義入之者深，則邪説不能移也；一曰嚴保甲以分其類，比閭族黨之聯稽之者密，則匪類無所匿也；一曰勤偵訪以燭其萌，動静作息之間察之者周，則端倪可豫悉也。然而教化之行，易於儒紳而難於編户，布以文告視爲虚文矣。保甲之法，易於鄉僻而難於城市，重以連坐或滋擾累矣。偵訪之法，易於耳目而難於腹心，所託非人或累善良矣。總其大要，則在司牧者之實心任事耳。本實心以申教化，則感格必深，而異端可以自息；本實心以嚴保甲，則良民有恃，而敗類將無所容；本實心以勤偵訪，則鉤距必精，而櫱萌可以早折。由是根株既盡，異説不興，沃之以膏澤，牖之以詩書，所謂無偏無黨，遵王之道者也。我皇上心厪保赤，寬嚴并用，疆吏仰奉宸謨，稽查嚴密，固宜經正民興，而臻平康之至治也，豈不偉哉。臣謹疏。

商辦盜案禀上劉次白中丞

一、諱盜之風宜嚴禁也。職道聞閩省州縣習氣，慣於暗地賠贓，事主報案之後，託人關説，約略賠償，令其抽呈。報竊事主計其所得，較原贓或至倍蓰，無不欣然樂從，故事主之意不以獲盜爲快，而以賠贓爲樂。該州縣等拚數百之金錢，免四參之嚴議，衣鉢相傳，以爲通融曉事。故疊劫之賊，或至身犯數案，而州縣轉無案可查，捕獲之後亦無由寘之重典。張羣盜之膽，長百姓之刁，捕務之日益廢弛，其根源實坐於此。職道自抵任以來，於各州縣接見時諄懇勸誡，告以疎防之公罪可原，諱盜之私罪不可逭，且賠贓之所費，用之緝捕正盜未必不獲，胡可昧心苟且，自貽後患，該州縣亦多有猛省者。應請憲台嚴飭各州縣，嗣後如有仍蹈故習，暗地賠贓消弭重案者，一經訪聞，由道府據實詳揭，立予嚴參，庶乎各顧考成，而捕務日見起色矣。

一、盜之巢穴宜搜也。職道查延、建一帶搶刦各案，其首夥籍隸永春、德化、大田者十居八九，本境之人十無二三。細訪其故，緣永春州三屬萬山叢雜，田土瘠隘，居民資生無策，半游食於延、建兩府，或小販，或傭工，或入茶山，或拉短縴。匪徒雜處其間，勾誘徒黨，乘便肆刦，得贓之後星夜竄回鄉里，迨州縣勘明差緝，早已飛行出界矣。永、德一帶山路岐嶇，雜以深林密箐，延、建兵捕地形不熟，眼線難求，越境捕賊往往望洋而返。其盗首相約，在本土不許犯案，故來延、建則疊刦之梟賊，回鄉里則負販之良民。該州縣事非切已，接有鄰境關移，不過一覽置之，地非延、建道府所轄，即使牌札紛行，亦俱束之高閣，歷來破案之難，實由於此。本年後四月間，職道因巨盗林春爲延、建一方之害，從獲案之郭阿如究出該匪等已竄回永春，當與彭守商委代理嵴峽巡檢陳德奎密赴永春，未入王家賓密赴德化，職道作諄懇手書密致章牧、曹令，囑其上緊協拿。章牧接信之後，毅然身任，覓得妥線，託故下鄉，將該匪等首夥五人登時擒獲。曹既協獲林春等，又協同世職吴金魁弋獲臬頭申一名。此兩地合力，不分畛域之明效也。誠使延、建各州縣不惜勞費，認真緝捕，而鄰境州縣俱如章牧、曹令之急公，不存膜視之見，該匪等巢穴既傾，退無藏身之地，自必聞風膽落，不敢頻仍犯案矣。應請憲台飭司札飭永春三州縣，即以章牧、曹令爲法，勿存畛域之見，關移一到，協力同擒，巨盗當次第就獲，而延、建居民可安枕矣。

一、盗之窩住宜查也。職道聞沙縣、尤溪一帶，各有鐵爐、磁窰若干座坐落深山之中，匪徒託名傭工，大半寄迹於此，往來不定，聚散無常。其窰户、爐主亦多係無籍之徒，强者因以爲利，有意容留，弱者懼其强梁，不能禁止。本年南平刦案之康阿亮，即從鐵爐搜獲，實匪徒之逆旅、羣盗之淵藪。崇山巨壑，僅通鳥道，兵捕望而惕息，不行查辦。職道現與彭守相商，札飭沙、尤各縣，令其將境内鐵爐、磁窰逐一親身查勘，將如何稽查防範之法繪圖列册，妥議章程，先行詳覆。或職道等暇時親往覆查，或委妥員逐細覆勘，務使窩住肅清，萑蒲無容身之地，斯羣盗益知歛迹矣。

一、盗之包票宜禁也。職道聞延、建一帶凡家道殷實者，多令丐頭寫立包票貼於門首，每年給錢數千、米數斗，一年之中不許惡丐登門擾索。向來有此風俗，濟貧杜擾，似亦無礙。然而居民之意非畏丐也，畏盜也。所謂丐頭者，即盜首也，名爲包丐，實則包盜。捕務不修，居民知官長之不足恃，不得已而求庇於盜，其情亦可憫矣。若治以通盜之罪，不特株累堪虞，有司亦實有媿色。然而此風不革，是使殷實之良民爲羣盜之糧户也。既已寫立包票，倘其偕徒黨而來，偶求宿食，不得不屈意容留；是又使守法之良民爲羣盜之窩家也。既有無數之糧户，復有隨處之窩家，羣盜之垂涎於延、建也，固無足怪。職道與彭守相商，宜出示曉諭居民，告以無資盜糧，自貽後患，一面嚴督各州縣講求捕務，勿稍懈弛。基年之後，盜風稍靖，居民有恃不恐，自不肯割貲取戾，羣盜既無所資，其勢益當衰息矣。

一、捕盜之人宜簡練也。職道竊見，各屬所護盜犯大半身材瘦小，形容鄙猥，并非强横有力，或善拳勇如北方之大盜也，然而一入山林即成兔脱，差勇成羣，或拒捕致傷，睹〔四〕其跳梁而去，莫敢誰何。非盜强，而捕盜之人太弱也。職道嘗將各屬馬快傳喚問話，見其猥小怯弱，力既不强，胆復不壯，縱有妥的眼線，一旦與賊相值，賊能拚命而差不能，故數差不敵一賊。至臨時招雇之鄉勇，得傭錢數百，誰肯捨身命以攖賊鋒，故一遇拒捕之賊，乃鬨然四散，賊輒掉臂而去矣。職道現飭各該州縣，將馬快之中擇其能事者留之，其怯懦無用者全行汰革，别募身强力健之人充補，或訪求稍通拳技之人，教以擊刺跳走之法，以通曉賊蹤、幹練能事者爲總頭。每縣得健捕十餘人，治羣盜而有餘矣。

一、浮開贓數之風宜嚴禁也。職道抵任以來，查新舊搶刦各案，事主報贓動輒稱金銀數千百兩、衣物數千百事，及至捕獲正盜，起得真贓，苟係輕微衣物，往往不肯認領。細訪其故，一則不肖州縣向有暗地賠贓之習，誘其訛索之心；一則贓數太少，恐地方官不以爲意，從而張大其事，以爲聳動之資。訟師以此爲秘訣，惡習相沿，千案一律。查事主浮開贓數，例有應得之罪，惟其人既遭盜刦，不得不存寬恕之思。而事主恃其理直，又往往任意狡執，既未便傳喚拖累，與羣盜頻頻對質，又恐其藉詞上控，別生支節。因謂搶刦之案，贓數多寡無關於罪名出入，於是曲徇事主之意，坐羣盜以虛數之贓，贓無可追，總以業已花用一語開銷完結，此歷來辦案之故轍也。夫强刦之盜，律予駢誅，罪名之所關至重也。盜之真假以贓爲憑，贓即已銷，以贓之確數爲據，案情之所關至要也。今因事主之狃於浮開，州縣之憚於翻控，而相率爲遷就之計，贓數不真即案情不確，非所以重人命而慎刑章也。職道現擬出示曉諭居民，凡有搶竊、强劫案件，贓數不准浮開。如有浮開者，捕得正盜審定確供，即將該事主治以應得之罪。應請憲台飭司嚴飭各該州縣，辦盜案贓數必須切實，如首夥供贓數確實無疑，而事主始終狡執者，即將該事主照例擬杖，以儆刁風，庶案情俱歸確實，而捕務易於講求矣。

一、聯甲之法宜變通也。查編聯保甲爲弭盜第一良策，行之者歷著明效。惟同一聯甲而情形之難易不同，斯奉行之虛實亦異，大約易於通途而難於山僻，易於土著而難於客寮。其故何也？通途所經，州縣下鄉之便，易於編查；樹牌舉首，耳目昭彰，亦易於見好，故爲之甚易。窮山僻壤，去城或百數十里，限以峻嶺崇山，竟有兜輿不能達者，宿食無地，往返需時，委佐雜則徒屬具文，差胥吏則更虞苛索，此山僻之難於編查也。查各州縣俱分里圖，似宜每里舉公正紳士，或有品耆民二人爲正副總甲，給以牌文，授以章程，凡州縣所不能到之地，令其裹糧徧歷，逐細編查，開列細册，事竣囘繳。其辦理認真者，該州縣待以優禮，給以牌匾。定爲春秋二季編查一次，其宿食紙張之費，該州縣自行捐付。如此辦理，較諸假之書差者，其虛實功效當相倍，此山僻之宜變通也。土著之民據有田宅，聚有族姓，按户而稽，莠良易辨。至於外來游民，俱係江右下府之人，多在山廠之中搭蓋棚寮，往來不常，搬移無定，建寧一帶此輩以數萬計，不特居民不能識，其同類亦不相知，暴客奸民混迹其間，因而伺便竊劫，靡所不爲。既不能使著籍〔五〕之居民與之相聯，復不能使散漫之游民與之互保，編查之法幾於窮矣。

條陳山西防守事宜致王雁汀中丞

現在畿内賊匪在獨流，大兵四面圍合，數過十倍，似無竄走之理。天津閩、廣海船九月間早已回南，賊匪無從奪佔，即奪佔數隻，不能駕駛，亦一步不能行。以此度之，此股賊匪似無不殲滅之理，一經殲滅，河北無賊，北五省可幸安枕。惟聞南中賊匪現又潰竄四出，闌入皖省、楚北，在皖省者跬步即入豫省，在楚北者西南則入荆襄、入湘南，西北則窺關陝。現屆嚴冬，賊皆南人，不耐寒凍，未能北行，一交明年春令，則豕突狼奔，殊難意料。現因畿甸事亟，勁兵皆聚於此，此股賊匪一經殄滅，畿内勁兵自必轉旆南征，幸能滅此朝食，如天之福。惟揆度目前事勢，南中之師皆疲老，又饋餉竭蹷，仰給無資，南方之賊何日殄平，無從揣測。山西接壤之豫、陕兩省，明年春間難保其必無警動，山西通省之兵止二萬餘，北鎮一萬二千餘，南鎮止八千餘，省標三營止二千零。竊意畿甸賊平之後，晉省各口防兵不能不撤，惟慮明年春間或須再行防堵，則調遣防兵事宜似須畫有成竹，方不至於誤事。弟謹就一得之愚擬爲節略，續行陳上，其尤要者，則須於鎮將中物色數人，但得膽氣堅壯，見賊不跑者便好，否則雖十萬之衆皆無所用。此須豫先物色，非倉卒所能驟得也。今將山西防守事宜就鄙見所及演爲四條，以備採擇：

一、守口宜擇要也。北方地利可恃者，山西、陕西兩省。陕姑勿論，以山西通省言之，表裏山河，重疊環界，北面地接朔漠，爲自古戰場，我朝綏服内蒙古，編入旂分，蒙古王公半皆宿衛禁闥，與滿洲臣僕無異，故歸化、綏遠一帶，古爲烽燧之衝，今成闤闠之地，是北面無可防也。西面重山疊嶺之外界以黄河，與陝西之延、榆、綏一帶爲界，陝之北境無事，即晉之西界無事，是西面現亦無可防也。揆度目前事勢，宜防者惟東、南兩面耳。東面自廣靈、靈邱起，稍南爲五臺，再南爲盂縣、平定州，此與直隸之蔚州、廣昌、阜平、靈壽、平山、井陘爲界者也。再南爲遼州、潞安、澤州，此與直隸之贊皇、邢臺，河南之武安、涉縣、林縣、輝縣、修武、河内、濟源爲界者也。通計東一面，處處皆崇山峻嶺，除平定州驛路之外，并無通車路之處，其通騾馱者皆盤折山腰，岐嶇萬狀，故通省地利之險以東面爲最，而歧路之多亦以東面爲最。南面則黄河廻繞，與河南之陝州、陝西之潼關一帶互爲唇齒。此地形之大略也。竊謂東、南兩面有地利之可恃，較之直隸、山東、河南地形平衍，四無藩籬者，較爲易守。然防守之法，無處處設守之理，若不分通途、小徑，處處設防，則東面山路、南面渡口，大小不下數十，此處二百，彼處一百，甚者數十、數人，分布未能周徧，而額兵亦已不敷，口糧亦已不繼。弁兵襲承平之習，不知戰陣爲何事，人數既少，胆氣益怯，其見賊即走也，可以先事而逆料。故分兵過碎非計之得者也，賊不來則以爲布置周密，賊一來則形孤勢弱，無一口之可恃，聚之不及，援之不及，倉皇招引而賊已入腹地矣。竊謂防守之法，在於審度大局擇其要害，在於兼用虚實，在於偵探的確，在於屯兵要地，可以馳赴而不誤事機，此則平時必宜講求者也。

一、練兵宜聚集也。查晉省在前明爲邊塞，故兵額不下六七萬，我朝蒙古綏服，久成腹地，故南北止設兩鎮，額兵止二萬餘，省標三營上二千餘，較之川、陝、閩、廣等省不過三分之一。而此南北兩鎮之兵，散於七八十州縣，一州縣之中又散於各小汛，除鎮將駐紥之地尚有一二百或數十名，此外散在各城汛，多者一二十名，少者三五名。此在平時不過藉資彈壓，供護犯、護餉之用，而在有事之秋則全不可恃。何者？勢既散漫渙然，不相聯屬，一旦被符徵調，非旬日不能湊合，軍火鍋帳非數日不能齊備，又復候行糧、候車馬，計其就道，動須一兩旬，警報忽來，已虞緩不濟急。即使湊集成軍，而帥與將不相習，將與備弁不相習，備弁與兵不相習，無所謂紀律也，無所謂號令也，無所謂賞罰也，名爲官兵，實則市人，戰則望風而逃，守則聞風而散，何足怪哉！故兵不練猶之無兵也。然練兵之説言之甚易，行之甚難，營中操練雖有成規，而各城汛之兵寥寥數人，不成隊伍，無可操練，其距本管之營或數十里，或百餘里，若營將時時招集，日日操演，奔命不遑，裹糧日耗。各兵月餉多者一兩餘，少者數錢，加以營中朋扣，所餘無幾，盡以供操演之用猶若不足，即在賢能將備亦且格於事勢，不能不循照例文一報塞責，而其虚額分肥，老弱充數者，更不待言也。故兵不聚集無所謂操練也。三年例閱，未嘗不聚集一處，而先事招集，事過即散，情不相聯，氣不相屬，不過敷衍一時，仍與不聚集同。若欲其聚集一處，練而成軍，則其費不減行糧，既格於例銷之無術，又苦於捐措之無資，籌畫之難，專在於此。查山西南北兩鎮之兵，北勝於南，合兩鎮而挑其精悍者，總可得四千人，分爲兩軍，一駐平陽，一駐潞安，擇鎮將之勇幹堅實具有胆略者時時操演，其操演以鎗礮爲主，而刀矛次之，有警則今日奉文，明日即可就道，所難者惟在籌畫經費耳。竊以爲兵貴精而不貴多，以晉省兩萬餘兵之費，練成精兵一萬，則何守不堅，何戰不克。若謂兵額缺少，營汛虚空，慮有變亂，則今日之賊匪起於兩廣，兩廣兵額水陸將及十萬，所謂遏亂銷萌者安在哉？當此緊急之時，事體即少有變通，部臣事同一體，諒不至於梗阻。達鎮軍洪阿，在臺灣嘗練精兵五百人，悍鋭無比，藉以摺伏奸民，全臺安枕者數年。其時臺灣富庶，經費皆取之各廳縣，今則時勢不同，籌畫固未易也。至山西省標三營，兵本無多，就近督操尚易爲力，然根本重地，宜專留爲城守策應之用，斷斷不宜外調。

一、將才宜物色也。國家承平日久，宿將大半凋謝，故身經行陣之武員百不得一，必待身經行陣者而後任之，將無其人而遂已耶。霍去病有言，顧方略何如耳，不在學古兵法。歷觀自古名將，大半起於草澤，彼其身經百戰，功成名立，乃後來之事耳，當夫初入戎行，乍冒鋒鏑，亦何嘗非嘗試爲之。總其大要，曰謀，曰勇。謀資乎智，勇生於胆，而無胆則智亦無用。戚南塘之收復興化也，夜引死士二十八人，行數十步輒捫其心，探其舌，心跳舌乾者遣回，比臨城，止餘己與大旂李姓一人，遂登城舉火，而城以復，此驗胆之説也。胆於平時無可驗，惟於其行事性情驗之，其柔媚韋脂，工於趨蹌應對者，無胆者也；其樸誠倔强，拙於周旋世故者，有膽者也。譽之而喜不自持，怒之而倉皇失措者，無膽者也；譽之而不甚喜，怒之而不甚懼者，有膽者也。而尤要者則在於能得兵心，與士卒同甘苦，兵未有不出死力者。加之以賞罰嚴明，號令齊一，兵雖弱而亦勁矣。

一、火器宜講求也。川楚之役，賊每股至五六萬，而剿除較易者，官兵有鎗礮而賊無之，偶攫得亦不善用，且無火藥，故官兵得用其所長而賊易挫。今日之賊起於兩廣，長於火器，其難制者在此。然其火器、火藥亦皆從搶奪而來，不能製造，不能常繼，則官兵之制勝仍當以火器爲主。鳥鎗，營中所習，其力止及數十步。最利者無如擡鎗，可及一百數十步，舊制三十二斤，苦於太重，兩人擡之，趨走不能捷，裝放不能速。近年閩、廣減爲二十二斤，甚爲靈便，用以打靶，其力不減於三十二斤，此善法之必宜遵用者也。至於礮法，輕重懸絶，式樣甚多，三十〔六〕斤以上之大礮，乃海口、江濱所宜用，以擊船，非擊人也。陸路要口安設數尊，用以壯威懼賊未嘗無益，然不能移動，不能携走，非臨陣利用之器也。陸路之最宜者惟行營礮，山西營中稱爲威遠礮。其製以熟鐵打成，外有鐵箍，重者不及二百斤，輕者不及一百斤，舊礮所鑿斤兩字樣皆不足據，須用秤稱之。身小膛大，乃陸路之利器。其施放之法大有區别，若用以懼敵，則宜用單子，以綿絮裹塞閉緊，總以閉氣及遠爲度。計可及二里餘。然單子打入人叢，不過斃一兩人，多則三人，若打到空處一無所傷。求其實用，則不用大子而用羣子，羣子不足，則鐵鍋碎片及碎爛鐵釘皆可用。其法不用封門大子，用敗絮爛紙填塞閉氣總以閉氣爲要。施放時用石塊、土塊墊之仰頭，賊將及二百步然後施放，一噴可及二百步，碎子所擊可斃三四十賊，較之鳥鎗、擡鎗可抵數十桿。惟礮身太輕，一放必翻折，即用沙袋壓之，亦必折轉，用礮車則坐回至七八步不止，點炮之兵閃避兩旁，亦并無傷損。南方用竹篾、籐絲綰於炮口兩旁作圈耳，兩壯夫就地拖之即可行，不必用炮車也。道光年間臺灣有張丙、詹通之亂，馬提軍濟勝率精兵四千渡海征之，以二千守營，二千出隊，臨陣帶行營炮八門，裝碎子，賊及二百步乃發，每發斃賊數十人，如牆轟塌，大兵以連環鎗繼之，十戰而賊無遺。有遊擊馬攀鳳者隨軍目睹，繼畬頃在漳州，曾聞馬遊擊備細言之。時馬遊擊因公降千總，後勒休。馬提軍川楚宿將，臨陣談笑若無事，然其制勝，謀定後戰，固不專恃乎此，而此亦其一端也。

潞鹽芻議致王雁汀中丞

一、復商斷不可行也。晉省鹽務向係商辦，充商者大半太、汾兩府富户。從前銀價與錢價相平，商人之善於經營者有利無害。迨後銀價漸增，浮費日多，正商又不自經理，一概委之舖夥，舖夥任意侵漁，遂致接連疲倒。其後充商者皆係舖夥包辦，每年貼銀若干兩，迨家資貼盡，又復另舉，以致通省富户盡消耗於充商，其情形與閩省之西路幫大致相同。各殷户家資皆在買賣，其買賣在三江兩湖者十居八九，自粤匪竄擾以來，南省半爲賊擾，山西買賣十無一存，祁、太、汾、平各縣向所稱爲富户者，一旦化爲烏有，住宅、衣物之外别無長物。又前年因急於措餉，准現商捐銀免充，各商竭蹷完繳，得銀二百八九十萬兩，富民膏血已罄竭矣。今若將捐免之商再行勒令復充，是罔民也，失大信於天下，朝廷固無此政體，而各商尚有家資者僅止數人，亦無裨於全局。此外各疲商捐免之餘僅存皮骨，即忍而爲之，亦不能變溝瘠爲陶猗。若於舊商之外另行舉充，則各屬富户數十年來搜索已無餘剩，此外鄉間所謂富户者，僅僅温飽者耳，必欲將中人之家全行破盡，不特地方元氣剥削無遺，而兵燹連年，民氣浮而易動，使平日安分良民人人不自聊賴，必致激成變亂，悔不可追。故復商之説斷斷無庸議及者也。

一、官辦難於經久也。鹽務雖官事，而展轉販賣事同商賈，雖有精明强幹之官，斷不能身入市廛，自行經理。官親家人，書辦衙役，又斷斷不可委任，其勢不得不用舖夥，而安分貿易自可謀生之人。又斷斷不肯爲鹽店舖夥。卒之，所謂舖夥者，仍係鹽商舊用之人，此輩平日坑累鹽商，侵漁肥己，是其慣技，滲水和沙，扣短斤兩，又係牢不可破之積習，今一旦改爲官夥，欲其潔己奉公，止食議定辛工，無復分毫染指，豈可得哉！鹽商之善自經理者，尚可身到店中親自稽查，無所隔閡；官則不能不假手於家丁、書差，此輩嗜利如命，一近肥羶即思中飽，賠累歸於官，舖夥、丁差毫無關於痛癢，此官辦之一難也。鹽運必須資本，資本必須充足，乘旺産之時而多運，乘冬春道路晴乾、槖駝未出口之時而多運，機會無失，可以不致虧折。今各縣所借司款，多者二三千，少者千金，杯水車薪，實屬不敷運轉。欲自湊資本，則現在地方陋規日益減削，瘠苦之缺大半買日爲生，點金無術，安能免湊。欲勸紳富共湊資本，則稍知利害者必不肯驟解囊橐爲此茫無把握之事，且現在潞、澤兩屬搶毀鹽店之案紛紛而起，甚至房屋被拆，財物被搶，已湊資者且不勝其悔懼，誰肯再出血本，自速身家之禍。欲借動官銀作本，則丁耗奏銷有期，一遲誤即干參劾，且交代之案逾限累累，若再將鹽本一項混入正雜之中，牽扯葛籐，何由清理。合此數端言之，是資本斷難充足也，資本不足，勢必運鹽於缺産雨水之時，成本既重，安能不賠！且課鹽不能運足，課銀憑何完解？而官鹽既不敷民食，私鹽即日益充斥，兩年之後，有私鹽而無官鹽矣，此官辦之二難也。官與商不同，商非疲倒不易，官則正署迭更，初辦之人即使經理得法，用人諦當，而一換任則頭緒全乖，衆心即變。或存五日京兆之見，當運不運，坐聽缺銷，而置奏銷於度外；又或身多債累，取鹽價以救燃眉，而致成虧缺。求其一氣貫注，慮始圖終，又何可得。官更數任，事體日益廢弛而整頓無由矣，此官辦之三難也。私不緝則官鹽不消，現在官辦未及一年，私梟已遍地充斥，畫界而緝則面面受敵，無從措手；通力合作則連雞棲桀，心力不齊。且慮大夥拒捕，獲辦理不善之咎，勢必隱忍偷安，聽其横流而不止，此官辦之四難也。閩省之興化、漳、泉，鹽歸官辦，近年奏銷不足三分，鹽引賣與商幫，有事故則賠課盈千累萬，咨追及于孫曾。官辦之難於經久亦可見矣。

一、緝私之難於扼要也。晉省鹽務，西北歸丁，東南行引。聞現在潞、澤私鹽皆由花馬池來，順黄河南下，至臨縣、永寧州之間有大鎮曰磧口，由此登岸，運至汾州府一帶分運各處，是杜絶私路，當在此矣。然汾、太兩屬課歸地丁，向例准以吉蘭泰之鹽濟土鹽之不足。吉蘭泰之鹽在石嶺關以北其價甚平，運至汾州一帶，道路較遠，脚價已多，每斤須三十余文，故近年汾州一帶皆食花馬池之鹽，因其價值甚賤也。吉蘭泰之鹽是否亦可由黄河至磧口，抑系由關北陸路來，未經查悉。若系亦由黄河來，則與花馬池同一口鹽，難於辨認，倘一概禁絶，有妨於太、汾民食。而花馬池之鹽准入陝而不准入晉，又例無明文，其難一也。口私之入潞、澤，其總路在沁源，然沁州一屬亦系歸丁之地，食鹽聽民自便。今禁口鹽之入潞、澤，并沁州一屬之口鹽而禁之，其本地有無土鹽，是否敷用，辦理殊多掣肘。若不能在沁源設卡，而退設于潞安境内，道路紛歧，稽查難於周密，其難二也。現在私販已成大夥，設卡查拿必須遴派妥幹員弁，多帶兵役，方不致有闖越拒捕之虞，此須籌出經費始能辦理。各縣因運本短缺，措辦維艱，再令湊合緝費，心力必不能齊，一縣不應手，而各縣皆觀望，成散局矣，其難三也。私不緝則官鹽斷不能銷，而緝私又有種種窒礙爲難之處，若委之本地本汛兵役，則有名無實，不過多一抽豐耳。

一、歸丁之情形不同也。潞鹽行山、陝、豫三省，陝省距潞村寫遠，而附近花馬池，從前充陝商者運鹽寥寥，因國課皆係賠墊，故陝商之疲倒爲尤速，課銀止十三萬零，爲數尚不甚鉅，而地界甚寬，攤入地丁，大約每兩不過數分，今紳民呈請歸丁，官不累而民不擾，誠爲善策。晉省自汾州以北課歸地丁，引地所行，北起靈、霍，南極解、絳，東抵潞、澤，西盡隰、蒲，地界本不甚寬，而課銀乃多於陝。乾隆末年曾辦歸丁，每銀一兩加鹽課九分九厘，使因仍不改，亦已相安無事。乃嘉慶初年又有復商之舉，而旋加以河工之十二萬、吉蘭泰活引之八萬。今若議將晉省之鹽課歸丁，合正引、餘引、活引、河工四項，每兩必加至一錢數分。現在銀價昂貴，民間完納丁耗已紛紛求減，再加一錢數分，民力實有不堪，且慮因此或起波瀾，此晉省歸丁之不易也。豫省則情形迥別，錢漕之外加以河工，皆料民力疲困已極，每年奏銷僅辦至七八分，再將鹽課加征，乃萬不能行之事，故豫省歸丁之説無庸議也。而三省之能銷潞鹽，則以豫省爲最。查豫省不産土鹽，口鹽又遠不相及，其東境食衛鹽，南境食淮鹽，而西境則食潞鹽。衛鹽與潞鹽價相若，而西行則又增昂，故衛不能充潞。南境之南、汝、光，淮鹽價至六七十文，淮商多收買衛、潞私鹽以當官鹽，故潞之充淮爲最甚，嘉慶年間之復潞商，即爲護衛淮綱而起。道光年間河南引地改爲商運民銷，充豫商者皆獲厚利，即今商已捐免，豫省民販仍復暢銷，是其明驗，此又與山、陝兩省絶不相同者也。以上四條，僅就聞見所及臆度言之，情形未必俱確，聊以備芻蕘之採擇耳。此時復商一節既萬不可行，且官辦甫經奏定，亦無驟改之理，誠使示諭之後刁民不復滋事，緝私果能周密，官鹽可以暢銷，奏銷不致短缺，誠爲至幸。然官辦之難於經久，情勢顯然，商疲尚可復舉，官疲直是無法除卻，歸丁之外再無别策，而豫省不能歸丁，晉省歸丁民力又不能堪，真束手矣。竊謂河工之十二萬、吉蘭泰活引之八萬，本係後加，不得已而歸丁，則須奏懇天恩，將此後加之二十萬全行豁除，則其數減矣，晉省止十數萬金，照從前歸丁舊案，每兩止九分九厘。如慮民力猶不能堪，則汾、太以北舊所歸丁之鹽課其數甚輕，或再將引地應歸之數匀撥數分，抑或將通省新舊歸丁之課通計匀攤，似亦可行。豫省不能歸丁，課銀無著，或竟仿劉晏遺法，就場收税，以補豫省之短缺。潞池聚於一處，周迴有牆垣圍繞，不似海濱之散漫。税額酌中定數，不宜太多，使民販有利可圖，踴躍來買，每年能得二十萬金，則豫省之缺數可補，且與正餘引之原額亦大約相符矣。其事辦理亦甚不易。就鄙見所及，姑妄言之，以備裁酌。

校勘記

〔一〕“鷺鶿”，原誤作“鷺鸞”，徑改。

〔二〕“咸”，疑爲“感”，未改。

〔三〕"此"字原無，據上文意補。

〔四〕"睹"，原誤作"賭"，徑改。

〔五〕"籍"，原誤作"迹"，徑改。

〔六〕"三十"，疑爲"三千"，未改。

文集卷一

堯都辨

堯之故都，漢人即歧兩説，有謂在平陽者，有謂在太原者。堯接兄摯之統，初即位時幽、并未分，兩地皆冀州土，於彼於此理皆可通，然竊以理勢揆之，當在平陽，不當在太原。太原四面皆山，北自今太原郡治起，西南至介休之義棠，平土不足三百里；東西則兩山相望，闊處不足百里，狹處止數十里。水道之達於河者僅有汾水，而自介休以南，汾水行雀鼠谷中，偪仄險巇，同於惶恐、黯淡。故秦晉汎〔一〕舟之役，自雍及絳而止；今渭河之船截黄河横渡入汾，亦至絳州而止，絳州以北自古無行舟之事。其陸路，則自霍州以北鳥道盤空，險仄或不容幰，直至介休之義棠始入平土；東面則太行八陘，澗谷深昧，西面則萬山叢疊，開闢以來無輪轍；北面則狄土也。唐虞時制崇簡樸，京師户口不繁，兵衛無幾，原非如後世之聚兆人、屯重兵、資漕運。然諸侯朝覲，各貢方物，天子巡狩，四岳咸周，斷不能僻處於舟車不通之地，而爲九有之共主，則太原之不可爲帝王都明矣。不但此也，太原上古時汾水下游未通，壅爲大澤。左氏稱：金天氏之裔子曰昧，爲玄冥師，生臺駘，臺駘能世其官，始宣汾、洮，障大澤，以處太原，帝用嘉之，封諸汾川。《禹貢》冀州既載壺口，之下即繼之曰：治梁及岐，既修太原，至於岳陽。梁山在離石縣，今之永寧州；岐即狐岐，在介休，皆别派之入汾者。曰既修太原，至於岳陽，疏汾水之壅遏至霍、泰之南，使之達於河也。考臺駘爲少昊之裔孫，而神堯至少昊止隔高陽、高辛兩世，臺駘之宣汾、洮，障大澤，正當在神禹治水之時，傳稱帝用嘉之，帝即堯也，事在帝堯將倦勤之時，距初踐位相隔已七十年。當堯初年，臺駘未障大澤，神禹未奠大川，太原未修，尚在汪洋巨浸之中，堯安得而都之。如謂洪水使然，以前不爾，則剖判以來從無治水之事，決排疏瀹，實始於禹。謂汾、洮因洪水而益漲則可，謂洪水以前太原并無水患，則雨水日久自涸，又何勞禹之施功，而臺駘之或宣或障，亦殊多事矣。《周禮·職方氏》：并州之藪澤曰昭餘祁。即今徐溝、祁縣至平遥一帶，地形如釜底，夏令雨水稍多，驛路即成溝渠。周室定鼎已在帝堯千餘年之後，而太原附近之地尚爲藪澤，況於帝堯踐位之初。太原别名大鹵，見於《春秋傳》，正因其近傍昭餘祁，地多鹵斥，故得此名，臺駘之障大澤，即障昭餘祁也。地形如此，可以爲天子之都乎？平陽地形坦拓，北起霍、泰，南極中條，左倚太行，右繞大河，膏腴之壤周迴幾二千里，較太原之局狹迥不相侔，以此爲帝王之都，似矣。又《禹貢》各州，皆以達於河爲貢道。平陽雖非近逼大河，而汾水下游入河，可通舟楫至絳州，距平陽百餘里，已不啻直達外府矣。其陸路則方軌并進，南下風陵渡河即中州之陝、洛，關中之三輔，四通八達，無往不宜。故舜之都蒲坂，禹之都安邑，皆與平陽相近，則堯都之在平陽確然無疑也。太原之説雖出漢儒，實事求是，吾不敢從。又鄭康成《毛詩譜》謂堯始都晉陽，後遷河東平陽，亦不可遵。自夏以前，古帝王從無遷都之事，堯以唐侯嗣統，故國在今直隸省之唐縣。建都何等大事，豈有不擇地而但取晉陽之近便，迨後知其不妥，乃復勞民傷財而遠徙於平陽。聖神舉事，當不如是之輕率也。

晉國初封考一

晉之初封，周天子畿内之侯也。古者王畿千里，然非規方而畫之也。周之西京在豐鎬，其間平地東西不過三四百里，南北亦然，餘皆爲名山大川所占，而其中又間有古建國，勢不得移而去之，非絶長補短，不能足千里之數。千里内空閒之土，大半得之兼攻取侮，其東境當包河、洛、大梁，其北境當逾河而兼有山右之河東、太原，非止關中片土也。王畿内頗封同姓之國，如虞、虢之類，不一而足，入則爲王室之公卿，出則自君其國。唐叔初封之翼，距鎬京不過五六百里，故《傳》稱晉爲甸侯，則晉之建國固當在王畿之内。又《傳》稱：周之東遷，晉、鄭是依。唐叔，成王之弟；鄭桓公，宣王之弟，皆周室懿親，又同爲畿内之侯，密邇東都，故能夾輔平王，成東周之大局也。《國語》：周宣王料民於太原，仲山父諫之。論者頗以爲疑，謂太原晉地，周天子何以料其民。此仍執漢儒以太原爲唐國，燮父徙晉水之舊説，而不知唐國自在平陽，太原乃王畿北鄙之地，中間雖隔楊、耿、唐、霍各國，而王畿之千里，不能以中間碁布藩封遂不隸於職方也。當宣王時，玁狁勢已披猖，故《六月》之詩：薄伐至於太原。因其衝突往來，烽燧時舉，故簡料丁壯爲防守之計，古謂天子守邊，即此意也。若太原本是晉地，則諸侯不能自守其國，而轉勞王人爲之簡料，是與平王之戍申、戍許又何異乎。迨幽王遭犬戎之難，平王棄關中而畀秦，霍、泰以北遂淪左衽。入春秋後，晉獻公以并兼爲事，國勢日張，姜戎、白狄并能驅役，然太原片土仍爲狄人所據，直至春秋昭公元年，荀吴敗狄於大鹵，石嶺之南狄人始不敢牧馬，而全歸晉之疆索耳。論者不考其時，以四五百年以後之晉，當周室之初制，而謂太原本晉地，固宜多所牴牾也。

晉國初封考二

《史記·晉世家》：武王崩，成王立，唐有亂，周公誅滅唐，遂封叔虞於唐。唐在河、汾之東，方百里，故曰唐叔虞。張守節正義引《括地志》云：故唐城在絳州翼城縣西二十里，即堯裔子所封。是周初之唐即後來之翼，其地正在河、汾二水之東，唐叔之初封在於此，并無晉陽之説也。又《晉世家》：唐叔子燮是爲晉侯。并無徙居太原之文，謂唐初封在太原，後徙河東者，出於班孟堅、鄭康成、杜元凱，因而魏王泰之《括地志》遂有燮父徙居晉水之説，張守節本其説以注《史記》，然《史記》無其文也。《世本》：唐叔虞居鄂。張守節注曰：與絳州、夏縣相近。則與《史記》河、汾之東相合。又《史記·晉世家》：自燮父而下，歷武侯、成侯、厲侯、靖侯、釐侯、獻侯、穆侯、殤叔、文侯、昭侯，昭侯封文侯弟成師於曲沃，曲沃邑大於翼，翼，晉君都邑也。亦并無某侯復徙於翼之文。惟鄭氏《唐風譜》謂：成王封母弟叔虞於堯之故墟，曰唐侯，南有晉水，至子燮改爲晉侯，至曾孫成侯南徙曲沃，近平陽焉，其孫穆侯又徙於絳。孔沖遠正義引杜預云：翼，晉舊都，穆侯徙絳，昭侯以下又徙於翼。與《史記》之文皆不合。春秋以前之史，遭秦火，百不存一，其掇拾舊聞，僅存大略者，止有司馬子長之《史記》及《世本》，若謂二者爲不足信，則班、鄭皆在子長後一二百年，元凱，晉人，魏王泰，唐人，其言反足信乎？案叔虞始封之翼，距太原之晉水，南北蓋七百餘里，中隔韓信嶺之斗峻，雀鼠谷之窅深，車不方軌，險仄難行，非如翼、絳、曲沃，平原廣坦，相距不過百里内外，可以任其遷徙也。周制：公侯之封皆百里。周公勤勞王室，太公佐命元勳，而魯、齊皆儉於百里。叔虞，武王少子，成王之弟，翦桐之封，年尚小弱，裂地斷不能過魯、齊，乃初封在翼，傳一世至子燮父，忽北徙七百里之晉陽，殊不可解。燮父之嗣侯，其年不可考，大約當在康王之世，即使叔虞壽考，亦當在昭王、穆王之世。其時周制初定，王靈未削，同姓親侯忽無故多取地六百里，是當使王人詰其罪，不聽，則詔大司馬移以六師，乃周天子未嘗過而一問，尤不可解。考平陽迤北地近邊陲，周初建國無多，然晉獻公所滅之霍，即今之霍州，居霍泰之右，亘於平陽、晉陽之間，嶺道紆迴，一綫盤折，别無可取之路。越國鄙遠，春秋之秦且不能，而况於周初之唐。且燮父之時正當周室隆平之世，戎翟未侵，内患不作，何所爲而徙國七百里之外，至其子孫又何所爲而棄晉陽，越七百里而南歸於翼？書缺則有間，如此大事何至無一字之流傳？然而燮父之稱爲晉侯者何也？晉以晉水得名，戴東原謂晉水即翼城晉峽之欒池水，而斥駁太原晉水之説，謂荀吴敗狄大鹵之前，太原非晉地。然晉水出懸甕山，《山海經》有明文，古今從無異説，今將人所共知之晉水一旦抹煞，而别取人所不知之欒池水當晉水之正名，截趾適屨，於義亦未安也。余嘗審思，其故汾水出寧武之管涔山，跨静樂、五寨二縣界，汾之正源也。晉水出太原之懸甕山，又稱龍山，在汾河之西岸，發源之處名晉祠，居民分渠灌田，宜稻宜藕，餘水入汾，距管涔不足二百里，則是晉水者汾之别源也。晉、汾既合而爲一，則汾水亦可稱晉水，其下流逕平陽府城之西，在唐叔封之翼城境内，以大川名其國，不稱汾而稱晉，因而稱唐侯爲晉侯，此亦情勢之可揣而知者也。嘉陵江之故道水本不名漢，因下游匯西漢水，亦稱爲漢。遼州之轑河本不名漳，因下游匯鳩兹之濁漳水名爲清漳。此與汾水之稱晉水正同一例，則唐侯之稱晉侯又何異焉？如以改易國名疑之，則吴稱勾吴，荆稱楚，莒稱州萊，杞稱淳于，小邾稱郳，韓滅鄭之後稱鄭王，魏徙大梁之後稱梁王，此類正不可枚舉。即以晉而論，曲沃强盛之後晉侯改稱翼侯，尤其明證，何獨於燮父之稱晉侯而疑之？遷都晉陽之事，史遷所不知而後人知之，不亦異乎！入春秋後，晉遷都者屢矣，由翼而曲沃，由曲沃而絳，由絳而新田。自荀吴敗狄大鹵，拓地至石嶺關之北，滅魏及虞、虢，兼有河内，滅鮮虞，滅鼓，境達幽燕，滅赤狄各種之後，地盡澤、潞、沁、遼，達於平定。洸洋數千里，何處不可建都邑，而其屢遷總不離翼城左右百餘里，亦可知當周初而遷晉陽，爲事理之所必無也。推其歧誤之由，因漢儒於平陽、太原皆以爲唐之故國，遂致平陽有唐城、有堯城，而太原亦有唐城，徐溝亦有堯城，以爲同一唐也，於彼於此，無所不可，不過絳與曲沃之類，而不知一南一北，相去七百里，風馬牛不相及也。朱子《毛詩傳》亦仍鄭氏舊説，謂唐國在太行、恒山之西，太原、太岳之野，周成王以封弟叔虞爲唐侯，南有晉水，至子燮改國號曰晉。直以唐叔初封即在晉陽，不在平陽，而其所言晉國初封之疆域，北起恒山至太行，南極太原至太岳，蓋一千餘里。不知成王當日安得此千餘里之閒田，改周初百里之定制，獨以私其母弟。又稱南有晉水，似唐國尚在晉水之北，不知當位置乎何地矣。自古著書者止憑故紙，未嘗親歷其地，故鑿空者多，實事求是者少，而不知九有山川千古不能移易，非比空談理道可以由人出入也。吾得引《史記》而斷之曰：晉水即汾水，晉侯即唐侯，唐叔無初封太原之事，燮父亦無徙居晉陽之事。

禁鴉片論

鴉片之害，食貨之妖也，禁之之術：一曰杜來源，夷舶是也；一曰絶興販，奸民是也；一曰嚴吸食，官吏軍民比比是也。物非中土所産，夷舶不載之以來，安知有所謂鴉片者？至於舟車挾藏，布之中夏，則興販之奸民也。吸食由於漸染，敗類固多，謹厚者亦復爲之。是故夷舶之罪浮於奸民，奸民之罪浮於吸食，法宜先杜來源，次絶興販，吸食者無所從得，將不禁而自止。而愚竊以爲不然。天下事有勢焉，勢者時之所積，驟而遏之無當也。善爲治者，審其勢之所趨而徐爲之圖，則無決裂潰敗之憂，而事以大定。鴉片之入中國，康熙末年已有之，漳浦藍鼎元嘗論其事，其時吸食者不過粤之廣州，閩之臺、厦，即此數處，亦不過十一之於千百。夷舶挾此以來，蓋亦嘗試其端，未獲大利，而奸民亦未有挾重貲以奔走其間者。爾時司榷之官、封疆之吏，果有見微知著，爲國家杜禍萌者，以一紙諭其船主，不聽則將絶其互市，彼且悚然而止，不復來矣。事之玩忽，殆且百年，其間雖稍設禁防，而有司以爲具文，漸染浸淫，愈傳愈廣，由粤、閩而江、浙，蔓延於西北諸省。其求之也，切於禦寒之裘褐，而迫於飢渴之食飲，一日不得則喘息且死。夷人每歲以舟之勝萬斛者數十滿載而來，售之立盡，則載金錢數千百萬去；而閩越之民，自富商大賈以至網魚拾蚌、椎埋剽劫之徒，逐其利者不下數十萬人。此如萬仞懸流下注無涯之巨壑，而欲驟從其中而遏絶之，豈可得哉？英夷之通市也，其貨羽毛、洋布、自鳴鐘、洋表諸淫巧器物，近則滿船載烟土，而以餘貨掩飾之。上年浙江獲夷俘，據稱英吉利不産鴉片，所謂大土者産於孟加剌，小土産於孟邁，兩地久爲英夷所并兼。孟加剌歲得税銀五百萬，孟邁歲得二百餘萬，皆鴉片之利，其鴉片售之中國者常十之七八，是英夷之剥我元氣而富强其國者，專在是矣。犬羊之族不知信義，惟利是圖，處心積慮於百餘年之前，寖以得志而歲獲金錢數千百萬，彼肯一旦舍置而專售其羽毛諸貨哉？就使申以信約，亦不過藉以紿我，急之則狼奔豕突如今日之事，緩之則沿海售賣者如故也。粤之惠、潮，閩之漳、泉，其民好利輕生與他處異，自鴉片之利興，趨之者十人而九，其事逸於農賈，一出而償其息者數十倍，從吾法則飢而死，必且僥幸於法之所不及而爲之、而不顧。操之過急，不掉艇於海洋而爲蔡牽、爲張保，即嘯聚於海島，揭竿於藪澤，而成爲礦徒驛卒之亂，目前之畔附夷舶而甘爲之死者，即其人也。是故，治夷舶者，亂之已成者也；奸民者，治之幸不甚力，亂之將成而未成者也。今若因夷舶之不可治轉而從事於奸民，不旋踵而弄兵潢池，害且有甚於夷舶者。然則將遂已乎？曰：何可已也？夷以酖毒啗我，載我金錢貨貝以去，而我因之以貧，使我耕田、服賈之民，挽弓持戟之士，遍餌妖淫之藥而破家廢業，宛轉尫羸以死。彼自泰西達於東南洋，以此戕人之國者數十，向不敢窺伺中國，今則駸駸乎有割據之謀矣。有病者於此，投一劑而誤，因遂謝醫卻藥，聽其自斃，可乎？然則如之何而可？曰：嚴吸食而已矣。今夫吸食之人，其初無所利也，羣焉爲之，則亦爲之而已矣，彼未嘗殺人於市，剽人於途，執而誅之，誠若過忍。然而法者因時而變者也，原情定罪，法之常也；立制以防亂，法之非常者也。鴉片之害切於國計民生，近且釀爲邊患，寬之以自首，予之以期限，亦既諄諄然示之矣，此而不改，則梗化之頑民也，誅之又何惜焉？然則吸食之人半天下，將盡執而誅之乎？曰：法不及衆，亦示儆而已矣。新例未頒，鴉片同於菽粟，兩年以來，郡縣迫於功令，亦頗有案治之者。然民間之所見者，文告縲紲而已，遣戍良苦，非所畏也，若果有繯首於市者，則驚相告矣。凡人無不畏死，彼非有所驅迫，何爲冒死習之。然則治之之法當奈何？曰：先貴而後賤，先富而後貧，先内而後外，先豪猾而後良弱。訪其素行可誅而兼有此病者，藉以鋤莠即藉以警衆，每歲大縣以十餘人爲率，次者遞減，秋讞則概擬情實，概予勾決，操之無過蹙，而持之不少懈，如是者十年，其間能改者改，不改者或罹法，或物故，鴉片亦既絶矣。然則首禍之夷舶、興販之奸民，將遂釋而不問乎？曰：興販以求利也，吸食者少則無利可獲，彼亦將圖改業而稍稍解散矣，欲治之，則急於西北而緩於東南，密於内地而寬於海口，得而誅之無後時，可以無激變之患。英夷强甚，然鴉片之來彼亦諱之，吸食少，興販絶，彼數萬里載之而來將安用之，雖含怒蓄怨，終不能藉爲兵端。此愚所謂審其勢之所趨，而徐爲之圖者也，外以伐强寇之陰謀，内以消奸民之反側，所誅者少，所全者衆，愚以爲弭大患於無形，而復凋敝之元氣，計無有良於此者。近者英夷爲寇，擾亂海疆，論者歸咎於鴉片之禁；又或疑吸食擬絞爲過重，欲從輕典，是因噎而廢食也。倘將來吸食之犯概擬緩決，則隄防潰決不可禦止，英夷知我法令之不行，而愈有以輕我，誠不知其患之所終也已。

鹽法論

竊以爲鹽務之疲敝，至今日而極矣。法窮則變，變則通。變通之法不外兩端，曰歸地丁，曰行票鹽。歸地丁誠爲簡易，然官吏之資禄糈，商賈之操奇贏，皆未必有田，歸地丁則不耕者食無課之鹽，而農民獨受其病。且鹽法之行，期於裕國而不病民。民間食官鹽，一觔多費錢一二十，未見其重困也；使其食無課之鹽，每觔省錢一二十，亦未見其利益也。而農民於正供之外加輸鹽課，則其勢甚病。秦隴食花馬池之鹽，山西省北食吉蘭泰之鹽，山東登州傍海多鹽，其勢不能行引，故定制之初即以鹽課歸地丁，歷久相安，民間止知輸地丁，而不知其中有鹽課。今於行引之地驟以鹽課加入地丁，民間不知爲鹽務之窮，而以爲無端加賦，則怨謗羣興矣。且各省情形不同，在昔時即有能行不能行，而在今日則均有難行。粵、蜀、滇、黔不具論，淮、浙所行之引，皆錢漕并重之地，再加鹽課，則民不堪命，此在昔時即有不行者也。此外長蘆、山東、潞村之鹽，所行者直隸、山東、山西、河南，閩鹽行於本省，在國初定制時，若一概歸入地丁，原無不可，何者？初定之引課非今日引課之數也，亦無所謂生息、雜款也，計此數省鹽課合計不過數十萬金，歸入地丁，每省多者一二十萬，少者不足十萬，灑之隴畝，民間未見其甚病也。然當定制之初，因系可以行引之地，不欲以鹽課累農民，迨後生齒漸繁，銷路日暢，鹽務日益展拓，更無藥乎歸之地丁。於是正引之外有餘引，正課之外有溢課，至今日，而餘引、溢課之數較之正引、正課或加倍、或加數倍，而生息之款又幾及正引、正課之半，是昔之所謂數十萬金者，今以數百萬計矣。昔以數十萬金灑之數省，猶恐病農民而不肯爲，今以數百萬金灑之數省，其可行乎？其不可行乎？畿輔土田磽瘠，賦雖輕而差徭極重；山東、河南有粟米麥豆之漕，中州河患頻仍，又遭大旱；山西省南亦連年旱災。而銀價增昂日甚一日，民間輸地丁一兩，即係三十年前之二兩，今再加以數百萬兩之鹽課，其能勝乎？其不能勝乎？此數省額征地丁，惟山西年清年款，若直、若東、若豫、若閩，皆征不足額。近年因銀價增昂，催科之難十倍疇曩，若每省再加鹽課數十萬，不特征解不前，且虞激而生變。邦本之所維繫，元氣之所蟠結，一有動摇所關匪細，此萬不宜輕議者也。至於行票之法，散漫難稽，譏訪不易，流弊亦多，然要非必不可行之策，各省情形不同，因時因地竭力講求，亦未必遂無辦法。然無一人敢任其事者，其故何也？夫變法非易事也，引與票不能并行於一地，行票不能不廢引，引一廢而商散矣。引商既散，票法初行，新造之車，無轍可循，有不能遽防之弊竇，有不能遽合之機宜，即使竭力經營，辦理得法，而三年之後課數能符舊額，亦已幸矣。若於甫經變法之始，而責之以課如舊額，雖能者亦變色而束手。然而正課、溢課皆爲撥餉之需，生息要款又皆數米爲炊，不能緩待，今使變引爲票，而爲三年中儘收儘解之請，農部其能應之乎？生息要款請改支正項錢糧，農部其能應之乎？既不能應，則不得不責之以必如舊額，以茫無把握之事而刻期以取盈，誰敢任此？琴瑟之不調也，必須改絃，然當其解絃移柱，亦必有俄頃之間停指不彈；宫室之將傾也，必須改作，然當其易樑换柱，主人亦必暫移别室，待其竣工而復舊。今乃於解絃移柱之頃，而責之以聲聲入破；易樑换柱之際，而主人必欲寢於斯、食於斯，不如是則笞伶工，僇匠氏，雖師曠之聰，公輸之巧，亦長跽而謝不能矣。然至七弦俱斷，萬厦全傾，責備且無所施，亦不得不從容變計矣。竊以爲鹽法之宜變通而不能變通，其故實由於此。是故，歸地丁之説，策之萬不可行者也；行票之説，策之可行而不得行者也。權輕重而劑盈虛，計長久而寬格限，是在乎經國者之别具權衡耳。

四川鄉試進呈録序

咸豐二年，壬子科鄉試屆期，禮臣以四川考官請，得旨以臣徐繼畬偕翰林院編修、候補中允臣沈炳垣往典厥事。伏念臣山右下士，由道光六年丙戌科進士改庶吉士，授職編修，補陝西道監察御史，道光十六年授廣西潯州府知府，歷陞廣西巡撫，調任福建巡撫，兼署閩浙總督，上年因奉職無狀蒙恩内召，補授太僕寺少卿。循省愆尤，方深悚惕，兹迺榮邀特簡，畀以衡文重任。自維爲外吏十六年，簿書鞅掌，學殖全荒，深懼驪黄莫辨，無以光襄鉅典，謹與臣沈炳垣馳行抵蜀，遵限入闈。時監臨則四川總督臣徐澤醇，協同點名則署布政使臣蘇敬衡、署按察使臣胡興仁，提調則成綿龍茂道臣馬秀儒，監試則建昌道臣劉裕鈖，内簾監試則候補直隸州知州臣音德布。爰進學臣支清彦所録士，扃闈三試之。臣徐繼畬偕臣沈炳垣，率同考官即用知縣臣〔二〕姚寶銘、候補知縣臣王炳勳、即用知縣臣劉維岳、江津知縣臣程祖潤、試用知縣臣張香海、即用知縣臣裘嗣錦、即用知縣臣劉鍾璟、隆昌縣知縣臣張敏行、即用知縣臣高鑾宣、即用知縣臣馬寶書等悉心衡校，得士如額，擇其言尤雅者進呈御覽。臣謹颺言簡端曰：昔司馬遷爲文章，嘗遊覽天下名山大川，以增益其奇氣。夫遊覽者且然，况生長其間而得其鍾毓者乎。臣取道褒斜，溯漢沔而南，至七盤關入蜀境，朝天、牛頭諸嶺皆高入雲霄，俯羅萬象，有劍閣一關天設奇險，形勢之雄傑，宇内殆無與埒。紆蟠起伏數百里，至羅江而沃野平開，曠無涯際，巴、涪、嘉陵諸江縱横絡貫，而南匯於大江。其山川之磅礴鬱積，所包孕而亭毒者，必生秀傑之才，其發爲文章必多奇氣，故司馬相如、王褒、揚雄之屬，在兩漢即以文章顯，而眉山蘇氏之文，爲有宋一代大宗，非偶然也。夫制義與古文爲體不同，而其資於氣則同。韓愈所謂氣盛，則言之短長與聲之高下皆宜是也，盛非喧囂之謂，奇亦非險誕之謂，其言有物而如其物以發之，是爲真氣，真則不求其盛而自盛，不求其奇而自奇矣。我國家教澤涵濡二百有餘年，蜀士之奮起科名，而以功業文章顯著者後先相望。臣等履名勝之區，躬校閲之任，曷敢掉以輕心，爰合薦卷、遺卷而詳核之，擇其理明辭達而有真氣者録之，非敢謂拔十得五，亦願多士勉躋賢路，益勵學修，庶幾杞梓楩楠咸備朝廷之器使，蜀中之名山大川不且益增其奇氣與！維時官斯土者，兵部尚書兼都察院右都御史總督四川等處地方軍務兼理糧餉管巡撫事臣徐澤醇、鎮守成都等處將軍臣裕瑞、提督四川全省學政翰林院侍讀學士臣支清彦、鎮守成都等處副都統臣伊瑽額、提督四川全省軍務臣蘇布通阿、署理布政使按察使臣蘇敬衡、署理按察使川北道臣胡興仁、鎮守建昌等處總兵官臣福炘、鎮守川北等處總兵官臣伊薩布、鎮守重慶等處總兵官臣皂陞、鎮守松潘等處總兵官臣萬福、通省鹽茶道臣清安泰、分巡成錦龍茂兵備道臣馬秀儒、分巡建昌兵備道臣劉裕鈖、分巡川東兵備道臣曹澍鍾、署理川南永寧道成都府知府臣王燕堂，例得備書。太僕寺少卿加三級紀録二次臣徐繼畬謹序。

璧勤毅公兵武聞見録序

內大臣璧勤毅公精於韜略，爲當代頗、牧，頃在閩中，嘗出所著《守邊輯要》相示。繼畬受而讀之，歎爲有益邊防，亟慫恿付梓。公以耆艾懸車，值粤氛熾甚，論者謂扣囊智足以辨賊，顧以耄耋抱疴不獲請纓，憂時感事，著《兵武聞見録》八篇。聖主以硃諭徵取原稿。公遵旨進呈，喆嗣月川方伯鋟版以贈同人，以繼畬事公久，屬以一言綴簡末。繼畬竊維，古今兵家言汗牛充棟，讀者仿而行之，往往齟齬不合，或致敗事，泥古而不通今，故無當於實用也。讀公所著書，實事求是，無一影響揣摩之語，爲將帥者果能遵而用之，戰無不克，守無不固，正如良醫立方，病者覆杯而沈疴立起，空言之與實用豈可同日語哉！《行軍》一篇，末段有以毒攻毒之論，僧邸破連鎮即用此術，此近事之確而可徵者。要惟抱忠誠愛國之心如公者，始能殫精竭思而爲斯言；亦必抱忠誠愛國之心如公者，始能行公之言而有實效。然則讀公之書者，必先心公之心焉，可乎？咸豐乙卯至月，愚姪徐繼畬謹識。

李桐溪僉憲擬議全編序

靈壽楊君敬軒，以先君子施南府君手鈔李桐溪先生《擬議全編》相示，囑爲識其緣起。繼畬展讀再三，不禁泫然。書鈔於乾隆辛亥，時先君子年三十一歲，繼畬尚未生也，距今七十年矣。先君子受學於三韓王含溪先生，從遊最久，楊君之曾祖六峰先生與含溪先生爲講學之友，故先君子得以相識。而楊君之祖仲彝先生，爲同里李壽山姑丈之〔三〕妹婿，壽山昆弟皆先祖九江公弟子，先君子居京師，恒以壽山爲居停，故與仲彝先生爲尤習。此鈔本之流傳，其爲得自王氏、得自李氏，不可考矣。李桐溪先生爲余家至戚，先君子晚年設帳於桐溪故里北社村，嘗於其後人處索得全稿，手鈔成部，題曰《桐溪遺書》，《擬議編》乃其中之一種。繼畬頃年携至閩中欲付剞劂，以公事叢冗，無暇校勘而止。罷官後携歸故里，無力梓行，繕裱收藏，存先君子之手澤而已。先君子手鈔之書僅存數種，皆晚年筆，中年所鈔已不存片紙，今乃於楊君處見此本，追念今昔，感慨係之矣。謹爲識其緣起而歸之。咸豐庚申仲春，五臺徐繼畬謹識。

介休冀氏族譜引

介休門人冀子以正，承母命從其諸昆修族譜，既成，乞余一言。余閲其譜，支分派别，朗如列眉，且不敢附託華胄，以厚誣先人，既嘉其用意之勤，又喜其所見之異乎俗也。余所見世族家譜，崔、盧必河北，鄭必滎陽，李必隴西，王必會稽、太原，考其世系，大半支離。其姓氏稍僻者，或懸擬朝代，僞撰官階。寧化李元仲作縣志，嘗力駁巫氏先世官職之誤；蠡縣李恕谷爲惲皋聞作族譜序，亦嘉其削去先世僞作。夫爲人子孫，孰不欲尊其祖宗，然祖宗而公侯無可誇也，祖宗而氓庶無足諱也，鑿空僞撰以自誣其先人，是可忍孰不可忍？其祖宗而有知，且蹙然不享其雞豚之祀。郭崇韜，名將也，冒汾陽王爲祖先，涕泣而拜其墓，人皆笑之。狄武襄公既貴，有獻狄梁公畫像者，謂係其遠祖。武襄謝曰：一日遭逢，何敢自託梁公。厚酬之而還其像。兩人皆武人，而度量之相越如此。冀子修族譜亦持此見，其識過人遠矣。冀子先人單傳者七世，至贈資政大夫一齊公乃有男子子六。其修是譜也，繼贈公未成之志，又受命於賢母馬太夫人，犯霧露，披荆榛，搜剔碑碣，閲半載而譜成，可謂孝而能本矣。翼宗之昌熾，吾知其未有艾也，故樂得而爲之引。

學恕谷文體，峻削處參以柳州。自記。

彭崧屏時文序

彭君崧屏，吾鄉循吏也。君閩人，余官閩中時，君已通籍爲外吏。咸豐甲寅，余以乘鄣來上黨，訪其邦之賢有司，僉曰壺關彭君。壺關密邇郡治，君以公事數數來，嘗得晤談。其爲治愷弟宜民，而聰察善斷，吏不敢欺，以故神明之頌溢旁邑，其人則真樸如老儒，不類於久歷宦途者。已而君以制義數十篇見示，余披讀再三，沈博似雲間先輩，而鑱刻處又近西江，於國朝諸名家穿貫出入，兼擅其長，且安雅合度，似常習舉子業者，絕不類前人之所謂宦稿。余笑曰：君成進士久矣，而猶喜爲此，毋亦見獵心喜，未忘矮屋生活耶？君曰：非也，性迂無他嗜好，簿書之暇爲兒輩塗改課文，借以消遣云爾。余歎曰：君之過人遠，其在於本色乎！士當未釋褐時，驟晉謁於顯者，登階揖讓，手足或强而不習。一入宦途，不逾年而聲音笑貌爲之一變，趨蹌日益嫻熟，世故日益諳練，刓方爲圓，向之所謂書生面目者，蕩然無有復存。君初筮仕山左，即以賢能移劇邑，及來山右，又以循卓膺上考，人皆推爲老吏，而君則匑匑修飭，無改書生之舊，其所謂不忘本色者乎！爲吏而不忘書生之本色，與爲文而不忘舉業之本色，其致一也，古之賢豪能自樹立於不朽者，皆由此道。君甫以年勞晉郡丞，他日踐歷監司，擢任疆圻，勳業方未有艾，亦皆以本色爲之而已矣。因書其語，以叙君文。

陳啓齋太史時文序

余丙戌成進士，出黔中宋芝皋先生之門，房首爲蓬萊陳君啓齋。君爲前明壬午殉難大宗伯陳忠愍公之裔，公二子丹山、鳳山同時被難，史所稱臨刑口占詩句有云“阿兄何必淚潸潸，取義成仁在此間者”是也。幼子在襁抱中，乳母挾之逃，七八歲時發覺，捕之下獄，成丁後安置蓬萊，入軍籍，故子孫爲蓬萊人。君讀書最刻苦，尊人蓮軒先生自教之，己卯鄉薦第三人，會試第二人。既與余同入詞館，朝夕過從，親若昆弟，君齒長，以弟畜余。入詞館後接丁内外艱，歷己丑、壬辰、癸巳三科均未得散館，至乙未將散館，年近五十矣，遽患黄疸卒。同譜中時命之窮，未有如君者也。君困名場，爲文根柢大家而俯就墨裁，沈鍊堅實，刮垢磨光，蓋不啻三折肱而爲良醫矣。余宦遊二十餘載，至咸豐丙辰設帳平遥，君嗣子崧千里來視余，賫君窗課一帙，乞爲序，將謀付梓。余批閲再三，不禁有車過腹痛之感也。君爲忠臣嫡裔，越四百餘載乃以科名顯，治舉業二十餘年而得一第，又治詩賦八九年而以病殂，卒不得授館職、持文衡，一紓其生平之所蘊蓄。古稱文人少達而多窮，又曰窮而後工，君之爲文工矣，又烏得不窮哉！乃揮老淚而爲之序。

雷劍峰制義序

爲科舉之學者，探源不過啓、禎，嘉、隆以下例視爲太羹、元酒，無過問者。余門人冀子於淦，奉其外王父雷劍峰先生制義求序，余讀之喟然曰：可以解世俗之惑矣。先生爲清源岳先生廷元高弟子，乾隆乙卯中副車，嘉慶甲子鄉薦第二名。其乙卯闈中文猶是啓、禎途徑，甲子鄉墨則由隆、萬而正、嘉，且駸駸乎化、治矣。先生久困棘闈，宜其文之降格從時，乃進而愈上，風格高不可躋，卒遇識者掇高魁以去，此何故也？或謂先生文太高，故遲之又久而後發。然則專攻惡濫時墨，誦近三科，如瓶瀉水，自以爲逢時利器，而白首落孫山外者又何説也。余少時久困禮闈，寢饋於啓、禎者十餘年，後乃稍加修飾，以就墨體。晚年課訓生徒，則教之以整齊華贍，卑之無甚高論，但書理不許錯誤，文律不許偭越，而無知者且苦其太高。試讀劍峰先生之文，其風格又高余數等，而竟得鄉魁，夫亦可以恍然悟矣。冀子其速梓，毋令先正典型久没没也。

和倪齋時文序

五臺劉君樵里，余外兄弟也，受學於先大夫施南公，與余同筆研者數載。君穎悟過人，好莊子、老泉文，爲時文亦肖其體。童試屢不售，納粟入太學，録遺才復不取，竟不得入棘闈，至丁西乃薦於鄉，而君已年近四十矣。其鄉墨，人仍苦其太高，而君則降而從時，自以爲卑之無甚高論也。後腰生疽，仍力疾入闈，甲辰會試，卷分余同年朱朶山殿撰房，朶山極爲欣賞，力薦不中。歸後疾轉劇，遂於丙午仲春捐館舍。余生平所見慧業文人無如君者，乃蹭蹬名途，志賫〔四〕以没，其可悲也已。哲嗣丞怡，年少而舉於鄉，從余受學者數年，鈔輯君遺文將梓以問世，乞余爲叙。余俯仰今昔，不禁有車過腹痛之感也，乃揮老淚而爲之序。

涵碧樓詩稿初刻序

陸瀫泉茂才，浙西名士，游學於閩，余分巡南劍，延之下榻。細君蘅卿爲女史，工吟詠，所著《涵碧樓詩稿》初刻甫竣，再三讀之，氣韻清絶，無靡曼嘽緩之音，與尋常閨閣詩迥異。瀫泉故能詩，伉朗得高岑遺響，花晨月夕，相對微吟，倡和之篇疊赫蹏者累累。瀫泉負軼才，治舉業甚勤，他日讀中秘，躋華顯。女史職修内政，載詠蘋蘩，續集之成，其詩境必有更進於是者，余特於瀫泉券之。道光戊戌中秋中澣，山右徐繼畬序。

太乙舟詩集序

余初入詞館，嘗於壽陽祁相國園寓晤新城陳石士司空，德容粹然，沖和之中森森有矩度，爲之肅然起敬。司空爲桐城姚姬傳先生高足，以文章衣被海内，當世仰之若歐陽少師之在北宋也。所著《太乙舟詩集》及制義，壽陽相國已序而刻之。余乙卯從軍上黨，喆嗣淮生太守以新刻《太乙舟詩集》見寄，曰先子之詩，門下士携稿入吴中，將付剞劂，值江淮被兵，遂不果，稿亦散失。今從家藏稿中重録得十三卷，鐫於澤州官署，工已竣矣，而未有序，子其序之。余自維素不工詩，何足以言詩；且後學小生不能窺大雅之堂奥，又安敢序先生詩。顧念先生爲館臺前輩，嘗有一日之雅，生平之所嚮往；又師友源淵，於世誼爲晚輩，義不當以管蠡辭。因取詩集再三披讀，竊見其出入唐宋，不名一家，而自抒性真，語必己出，於閑邪抑蕩之旨三致意焉。昔朱竹垞氏論詩，謂一心專事規摹，則發乎性情也淺，善詩者暢吾意所欲言，爲之不已，必有出於古人意慮之表者。曩嘗服膺斯言，讀先生詩而益知此語之不誣。五古淡樸，和以天倪；七古曲折盡意，尺幅中往往具奇勢，尤余所篤嗜。至先生之詩，足以蹈藉一時而傳於後世，固有目者所共見，而不待余言之贅也。淮生太守治劇郡，又理戎事，簿書日不暇給，而斤斤以刻是集爲先務，可謂賢矣。謹書數語，寄淮生附之簡末，若用爲弁言，則非所敢安也。咸豐乙卯，世晚生徐繼畬謹識。

慎獨山房詩集序〔五〕

唐賢五言古詩宗法淵明者，有王、孟、儲、柳、韋諸家。太祝純乎陶而摹仿有迹，右丞、襄陽、柳州學陶而兼二謝，蘇州亦兼二謝，而清深閒遠別開逕塗，沈歸愚尚書獨推爲五古正宗，其論確矣。蘇州起家宿衛，不由進士科，以省郎出典大郡，自開、寶至大歷身歷五六朝，計年蓋百餘歲。晚歲清齋閉闗，謝絶人事，胸次人品之高，遠出數公之上，故其詩静中得趣，盎然有道氣存。介休郎敬軒先生少孤貧，事母至孝，年十五始從塾師受《論語》，有聲黌序。以明經就教職，意不屑五斗米，築室所居之南岡，授徒供食指，意曠如也。性好花木，培蒔别有心得，遇佳山水或春秋佳日輒爲詩。然不自重其詩，稿爲友人携去亦不復省録，故詩多散佚，存者無幾。文孫孝廉夢元，夢元猶子輔周皆從余受學，辛酉秋夢元録先生遺詩乞余爲序。余先讀其五言古詩，曰此蘇州之詩也，胸次之淡静似蘇州，故不必專於學韋，而神骨臭味自與之合。七言古詩出入高、岑、王、李，節律安和，自然合度。近體五言清澈似孟襄陽，七言往來中晚，兼有劍南。余所見山右詩人，卓然成家如先生者蓋不多得，遲之數十年而後付梓，豈亦顯晦有時耶。淵明之詩，李、杜未嘗過問，而蘇州獨好之，性所近也，安知無好先生詩如蘇州之好淵明者！乃弁以序，敦夢元使速梓，毋再延。

種石山房詩集序

介休門人郎子夢元，録所作古近體詩相質。細加披閲，其七言古詩導源昌黎，出入東坡、遺山，才思筆力能達其興象之所到。五言古詩出入唐宋，斐然成章。五律宗法襄陽，間有沈峭似杜者。惟七律較弱，五七言斷句亦皆成體。郎子大父敬軒先生，古詩得唐賢三昧，其尊甫鑾坡先生亦能詩，郎子承家學風雅，固有淵源也。昔杜必簡學士以近體詩冠冕三唐，其孫少陵遂爲一代詩人之聖，五七言近體沈雄處繩武之迹顯然。郎子詩學近在家庭，何患不工！當日求其所未至，揮斥以盡其材，如少陵之於必簡，詩史中又成一故事矣。郎子鄉薦後以多病謝公車，近復游藝岐黄，數數以方劑活人，於世事淡然無與，獨吟興不能裁抑，時時就余談詩。余無以益郎子，但勉之以述祖而已。

有不爲齋詩集序

古詩人多循吏，唐宋元明詩人無慮千數百家，行治不盡同，總未有以貪墨敗者，次山之守道州，左司、香山、東坡之守蘇、杭，其較著者耳。人非得乾坤清氣不能爲詩，亦不好爲詩，一行作吏，薰心非一端，朝入苞苴，暮狎聲歌，焉有閒情作此冷淡生活？故嵇、阮有詩，和嶠、王戎無詩，觀其嗜好，而其人可知也。王蓮溪明府，滇人而生於晉，尊甫蘭畹先生以乙科宰襄垣最久，復量移陽城，甘棠之頌至今不衰。君鄉舉後筮仕適補襄垣，又調陽城，兩地之民讙曰、我先府君之子也，老隸、乳媪仍呼爲公子。君治譜悉遵庭訓，罔敢墜失。已復調任平遥，地當孔道，訟牘繁多，君炳燭治獄，恒至夜分。平遥夙稱殷富，君獨不善取錢，無投暮夜之金者，故終年恒苦貧，人誚其處脂膏不能自肥，君亦置弗辨。性平正通達，不解沽名，公餘别無嗜好，獨喜爲詩，所著《有不爲齋試帖》已授梓，平遥生童素不解詩，讀君詩漸能成句。近復彙古近體詩示余，出入唐宋，不名一體，要其自抒懷抱，皭然不滓。讀其詩如對寒潭秋月，知不爲利慾所薰也，爲循吏且爲詩人矣。乃拜手而爲之序。

學李恕谷文體。自記。

傲霜園詩鈔序

定襄薄君石農，余姊丈也。君長余四歲，少時居遊如昆弟。君又受學於先君子，與余同研席，以文章相切劘，志相得也。君幼即好爲詩，望水眺雲輒成句，長於孤苦之中，故多幽愁憂思，而吟益苦。制義得先君子法，出入啓、禎諸家，文心清絶，先君子極許之。而試不利，屢入棘闈不售，中年抱怯疾不能研食，境益窘而吟愈多。余爲粤西八閩吏，君嘗泛洞庭，溯瀟湘，越桂林，沿邕江視余於南寧、潯州，又踰仙霞，汎〔六〕劍西，視余於福州，遊覽名山大川，詩境益拓而數愈奇，終不得中雋。迨余罷官歸里，而君與余皆皤然老矣。自鈔生平所爲詩，删去少作得若干篇。於唐賢中獨喜孟東野，嘗自謂詩學東野。余讀君詩，體近襄陽、蘇州，峻削處微似東野，實不專於孟也，其好東野詩，蓋取窮而後工之意耳。夫東野之窮與君相類，君性不諧俗，遇富貴人輒望望引去，孤介之性與東野相似，宜其相去千年而投合如鍼芥與。然東野雖窮，而生平知己得一韓昌黎，昌黎在中唐爲一世龍門，其大氣之所嘘拂，足以振孤寒而延聲譽，故東野雖窮而死，而詩遂以千古。君窮居里巷，當代名公鉅卿無知之者，其引爲知己者余一人耳。而余浮沉仕宦，力不足以濟君之窮，聲望卑猥，又不足以顯君而使之知名當世，則君之窮殆視東野爲尤甚也，其可悲也夫！君屬余選其詩且令爲序，乃爲之序而存之。

菊園詩鈔序

舅氏續菊園先生，先外祖宅南先生堂姪也，襟懷沖澹，似魏晉間高人，持躬儉素，終身與人無競。性好藝菊，庭階皆滿。種菊者率用糞，取其肥碩。先生謂菊高潔，不應汙以糞，且瘦爲黄花本色，不應使之癡肥，故所藝之菊，瘦潔一如其人。家多藏書，披吟皆遍，余嘗侍坐，聽先生説往古事蹟，縷析條分，如指諸掌。間爲詩歌自娱，惟性所適，不立漢唐宋門户，而動與古會。中歲謝棘闈，杜門掃卻，惟以藝菊、讀書爲事，年躋耄耋，神明益清，嘗嘆先生胸次之高淡，非近今人之所能窺測也。先生既撤瑟，其後人録其詩稿之存者，得若干首藏以待梓，屬余爲序之如此。

書田蓮房詩卷

辛酉，余館平遥，介休田子逢露執贄來學詩。余謂之曰：余不工詩，而子欲爲詩，弟子問道於盲矣。取其詩閲之，有性靈亦有興象，但未入老境耳。五言律詩已成體，七律、七絶亦多風致，古詩則初學尚未成也。田子好讀書，不喜爲科舉之學，嘗渡揚子江，縱遊吴越，西走長安，過五丈原弔諸葛武侯，入陳倉棧道抵漢中，所至多有題詠，是固有詩人之性情者。余生平足迹半天下，舟車歷十五省，古所稱名勝之地，大半遊目騁懷。溯三湘，踰五嶺，往來桂林、南海，又久宦閩中，乘桴浮海，窮武彝九曲之奥，卒乃典試西川，親歷蜀道之難。山川風景，回憶歷歷在目，而簡書迫促，未嘗得數卷之詩，嘗自笑爲風塵俗吏，有愧於田子多矣。

今年近七旬，息影鄉閭，無復四方之志，擬閒時就昔年宦轍所經，補作數十篇，以留雪泥爪迹，但未知天假以年否。他日田子學詩有成，造我山居，抱詩卷就我商搉，我亦出晚年之作，令田子訂正，誠爲快事。田子其志之勿忘。

王印川詩集序

山右詩人右丞、柳州、香山，傑出三唐，嗣後代有作者，皆在太原以南。石嶺關之北爲舊太原，北境接雁門、代郡、雲中、定襄，地近邊塞，自古列鄣開屯，名將接踵，獨未有以詩鳴者。關中出相，隴西出將，地勢然也。至金源季年，忻州乃有元遺山，直接東坡、昌黎，蔚爲大宗，故關北詩人以遺山爲鼻祖，遺山而後，嗣音絶少。雁門孫白谷司馬，七律雄鬱，具體少陵，然不以詩名世，亦罕見其詩。此外作者雖多，未見有成家者。忻州王印川廣文，夙負詩名，余向未識其人，亦未見其詩。辛酉秋君選臨汾校官，省試路出平遥，手詩卷相質。余讀之驚曰：君與遺山同里，而詩亦具體，關北詩人當屈第二指矣。因留其詩細讀之。出入唐宋元明，不名一體，尤工七古，合昌黎、東坡、遺山爲之，其得意處興象不讓古人，而識解之超、持議之正，不受古人籠絡，亦不作名士佻語，時時以匡扶名教，表正風俗爲志，不止風雲月露遣興而已，此又工部、香山之遺意，非詩人之詩也。君以拔貢生秋賦十餘上，華髮而氣不衰，連城之璞終有識者，勿以三刖爲憾也。余生平未嘗爲詩，年過六十乃偶爲之，授徒餬口，不能肆力於此，釘鉸箍桶，嘗自鄙笑。讀君詩，恨相見之晚，未能早得他山也，乃弁以序而歸之。

求益齋試帖序

余素不工試帖，曩在詞館亦嘗勉强爲之，而自問無心得之處，後爲外吏，遂荒筆墨。迨歸田後研食平遥，每以試帖課生徒，亦間作一篇示式，參用唐賢五律法以求免俗，然用典則强不可使，運筆則驕不可馴，鑿痕滿紙，每自媿不足爲人師也。崞縣武芝田觀察主講西河書院，以所刻《求益齋試帖》見寄，余讀之旬日乃卒業。法律之清，數典之博，搆思之密，趁韻之巧，幾於無以復加；而金鐵瓦礫，入爐即化，清空一氣，柔可繞指。余一讀一擊節，幾欲自焚其筆研矣。芝田以名進士作吏關中，循廉之聲溢四境，簿書鞅掌數十年，何暇拈弄筆墨，乃公餘別無嗜好，明窗棐几，萬卷獺陳，惟以詩文消永日，熟極生巧，故試帖之工乃爾。正昔人所謂與俗殊酸鹹者，讀其試帖，亦可想見其雅量高致矣。詩凡二百二十首，風景小題一百二十首，超妙處幾頡頏縠人、惕甫兩作者；經題一百首，工雅莊重，不雜一纖佻語，尤可爲後生之式。余將借其版印若干部，令生徒誦之，而先之以弁言。

茹古山房試帖序

試帖一體，唐人所創，其時規模粗具，研錬未工，如《月中桂》、《湘靈鼓瑟》等篇，稱爲超詣，餘則多失之疎拙。至我朝，而館閣諸公始多名篇鉅製。乾隆中鄉會埸增試帖詩，於是操觚之士人人學之。金雨叔侍郎、紀曉嵐相國求其法至詳且備，吴縠人、王惕甫兩先生以唐賢五律之音節氣味運入試帖，海内風趨，而試帖之精華畢洩矣。近年館閣諸君子無人不工此體，顧但取隊仗之工，而其語或竟不可理解，則其流弊亦已甚也。長葛田枚邨太令喜爲試帖，刻有《茹古山房試帖》初集、二集，俾余作序。余讀之卒業，爲之心折，其隊仗何嘗不工，而氣脈流貫，逸韻横生，洵足爲後學之圭臬，而藥其堆垛之病矣。君於錢穀簿書之暇別無嗜好，而獨耽此冷淡生活，其襟懷之高曠可以想見。余嘗謂人非得乾坤清氣者必不能爲詩，亦不好爲詩，觀於太令而益信，乃攄所見而爲之序。

張廣文新鐫絃歌必讀序

壽陽張君曉峰，以名孝廉爲沁水校官。咸豐乙未，因送考赴并門，時余設館平遥，曉峰枉顧，以所刳《絃歌必讀》相質，余讀之歎其用心之勤也。夫耕氓賈豎不知詩書爲何語，獨至村郊演劇，男女聚觀，遇可喜、可駭、可悲之事，則撫掌歡笑，或歎且泣，訓俗者宜俗不宜文，勢固然也。聖諭溺女之文，知之者少；《聖諭廣訓》則朔望宣讀，垂之功令，然久已視爲具文，且窮鄉僻壤無由聽睹。今曉峰演爲彈詞，瞽矇可入之絃索，百人聽之，而有一二人感動，其爲益已不小矣。夫天地之善氣，賴乎導迎培養，凡爲士大夫者與有責焉。曉峰爲學校之官，而殷殷於訓俗，如此可謂不曠其官者歟！乃書數語而歸之。

校勘記

〔一〕“汎”，原誤作“汛”，據勘本改。

〔二〕“臣”字原缺，據勘本補。

〔三〕“之”字原缺，據勘本補。

〔四〕“志賁”，勘本作“賁志”，未改。

〔五〕“序”字原題無，據勘本補。

〔六〕“汎”，原誤作“汛”，據勘本改。

文集卷二

送顏魯與制軍謝政歸第序

壬寅二月，吾師制府顏公謝政歸粤東，福州、延平、建寧、邵武、汀州五郡征兵，泉州六營防兵，皆蒼黄奔走呼籲，乞少留不得，則裁紅帛蓋數十，細書軍士姓名，又製木牌數十百事，鏤禱頌之辭，羅列衢巷幾滿，公禁之不能止。祖道將行，控弦持戟者數千人夾道羅拜，皆啜泣莫能仰視。耕者、漁者、負版者〔一〕，黄髮之老，垂髫之童，婦人之襁負其子者，族立阡陌間，肩摩踵接數千里〔二〕，望之如林，皆咨嗟太息，若慈母之遠行，而孺子之牽衣也。公亦愴然於懷，傳語慰藉之。親兵數百人，公所養死士也，裹粮徒步從之行，卻之不肯歸，至粤境乃涕泣返。於虖！何其入人之深也。公以辛丑二月來閩，至則駐節厦門，七月徙屯泉州。治軍有法，爲政務大體，未嘗以煦煦之惠取媚於兵與民也，顧其感人若是者何哉？公性至仁而氣甚厚，其視將吏兵民如家人父子，不尚文貌，不事機權，真誠惻怛之意流貫於賞罰政令之間，如春風之釋寒凍、甘雨之流枯槁，故治閩方期月，而淪浹之深有不期其然而然者。公以世臣膺節鉞，其孫碩膚，而去也，過則歸己。大臣之義，天子尋且召之以澤吾民，安知不重涖此土，以慰吾兵民之望也。公之行也，泉之士大夫祖餞西郊，柯君易堂繪爲圖，屬題詠於同人。繼畬不工詩詞，謹爲文以紀其事。

别劉莊年觀察序

余與莊年初未相識也，聞其爲江左廉吏，心嚮往之。余以戊戌二月來閩，而莊年以次年八月至，時余監試扃〔三〕棘闈，未獲相見。莊年誤聞人言，謂余非庸庸者，留贈墨數丸，致殷勤而去。庚子七月，夷寇報警，余奉檄署汀漳龍道，莊年駐厦門，相距一水，手書商榷公事，旬日中三四往還，郵人苦其煩也，私淹滯之，案治乃已積半年，兩處緘札各盈尺。辛丑三月，余以謁制府顏公至厦門，乃初相見。莊年長余十歲，以弟畜之，潔斗室，掃一榻卧余，烹蔬貯以宜興盌，素所珍也。漏下四鼓，猶瀹苦茗，相對論時事，雜以嬉笑怒駡，時或泣下霑衣，僮僕皆厭苦之，各引去鼾睡。六月再至厦門，留旬日，其後寇氛益亟，莊年在同安，余數以軍事往會。壬寅正月，余以任糧臺事駐泉州，莊年亦在泉，則無日不相見矣。莊年與余皆好言天下事，又好較量古今，議論不盡同，而志趣無不合者，時或不相比附，必往復辯折，期於無所疑而止，以此益相得。莊年性嚴而余失之寬，余臨事苦緩而莊年有時過急，兩人者規勸之辭時或及之，未嘗數數然也。然莊年每盛怒，余至輒解，遇事有所督責，余一言多寬假之。而余觀莊年之律己嚴潔，治事精整，時時自覺其疎縱之病，亦每思有以矯正之。《禮》云相觀而善謂之摩，《詩》云他山之石，可以攻玉，殆謂是歟！莊年精於吏術，利弊所在燭照，數計名法之學尤邃，專門者自謝弗如。余不習例文，多就莊年請益焉。余好爲汗漫之文，致當事書動輒數千言，氣矜不能自制，以是多迕。莊年臨文最慎，時以戒余。孔子言益者三友，余之疎陋實不足以益莊年，而莊年之所以益余者固已多矣。余以壬寅六月將適粵東，與莊年别於東門之外，意氣甚壯，未嘗有黯然之色。别後思之甚切，即余之思莊年，而知莊年之思余不置也。思其人，則其人之性情、狀貌亦不離心與目之間，余之迂緩固萬萬無取，莊年偶一思之，或不難節取焉以自平其氣；而余思莊年不置，則莊年之嚴氣正性，儼然在余寤寐之間，將以是砥厲其廉隅，而堅忍其志節。余雖遠别，其相益亦何異於聚處！願與莊年共勉之矣。

送程立齋大令入覲序

同治元年十一月，關中大帥勝保以玩寇逮問，其部將宋景詩、雷鳳鳴持多帥僞札，率潰勇馬步二千人渡河，由稷山、絳州北上，聲稱奉令回籍。事起倉卒，腹地無兵，晉撫英中丞遣德都統卒〔四〕兵邀擊，緩不及事，宋景詩已率潰勇逾韓侯嶺而北，州縣皆開城門助以資斧，幸其速去。然宋、雷本招降盜魁，其所部皆椎埋惡少，沿途騷擾淫掠不能禁也。山陽程立齋太令宰徐溝，聞其來也，令西關居民鋪户空舍宇、備餱糧，爲宋勇宿食之地，而自率丁役單騎出城彈壓。宋勇仍有入民舍强姦婦女者，君善技擊，手縛三人，讓宋景詩曰：君奉令回籍，非叛也，而縱令勇丁欺凌婦女，何也？宋不得已，斬二人，請留一人。君弗許，詳明就地正法，均竿其首於市，潰勇皆震懾出境去。二年七月十九日，德都統在關中差弁兵赴北口市馬，行至徐溝解行路之驂而奪之。民奔訴君，君單騎率丁役追至太原界，獲犯四人、馬二匹。英中丞奏請以首犯發新疆，餘擬罪有差，得旨嘉獎。余設帳平遥，與君初未謀面，然神君之頌久洋溢於耳，聞此兩事，意君必强鷙猛起，如古之趙廣漢、張敞其人者，及見君，則恂恂儒雅，意思安詳。其愛民也出於至誠，其治獄也片言立決，莠民畏其威而逃避塞外，良民懷其德而親暱之如父母，乃知君固循吏，非世俗之所謂能吏也。余奉命督辦團練，苦於事不能舉，民怯懦而無膽，且無資，官多困於〔五〕案牘，無暇及此，兩年以來，偕幫辦諸君子殷諄勸諭，幾於舌敝穎禿，乃得規模粗立，而有名無實之弊仍所不免。獨君所治之徐溝，城鄉一律舉行無廢缺者。余過其縣治，見其城關練勇器械鋒利，練丁皆有精悍之色。問其費之所從出，曰：吾君能均徭役，出其所省之半製械器而有餘也。先是徐溝爲通省衝衢，近年兵差絡驛，書役循舊規把持中飽，民力疲悴不支。君察其利弊，別立條規，向之萬金不足者，今所費不及五千金，事畢舉而民不擾，故團練一事一呼而畢應也。於虖！此所謂信而後勞其民者歟。我皇上聖政維新，兩宫皇太后勵精圖治，求賢若渴，壽陽祁相國薦晉省循吏二人，一爲君，一爲汾陽吴月峰大令，得旨送部引見。徐溝之民聞之卹然，若奪其慈母，而惟恐君之遷擢以去也。余維時事孔亟，宇内幾無完土，獨三晉表裏山河，閫外諸大帥仰體朝廷德意，竭力護持，幸未遭兵火之劫，所賴以固民心而培養元氣者，惟在乎賢能之大吏。君文武兼資，才識足以幹事，學術足以濟時，智深勇沉而持之以鎮静，洵所謂能任大事者，將來剖符持節，洊歷封圻，受福者且不止於三晉，而詎止於徐溝百里哉！吴君悃愊無華，其治民廉静不擾，余所素識，知汾陽之民攀戀無異於徐溝也，因書其語以慰兩邑之民，且以送君之行焉。謹序。

小序贈梁君問青

人生有聰明，有器識，二者往往不相兼，且竟似不相涉。聰明者發於心思，牖於耳目，古今文人學士有過目成誦，下筆千言，才藻足以涉風雅之藩，辯折足以關流簧之口；又或智計隱深，足以揣測世情，投時俗之好，而遂其所取求，不能不謂之聰明也。然其處家國鄉黨之間，於是非可否之介，往往狐疑顛倒，不能自決，一遇小利害則急趨巧避，毁廉隅，汙身名而不顧，此有聰明而無器識者也。器識者根於性分，其器能有所容畜，其識能有所區限，其人或讀書或竟不讀書，而臨財能讓，遇侮能容，遇事則行止立斷，而無所猶豫於其間，士大夫之所不能立足者，其人終身無蹉跌。聰明或絀，而器識獨優，商賈中間或有之，以余所見，梁君問青其最也。余與君爲姨表親，幼則相識，君守先人世業，設磚瓦窑於京師之齊化門外。余以道光丙戌入詞館，君令兩子撝謙、鳴謙從余學，時時過從。余索米長安，出無車，君假以車，助以薪水，使無困乏。自余入詞館至出守潯州，前後凡十年無倦色，以是相親如㒟弟。君孝友性成，篤於倫類，其處家也，能忍人之所不能忍，讓人之所不能讓；其與人交也，依於誠信，有季路無宿諾之風。君所設磚瓦窰製造獨精良，凡内廷陵寢所用之磚，當事皆令君承辦。性慷慨，至好丐貸無遴[六]色，或不能償，即付度外。所用舖夥，或舞弊至千餘金，但辭去，不暴揚其事。君與介休張申甫爲友，申甫卒十餘年，猶時贍恤其妻孥。方君商務盛時，人以爲累貲且巨萬矣，然磽田數頃之外無所有也。君循循彬雅，望之有清氣，絶不似市井中人，遇事行止立斷，確不可移，以是凡識君者，無不深信其爲人，古所謂言忠信行篤敬者，幾無愧焉。晚年好讀書，暇則手一卷。喜方術，始好子平，繼好堪輿，及與張申甫遊，又好方劑，雖所信有太偏之處，而皆欲求其所以然。方先君子設帳於君所居之北社村，好與父老閒談，間及良知之學，人多不解，君獨聞而深信，默有解悟。於虖！君非絀於聰明者，特以改業廢書不及於詞章之學，至其器識，則余所見士大夫中，能如君者未易一二數也。自癸丑以來南方多故，官工大半停輟，君商務折閱頗甚，恬然不以爲意，以捐輸米局得五品武銜，亦不屑意。庚申八月，夷氛逼近京城，君所居之通和磚窰附近即戰場，鎗礮之聲震窗紙，衆戰栗無人色，勸君避去，君不肯，曰死生有命，何怯也。子鳴謙强扶登車，迂道歸里，窰場旋爲夷人所據，和議成乃去，君聞之亦坦然也。君年已逾七十，而余亦將近七旬，嘗欲有言以贈君，而卒卒無暇。君有小册子存余處，係屬余作書者。館中度歲，殘臘偶得少閒，輒作此序書於其後。咸豐庚申嘉平二十八日，書於平遥超山書院雪窗。

晚梅説贈陳劍芝

北地苦寒，植梅温室中，冬月能作花，然亦易謝；若置冷處，則交春始發蕚，二三月乃華，避暖就寒，其華遂晚，勢固然矣。余以甲寅乘鄣上黨，乙卯花朝同年陳劍芝太守贈盆梅兩株，時已屆春分，梅始含蕚，尚未華也。劍芝逾弱冠即成進士，初爲榆杜令，神明之頌溢旁邑。八年而移浮山，又三年而移陽曲。陽曲省會首邑，故事皆晉直隸州牧，君獨得潞安郡丞，郡丞，閒官也。當事夙重君才，每讞大獄，決大疑，凡煩難棘手，人所唶嚄畏避者，悉以委君。君悉心擘畫，必其事得當而後已，其勞勩乃甚於爲縣令時。獨至榮進有階，人皆唾手策高足，君乃循循退避，默無一語，以故不言禄，禄亦弗及。吾友兆松崖爲晉撫，知君深，登之薦牘，甲寅冬月乃奉命擢守柳州，蓋官郡丞已十四年矣。余謂之曰：君之晚達與晚開之梅何異哉！然梅不能自主，人置之暖地則早，置之冷地則遲，君之才望非不能自謀位置者，即聽人位置，所處亦不盡冷地，而乃作此寂寂至十四年之久，得非恬退之性有與人異趨者耶？求有益於得，比比皆是，而君乃篤信孟氏語，以爲無益，何信命之深也。余性躭寒寂有似於君，爲史官，歷臺諫，足未履權要之門，而受知獨早，自强仕敭歷幾二十年，卒罣吏議，蒙恩放歸田里。迴憶生平，乃類於早開之梅，然非能自就暖地而致然也。君雖晚達，而神智炯炯，聰强如少年人，建樹方未有艾，他日建牙吹角，爲國家安養元元，老圃秋容，黄花晚節，且將爲君移贈也。因作晚梅說以送君行。

誥封一品夫人穆太夫人八十壽序代鄂松亭太史作

歲癸巳，某以春坊需次，乞假出都門，驅車燕趙，歷齊魯，抵淮泗，買棹吴江，飲於皖公山下，積半載歸來。甫解裝，晉謁於鶴舫夫子大人之門，摳衣登堂，錦屏張於四壁，趨而讀之，乃知甲午四月上澣爲我太師母太夫人八秩壽辰，門下士爲文以致祝者也。某以駑駘，自丙戌入詞館，夫子不以爲不才而進之，受知爲最深。今壽母年躋大耋，我夫子效斑衣之舞，居門下者皆作爲詩歌，奉兕觥於堂下，而某獨以南遊之故，不得隨屬於二三子之後，中心養養，猶不自釋，欲有言以補過，而未得其所以爲説。冬至之後三日，我夫子恭膺簡命，入贊綸扉，宣麻之日，卿大夫欣於朝，都人士懽於國，如韓、富之入兩府也。某作而言曰：吾知所以壽太夫人矣。夫人之養其親也，得升斗之禄或喜動顔色，然極人子之心，必致身通顯，凡可以致於吾親者，無不極其至而後慰。夫致身通顯而極其至，非宰相不足稱也。昔張晉公齊賢之入相也，其母魯國夫人年八十矣，太宗召之入宮，勞之曰：婆婆老福，當世榮之。考之史，晉公以太平興國二年登第，八年入政府。開創之初，用人不次，甫釋褐屩即登台鉉，故晉公之母封大國，享萬鍾，榮則榮矣，而未見其難也。我國家枚卜之典，其難、其慎，敭歷中外動輒數十年，迨乎物望允孚，巋然耆德，然後貯之金甌，登諸揆席，其最早者亦且華鬚盈顛，求如古之所謂黑頭公者，不數數覯，故當世以宰相之禄逮養其親者，百不一二也。我夫子以清慎公忠上蒙殊眷，鹽梅之任，簡在帝心，而致蒼生之仰望者非一日矣。然自乙丑入翰林，歷侍從，踐卿貳，長六曹，襄樞府，優遊洊晉，不辵一階，通籍三十年而以大冢宰参知政事，非如昔人之驟登台席者也。聖心默簡遲回，踰半載綸音乃降，明良遇合，詢事考言，非如昔人之片言入相者也。以國家選相之重，聖天子擇相之難，我夫子歷官之久，而黃閣既開，慈幃有喜，衣三公之服，奉上方之珍，愉愉色養，百十年來未聞有如此事。太夫人之榮遇同於晉公之母，而事之難能而罕覯，則又過之矣。抑考晉公之相宋也，勳業爛然，載在史册，然當其少時，任俠自喜，而其後以邊功著，故德器之純粹不如韓、范、司馬。我夫子起家文學，出入台省數十年，學術之淵邃，氣量之恢宏，所以輔休明而光日月者，當接迹於韓、范、司馬，而不同於晉公之好奇尚氣。

則夫承歡侍膳之餘，太夫人陶以天和而昭以訓言，所以成就我夫子惇大之德業者，又豈尋常之所能意計者哉！某以遠遊之故致祝後時，而適聞我夫子宅揆之命，誠歡誠抃而喜得其所以爲説，乃列之爲一觴之侑。謹序。

誥封一品夫人周母陳太夫人九十壽序

帝皇御極之元年，我稺圭夫子以侍從觀察西川，迎養我太師母陳太夫人於錦官之城，既而廉訪於越，開藩桂林，已復奉天子之命以節鉞撫豫章，旄纛前驅，板輿安吉，南中名山勝水遊歷幾半載。乙未爲太夫人九秩壽辰，至是我夫子以監司牧岳之禄養者又十餘年矣。竊惟當世卿大夫，自郅通顯而逮養其親者固不乏人，然壽近期頤者蓋鮮。年登百歲者，疆臣以人瑞入告，然大半出於氓庶之家。若我夫子以清忠幹略上受主知，擁幢建節，敭歷封圻，其來也陰雨成膏，其去也甘棠遺愛。重裀列鼎，足以爲太夫人養；謳思歌頌，足以爲太夫人娱。而太夫人年躋九秩益復康强，純固眉壽且無有艾。於虖！此豈偶然也哉。繼畬年未弱冠即受知於我夫子，迨後遊學長安，時時摳衣請業，太夫人之懿行，聞於侍坐之餘者指不勝僂也，而總其大德，則曰明達慈惠，喜戚不以動其心。於虖！可謂難矣。方我夫子之由翰林而官司業也，索米長安，瓶無儲粟，太學生執贄〔七〕來謁，留其名紙卻其金弗受。十餘年冷官落拓，清節彌峻，知太夫人之明於義利，不敢以苟得爲養也。迨我夫子之分巡於蜀也，專榷鹽茶，人稱膴仕。我夫子剔叢弊，謝供張，常例所入卻之以惠疲商，囊槖蕭然，一時有脂膏不潤之目，知太夫人之安於儉素，不敢以豪華爲養也。我夫子之陳臬於浙也，嚴明剛斷，執法無撓，嘗因事力争於撫軍，詞色俱厲，坐者色駭汗流，默不得語，蓋謹持三尺，不以得失繫懷，知太夫人之達於義命，不敢以詭隨保位爲養也。粤西邊裔莞瘠，民猺錯處，我夫子之蒞行省於斯也，察吏以嚴，撫民以寬，期年之内政洽人和，峒户黎丁歌舞於蠻烟蛋雨之間，蓋仰體太夫人慈惠之德，而以煦育爲治也。江右民俗稱好訟，大吏持成見或袒吏而挫民，民以是益嚚。我夫子來撫是邦，慨然曰：民俗固殊，民情無二，鬭民而治，民何以堪？於是糾貪墨，擢循良，民與吏安，訟益衰息，迨後連年水溢，賑恤兼施，民無轉溝壑者，蓋仰體太夫人公明之訓，而不以偏黨爲治也。善乎李堪剛主之壽鄭太夫人也，曰孟母之賢，不問耕田、學校；敬姜之賢，不問朝事。獨今世彤管諸志，類迹其相夫課子，助之學，助之政，非閫德之正，疑傳之者失其真，斯言則信然矣。太夫人懿德淵邃，固未嘗於含飴弄孫之餘間及外事，而我夫子靡鹽之餘温温色養，又豈嘗以簿書錢穀之故商榷於慈母之前，乃其清操峻望之所由立，惠心善政之所由成，稟承於問安視膳之暇，而視聽於無形無聲之中者，皆太夫人大德之所陶成，此則門下士知之最深者也。所尤難者，我舟之師伯篮仕粤東，未一載而修文，太夫人聞訃盡哀，既而曰：彼已成進士，爲縣令，命之修短，數也，夫何憾哉？不煩慰解而眠食無恙。我夫子以壬辰入覲，歸而染疾，數旬累疏請解。聖主情殷倚畀，温旨慰留。太夫人謂：受恩深重，不宜自逸。我夫子遂力起而任事。於虖！毛裏之愛，顧復之情，自古哲人賢士往往不能勝，而太夫人哀樂中節，大義克明如此，此其性地之恬和，神明之清定，舉凡人事之變，無足以攖吾天而滑吾真者，享人間未有之福，得前古未聞之算，固事理之必然，而非出於偶然者矣。昔張晉公齊賢入相，其母魯國夫人年八十餘，太宗召入問曰婆婆老福，當世榮之。他日太夫人壽躋百齡，我夫子晉階端揆，被聖主之恩施必且與魯國齊榮，而稀有之年又非魯國之所能并，此則門下士拜稽而致祝者也。繼畬遠在都門，未克躋堂稱兕，謹述其所見知而爲之序。

韓芸昉中丞七十壽序

吾晉自古爲帝都，其山拗勁，其水清駛，其民俗勤儉而思深。生其間者，名臣碩輔後先相望，多犖犖堅正，不苟於時。在國朝者，澤州、陽城、臨泉三相國其最也，而封疆大吏樹政績、光史乘者，則以于清端公爲稱首，所謂天下清官第一者也。越百餘年，而大中丞韓芸昉先生爲之繼。先生爲汾陽人，于公永寧人，兩邑古西河地，今并爲汾州府屬，相望蓋百餘里云。先生由翰林歷臺諫，洊任封圻，受兩朝特達之知。服官三十餘年，宦迹所至輒著政聲，守絶一塵，而不以詭激爲名高；明周庶務，而不以苛察自喜。其爲政也，持大體計久遠，熟思審處，期於當可而後已，蓋先生之爲治與于公異。于公當定鼎之初，孑遺凋敝，巨盜林立，不草薙而禽獮之，無以安元元而流惠澤，故用趙、張鈎距之術，其治尚嚴猛。先生當承平之日，法令明具，曩時豪猾之風馴伏久矣，而户籍殷繁，蓋藏易罄，科條稠疊，奸蠹或生，故用召、杜牧養之法，其治尚精詳。其設施之不同，時則爲之，而潔白之操，惠愛之德，所以濡澍蒼生而上酬殊眷者，固先後如一轍〔八〕也。聞昔于公之去羅城也，闔境之人號泣遮留，一瞽者以賣卜助資斧，致公於蜀乃返。先生再撫七閩，以辛卯謝政歸，閩之人扶老携幼，張筵祖餞，填衢溢巷，無慮數千萬人。鳴鉦吹籥，伐修竹長丈餘，繫彩帛爲旛幢，枝葉葱翠，夾道如林，人手一橘獻輿前，曰公持桔去。閩音呼橘如桔，桔者吉也，祝以康强逢吉也。如是者十數里不絶，相與咨嗟涕洟，不忍言别，先生謝遣之乃罷去。於虖！先生之得民如此，與于公豈有異哉。先生解組之後，長君室臣官部郎迎養京邸，閉門卻掃，萬卷獺陳，朱墨校刊，泊然如老書生。時復蒔花種竹，聽孫子讀書爲樂。前後三典文衡，諸弟子布列中外，貴者爲冢宰、漕督，以時來起居，拜跪趨座隅，先生從容竟日，訓以立身行政之道。年屆古稀而神益清，色益腴，望之如神仙中人，此又于公之所願樂而未逮者歟。乙未仲冬五日，爲先生七十壽辰，晉人之官京師者將躋堂致祝，而思有以爲言也，謹撮其梗概而爲之序。

武次南觀察六十壽序

戊申七月，爲次南六旬初度，僚友將製錦屏以祝，而公峻辭。鄉人之官於閩者相與謀，曰：古稱六十杖於鄉，鄉人敬長，鄒尾盈握，村醪盈瓶，登堂而介眉壽，古之人弗辭也。公官於閩，鄉之人亦官於閩，去故鄉蓋五六千里，而公之視鄉人如里閈也，鄉人之視公亦無殊里閈也，請以鄉人祝公，公其毋辭。吾鄉俗儉嗇，而人性質樸，公家雲中，近接邊塞，爲秦漢戰守之地，其民風慷慨質直，尤爲近古。公少時爲名諸生，賀耦庚尚書督晉學，獨器公，取爲優貢。困鄉薦者十餘年，尋入成均，考充武英殿校録，乙酉舉京兆，丙戌捷南宫，公年已近四旬矣。分部得刑曹，讀律精苦如治舉業時，讞獄詳審明決，而用心仁恕，不以鑱刻矜赫赫名。嘗因獄事當罣吏議，獄非公所具也，公自謂主稿，鋭身獨任，不肯累他人。而讞是獄之今福建方伯陳公，亦力争不肯累公，堂官咸嘉歎語，在薦紳間一時以爲美談。京察一等召對，公氣貌偉碩多髯，奏對語樸誠無枝葉，上心識之，尋擢福建鹽法道。抵閩時，正當鹺政敝極，全綱岌岌將墮地。公踵前任尋觀察議，請豁除舊歉一百六十萬不以累新商。制府劉公據以入奏，得俞〔九〕旨，由是新商不肩舊累，方得舉充如額。在閩五年，兩權廉訪，一權方伯。名法，公所素諳，引例案如夙誦書，較比精詳，無毫髮差忒；筦度支，課羣吏，尤簡重得大體。今公膺卓薦，旦夕且陟烏臺，躋方岳，制封圻，建樹非常，勳業彪炳，皆可爲公券也。而鄉人之所以重公者，則更有在：公性樸實，胸次坦豁，無纖毫障翳，不解作欺人語，亦不能作周旋語。其爲監司也，無改於其爲京曹時；其爲京曹也，無改於其爲秀才時。夫黜華崇樸，著誠去僞，古之訓也，公則能爲樸不能爲華，能爲誠不能爲僞。士生鄉曲間，終其身不越數百里，所遊處者田舍之翁，所更歷者鹽米之事，以是自葆其樸固易易也。公少時即遊關陝，後應京兆舉游京師數年，入比部居長安十餘年，爲外吏又數年，於世味何所不嘗，於世途何所不歷。素衣化緇，百鍊爲柔，蓋賢達往往不免。而公則入世愈深，處懷愈樸，機詐百出之夫，厚貌深情之士，一見公而城府自開，鱗甲自剷。如公者，殆不失吾鄉之本色者乎。昔司馬温公登政府，東坡以啓賀之曰：青天白日，奴隸亦知其清明；璞玉渾金，舉世莫名其寶貴。天下傳誦以爲定評。蔚州魏敏果公以清儉誠篤受知聖祖，御書寒松堂以褒之。温公，吾鄉之夏縣人；蔚州，舊隸山西，距公所居之陽高僅百餘里。兩公皆吾鄉賢喆，請用以祝公可乎？鄉人皆曰可，遂書之以爲觴〔一〇〕侑。

候選道春潮沈公八十壽序

余癸酉、丙戌鄉會同譜六安沈氏昆仲，得兩人焉：一爲舜卿侍御，以名解元由翰林官臺諫，疊司文柄有聲；一爲厚齋大令，以癸未貢士丙戌補殿試，即用知縣，歷宰吾晉數大縣，所至有遺愛。兩公與余雖同譜，而宦轍分馳，未獲謀面，其共事最久而知之最深者，則兩公之同懷弟春湖觀察也。咸豐二年，余罷官歸里，爲中外諸公所牽率，奏派幫辦勸捐團練等事。公以優貢考教習，任陽曲縣，升太原同知，時在省城總局，時時晤談，知其天性勁直，不避嫌怨，而規畫大計輒中肯綮，心竊敬之。時中丞哈公惡公切直，屢尋釁挫折之，賴郭小房方伯主持公道，未遭中傷。既而賊由垣曲之風門口竄入晉境，哈中丞棄軍逃回，省城大震，人情洶洶，謀閉城拒之。時賈亮才鴻臚、郭棣園讀學在省垣總辦團練，挈余名飛章劾之，郭小房方伯亦馳疏參奏，得旨褫職逮問。哈中丞謂皆公所爲，銜之次〔一一〕骨，臨去猶補兩章彈之。新任恒怡亭中丞抵任，諭交確查，恒中丞採公論，查案卷，知哈中丞參疏皆屬虚誣，力予辨雪，并以心直口快、不避嫌怨覆奏。是時公已有退志，恒中丞知公可倚任，慰留不使去，尋委兼署太原府篆。先是河東鹽務屢易章程，富室皆以充商傾敗，全綱岌岌將倒。咸豐壬子，欽派王雁汀司農、聯秀峰方伯會同晉撫兆松崖中丞查辦，公爲隨員，得以深悉鹽務利弊。其後浮費雖裁，而商困未能盡紓，恒宜亭中丞知公能斷大事，密與商謀。公請改易爲官運官銷，准令充商之家悉行捐免，可得巨款以濟軍需，河東引地各州縣試行官運官銷之法，正課亦可無虧。恒中丞據以咨部，得旨照行，遂委公與張秋坪太守總司其事。既而商捐得三百餘萬，官運亦暢銷無阻，入告得旨嘉奬，公遂特擢貴州鎮遠守，秋坪亦擢四川鹽茶道，旋晉臬司矣。公以年届七旬，精力漸減，而舜卿、厚齋兩先生皆以故鄉遭兵燹，挈百口僑寓并門，不忍拋之遠去，遂捐升道員，而令長子弼臣以知縣指省分發山西，補太谷縣。清正廉明，日坐大堂理詞訟，環觀者如堵牆，皆歡呼稱快，或感歎泣下，一時有沈青天之目。公慮其以孤直抵尤，亟令引疾，旋援例得太守，隨撫節馳驅，大府甚倚重之。適晉鹽初改官運，各牧令以先課後鹽，貲乏不能興辦。大府知公深悉利弊，勸令貸貲試辦官運以爲之倡，由此晉引暢銷，公亦藉以資旅食焉。忌者因謂公壟斷鹽務，致入彈章，長君弼臣亦以員氏争繼之案牽連詿誤，致前後兩發欽差來晉訊鞫。然公父子之未嘗染指，不特士民知之，即星使亦知之甚悉，弼臣卒以承審失實擬戍，旋援例贖罪養親，竟奉俞〔一二〕旨。方事之殷也，勢如鼎沸，衆謂禍且不測。公父子處之坦然，曰問心無媿，禍福聽之。既而浪静波恬，公父子卒得完名全節以去，乃歎聖主之顯忠遂良，無幽不燭，而天道之報施善人，未嘗爽也。江南蕩平，皖省已成樂土，公將率弼臣歸治田園爲終老計。適逢公八秩壽辰，皖人之官於晉者將製錦屏以祝，謂知公者莫如余也，遂以壽文相委。余聞公與舜卿、厚齋兩先生相約，年至七十乃著朱履，壽陽相國嘗爲詩以贈之。余上年年屆七十，亦效公著朱履，然公年八旬，而聰强健步不減中年，余則蹣跚疲曳，非杖不行，乃知東施之效顰適足爲西子笑也。因書其語，爲公侑一觴焉。是爲序。

誥封武翼都尉周公樸齋八十壽序

雁、代以北爲古邊陲，戎馬時來，保塞之民多貧瘠。我國家德威遠播，漠南、漠北蒙古各部悉編入八旗爲臣僕。在漠北者爲外蒙古四部，服賈者涉瀚海往來如内地。在漠南者爲内蒙古，分東四盟、西二盟。東四盟直直隸、盛京邊外，西二盟直山西、陜西邊外。在陜西邊外者曰鄂爾多斯，即所謂河套者也。在山西邊外者曰兩翼牧場，曰察哈爾八旂。在歸、綏兩城者曰土默特，此外則西二盟之喀爾喀右翼、茂名安、四子部落、烏拉特四部。承平日久，内地無業之民多負耒租墾草地，服賈者亦時以百貨往，車駝往來，殊無限隔。生聚既多，蒙民交雜，乾隆中乃於其聚成都會之地分設七廳，以兼理蒙民。薩拉齊一廳在最西北，附近黄河，爲四子部落、烏拉特兩部牧地，接套外額魯特阿拉善部，秦漢時雲中、五原兩郡邊外地，三晉之人種地服賈者尤多，往往赤手起家成素封。聖朝二百餘年涵濡之澤，中外一家，遐邇禔福，洵亘古所未有也。忻州誥封武翼都尉周公樸齋，先世以貧無生産移家於薩拉齊，勤苦治生，粗能温飽。公繼嗣於世父錫嘏公，錫嘏公棄養時，公年甫十五，兄復齋公年十八，兄弟繼先業協力謀生，不數年而少有，又不數年而富有，迨公年四十餘已累貲鉅萬矣。公以塞外非首邱地，復移家於故土，晚年家益豐，忻州屈指巨室者必及於公。方公壯年時，勤瘁治生，冒寒暑往來塞外，手足皴瘃，面目黎黑，雖少藉先世遺基，而繼長增高皆由於拮据經營而來，得之亦不易矣。得之難，惜之必甚，慷慨施予之事出於席厚履豐者易，出於銖積寸累者難。然公輕財好義，婣族之貧急者周恤無虚日，親串之婚喪不舉者量爲佽助，晚歲取積年借券拉雜焚燒之，遇荒歲指囷周濟無難色。得之甚難而出之甚易，以故公雖驟富而感頌者多，無妒怨者。昔馬伏波遊牧塞外，三致千金之産輒自散之，蓋自古賢豪之士，其識見度量，與世之僅知守財者不可同日語矣。公性孝友，嘗以失怙甚早爲恨事，母彭太孺人能以色養；與兄復齋公白首同居，怡怡無間言，蓋其至性之純篤如此。公室既完美，則教諸子修文武業，次子召南入州庠，以教諭候選；三子召虎中道光癸卯科武舉人，議叙遊擊，公以例誥封武翼都尉。年已七十有六，神明不衰，有是德宜有是福，理不誣也。親友以公年近八旬，將製錦屏以祝，浼余姻親張澹園先生以尺書來，屬爲之序。余既羨公之厚德足爲富人矜式，且有感於公之際遇熙朝，中外無疆域之限，故能起家塞外無異於起家州里也，爰樂得而爲之序。

冀母馬太夫人七十壽序〔一三〕

易曰：地道无成而代有終也。又曰：無攸遂在中饋。大雅斯干之詩曰：無非無儀，惟酒食是議，無父母遺罹。蓋陽性明，陰性暗，陽主剛，陰主柔，故婦道以順爲正。男子之事不以之責婦人，蓋知其智力不及此，不責之以所不能也。若夫身處閨壼之中，而夙明大義，深識遠見或爲男子之所不及，此則古今不數數覯，而苟有其人，史傳未嘗不豔稱之。若鄧曼知心蕩之禄盈；敬姜知民勞之思善；辟司徒之女以君與父免爲喜；嫠不恤緯，而以君老而太子少爲憂；孟母斷機，成其子之學；王陵之母自裁，成其子之忠；曹大家爲太后師，贊和熹之内政；馮酋之母洗氏開闢嶺表，坐鎮一方；柴紹之妻平陽公主持[一四]起娘子軍，佐興唐室。古今奇女子如此類者指不勝屈，以坤道之柔順兼乾德之陽明，間氣所鍾，不可以尋常論也，乃今於誥封夫人冀母馬太夫人見之。太夫人爲誥贈資政大夫一齋冀公之繼室，母家簪纓世胄，夙嫻詩禮。贈公自祖父以上單傳者七世，家稱富有而苦於襄助無人，自太夫人來歸，乃準母家儀式相之，以立家規。贈公資業半在荆楚，又有在京師、畿輔、山左者，往來照料，井井有條，而家政則一委之太夫人。贈公自奉儉約，兩餐恒雜粗糲。太夫人曰：此惜福之道也，然自奉宜薄，待人不厭其厚，既擅素封之名，義所當爲，不宜居人後。贈公深以爲然，故指囷贈舟之事不一而足，會垣修貢院，首捐萬金，族戚鄰里之待以舉火者無慮數十百家，皆太夫人贊助成之。贈公既逝，太夫人以諸子未更事，内外諸事悉自經理，南北貿易經商字號凡數十處，夥歸呈單簿稍有罅漏即爲指出，無不咋舌駭服。不出户庭而六轡在手，綜理精密不減贈公在時，又待夥極厚，故人皆樂爲盡力。咸豐初，粤賊竄入湘南，兩湖騷動。太夫人曰：此吾家報國之時也，時勢如此，守錢欲何爲？即寄信各夥，令竭力捐輸助餉，而晋省捐輸之議亦起，接連六七次，計前後捐輸凡數十萬金。是時全楚被兵，商號之遭兵燹十餘，家資已去大半。近兩年來，海淀字號被焚掠者四，山左、直隸諸字號資本尤多，亦大半被焚搶，較之從前家資不及十之三。太夫人坦然無憂，曰：享國家二百年太平之福，世世温飽以至今日，今逢厄運，聖主宵旰憂勞，大江南北城池尚多未收復，我家之毁又何足言？所恨資財將竭，不能如前此報效耳。庚申、辛酉介休連年荒旱，道殣相望。太夫人惻然曰：吾力已綿，不能遍及，不可使鄰里有餓莩。令諸子按户口造册，散給錢米，所居之北辛武村户逾千，口逾萬，無流亡者。歷届捐輸，諸子議叙得二三品銜，封贈及三世，太夫人查會典，例得立廟，乃令諸子建家廟，叙昭穆，分龕設立，虔修祭祀。又以先世塋墓在鄢，令諸子披荆榛，鈔其碑碣，分支修族譜。於虖！報本追遠，敬宗收族，根本之要圖也，世俗多忽忽不講，太夫人乃以此爲要務，宜乎巾幗丈夫之稱，遐邇如出一口也。太夫人男子子五，有己出，有庶出，撫之如一。教之如一，諸子雖得高爵，而夠夠修勑，不敢以裘馬耀鄉閭。供客極豐腆，而家中兩餐仍儉素，曰惜福則福自長也，以故諸子生富家而能飽粗糲，此則唐魏之遺風。富家多變古俗，而太夫人能存之，所見者大，所思慮者深而遠，即求之古賢媛中，又豈可多得哉！余頃年設帳綿田，曾與贈公相識，季子以正治舉業，從余受學已數年，故太夫人之風範知之爲最詳。太夫人年屆七秩，親友將躋堂以祝，而屬予爲文，予故就所知質言之，爲太夫人一觴之侑。是爲序。

侯節母趙太恭人七十壽序

節婦之重於令典也，舊矣。定例：守節在三十歲以内，逾二十年則旌表。合例，衿呈學，學牒縣，縣核而申府，府核而申司，司核而詳院，院乃具題交部核覆，奉俞旨乃得建坊旌表，典至重也。論者謂貧家守節難，富家守節易。余謂不然。貧家之難於守節，謂既失所天，艱於衣食耳。然家既空乏，須自食其力，紡績則轉軸連宵，縫紉則篝燈達曙，飢咽糟糠，寒緝敗絮，勞力既多，游思悉絶，但得曲突生烟，孤雛獲哺，即已快然無求，寂寞淒涼之感，其心固不暇及也。若富家則異是，饔飧有廚，井臼不須操也；衣裳在笥，曳婁惟其便也；廣厦無暑，洞房無寒；婢媪足備洒掃，厮養堪供驅使，天與之以佚樂不能卻也。而或琴瑟方調，宫絃迸斷，孤鸞寡鵠，觸景愴懷，身與力兩無所用，獨内而自苦其心，此其情勢較之貧家爲尤難。當此而印心古井，不起波瀾，遲之數十年而白首完節，非冰雪爲骨者不能。古今言守節者，以柏舟爲稱首，共姜，衛世子之匹也，豈貧家而守節者哉？繹敬姜勞逸之訓，其難易固判然矣。誥封恭人侯母趙太恭人者，誥封朝議大夫英齋公之子婦也。英齋公以單丁嗣兩門，各生男子子三，第五子植堂公娶同縣玉璞趙公之女。趙故名族，太恭人年十四來歸，婉娩聽從，克嫺婦道。未二載，植堂公遽以疾卒，時太恭人年十六，悲泣不食，尊嫜力勸之，爲繼二房伯兄松軒公之子悳長爲嗣。悳長生甫六月，太恭人撫之如己出，年十五娶名門李氏之女爲婦，年十九忽以疾逝，遺服〔一五〕生子鑾階。太恭人飲泣曰：孫猶子也。與媳李宜人共撫遺孤，勤瘁備至，持家儉約，勤於女工，閨壼之内肅然無譁笑聲。迨鑾階成立爲部郎，大母白首，母亦華髮，蘭陔色養，温温如也。侯氏前苦丁少，至英齋公而多男，孫曾繩繩，各詠桃夭宜家室。獨太恭人姑媳兩世茹苦含辛數十年，時或相對酸惻，淚涔涔溼襟臆，睹鑾階頭角嶄然，則又破涕爲笑，互相慰藉。百卉具腓，而貞松獨飽霜雪，可不謂難乎？鑾階性孝，謹奉重慈，曲得歡心，年三十餘已有兩子六女，賦梨分棗，繞膝嬉嬉，兩節母顧而樂之。虐之以淒風苦雨，償之以孝子慈孫，天之所以報節孝者，不爲不至矣。先君子施南公嘗與篤齋副車爲賓主，教其季弟紹先。余頃年設帳綿田，與其昆仲游，晚歲歸田館平遥，又交其羣從子孫，累世通家，過從無間，故其家事知之爲最悉。太恭人年屆七旬，戚友將僉名呈請旌表，且躋堂致祝，屬余爲稱觥之文，乃臚所知而爲之序。

侯節母李宜人五十晋六壽序

古今祝夫婦之詞，必曰偕老，巹合〔一六〕同牢，調和琴瑟，子孫蒸蒸，齊眉白首，人世吉祥善事無逾於此。至有時而賦柏舟，倫紀之不幸也，一見之不已，而至於再世，荼苦之境斯爲極矣。大地皆膏雨和風，而寒雪嚴霜獨聚於一邱一壑，呵壁問天，漠然無語。然而奇節非此不顯，後福非此不降，則又不可謂天道之終於茫昧也。吾於誥封宜人侯節母李宜人而見之矣。宜人系出名門，夙嫻女誡，姑趙太恭人年十六而寡，繼二房松軒公之次子諱憓長字懋修者爲嗣，是爲宜人之所天。宜人年十七而歸於侯，年二十一而良人遽赴玉樓之召，絶粒不欲生。姑趙太恭人抱之哭曰：新婦有妊，將分娩，幸而男也，吾門一綫可延。若任情所至，不知自返，是重僇我也，我亦相隨去耳。宜人乃收淚進餐，越四十五日而生男，即鑾階也。方其幼也，偶有疾疴，則姑婦驚惕，憂惶搏顙，默禱神佛，蓋慄慄危懼者十餘年。迨鑾階長而授室，血氣甚壯，兩節母之心乃稍稍安貼。今鑾階已有兩子六女，呱呱啼笑，繞膝扶牀，非復向之淒涼景况矣。余嘗觀陰陽之理，温煦居長夏，萬物之所欣悦也；嚴寒居大冬，萬物之所畏避也。然非冬日之嚴寒閟其生機而醖釀之，則春夏之勾萌條達必不能暢茂而有力。趙太恭人既以青年賦黄鵠，而宜人又繼之不幸之遭，儼若亦步亦趨者，今則椒實瓜綿，蒸蒸日起，陰極陽生，隆冬轉而爲春夏，亦理數之自然者也。宜人性婉嫕，事姑如女，趙太恭人亦以女視之，家政一稟命於姑，無敢專，外事不問，但教鑾階以謙和謹飭，此所謂得婦道之正者歟。初侯氏昆弟之分爲兩支也，資財亦已分撥，既而有耗減不支者，又兩次混合而勻撥之。近年南方遭兵燹，商號折閲已甚，各房又有拮据者，乃以有餘補不足，使之不相懸絶。三分三合，鄉里皆傳爲異事，比張公之九世同居何多讓焉。吾晉太原、汾州兩郡富室頗多，然皆以資財爲重，同氣之戚彼瘠此肥，不相顧恤，甚或因争財起訟，甘以苞苴納官吏，求角勝於所親，澆薄之俗，令人慨歎。然其家道絶未有綿長者，其男婦亦斷未有植品行守貞操者。沙礫之土，嘉禾與芝草不生，其理固然。今侯氏家道雍睦，重骨肉而輕資財，故其婦女亦深明大義，貞異如此，兩世以守節得旌，較之數世以科名增重者，其榮多矣。宜人年五十有六，戚友將製錦屏祝趙太恭人壽，而并祝宜人壽，宜人自居卑幼，辭不敢當。趙太恭人曰：是髮種種華白，與我同爲老寡婦，親友盛意不可卻也。躋堂致祝者乃乞余并爲之序。

常母任太宜人六十壽序

余游綿上，識常子裕豐，慷慨義氣，丈夫也。常子嘗援例入太學，已復棄去，馳馬試劍習武業。既已標名黌序矣，乃矻矻爲武舉子業，樹的百步外，引滿而發，發輒破的，日拽百石弓百數，持大刀作旋風舞，如是者無間寒暑。屢挫於有司而氣益鋭，孳孳不少休，以余所見，習武舉子業無若常子之勤且久者。嘗語之曰：肄武至勞，吾子非急於禄仕者，何自苦爲？常子謝曰：某不慧，不能以詩書博青紫，獨念精力粗頑，或可挽强命中，博取科名，爲吾親晚景之娱，是以精力未衰不敢輒休也。因歷述萱堂誥封宜人任太宜人之賢，且曰願得吾子一言以爲吾親壽。余謂人子莫不欲尊其親，身體髮膚受之父母，力之所能碣〔一七〕，分之所得爲，無不當致於吾親者。然或狎恩恃愛，驕惰成習，顯揚之説塞耳而不能聽，此固人子之尤；抑或由父母之恩深掩義，而不能振作其志氣，使之致尊於我也。太宜人以大德全福蔭庇家門，其長君禮心，規言矩步爲鄉里矜式，既已捧檄而喜，紫誥黄封致隆於慈母之前矣。而次君裕豐抱投筆封侯之願，勤苦其心，必力欲一當而後已。即兩君之守身勵志，竭其心力之所能，以致尊於太宜人，而太宜人義方之訓從可知矣。余告常子曰：舉業之途，文武同慨，得失利鈍，所不可知。如吾子之材勇，而加以不懈之功力，宜其飛黄騰達矣。而駿足屢羈，卒未能壯歲請纓，建高牙大纛，迓板輿於名山勝水之間，揆之孝子之心，必有鬱鬱其不適者。然而是無妨也，尊養之道在乎性天，世有以鼎烹事其親而其親不樂者，有負米百里之外以事其親而其親怡然者，誠與僞之别也。存吾子尊其親之心，而竭吾子尊其親之力，懍懍明發，無忝夙夜，是則不匱之真機，而所以致尊於太宜人，而綿其南山之壽者，爲已至矣。請列鄙言爲一觴之侑，是爲序。

張公蓮塘暨配羅恭人六十雙壽序

張子申甫，舊受學於先君子，以弟畜余，往來驩洽如家人也。歲戊子，余遊汾上，申甫適自京師來，謂余曰：吾從父誥授中憲大夫蓮塘公年屆周甲，諸戚若友謂其懿德之宜於壽考也，將製錦屏以祝而未得其辭，子方從學於史氏，試爲之。余謝曰：駢儷之言非所長也，恐寒陋無以稱事。申甫曰：惟公亦不喜夫夸者言也，試質言之。余曰：唯唯，試言公之概。申甫曰：公質直和厚，與物無迕，而性通敏，達於事理，事考贈公以色養，伯仲之間壎篪迭和宴如也。少執儒業，鋭意功名，是時贈翁春秋高，諸兄弟并績學里居，未卜所嚮。公慨然曰：嚴親老矣，而猶以庀夜勞心，安用家督爲？且吾家簪纓名閥，諸兄弟年及强仕，匿迹園居，將何以張大吾閭？然宦海茫茫，靡所定止，根本之地實爲要圖。諸兄弟請出而報國，予挂名仕版足矣，家門之事予以一身任之。由是置舉子業，起操家棟，課農桑，督貿鬻，一切井井，罔有廢墜。以故贈翁得以含飴弄孫，頤養耆年，而太夫人就養京邸，怡然適志，皆公力也。厥後兩兄一令於南海，一令於閩，并以循聲著，而季弟環洲公，以京曹出爲甘涼郡丞，當事倚賴，列諸薦章。又撫教諸孤姪，殫盡心力，并得成立，或校書蘭臺，司算齊右，或起家進士，觀政秋曹，計一門之中，兄弟叔姪敭歷中外，并以宦績顯於時。而根本之地數十年擘畫經營，使之無内顧憂者，咸於公乎是賴。余喟然曰：是足以壽公矣，此老氏所謂以無名爲名，漆園氏所謂以無用爲用者也。蕭文終戰伐之功不及韓、彭，而守關中以輸軍實，卒佐成大業者文終也。寇雍奴略地之功不及馮、耿，而守河内以供飛輓，卒佐成中興之業者雍奴也。國既有之，家亦宜然。余觀世宦之家蟬聯鵲起，簪紱布宇内，而桑梓之地或虚無人焉，或僅有之不足以了其家事焉，遂至庭户塵封，藏書散失，桑田坐荒，松楸枯廢。及一旦或賦歸來，而瓶無儲粟，貲乏買山，因是潦倒遷流，而所稱王謝崔盧忽焉不知何往者，比比然也。如公之深維本計而從容坐鎮者，豈易見哉！譬之樹焉，枝幹繁蔚，參天蔭原，而公則護守其根株者也；譬之水焉，支派浩衍，貫河達海，而公則疏剔其源泉者也。一門之元氣，公實培之，則公之醖釀亭育而自培其元氣者又何如耶。然則公之所爲壽者在一家，不僅一身；在數代，不僅一世。吾聞德配誥封恭人羅太恭人與公合德，亦與公齊壽，龐眉皓髮，同享期頤，是固理與數之必然者也，是足以壽公矣。申甫曰：未已也，公樂善好施，沾溉者甚夥，姻鄰有紛糾，爲之排解無虚日，梓里公事必推公爲領袖，因是捧觴而欲爲公壽者，蓋什伯麇至也。余曰：公既有其犖犖大者，小節固不煩縷述矣。因次其語以復於申甫，爲公侑一觴焉。是爲序。

例貢生李君純嘏七十壽序

先大夫施南公，有手鈔傅青主徵君語言拾遺二卷，内題幼科證治準繩一則云：姚甥持此乞老夫點定數方，習之爲糊口資。既習此，實無省事之術，但細細讀緒論，再從老醫口授，自當明解。又云：扁鵲以秦人之愛小兒，即爲小兒醫，慈和愷悌便入醫王之室，慎勿流於惡恣如李醯也。余嘗推論其意，以爲醫，仁術也，然必先有仁心，而後可以行仁術。世之習醫者，操救人之術，而或至於殺人，固由術之不精，抑亦其心先從膜視，姑以人命試吾術，試之不效，又不肯求其所以然，故人之不死於病，而死於醫者，比比皆是。無仁心以爲之質，固不可以爲醫也。李君純嘏，仁人也，與余幼即相習，其氣貌藹然如春，與人語如恐傷。事親純孝，父卧病十餘年，君恒衣不解帶，飲食溲便皆躬親扶掖，十餘年如一日，鄉里皆稱爲孝子。君少業儒，屢試不售，中年讀岐黄書，遂學爲醫。無論貧富貴賤，邀之即往，無車馬者步行。夜寂方熟，有叩門求診者，披衣就之，冬月冰霜結鬚眉，寒氣塞口不得語，手凍僵不敢出袖，不以爲苦。君家僅中資，然不以醫爲利，病愈不索謝，貧者藥資不償，亦即折券。無論在家在肆，老幼男女晝夜環集求醫，無頃刻暇。偶暇，仍披讀未見之書，臨一證不得其方，枕上推求或致終夜不寐。君與余堂姪近甫爲兒女姻親，以親串禮往來，余家中老幼男女，偶有疾患告君，君即來診。余研食平遥，恒以家中人口託君，君亦慨應。余見君勞悴過甚，嘗謂之曰：君既不以此爲利，而頭童齒豁，矻矻爲之，摩頂放踵而利天下，近於墨子之兼愛矣，曷謝絶以自頤養？君蹙然曰：心不忍也。於虖！此真所謂仁心爲質者歟。鄉人重君品誼，偶有紛争，君一言排解立釋。善氣所薰蒸，宗族鄰里皆被其化，君驅車行道中，兒童皆識之，曰李先生也。君少余二歲，鄉人將製錦幛爲君豫祝七十壽辰，專足來平遥乞余爲文。時余方辦團防諸事，軍書旁午之中，匆匆搦管爲君遥侑一觴焉。是爲序。

例封安人王母高太安人八十晉五壽序

咸豐十一年冬，直隸流匪竄入忻、代，五臺之上峪劫案頻聞，崞縣之宏道鎮，一夜連劫兩鋪户，距余所居之東冶鎮三十里。東冶爲五臺合縣大都會，居民千餘户，鋪户字號二百餘，人情恼懼，就余問策。余勸令辦理團練。謀首事之人，各行頭皆弗敢當，有王君秋原者，慨然任其事。余請於邑宰余小欄太令，派丁役赴東冶巡查，邑人武孝廉朱君汝勤適署五臺把總，助余料理，其事遂舉行，直隸流匪不敢窺伺。次年余適平遥館，奉旨督辦山西團練，王君來館商量團練事宜，余畀以所刊團練條款，并重鐫廣西團練事宜。王君歸而勸辦，策蹇遍歷南路各村社，苦心勸諭，告以團練之有利無害，人皆踴躍樂從。風聲既布，流匪裹足，閭井晏然。余請於英香岩中丞，畀君以六品功牌，派爲團總。君復舉團長四人以自助，而南路團練一事遂倡合縣之先聲焉。甲子春，王君以書來曰：元義以家貧廢學而賈，其尚能粗知大義，於公事弗敢退縮者，皆吾母之教也。因詳述其尊堂高太安人孝慈勤儉諸懿行，曰：吾母今年八十有五，諸親友將製錦幃以致祝，欲乞先生一言以爲重。余維公父文伯之母不輟績，而其子爲魯國賢大夫；陶公之母不嘗鮓，而其子爲東晉勳臣。觀王君之辦團務，而太安人之所以教子者可知矣，乃不辭而爲之序。

仰周韓公暨繼配劉儒人六十雙壽序

蓋聞處士風高，應少微而彩朗；賢媛德茂，騰寶婺以芒垂。分曜爲難，雙輝尤異。矧夫耕廛寄迹，弗資軒冕之華；井臼習勤，無改布荆之素。揚頌謝文流之靡，交加殊墨客之浮。苟非操履過人，愜鄉評於月旦；胡克聲稱藉甚，傳輿頌以風馳。惟我仰周大兄大人，山右高甍，雲中望族。衍瓜綿於魏國，司馬同稱；聯華胄於荆州，登龍共羡。大兄幼徵穎悟，長益權奇。聽徹夜之書聲，清同雛鳳；試當時之筆力，健擬搏鵬。顧以養切蘭陔，供艱菽水，待掄升於薦鶚，捧檄何年；思孝養於牽牛，持籌亦善，遂操計然之術，聊施盤錯之才。馬文淵耕牧西陲，自韜鴻業；范少伯遨遊南國，别號鴟夷。飢穰能知，生財有道；錙銖不較，惟賈稱廉。乃其讓財似鮑，居室同荆，義所重而利所輕，常嚴一介；得之難而施之易，屢散千金，斯固身居市廛之中，心遊坊表之際者矣。至若政施門内，爻繫家人，親捧盤匜，色常温乎孺子；頻衣斑彩，啼或肖乎嬰兒。慨棣蕚之難全，長兄早違乎雁序；喜荆花之獨茂，季弟更篤夫鴒原。兼以義重魯連，片言而紛紜立解；信同季路，一諾而戚黨同欽，綜厥生平，尤稱表卓者也。德配劉孺人，白水名閨，青藜世胄，幽蘭刧佩，幼已奉爲女帥；香茗裁篇，長不煩乎姆教。迨歸我大兄大人也，鹿車共挽，釵何須夫瑁玳；澣衣長服，緣早卻夫偏諸。斯時也，舊素新縑，嫌疑易涉；遺雛弱息，撫育難周。而孺人性本敦仁，身爲代匱，教成婉娩，詠季女以采蘋；訓備慈嚴，挽佳兒而畫荻。經營婚嫁，以畢晨昏；屏當米鹽，何分早晏。所尤難者，大兄産不中人，性尤長者，推困視若尋常，爲黍幾無虚日。而孺人則相夫有道，能宏推解之風；佐德無方，尤崇緩急之誼。所以繽紛雜佩，無齟齬於齊閨；而璀璨緇衣，效殷勤於鄭館者也。玆者大兄年屆杖鄉，行誼早賓乎邑宰；孺人德優中饋，儀型備式夫媚鄰。而且燕翼貽謀，鳳毛蔚起，長君策名於仕版，次君翔步於圜橋。家衍一經，予季還焚膏而肄習；慶延三代，文孫更露角以崢嶸。此皆徵大兄之垂訓義方，而亦見孺人之彰儀内則也。玆當懸弧令序，設悦良辰，某等誼切葭莩，情殷桑梓，用託毫箋而致祝，敬隨賓從以稱觥。佇看黄髮同歌獻壽，酌雙鸞之椀；更見紫泥遥錫鍾祥，開駟馬之門。是爲序。

校勘記

〔一〕"負版者"指官員，似應爲"負販者"，方可與"耕者"、"漁者"并列，未改。

〔二〕"數千里"，疑爲"數十里"，未改。

〔三〕"扃"，原誤作"扁"，據勘本改。然從上下文語調看，疑爲衍字。

〔四〕"卒"，原本、勘本均作"卒"，不通，疑爲"率"，未改。

〔五〕"困於"，原誤作"於困"，據勘本改。

〔六〕"遴"，勘本作"吝"，未改。

〔七〕"贊"，原誤作"義"，據勘本改。

〔八〕“輙”，當爲“轍”，兩本同，未改。

〔九〕“俞”，當爲“諭”，兩本同，未改。

〔一〇〕“觴”，原誤作“傷”，勘本同，徑改。

〔一一〕“次”，當爲“刺”，兩本同，未改。

〔一二〕同〔九〕。

〔一三〕“序”字原脱，據勘本補。

〔一四〕“持”，勘本作“特”。

〔一五〕“服”，當爲“腹”，兩本同，未改。

〔一六〕“疊合”，勘本作“合疊”。

〔一七〕“碣”，當爲“竭”，兩本同，未改。

文集卷三

致屬下十七縣書延建邵道任内

延建邵一帶，地居閩省上游，萬山叢雜，匪盜易藏。東北則界連浙省，擔匪肆行，苦累行旅；西北則接壤江右，游手匪徒跬步即入，往往結會傳徒，暗相勾結，又每年茶季棚寮遍野，莠良錯雜，尤易藏奸；其西南之永春州三屬，地瘠山深，素稱盜匪淵藪，結隊而來，率以延建邵爲取求之地，沙縣、永安、尤溪、順昌則其出入之門户也。上年年歲大稔，秋冬之間頗稱安静。本年二月間，順昌即有恤餉被刦之案，三月間沙縣有布店被刦之案，四月間建陽有茶客被刦之案，盜風熾盛，已露萌芽，若緝捕毫無起色，必至搶刦蠭起，不可禦止。竊思弭盜之法，全在無事之時派得力之丁役水陸巡查，訪外來之游匪，隨時懲辦。其尤要者，則在乎編聯保甲，行以實心，風聲既肅，匪盜自然裹足。一切成法講求已久，服官者諒無不爛熟胸中，顧或知而不爲，以致接踵失事者，一則簿書叢雜，乏暇豫之精神；一則缺分瘠苦，乏巡防之經費。且曲突徙薪，其效不過無事而止，而一切任之，亦或可以旦夕無事。經閱歷，則總以無動爲大；訪幕友，則勸以息事自全，此所以未雨之綢繆，人人知之而不肯爲之，或且視爲無事自擾者也。然防範既疎，宵小因而盤踞，一旦[一]越貨郊坰，紛紛兔脱，重案不破，隨以嚴參。此時覓眼購線，急不暇擇，甚至擲不貲之金錢，而不獲緊要之一犯，吏議難寬，漏卮莫補，狼狽情形殆難名狀。卒之計其所費，殆十倍於巡防，而事之成虧，乃不可以同日語，覆轍相尋，可爲太息。弟承乏於兹已届月餘，才識淺短，無以襄助諸君子，一知半解，不敢不盡其悃悃之愚思，欲互相黽勉，於所謂除莠安良者，少效其萬分之一。至州縣之萬苦萬難，弟雖未爲身歷，知之頗稔。矧在閩省尤爲局促，不量其力，不原其情，牌札紛行，事事苛責，案頭多疊故紙，於吏治誠何裨益。顧處此匪盜縱横之地，不得不於艱難困頓之中講求捕治之策，矧大憲鑒衡精激，舉劾分明，果著循聲，必蒙荐剡，身名俱泰，尤爲諸君子致祝者也。

致某方伯書福建汀漳龍道任内

侍昨因泉州大營兵丁口糧加成七分，與鎮府會稟兩院憲，請將漳海防兵簡汰病弱，口糧加成六分。九月初十日奉到督憲批示：如稟辦理。隨復將簡汰各兵數目，并挑留各兵數目具稟，亦經奉到督憲批示，侍隨即行知各營，并移冰案矣。昨少愚奉尊處批示，以海澄之兵有進剿之用，准照泉州大營按七分發給，此外皆一律四分，現已具詳等因。權衡緩急，自是公允，惟漳州現在防兵全聚於海澄、郡城、銅山三處，海澄之危險固不待言，而郡城距海澄四十里，一水相通，勢連脣齒，萬不能以海澄爲征兵，而以郡城爲防兵。以事實論之，海澄斗大之城，逼隣狡寇，兵止一千數百名，自守不暇，何暇議剿？海澄一有警動，則郡城之兵即須前往赴援；郡城一有警動，則銅山之兵又須星夜來援，勢不能强分厚薄，致令各兵怨謗。侍與鎮府相商，將久戍海澄之病弱各兵已裁去八百餘名，現按六分給發，較之原發數目并不加多，現在各兵俱有鼓舞踴躍之意。緣兩奉督憲批示，倥偬之際，但欲收拾兵心，使其出力，故隨即行知各營，未及候省局議論。今若遵尊處批府之文，海澄得七分固加厚矣，而郡城、銅山之兵已行六分明文，忽又減爲四分，不特兵心解體，且虞激出變故。誠知不練之驕兵未必可恃，然除卻此兵更用何人，官軍累挫之餘，氣本消沮，若又使之兩餐不飽，隱懷觖望，其見賊而即走也可先事券矣。兩年以來，當事止知調兵，而不憂兵之不可用，饑與寒莫之恤，誅與賞莫之用，其名爲兵，實則市人。水中已矣，逆夷登陸來攻，望風輒走，墮名城〔二〕直如彈紙，此何故也？今即不能如古人之豐衣美食以養戰士，而粗糲亦必使充腹，布褐亦必使之蔽寒，然後辛勤訓練，或尚可加遺一矢。若謂今日之兵即優恤亦歸無用，則海上連城將拱手而授之逆夷耶。漳州此時形勢，其危迫甚於泉州，海澄固在虎口之中，郡城亦爭呼吸之際，豈可與興化以北之海口一例而論？侍在兩處，每夜間登城，與守陴者垂泣告語，勉其敵愾，其感動與否不可知，聊以盡吾心焉。口糧加增二分，每日多得銅錢三十文，或買米一升，或添補寒衣一件，煦煦之惠未必有補，而冀其少知感激，見賊時或尚有遲廻不走之人。若沽名釣譽，欲取媚於兵丁，侍非武弁，何爲出此？例之困人，上下同病，其無可奈何之處，不得不宛轉相隨。且政有大體，省局乃筦樞之地，侍豈敢故爲異議，致涉紛歧？惟事關安危大計，不比尋常，我不能持例文而驅逆夷，即奈何持例文而苦戰士。漳海防兵，侍已遵督憲批示行知各營，一律加成六分，萬無改易之法。若如局議，海澄七分，漳郡、銅山同加七分，誠爲厚幸，否則俯如六分之稟，亦可相安無事。若將郡城、銅山已行六分之後再行減爲四分，則無論戰守難期，且立致鼓噪之變，侍雖至愚，必不敢依違附合，致釀禍變。侍與鎮府前後兩稟并督憲批示，俱已奉移，伏望俯加點察，着賠惟命，參撤惟命，頭可斷議不可改。必嫌其違例要名，誠不如早罷斥之，免致貽誤巖疆，實爲至幸。言之自知過激，幸希格外原之。

致趙盤文明經謝石珊孝廉書

兩兄足下：英夷之亂，北方想亦有聞，然未能得其詳也。紅毛諸部在極西北，英吉利乃紅毛之最强者，其國至中土七萬餘里，自大西洋、小西洋、南洋、東南洋沿海，侵占之地約數十處。其船最堅大，其炮最猛烈。自國初以來，在粤東通商，漸以鴉片烟愚弄中國，朘其財貨，萌心窺伺，已非一日。上年粤東查辦烟土，焚其鴉片兩萬箱，遂啓兵端。上年夏間突陷浙之定海，旋赴天津遞呈訴冤。聖主意在懷柔，褫兩督之職，林少穆、鄧嶰筠。命琦相赴粤查辦。琦相爲逆夷所愚弄，弛備求和，定海雖退還，而旋攻陷粤東之沙角、大角，又攻陷虎門，兵臨省會。琦相逮問下獄，奕山、隆文、楊芳三帥徂征，今年四月間進兵，初得小勝，旋即大敗，省城幾陷，不得已以白金四百萬兩賄之，逆船乃退。人共知爲以薪救火，禍不旋踵，而不料禍變之驟移於閩、浙。厦門者，閩中咽喉之島，水師提督、興泉永道駐之，上年夏間曾有兩船來厦滋擾，以礮擊之乃退，今年顔制軍駐厦，督辦經營半載，安炮四百餘門，大者萬斤。屯兵六七千，不可謂之無備矣。突於七月初十日，逆船三十餘隻駛入厦門開炮，我兵亦開礮對擊，我之鐵礮不如彼銅礮之輕靈，我岸上之炮又不如彼船中之炮之稠密，相持半日，大礮臺被其攻破，遂致全軍潰敗。死難者一總兵，江繼芸。兩遊擊，凌志、張龍。一守備，王世俊。千、把數人，顔制軍退守同安，厦門遂爲逆夷所據。弟所轄之海澄縣，距厦三十餘里，所駐之漳州，距海澄四十里，皆一水相通，直抵城下，乘風順潮，片帆可達。向恃厦爲門户，兵皆屯於沿海各口，而兩城未設重兵，一旦厦門失守，强寇直逼寢門之外。民心惶駭，一日數驚，文武官中有將家眷偷送出城者，百姓紛紛有逃亡之意。弟極力撫以鎮静，誓以死守，調兵募勇，運米攔港，勸練諸事，晝夜拮据，略有頭緒，人心乃漸安貼。逆夷火輪船直駛至海澄城下，因水淺退去，其杉板屢次窺探，我兵静伏於岸上，不肯輕動，幸未失事。逆夷住厦門十日，其大隊駛往浙洋，八月中旬重陷定海，定海百姓兩年中兩遭大刦，可爲悲痛。下旬陷鎮海，又陷寧波，慈溪〔三〕、余姚逃竄一空。殉難者欽差大臣裕謙，此公豪傑之士，以滅賊自任，力竭而死，天下悲之。總兵王錫朋、鄭國鴻、葛雲飛，同知舒恭受，知府鄧廷彩，全浙大震。現命奕相經爲揚威將軍，特將軍依順、文侍郎蔚爲參贊，率北路之兵赴浙援剿。此浙江現在之情形也。厦門自逆船大隊開出之後，留兵船五隻據厦門對面之鼓浪嶼，其貨船時往時來者五六隻。我兵欲用火攻之策，而逆船堅而且高，礮極猛烈，又散泊於海中，無從下手。與之相持，則我兵之耗費不貲，軍餉難繼。此時我不動彼亦不動，我一動則無必勝之策，而彼或肆豕突，城池有失陷之虞。現奉旨派廣東怡中丞良爲欽差大臣，來閩會同辦理，大意先固守而後議攻，然攻之之法殊無把握，竟未知作何了局。查逆夷船堅炮利，海中斷不能與之角逐，即在海岸安炮與之對擊，亦是下下之策。至於登陸步戰，則非彼之所長，其所用者自來火之小鎗，不能過四十步，此外則短刀而已。我兵之排鎗、弓箭、長矛等器，彼皆無之。彼又地利不熟，何至不能抵禦？然乃連城失陷，而陸路亦致敗潰者，彼以重資買我内地之奸民爲之牙爪，我之虚實彼無不知，戰則驅漢奸爲前導爲之致死；而我之官兵則承平日久，人不知戰，名之爲兵，實則市人，無紀律無賞罰，見賊即走，此其所以敗也。逆夷以商販爲生，以利爲命，并無攻城掠地、割據疆土之意，所欲得者中國著名之馬頭，以便售賣其貨物耳。今見官兵連年敗挫，知中國孱弱無能，其志愈侈，其謀愈狡，非大挫其鋒，其勢未有所止。而水戰非我之所長，倉卒無制勝之術，欲與之議和，則彼且索銀一千數百萬，又必索沿海各要地爲馬頭，豈能聽之耶？二百年全盛之國威，乃爲七萬里外之逆夷所困，至使文武將帥接踵死綏，而曾不能挫逆夷之毫末，興言及此，令人髮指眥裂，泣下霑衣。弟本書迂，安知兵事，大憲誤以爲有用，而置之巖疆要地，一年以來，馳驅海岸，日不暇給，自厦門失守之後，則寢食不遑，心力交困，勞悴不堪言狀。自念一介寒微，曾受知遇，當此危難之際，正當捐糜圖報。逆夷叵測，事無了期，與此土爲安危，與此城爲存亡，以八字自堅，曰竭力盡心，聽天由命，如是而已。幸而境土獲完，身家無恙，自是如天之福，非弟之所敢必也。家鄉路遠，聞海疆之亂，諸相好必深念鄙人，軍書匆促中書此數紙，親友之詢及者，祈轉示之。

上顔魯與制軍書制軍名伯燾，廣東人，前任閩浙總督

前一次差回，蒙以手諭，下畬敬悉。緑野娱情，家祥蔚起，雖温公之居洛不過暫時養望，而神仙境界，羲皇歲月，聞之令人神往，來諭所云生妬者，殆不虛也。繼畬從事糧台，承怡制軍待以國士，明知苦海無涯，不敢萌退諉之想。五月二十四日奉部文，蒙恩授廣東按察使，旋閲邸抄，乃知四月十七日已先授廣東鹽運使，緣運使行文較遲，故尚未接到也。受殊恩於危難之時，圖報無術，不禁媿懼交集。謝摺於二十七日拜發，俟此間接手有人，即束裝北上。迎見批摺當在衢、杭一帶，倘恩准入見，度嶺已在梅初。若徑令赴任，則中秋後可抵羊城。眷口擬僑寄南昌，俟夷務平定再行接往。伏念繼畬材本庸下，蒙鑒肫愚，登之卓薦，一旬之内兩邀遷擢，皆在珂鄉，倘奉職無狀，不特仰累知人之明，而論者將謂吾師移荆棘於桑梓，將若之何？皋比伊邇，一切利弊，想吾師不惜煩言以申諭之也。浙事已無可言，五月上旬吴淞失守，金陵、姑蘇現不知是何情狀，事勢如此，正不知何時底定耳。

謝劉次白中丞保薦書

本月二十四日辰刻，奉到憲行部文，知蒙恩提刑粤省，悚惶無似。竊念繼畬賦性迂拙，才能不越中人，自戊戌春仲來閩，循分職供，庚子七月調署汀漳，馳驅海壖一年有半。境土幸獲瓦全，實由天幸，得書中考亦云幸矣，乃蒙列之薦牘，而署之曰：清廉

明達，有守有爲。今年正月委辦糧臺，復以兩言重入疏内。在大臣爲國求人，不能猝得其人，而偶得其近似者，遂不啻若自其口出。在繼畬則既慨且懼，慮操行或有玷汙，擔任成〔四〕致顛越，以遺舉者之羞，而卒未敢自必其能免焉否也。不意聖主旁求，以信大臣者而即信其所舉之人，拔之疎賤之中，而畀以陳臬之任。聞命以來，屏營昕夕，繼畬雖作外吏，名法之學實未究心，粵東古稱脂膏之地，檢閑稍有不慎，即蒙垢恥。又兩年以來，頻遭夷難，奸宄肆行，干冒法紀，非一日矣。以繼畬才力之淺短，而又處難治之地，值難爲之時，倘於所謂清廉明達者不能肖似，而或反戾焉，累知人之明，而遺門下之辱者，何可勝言，此所以不敢以遷官爲喜，而深以爲懼也。繼畬謝恩之疏於二十七日拜發，俟有代者，即束裝北上，謹當摳謁座隅，面聆提誨。漢唐名賢，於舉主皆崇師事之禮。繼畬遷任他省，無攀附之嫌，謹從古義，非效時趨。

致王雁汀中丞書

前奉報章，辱叨存注，并令將地方要事直陳，且曰勿爲贅語。大君子之虚心求治殷切如此，凡在部民，誰不樂有芻蕘之獻？況弟夙蒙知愛，事關桑梓，詎敢以世俗之淺意，致飾於長者之前哉！伏念敝省向來有饒裕之名，士大夫之宦遊斯土者，毅然矢滿載歸來之志，南塘夜出，習以爲常，甚且昌言於廣座之中，而恬然不以爲愧，民間之疾首蹙額，而無所控訴者久矣。近年大案疊出，稍稍歛迹，然染指嘗鼎之事，亦尚不免。自節鉞臨莅以來，舉錯分明，風聲清肅，又且勤於咨訪，幽隱畢達。向之聲名不潔者皆勉自檢束，圖爲晚蓋；而其講操守者益争自濯磨，蓋有視盎無粟，避債無臺，而咬定牙根，卓面不取一錢者。此其人讀書而能自立，非必沾沾於沽名，然非大中丞之激濁揚清，豈能興起若是哉！官清，則狼貪之胥吏、虎冠之差役不敢公然搏噬，而山谷耕鑿之民得以自安，天日不致有鬱而不伸之氣。此執事已著之成效，通省士民之所周知，非弟一人之諛辭也。此時之所宜講者，惟緝捕一事耳。南路之祁、太、榆、徐、平、介，北路之歸化城一帶，盜案層見疊出。向來太、汾之盜，皆謂出於交城之胡盧峪；口北之盜，皆謂出於近邊之蒙古。今則與此兩項人絶不干涉，皆山東人爲之。省南之盜皆係賣棉線花帶，或賣絨線，又或跑解馬、耍把戲，散遊各鄉，聚至二三十人，則驟出行刦，得贓則星夜馳囘，捕役無從下手，眼線無從購覓。其中山東人居十之八九，河南、直隸人亦間入夥，其有稱陝西人者，詐也。口北之盜皆山東騎馬賊，散於各廳之村鄉，店夥之黠惡者暗與通線，客商往來，銀錢、貨物、騾馬往往被刦。蒙民交雜之地，事隸七廳，法制向本疎略，盜刦之横行無忌，已七八年矣。其地雖在口外，而生意皆祁縣、忻州之人，兩地之元氣未傷，所恃者東、西兩口，今乃竟成畏途，則亦煞有關係也。太、汾各縣之盜案，受害者當舖、富户；口北之盜受害者，專在客商。山東盜風，承平時且甲於河北，今又黄河屢决，湮爲澤國者數年，糧船不行，水手之賦閒者以數萬計，弱者轉死溝壑，强者四出爲盜，乃必然之勢。太、汾數大縣夙有富名，歸化各城生意夙稱繁盛，羣盜之集羶於此，蓋亦無怪其然。今欲就案搜捕，則盜已遠颺别省，捕風捉影，案無破法。保甲之法，守望相助，最爲善策，然不但口北荒略之地勢有難行，即太、汾富庶之邦亦難驟效。盜所睥睨者富家，與貧人無涉，富家少而貧者多，平日又不肯稍破慳囊周卹，貧户既存幸災樂禍之心，豈有被髪纓寇之救？地方官雖諄諄勸諭，終亦有名無實。竊以爲亡羊補牢之計，必須太、汾數大縣通力合作。此時省中候補廳州縣人數衆多，擇其幹實而能耐辛苦者，每縣派一兩員，帶領幹役分路赴各鄉巡查。如有外省人形迹可疑者，即帶囘縣中訊問，并嚴諭地保董事人等，遇有此等人不准容留宿食。帶回之人，縣中細加盤詰，其神氣桀惡者，不妨查案嚴訊；如無可詰，則備文遞回原籍。數大縣如此辦理，勢難盤踞，猶恐潛匿於附近各大縣之旁縣，則附近之各縣亦須嚴密稽查。如此辦法，所謂打草驚蛇，雖不能捕獲一盜，而風聲一播，已來者必逃散，未來者必裹足，雖未能拔本塞源，而揚湯止沸之效似可操券。其所以必須委員者，因各大縣案牘煩多，又大半孔道，疲於審讞，困於應酬，雖有賢能，亦不能時時下鄉，專辦此事。又事止徙薪，災非剥膚，得已則已，誰肯日日勞神，爲此目前無效之事？且一縣爲之，而旁縣袖手，盜之伏於旁縣者仍乘間而行刦於本縣，近功小效亦且難致，誰不廢然而返耶？口北地方情形不同，此輩聚散究在何處，弟於彼處情形不熟，無從置喙。惟七八年來客商之遭害者指不勝屈，報官無益，遂亦隱忍而不報。向使稍稍著意，稍稍動手，或當不至横肆若此耳。弟在外多年，地方官之怕多事，而惟求省事，到處如一邱之貉，豈敢無端生事，開此討人嫌之口？惟承大君子殷殷下問，一得之愚不敢自閟。且此一片土現尚瓦全，爲梓鄉静一日吠鳴，即爲國家留一分元氣。所陳是否有當，乞俯賜采擇，幸甚。

覆恒月川方伯書

十七日奉到賜書三緘，敬聆一切。高唐竄敗餘匪，探報人各異辭，既有催餉之寄諭，則事之未了可知。昨有人自京來潞，於初六日出都，據云高唐并無已跑紅旂之説，足見探報之不足憑也。張參戎前已差兵勇四名，由兩路馳往偵探，尚未回報。弟恐兵丁偵探未能明確，已差人赴壺關唤劉福星，令其星夜馳往，庶可得一准信。誠如來諭，不在乎多費半月口糧也。省中如得確信，仍望飛速示知爲禱。詳閲地圖，茌平之正西爲東昌，再西爲冠縣，再西爲直隸之廣平、磁州，再西爲豫省之武安、涉縣，再西即晉省之遼州、黎城，東西相望，計程途約六七百里。現在既無確信，遼、黎之兵未敢遽撤。和順守口係鄉勇，紳民捐辦，費用不多，即緩撤一月亦無關係也。此時撤兵，北鎮之兵取道遼、沁，汾州之兵亦取道沁州，全無妨礙，惟平陽一帶之兵，則須取道於陽城、沁水。平陽兵之在澤州壺關者共三百零名，本擬作第二起；在東陽關者有三百零名，本擬作爲頭起。惟現接張秋屏來信，陽城刁民負嵎，已有揭竿之勢，渠已通禀省中，自已周知，揆度情形，恐不能平善了結。昨有人鈔來各刁民告白，頗多狂悖之語，且聞省城、潞安兩處沿路安置探信之人，若有兵來，即作抗拒之計。今若將撤回之兵經過陽、沁，刁民疑爲搜捕，恐其倉卒滋事。且刁民告白中本有軍差騷擾之説，兩縣正當紛擾，陽城騾櫃已拆，書差全散，亦恐不能應付。一停頓即慮生事端，若迂道北行，則示弱刁民，恐益堅負嵎之念，且與舊章不合，潞、沁、汾沿途州縣必有難色，而民間供應駝騾亦恐别有異議。弟與陳劍芝曾經熟商，深以爲慮。前因南路之兵過於怯弱，故東陽關擬暫留北路兵三百，而將平陽之三百零名於頭起先行撤回，今既有此窒礙，只好將北路兵作頭起撤回，暫留平陽之三百名作爲第二起。然陽、沁事，葉、程兩君未到，能否善了，何時能了，尚不可知。而輝縣之事，官被毆而不敢校，趙固鎮現又聚集三千人，製有鎗砲刀矛，三日一操，潢池弄兵，毫無忌憚，將來能否解散，亦未可知，蕭牆之憂竟難測度。弟奉命專辦防堵一事，高唐事一經完結，即應撤防歸報，不特陽、沁之事不敢與聞，即輝縣之事，豫省積薪厝火，諱莫如深，晉省未見明文，亦豈能形之奏牘，議辦防堵。現因撤兵一事頗有窒礙，不得不縷悉密陳，祈轉囘中丞，究應如何辦法，懇即飛示爲禱。

覆鍾石帆觀察書

頃鄉人遊塞上者，稱道豐州之治行甚悉，私心傾嚮久矣。邇聞移節冀州，贊襄全晉之治，通省官民欣欣額手。昨奉賜函，問東方邊口情形，大君子集思廣益，乃及於知途之老馬，自古當大任者莫不如此。弟受兩朝深重之恩，又事關桑梓安危，分應知無不言，言無不盡。所愧年力衰殘，智計昏短，自乙卯上黨撤防，丙辰即授徒平遥，閉門課訓，邸報從不借看，時事一無所聞。近兩年來，老病支離，恒數月不出户庭，故人偶有停車枉顧者，亦竟不能報謁，桑榆暮氣，志意頹唐，其不足與言也久矣。辱承下問，媿無以畣，僅就所知大略言之。弟頃年督辦遼、潞、澤防堵，由省垣先赴遼州查看各口，後至潞安之黎城查閱東陽關，即赴潞安駐札。其壺關、陵川各小口道路崎嶇，不能親往，僅委員弁查看。攔車一口係大路，以距賊遼遠，亦未親往。統計東方各口，北起和順，南迄陽城，綿延七百餘里，大小不下四十餘處。再南極解梁、蒲坂，口隘更不知凡幾。若不分緩急，處處設防，即調兵滿萬，而散布山谷之間，亦且落落晨星，無濟於事。弟在上黨時，曾令地方文武將各口隘繪圖貼説，彙集流覽，然身到者一目了然，未到者不能也。東方之賊，可慮者捻匪，來輒數萬，慣於殺掠，與長髮賊相表裏。近聞渡河飽掠，爲鄉團擊敗，已歸皖省巢穴。此時竄擾直隸之廣平一帶者，乃館陶、冠縣之白蓮教，饑民附和搶掠。教匪之最强者，惟嘉慶年間川楚之役，衆至數十萬，用兵至八九年方能殄滅。至北方教匪，最爲無能，乾隆年間之大名、臨清，嘉慶年間之滑縣，道光年間之趙城，不過據一城，擾數縣，大兵一合，隨即聚殲，其伎倆膽氣不過如此，從無遠竄數百里之外者。今晉省之設防，專爲山東之教匪，東西對衝，則遼州、潞安各口實關緊要。遼州以黄澤關、摩天嶺、雲頭底爲要。

黄澤、摩天皆天生奇險，數百人守之，即不能飛越。雲頭底在清漳河岸，寬平難守。越一嶺而南，即黎城之東陽關，道路寬廓，無險可守，東連涉縣、武安，再東即磁州、邯鄲、永年，與賊之所在相近矣。此關爲往來大路，非守以重兵不可。迤北則和順，與邢臺接壤，皆崎嶇小徑，地不當衝。迤南則壺關、陵川，與衛輝接壤，亦皆山僻小路。再南則太行之攔車鎮，係通懷慶大路。然揣度此時賊勢，似不能及此，亦須屯兵數百，以張聲勢。愚鄙之見，竊以爲防堵之策，虚聲固在十之六，實際亦須十之四。兵力太單，則膽不壯，心不固，聞警即走，焉能堵禦？若待風聲緊急而始議益兵，則往返動須數旬，比兵集而賊之入境久矣。尤要者則帶兵之將弁，必須擇其勇幹忠實，真不惜死之人。此在高明自有定見，何俟鄙人之曉瀆。惟賊之遠近虚實，全憑偵探的實，時時得信，方可抽添調度，預爲之計。向來坐探委員，皆借别省官封，此最誤事，不但遲滯停閣不能速達，且坐探之處賊或竄到，則驛站皆逃，音信立斷。咸豐三年，賊已從風門口竄至絳縣，而省中茫然不知，哈中丞在澤州亦不得信，可爲殷鑒。弟在上黨時，曾差劉福星赴連鎮坐探，沿路安設步撥，每撥安健步兵丁一人，以五十里爲率，於安撥之小店插一紅旂爲記，連鎮至潞安七百餘里，三日必到，每日到一報單，賊中情形日日知之。後移至高唐州馮官屯，皆如此。嗣聞河南賊氛甚亟，又差紳士武來雨赴汴梁坐探，沿途安步撥，汴梁至潞安七百餘里，隔一黄河，而三日半必到，計每月不過多費數十金耳。但所差之員弁，必須明白曉事之人，佐雜中張皇喜事者斷不可用。武弁中如劉福星者，機智膽量絶不可多得，頃任澤州都司，閲兵案内降爲把總，不知現在何處，可致信南鎮蒲協查訪。士爲知己用，當可招之來也。一得之愚，敢以爲獻。

覆陽曲三紳士書

昨接公函，聆悉壹是。大憲爲完全公事，費此紆籌，紳士出名遞呈，有何難事？但愚鄙之見，竊以爲尚有可商者，請以管見所及，爲諸兄縷陳之。晉省前後捐輸已至五六次，數逾千萬，防堵所需捐補之費僅二十餘萬，以晉省所捐之銀，辦晉省防堵之事，若從前年捐項内奏明劃出歸補，計無不允，中丞前在關中即係如此辦理。惟爾時應行捐補之數，局中尚未算出，而部中撥餉之文星飛火迫，所捐之銀隨解隨撥，毫無餘剩，今即欲如此辦理亦已無及，其不得不再行議捐者，勢也。所議就附近省城五屬捐輸，亦甚公允。然五屬之中其較爲有力者，不過太原之祁、太、榆、徐，汾州之平、介及忻州耳，此外皆貧瘠之區，涓滴之資無裨大局。此數大縣自前年勸捐〔五〕，上年始得蕆事，雖復捐有成數，然竭蹷亦已甚矣。今未隔一年又有此舉，旦旦伐之，似乎操之太蹙，難於應手。此事之宜商者一也。紳士半皆受恩之人，與官府義同一體，不特任勞不敢辭，即任怨亦非所恤。惟三晉富民吝於財而怕官，乃牢不可破之風氣，至親密友貸十金且有難色，一胥吏挾持之數千金立即解囊，此種情形皆諸兄所深悉。頃者，癸丑之歲，弟在五臺勸捐，費無限唇舌，所捐不足二千金。後在省垣，郭小帆方伯屢奉寄諭，與弟會辦捐輸一事，弟致信通省各屬紳士，亦均立局勸辦，然游疑觀望，迄無成説。大縣如太谷，紳士勸辦兩月，不足四萬金。後見其勢不行，乃與小帆方伯相商，請吉履菴太守親赴所屬各縣督辦，五日之中，而太谷已捐九萬餘金，隨至榆次、祁縣，亦俱捐有成數，此紳勸不如官勸之明驗也。晉省勸輸已辦多次，其慨然樂輸者幾人？皆印委各員以威權壓勒之，乃能幸而集事，畏官而不畏紳，人情大抵如斯。今此舉若自紳士發端，彼必謂紳士不能捐，而賣鄉黨以討好，人人懷與紳士爲難之心，必且決裂乖衡，致成笑柄。弟亦知大憲之意，不過藉此一呈爲引綫之計，并非欲委其責於紳士。然發端自官，則彼雖悄悄含忿而無可如何；若發端自紳士，則彼梗令有辭，非徒無益而又害之矣。弟係受恩深重之人，平日粗知大義，并無要譽鄉黨之見，然本地民情知之頗悉，此事之不敢出名者，誠慮有損無益，有發無收，致令奏案或成反汗，反無以對大憲也。此時各直省尚不聞有已辦報銷之地，大約皆不肯爲天下先，晉省因奏明軍需局改爲報銷局，勢難曠日持久，然此二十餘萬金似亦尚有辦法，不必專恃捐輸一途。弟局外之身，不敢置喙，如必須以捐輸彌補，似可奏明，以此項奉旨不准開銷，擬就五屬勸捐籌補。惟太、汾各大縣上年甫辦捐輸，爲數甚鉅，此時再行接辦，各捐户難免竭蹷，請俟至咸豐十年再行勸辦，則民力稍紓，可以集事，庫款不致無著。其措詞自可由大憲主意，似不必牽入紳士，致啓捐户觀望之心。一得之愚，未知有當與否，祈即將此信呈之府縣，請其轉回各大憲以備參酌，是所切禱。

致瑞五園廉訪書

卯歲并門一别，忽已五年。雖每歲往來，省垣爲必由之路，而無衣冠，無傔從，且旅店湫隘，恐辱長者之車轍，并寒暄之牘亦引嫌不敢輕致，踈慢之諐，知必見原於格外也。頃諗柏垣坐晉，樾蔭彌閎，身在幬芘之中，心切軒鬌之效，喬雲遥企，頌祝維虔。弟主講平遥書院倏已五年，老病之軀日形衰憊，在舘中閉門卻掃，批改課文之外，以殘書數卷送此流年。今春大病之後，氣體益覺支離，明歲科場完畢，將辭館北歸，在家鄉附近設館，以免車馬之勞頓。昨接本縣余小欄父台來信，并抄寄新奉捐輸部文暨省局札行，内有曾任督撫司道在籍之員一體竭力捐輸等因。弟後來雖改京卿，旋即罣議，而外任十餘年，曾歷撫藩臬道，受兩朝深重之恩，當國家多事之日，毁家紓難，分所當然。惟弟雖外任十餘年，而所任皆極苦之缺，辦公之外，家中并未置有田産。幸蒙恩點放四川試差，歸田後始得苫蓋數椽，爲棲身之地，否則并此無之。故前此歷次捐輸，敝同年陳勿齋中丞、武次南方伯皆捐銀一千兩，而弟獨分釐未能報効。即前此在潞、澤督辦防堵二年，資斧不能自備，尚煩局中每月支給薪水銀六十兩。此種備細情形，皆大公祖所目睹，世上未有如公貧，未嘗不自悲自笑也。現在時勢孔亟，益非從前之比，凡有血氣，誰不矢涓埃之報，而弟則無家可毁，既貧窘不能措貸，有軀可捐，又老病不任金革。在平遥主講五年，館俸每月二百四十金，不足供家中食指，祖遺微薄之産，年來折變供餐亦已殆盡。今欲勉竭些許，惟有將皮衣兩篋盡行折變，然所值不過三百金，且旦夕未能出手。查歷來大員捐輸，從未有二三百金之事，且查部文，此款係另作專款奏報，并不歸大輸大案之中。若將此數入於專款奏案，實覺詫異，且慮此端一開，力能多捐者藉爲口實，反於大局有礙。展轉徬徨，無以自處。方伯向未通信，未敢冒昧奉瀆。惟大公祖夙嘗共事，知管仲之貧者無如鮑叔，生平口不言貧，至此山窮水盡之秋，有不能自諱之勢。伏乞將弟此函轉致方伯暨局中諸位，便中婉回中丞，討一示下，以便回覆余令，不致令其爲難。冒昧奉瀆，伏冀鑒原。

覆保慎齋廉訪書

頃見閲邸抄者，云閣下有請假之事，意甚懸切。閣下毅然丈夫，且旂僕，甫受新恩，豈有託疾避難之理？此在庸人且不肯，矧奇男子如保慎齋而肯出於此？路遠無從訊問，今於八月十一日接七月初一日所寄手書，乃知在延平吐血將危，恐誤緊急軍情，送印於趙觀察，疑懷爲之頓釋。時事亦孔急矣，國家當屯否未濟之秋，正臣子捐糜圖報之日，閣下力疾從戎，心安理得，即使馬革裹尸，何媿烈士，弟聞之不禁且喜且悲也。弟生平自命不願爲碌碌具臣，然學識疎拙，辦事不合機宜。聖主憫其愚戇，改補京卿。壬子年上三漸宜防一疏，老生常談，何足採録，蒙聖主降旨褒嘉，硃批有置之座右之語。外吏久荒筆墨，未經考差，蒙簡放四川正考官。自聖人御極以來，知遇之深誰如弟者！不料天奪其魄，神智日昏，軍臺官犯何士邠在獄脱逃，例應即時具奏，乃以正在交卸之際未及出奏，又未將此事告知後任，懸閣二年之久。樞部據實嚴參，不特自干嚴議，并連累兩署後任，深爲愧悚。被議奉旨之後，部文一行，計算時日，中途即可趕上，不待入闈。聖意憫其年老糊塗，慮其中途折回，闈中逐出，無顔歸里，曲予矜全，恩旨准令闈務完竣傳旨革職。天心在已轉之時，愚人無承受之福，罣議之後猶煩天地父母俯賜之還〔六〕，怨艾之下，泣〔七〕血椎心。歸里後家徒四壁，正擬設帳餬口，而適值粤賊北竄，晉省戒嚴，本省大憲奏令幫辦防〔八〕堵。首尾三年，雖馳驅山谷，殘喘已不能支，而仰賴聖主洪福，劇賊總未西犯。兵未血刃，何功可録，恐雁汀中丞念其微勞，或露乞恩之意，因具啓再三控辭，非矯情也．當君父宵衣旰食之時，非臣子希恩倖澤之日，在别項紳士不可不加以鼓勵，弟受兩朝重恩，豈宜如此！使果精力未衰，尚堪自効，何妨自告奮勇，求赴軍營。乃蒲柳之姿，未秋先萎，在潞、澤巡查山谷染受風寒，動即嗽喘，不特不能乘馬，車行一二十里即頭暈不支，營中著此無用衰翁，豈不累乎！且性情緩懦，赴機不敏，頃在閩中辦夷務以此獲咎，勞聖主之訓飭。兵行安危，間不容髮，若以迂緩應之，何事不誤？以此切切懇求，而雁翁仍以無頂帶具奏，致蒙五品頂帶之賞。北向叩頭，泣不能仰。撤防歸里之後，遂設帳於平遥，一則醫疾，一則以所得脩脯供八口之衣食，此弟數年來所歷之情形也。目下大河以南直抵滇、黔，徧地黄巾，無百里安静之土；又值兵餉匱竭，設措維艱。凡有血氣，莫不枕戈寢甲，効命疆埸；仰屋籌思，規畫兵食。惟弟受恩最重，受知最深，乃以獲咎之故，轉得置身事外，偃息林泉。局外之人，多以塞翁失馬相慶，弟每聞此言，寸心如割。伏念氣力衰殘，不任金革，賞以差使，已不能當；畀以章服，亦不敢受。五官業已半廢，四肢將近不仁，惟此熱血未寒，寸心不死，心中有欲吐之數言，關係安危大計，此言朝達宸楓，夕依秋柏，毫無遺憾。惟廢員擅遞封章，有干例禁，雖蒙恩賞給五品頂帶，倘恩旨准其條陳事件，并此銜亦不願要。并非監察、給事等銜，仍是庶人。若求本省巡撫代奏，未必不肯，然既蹈不安本分之嫌，雖有至言，聖主亦難採擇。欲効一喙之忠，竟無上達之路。常慮溘先朝露，匍匐宣廟門外；或遭呵叱，不得碎首玉座之前，寫至此不覺失聲大慟。五夜思之，往往椎心泣血。邸報從不敢借看，一看即展轉終夜，目不交睫，山木自寇，亦復何補涓埃！故惟以批改課文、學吟詩句爲消遣之具。不知者或以日暮途窮，筆耕求活，爲可憐之貧宦；又或以不知黜陟，不聞理亂，爲林下之高人；而不知其心頭眼底，有死不瞑目四字念念不忘也。因閣下盡瘁巖疆，得盡臣子之分，又係知我之人，觸動滿懷心事，故不禁揮淚一吐。春崖制軍向未通信，然臭味相同，即是聲應氣求。正軒中丞任海疆重寄，正當軍務倥偬，弟不敢以賀喜之俗語相瀆。祈閣下將此信鈔兩紙，分呈兩院。臺灣裕、孔二翁亦知我者，亦祈鈔一紙寄之。閩中故人如有問弟者，祈亦以此信示之，俾知垂死孤臣所恨不在飢寒也。閣下軍務勞神，祈强飯自愛。食少事煩，古人所戒，保有用之身，庶可酬高厚之德。伏惟珍衛不宣。

覆吴思澄比部世兄書

客歲病中，接到手書，讀之俯仰悲懷，屢欲作答，而搦管即觸動心事，病氣隱隱，欲發輒復中止，惟有緬想風猷，時殷洄溯耳。弟賦性戇愚，不諳世路，頃在史舘，足不履津要之門，踽涼酸腐，人皆目笑。乃受宣廟特達之知，擢守潯郡，不逾歲而分巡延建，旋值先師文節公持節來閩，獲隸宇下。先師察吏嚴明，屬吏皆斤斤救過，獨弟與劉莊年、馬祉齋遇事好斷斷力争，辭氣不平，殊失事上之禮。先師不加督過，而嘉其有守，首以三人登之薦牘。後在閩藩任内偶著瀛環志略一書，甫經付梓，即騰謗議。先師獨加褒贊，囑令再加修飾，鈔繕進呈。旋因夷人租屋一事堅守成見，不敢啓釁邊隅，遂致彈章迭上，萬矢環攻。獨先師以所辦爲是，手書諭令勿摇。適當先師督滇入覲之際，曾於朝房廣衆之中力爲剖白，獨存公道。後在太僕任内上三漸一疏，先師自滇南萬里寓書，深加慰勉，蓋望其努力自効，稍補前愆。不料蜀差甫竣，遽爾罣議歸田。計弟生平猖隘自好，人皆目爲迂愚，其受知最深者，獨先師一人耳。生我父母，知我鮑叔，每一念及，不禁淚滴心頭也。頃聞漢上星隕，於里中爲位而哭，蓋不特志竭身殲，抱無窮之慟，而乾坤正氣從兹乏揩拄之人，其關係豈止湘漢片土已哉！弟自壬子歸田，次年即值粵賊竄擾河北，爲本省當路諸公所牽率，奏令幫辦防堵，在太原一年，在上黨二年，日衣短襖〔九〕，與健兒雜處。賊未西竄，口隘幸得瓦全，丙辰冬月撤防，始得以白衣歸里。家貧無以餬口，適平遥人延之主講，遂理寒氈舊業，擁皋比者忽忽又三年矣。以無用之人，處無事之地，破書環榻，日日與筆研作緣，粗飯寒齏，淡而有味，天之所以位置庸人者，不可謂不厚。惟君師知遇之恩，百未酬一，五夜思之，不禁汗下耳。上年因聞海運短絀，京師乏糧，旂人有投河自盡之事，轉思轉懼，遂致嘔血發狂，幾於不保，所傳籌運西米策略，即係病中所書，不料陸侍御竟拾爲摺料。病愈後平心思之，事本不易行，無怪農部之議駁，且不在位而謀政，揆之素位之理，亦大相刺謬。山木自寇，無味已極，且令不知者疑其無端躍冶，冀然死灰，更爲可恥。以此深自咎悔，絶口不談時事，邸報亦從不借看，腹中芒角不生，神魂差得安帖，但祝江淮早就削平，得爲太平之老學究以終餘年，於願足矣。生平於八股一途本有結習，雖荒疎多年，文課尚能批改，兩年來從學漸多，遂以此爲專務，逐日丹鉛狼籍，手不停揮。暇則流覽古書，間作小詩自娱，打油釘駮，不復計其工拙也。弟今年六十有四，鬚髮皓然，上齒全豁。素有嗽喘之症，近年更甚，一遇寒勞，即喘不可支，常數月不出户庭，靴帽從不上頭足，冬烘面目已不刻畫而自工矣。頃因無子，繼一堂姪爲嗣，年甫十三，讀書資性中平。本有一女，年十四而殤，上年忽又生一女，室聞呱呱之聲，以爲祥瑞，詠陶公弱女非男之句，聊以自嘲。因承雅念，瑣泐以聞。先師文集年譜如刻成，望寄一部，即交勿齋同年處轉寄爲妥。

致劉玉坡制軍年伯書

壬子六月，少司馬車一園先生寄到手書，適遇姪放四川考官，曾泐一緘，託其回寄。四川差竣，旋即罣議歸田，苦乏鴻便，無由再寄尺書，惟詢之山左來者，知尊體康强如常，仍以漁釣自娱。頃閲邸抄，知應召入都，以三品京堂修補，深佩所處之是。素稔高懷雪淡，豈尚繫情纓冕，惟值兩聖垂簾，雲開見日，我輩受先朝深重之恩，當國步回艱之日，既承恩命，必應有此一行。至年力之能否供職，朝廷自有明鑑。近晤傅馨泉世兄，知已引疾歸來，出處之間，毫無遺憾，欽佩之至。本年查辦四品以下廢員，賤名亦在鈐出之列，奉部文調取引見。何嘗不願望見闕廷，一傾血淚，無如嗽喘頭暈之症不時舉發，斷不能任車馬之勞。又升降階級需人扶掖，日落以後非杖不敢移步，此豈可以入禁門、登殿陛哉！不得已，具呈懇英香岩中丞咨部，以病體調理稍痊，自行請咨赴部，英中丞已代爲咨部矣。非欲居恬退之名，力不從心，無如何也。上年四月間，英中丞奉到寄諭，以捻匪竄入關中，飭即親赴蒲解防堵，仍與紳士徐繼畬、趙德轍、田雨公會同籌商，布置一切，以期萬全等因。明知精力衰頹，神智昏短，不堪任此，而既奉簡書，又係捍衛桑梓，義不容辭，亦不敢辭。英中丞奏明，以太、汾、平三府，沁、霍、隰三州，并關北之忻、代兩州團練相委。旋值捻匪退散，回匪鴟張，三輔千里半成焦土，而甘肅回民處處揭竿，成燎原之勢。汾州西界之四州縣，古之西河郡，正當其衝。英中丞調集兵勇，咨令姪統轄此軍，隨時調度。姪以衰軀不能馳驅山谷，舉永寧之李子廉鎮軍能臣，臨縣之張子雲協戎從龍，介休之李東樵守愚、侯春坪禧昌兩户曹作爲幫辦。又汾州通判王春埜韶光者，奇士也，昔年英夷攻廣東省城，三元里起義兵，截殺夷兵數百并夷酋伯麥，即係春埜首事，以此破三十萬之衆，僅得一通判，投閒置散二十餘年，年已近七十矣。姪知其能，舉之爲沿河團練總辦。英中丞據以入奏，俱奉俞旨。李、張兩君皆身經數百戰之宿將，適皆罷官家居，其家又皆在黄河東岸，因以防堵一事屬之兩君，沿河團練屬之王春埜，腹地團練屬之李、侯兩部曹，自上年秋冬辦起，迄今將及一年矣。黄河天塹可恃，而汾州西界峻嶺重疊，多一夫當關之地，晉省除大同、歸化城外，别無土著之回民可以勾結、窩聚，故尚得幸保無事。然秦隴之患未平，總不能放心也。姪自丙辰年主講平遥書院，習静成懶，衰軀益形孱弱。自上年辦理團防，文檄旁午，曉夜籌筆，心血幾於耗盡，而事體毫無把握，徒惟是山木之自焚。几案之上，文檄與課卷并陳；講堂之中，冠裳與生徒雜進。以村學究而談兵，以冬烘先生而乘鄣，正如支道人之畜馬，識者且嗤其不韻也。十八省無不殘破，僅餘此一片土尚稱完全，正供年清年款，捐輸已至七八次，尚能勉措，京外要餉皆取之於是朝廷倚之爲命脈，屢飭關外諸大帥悉力保護山西，不准有分毫損動，故勝、多兩帥皆從背面擊賊，不敢以晉爲壑，晉省賴此尚得瓦全耳。多帥勇果能軍，仍是索倫本色，無諸帥巧滑習氣，自入關中，轉戰將及一年，剿戮回匪不下數萬，其巢穴悉行攻破，回匪之勢已微。而川匪藍二順一股，近日由興漢竄入商雒，距潼關不遠，晉省之蒲、解一帶又形吃重。叛將宋景詩，自勝帥逮問之後，率其潰勇持多帥僞札渡河，由稷山、絳州北上，以奉令回籍爲名。其時順逆未分，腹地無兵，不能邀截，地方官不得已助以資斧，催令出境，沿途尚無放火殺人之事，而淫掠騷擾在所不免。其潰勇各纏腰橐，沿路逃散，東歸出晉境時，所餘不足千人。直、東無重兵堵剿，聽其歸臨清巢穴。近聞已築兩大寨，招納亡命數萬，公然叛逆，意圖大舉。恐其被剿西竄，晉省虛實已爲所窺，東南之防又形喫緊。此敝省現在情形也。晉國之强，自古稱之，李唐及後五代猶然。近數百年來，專於商賈之利，習爲南方之强，其良謹易治，天下殆無其比；而其怯懦無膽，天下亦罕其倫。現在之辦團練，不患有别省之流弊，如抗官、抗糧等事，而亦斷不能收别省之近功，如豫、東等省之聯莊擊賊，但期於彈壓土匪，稽查盜賊，猝有風鶴之警，不致忽生内變，而風聲所布，外寇亦不敢視爲無人之境。即此淺效已非容易，若欲化弱爲强，使之同心敵愾，豈旦夕之功哉！所幸朝廷清明，年歲豐稔，瞬交上元，甲子或可出屯傾否，漸次削平，得爲太平之老學究，了此餘年，亦幸甚矣。姪自壬子年四川差竣罣議歸田，次年即值粵匪北竄，爲中外諸公所牽率，在省垣辦理團防勸捐等事。旋值髮賊竄入晉境，屠曲沃、平陽，由潞安竄入直隸，恒宜亭中丞奏令督帶兵勇，回五臺防堵要隘。甲寅春間，恒中丞復奏令督帶兵勇，防堵遼、潞、澤等處。恒中丞去，繼之者王雁汀中丞，氣味尤爲投合，駐上黨將及二年，乃撤防歸里。家徒四壁，不得不以研食餬口。省城紳士欲公薦主講晉陽書院，厭其應酬之煩，堅謝不就。適平遥官紳敦請主講，遂就其館。此館由紳士延師，不由官薦，故樂於就之。自丙辰春間設帳平遥，至今已八年矣，閉門謝客，恒三四月不出舘門，故人偶有枉顧者，亦不報謁。數年中，共事之文武員弁或以寒暄信來，一概不答，邸報亦不借看，冠靴雖設，輕易不上頭足。多年外吏，筆墨久荒，惟壯年困禮闈者十三載，於八股一道嘗耗心血，重理故業，尚有端緒可尋。每命一題，輒草一篇示式，出之甚易，一兩時可以脱稿，惟黯淡無華，不能爲燕脂牡丹耳。無一日不搦管，無一日不展卷，雜著甚多，嬾散不自收拾。又學作雜體詩，打油箍桶，聊以自娱，亦不求甚工。如是者六年，爲老年來最適之境。每歲束脩三百金，外課約三百餘金。在家鄉虚負文名，又舊銜貴顯，諛墓祝嘏之文求者頗多，遵古名人賣文之例收其謝儀，每年所入約共八九百金，自供饘粥之外，大半爲劉乂所攫，亦不以爲意。由西川歸來，差囊得四千餘金，乃得苫蓋數椽，爲藏身之地；又買地十餘畝，爲埋骨之所，先葬亡荆，令驅狐狸；餘悉俵散宗族，無所留遺。惟以筆耕供食指，親丁止數口，亦尚不憂凍餒。在閩所生長女，已字忻州張氏，年十四忽以痘殤。生育之事亦已絶望，丁巳七月，在閩所購之妾馬氏忽又生一女，未彌月即出天花三粒，現已七歲，狀貌似男孩，教以讀書認字，亦極聰慧，惜乎其櫛而不巾也。其母夢松根生芽而生，名之曰松芽。膝前有此，借以破悶，已許字定襄梁蓉洲進士之幼子。嗣子樹，即堂弟繼壎次子，過繼時年六歲，交兩妾撫養之，十五歲娶婦，今已十八，讀書資性頗鈍，五經左傳甫讀完，現今讀史、漢、唐宋古文及小題明文，上年初試作時文，心思筆氣尚可用，但穉嫩不成片段耳。八歲上學，延師專教之，本族頑童一概不令附學，亦不許無故出大門，故一切敗壞習氣尚無沾染，性愿厚，不解與人争競，論者以爲似侄，移花接木，理或然也。其廕生尚未及歲，即及歲亦不令遽考。文理如通，令下大場，亦不望其必中，但望其明白通理，能立人品，守得數卷殘書，延接先人香火足矣。其婦亦婉順，日望抱孫，尚未得也。聞傳馨泉世兄云，貴鄉亦遭兵火，寶眷分居數處。浩劫懷襄，關乎天數，長物不足惜，丁口無恙即爲至幸。聞所得之少世兄年已十三，貌端秀而資性聰明，讀書天分過人，聞之喜甚，足見天道之未始不可憑也。侄乙卯年自上黨歸來，身體已衰憊不支，仿漢書陀傳五禽之戲，并後來諸家一切軟功，集爲養生雜説，擇其可行者立爲功課，每日早晚行之，八九年來未嘗一日間斷，故手足雖無力而尚不至跛曳。耳鳴已十餘年，尚未重聽；眼雖花，而帶花鏡尚能作小行書。所服丸藥純乎温補，故七八年來尚能出門教讀，藉以餬口，日暮而途未窮，專賴乎此，但不能衝寒冒暑，任車馬之勞耳。平、介富家所識不少，除其子弟從學致送束脩外，從無通融借貸之説。闔中故好間有以綈袍寄贈者，亦從未向其言貧。回首生平，一錢不值，惟名節二字留以蓋棺，不敢再有玷污，究竟亦不過一自了漢而已。今年七月感時疫，大病兩旬，自覺精神鋭減，本欲解館北歸，在忻州設立散館，現爲團防諸事所牽，猝無脱身之法。頃年故友武聽濤大令來雨，自四川寄來花板一副，在舘中做成. 上年王文勤公薨於汾州，借去用之，其世兄補還一副，又已做成，壽衣則均已做好，另一小箱收之，竟似遊客之收拾行李，待時而發者。昔裴晉公有言曰，豬雞魚蒜，逢着便吃；生老病死，時至則行。未嘗不歎其器抱之宏達。老年人於生死關頭，往往未能看破者，皆言世事未了，心事未了，殊不知世事、心事，百年亦無了期，一旦撒手，則無不了矣，諒高明亦以爲然也。詢之傅世兄，山左諸同年得其大概。莊年年七十九，尚健在，前二年曾接其手書，尚喜填詞；石琴家遭兵火，居宅被焚掠，人口尚無恙；惟鹿春如寄寓蘇、杭多年，未通信，不知消息。屈指生平寅好，遭劫數者十之七八，平善收場者十之二三，亦已大半宿草。我兩人本無漏網之理，乃以罷官之故，轉類塞翁之失馬。徬徨四顧，海内交知落落僅餘數人，亦可悲矣。因傅世兄處可以寄書，撥冗作此長箋，聊以當一宵秉燭。日近西奄，彼此鐘漏將歇，不特晤面無期，即手書往來能更得幾回，以今日之絮煩，補他年之默息，固宜其刺刺不休也。傅世兄少年老成，其才具明敏開朗，而心思沈細，能向實際追尋，將來有守有爲，必爲山右循吏，足徵秋屏同年之家教。現已頂補，云補缺後擬即迎養，倘能與秋翁一晤，亦苔岑一段佳話也。

致孔雲鶴觀察書

戊午嘉平初七日，接奉閣下與子厚三兄公函，藉悉藎勤近況，深慰遠懷。旋得榮晉臺澎觀察之信，爲之抃舞，七鯤片土又可得數載綏安，不特爲臺民喜，而兼爲閩民喜也。時事方艱，正當出屯傾否之際，閣下已受重恩，萬無請退之理。昔任尚問班定遠以撫夷之道，定遠告以蕩使簡易，寬小過，總大綱。閣下治臺，正得此意。往者臺地每隔數年輒有變故，固由民情浮動，亦半由在事者必求飽橐，兼欲邀功，入苙而招，恒所不免。閣下鎮之以廉静，五六年來臺地遂安如衽席，乃知迂拙二字，是治亂持危之要訣也。弟前年因憂時感事，驟得痰迷之疾，病中作籌運西米策略一書聊舒鬱結，并非必欲上聞，乃好事者傳入都中，言路遽拾爲摺料，得旨交部，隨經部駁。事後思之，其事本不易行，且與聖人不在位不謀政之訓明明違背，血性二字，一發而不中節，即已參入客氣。敝鄉大刧已過，此時爲倚柱涼州，本是老學究，幸復其本來面目，有南北來人，亦不復探問時事。入此歲來攬鏡自照，面貌加豐，顴頰且泛紅色，殆莊子所云不材之木得終其天年者歟！弟在敝鄉虚有文名，兩年來生徒日進，課卷手不停批，如掃落葉，以此餬口，不敢憚勞，每拈一題，一時許可成一藝。嘗有句云八口依然仰硯田，敢嫌脩餔太戔戔，從前愧煞雙雞膳，日對流亡食俸錢，蓋實録也。前年所生幼女，上年歸里始見之，肥白如瓠，憨跳異常，已出天花，尚當易養，詠陶公弱女非男之句，聊以自嘲。此後尚未得雄，然弟早已付之度外，人力既盡，有與無聽之而已。今因鴻便，特寄此函，翹首東瀛，依依如結。

致張詩舲總憲書

甲寅春仲，在里中奉到代柬詩篇，因將赴上黨，行色匆冗，又素未學詩，不敢奉和，然汪倫送我深情，未嘗一日忘也。上年晤柴鹿厓吉士，傳語致詰，甚爲媿悚。然以疲癃放廢之人，猶煩大君子拳拳致念，不見録於時賢不足憂，不見棄於有道，又未嘗不自喜也！弟自甲寅赴潞、澤乘鄣，將及兩年，乙卯冬月撤防，乃獲歸里，次年即設帳平遥，擁皋比者忽已三年。殘書數百卷堆几環榻，小窗展卷，心眼開明，廿餘年驚悸殘魂漸歸軀殼。敝鄉已過紅羊，此時爲海内樂土，以無用之人處無事之地，天之所以待庸人者，不可謂不厚。私例：生徒之外不通賓客。冠蓋偶有過從，亦來而不往；故人寒喧札牘，概不作畣。嘗有句謝之云買菜詎煩公府掾，種瓜休説故時侯；又歎老有句云短鬢自憐知白早，衰顔只爲洗紅多，皆實録也。頃欲以餘力治古文，自揣精力已衰，不能成體，亦遂廢輟。素好地理之學，嘗撰兩漢郡國今地考略一書，甫成幽并凉三州，因舘中課卷猥集，竟不能卒業。弟中年困於禮闈，八股一途頗耗心血，近又以此爲代耕之具，見獵心喜，時有所作，敲門之磚已抛復拾，良爲可哂，然村學究事業不過如此。附寄拙刻時文二種，以博一粲。素不爲詩，因欲和大作，偶動吟哦之興，二三年來時一爲之，既逾達夫學詩之歲，又值文通才盡之年，釘鉸打油，不敢就正大雅，僅以和作二首録呈，塞責而已。大著詩集續刻必多，便中望寄一全部，所謂雖不能至，心嚮往之也。時事方艱，平章重事將賴潞公，努力加餐。

致薛覲唐少宗伯書

秋間奉旨陛見，蒙恩在總理衙門行走，託章京沈君在城内租宅，承雨琴世大兄以尊宅西畔空院相假，得以安頓眷口，并借以几榻什物，既遂枝棲之願，兼慰買鄰之思，私衷莫名感鏤，曾託世大兄於竹報中附筆致謝，想已達矣。弟自壬子年在珂鄉試差事竣，旋以閩中舊案鐫職歸里。後值髮賊竄入晉境，爲當事諸公所牽率，幫辦捐輸、團練等事，復督帶兵勇在上黨防堵。撤防後乃設帳於平遥，筆耕餬口，首尾十年，已成冬烘面目。元年查辦廢員，雖蒙鈐出調取引見，而自顧衰庸，斷不作出山之想。不料本年閏五月間，忽奉陛見之旨，不敢復辭，勉强扶病入都，遂入此無了休之局。年逾七十，乃復作春夢婆，知必爲海内高人所笑。恭邸知其步履之艱，奏明不遞膳牌，故尚得勉强供職。然一經補缺，驗放月官等事即不能免，特以甫受恩命，不敢遽出求退之語。西崦暮景，能得幾何，至不得不退時，亦無可如何矣。各國夷情尚無大變，而小波折時時有之，幸同事諸君子熟習夷情，知其肯綮，就事了事，暫可相安，至欲求一勞永逸之法，則茫無把握。知關藎念，瑣渺以聞。

校勘記

〔一〕“且”，勘本作“旦”，未改。

〔二〕“城”，原誤作“域”，據勘本改。

〔三〕“溪”，原誤作“谿”，據勘本改。

〔四〕“成”，疑爲“或”，勘本作“或”，未改。

〔五〕“捐”，原誤作“損”，據勘本改。

〔六〕“之還”，勘本作“生還”，未改。

〔七〕“泣”，原誤作“湆”，據勘本改。

〔八〕“防”，原誤作“坊”，據勘本改。

〔九〕“襖”，原本、勘本均誤作“後”，徑改。

文集卷四

致武芝田觀察論縣名及縣志書

大刻試帖署名之處曰崞陽，似不如直書崞縣之爲妥。崞縣原以崞山得名，隋地理志、唐元和志皆載之。然秦漢之崞縣、繁峙，皆雁門郡地，乃今之渾源州，其地有崞山，在州西北二十里，漢以此山名縣。後魏書：太平真君二年，葬惠太后於崞山。水經注：崞山縣右背崞山。渾源州舊志有横山，在州西二十里，南北横亘如城郭，故崞縣在其左，即故崞山云。此漢地理、郡國兩志之崞縣，以崞山得名者也。今之繁峙、崞縣，乃後來所移建。繁峙在漢爲葰人、鹵城兩縣地，葰人屬太原郡，鹵城屬代郡。今之崞縣爲漢原平縣，屬太原，至元魏分爲石城、原平兩縣，隋改爲崞縣，唐又分爲崞縣、唐林兩縣。因而隋書地理志云：崞縣有崞山。元和志云：縣因山爲名。夫山川同名者多，崞山原不妨有兩，然渾源之崞山係兩漢所名，今崞縣之崞山乃隋唐所名。署曰崞陽，則不以縣言而以山言，考古者以兩漢在前，且疑爲渾源州人矣。若探其本而署曰原平，閱者更不知爲何地。故名人著書之例，稱今名不稱古名，稱古名且不知爲何代人也。不特此也，五臺，漢之慮虒縣，屬太原郡，城西十五里有山，曰慮虒，下有王村出泉，流成小河，曰慮虒河，繞縣〔一〕城之西北，東南流入縣河。慮讀如閭，虒讀如夷，後五胡迭據，不識華字，元魏訛書爲驢夷，齊周皆因之。至隋大業初，乃因山名改爲五臺縣，唐宋因之。至金源已據半壁〔二〕，貞祐四年升爲臺州，元因之。明復爲縣，國朝因之。乃五臺人署款或稱古臺州，而縣署亦榜曰古臺州，以隋唐爲近，而以金元爲古，每見之輒爲胡盧。又定襄人好稱晉昌，亦非是。

今之定襄，漢之陽曲，太原郡地。漢定襄縣在陰山下，與今歸化城相近。漢定襄郡治成樂，今托克城和林格爾一帶，拓拔氏創業於此，改曰盛樂，水經注言之甚悉。當漢獻帝建安二十年，雲中、定襄、五原三郡爲匈奴、鮮卑所擾，男女百餘萬投入内地。時曹操當國，乃僑置定襄、五原、雲中三郡於陽曲，立新興郡以統之，即今忻州，至晉惠帝時改縣名爲晉昌，元魏旋復爲定襄。建安在晉惠前數十年，仍是漢名，五馬渡江，晉昌之名旋廢，今不稱東漢所置之定襄，而稱旋立旋廢之晉昌，不可解也。又忻州人好稱秀容，亦非是。五胡亂華，倡於漢之劉淵。淵生於今之忻州，人皆譽其儀容之秀偉，割據後自美其名，因名其地爲秀容。元魏遂立秀容郡，實即漢末之新興郡，故陽曲縣地也。與其稱元魏之秀容，何如稱東漢之新興，因有秀容之名，世俗遂謂因貂蟬而起，令人噴飯。又代州人好稱代郡，不知漢之代郡，乃今之蔚州，今之代州，正漢之雁門。雁門郡治本在善無，又移陰舘，三國時魏移廣武，皆在今雁門關外，自魏迄隋，皆稱雁門郡，五代、趙宋因之，金元明則專稱代州，雁門之名遂隱。史記趙世家：趙襄子之姊爲代王夫人，襄子北登夏屋請代王，使廚人以銅枓擊殺之，因并其地。夫人泣而呼天，磨笄自殺，代人憐之，所死地名爲磨笄之山，在今雁門關外，是當日雁門一帶本趙地，非代地。兩漢分立。郡縣以代郡隸幽州，以雁門隸并州，今之代州實非古之代郡，竟無知之者矣。每見介休人好署定陽，極爲可笑。介休之名最古，兩漢分界休、鄔縣、平周三縣，魏晉分介休、鄔縣兩縣，元魏分平昌、介休、鄔縣三縣，齊周爲平昌縣，隋復爲介休縣，歷唐宋金元明不改，國朝因之。定陽之名，雖見於隋書注，而其盛稱則創於劉武周，不但不成朝代，亦并不成割據，與宇文化及、王世充、劉黑闥之徒何異，起事六年即爲唐太宗所滅，乃以其一時僭僞之地名，污辱介休，可乎？此何異以莽新所改易之地名，竄易漢志地名也。推其緣起，皆由士大夫好尚高雅，而全史及志乘又未嘗寓目，偶署款識，以現在之地名爲俗，因取縉紳全書各郡縣上所刻之别名，以爲較現在之地名爲雅，殊不知縉紳别名乃坊肆刻書者倩妄人爲之，豈可據爲典要哉！又見六朝至唐，大族多稱郡名，王則會稽、太原，李則隴西、趙郡，盧則涿郡，崔則博陵，鄭則滎[三]陽，以爲古人嘗有之，此又誤矣。族姓之説起於元魏，至唐而定爲七姓，此七姓者互爲姻婭，不婚别姓，雖移居千萬里外，而總稱其族姓始居之郡，乃是一時風氣，與後來之隨地著籍不同。且其族姓，皆兩漢古郡名，無定陽之類也。弟嘗讀兩漢書地名注，云今某郡某縣，以今日地名考之，不符者十之五六。非舛誤也，章懷、師古皆唐人，彼所謂今，以唐言也，試取元和志核之，一一脗合矣。滹沱、桑乾兩水，皆注曰至某地入於河。兩水皆單行入海，與黄河無涉，則以唐時黄河尚從天津入海，故兩水下游匯於河，迨黄河南徙，而兩河遂與黄河風馬牛矣。以今日之滹沱、桑乾，而疑漢書注有誤，可乎？山西郡縣志，弟所見無多，省志亦不過集各州縣志而成，因訛襲謬，絶無可觀。惟潞安府志沿革尚不甚舛誤，文亦曉暢，自係出通人之手，苦太煩冗，尚須删節。最蕪者太原各志，如唐叔虞之建國，本在平陽之翼城，不在太原，而太原縣有古唐城，此緣鄭康成一語之誤，遂有先都太原，後徙平陽之説。然此猶古今所同誤，不足深求，最可笑者，祁縣有輞川，云是王維别業。按唐書王維及弟縉傳，皆漏書郡縣，而别書稱爲河東人，則祁縣之説已不確。輞川在陝西藍田縣，西安府志：輞谷水在藍田縣南，出南山輞谷，北流入灞。右丞輞川别墅即在於此，本宋之問别業，宋貶死，右丞得之。本傳稱輞川有華子岡、欹湖、竹里館、柳浪、茱萸沜、辛夷塢，與裴迪日遊其中，賦詩爲樂，後捨爲佛寺，卒即葬其西。少陵詩爲問西莊王給事，西莊即指輞川，距祁縣千有餘里，何由縮地而移置之？其餘如此類者不可枚舉，正不獨訛子方爲蚜蚄，訛狐突爲胡塗也。又唐代叢書載：狄梁公裔孫惟謙爲晉陽令，因禱雨，沈女巫郭天師於汾河，登晉祠山暴烈日中，頃刻大雨如澍，不肯移步，百姓歡呼擁之下。州將奏聞，璽書褒美，比之西門豹。任滿當去，民不肯舍，加三品服終於任。如此表表，新舊唐書竟不附見於梁公傳，亦不入循吏傳，而修陽曲、太原兩志者，鄉賢、名宦皆不收，則其採訪之疎漏可知。三晉志書，名作惟汾州府及汾陽縣新志，出於戴東原之手，景星慶雲，偶然一見，此不獨山右所無，即宇内亦僅見。其汾州府之舊志弟亦見之，則前繪八景、城廟圖，俚俗與他處無異。此外惟關中五志，及陸清獻所修之靈壽志稱爲名作。閩省之寧化志亦最有名，弟好李寒支之文，其全集嘗細讀數過，此志亦出寒支之手，各志小叙似廬陵五代史，可稱奇作。惟腹笥淹博，不免貪多，羊棗十之二三，膾炙居十之八九，止可以奇文賞之，非志乘之正體也。五臺志多年不修，邑侯余公與門人王西樓議重修，欲弟主其事，弟竟未敢任。一則窮年研食，無此閒暇，衰老多病，無此精力；再則必不合衆人之意，故不敢爲也。五臺自兩漢以來，爲太原郡之慮虒縣，至隋而改名五臺，沿革無多，金元以前無可紀之人物，其事似當易舉。關中五志，武功、朝邑、郃陽、鄠縣、郿縣，朝邑、郃陽太簡，惟康對山之武功志繁簡合中，陸清獻之靈壽志利病詳核，意欲合此兩志成法核實爲之，亦不過兩册已足，然必將俗例相沿之八景圖，暨天下所同之祠廟圖全行削去，即此兩端已不合衆人之意。且舊志荒略已甚，體例全乖，創始者不知何人，似於志乘體裁芒然未解。即如方外一門，在别縣可有可無，在五臺則爲至要。邑以五臺山得名，五臺山以文殊師利道場得名，宗門古宿，見於指月録諸書者甚多。文益禪師爲五宗之一，稱爲清涼宗，内典多其所譯。此外古德尚多，節之皆可成小傳，而志無之。五代史東漢世家稱，劉承鈞自失契丹之援，地狹産薄，國用日削。五臺山僧繼容，故燕王劉守光之子，爲人多智善商，財利自崇，世頗賴之。繼容能講法華經，四方供施多蓄積以佐國用。五臺當契丹界上，繼容常得其馬以獻，歲率數百匹。又於柏谷置銀冶，募民鑿山取礦烹銀，仰以給用。即其地建室興軍，拜繼容爲鴻臚卿，至太師、中書令，卒追封定王。弟按：繼容於佛法不足道，而其事迹則關係五臺山古今大局，鈔五代史原文，即是絶好列傳，仿劉秉忠、姚廣孝之例，不必入之方外也。而舊志竟佚其名，其所臚列者，則各叢林名目碑記，不過鈔襲清凉志而已。彼釋典，此縣志，何可混而爲一？即欲存其名目，仿朝邑志之例，不過千餘字，已無掛漏，乃連篇累牘，以禍梨棗，何其不憚煩。又載梆腔戲文出家之楊五郎，豈不令閱者齒冷。又藝文志所載清凉山詩，多近代人作，頗有打油惡札，而吴梅村、朱竹垞兩詩伯，集中皆有清凉山詩，梅村詩五篇尤爲高唱，而志皆無有，則修志者之見聞亦未免太狹矣。至我朝祖宗三聖人屢幸五臺，爲民祈福，兼以撫綏蒙古，六飛涖止，前後凡十餘次，駐蹕回鑾之年月必宜恭紀，多士迎鑾，獻賦召試之詩賦題目，取士之等第、姓名必宜紀載，而志無一語及之，尤爲失其輕重。至人物一門，自明以前草草數人，國朝張龍池先生，理學名儒，爲傅青主徵君畏友，舊志有傳。而鄭樂山太史，劾喇嘛之横恣擾民，除積年之害，志載其疏而不爲立傳。又知縣事陸公長華，手縛典器喇嘛鎖納，元旦窮治之，事得上聞，追奪大喇嘛提督印，僅於地糧中每歲撥與香火銀二千兩，草豆之供永遠裁革，由是喇嘛斂迹，縣民喜若更生，至今家尸户祝。名宦傳中當首爲立傳，而舊志無之，今欲爲之補立，而陸公之資貫已無從查考，尤爲可惜。鄉賢自張、鄭兩先生之後，可以立傳者寥寥，惟先祖九江公之治北河，宣防具有方略。先君施南公之攝府篆，立守望相助法，川匪不敢入境；一生窮研周易，所著敦艮齋遺書見許於當代鉅人。先堂叔觀察公在直隸二十年，歷河間五州縣，復守河間，遺愛在民，口碑至今不衰。凡此皆宜立傳。然援例以求者必多，一不應則謂私其所親，嗷嗷怨謗；徇其請，則鄉黨自好，皆太邱讀高頭講章者皆康成矣。弟欲表揚先德，自可勒之家乘，何必登之縣志，以招鬧取怒乎？行將與邑侯及西樓商之，如必欲弟任其事，則請勿制掣其肘，體例由我爲之，勿令不曉事者旁參議論。採訪委之衆紳，落筆則獨任之，不必設局，即在舘中乘暇爲之，兩三月即可脱稿，將稿寄回，分手繕寫。將來成書，即不敢竊比對山、稼書兩先哲，然與世俗之所謂志書者自當不同，斷不至如舊志之荒陋可笑。如必欲仍舊貫，則何人不可爲，弟不特不敢與其事，亦斷不敢列名，恐有識者見之，謂其人薄有文名，伎倆乃如此也。又各州縣志之八景，始於東坡虔州八境詩，然境也非景也，後人修志者規以爲例，九則削其一，六則湊其二。五臺八景，惟石窟〔四〕躍魚頗奇，此外則東冶秋禾、槐陰春色、山城夜月、閣道穿雲、河邊歸燕、龍灣烟雨、茹湖落雁。何處無禾，何處無春色，何處無月、無雲、無雨，何處不歸燕，奚足爲景？至於茹湖，一小瀦，旱則涸，潦則有，旅雁偶有翔集者，亦可以爲一景乎？弟所見各家志書，從來無此圖，今一概削去，必不愜衆人之意。夏蟲不可語冰，故堅謝不爲也。偶因大刻崞陽二字觸發，一落筆刺刺不能止，寫出三千餘字，書訖不禁自笑，聊寄閣下，可當半日談劇。將録寄邑侯余公及王西樓，商縣志事。大刻崞陽，陽字改爲縣字即妥，挖補甚易。

致劉魯汀大令書

昨得書數千言，承示平陽劉注之訛竄，係以陽平誤作平陽，并定襄地勢之大略，疑團爲之頓釋，喜躍不已。郡縣之名起於秦，前此地名，小者山水、城邑，大者或指其片段言之，戰國時，自秦而外皆謂之山東，是其證也。尊論謂相州之平陽即臨漳，又云爲晉、山東地總名，引證確鑿，洵爲不易之論，拜服之至。中山國之唐縣，注引張晏説，謂堯爲唐侯，國於此。堯山在唐東北望都縣界。今直隸保定有唐縣，正定有行唐縣，順德有唐山縣。唐山距望都三四百里，自無瓜葛。望都即慶都，以堯母得名，距今唐縣數十里，然在唐縣東南，非東北。行唐在望都西南百餘里，與東北之説似相合，兩地皆與今之定州相近，古中山。未知孰爲唐縣，然總不離此一帶也。今之唐縣、行唐縣，弟皆屢經其地，沙瘠之土，雜以岡阜，以之作藩國固無不可；然其俗與唐魏迥殊，豐稔不解盖藏，饑荒則流離載道，所謂唐魏之民思深者，自是指山右邦畿，與舊國無涉也。再中山即鮮虞，戰國策注謂，因其城中有山，故名。今之定州在平土，弟曾穿過其城，不特無山，即并岡阜亦無之，則非中山之舊址明矣。定州迤西數十里，曲陽縣治之東，漢之下曲陽。平地有小山，圍約一里餘，高約半里，疑古之中山城當在於此。亦是臆度之説，無所據也。

致魯汀論戴氏汾州府縣志書

前蒙惠寄戴東原所修府縣志，翻閲旬日，粗得大略。考核之詳確，方駕顧、胡，其糾正前人錯誤之處，尤爲精確不刊。如云，各郡首列之縣爲郡治，前漢班志尚無此例，皆前人之所未發。又云西河郡治未徙離石之前，郡治在河西河套中。論亦甚確。其論春秋初年，霍山以北非晉有，亦甚確當。然以翼城之欒池爲晉水，而抹煞懸甕之晉水，竟若汾、太兩府之地，自周初及春秋迥非華土，而與晉無涉者，則與古籍皆不合，鄙意終以閣下前函所論爲允，另書所見呈政。又六月詩之至於太原，東原亦主固原州之説，鄙意亦不以爲然。太原地名，肇於禹貢，見於周雅，列於左氏外傳，至秦置郡，未之有改，别地有同名者，惟太原不聞。今必廢古今所名之太原，而鑿空取他州之地强命之曰太原，亦未免好奇矣。高明以爲何如？

致魯汀論兩漢水書

前後漢地理、郡國兩志，隴西郡之氐道縣，注爲禹貢養水所出。養即瀁也。郡國志注引巴漢志曰：漢水二源，東源出縣之養山，名養。南都賦注曰：漢水源出隴西，經武都至武關山，歷南陽界出沔口入江。巴漢志曰：西漢源出隴西嶓冢山，會白水，經葭萌入漢，始源曰沔，故曰漢沔。今考兩漢水，不特發源兩地，而下游亦絶不相涉。東漢水發源今陝西省之寧羌州，俗名漢源山，又稱五丁峽，東流入沔縣，歷漢中、興安、鄖陽，至襄樊折而南，至潛江又折而東，至漢口入長江，漢口即沔口也。西漢水發源今甘肅省之秦州，曲折至徽縣而南流，歷略陽，會嘉陵故道水，入四川之廣元，至昭化而會白水江，古之葭萌也；又南流歷閬中、南充，至合州而東會巴江，西會涪江，至重慶而會岷江，東北出夔巫。此江俗皆稱嘉陵江，不復知爲漢水矣。西漢之隴西、武都、漢陽三郡，分跨今陝、甘、川三省，犬牙相錯，最難分晰。隴西之氐道縣，或爲今陝西之寧羌州，或爲今甘肅秦州。嶓冢山究在何處，案頭無書，無由查考。論兩水發源之地，相隔原不過數百里，然東漢水自西而東，至江夏入大江；西漢水自北而南，至巴縣會岷江，相隔數千里，風馬牛不相及。其西漢水所經之略陽縣，與東漢發源之寧羌州，相隔不過百餘里，然萬山限隔，絶無涓滴相通。古載籍之所稱漢江者，皆指東漢水，漢之漢中郡，今之沔縣、沔陽州，皆以東漢水立名，即考之禹貢導瀁，與今東漢水經行之道一一脗合。惟前漢之天水郡，後漢改爲漢陽郡，當是就西漢水立名，然與東漢水無涉也。今郡國志注引南都賦注云：源出隴西，歷南陽界，出沔口入江。其爲東漢水明矣。乃又云經武都至武關山，武關山不知何指，高祖入秦之武關在商雒一帶，又有武休關在留壩廳，俗亦名武關。武都則今甘省之徽、成、階、文一帶，乃西漢水經行之地。東漢水自發源之處至漢中，自西而東，何由西折而入於武都？又注引巴漢志云：隴西嶓冢山會白水，經葭萌入漢。會白水，經葭萌，此嘉陵江經行之路，其爲西漢水明矣。乃繼之曰：入漢嘉陵江，由葭萌南趨閬中。不知入於何處之漢，若謂入於漢中之漢，是倒流而飛越矣。又曰始源曰沔，故曰漢沔。考東漢水别名沔，西漢水實無此名。統觀注引各家之説，總是將東、西兩漢水誤會爲一，故任意鑿空，而不知不可通也。壬子年出使四川，泝東漢水而上，直至發源之五丁峽，入川界後又傍嘉陵江行數日，適閲漢書郡國志注，心疑其誤，案頭無水經注、禹貢錐指等書，無可查勘，敢以質之高明。又考漢之武都一郡，當是今陝西省之鳳縣、留壩，甘肅省之兩當、徽縣、成縣一帶。武都郡有下辨，章懷注謂即鳳州，今之鳳縣也。又有沮縣，注沔水出東狼谷。又有故道縣，今鳳縣以北有河，自北而南，俗名故道河。此河至鳳縣城西流入嘉陵江，即西漢水。繞鳳嶺而南，諸小水會合成大河，南流出褒谷，入漢沔，即東漢水。俗名烏江，皆在北棧中。南棧自沔縣西行入山，沿瀁水行二十里，有沮河自西來會之。俗名略陽河。路旁鐫石曰沮瀁合流。疑所謂東狼谷即指五丁峽。漢之漢陽郡有西縣，故屬隴西，注曰嶓冢山、西漢水，則漢陽一郡，似是今甘省之秦州、伏羌、禮縣、西和、階州、文縣，陝省之略陽、寧羌一帶。隴西郡當是今甘省之鞏昌、蘭州西跨岷、洮一帶。其所屬之氐道未知確爲何地，然既注爲瀁水所出，而漢陽郡之西縣下注曰嶓冢山、西漢水，則養水之爲東漢水明矣。養水實出今寧羌州，或即漢氐道，然以地形大勢揆之，寧羌在東南，似當是漢陽地，不當遥隸隴西。總之，兩水發源之地相距原不甚遠，謂爲同源而異流或猶可通，謂爲異源而同歸，則一在楚之東，一在蜀之南，乃説之萬不可通者也。又禹貢：嶓冢導瀁，東流爲漢。今東漢水實係東流，西漢水乃南流，非東流。自虞夏至春秋戰國，言漢者指不勝屈，皆指今漢中、漢口之漢，絶無一言及西漢水。西漢水之名爲漢，不知起於何時，至漢武帝乃取維天有漢之意，名其郡爲天水，東漢則改名爲漢陽，因而巴郡有安漢、宣漢、漢昌等縣，廣漢郡有廣漢縣，皆以西漢水立名也。後人未溯原委，竟以會白水、經葭萌之嘉陵江而謂其下游入漢沔，可謂怪矣。郡國志廣漢郡有葭萌縣，注引華陽國志云有水通漢川，亦與巴漢志之誤同耳。

題王月潭先生小傳後

吾師月潭先生，歸道山已四十餘年矣。哲嗣秋寶長余一歲，幼同筆研數年。咸豐癸丑，余在并門襄防務，秋寶出先君子所撰先師小傳相示，囑書數語其後。旋值鎮州告警，五臺戒嚴，余倉卒歸防臺口；而秋寶於是年八月署平陽訓導，城破偕幼子殉難。甲寅春余赴上黨督辦防堵，至乙卯冬撤防始歸，則此册尚在篋中也。回憶丁卯、戊辰間，余與秋寶同學京寓，讀史漢八家古文，初執筆學爲八比文。兩老人得暇互教之，先君子爲批改文課，講授經義則先師爲多。寒夜篝燈，高吟互畣，恒至夜半，先師卧而聽之，甚以爲樂，憶之忽如昨日事。今兩老人秋柏數拱，秋寶蹈白刃完大節，墓草已復離離，獨余後死，而老病侵尋，鬚髮亦皓然矣。俯仰身世，能勿慨然。至先師品學之端醇，先君子傳中已詳哉言之，毋庸小子之贅述也。書其緣起，歸秋寶之賢子壽亭焉。

跋丁長孺先生墓表

乙卯乘鄣上黨，丁雙橋明府以劉蕺山先生所撰先德長孺先生墓表見示，讀竟爲之三歎。明至神廟季年，陰長陽消，將成板蕩，東林諸君子主持清議，觝觸羣邪，已岌岌乎不能勝，至天啓而黨事起，或死、或竄、或黜，靡有孑遺，而明社屋矣。論者謂危言於無道之日，未合於明哲保身之旨。然罡風浩氣，足以撑拄乾坤，烏可以尋常軌轍論之哉！蕺山爲明季理學正傳，於人不輕許可，而傾倒於長孺先生者如此，則先生之生平可知矣。謹書數語，以志景行。咸豐乙卯孟秋，後學徐繼畬謹識。

題劉玉坡制軍自立圖

立於山凹水曲，漁樵之與侶，麋鹿之與遊，而公自恬然；立於細旃廣厦，棨戟耀其前，鐘鼎羅其側，而公自淡然；立於萬仞之懸崖，臨不測之深谿，雷雨震撼，奇鬼睒睒而欲攫，而公自凝然；立於穿漏之扁舟，泛乎溟渤之汪洋，天吴跳擲，馮夷扇飆，波濤駭起如山岳，而公自泰然。其樹骨也堅，其養氣也全，其措足也正，而無所謂偏其制行也。定於方而不斅於圓，一以爲大丈夫，一以爲好男子。於虖！其斯爲公之自立也，吾無間然。

題孟蘭舟侍御事實册

太谷孟蘭舟先生，與先祖東冶公爲乾隆己卯鄉試同年友，同出河間紀文達公門下，志相得也。繼畬幼時，嘗聞先大夫廣軒公道公立朝風節，心嚮往之。迨後頻上公車，與哲嗣某某兩世叔數數相見於京師。後爲外吏，不復相聞。晚歲罣議歸田，主講平遥書院，先生文孫某世兄過訪，以一册相示，曰此先祖請入鄉賢事實全册也，將付梓以廣其傳。諸年家子惟君最耄，願書數語於簡端，以重其事。繼畬喜而展讀，生平嚮往之私爲之一快。當和相之當軸也，同列斂手，言路結舌，其昌言擊之者，前有先生，後有曹公錫寶，當世以爲兩鳴鳳云。先大夫常爲繼畬談公軼事，云公之改官吏部也，總理爲諸城劉文正公。一日公創奏稿，文正摘字句小疵，曰：君文殊不精。公艴然曰：公當視例案之合否，不當論文字之工拙。某若專工文辭，仍當視草清秘，不至俯首入曹署，爲薄書俗吏。文正睨而笑曰：孟公風力殊健。及保送御史，以公一人應選，曰：吾知其必能直言也。繼畬生平慕公風烈，前居言路，後爲京卿，亦嘗以其一得之愚屢有陳奏。雖蒙兩朝聖人温綸褒奬，而勁直敢言之氣，有媿於先哲多矣。他日書之國史，公固當爲一代名臣，豈止崇祀鄉賢，爲晉乘增重而已。謹書語而歸之，以誌景仰之忱云。同治元年九月，年孫徐繼畬頓首拜識。

書王印川廣文詩後忻州人，名錫綸，詩爲闢二氏及因果之説而作

道家皆言老莊，然老莊之書具在，并無吐納燒鍊之説。導引延年，南華嘗及之，不過引爲閒文，并非漆園宗旨。秦皇、漢武信方士欺誑之説，曰不死之藥可得，黄金可成，其説與老莊無涉。兩人以帝王之力求之不已，卒無成效。劉安集方士著書，乃鑿鑿言之，道家諱其謀反湛族，而曰拔宅飛昇。有兩友人皆當世賢豪，弟總角之交，以兄事之。兩君酷信燒鍊，砂汞耗財致貧，爐火薰灼致病。嘗争之曰：秦皇、漢武不能得，而兩兄欲得之，不量力矣。且曰：大道在是。夫欲不死，貪生也；欲點金，貪財也。發念在貪，而曰大道在是，吾不信也。兩君亦啞然失笑，然爲之不已。兩君非貪財，亦不敢吞服，因性好奇，故爲人所愚，後乃悔而不爲，然家資已耗其半矣。服金丹而死者，歷代多有之；鍊内丹結聖胎而死者，亦嘗屢見其人。道家後來之書，皆祖于吉太平書，後漢書注言之甚悉，即張道陵之所祖，今所謂張天師者。張寶、張角、張魯衍其説爲五斗米教，會稽王氏崇奉之，與所謂老莊者風馬牛不相及也。佛教起於五印度，侏儁之俗，與中國殊異，周孔之化無由漸被。彼土聰明之人勸令戒殺、戒淫，悚以果報，使之懺悔，其用意原無所謂非。漢明帝感金人之夢，無端遣使求

之，佛法遂入中國，乃中國開門而揖，非佛法之能亂中國也。其時首崇信而捨身供養者，楚王英也，以謀反殺身廢國；創建琳宫，耗費民財者，廣陵太守笮蝸也，卒爲黄巾赤其族。事佛求福，乃更得禍，昌黎之言可謂明辨，特愚人迷不悟耳。文中子曰：佛，西方之聖人也，行於中國則亂。朱子詩曰：亦是聰明奇偉人，能空萬念絶纖塵。可惜當年處西土，未聽尼山講五倫。兩大儒平心之談，令人心折。愚民所好之佛，土苴木偶，專爲祈福，至淺鄙，不足道。士大夫所好之禪，所謂宗門祖派，其機鋒語似微妙可思，然亦儒流佞佛者援儒家性命之説參入其中，并非禪教本來面目，此又儒家引之入室，非禪教之能動人聽也。先儒辨之已詳，不煩覼縷。我朝崇重佛教，擁護兩藏，立黄教喇嘛爲六大座；分統内外蒙古，乃因蒙古信佛，順其俗而利導之，使之安於游牧，不生異心。此列聖安邊大計，執兩用中之微權。俗儒不知，妄議本朝之好佛，何殊囈語。世祖、世宗兩聖人皆深於禪理，御選十大禪師語録、圓明居士語録，宗門老宿，莫贊一辭。然兩聖人之治天下，皆純用儒術，德比堯舜，制軼武周。大聖人學貫天人，化裁通變，更非小儒所能窺測。竊謂信佛者愚，闢佛者亦多事。先儒闢佛之書汗牛充棟，昭如日星，更不煩後來薪積。今髡徒徧天下，不過遊惰不畊之閒民，紛紛揭竿者并非僧道，則天下之治亂又何關乎此輩。大抵儒者著書，中無闢佛數條，則以爲不合繩尺，窺其隱衷，不過睥睨兩廡牲牢耳。陸王近禪而亦闢佛，孫夏峯參合朱陸薛王，而亦有闢佛之論，自是講學格套，與昌黎之大聲疾呼者異矣。我輩讀書則修儒業，爲吏則廣聖化，元氣既足，外感自不能侵，所謂經正則庶民興也。否則二氏之外，又益以回教、天主教，口誅筆伐，不亦勞乎！大作欲焚黄緇書，即焚骨、人人、火書、廬居之意，爲愚人説法最爲有益，此正是昌黎家法。河間紀文達公有言曰，佛教不畏宋儒而畏昌黎。宋儒所闢之佛，就義理精微言之，於彼教無傷也；昌黎之説行，則髠徒無宿食之地，故深畏之。昔孟子闢楊墨，一切不與深言，而但責其無父無君，此正昌黎學術之所由來。大作深得此意，拜服之至。弟生平不喜道家之説，其書荒誕不足觀。佛氏教門之書稱爲相宗，驅神役鬼，幻杳無憑，付之一笑。宗門之書稱爲性宗，即禪教也，楞嚴、指月，中多清悟之語，意頗喜之。然亦不過資爲談柄，採爲詩料，如讀鍾譚詩，姑嘗别味，實未入其藩籬也。因讀大作，輒刺刺書此，以質高明。大作製題所云好刻因果書者，其人其書，弟皆知之不足觀，亦不足道，其人已往，付之勿論可矣。弟畬再拜不宣。

放筆爲之，是壯悔堂文體。此種議論，俗儒所驚，然未必敢駁也自記。

書王印川廣文詩注後

原注云：文公過壽陽驛詩，前輩多辨；其憶桃、柳二姬者，小説所載，原非定論。但此在公無關輕重，即存此説爲詩詞點綴，未爲不可，與公生平大節正是無碍。關壯繆上表孟德，乞取秦宜禄妻，於公磊落行誼究屬何害？而談公事者輒欲諱之，反覺鄙隘。鄙見如此，請質高明。

昌黎過壽陽驛詩，謂憶桃、柳二姬，説本空鑿，不足深辨；即使有之，亦復於公奚累？玉鐲頻摇，金釵半醉，何碍於公之岳岳。杜工部每飯不忘君，而雲鬟玉臂，語麗情悲；屈靈均孤忠自沈，而離騷一編，言美人者居半。蓋詩人吐談意興，與宋儒講書語録判然兩事。蘇子卿仗節牧羊，偶胡婦而生子；王大令東晉名流，桃葉、桃根傳爲佳話；白香山立朝風節，砥柱中唐，樊素、小蠻星添柳宿；胡忠簡忤秦檜，遠竄南海，黎娃握别垂涕沾臆；文文山正氣拄乾坤，作郡時嘗有歌童舞女。忠孝至性，與男女大欲同出一源，欲其真不欲其僞，欲其節不欲其流，流而無節，豈特男女之淫穢？伯奇握蠭而死，申生不辨胙毒而死，鬻權兵諫而自刖，原軫唾地而歸元，後之人悲其志，未嘗不憫其愚。故忠孝之流而無節，其失爲愚；男女之流而無節，其失爲淫穢，清濁雖異，消息自同。然不得戒愚而廢忠孝，又豈能懲淫穢而廢男女，聖賢豪傑，大抵不遠人情。孟子謂太王好色，愛厥妃，豈以戲語污太王乎？梁伯鸞得孟光，孔明得阿承女，不嫌其醜，設兩婦淑而且妍，兩賢未必棄而不娶也。風詩之義，發乎情止乎禮義，窒其情而不使發，聖賢亦不能，但貴乎能止耳。今有人曰我性不好色，是僞也。竊妻而逃，或出於目不邪視之人，又可信乎？關壯繆取秦宜禄妻，事極尋常，與秉燭待旦有何加損？娶寡婦爲已失節，伊川程子之言也，宋以前尚無此説。孔子爲人倫之至，而伯魚之母、子思之母、子上之母，三世皆改適，使己婦失節，又陷娶者以失節，聖人忠恕，不宜有此。夫禮制因時而變，風議因時而發，宋承五季之後，世風靡靡，夫婦一倫輕褻已甚，故伊川立此嚴峻之防，使士大夫有所矜式，非爲愚夫愚婦言也。周制，同姓者百世不通婚姻。夏、商以前，五世即通。將執周道而議夏、商之瀆倫，可乎？故執孔氏之家法而訾伊川，妄人也；執伊川之論而疑孔氏，其妄不更甚乎？柏舟之節，楨幹人紀，夫婦一倫，賴之不墜。伊川所謂餓死事小，失節事大者，匹婦能毅然行之，誠令典之所重，志乘之所必詳，苟有其人，宜竭力表章焉。不能守而改醮，亦常情耳。彼固爲賢，此亦中人，未爲不肖也。慕其名而强效之，客氣一衰，大僇隨之矣。弟生平所見如此，讀大作詩注，與鄙見相合，書此呈政，如乖謬，幸垂示。弟畬再拜。

村學究見此議論未免驚訝，然皆平正通達之言，不讀書者自不知耳。文體欲仿壯悔堂，參以柳州之廉劌，雖未成體，而八股俗調已去太半。自記。

題沈歸愚杜詩注後

杜工部崔氏東山草堂詩，有飯煮青泥坊底芹之句，詩用真韻，芹係文韻，沈歸愚注之曰：芹當是蓴之誤。余謂此説於韻學誠是，然於南北物産殊昧昧。東山即藍田山，王右丞輞川别墅即在附近，故有爲問西莊王給事之句。芹産北方，處處有之；蓴則産南方，不特北方無此物，即南方亦惟蘇杭一帶有之，北人未嘗其味，亦并不知其名。張季鷹，吴人也，在洛陽，因秋風起思蓴菜南歸。使藍田有此物，距洛陽止數日程，何難專一力致以筐筥，又何難策蹇一遊，玩玉山藍水之奇勝，蓴煮而飽啖之。古人以千里蓴羹爲南中佳味，千里，白下地名，足見他處之無此味也。杜詩係拗體，以七古爲七律，故亦用七古通韻。試以此詩入七古，固無不可，亦無出韻之疑矣。歸愚先生，蘇州人，於蓴菜數見不鮮，以爲尋常之菜，處處有之，而不知關中斷無此物也。

平遥超山書院創建重修原委碑記

平遥舊無書院，康熙四十年蘭州王公綬爲邑宰，始於縣署迤南路西創建超山書院，規模宏敞，講堂、學舍皆備。又於路東創建義學，買田二百九十餘畝爲書院費，買田六十餘畝爲義學費。平遥之有書院始於此。其後寖廢弛，書院、義學皆改爲公舘，王公所買之田迷失無可稽考，僅有義學田六十餘畝，官禮生與禮房書吏分種之。至今縣署之南，土人猶稱爲書院門口，然平遥之無書院則已久矣。道光初武昌楊公霖川涖兹土，訪書院舊址，則已改公舘、入交代，無從追復。會省垣修貢院，平遥合縣攤捐銀三千二百兩有奇，貢院工程止用銀二千兩，發回銀一千二百兩有奇，楊公邀集紳士，議以此項已捐之銀創建書院。又從城内舖户募捐銀七百兩有奇，乃於學宫明倫堂後尊經閣兩旁空地，各建房十五間，又於尊經閣前建講堂三楹，無門窗、後壁，於是書院始有其地，然束修、膏火無所出，不能延師，生童亦無住院肄業者。道光十九年靈壽靳公廷鈺署平遥，邀集紳士郭憲章、劉充實等勸修文廟，首倡捐銀三百兩，諸紳士隨募隨修，文廟工竣，止用銀七千兩有奇，尚餘銀九千兩有奇。諸紳僉議，以平遥書院有其地而無其費，徒存虚名，今文廟所餘之項爲數不少，曷以此爲書院費。於是，諸董事各捐資，湊萬金之數，呈請縣尊發合縣當商，以六釐半生息，每歲得息銀六百五十兩。山長束脩火食銀三百兩，生童膏火及雜費銀三百兩，餘銀五十兩爲歷年修補房屋之用。仿照祁縣、太谷、榆次章程，生息之項由董事二十四家輪流值年經管，官吏概不經手。山長由紳士詢訪進士之有品學者，稟縣尊送關敦請，上游亦不札薦。以縣尊爲主，兩學師長爲監院，每月官課一次，山長院課一次。山長束脩，由值年管事按季致送；生童膏火，由值年學長給散；一切雜費，概由值年董事經理。立法詳妥無弊，可垂永久。咸豐丙辰，余在上黨防堵竣事，平遥官紳延請來此主講。外吏多年，學殖荒落，惟少時困禮闈者十餘載，於制義一途嘗耗心血，衰年重理舊業，尚有端緒可尋。遂埋頭於此，日與諸生分甘苦，杜門卻掃，居然冬烘面目矣。諸紳士以講堂無牖壁不可居，又屋少，山長不能挈眷口，遂於講堂前後增牖壁，又於講堂兩旁增東西廂房各三間，東西廂房之北增小屋各二間，爲安廚竈、置薪炭之地。又以門外出路係偏坡，車馬不能達，取土填築爲闊巷，中間銓碑爲門，顔以版額，於是書院之規模乃大備。工料共費銀六百五十九兩，歷年餘銀不足，期分年彌補之。余主講於此已七年，因年老謀歸里，而官紳擎袪投轄，堅留不聽其去，且屬爲文叙書院之原委，乃搦管而爲之記。

田蓮房倡修宗祠碑記

田氏宗祠之建也，督工者爲田君誠齋，倡議而定其規模者，爲余門人田子蓮房。宗人以兩君之獨任其勞也，思立石於祠，以不朽其人。余既爲文以表誠齋，其宗人復以蓮房爲請。先是蓮房修族譜，乞余爲引；又嘗偕誠齋赴祖籍忻州，尋先世碑碣。夫世人之所務者，宫室妻妾之奉，兩君獨愬愬於報本追遠，可謂賢矣。蓮房名逢露，字湑零，性嗜學，好詩古文詞，不喜爲科舉之學，亦不樂仕宦，嘗援例得翰林院待詔銜，非所育也。慕太史公遊名山大川，策蹇歷秦棧，抵梁洋，登祁山，又至定軍山拜諸葛侯之墓，東南走淮、徐、維揚、姑蘇、武林，六朝唐宋以來山川之秀，文獻古蹟之多，靡不俯仰憑弔，發爲詩歌。家有小園，雜植花樹，與同人觴詠其中。吟哦之外，兼蓄古畫，遊蘇閶得姬吴氏，善爲小詩，滌硯焚香，助其雅興。有石癖，几案羅列，皆米家石友也，蓋其嗜好之不俗如此。蓮房少孤，事母孝，性慷慨，戚屬師友之間，指囷贈舟無難色。性好風雅，而無名士浮薄之習，即其倡修宗祠一事，可以知其生平也。余故樂得而記之。

同溪續公墓表

公續姓諱吟，字秉陽，世居崞邑之同川西社里。曾祖諱之琰，字琬如。祖諱涵，字静功，由庠入太學。考諱懋休，字官賞，亦入太學。妣李太君，邑庠生阜公女，生熙章公，諱昭，乾隆甲子舉人。繼妣張太君，辛卯孝廉、任雞澤縣天泉公女，爲公所自出。公六歲失恃，九歲失怙〔五〕，惟兄嫂是依。及長，誠樸敦厚，潛心詩書，淹貫百家諸子。年二十四遊庠，時菴蔣文宗特加賞識，歲科試俱列前茅，庚辰鄉薦已定魁選，後以經文被黜。公知數奇，遂寄意古文詩詞，以持風化。嘗北至陰山，東拜孔林，南渡秦淮，西游寧武，凡忠孝節義事將即淹没者，竭力表揚。著古詩、近體詩二十四卷，古、今文十六卷，山右詩存登古律數首，餘未及梓。其品行之端，待人之厚，教思之廣，俱詳行述及門人德教碑。嘉慶丙寅五月初一日捐館，享壽七十有五。元配曲太君，台邑庠生益謙公女，淑慎精明，娣姒以女宗奉之，儉而好施，殁後數十年，貧男婦念之不置。先公三十六年卒，享壽四十八歲，生男二、女二。繼樊太君生女一。克家增生娶薄氏舉人爾臧公女，繼衛氏、徐氏，側趙氏。承家增生娶曲氏舉人肅公女，側張氏。長女適武生梁錕鋙，次適薄廷茂，次適曲氏。

紘齋續先生墓表

余諸舅有古君子曰續紘齋先生，先母續太君之從堂兄也。余少時爲公所器愛，每適外家，公必來坐談良久，問其學業，加以訓勉，又延余至其齋中，讀其藏書，故公之言論風采，余知之最悉。父諱吟，號同溪，篤學好古，工於詩詞，嘗挾千金游白下、蘇閶、廣陵，購書數車而歸，閉户讀之皆遍。十赴鄉舉不第，以諸生終。公諱克家，字子敬，號紘齋，同溪公之長子。與弟承家皆能讀父書，性質直好義，言必由中，不解作世故周旋語。於宋元明先儒理學之書，研其精義，皆有心得，尤熟歷代史事，年代族貫記憶不爽，憶少時侍公夜談，每聞所未聞。爲文好學桐城二方，不屑揣摩時好，故迄不利於名場。制行方正端嚴，合族子弟尊爲楷模，偶有争端，公以一言剖決，無不悦服。性愛才，遇後學聰潁之士，誘掖獎勸，冀其有成，或贈以膏火，助以資斧，使之成名。家故中貲，自奉甚約，遇人急難，推解無吝色，以此晚年家事窘頗，亦恬然不介意。中歲嘗設帳於介休，既而歸里，閉户讀書以老。綜公生平，於古所謂言忠信行篤敬者，殆無愧歟！自公卒後，余每至外家，不禁有老成典型之慨也。元配薄氏，乾隆戊午舉人、陝西成縣知縣爾臧公女。繼配衛氏，君秦公女。又繼配徐氏，天海公女。前苦乏嗣，繼胞侄簡爲子，年七十乃生一子竹，徐氏出。簡娶栗氏，繼趙氏、劉氏。竹娶朱氏。女三，長適增生張慶榮，次適薄明遠，薄氏出；三適康熏，衛氏出。孫大可娶曲氏，簡出；獻可娶劉氏，大望幼，竹出。孫女三。曾孫興賢娶張氏，興仁娶王氏，興讓幼，大可出。曾孫女二。元孫海旺幼，興賢出。公生於乾隆十五年十二月十三日戌時，卒於道光七年十月二十三日寅時，享壽七十有八，以咸豐三年九月二十八日葬於中傾地之祖塋。外弟竹屬余爲文，以表其墓。

趙生哀辭

昔吾先大夫施南公精研周易，一生講學皆證之以易象，俗儒不解也。制義以理法爲主，探其原於史漢八家古文，教生徒以拆題布局、分股抱柱之法，趨時者不好也，獨平遥趙子南陽見而好之。時敦艮齋遺書暨時文稿繼畬方裒集成書，尚未授梓，趙子從友人處見片紙即手鈔之，後受學於余門人梁彭孫教授，乃鈔讀敦艮齋遺書暨詩文稿〔六〕，奉以爲立身行己、講書爲文之法。後余罷官歸里，主講平遥書院，趙子來見，執弟子禮，旋携哲嗣思位課文數篇來乞批。余閲之驚異曰：此敦艮齋嫡髓傳也，盍應試？時思位年十四，趙子以其未解場規辭，因令從余受學。至甲子年十八乃初應試，入縣庠，余以遠到許之。七月間忽患喉痹，咽不能下而卒，余聞之，不禁頓足惋悼，而有蕙折蘭摧之嘆也。思位幼有夙慧，三歲、四歲趙子鈔爾雅授之，隨認隨讀，有未及授而連下數句者，人皆異之。授以毛詩，片刻能背誦兩三篇。至六歲，詩、書、易、春秋已卒業。九歲，四書五經皆熟誦，繼以左氏内外傳、史、漢、唐宋八家古文、唐賢古近體詩及敦艮齋時文。年十二即能爲文，用敦艮齋拆題布局、分股抱柱之法，不失尺寸。幼不好弄，不解出穢語駡人，同學諸童或侮之，容讓不與校，叱咤之聲未嘗及於雞犬。當病革時，或勸令吸鴉片烟可以救急，默不應。母勸之，泣曰：病勢如此，鴉片豈能救死？生，命也，因病而死，不失爲正。若吸鴉片而仍不免於死，失其正矣。母其勿悲。長呼爹娘數十聲而瞑，於虖！其可哀也已。昔明道程子銘其殤子謂：常人得天地之雜氣，其壽命恒長；得天地之清氣者，其壽命恒短。李剛主先生長子習仁卒，方望溪銘其墓，亦舉程子之説，譬諸惡草，踐踏芟薙，旋即萌生；若芝蘭，則殷勤培護，往往憔悴而枯。如思位之聰明天賦，德器生成，求之千萬人中不得其一，壽命之不延，固亦物理之常也；然得正而斃，亦已無憾於成人矣。余主講平遥書院已十年，苦乏清異之才，最後乃得思位，謂可以傳我學業，而不料其遽逝也。思位字兼山，趙子取敦艮之義而字之者也。生於咸豐丁未十月十二日巳時，卒於同治甲子七月三十日子時，得年十八歲，聘而未娶，趙子將引例爲之立後。其友人李正華等痛念無已，乞余爲文，以壽其人，乃揮老淚而哀以辭曰：

既賦以夙慧兮，而又促其年；既予以成德兮，而命不與之俱延。如曇花之一現兮，不崇朝而化爲雲烟。嗚呼！吾莫測其故兮，欲呵壁而問天。

謝政歸里祭主文

維大清咸豐二年十一月二十三日己巳，繼畬謹祭告於顯高祖考妣、顯曾祖考妣、顯祖考妣、顯考妣之塋墓前，曰：繼畬自庚寅服闋，晉京供職，迂謹自守，不阿權要。荷蒙宣宗成皇帝特達之知，由編修轉御史，旋擢守潯州，甫半載即擢延建邵道，調署汀漳龍道。適值夷氛正惡，境土幸保無虞，蒙恩擢兩廣運司，旋擢廣東臬司，履任三月即擢福建藩司。在任三載有餘，蒙恩擢廣西巡撫，旋調任福建巡撫，在任五年，兩署閩浙總督。以焦頭爛額之地，值山窮水盡之時，兼以撫局既定，奉命專辦通商事務，困心棘手，不可名言。繼畬謹守先訓，飲冰茹蘗，不取一錢，矢慎矢勤，力圖補救，九年之中疆土幸無變亂，夷情亦復安恬。不料時局既變，議論日新，繼畬堅守素志，不肯輕開邊釁，遂爲言路所攻，彈章至於六七。聖主憫其戇愚，降補太僕寺少卿。本年夏初上三漸宜防一疏，蒙諭嘉獎，旋有四川正主考之命。闈務方畢，奉文以閩撫任内起解官犯遲延革職。伏念繼畬才力短淺，未能建立勛名，以光祖考，誠爲可愧，惟謹潔自守，尚未玷先人清白。方今時事艱難，中外皆無從措手，幸以微罪歸田，未必非塞翁之福。今已於十一月十一日抵里，從兹里居教授，爲村學究以終身矣。謹列酒餚，用申虔告，尚饗。

致服先堂兄書附

弟畬稟請哥哥大人安。三月間赴厦門，從旅寓中發回家信，付親友之回家者帶去，計六月間可到。計回家者七人，比弟自厦回署，又來三人，可笑亦可歎也。弟之赴厦，因米利堅國夷船有赴天津之信，故自厦等侯，相機勸阻。駐厦兩旬，杳無消息，料係在粵商辦，未遽北行。於四月十九日回省接印，錢糧奏銷在六月底，艱難萬狀，每年比較係八十七萬四千零，一或不敷此數，即應獲咎。今年之能否過去，尚不可知，明年則斷無過去之法，如無轉動，不得不作引疾之計，前信已詳言之矣。現在厦門夷務，奉旨委辦，責成至重。然其事萬無反覆，非弟所懼，惟地方苦累情形日甚一日，無米之炊，善者無如之何，不得不引分以自全耳。前四箴在署時，弟偶談及厭東冶之煩囂，欲卜居鄉村。渠云逢恩兄有空地一片可以造屋，價不過百餘千，弟曾有可以留買之説。今思平地起屋，爲費頗鉅，囊橐稍充或可爲此，若明春即行下臺，則兩袖清風，力不辦此。吾兄見四箴時，可告以此事緩商，不必急急也。

致服先堂兄書附

弟畬稟請哥哥大人安。稟者，弟婦於閏五月初十日長逝矣，悲哉！渠素本外腴中虧，操勞傷之，憂鬱傷之，自到南方，不服水土，畏寒畏暑畏風，時時作患，雖少卧床之疾，而中氣之虧損已甚。此番抵任福州之後，刻刻思歸。弟因家中無人，渠獨歸難以支立門户，且弟已定引退之局，故勸其相待，而不料其遽逝也。先是閩省春夏之間淫雨八旬，五月初猶著綿衣，至五月下旬晴霽，酷熱非常。渠向來不甚出汗，至是忽胸前心口每日大汗如珠，汗後覺心空氣怯，以爲天熱之故，亦不甚留意也。初九日晚飯後，自覺身發寒冷，猶以爲受風感冒耳。至夜交丑刻後，忽通身大汗如雨，言寒冷，欲披裘，急覓高麗參煎之，已昏暈不醒，六脈全停。過一刻許，六脈始回，人乃清醒，服高麗參湯錢許，自言大渴，喝米湯數椀，沈沈睡去。日出而醒，云不過身體軟憊，無大病症。醫來看脈，開清補之方，亦以爲斷無他慮也。已初服藥後，仍喝米湯半椀，甫就枕，忽痰湧體厥，急扶起，則小便已下，呼吸已停，口開脈絶，鍼刺不應，延至未刻而通體如冰，冥然去矣。悲哉，悲哉！此因中氣表氣俱已虚極，酷熱一蒸，隨之耗散，正醫書所謂大汗亡陽之症又謂之脱症。當初覺心胸發汗時，急用峻補之劑猶可提住，即初九日夜間回醒後，用六味回陽大劑加以遼參，尚可挽回於萬一。而病者旁人俱不知爲危症，一旦奄忽，遂至於此，豈非數哉！初九日猶是好人，閒談至夜半而寢，半日之間而已成永訣，悲夫！弟婦相處三十六年，情好最篤，忽遭此事，傷懷殊甚，事已如此，不得不爲莊生之達。衣衾棺木，毫無遺憾。同城文武，自督撫至從未千把，祭弔者二百餘員，祭席至五六十棹〔七〕，祭幛至五十餘掛，亦可謂榮耀之極。現定於三七日移殯於城外之開化寺，弟已定退局，遭此一事，更無疑義，將來弟回時帶伊靈柩同回，亦所謂白首同歸矣。至弟以後之事，甚覺爲難。若欲續絃，在宦場中甚易；然在以官爲家者則可，弟已定引退之局，南中婦女豈能過吾鄉日子？若在家鄉續絃，則吾鄉風俗，誰肯以室女婚五十以外之翁？即使有之，而頭童齒豁，乃薙鬚作新郎，豈非笑話！最宜者青年後婚，既能生育，又可持家；而二品大員萬無娶再醮之例。且弟痛念亡妻，此位亦不欲使他人再占。既不續絃，則惟有買妾。燕姬人固平善，苦於蠢蠢無知，生育尚可望，斷不能使執爨，必須在家鄉物色一能學習家計之人方妥。此事甚爲不易，貌好者易得，性良者難得，吾鄉貧薄小户之女，亦不肯與人爲妾，倘竟有之，則最爲合式，乞吾兄一留意焉。以家道而論，無嫡則無主腦，後事可危，弟此時總以子嗣爲第一要義，嫡庶之難處，已深知其味，不如納妾之事權在我，不至有許多牽制耳。十二叔鐵甥已定與弟相偕同回，弟引疾之期定於七月，至遲亦不過九、十月，大抵到家總在明歲開春矣。丙午閏五月十九日。

商辦立嗣書附

繼畬謹告家長父兄：繼畬年近六旬，尚無嗣息，思祖、父兩世積累，若敖不應遂餒。然天道茫茫，難可測度，以人事言之，則過繼一節，所以濟人道之窮，及今爲之，亦其時也。考之現行條例，内一條云：無子者，許令同宗穆昭相當之姪承繼，先儘同父周親，次及大功小功緦麻，如俱無，方許擇立遠房及同姓爲嗣。又一條云：一、無子立嗣，除依律外，若繼子不得於所後之親，聽其告官别立。其或擇立賢能及所親愛者，若於昭穆倫序不失，不許宗族指以次序告争，并官司授理。又一條云：一、無子立嗣，若應繼之人平日先有嫌隙，則於昭穆相當親族内擇賢擇愛，聽從其便。如族中希圖財産，勒令承繼，或慫慂擇繼，以致涉訟者，地方官立即懲治，仍將所賢愛之人斷令立繼。定例分明，體貼天理人情可謂曲至。世俗爲過繼一事肇啓争端，大約希冀得子，不肯早定，或至屬纊之際倉卒相承，或至蓋棺之後紛紜聚議，訟争之由，從此而起。若平日早經擇定，則先儘服制固屬常法，擇愛擇賢亦符定例，又誰得起而争也？繼畬孑然一身，庶弟繼畹未娶夭亡，再無同胞兄弟。同祖之服先二哥，現亦尚未生子。此外則二先叔祖、四先叔祖之諸孫，皆繼畬小功兄弟，諸兄弟子息亦不甚繁，或現係一子，不應出繼，或操農工别業，并未讀書，或年已長大，授有家室，年幼者亦多在十齡以上。繼畬忝爲大臣，擇立嗣子，必須以讀書識字之人，又必須自幼撫養，恩義洽浹，庶不致庭幃之間視如陌路。接木者必方萌，移花者必初茁，物理人情，大抵如斯。因思三先叔祖與先祖本係同胞兄弟，其諸孫亦本係繼畬小功兄弟，因三先叔祖出繼别房，服制遂疎隔一層，然一本之親，繼畬向未嘗殊視。八弟繼壎，係三先叔祖之孫，現在生有二子，其次子年甫五歲，繼畬籌思再三，惟過繼此子，實洽中心之願。一則繼壎從畬讀書，資性頗覺聰明，其所生之子或不至十分頑鈍；再則年歲幼小，果蠃之負，熟化無難。謹援擇愛之例，默告於先祖考妣之靈，繼畬自揣凉德，未能早生子息，以綿血嗣，誠無以仰對先靈，今不得已而爲此舉，何嘗不負疚引慝，傷心掩涕。惟宗祧大計，關係非小，繼畬斷自心，參以律例，一言既出，鐵案如山。繼壎相依多年，畬視之無殊胞弟，渠方在中年，生有二子，今畬繼其次子，於情固不忍不與，於理亦不能不與。謹告家長父兄，此信到後，即持示繼壎，如其願與，即邀請宗族至親數人寫立繼約。此子立嗣之後，命名曰樹，本年恭逢恩詔，繼畬得蔭生，即與此子。此一兩年中，即令繼壎送之來署，以便及早撫養教訓，冀其成立。繼畬謹告。

致先箎八弟書附

先箎八弟：近好！家眷已於三月三十日起身，計初五六日可到。東方信息近得省報，山東、河南大獲勝仗，張樂新捻匪退回二百餘里。又新泰郭二兄云，有人從東昌來，云捻匪已退回安徽巢穴等語。此是大好消息，前所慮者捻匪，裹脅動輒數步[八]，倘其西竄，晉省防堵單弱，全不可靠，直是入無人之境。至冠縣一帶之土匪，乃是白蓮教，山東、直隸、河南之教匪。自乾隆年間至道光年間鬧事已數十次，不過據一城，掠旁縣，從來不敢遠竄，與川楚教匪迥然不同，捻匪既退，教匪不足慮也。我所以決意打發家眷回去者，因各處賊匪未能全平，其聚散進退時時變動，太、汾之平、介、祁、太、榆五大縣，夙著富名，賊所垂涎，實難保其無事。我非官非紳，在此不過教書耳，拖男帶女，處此危險之地，刻刻懸心，豈不大謬！家眷既回，書箱、衣箱亦已送回十之七八，果有驚信，單車避去，至易易耳。曾子之居武城，師法具在，與臣也微也之子思，豈可同日語哉！今年平、介兩處外課將及三十人，束脩之多寡不同，約計四百金内外，自因三拔貢之故，人情自來如此。七百金之館地不爲不好，且平、介兩處諸生及平遥董事已有堅留之議；然我内決於心，不復留戀者，年已望七，塊然獨處，批閲文課，辛苦異常，而飲食起居無人調攝，亦太自苦。若携兒女居此，則内懷戒心，一聞風鶴，未免心驚。每歲回家，則車馬之勞，祁寒之苦，實非衰年所能堪忍。明知忻州設立散館斷不能好，然心神安貼，往來自便，其苦處不過窮耳。一生讀書談道，安貧二字未嘗不知其難，然幸而富之一境總未閲歷，貧之一境已成見慣司空，今景迫桑榆，倘能學得安貧二字，亦尚不辜負此貧。傅青主詩曰：亦知貧難耐，耐即醫貧方。真至言也。無怨談何容易，能學子貢之無諂，子路之不忮求，亦幸甚矣。頃郭二兄約四月杪至汾州一遊，我已諾之。中秋節後天氣凉爽，雁汀先生之匯清别業亦以清理就緒，當脂車一遊，作數日盤桓也。芝田詩稿選訖即寄上。趙師彭病，我爲服小陷胸合白虎，吐出黑血片，通身發狂汗，今稀粥調養旬餘，已大致平復。雁翁、芝田俱爲我致意。四月初八日，七兄健男手書。

校勘記

〔一〕“縣”，原誤作“庣”，據勘本改。

〔二〕“壁”，原誤作“璧”，勘本同，徑改。

〔三〕“滎”，原誤作“榮”，據勘本改。

〔四〕“窟”，原誤作“屈”，據勘本改。

〔五〕“怙”，原誤作“怗”，據勘本改。

〔六〕“詩文稿”，據上下文，疑爲“時文稿”，勘本同，未改。

〔七〕“棹”，即“桌”之異體。

〔八〕“步”，疑爲“萬”，勘本同，未改。

詩集卷上

題朱生甫司馬先澤吴門送別圖步册中錢辛楣宫詹韻

爲愛瀟湘一段秋，騷人游覽入南州。定知柔櫓輕摇處，無數詩囊壓小舟。

一麾猶憶跨征鞍，湘水衡雲次第看。余以丙申年出守潯州，取道湖南。今日烽烟銷盡否？岳陽樓檻已凋殘。時湖南寇亂初平，湖北尚未靖。

題朱生甫司馬以先澤太行秋影册子索題步册中原韻三首

風騷遺迹手頻摩，卻憶青牛此舊過。磵東先生曾任交城少尉。吏隱還同梅福早，詩才應比閬仙多。一時名輩争酬唱，磵東之官山右，張船山、法梧門諸前輩皆有詩送行。兩世清操入巷歌。棠愛重留唐魏土，殘碑墮淚鬱嵯峨。

文孫績學苦編摩，京國前番載酒過。唾手青雲君未晚，搔頭白髮我偏多。雙松廳事誰哦句，故李將軍許嘯歌。相對頻看腰下劍，太行一脊認巍峨。

蘭芽茁秀又肩摩，雛鳳高翔千仞過。畫省簪毫推俊乂，粉曹列宿見英多。皋比未撤仍談藝，濁酒頻斟且放歌。生甫主講上黨書院，時招余飲。叢桂留人香滿座，小山招隱望峨峨。

朱生甫屬題先澤太行秋影圖内有徐禮菴詩黄谷音和之蓋以險韻鬥奇者因用其韻贈生甫敘上黨團練事且以索和

寓客有如君，閑居有如我。朝局無仔肩，卧游爰不可。粤寇忽跳梁，時事關心頗。投筆起徘徊，號召先閭左。教伍集健兒，幟文翩婀娜。雉堞鞏金湯，鱗原靖烽火。指囷有諸賢，無憚餱糧裹。萬户静喧譁，羣神安侑妥。短後日馳驅，皋比安能坐。君本吴會英，高情斥庸瑣。晉土即枌榆，務使平無跛。我仕曾三黜，壯懷徒磥砢。銜命來乘鄣，馬革志未果。與君左右手，忘形如袒裸。所望吴楚平，報捷馳雲朵。金甌自渾全，蕩盡羣么麽。

陳劍芝同年擢粤西觀察將有嶺表之行追憶昔年宦轍所經賦長篇送别

我昔游桂林，山川猶在目。君今赴嶺南，萬里馳輪轂。試以我所經，爲君徐往復。夏口掛輕帆，岳陽泛艫舳。浩渺湖水平，灣迴三十六。九面望衡山，緑水瀟湘複。南道走零陵，漸睹奇峰禿。永州山形已似粤西。全州粤門户，捨舟還就陸。水路可達桂林，惟斗河淹滯特甚，故仕宦多由陸路。夾道多喬松，疏枝雲自宿。全州之南驛路皆植松，高至十餘丈。最憐幽絶處，桃花間修竹。過此爲興安，湘漓泉一掬。湘漓本一源，出興安縣，北流爲湘，南流爲漓，因一水而相離，故名。勝絶嚴關口，奇山兹焉伏。如筍如浮屠，雙角或如鹿。平地不相連，遥瞻似林木。行人入其中，迷途互相逐。竟疑八陣圖，不止川中獨。行行及桂林，城垣山所築。風洞爲北門，凹凸排崖谷。北門在風洞山峽。峨峨獨秀峰，蒼黛如膏沐。獨秀峰在城中，平地拔起。闤闠周四圍，一拳天際矗。城西象鼻山，連蜷舒不縮。山在水中，似象鼻，船出其間。中間過估船，張帆展蒲幅。南行駛八杆，粤西船皆雙桅交縛作八字形，謂之八杆船。下瀨波洄洑。木棉爛如錦，杜鵑紅簇簇。猿猱攀懸崖，小石時翻蹴。天半忽槎牙，萬笏攢如鏃。瞪眙問舟人，陽朔固耳熟。舟過幟江亭，峭壁懸清肅。陽朔縣城在江岸，兩峭壁夾之，譙樓榜曰幟江亭。極目望峰巔，仙靈氣紛郁。過眼留雲烟，宛然畫可讀。粤山此最奇，餘者無庸瀆。粤西山水之奇，至陽朔浦而止，餘無足觀。君是漢循吏，仁風周蔀屋。爲政三十年，除莠植嘉穀。唐魏千里間，到處人民育。我因乘鄣來，喜見人如菊。苔岑氣誼深，笑談時捧腹。君今奉簡書，豸繡紆章服。搴帷五嶺間，猺獞胥蒙福。羔羊節素修，何患食無肉。彼土經瘡痍，哀鴻嗷百族。兵氣雖已銷，噢咻賴人牧。知君能撫綏，賣劍還買犢。偕登衽席間，左右資饘粥。政成君亦暇，看山涉林麓。奚囊定不虛，新詩且盈軸。作詩送君行，舉觴歌百禄。

是時楚氛未靖赴粵須取道蜀黔再賦一章盡意

楚江烽火尚漫漫，迂道應知行路難。杜宇聲中雲棧遠，取道四川之閬中、重慶，達於烏江。竹王祠畔月光寒。歷貴州之思南鎮，遠達於古州，即入粵西之懷遠縣。王尊按部羞回轡，新息征蠻且據鞍。五管定歌來已暮，早修尺素報平安。

德風亭在潞安府署，相傳唐玄宗爲潞安別駕時所構

潞州古郡太行脊，有亭翼然名德風。太守官舍閎且敞，後有小邱可以籠。時構此亭宜遠眺，五龍山色來空濛。山在城南二十里。俯看牆外田似罫，芃芃禾黍歌年豐。此亭遺址傳唐代，年歲云在景龍中。當時明皇爲別駕，龍蟠泥淖方厄窮。王孫乃爲冷官屈，料難裘馬誇豪雄。誰憐生日無湯餅，典將半臂煩阿忠。明皇王皇后寵衰，一日泣訴曰：不記阿忠脱紫半臂爲三郎生日湯餅乎？上爲憫然。王忠，后之父也。經歷艱難非不早，詎曰寡人生深宫？奈何一代稱英主，開元天寶異初終。韓休既罷九齡貶，弄權楊李蒙其聰。鎮日打毬無諫疏，有時擊鼓稱天公。沈香亭畔《清平調》，傾城酣醉一枝紅。遂使胡兒萌異志，漁陽鐵騎盡彎弓。潼關忽斷平安火，蒼黄下殿走蠶叢。豈非盈滿生怠荒，何如貧瘁抱謙沖。回憶監州爲末吏，始願又豈及崇隆。我來弔古長歎息，高吟拄頰送雙鴻。

贈澤州陳淮生太守

太行一脊摩星斗，河内在左河東右。此地自古稱巖疆，控扼端資賢太守。君家累葉紆紫青，傴僂銘鼎相傳久。裘馬安知輕且肥，禿筆殘書時在手。磨穿鐵硯事未成，粉署爲郎軼儕偶。一麾望望出長安，砥柱析城來綰綬。吏行冰上人鏡心，陰雨膏遍東南畝。前年粵寇忽跳梁，馳突三河如瘈狗。野王城外陣雲屯，天井關頭游騎走。郡兵寥寥不滿百，吏民失色都箝口。使君談笑自圍棋，密運奇謀讐羣醜。其時相助有諸賢，陳劍芝司馬、李曉亭大令。號召良家多赳赳。山頭列炬萬人呼，劇賊汗流逃恐後。由此境土獲安全，不輟耕男與織婦。事後論功君不居，守土幸獲占無咎。豸繡頒來自九天，君乃拜手稽首受。我來乘鄣望清塵，筆札時時商可否。合將師友溯淵源，論交何必在杵臼。今年君自太原來，乃得從容接杯酒。意氣豪邁無古人，胸懷洞達空諸有。東南半壁寄長城，非君誰任此重負。行看雄職擢烏臺，載詠皇華騑四牡。

上黨即事留别諸紳士

太行側畔又驚秋，惆悵駒光駛不留。敢道諸君皆健卒，頗哀老子得遨遊。蒼茫獨立誰青眼，憔悴行吟已白頭。建立功名須少壯，何人仗劍覓封侯。

揭竿嘯聚蠢荆蠻，誰射天狼弓一彎。鼙鼓未休三楚地，烽烟已靖兩河間。汾淮脱劍班師早，謂僧邸。絳灌搴旗戰血殷。謂吴楚諸將。露布何當摩盾鼻，行看干羽格苗頑。

從來表裏有山河，天險纔容一騎過。濟源西界有隘曰封門口，一夫當關之地，即《漢志·垣縣》所謂郫邵[一]之厄也。本議設守於此，河東道張鶴生因其地係河南所轄，防兵出境須加鹽菜銀兩，棄而不守，賊遂由此竄入。揖盜西來誰主闖，棄軍北去盡投戈。都司玉恒先遁，守備景亮隨之。紛紛塞路黄巾滿，賊由絳縣入平地，遂不可制。藉藉填渠白骨多。平陽、曲沃兩城屠戮最多。逸寇緩追真恨事，路人指點説摩訶。賊由摩訶嶺東竄，諸將逗留未進，託將軍孤軍遇賊，致受鎗傷，賊遂由潞黎竄出。

崢嶸百雉控東南，卒伍寥寥見兩三。遣騎探營來午夜，登陴授甲有丁男。時潞郡無防兵，鄉勇、回勇皆登城守禦。賊夜間遣人探之，知有備，遂不敢犯。回車斷限真奇計，西關行店有鐵釘三萬餘簍，連夜搬運入城。賊覘者誤以爲火藥，不敢攻城，故以臧宫斷門限爲比。衆志成城豈妄談。乘鄣自慚無異策，五龍山下漫停驂。

儒流何自習戈鋋，披髮纓冠不讓先。舉貢生監在團練局者數十人，皆自備資斧，時歷二年，勤苦不懈。且脱青衿衣短後，羣操白梃競居前。指囷盡出倉箱米，解橐争輸子母錢。紳士捐銀前後共二萬餘兩。養士百年宜食報，諸君詎愧古人賢。局中捐資出力之諸紳民，余爲先後上請，分别奏得議敘。

漢京名族重諸馮，矍鑠於今見是翁。馮亦東太守，屯留人，年七十餘，引疾家居，奏派辦理防堵，郡城練局其所倡率。去病忘家能破虜，亦東居屯留之風儀鎮，聞賊已東來，馳入郡城守禦。賊過風儀，家人星散，財物盡爲所掠。郅都鄣塞且從戎。甘棠已植京畿遍，亦東官直隸四十年，到處有遺愛。大樹還移里社中。猶憶鄚瀛頻剪燭，東堂先叔守河間，亦東以辦堤河各工，數數來郡。余時在署，常得晤談。咨嗟往事意何窮。

師道難同臣與微，武城避寇詎云非。朱生甫孝廉主講上黨書院，賊將至，或勸避去，生甫不肯，與諸生亟招鄉勇，日夜守城。皋比未撤先投袂，書帛纔成已解圍。松樹雙陰哦廨舍，生甫因防堵勞績以同知選用。杏花十里望郊畿。生甫明春仍上公車。匡時未許安閑散，渡口還看羽扇揮。

自嗟廿載濫吹竽，嶺海周迴數剖符。孤負恩施成棄物，安排農圃老窮途。桑榆已迫傷遲暮，葵藿徒殷奈槁枯。但祝金甌渾無缺，躬耕十畝效征輸。

蜀葵花俗名鏕鏕花北方到處有之有淡紅色一種花葉皆似木芙蓉但草本耳戲名之曰草芙蓉綴以二首

不到秋江上，芙蓉見一叢。嫩紅朝浥雨，疊翠晚摇風。挺節還疑竹，裁圭宛似桐。嘉名今肇錫，檢點入詩筒。

牆陰連井畔，到處茁修莖。不貴緣多見，相輕爲易生。黄蜂衙正鬧，粉蝶夢初成。旅館能娱我，看來倍有情。

留别劉魯汀大令

我爲閩吏十四年，與君未識徒想像。論交杵臼今伊始，卻緣乘障來上黨。煦物陽和春氣温，處懷皎潔秋月朗。弦歌小邑稱神君，蚩蚩常以兒子養。前年劇寇走邢洺，汲汲巖疆憂伏莽。屯兵列戍正紛挐，司農無錢屋徒仰。君乃號召下里民，萬户同聲應如響。畫疆守望不相侵，井田遺制聊師仿。和順大小十三口，君以數村守一口，防堵極其嚴密。領袖還招弟子員，短後還爲百夫長。團練局生員數十人，皆分任各口巡防事。耰鋤棘矜森無數，大呼殺賊臂同攘。制梃原可撻秦楚，矧此么麽如罔兩。聊固吾圉已二年，未有錙銖糜國帑。我與君爲左右手，相見恨晚悵疇曩。晉國山川在咫尺，愧我空疏竟惝怳。君乃示我地理學，剖析古今如指掌。春秋戰國迄元明，沿革分明毫不爽。《水經》酈注證源流，志乘紛紛安足獎。前有二顧與朏明，君乃與之相下上。令我茅塞豁然開，如飲醍醐吸朝沆。怪君心腹與人同，如何乃有十丈廣。其中積書數萬卷，蠹魚難飽空怏怏。荒落我同没字碑，待君鐫刻留標榜。方今四海望澄清，謀議孰如君倜儻。晝沙聚米更何人，安危此才還須仗。士元區區宰百里，驥足未展技徒癢。嗟我蒲柳已衰殘，瘦骨跉跰欲扶杖。願君攬轡騁康莊，盡安反側銷强獷。他時旍節過并州，故人陋巷駕宜枉。虞卿窮愁有著書，君當阿好一欣賞。

張秋屏太守擢四川鹽茶道賦詩送別

原平君舊治，今崞縣乃漢原平縣。遐邇稱神君。我爲閩中吏，口碑還傳聞。言君善折獄，白黑劃然分。當君未到時，訟牘投紛紜。君到裁數月，乃將筆硯焚。吏胥忽不樂，盤飧久無葷。居停半扃户，蜘蛛雜飛蚊。閒庭花自落，舒嘯歌《南薰》。河潤逾九里，蒙福及榆枌。鄉民争尺土，虞芮難解紛。君來爲指畫，兩造胥欣欣。五臺神腦村鄉民争灘地，訟數年不決，委君來勘，片言而定。更有覆盆冤，滅口埋孤墳。君因鞫他獄，鉤距乃云云。淫兇竟伏辜，歡頌溢河濆。五臺有姑與人姦殺婦滅口之案，官以自戕報。正兇逃往崞縣，因别事訟繫，君廉得其殺人事，置之法。憶昨歲癸丑，我從并州軍。與君獲相見，雅意良殷殷。真氣豁城府，宛是蘭臭熏。醇酒飲公瑾，一酌已半醺。叩君何以治，君言惟清勤。沽名求異術，不免治絲棼。此語我心折，服膺常斤斤。今君承帝簡，豸繡揚朱幩。褰帷試遐覽，行穿棧道雲。西蜀俗强獷，稂莠賴鋤耘。孔明與乖崖，治譜留清芬。火烈勝水懦，古訓慇懃。人言君長者，我知君逸羣。鋒鍔自藏斂，出匣有龍文。至仁在果斷，霜雪澄埃氛。願以斯言獻，持之當一芹。祝君成政化，劍外勒殊勳。行看秉節鉞，重來渡河汾。

秋晚觀稼

紛鋪五色畝南東，多稼如雲一望同。漠漠川原留夕照，垂垂禾黍動秋風。豐穰自足銷兵氣，禍福何勞問塞翁。松菊荒蕪良可念，徘徊天末送歸鴻。

瀋王城在潞安府城内

潞州之城過百雉，其中强半田可耕。内有土垣周數里，云是明代瀋王城。在城内西北隅，周迴約二里許。前開牆罅爲門户，瞰之壠畝列縱横。風軒月榭今安在，華池曲沼已填平。更無瓦礫留遺迹，止有禾黍占雨晴。當年建國在遼水，靖難之後乃移并。瀋王初封在遼東之瀋陽，永樂六年徙封潞安，國名仍舊。簡王實維高帝子，瀋簡王模，明太祖第二十一子。隆準有類父與兄。衆建屏藩磐石固，剪桐一葉留宗盟。特築此城興百堵，崔嵬正殿連飛甍。高樓聳擢軼雲雨，洞房窅窱殊幽明。王官陪隸肅朝位，明制，守土官皆以朔望朝瀋王。高冠長劍玉鏘鳴。後宫羅列燕趙女，良人八子争趨迎。振振公姓日蕃衍，支庶都分茅土榮。明制，宗王得分王子弟，故簡王以下分王者二十餘人。尊賢好禮傳家範，詩歌翰墨多閑情。三百年來稱善國，翩翩儒雅黜驕盈。《府志》：瀋遵禮守訓，世有令德，無奢華之習。康王、憲王、裕王皆好文學，有著作傳世。一朝流寇來關陜，萬馬奔騰夜有聲。嚴城不守賊騎滿，嗣王面縛悲裸裎。瀋王迴洪以崇禎十二年襲封，流寇入晉，城破，爲賊劉宗亮掠去，不知所終。可憐一炬成焦土，何來綺疏與丹楹。曩日樓臺歌舞地，祇今阡陌有人行。溯從護衛裁奪後，宗藩守府如寄生。由崧遂爲福禄酒，賊破洛陽，殺福王由崧，雜鹿肉烹之，謂之福禄酒。聿鍵一旅斥編氓。唐王聿鍵起兵勤王，懷宗革爵幽禁之。都城陷，脱身南走，黄道周等迎之於閩。當時廢食徒因噎，高煦宸濠煩徂征。但憂吴楚成尾大，竟無晉鄭效忠貞。大厦既傾餘燼滅，五王嶺海空支撑。驅除止爲興朝用，原非人力所能争。弔古茫茫百端集，剪燭頻將濁酒傾。

秋夜二首

夜永難成寐，將眠又啓扉。疏星低入樹，涼露暗侵衣。憂國慚無分，悲秋客未歸。悶來還剪燭，詩筆爲頻揮。

行年過六十，萬事付飄萍。扶老貪参术，驅愁借醁醽。敢爲雙眼白，聊對一燈青。四壁蛩音起，悠然倚枕聽。

感懷雜詠五首

面目久不識，攬鏡乃自知。鬚髮十白九，守黑惟雙眉。耳鳴蟬隱隱，齒豁無豐頤。壯也不如人，矧乃年已衰。棄置勿復道，飲酒及芳時。少小弄柔翰，書史窺一斑。有時騎款段，繁弱未能彎。簿書猶攢眉，何堪甲胄擐。粤寇俄作孽，躑躅兩河間。城門與池魚，利害原相關。枌榆豈不惜，難爲桑者閑。慨然衣短後，投身卒伍班。馬革誠至願，其如氣力孱。烽烟漸寢息，長吟歸故山。

憶我通籍時，朝野歌天保。東觀抽秘書，西臺焚諫草。作郡出長安，人羡致身早。五嶺逮七閩，綿綿馳遠道。讀書未讀律，常愧官聲好。無何海波揚，樓船致聲討。霞漳當其衝，防衛周羣島。道光二十年署汀漳龍道，沿海各島港皆設防。遠夷行受撫，市舶羅瑰寶。魋髻性難馴，重譯虞顛倒。道光二十二年抵閩藩任，奉旨辦通商事務。包荒賴聖慈，覆載歸洪造。任重智乃昏，算多謀未老。終因撫馭乖，分應書下考。咸豐元年閩撫任内，因辦夷務未協，内召改官。三黜從寬典，疚愧縈懷抱。

剖符十餘載，囊橐空如洗。太僕廁朝列，重索長安米。班生行登仙，咫尺瞻雲陛。數馬石慶勤，鵷班陪濟濟。發憤乃上書，狂愚人所詆。何幸邀咨俞，帝謂乃心啓。褒嘉有綸綍，感激投五體。芻蕘見採納，念之長零涕。

昔年嘗珥筆，未獲與文衡。一揮作外吏，此事已無成。湛恩頒異數，輶車賦遠征。吏久愧荒落，猶幸心未盲。鳥道盤秦棧，巴江繞蜀城。既覽山川秀，耳目多清瑩。煎茶扃試院，開網羅羣英。豈徒珍綺麗，將求律度精。孤芳見採摘，所得頗知名。使事既已畢，吏議斥編氓。因前在閩撫任内失察，軍台官犯脱逃，部議革職。幸補生平缺，何惜拋簪纓。曲終還雅奏，豈曰非奇榮。

高鳥東南飛，倦極思故林。宦遊二十載，鄉里乃重臨。松楸幸無恙，故老杳難尋。儕輩都頒白，問之稔其音。少年無一識，歲月何駸駸。里中執經者，就正多惆忱。知我老學究，師事懷虛心。皋比坐未暖，羽檄頻相侵。奉命當一面，馳驅力難任。甲寅二月，奉旨督辦潞澤遼防堵，駐上黨已一年有半。且復倚長劍，何暇理素琴。邇聞賊氛遠，解嚴韜霜鐔。乘鄣固當已，懷歸思不禁。臺山近可望，冉冉白雲深。

太行綿亘上黨之東險隘林立述其在潞安境内者示朱生甫

太行走北幹，山勢何巑岏。河内與上黨，兩界起峰巒。潞州扼其吭，形勝留不刊。壺關漢名縣，大河流急湍。大河村爲壺關東南衝要，東通河南林縣。新舊兩窟窿，五丁鑿奇觀。大河村之西有新窟窿、舊窟窿，鑿山爲洞，以通道路，長至百餘步。其北爲玉峽，高嶺路紆盤。玉峽關在縣東北，中隔銷軍嶺，極險峻。桃花隔兩園，斗絶不容攀。桃園梯在玉峽東北，花園梯在玉峽東南，路險仄，僅通行人。林慮近可接，望之雲漫漫。林慮山在林縣境内，與壺關諸山接連。再北爲潞城，虹梯空際蟠。虹梯關在潞城東數十里，鑿石爲磴，盤迴十餘里，闊僅二三尺，行人無敢騎而過者，其地設有巡檢。鳥道回百折，投足欲走丸。樵蘇尚彳亍，何人敢據鞍。奇險由天造，一夫可以完。下有茾蘭岩，峨峨石劍攢。岞崿怖行旅，羣吟行路難。茾蘭岩在虹梯關之東十餘里，地亦險要。黎城古建國，式微《詩》所歎。東瞰吾兒峪，壺口舊安瀾。雄關有遺趾，雉堞半凋殘。東陽關在黎城東二十里，地名吾兒峪，即古之壺口。建關之地名王侯嶺，跨山爲垣，大半殘缺。坡陀高數仞，山澗紆且寬。行人樂坦易，戍守苦漫汗。地利無可恃，常憂兵力單。晉省東界惟此口平坦易行，無險可恃，非重兵不能守。咸豐三年粵賊即由此竄出。楸園與石背，要隘煩控摶。楸樹園、石背底，皆在東陽關西北，與涉縣交界。行行渡漳水，古道走邯鄲。出東陽四十里即至涉縣，再東即武安邯鄲。我行來乘鄣，被命試師干。請纓雖有志，無如氣力殫。

聚米愧未能，括地借詩壇。佇聞吴楚捷，環瀛普乂安。

遼州五隘有序

遼州險隘甚多，要者有五，余皆親行履勘，繫之以詩，告後來之乘鄣者。

雲頭底在遼州城南九十五里，爲清漳出峽之地，與河南涉縣接壤，山澗紆寬，無險可扼，非重兵不能守。其地山形最奇，俗名人頭底，余以其名不雅，改曰雲頭

桂林之山天下奇，武夷之山奇兼秀。我昔遊覽歎觀止，二者寥寥空宇宙。今年匹馬走轑河，遼州，漢涅氏縣地，後漢末置轑河縣。恍來嶺表逢其舊。嶺阜崎嶇路屈蟠，避暑宫前辟岩岫。遠望惟開一綫天，卻如穴中兩鼠鬥。高歡避暑宫在州城南數十里，俗名高歡堂，稍南峭壁夾峙，闊僅丈餘，地名申家峻。過此山石變横紋，奇形怪狀都奔湊。遼州南境之山，石皆横紋，上生奇峰怪巒，余所見閩之武夷、蜀之劍閣皆如此。嶺頭拱立或如人，嶺半攫拏恒似獸。横看旋轉成螺髻，側似孤危同鷺堠。何來天半朵雲垂，又疑絶壁重樓構。蘚斑苔印雜青蒼，一皺一皴皆瘦透。漳轑合併駛清流，白石磷磷堪枕漱。轑水至此合清漳。花明柳暗見孤村，一縷炊烟時復逗。駐馬多時看不足，惜此奇尤生僻陋。若教移置近名都，蠟屐雕鞍遊恐後。正如石隱有高人，匿迹逃名無所就。我因從軍來上黨，倏忽之間成邂逅。心頭眼底默寫藏，宛如讀畫消清晝。人生遇合有天緣，愧無好句爲君壽。

黑龍洞在遼州城東南一百一十里，路通武安，爲諸小徑總口，地係黎城所轄

黑龍何處來，此山爲窟宅。古洞藏深井，其深不知幾千幾百尺。窺之黝黑似有風怒號，兒童不敢投以石。夏雲擘絮走雷霆，此井倒流忽噴射。奔騰落澗競喧豗，一條白練界青碧。黑龍在何許，無形亦無迹。但解利農田，時時降雨澤。此地屯兵亦最宜，

萬徑千蹊亢可搤。安得猛士來當關，奮戟一呼皆辟易。

黄澤關在遼州城東南一百二十里，路通武安，爲晉豫兩省通衢，地形如贔屭之首，兩旁夾以深溝，盤道從龜首之右曲折而下，所謂十八盤也。以大石從崖邊滚下，萬人亦不能過，此地形之最險者，其地設有巡檢

黄澤關，行旅何班班。萬年神龜鎖灼不得死，化爲土石昂首懸崖巨壑之中間。一徑蜿蜒盤頷下，如縮秋蛇往復還。百人守之惟礫石，萬夫到此亦難攀。地險如斯不易得，尚勿覰之作等閑。

大摩天嶺在遼州城東一百三十里，路通武安。遼州各隘此最高險，其右有小摩天嶺，故以大别之

一峰高插天，去天惟一握。磴道盤迴十二里，行人牛喘汗如濯。數行數息到峰前，片石峨峨如筍角。左轉平行出峰背，仄徑灣環愈綿邈。俯看深澗千百尋，我頭岑岑似風瘖。稍東山凹開一罅，寛不逾丈纔容幄。雄關有遺址，鐫題何卓犖。舊名峻極關，爲豫晉分界之地，明萬曆間建有門闕，舊遺石扁尚存。過此一線臨深澗，何人走馬能横槊。守以巨礮卒百人，萬騎雲屯且跉踔。如何勝國當季年，夜半賊來人不覺。明末闖賊以二千人夜度摩天嶺，人無覺者。乃知地利賴人和，古訓昭然宜善學。

抓角嶺在遼州城東北一百二十里，由平地入深澗，路通邢臺

平地忽下陷，巨壑深無底。磴道人所成，其高逾五里。盤迴數十折，登攀困行李。人馬蟻旋磨，頂踵接層累。其上列營屯，地險良可恃。備多患力分，揮鍤斷其趾。居人苦哀乞，云此通鹽米。輿情難遽拂，修復聊任彼。余初令掘斷磴道以省兵力，居民以負販不便，爲準其修復。利害無兩全，何言成與毁。

夢見亡女漳生生於閩之漳州，故名

應門五尺少男丁，弱女扶牀學過庭。襁負携持千萬里，巫醫

調護十三齡。嬌癡初拜堂前月，摇落何堪曙後星。已付達觀憑幻化，夢中呼我淚偏零。

白髮蕭蕭歲月侵，向平心事杳難尋。慰情聊比陶公酒，識曲誰調蔡女琴。早道曇花成一現，何如枯木老千林。姻盟枉自稱冰玉，每顧東牀思不禁。

上黨團練與陳劍芝同年經營一載幸得蕆事行將遠別作詩以敘其事

我昔踽踽來上黨，欲呼將伯旁無友。與君一見鍼芥投，相須乃如左右手。維時守望已經年，裹糧告竭行扣缶。潞安練局已一年，捐資罄竭，將議撤防。東望烽烟苦未熄，無術點金嗟掣肘。時直隸、山東賊氛正熾。俠骨幸有朱公叔，謂生甫孝廉。與君灑泣同開誘。鄉人感憤出金錢，同澤同袍仍固守。君本廉吏囊無錢，募合武夫皆赳赳。蒼頭特起真異軍，跳盪縱横盡彪吼。劍芝府署别練義勇，技擊甚精。其中頗有賁育儔，藐視劇賊同芻狗。爲酬死士典衣裘，萬金散盡家何有。么麽殄蕩境宇完，與君幸獲占無咎。君今褰帷赴嶺表，我亦騎驢返林藪。劍芝擢粤西觀察將行，余亦因防堵事竣將旋里。此後相見知何年，彼此皤然兩老叟。努力加餐互勉旃，路歧牽袂徘徊久。

重陽前三日

寒侵衣袂露爲霜，幾處亭皋木葉黄。落日孤村散鴉鵲，暮烟衰草見牛羊。悲秋宋玉長吟望，把菊陶潛自徜徉。未插茱萸鄉思起，聊儲斗酒待重陽。

秋深涼夜正迢迢，坐對青燈轉寂寥。纖月一鉤低欲隱，繁星千點静疑摇。攤書拉雜譏成獺，和韻支離笑續貂。漫説壯夫羞小技，可知白髮已飄蕭。

輓同年武次南方伯

寥落晨星一榜中，而今又失紫髯翁。書來已覺衰機見，前年得其手書，字迹頹唐，心憂其衰。訃到俄悲舊雨空。雅量自能副腰腹，君偉軀碩腹。天真端不異童蒙。君性率真無城府。隻雞斗酒何時致，訊問聊憑〔二〕塞上鴻。君大同陽高人。

白雲亭畔静無喧，獄到于公自不冤。君在刑部最久，治獄稱平恕。誰道爽鳩偏尚猛，且看駟馬爲開門。閩中司筴煩籌畫，君爲福建鹽道，正值鹺務疲極，甚費擘畫。江左編氓賴普存。最羡急流知勇退，蘇閶杯酒憶清言。余辛亥入覲，君爲蘇藩，已決計引退，未久即告歸。

九月望前步月

霜氣澄天宇，冰輪乍到庭。蒼烟沈夕照，碧漢浸稀星。雜沓書堆案，横斜菊滿瓶。睡鄉難可到，指引借湘醽。

讀書倦卧

識字多憂患，勞勞入夢魂。待將抛卷册，何以度朝昏。到處支禪榻，隨時覓酒樽。安心無别法，面壁總忘言。

哭王鶴舟大令名文晉，河南光州人，道光辛巳舉人，知安徽建德縣，甲寅城破殉難

彈琴小邑抱恫瘝，斗大孤城匝萬山。蛇豕平吞天塹失，時皖省江北半爲賊擾。鸛鵝不見陣雲閑。時建德無守兵。登陴誓衆朝鳴鼓，殺賊羣呼夜守關。君與士民憑城固守，賊屢攻不能下。遮蔽江淮誰與共，空教南八乞師還。君屢告急，援兵不至。

蜂屯蟻聚勢披猖，力竭空拳更欲張。取義但憑三尺劍，君以城破巷戰死。告天曾爇一爐香。壯懷不辨風塵色，正氣能扶日月光。千

里故人慚後死，南瞻憑弔淚雙行。

門牆著録幾多時，儒雅風流到處師。君初爲景山教習，後爲鄧州學正，從學者甚衆。衙鼓聲稀開講座，訟庭人静設皋比。政成屢見豐年兆，數定難將浩劫移。循吏忠臣應合傳，還看褒邺有專祠。

弋陽共硯憶當年，先君子游光，君從受學，與余同筆硯者二年。假館春明割半氈。道光丙戌丁亥，君與余假館於尚書阿實甫家，同炊兩載。下第劉蕡頻獻策，折腰陶令竟揮絃。奇文自合名山貯，大節還同皎日懸。論定蓋棺君自足，追思舊雨倍潸然。

哭吴甄甫師

北渡連檣未許停，磨牙吮血憫生靈。中流擊楫軍聲壯，漢上横戈戰血腥。時江北郡縣半爲賊擾，公督師渡江擊之。詎料連營遭一炬，坐看屬地隕長星。公乘勝進剿，賊夜劫營，殁於陣。招魂頻向南天望，黄鶴樓前霧雨冥。

乾坤正氣賴支撑，憂國頻年白髮生。笑比河清肅僚寀，公丰采嚴峻，言笑不苟。令如流水活疲氓。七閩樾蔭留歧海，三楚棠陰遍列城。公撫閩二年，撫江右三年，撫浙三年，由雲貴總督移湖廣。自愧禰衡勞薦牘，西州慟哭爲吞聲。道光辛丑，有旨明保，公以畬名首登薦牘。

陽城衛淇園同年以秋日感賦詩見寄依韻和之

近事我所知，有詩未脱稿。讀君《感賦》篇，慨念庸人擾。奸民虎負嵎，蒙茸尾不掉。山頭望廷尉，王章視殊藐。首惡爲趙連城、李振河、王發囤。我憂玉石焚，乞恩言了了。宏開三面網，名法蠲徼繞。余屢向院司乞恩準其投首，量從末減，勸喻百端，終不肯從。狂且冥不悟，搏〔三〕膺如摯鳥。妄言勇無敵，脅從惟恐少。對壘狎官軍，自翊强哉矯。鄉愚慴積威，執梃隨旂旐。在黄龍、風神兩廟，脅從近萬人，用鎗礮旗幟與官軍對敵。鎗礮轟如雷，飛走窮林杪。官軍進攻黄龍廟，鎗礮擊斃百餘人，餘皆逃散。懸崖墮婦嬰，溝壑填耄老。可憐耕鑿氓，燎原如枯草。作孽數狂夫，無辜嘗荼蓼。因念古循良，赤子常懷抱。撫字寓催科，何至煩誅討。寬猛得其宜，恫瘝時在抱。稂莠早耘鋤，嘉禾罔枯槁。寄與司牧人，踐踏留叢篠。

飲酒偶成用東坡送碧香酒與趙明叔元韻寄王英齋即求和章

我本山中一麋鹿，野性何知慕卿相。三載歸田百事休，垂涎惟有思佳釀。醉後高談不自由，恒慮灌夫得嘲謗。南望風塵苦未息，聞雞踏破梅花帳。枯腸芒角怒欲生，恨不鯨吞倒瓶盎。惟當簑笠安耕鑿，黍肉還甘童子餉。

側聞吴楚氛甚惡，顛危扶持賴彼相。焚掠縱横四野哭，搶攘誰將和氣釀。君澍膏雨數十年，未有一言速官謗。正當拯溺救燎原，何遽歸來眠紙帳。草笠芒鞋走山澤，時覓幽花植盆盎。與君相約汗漫遊，白衣送酒誰相餉。

立冬日作

夜半得微雨，朔風聞怒號。攬衣覺凜凜，寒氣侵毫毛。黄葉飄蕭下，雜沓飛林皋。三時既已歷，摇落隨蓬蒿。獨有畦中花，秋來抽嫩條。密葉敷蒼翠，宛同春日驕。一朝遇寒凍，萎敗如焚燒。嗟爾生何晚，未榮先已焦。温肅有時令，彭殤若自招。試瞻山上松，淩冬獨後凋。稟氣得貞固，霜雪莫能摇。此理可微悟，淡静留孤標。

頃乘障上黨有留别諸紳八詩潞人泐石以當紀事余小欄大令見而和之再疊前韻奉酬

脱劍歸來又一秋，河汾教授此淹留。籃〔四〕輿欲仿陶元亮，下澤還同馬少游。射虎殘年付杯底，送鴻極目過峰頭。要離塚畔堪埋骨，不羡人間萬户侯。

昔時乘障禦烏蠻，繁弱曾經試一彎。島嶼分明蛟窟裏，波潮上下黨帆間。百年已見華顛秃，一跌常驚赤轂殷。頭腦冬烘今若此，且憑鄉里笑癡頑。

俄驚蟻穴潰全河，遍地黄巾躍馬過。車騎渡江空擊楫，魯陽酣戰幾揮戈。側聞淮北完城少，悵望江南戰壘多。誰比關張能馘賊，擲將鐵硯憶摩訶。

跳梁羣盜躪畿南，烽燧遥連晉土三。險扼太行陳甲士，城環潞水誓丁男。白衣詎識韜鈐秘，赤幟空傳載籍談。幸值鯨鯢全就戮，清涼山下有歸驂。

山城撤戍靖戈鋋，仙吏車來甘雨先。虚竹自生心舍内，閑花紛落訟庭前。分無餘料支馴鶴，剩有空囊選大錢。官瘠民肥非創論，誰搜夾袋薦高賢。

下車攘臂久嗤馮，失馬何須問塞翁。櫟社有詞嘲匠石，竹林何處著王戎。升沈已作雲烟過，身世全歸夢幻中。獨繫神交惟偃室，曲高難和意何窮。

塵生甑釜突烟微，爲吏貪廉孰是非。濁酒聊堪償夙債，新詩定許破愁圍。循聲久已騰當路，卓薦尋看入帝畿。他日甘棠有遺愛，部民詩筆擬重揮。

含溪高詠似笙竽，例比蘇州綰郡符。冷淡無妨作生活，詩騷何必定窮途。梅開何遜吟方苦，花夢江淹筆已枯。詰屈東方良足哂，壇場角韻愧全輸。

三江竹枝詞

閩　江

南臺盡頭江海環，長橋直跨不作彎。橋東海船高似岸，橋西卻上竹崎關。

篋篷重疊遮太陽，惟有船旁露水光。鴉鬢青衫水中照，何似蘇州嬌小娘。

石尤風緊不開船，山頭濃緑照娟娟。行客自愁儂自喜，船中還住兩三天。

水口沿村集暮鴉，送郎登岸莫嗟呀。歸時相訪南臺路，不在船中即在家。

珠　江

五羊城外水連天，海珠海珠，城外小島。一粒大如拳。無數玻璃水光晃，知是新添河泊船。妓船名河泊船，有河泊所大使司之。

風浪無憂繫木簰，艙門三洞有層階。素馨毬子懸羅幔，盆蘭分向兩邊排。

短衫白袷浄無瑕，繡出連枝五色花。宿醒未解怕梳洗，勉自摩挲兩鬢鴉。

昨宵送客花埭花埭，在城北十餘里。東，歸來卻又阻南風。小舟一葉來相傍，鮮鮮摘得荔支紅。

浙　江

溯流西上是長山，南望仙霞聳髻鬟。衢州城外雙流合，江山船在緑楊灣。

順流兩日到蘭溪，船家款客宰雛雞。阿嫂彈箏攘皓腕，阿妹酣歌未及笄。

七里瀧過江水平，遠山疊疊翠眉横。富陽城外沙如雪，暗潮作響已三更。

隔江塔影認錢塘，停橈相送淚雙行。憑君莫道西湖好，争似之江意思長。

苗刀歌

三更風雨昏如墨，鬼車滴血聲啾唧。簷際鵂鶹哭且笑，燈光如豆眼光黑。壁間劃然起白虹，萬怪百靈一時匿。意恐寶刀忽飛去，摘置枕旁始安息。寶刀由來出苗洞，苗人赤腳著布裙。生兒賀禮悉以鐵，積鐵多多無與分。待兒長成作刀劍，千斤百斤煉一斤。秋水沈沈愁鬼魅，青花隱隱起龍紋。苗人佩此走深箐，斷虺斬鹿如鋤耘。我聞昔在乾隆季，奸宄揭竿臺灣地。嘗調苗兵助征勦，苗人奔走隨旗幟。官軍縱擊萬人呼，自天而下飛突騎。林爽文之亂。前此臺人無馬，海公蘭察以百騎渡海，賊望見披靡，所向無敵。苗兵助戰各揮刀，寒光一瞥頭顱墜。血流入海海水赤，燎枯折朽曾何異。事平凱撤已多年，此刀遺落入坊肆。我昔作吏來七閩，偶得一枚意所珍。裝以寶匣金作飾，時時拂拭燦如銀。一從教授歸鄉里，低頭日弄毛錐子。壯氣全消肺病多，蕭蕭白髮垂兩耳。即今豺虎滿江淮，仗劍從軍多壯士。據鞍顧盼獨無能，反問頻來徒髮指。每聞人喚故將軍，不覺汗流顙有泚。空留此刀隨我身，刀乎刀乎吾負爾。

擬行路難

陸行忽登舟，風波澒洞使人愁。水行又登陸，山路崎嶇傷馬足。狨〔五〕啼猿嘯不可聞，貂裘已敝空瑟縮。不如歸去閉柴門，敗絮自擁飽饘粥。

奮起忽投袂，坐對妻孥不快意。獨騎健馬如游龍，經歷山川全不計。西過昆侖東至海，南窮交趾北幽薊。晻嵫漸迫氣力衰，白髮蕭蕭垂耳際。揶揄徒受少年欺，天涯遍走成何事。

猿臂能挽强，手拈僕姑射天狼。天狼乃以千萬計，呼羣嘯侶勢猖狂。矢盡弦絶甚矣憊，歸來止有空拳張。太息我無封侯骨，分應白頭爲走卒。

引錐刺股股流血，徹夜呻吟不能絶。中宵發篋得《陰符》，頓覺風生口中舌。取得金印大如斗，阿嫂膝行況阿婦。一朝白刃剸腹中，金玉錦繡亦何有。何不學仙從赤松，冉冉白雲生户牖。

空中比翼鳥，失偶不能飛。山中駏蟨獸，獨行何所歸。仗劍出門千萬里，度越山河快無比。忽焉卧病羈旅中，瘦骨支牀不能起。此時念我同心人，參商遥隔不相親。抛骨郊野何足計，知音未遇一哀呻。

大塊發噫氣，南北東西不可知。老樹勁竹隨之偃，况乃弱草能自持？人生踪迹故無定，云有主者知爲誰。錢刀屑屑藏囊篋，兒孫乃笑爾翁癡。胡不斫鱠沽美酒，燕姬歌舞及芳時。

西施未膏沐，東施理晨妝。偕立偕行百步外，妍媸誰與辨容光。娥眉謠諑古所慨，畫工空自誤王嬙。何如椎髻自行汲，頭插蒿簪裹布裳。

皎皎天上月，所照非一處。人在窗欞間，待月昏至曙。但願照己不照彼，往昔褊心知誤矣。願分清光百分一，開我心顔一何喜。無端天際片雲來，手持長帚掃不開。他家自明妾自暗，形影不見空徘徊。露冷星稀聞禁鼓，歸宿空房淚如雨。

校勘記

〔一〕"郫邵"，原作"邵郫"，據《漢書》改。因《山右》本據《松龕先生詩集》排印，故據《松龕先生詩集》校改者不出校記。校記之《吟稿》，即《退密齋吟稿》。

〔二〕"憑"，原作"頻"，據《吟稿》改。

〔三〕"搏"，原作"摶"，據文義改。

〔四〕"籃"，原作"藍"，據文義改。

〔五〕"狨"，原作"絨"，據《吟稿》改。

詩集卷下

題趙丹臣畫雀

杏林著雨數枝横，瓦雀羣飛趁落英。暖意催來千百囀，歡情并作兩三聲。緣階芳草鋪仍淺，夾路楊[一]花糝未平。爲勸提壺頻唤起，買春誰向陌頭行。

謝石珊屬題山水畫軸

我昔揚舲衡嶺畔，恍然忽遇米家山。松杉布滿沓濃翠，上下一碧烟雲環。斧劈披麻無著處，宛如潑墨絹素間。乃悟襄陽書畫舫，時溯瀟湘見一斑。信手揮來作畫稿，并非有意殊荆關。睹君此幅用米法，仿佛九面望孱顔。河北之山半枯瘦，見此畫法生謗訕。安得與君載美酒，再放扁舟明月灣。

再題山水小幅

老樹翻紅葉，蒼然已報秋。山平隱苔蘚，水静見鳧鷗。蓑笠時還往，漁歌自唱酬。閑窗風月好，卷軸爲頻抽。

初到平陶設帳閑吟學放翁二首

如雲意氣竟何爲，一笑歸來袛自嗤。老不能耕聊借筆，心無所用漫裁詩。鳥聲細碎隨風度，花影迷離趁日移。早悟投閑有清味，罷官已悔十年遲。"有清味"一作"多樂事"。

官職聲名兩索然，半存癡黠得天全。狂花直待無風定，病樹何勞著雨偏。一日抛書魚失水，有時思飲驥奔泉。獨嫌家室猶多晝，安得排雲學散仙。首句一作"宦海名場兩索然"。

夜夢早朝二首

一從放逐遠長安，京洛風塵久未彈。鳳闕忽通千里路，貂裘仍怯五更寒。似聞吴楚天戈捷，又道江淮露布刊。宵旰憂勞何日已，夢回孤枕淚汍瀾。

壯年曾忝鷺鴛班，嶺海馳驅數往還。葵藿向陽〔二〕雖自信，蓬蒿作柱總嫌孱。時難詎敢謀歸卧，年邁端應得賦閑。誰掃欃搶天宇肅，夜闌頻望斗牛間。

讀元遺山詩二首

閏統金源氣壓遼，中州文獻總寥寥。詩篇賴有斯人在，半壁猶堪敵宋朝。

生平學杜皮兼骨，偶效蘇黄亦示奇。禾黍故宫歌代哭，淚痕多似少陵詩。

寄呈壽陽相國二首

憂國年來鬢早霜，扶人勉拜乞祠章。夢魂仍伴紫薇省，杖履何心緑野堂。共祝温公無返洛，且看裴令再支唐。秋風即日能蘇病，旦夕還宜理繡裳。

蓬萊香案望如仙，陸九蒙知在少年。印解司農猶仰屋，身離樞府尚籌邊。誰將決勝規諸葛，詎屑登樓擬仲宣。一裹葠苓公座待，江淮且報靖烽烟。

感事五首

嶺南設版自嬴秦，魋結多年野性馴。但有囂佗輸翠羽，詎聞角寶倡黄巾。嶺南自秦漢以來割據間有之，中原羣盜，無起兩越者。鼠偷原在貪泉側，尨吠俄來漢水濱。洪秀全初起廣東，後乃入廣西，夥竄入湖南湖北〔三〕。坐視燎原成浩劫，積薪厝火是何人。粤西不靖已數年，粤撫鄭不以聞，遂不可制。

巍巍黄鶴聳高樓，鎖鑰東南控上游。雷出地中鳴鼓角，雲隳天半壓城頭。武昌初陷，係賊用地雷轟塌西城，漢陽同時亦破。青燐夜照龜蛇尾，白氣晨迷鸚鵡洲。倏忽金湯填瓦礫，幾時波静掉扁舟。

百里迴環萬堞横，前朝恢拓重陪京。龍蟠江表仍王氣，豕突潢池竟阻兵。玉軸揚灰宵有焰，賊以書爲薪，焚毁殆盡。金州流血黯無聲。滿城後陷，男婦皆鬥死，無生全者。可憐一帶秦淮水，猶趁春潮自入城。

長淮艖舶鎮聯翩，那爲江都好夢圓。礮火聲中摧綺閣，兵戈影裏碎花鈿。平山慘澹啾新鬼，明月幽涼辨野烟。騎鶴仙人應太息，何堪十萬裹腰纏。

皖公山色早模糊，安慶先破，皖撫蔣蔚堂死之。淝水重頒使者符。安慶既陷，移省會於廬州。兵滿八公皆草木，城空百雉付萑蒲。江岷樵中丞興疾轉戰入廬州，守備單弱，援兵屯數十里觀望不進，城遂陷，中丞死之。登陴徒見張髯怒，輿疾猶聞奮臂呼。江令死綏周處隕，淮南從此乏良圖。周敬修漕帥在淮上，捻匪猶未敢肆行。周尋以老病卒於軍，捻匪遂不可制。

哭祁幼章方伯

大江一夜湧長鯨，鍾阜俄屯草木兵。棄甲于思歸閣卧，江督陸敗於九江，單舸走回南京，託病堅卧，賊踵至圍城。斬袪重耳逾垣行。蘇撫楊本駐南京，聞江督敗歸，棄城急遁，公遮道痛哭留之，不肯聽。枉教宗澤吟遺句，時庫貯尚有十萬餘金，江督以札提去。賊已臨城，請見畫守禦策，陸避不見，憤急歸署，嘔血數斗，頃刻卒。誰許張巡射虜營。硃批有"若非該督畏葸退縮，祁宿藻尚可稍盡血誠"之語。熱血一團應化碧，幾時尋向石頭城。公卒後五六日城陷，柩埋後園淺土，夫人亦殉死，至今均未歸柩。

夏日晚坐二首

行役今番歇馬牛，高齋習静暑全收。雲含殘雨低將暝，風送新涼淡欲秋。塗竄小文迷五色，摩挲古帖認雙鉤。詩篇但取吟成句，誰愛推敲費苦搜。

老來當暑怯衣單，半臂仍須伴素紈。走月入雲遲未出，稀星窺户久相看。蠹魚衹合書中死，蝸蚌何勞壁上觀。刈韮烹葵堪一飽，此生長鋏不輕彈。

城居悶甚偶行郊外有喜

性僻由來耽野趣，城垣遮斷意茫然。忽開青眼瞻林壑，乍喜紅塵隔市廛。山卧宿雲淹曉日，樹藏深隖試炊烟。老來唯恐少情味，到處尋詩豈是偏。

劉魯齋大令以午節詩見寄依韻戲和

村祠早過馬頭娘，節至天中比正陽。卻怪人間誰作俑，唯聞艾氣欲流芳。蓄來藥籠無三歲，見別蘭庭又一方。鬱壘神荼應協力，祓除好爲護門堂。艾人

彈鋏長歌莫更論，蘭池曲沼植仙根。依蒲幾輩邀天寵，仗劍何人報主恩。繞指化柔悲越石，中情已怯笑王孫。秋風即日能添勁，三尺提攜靖海垠。蒲劍

繅絲方賀婦功新，虎變俄然技已神。暖室三眠纔試浴，寒林一嘯忽驚人。伏波常誡畫圖誤，王顯何堪品服真。十萬貔貅應敵愾，莫將兒戲試經綸。繭虎

世事已同風馬牛，畦丁何事更相求。如匏應繫不材木，喘月難行陸地舟。半畝荒園酣雨露，一犁瘠土老田疇。無勞叩角歌長夜，不羨人間萬户侯。茄牛

題靈邁溪畫松和原韻

禿爪蒼鱗自倚天，春花何處鬬嬌妍。孤高衹許明蟾照，醜怪

端應野鶴憐。石友荒寒長伴影，竹孫小弱未齊肩。濤聲隱隱生虛壁，恍在空山落日邊。

和泗心梁子足夢中句元韻三首

夢中好句見規摹，道氣深沈渾智愚。司馬樸誠自天性，元龍豪氣未全殊。已平厓岸偕塵俗，終露昂藏笑小夫。頻欲就君消鄙吝，衰年頗憚道途迂。

紛紛世態儘難摹，此叟何妨辱以愚。自笑裴休真措大，敢誇臣朔與人殊。乘軒有鶴原叨忝，撫枕聞雞亦丈夫。白首竟成村學究，書生面目本來迂。

五禽遺法手重摹，人笑衰翁意獨愚。已解安心師慧可，何勞問病遣文殊。彭殤自合歸司命，矍鑠猶堪作役夫。日月跳丸何太速，乘閑搜句莫嫌迂。

和梁泗心宿彭孫卦山書院二首步元韻

分襟將廿載，魚雁結歡欣。因作《遂初賦》，重聯大雅羣。棣花雙接萼，蘭袖兩含芬。坡潁遥相望，徘徊嶺上雲。

卯君樂幽討，遠迹卦山邊。萬柏翳丹嶂，一亭低緑天。風來沁香氣，月照洗塵緣。蠟屐如能到，思嘗墜露鮮。

七　夕

天上逍遥纔一日，人間倏忽已經年。如何夜夜常相會，猶悵銀河少渡船。

飛來烏鵲自填橋，露冷衣輕環佩摇。脈脈兩情相望久，何能無語度良宵。

瓜果鋪陳炷瓣香，引鍼穿線女兒忙。牛郎祇道蓑衣好，巧思何曾到七襄。

纖月西沈影漸低，暫時離別不須悲。玉關一去無消息，萬户砧聲訴阿誰。

入伏後兼旬不雨劉月齋大令設壇步禱甘霖立沛詩以誌喜

酷暑連旬炎氣多，歐公軫念慨無禾。拜章暗灑蒼生淚，步禱偏從赤日過。驟湧黑雲飛霹靂，旋傾碧落瀉江河。歡聲雷動横汾畔，齊獻神君孔邇歌。

衰翁苦熱鎮行吟，無術招涼汗浸淫。蔭暍君真同樾樹，雨人何幸到枯林。蕭齋八尺風漪展，蔀屋千簷濁酒斟。願祝郇膏三晉普，他年重話舊棠陰。

懷人三首有序

設帳平遥，齋居閑静。回憶昔年同硯三友遠在京華，愛而不見，情見乎辭。

張豫菴吏部

天末懷人秋月明，久居京邑憶張衡。山公啓事三銓肅，潘縣栽花百里清。白首郎曹淹宦迹，黄花晚節淡詩情。卯君彼此頻相唤，花甲週迴歲又更。余與君乾隆乙卯年生。

白蘭岩祠部

才調香山妙軼倫，致身清切近楓宸。彤庭獻賦徐兼庾，粉署分曹冬復春。驥足終當開道路，鳳毛且喜掌絲綸。綿田卻憶談經處，樹色山光迹未陳。

張漢槎水部

文章樂府困青衫，鐵硯磨穿劍出函。君年四十餘乃登第。鸞掖詞章留舊價，鳲鳩官屬有新銜。朱絲比直音偏古，玉尺無瑕品不凡。砥柱狂瀾君莫讓，肯隨下瀨颺輕帆。

服先兄年逾七十生子喜賦

果然佳夢叶熊羆，乍展來函喜溢眉。人到古稀多鶴髮，天教有後育鱗兒。啼聲雄壯神全足，頭角崢嶸骨自奇。錯寫弄璋君莫笑，最難好事到吟髭。

廉吏江州司馬公，箕裘付託紀羣同。在原每歎頭俱白，跨竈常憂火不紅。忽報新荑生老樹，卻教喜氣健衰翁。竹林尚有藏書在，盼爾垂髫五尺童。

題吴梅村詩集四首

長慶新辭入管絃，歌殘簫史唱圓圓。千秋才調推元白，未必前賢勝後賢。

秣陵重到長荆榛，掩淚題詩妙入神。一代興亡誰訴説，故留天寶舊宫人。

鐵崖未許白衣還，詩卷淒涼涕欲潸。高節才名兩相累，悔抛薇蕨在西山。

讀罷遺編字字珠，一錢不直莫嗟吁。江南自有詩人墓，蔓草荒烟望泖湖。

攬鏡瘦甚自嘲

看鏡衰顔忽自驚，稜稜傲骨此支撑。瘦生恰好偕梅婦，肉食何因到管城。白髮尋人如有約，黄花似我亦多情。近來頗解吟詩苦，飯顆山前掉臂行。

鯨飲多年不計觴，中厨斫鱠厭膏粱。偶然止酒師彭澤，卻便長齋似太常。戲作五禽扶老憊，倦如獨鶴任相羊。癯仙正好居山澤，瓠白何須羡飯囊。

寄懷陳劍侯觀察

蕭然琴劍寄并州，李廣功成竟不侯。三晉雲山頻駐馬，一官飄泊似輕鷗。何時桂水浮仙棹，且向苔岑話舊遊。休憶秦淮嗚咽水，好傾濁酒慰羈愁。

欲携姬人赴館因無屋而止月齋大令與諸紳士相商苫蓋數椽感而有賦二首

斗室聊堪十笏量，殘書拉雜滿繩牀。抗顏儘可嘲韓愈，舉案何由著孟光。令尹招賢開廣厦，居停好客構山房。腐儒未稱緇衣什，慚愧皋比坐講堂。

欲徵熊夢勉隨時，椎髻簪花亦自宜。大令情多桃葉渡，香山年邁柳枝詞。花間滌硯翻紅袖，燈下縫裳理細絲。幸得藏春留別院，生萸一任曉風吹。

哀平陽

愁雲暗淡風酸烈，雞犬無聲烟火絶。夜來寒月照空城，惟見縱横抛白骨。驅車欲進馬不前，填轍骷髏粘亂髮。我聞此地古堯都，勤儉俗與他方殊。浩劫胡爲不擇地，三萬男女一日屠。傳聞閭左有鄭姓，編管嶺南及寬政。導賊來此肆荼毒，磨牙大恣虎狼性。一夫自復睚眦仇，萬家遂併嬰孺命。臨汾屠者鄭福，犯罪充廣西軍，投入賊夥，引賊攻平陽，城遂陷，福尋爲賊所殺。嗚呼！藴而生孽非一朝，元元阨運竟難逃。生聚十年誠不易，活我餘黎在大僚。

秋寶三兄殉難平陽賦二律哭之

半生未暖舊寒氈，又向黌宫執豆籩。君以廩貢，援例得訓導，歷署多任，迄未得補。癸丑七月委署平陽府學訓導。苜蓿闌干方對案，萑苻嘯聚忽生烟。君履任三日而賊至。援無蟻子孤城破，時平陽城中止有兵百餘。軀類鴻毛一笑捐。有子執戈能罵賊，少子十八，隨君殉難。忠魂依結到黄泉。

紛紛白骨盡填渠，慘淡空城鬼一車。平陽屠戮最慘，死者一萬餘人。血濺宫牆猶化碧，君受矛傷，死學宫旁。魂歸箕尾自凌虚。清銜已錫三雍上，贈國子監學正。世賞仍延百代餘。世襲雲騎尉。戴笠舊盟徒悵悒，奠君斗酒重欷歔。余與君爲總角之交，同筆硯者數年。

戒　酒

東坡十詩九言酒，其實量小不容斗。乃知酒是詩人料，何嘗濡筆定濡首。淵明一生惟耽此，摘菊宅邊杯在手。遠公蓮社苦相邀，一聞戒酒攢眉走。迨後乃有《止酒》篇，或亦未嘗謀諸婦。我與麴生素莫逆，五十年中不相負。浮白飛觴那計巡，醉後懸河奔出口。邇日衰殘肺病多，河魚腹疾時時有。生平酒徒半陳人，獨酌徘徊苦無友。舉杯邀月月不來，芒角槎牙撑枯朽。本欲消除萬斛愁，翻令愁腸迴且九。不如暫免醉鄉遊，君子之交淡可久。從此酒惟詩裹見，危言聊引鼂堂叟。

抵館後得友人書數十緘嬾於作答詩以謝之

雙魚珍重屢相投，作答因循見恕不？買菜詎煩〔四〕公府掾，種瓜休説故時候。白雲可悦難持贈，青眼高歌且罷休。待我新詩成卷帙，不妨重覓寄書郵。

聞安姬病弱瘦損勢將不起

夭桃初放雨烟和，飄落無端奈若何。弱柳摇風原力少，幽蘭泣露况愁多。劇憐秋圃銷黄蝶，無復春山畫黛蛾。一瞥因緣如泡影，朝雲空自念東坡。

西風淒斷翠眉顰，一片浮雲寄此身。已老春蠶絲未斷，將歸秋雁語猶頻。眼中未見紅顔改，夢裏依然玉體陳。休悵從今生死隔，姗姗立望更何人。

甫抱衾裯遽别離，行人目斷淚偷垂。完他未了三生債，换我無題數首詩。薄倖知難逃怨語，沈綿猶自數歸期。何時澆酒東原上，三尺孤墳二尺碑。

曇花一現忽凋零，悵望簷前三五星。攬鏡自嗟〔五〕頭已白，捧巾卻怪眼偏青。人間那得回春樹，水畔難收逐浪萍。我本〔六〕無情情泥我，半窗落月夢初醒。

讀王阮亭詩集

一代咸韶備五音，無非雅瑟與清琴。獨將神韻標真諦，掛角羚羊何處尋。

東門報怨嗤秋谷，南部争强笑子才。撼樹蚍蜉空費力，問誰彈指現樓臺。

紛紛祧宋復宗唐，平等看來集衆長。採得百花崖蜜熟，蜂房何處更尋香。

右丞獨擅詩中畫，八百年來誰與倫。讀得漁洋《蠶尾集》，始知畫裏更添人。

七言絶句妙如仙，供奉龍標讓後賢。煮茗焚香吟一過，冷冷天半七條絃。

或云學杜或云非，拋卻筌蹄逸興飛。獨有吟鞭到秦蜀，少陵結伴許同歸。

生平推重虞山叟，衹爲詩名賴彼傳。卻似謫仙逢賀監，鏡湖那得比青蓮。

詩到新城第一流，二王才調邈無儔。西樵自是豪吟客，其奈東坡遜子由。

彭詠莪司空拜協揆之命寄詩致賀

欣聞甌卜已登庸，布路沙堤共幾重。夜聽仙音宫樹發，朝看金帶院花濃。共傳中國相司馬，喜見南陽起卧龍。滿目嗷鴻都望歲，願公早就富民封。

絲綸閣下擅文章，清切才高鵷鷺行。内相人皆稱陸贄，尚書誰敢比黄香。籌邊夜召衣沾露，憂國年多鬢染霜。爲祝堂餐須努力，時方多難賴康强。

黄巾擾擾遍南東，吴楚蒼黎水火中。出柙何人嬉乳虎，荷戈幾輩化沙蟲。淮西獻賊須裴相，貝水平妖待潞公。戰勝廟堂知不遠，捷書飛報小旗紅。

八閩猶記使車巡，玉尺量材長短均。碧海搜奇沈密網，紫陽遺緒見功臣。姚崇自是匡時相，絳老甘爲就役民。一卧空山忘歲月，無勞冠劍拂清塵。

重陽遣悶

滿城涼雨正瀟瀟，有客行吟破寂寥。詎有黄花和露摘，空憐白髮任風飄。秋情每悵人千里，令序惟酬酒一瓢。門外催租聲不到，裁詩强自慰無聊。

憶昨從軍駐太行，高秋兩度遇重陽。連營戲馬霜華白，乘障登高木葉黄。行炙健兒能劍舞，飛觴豪客有詩狂。光陰迅速如彈指，此日題糕又一方。

悼安姬姬温州人，不知姓，名之曰安喜，即以安爲氏

證果無由問宿緣，巫山雲斷化爲烟。小星纔照羅幃裏，未到天邊月再圓。

桃蘇髻子挽初成，爲惜梅花太瘦生。可奈東風纔一度，香魂

飄墮悄無聲。

殷勤早起點茶湯，紅袖仍添午夜香。回到維摩方丈室，散花何處嗅餘芳。

枯楊猶自盼生荑，恰好吴娘正及笄。蘭夢不成成噩夢，醒來落月伴烏啼。

醫方頻换效茫然，聞道花枝瘁可憐。無計返魂徒悵望，空將落葉聽哀蟬。

紙閣蘆簾傍小齋，藏春别院早安排。秦淮未許吟桃葉，一水盈盈願已乖。

西崦漸迫歎衰遲，蠻素焉知屬阿誰。占我墳傍一抔土，免教白傅放楊枝。

眉嫵何嘗手自描，初來卻憶尚垂髫。韋郎已向風塵老，難説他年待玉簫。

戲題終南採芝圖在閩時偶購此軸，諸鉅公題詠甚多。款曰吉甫，似是閩中貴胄，但未詳爲誰，戲題四絶

此中佳處少人知，角綺當年杖履隨。一自紛紛開捷徑，山頭無復産靈芝。

萬疊仙霞埤海環，如何寄興在秦關。閑煞武彝偏不到，卻携蠟屐借他山。

雲氣遥連鳥鼠秋，蒼崖古木帶溪流。遊仙自有新詩在，何必靈苗費苦搜。

憶昔乘軺赴蜀中，終南佳氣望空濛。吟鞭一指匆匆過，那得仙芝到藥籠。

書扇寄婿張少董

良緣締就鎖鴛鴦，正喜門楣賴有光。卻憶垂髫憐左女，空教

坦腹羡王郎。百年已訂朱陳好，兩姓人將樂衛方。他日昌黎有遺集，還須李漢爲收藏。

九月望前得月

連宵風雨過重陽，乍捲陰雲見月光。撲樹神鴉催落葉，叫空孤雁帶新霜。頻搔白髪秋將老，小摘黄英菊有芳。卻憶南征營幕冷，寒衣幾處到江湘。

祁縣懷古

誰堪覊紲老風塵，十九年來閱苦辛。三士之中推舅氏，兩言可寶在仁親。設謀已幸誅驪妾，與塊何妨拜野人。表裏山河今未改，徐溝祠廟又重新。舅犯

搏〔七〕虎何憂力不勝，炎精已熄又將興。應聲忽奮車前戟，然腹俄看市上燈。鑄錯祇因遲赦令，燎原那復見觚稜。當塗易代關天數，莫爲中郎獨拊膺。王子師

典午應推第一流，支撑半壁賴紆籌。間關捧表來江左，慷慨興師壓上游。卻笑王敦如夢裏，終看蘇峻望山頭。猶憐絶裾留遺憾，親舍遥遥在北州。温太真

台鼎三温重帝京，出羣才調讓飛卿。八叉空汲龍門浪，一第終艱雁塔名。作達古今名士習，論詩中晚俗人輕。義山雅可稱瑜亮，宗派西崑子細評。温飛卿

借　書

一官誤我走天涯，遠別書城散五車。此日從頭開卷帙，蠹魚穿穴已成家。

編摩無復費冥搜，過眼雲烟任去留。休笑一瓻太微薄，須知不是借荆州。

解館將歸戲作

自笑雕蟲技已疏，縱横勒帛漫相於。非關見獵心猶喜，此是顔公乞米書。

一飽依然仰硯田，敢嫌脩脯太戔戔。從前愧煞雙雞膳，日對流亡食俸錢。

壽陽相國以䆓䆗亭詩集見寄詩以謝之

盛世元音見午亭，太行佳氣鬱空青。試從北幹尋支派，綿蔓盤迴第五陘。

曲江風格倡三唐，少達多窮説已荒。相業詩名兩相稱，壽陽端合比歐陽。

巨川濟了作虚舟，一品詩篇自校讎[八]。何日高吟歸緑野，雜花疏樹繞䆓䆗。

才盡江郎舌尚存，學吟敢望涉籬藩。詩僧若許騎驢過，尚欲推敲月下門。

歎　老

如馳歲月任蹉跎，鏡裏頭顱奈老何。短鬢自憐知白少，衰顔衹爲洗紅多。百年生事穿書蠹，半世功名赴火蛾。濁酒一觴聊獨進，參横月落且高歌。

擬休洗紅二章

休洗紅，洗多紅色變。止見紅入水，不見紅上練。箱中檢出嫁時衣，古時衣樣女兒譏。

休洗紅，洗多紅盡脱。魚餒不如菜，裘破不如褐。君看裙屐少年場，老人行步笑郎當。

弛酒戒戲作

麴生向我言：與君本膠漆。胡聽萋菲詞，云我能作疾。疾疢[九]由寒暑，何爲罪酒國。試問古仙人，壽考無短折。靡仙不飲酒，一醉生羽翼。曹瞞小丈夫，惜費訕酒德。豪哉孔北海，抵書正其失。竹林有高賢，阮劉曠無匹。韜精惟賴酒，亂世免荆棘。陶公典午英，清風百代式。無日不重觴，任真常自得。太白酒中仙，醉協清平律。東坡飲不多，把杯轉親暱。其在簪纓士，名譽常修飾。自恐失儀容，號呶免戒飭。君今六十餘，仕宦遭三黜。皤然老秃翁，筆耕非肉食。縱或修小名，詎復一錢值。醉卧酒家壚，誰屑加訶叱。君又喜《漢書》，時時手自乙。下酒醉相宜，無酒恐蕭瑟。君近好爲詩，撚髭吟不輟。斗酒入枯腸，能助生花筆。百利無一害，胡爲見遺軼。我愧麴生言，謝之以長揖：與君修舊好，壺觴時在側。

冬日夜坐

煨爐榾柮焰將闌，老去方知歲易寒。作雪未成雲意冷，敵風無力客衣單。鷽鳩自得榆枋樂，鰕䱇安知江海寬。執卷高吟聲動壁，孤燈欲燼夜漫漫。

六十二歲生日張豫菴梁彭孫張漢槎白蘭岩寄壽屏致祝同學諸子并集用放翁六十二翁吟元韻

一年又到早寒天，斗室還如不繫船。有舌尚存論今古，無官那復羨神仙。蕭騷白髮成何事？孤負青春劇可憐。醉裏重尋香國夢，梅花萬樹晚山前。

錦屏緘寄小陽天，雒誦如登春水船。大筆縱横金馬彦，揮毫灑落玉堂仙。圖謀不朽竟安在，刻畫無鹽衹自憐。寄語故人須努力，時方多難且居前。

將赴平陶余大令小欄以詩贈行依韻和之

人非偶世夙餐霞，覓句行吟書滿家。老鶴一鳴静鴉雀，清琴微拂洗筝琶。貯囊端合裁文錦，籠壁還須用碧紗。鬭險争奇吾所怖，騷人香草自傳芭。

琴堂人散静無塵，廚傳蕭然不道貧。沱水波瀾飛作雨，臺山冰雪暖回春。但憂民瘼時披牘，一任飢腸自轉輪。輿論他年傳史筆，如公吏治合書循。

漫許耕夫曳杖從，誰知仙吏是儒宗。非公未見澹臺至，懸榻還當孺子容。已幸牧羣除害馬，頻看詩筆矯游龍。汪倫送我情千尺，勉和篇章興未慵。

强設皋比汾水東，輪蹄往復苦匆匆。説詩自愧非匡鼎，好酒何妨效孔融。差喜竹林無貴仕，更欣梓里被仁風。蘇髯倘寄新詩到，燒筍文同一笑中。

自題種松小照

昔人閉户著書早，種松皆作龍鱗老。我此蒼顔亦種松，非關鉛槧窮幽討。憶我生時感慈夢，盎植小松供三寶。龕生時先母續太夫人夢人贈盆植小松，置佛座前。先師蘭楣先生爲命别號曰松龕。科名仕宦兩平平，徒愧出山爲小草。中年似續頻關心，捧壺孑立縈懷抱。偶然作此種松圖，意望萌芽發叢葆。迄今白髮已披肩，未見呱呱覓梨棗。每顧此圖一慨然，涼德自慚申默禱。無後之愆難謝責，敢怨天公同伯道。數卷殘書付有人，稊發枯楊亦自好。

正月立春雪後適平遥館

河冰未泮便征輪，襆被登途及早春。殘雪在山晴露脊，峭風吹野濕無塵。生平行路輕千里，老去驅車怯浹旬。猶有殘書盈數篋，爲酬載酒問奇人。

簿書抛卻擁皋比，荒落應嗤没字碑。空撫懸腰三尺劍，終輸補屨一錢錐。齏鹽風味今猶昔，竹帛功名夢亦癡。差喜詩情時欲動，巡簷鎮日撚吟髭。

古　意

倚户望行人，行人逝不留。料到前途去，含淚屢回頭。

寄書苦不達，况乃鴻與鱗。倘有平安報，付與有心人。

二月朔晨起仍雪

争奈花朝事寂寥〔一〇〕，一天風雪散瓊瑤。應嫌朔地春光冷，萬樹梅花落九霄。

閨　怨

燕姬擁髻住高樓，遊子聞筝去復留。自是無心思故里，教人卻怨寄書郵。

過野史亭在忻州韓岩村

緊昔遺山遭國變，白衣行哭歸鄉縣。滄海横流身不死，兵火餘生存筆硯。女真建國年近百，詩詞不乏金閨彦。中都已棄汴京焚，累朝無復存文獻。遺山乃構野史亭，河朔篇章搜羅遍。《中州》一集存巨編，微寓褒譏留小傳。頓使金源生顔色，不與夏遼同鄙賤。八〔一一〕代茫茫六百年，滄桑變革如流電。訪尋亭址早無存，惟見春來秋去燕。好事幸有汪使君，名本直，忻州牧。野外一椽爲重建。僅留短碣標亭名，竟無祠宇開别院。我思雁代古邊陲，長鎗大戟誇豪健。溯從漢魏迄三唐，太原以北無詩卷。間氣蟠鬱生異人，杜陵英魄一朝見。白虹紫氣吐眉睫，扛鼎十年力不倦。鞭笞靈怪入肝鬲，右手風霆左霜霰。睥睨陸范俯虞楊，山魅野魈揮以扇。石嶺雲霞發光彩，開寶元音今再見。我昔乘傳錦官城，浣花草堂開夕宴。東坡祠宇太白樓，詞客常將蘋藻薦。獨有遺山長寂寂，難與社公分麥飯。村氓那解重詩人，語及姓名不知羡。安得賢牧如汪君，爲構祠堂澆薄奠。

驚蟄微雨

春仲得微雨，飄蕭灑半空。暮寒仍作雪，雲濆不摇風。河朔方耕野，江淮尚伏戎。普天思小憩，默禱望年豐。

次日早晴

入夜雨成雪，其薄不盈寸。朝暾暖氣蒸，簷水滴深院。土氣沁清香，柳條餘緑線。近午有蜂來，吟聲覺歡忭。萬物乘四時，迴環機不倦。觀化及芳春，此心多所羡。

讀李太白詩

我讀太白詩，如與仙人語。袖中出明月，清光照天宇。獨立蓮花峰，帝座近尺許。不辨下方人，攢眉互爾汝。杜陵疲老翁，頗堪作徒侶。摩天兩赤幟，亭亭自千古。

平陽行爲韓生作名世昌，字支百，臨汾諸生

白日陰霾鼓聲死，黄巾匝地流洪水。十里之城百人守，萬賊環攻如蟻子。韓生措大老且聾，懷奇負氣非貪功。爲捍枌榆矢節概，魯連乃在圍城中。蚍蜉援絶孤城破，劇賊殺人手頻唾。慘若刲羊與屠豕，血湧街衢萬屍卧。維時韓生走上城，追者在後手無兵。氣竭昏倒女牆側，羣賊瞥過目若盲。醒來蹩躠上城樓，烟火

未熄青燐遊。夜半潛踪飲行潦，不托一枚何處求。絶糧五日留殘喘，梟鳴鬼哭賊氛遠。下城匍匐亂屍中，餂血紛紛見雞犬。歸到村墟妻子怪，相持痛哭旋稱快。已拚瓦礫覓殘骸，豈料生還甚矣憊。韓生多年工鐵筆，斯籀奇文窺秘密。挾技遨遊諸侯間，時有侯鯖供旅食。即今白髮已披肩，縱飲高談强有力。我因教授來平遥，與生邂逅喜其豪。奇人奇事動詩興，春宵剪燭作長謠。

春夜聞雁憶陳秋門

春宵寂寂月孤明，嘹唳賓鴻又北征。九轉湘灣誰送别，一行邊柳最關情。稻粱雖美非吾土，障塞頻來莫問程。江漢故人書不至，似聞楚尾未銷兵。

青雀篇

青雀來西方，翔集房櫳端。主人性仁愛，飼養同鵷鸞。黄花雜麻子，堆積溢銅盤。雀感主人惠，鳴聲常告歡。飛集衿袖間，依依刷羽翰。突有少年兒，張弓發彈丸。中雀雀未死，負創入林巒。林巒幽且僻，固無異患干。惟念主人恩，中夜鳴聲酸。欲矢銜環報，微軀恐不完。雲中盼庭院，滴淚落花欄。

房烈婦行有序

烈婦姓李氏，嫁於房，居介邑之義棠鎮，家貧，以縫紉資生。鄰有惡少挑之，婦罵之去。恐其復至，藏小刀袖中。惡少果至，裸體逼之。婦奮小刀刺其腹，惡少負痛逃。婦以目睹裸形，不堪其辱，誓必死。鄰婦解勸不聽，乘間倒投水甕死，有兒未離乳，不之顧也。異哉！與虢州參軍之婦争烈矣。作《房烈婦行》以紀其事。

勁草生岩阿，不畏終風疾。美玉投泥中，不變瑾瑜質。烈哉房氏婦，縫紉居蓬蓽。鄰家惡少年，斜盼涎殊色。游語試相挑，霜面詈狂賊。意恐去復來，短刀袖藏密。狂且心不死，蹈隙横入室。哭罵鄰不聞，裸體遽相逼。大呼出短刀，奮手刺其腹。狂且負痛走，淋漓血噴溢。鄰里驚相問，婦乃仰天泣。身雖幸無玷，玷已在兩目。目睹無禮形，瞑目事乃畢。倒投水瓶中，一死甘如蜜。呱呱黄口兒，抛棄不遑恤。事聞例得旌，綽楔樹道側。拘得惡少年，置之三尺律。我昨聞其事，喟然爲心惻。正氣塞天壤，終古未嘗息。匹婦撑綱常，奚事通文墨。《詩》有《死麕》篇，風化良可述。我是舊史官，表揚宜載筆。

題韓支百印譜

中山毛穎舊同方，視已茫茫髮已蒼。自歎中書今老秃，羡君鐵筆有光芒。

璽法多年已失傳，操刀競逐野狐禪。瓣香誰嗣三橋法，卻在河汾一曲邊。

劉月齋大令招飲大醉詩以謝之

孤懷鬱鬱爲誰開，下榻陳蕃喜暫陪。踏破菜園羊入夢，傾翻酒海蟻浮杯。樽前現在還堪鬬，琴有成虧莫漫猜。吐盡狂言三尺喙，玉山自倒不須推。

講堂初成階前植雙柏

檀欒雙影露初含，嘉樹珍於優缽曇。參得庭前柏樹子，何如彌勒竟同龕。

側葉翩翩綴細枝，參天黛色定何時。鏡中白髮今如許，卻似香山種荔支。

題韓支百自修家譜

三晉初分勢莫强，昌黎魏國耀軒裳。羞從鼎族稱華胄，不愧當年狄武襄。

虎口餘生念水源，且修譜牒隱鄉園。公侯復始尋常事，他日還開駟馬門。

晚春眺望

城中二月尚無花，紅杏緋桃隔晚霞。寒食過時飛柳絮，春波落後長蒲芽。衰年未敢疏裘褐，率土何嘗静鼓笳。白首頻搔曾感慨，徘徊天末數歸鴉。

燈下讀書偶作

彳亍行吟幾暮朝，百年身世總迢遥。鏡中自笑鬚眉古，几上空憐髀骨消。起舞昔曾同祖逖，酣眠今祇學邊韶。書城幸有藏身地，良夜編摩轉斗杓。

登尊經閣望南山

無樹鳥不歌，無山雲不駐。僅有月與星，仰觀時得晤。我本山中人，性喜山中住。開目見林巒，欣然愜幽素。高吟二謝詩，曠懷起遐慕。一從居城中，眸子限跬步。拘如鳥入籠，窘若猿遭錮。庭中植花草，未逢時雨澍。枯萎無顔色，吟玩難成句。傑閣創何年，高以尋丈度。拾級試一登，驟喜得奇遇。南山自東來，蜿蜒向西騖。狐岐現隱隱，綿霍紛錯互。嵐氣暗夕陽，歸鳥破烟霧。頓覺心神豁，恍若逢其故。遐想山谷中，樵牧應無數。坐卧泉石間，豈解尋幽趣。我今望見之，如飲金莖露。縱目既無涯，尋詩亦有路。跫然喜足音，聊作登高賦。

足夢中句

短衣匹馬罷遊行，枕藉殘書了此生。寶劍七星懸在壁，休教夜半匣中鳴。

贈董覺菴

世間誰復似君閑，出岫孤雲自往還。偃卧虚齋惟讀畫，行吟空谷爲看山。囊中時有清新句，夢裹從無得失關。野史遺亭應咫尺，溪毛一握試登攀。

和董覺菴留别元韻

耿耿疏星見少微，山川深處隱光輝。吟鞭一路閑行去，携得雲烟滿袖歸。

立秋後旱甚

夏季纔一雨，入秋仍亢陽。花焦空汲水，樹遠不招涼。苦熱詩情短，愁眠夜話長。豐穰安敢望，中稔籲穹蒼。

登閣晚眺

高閣淩城郭，秋原見一斑。遠峰窺睥睨，夕照媚孱顔。鳥倦還投樹，人閑總讓山。何當構茅屋，卧起翠微間。

山勢如奔馬，安然閲古今。田緣坡阪上，石冒蘚苔深。雲卧真人想，巖棲静者心。尋源探勝水，憶昔濯清衿〔一二〕。勝水出狐岐山，頃館介休，嘗數數往遊。

蠹魚二首

化生偏解嗜多文，寢饋縹緗閲典墳。愧我多年拋卷軸，深知書味不如君。

錦繡笙歌孰啓函，與君相見半青衫。人間那得神仙字，常近文章已不凡。

王雁汀中丞授四川節度賦以贈别四首

勞心撫字閲三年，蟋蟀遺民戴二天。野化鳴梟林藪静，田無碩鼠黍苗全。杜鵑聲裏俄聞喜，竹馬兒曹盡擲鞭。宰相迴翔徒悵望，憑誰借寇且遷延。

大旆翩翩赴益州，夢刀人自羡公侯。秦中稅駕甘棠遍，蜀道褰帷棧樹稠。持節坐頒嚴武令，籌邊重葺贊皇樓。遥知賓佐開筵日，定有晴虹入酒甌。

七閩作吏識風標，養望東山幾暮朝。四海蒼生思謝傅，九天丹詔到王喬。錢刀屢費司農計，襦袴頻聞下里謠。此日油幢更西去，州民揮淚望雲軺。

前番乘障率偏師，正值劉琨按部時。匹馬獨行周要隘，雙魚頻到授機宜。南山射虎殘年在，西道鳴鸞幕府移。工部草堂如許借，元戎小隊入新詩。

落　日

落日淡秋雲，波紋起皴皺。登高試縱目，遥見秋山瘦。遲月月未出，暝色蒼然湊。

李朋南以鵝毛茵見惠詩以謝之

老骨支離怯雪霜，故人雅意惠重將。菟裘已感綈袍意，鵝毳於今又疊牀。

輕於飛絮軟於絲，雅合鴟夷號子皮。醉卧衹疑雲霧裏，那知窗外朔風吹。

煖氣周遭勝緑熊，遮寒卻笑肉屏風。梅花入夢知多少，睡覺三竿日已紅。

坡老風騷久築壇，一詩纔换兩尖團。衰翁那有如仙句，賺得蒙茸過歲寒。

四絶句不足酬也再用柏梁體三十韻贈之

駕〔一三〕鵝盤空入高冥，極目望之如小星。搏擊惟有海東青，一瞥刺空刷健翎。利爪如刃嘴如釘，呼號隱約猶可聽。半天飛灑血點腥，一團白雪墮沙汀。番兒啖肉煮以鉶，馬湩釀酒罄其瓶。空留毛毳光晶瑩，輕如飛絮未化萍。捆載入邊千里經，裝成茵褥勝肉屏。柔如女手舒娉婷，煖如朔地醉醁醽。嗟我鶴骨支伶俜，每過天寒户早扃。布衾蝟縮常惺惺，晨雞未唱瞰窗櫺。李君好我久忘形，遺我兜羅光瓏玲。解衣一卧目欲瞑，夢入華胥狎仙靈。飯時呼起猶未醒，不知門外雪盈庭。温柔似此可延齡，漢帝胡爲溺尹邢。酬君詩句愧撞莛，惟有寸心常鏤銘。

張詩舲侍郎於甲寅二月由關中入覲路出忻州寄詩代柬余素不工詩久未屬和戊午在平遥館中度歲晴窗清暇檢得前詩步元韻寄之

大雅今無匹，何緣獲下交。敲門僧遇島，避雨客逢茅。飲餞招豪士，分襟悵遠郊。執鞭徒有願，倦鳥已還巢。

豪翰傳家學，詩壇更首登。高吟和鳴鳳，健筆下秋鷹。劍服嗤莊叟，仙舟望李膺。掌珠今又獲，啼笑情可勝。

人日偶成用工部追酬高蜀州人日寄元韻

人日拈毫思有作，意氣渺然殊落落。鬢飛白雪耳鳴蟬，頭顱自歎今非昨。憶昔壯遊江海間，鵾鵬自謂翔寥闊。每將道義勵時人，好究古今談大略。一從屏迹入深山，閉户草玄甘寂寞。止有閑心辨魚豕，何曾倦眼開鶤鸚。半世知交屈指論，晨星寥落幾人存。音書已自沈郵驛，兵戈况未洗乾坤。每笑塞翁多得失，乃瞻衡宇載欣奔。書求善本親讎字，盎植幽花獨掩門。埋頭鉛槧情無厭，敷座皋比道亦尊。如此安身計亦得，何須有子爲招魂。

門人曹定齋贈曹素功舊墨一匣詩以謝之

曹生贈我九丸墨，啓函斑斕多古色。圭璧菱花各異形，小兒轉睛發黝黑。素功造墨比庭珪，舊作於今已難得。驥子獲自長安中，貽我臨池揮醉筆。我拙如鵞不工書，姓名差記嘲墨豬。飄鸞泊鳳何曾解，春蚓秋蛇定不虚。佳墨允堪充寶玩，煮茗焚香陳几案。古澤自可瑩心神，劣書何必汙毫翰。曹生静者意常恬，養痾閉户晝垂簾。兩世藏書多善本，頻年插架標牙籤。千金散盡錢刀乏，萬卷横排部署嚴。書田卻比稼田好，坐擁百城堪待老。劉蕡雖已謝科名，元方已自多文藻。留君此墨思假年，待我玄成還用草。

丁巳平遥館中度歲植水仙數本立春盛開酬以四律兼索和於同人

風饕雪虐正交加，卻遇仙人蕚緑華。翠帶參差攢薤葉，素馨流溢濺梨花。圍爐底用添香篆，瘦椀惟應啜苦茶。是我歲寒方外友，人間富貴不須誇。

霞漳異種海濱來，錦石瓷盆手自栽。箭茁紅蘭包玉朵，根埋銀蒜孕瓊胎。三冬愛日窗前曝，一夜春風座上開。爲覓同心聯臭味，巡簷索笑有寒梅。

洗盡鉛華迴出塵，三神山下問前身。移情海上留琴操，微步波開賦洛神。不作夭〔一四〕斜羞媚世，獨標淡素自宜人。扁舟若使逢陶峴，供養還如禮上真。陶峴自置一舟泛游江湖，吴越之士號爲水仙。

真靈位業不尋常，一勺清泉瓦硯旁。雪案裁詩閑對影，晴窗摹帖静聞香。天寒未許蜂衙鬧，禪定無勞蝶夢狂。試上蒲團參妙諦，温柔何異白雲鄉。

讀杜詩

太白詩如仙，工部詩如神。神與仙異趣，體物太無倫。星辰下精氣，岳瀆動殷轔。揮毫百靈集，窮幽萬鬼馴。雲車謁閶闔，氣象干天人。一呼風雨至，動植隨之新。聰明且正直，所憂國與民。哀吟夢魏闕，涕淚憫孤貧。與仙雖異路，於人轉益親。馨香延百世，位業此爲真。

二月初旬寒甚

積雪全消春水生，薄冰連日又凝晶。空梁未見尋巢燕，凍柳難招出谷鶯。稍喜陽和蘇病骨，那無烟景助詩情。脂車好待清明後，定有風花送我行。

白駒過隙暮還晨，彈指年光近七旬。山水秖應防自寇，枯楊何意又回春。文章未古休論價，卷帙難拋且拂塵。但得安心如慧可，不妨帶索老長貧。

晴窗偶吟寄梁泗心昆仲

小窗來旭日，晴暖自相宜。滌硯凹痕濕，焚香篆字奇。春風回暮氣，鳥語問新詩。步屧知何往，吟成寄所思。

大風寒甚

風寒常鍵户，兀兀此閑身。慮淡都緣懶，詩清卻賴貧。煎茶煨獸炭，倚枕側烏巾。寢饋殘書在，何勞問夙因。

啗糠詞有序

晉俗儉嗇，石嶺關以北寒瘠尤甚，豐年亦雜糠粃，司牧者宜念之也。

富食米，貧啗糠。細糠猶自可，粗糠索索刷我腸。初碾者爲粗糠，再碾者爲細糠。八斗糠，一斗粟，俗稱爲八兑一。卻似摶來沙一掬。亦知下咽甚艱難，且用療飢充我腹。今年都道秋收好，囤有餘糧園有棗。一半糠粃一半米，婦子欣欣同一飽。昨行都會官衙頭，粒米如珠流水溝。對之垂涎長歎息，安得淘洗持作粥。

馱炭道有序

石炭似煤而有烟，太原以南煤炭兼産，關北則有炭而無煤。五臺南界産炭，山路高險，俗呼馱炭道，民間農隙皆以馱炭爲業。余所居之東冶鎮，其聚處也。自幼目睹艱辛，雜方言作《馱炭道》。

隔巷相呼犬驚擾，夜半驅驢馱炭道。驢行黑暗鐸丁東，比到窰頭天未曉。馱炭道，十八盤，羊腸蟠繞出雲端。寒風塞口不得語，啓明十丈光團欒。窰盤已見人如蟻，燒得乾糧飲滚水。兩囊盛滿捆驢鞍，背負一囊高累累。馱炭道，何難行，歸時負重來時輕。人步傴僂驢步碎，石頭路滑時欲傾。日將亭午望街頭，汗和塵土面交流。忽聞炭價今朝減，不覺心内懷煩憂。價減一時猶自可，大雪封山愁殺我。

聞客談南中事

游魂尚未脱黄巾，千里江流映碧燐。淮蔡何人方李愬，潯陽猶自阻盧循。蕭條林木巢春燕，咫尺清波惯涸鱗。八載宵衣勞聖主，徒聞送喜萬方頻。

歸里有期

作客平生慣，蓬廬置若忘。有時歸故里，轉似赴他鄉。渡想滹沱淺，關愁石嶺長。一芽初試抱，卻笑瓦同璋。上年七月生一女，名曰松芽，余猶未見也。

二月二十日自賈令早發

旅榻眠難穩，驅車賦北征。曉風吹馬足，殘月咽雞聲。道里非云遠，衣囊況復輕。歸時春欲暮，花柳笑相迎。

己未元旦

改歲年年事，居然氣象新。静中有孩意，物外得閑身。馬齒頻加長，鴻鈞又送春。江淮當戰罷，都作太平人。

息影三年久，閑與懶并尋。殘書抛復拾，好句茹還吟。目送惟雙鵠，身衰賴五禽。淡然忘百慮，何處更安心。

贈薄石農姊丈四十韻

乾坤有清氣，不賦裘馬人。其所私授者，孤介與清貧。淵明倡其先，子美步後塵。太白號謫仙，鯨波葬其身。昌黎豪傑士，崛起當衰晨。嶺表兩竄逐，數與死爲鄰。其門有郊島，韓公嘗引伸。島由髡得官，主簿長江濱。東野號寒蟲，啓口多蹙嚬。佐幕方捧檄，遽死未拖紳。其詩特峻削，三唐罕與倫。一鳴如老鶴，可以静殷轔。一自昌黎死，覆瓿已千春。東坡詩中豪，苛論獨齗齗。鄙之爲小魚，荒穢孤芳湮。遺山後來秀，仇孟如越秦。直詈爲詩囚，不止話畦畛。從茲東野詩，騷壇無復珍。定襄有畸士，文慧來夙因。其於古作者，温故能知新。白首困棘闈，骯髒一頭巾。生性不諧俗，炯炯目有神。獨好東野詩，自云此問津。其詩兼韋柳，唐宋往來頻。當其得意處，往往露性真。學孟蓋謙耳，亦以吐嶙峋。與余孩提長，重之以姻親。趨庭相後先，詩禮兩人均。我幸得一第，君仍此邅迍。我昔官嶺嶠，君來到海垠，忽忽二十年，鬚髮俱如銀。迨我歸故里，昔年人多陳。君獨支瘦骨，過從及良辰。卻似枯藤杖，人嗤骨相屯。獨餘此清氣，猶復解吟呻。兩耳聾已久，雷霆暂不聞。與君不能談，枯筆代齒脣。君覽輒大笑，妙論響然臻。久病能不死，其年天所伸。願君保耆艾，長爲八百椿。

寄贈王靖廷有序

靖廷與予素未相識，介老友平陽韓君寄素紙一幅倩予作書。韓君來札詳述靖廷之爲人，予不工書，走筆爲長篇塗其紙以御寄。

王子太原秀，淡静如列仙。萬卷撑胸腹，不取人間錢。昨者嘗出山，襆被遊幽燕。將揮白羽扇，静掃江淮烟。解裝未匝月，慨然遽言旋。買書控驢背，歸來耕綿山。難弟夙同志，二陸皆稱賢。將以著書老，無復履市廛。聞我老而秃，筆耕穿寒氈。遐寄尺素紙，令作筆墨緣。我書拙如鶩，蛇蚓相牽連。無以答君意，泚筆爲詩篇。我未識君面，君友嘗後先。石州吾畏友，訂交松柏堅。古學有三君，石州與河間苗仙露、道州何子貞太史。張子尤便便。竟以坎坷死，宿草久芊綿。曙後惟一星，念之每淒然。生平所著書，散佚已不全。獨存遊牧記，嘔心事槧鉛。道州何太史，曾許爲雕鐫。太史旋輶車，近聞已歸田。此稿未付梓，常恐遂棄捐。又有王喬者，王菉友大令，山東安邱人。循廉萬口傳。小學最精審，段氏愧盧前。所著許慎書，纍纍富簡編。壽陽祁相國，貽我巨橐纏。讀之欲下拜，自嗟已暮年。倘或天假我，猶欲事鑽研。兩君我所畏，王子聲氣聯。觀人視所友，何必共賓筵。居隔百餘里，魚雁可傳箋。相見或有日，欣慕聊執鞭。

贈董覺菴

一覺蘧然萬事忘，莊周蝴蝶兩荒唐。從今悟得人間世，收拾雲山入錦囊。

嗜好原非世所諳，卧遊虚壁湧烟嵐。試將尺素臨窗寫，紅樹中間羃小菴。

門人冀子以正奉母命修族譜偕諸昆至鄔原祖塋抄墓碑碣得千餘紙嘉其用意之勤揮長歌贈之

豐碑古爲懸棺設，漢氏既東鐫以文。前有中郎後太傅，魯重禮器傳八分。曲阜孔氏尼山裔，宙彪兩碑體如雲。自從前魏迄明代，古時碑溢滿秋墳。翁仲倒地華表折，草木陰翳轟飢蚊。片石强半欹且卧，牛羊礪角何紛紛。風摧雨駁無完字，埋没荒穢野火焚。搜剔蘚苔良不易，況乃千百多如麋。晉國冀氏本華胄，缺也破狄立奇勳。郤氏驕奢獨先覆，别支冀氏揚清芬。介休之冀籍臨晉，趙宋中葉徙河汾。漢代鄔城昔成聚，冀族居之多榆枌。别支由鄔遷辛武，瓜瓞綿如《詩》所云。族大丁繁年代隔，欲修譜牒苦絲棼。冀有賢母伏波裔，敬宗收族意常勤。飭令諸子尋碑碣，遍去鄔原習勞筋。荆棘鉤衣露濕骭，常從昧爽至夕曛。燐火夜飛星點亂，鬼車號哭聲悽焄。抄得殘碑成譜牒，一編縹帙香藏芸。晨羞捧復高堂命，母氏加餐意所欣。我聞此舉爲起立，堪厲薄俗如耡耘。冀宗昌熾未有艾，況有白眉更超羣。《千佛名經》終有分，焉能區區守一芹。爲作長歌操左券，秋風雕鶚佇先聞。

晚年生子

夜半厲生子，求火恐似己。我今殊不然，似我亦足矣。錢刀不可貪，布衣即屬美。但能爲端人，乃翁應色喜。

校勘記

〔一〕“楊”，原作“梅”，據《吟稿》改。

〔二〕“陽”，原作“阡”，據《吟稿》改。

〔三〕“湖南湖北”，原作“湘南湘北”，據《吟稿》改。

〔四〕“煩”，原作“嫌”，據《吟稿》改。

〔五〕“自嗟”，原作“我本”，據《吟稿》改。

〔六〕“我本”，原作“嗟自”，據《吟稿》改。

〔七〕“搏”，原作“摶”，據文義改。

〔八〕“鯡”，原作“譬”，據文義改。

〔九〕“疢”，原作“疚”，據《吟稿》改。

〔一〇〕“花朝事寂寥”，原作“朝花事寥寂”，據《吟稿》改。

〔一一〕“八”，原作“人”，據文義改。

〔一二〕“衿”，原作“冷”，據《吟稿》改。

〔一三〕“駕”，原作“駕”，據《吟稿》改。

〔一四〕“夭”，原作“妖”，據《吟稿》改。

兩漢幽并涼三州今地考略

附漢志沿邊十郡考略

叙

儒者治經讀史，必通輿地之學，大之攻伐戰守、山川邊徼，細之沿革分合，各有一代之規，皆非專家之學不能明。余以爲邊徼爲尤亟，昔江陰六氏，取廿二史郡國州縣各爲之圖；儀徵厲氏，取大清一統志圖合刻之，以見歷朝沿革。惜其篇幅過狹，於地形遼志之未詳者，不能增字爲憾，而於邊徼尤不能詳其因革。今觀五臺徐松龕先生兩漢沿邊十郡三州今地考略兩篇，蓋據兩漢地理志與一統志互相考證，間以己意按之，可爲讀史之助。然詳審，猶先生未竟之作，緣一統志亦有不能確定者，猶待以他書旁參曲證焉。倘使得竟其緒，兼及歷代地理之沿革，由邊徼而推之廿二行省，不尤成蔚然大觀哉！余於輿地之學夙未究心，承吉午委爲之叙，不能辭，僅述其大略如是，而尤服先生先見，數十年前早於北地山川邊徼已三致意焉。

後學邵松年謹叙。

叙

五臺徐松龕先生，道咸間名臣也，博聞强識，尤長輿地考證之學，所著瀛寰志略爲中土言外志者之先河，久已家置一編，不脛而走。晚年益究心東西北邊徼諸地，嘗取班范地理郡國二志與一統志互證參稽，間下己意，纂成兩漢沿邊十郡及幽并凉三州今地考略二書，意在疏通今古，俾言邊事者得取考鏡。削稿既竣，迄未行世。今從孫吉午，懼先著之就湮，亟謀付諸剞劂，手稿本來索一言。元濟知識闇昧，地學夙尠擘討，於先生之書之懿，無能有所闡述。獨念當先生著是書時，海禁初開，疆圉猶謐，凡所列漢時諸邊郡，非我行省，即我近藩，當軸者視之固晏然袵席地也。曾不百年，而門闥洞開，東西强鄰鷹瞵鶚視，昔之行省近藩，或則視爲杌肉禁臠，宰割已定；或方張周阹之網，盤遠勢以皋牢之，甚者，啖我族類爲虎倀，爲雉囮，冀以逞其耿耿馳逐之私。使我謀國之士日憔然於邊事外交，繳繞紛拏而不可解，於以歎事變之至，如環無端。而一二前哲深識遠鑒，以匡居箸述之意，動人以綢繆固圉之思，其爲慮信非後人所能及。惜乎先生此書未及與瀛寰志略同時踵出，而令讀者恨發矇之已晚也。

民國二年仲春，海鹽張元濟謹序。

兩漢幽并涼三州今地考略

漢樂浪郡屬幽州，武帝元封三年開，有雲障。應劭曰：故朝鮮國也。師古曰：樂音洛，浪音狼。前漢二十五縣，後漢十八縣，省八縣，增樂都。○今盛京之東南境，吉林之西南境。

朝鮮郡治。應劭曰：武王封箕子於朝鮮。

訷邯孟康曰：訷音男。師古曰：訷音乃甘反，邯音酣。

浿水水，西至增地入海。師古曰：浿音普大反。

含資帶水西至帶方入海，後漢作貪資。

黏蟬服虔曰：蟬音提。後漢作占蟬。

遂成後漢志作遂城。

增地

帶方

駟望

海冥

列口後漢郡國志注：郭璞注山海經曰：列，水名。列水在遼東。

長岑

屯有

昭明南部都尉治。

鏤方

提奚

渾彌師古曰：渾音下昆反。

吞列分黎山，列水所出，西至黏蟬入海，行八百二十里。後漢省。

東暆應劭曰：暆音移。後漢省。

不而東部都尉治，後漢省。

蠶台師古曰：台音胎。後漢省。

華麗後漢省。

邪頭昧孟康曰〔一〕：昧音妹。後漢省。

前莫後漢省。

夫租後漢省。

案：朝鮮爲箕子所封國，戰國時燕人衛滿據其地，漢武帝滅朝鮮，分爲樂浪、玄菟、真番、臨屯四郡，昭帝省真番、臨屯，并入樂浪、玄菟，爲二郡。樂浪一郡在極東，揆其地勢，大約在今盛京奉天府之東南境，及吉林之西南境，乃我朝興基發祥之地。漢時各縣歷年久遠，莫能指其方望，即漢志浿水、帶水、列水，古今異名，亦莫能定爲今何水，故一統志不能詳也。至吉林之東北境，古肅慎氏地，在漢時爲挹婁國；今之朝鮮國，在鴨緑、圖們兩江之南，地形南伸入海，乃漢時三韓地，皆不在樂浪境内。

漢玄菟郡屬幽州，武帝元封四年開。應劭曰：故真番朝鮮地。前漢三縣，後漢六縣，其高顯、候城、遼陽三縣，故屬遼東，安帝時改屬玄菟。○今盛京奉天府自海城縣以東、以南各廳縣城戍，皆漢玄菟郡地。

高句驪郡治，遼山，遼水所出，西南至遼隊入大遼水。又有南蘇水西北經塞外。應劭曰：故句驪國。

上殷台如淳曰：台音駘。師古曰：音胎。

西蓋馬馬訾水，西北入鹽難水，西南至西安平入海，過郡二，行一千一百里。○今盛京奉天府之蓋平縣。

案：玄菟郡在樂浪郡之江南，正地形西南入海之處，今盛京奉天府南境之海城縣、蓋平縣、復州、寧海縣、鳳凰城、岫巖城、熊岳、旅順，皆玄菟郡地，然方望可指者，止西蓋馬一縣耳。

漢遼東郡屬幽州，秦置，前漢十八縣，後漢十一縣，省遼隊，以高顯、候城、遼陽三縣改屬玄菟，以無慮、險瀆、房三縣隸遼東屬國。○今盛京奉天府之遼陽州，錦州府之東境、北境，跨邊外之楊樫木廠牧〔二〕，内蒙古東四盟之科爾沁、札魯特兩部地。

襄平郡治，有牧師官。○今盛京奉天府遼陽州治。

新昌

無慮西部都尉治。應劭曰：慮音閭。師古曰：即醫巫閭。後漢隸遼東屬國。○今盛京錦州之廣寧縣兼義州地。

望平大遼水出塞外，南至安市入海，行千二百五十里。○今盛京錦州府廣寧縣地。

房後漢隸遼東屬國。○今盛京錦州府廣寧縣地。

候城中部都尉治，後漢改屬玄菟。

遼隊師古曰：隊音遂。後漢省。

遼陽大梁水西南至遼陽入遼，後漢改屬玄菟。○今盛京奉天府遼陽州地。

險瀆應劭曰：朝鮮王滿都也。臣瓚曰：王險城在樂浪郡浿水之東，此自是險瀆也。師古曰：瓚説是也。後漢隸遼東屬國。○今盛京錦州府廣寧縣地。

居就室僞山，室僞水所出，北至襄平入梁也。後漢省。○今盛京奉天府遼陽州地。

高顯後漢改屬玄菟。

安市

武次東部都尉治，後漢省。

平郭有鐵官、鹽官。

西安平

文後漢志作汶。

番汗沛水出塞外，西南入海。應劭曰：汗水出塞外，西南入海，番音盤。師古曰：沛音普蓋反，汗音寒。

沓氏應劭曰：沓水也，音長答反。師古曰：凡言氏者，皆謂因之而立名。

案：漢遼東郡在遼西之東、樂浪之西、玄菟之北，在今盛京境内，方望可考者七縣，餘十一縣無考。候城、高顯二縣，後漢改屬玄菟，當在遼陽州左近，其餘大約皆在柳條邊外。今盛京奉天府之承德縣，舊名瀋陽，漢時爲挹婁國地。

迤北之鐵嶺，亦挹婁地；東北之開原，扶餘國地，皆非遼東境也。以瀋陽、鐵嶺爲挹婁地，一統志之説如此。案後漢書郡國志，挹婁在夫餘東北千餘里，當是今吉林北境，瀋陽、鐵嶺當是夫餘地，或高句驪地，不應是挹婁地也。

漢遼西郡屬幽州，秦置。有小水四十八，并行三千四十六里。前漢十四縣，後漢五縣，以昌遼、賓徒、徒河三縣改屬遼東屬國。昌遼注：故天遼。前漢地理志：遼四郡，無此縣名，未知何縣所改。賓徒，前漢作賓從。○今盛京錦州府之西境，直隸永平府之東境，北跨長城外承德府之東境，内蒙古東四盟土默特、喀喇沁二部地。

且慮郡治，有高廟。師古曰：且音子余反，慮音廬。後漢省。

海陽龍鮮水東入，封大水、緩虚水皆南入海，有鹽官。○今直隸永平府灤州地。

新安平夷水東入塞外，後漢省。○今直隸永平府灤州地。

柳城馬首山在西南，参柳水北入海，西部都尉治，後漢省。○今内蒙古土默特右翼西一百里，大凌河之側，即前燕之龍城縣，在熱河之東。

令支有孤竹城。應劭曰：故伯夷國，令音鈴。孟康曰：支音祇。師古曰：令又音郎定反。○今直隸永平府遷安縣。

肥如玄水東入濡水，濡水南入海陽。又有盧水，南入玄。應劭曰：肥子奔燕，燕封於此也。師古曰：濡音乃官反。○今直隸永平府盧龍縣。

賓從後漢志作賓徒，改屬遼東屬國。

交黎渝水首受塞外，南入海，東部都尉治。應劭曰：今昌黎。師古曰：渝音喻，下同。後漢省。○按：一統志以今永平府之昌黎爲漢絫縣，漢交黎縣當亦在附近。

陽樂後漢郡治。今直隸永平府撫寧縣。

狐蘇唐就水至徒河入海。後漢省。

徒河後漢改屬遼東屬國。○今盛京錦州府之錦縣，兼寧遠州地。

文成後漢省。

臨渝渝水首受白狼，東入塞外，又有侯水，北入渝。○當即今直隸永平府之臨榆縣，渝易爲榆，後代傳寫之訛也。

絫下官水南入海，又有揭石水、賓水，皆南入官。師古曰：絫音力追反。後漢省。○今直隸永平府昌黎縣。

案：遼西郡前漢各縣方望可考者，今盛京錦州府之西境，山海關内永平一府，隸遼西者十之九，惟灤州之西境雜有右北平地。前漢十四縣中，且慮、賓從、文成三縣無考，大約在今熱河左近，土默特、喀喇沁兩部界中。

漢右北平郡屬幽州，秦置，前漢十六縣，後漢四縣，省十二縣。○今直隸永平府西境，遵化州一屬，兼順天府東路廳之薊州。

平剛郡治，後漢省。

無終故無終子國，浭水西至雍奴入海，過郡二，行六百五十里。師古曰：浭音庚，即下文所云入庚者，同一水也。○今順天府東路廳屬之薊州，兼直隸遵化州之玉田縣地。

石成後漢省。

廷陵後漢省。

俊靡灅水南至無終東入庚。師古曰：灅音力水反，又音郎賄反。○今直隸遵化州地。

薋都尉治。師古曰：音才私反。後漢省。

徐無今直隸遵化州地。

字榆水出東，後漢省。

土垠師古曰：垠音銀。後漢郡治。○今直隸遵化州之豐潤縣。

白狼師古曰：有白狼山，因以名縣。後漢省。

夕陽有鐵官，後漢省。○今直隸永平府灤州地。

昌城後漢省。○今直隸永平府灤州地。

驪成大揭石在縣西南，後漢省。○今直隸永平府樂亭縣。

廣成後漢省。

聚陽後漢省。

平明後漢省。

案：右北平前漢十六縣，今内地方望可指者七縣，餘九縣皆無考。疑當時北境當跨出今承德府之平泉州、灤平縣一帶，纂一統志時熱河僅設承德州，未升爲府，所屬各州縣尚未設，故無考耳。

漢漁陽郡屬幽州，秦置，前漢十二縣，後漢九縣，省三縣。〇今順天府東路、北路二廳所屬各州縣。

漁陽郡治，沽水出，塞外東南至泉州入海，行七百五十里，有鐵宫。〇今順天府北路之密雲縣兼懷柔縣地。

狐奴今順天府北路之順義縣地。

路後漢志作潞。〇今順天府東路之通州兼三河縣地。

雍奴今順天府東路之武清縣兼香河、三河、寶坻、寧河四縣地。

泉州有鹽官。〇今順天府東路之武清、寶坻二縣地。

平谷今順天府北路之平谷縣。

安樂今順天府北路之順義縣地。

厗奚孟康曰：厗音題，字或作蹏。〇今順天府北路之密雲縣地。

獷平服虔曰：獷音鞏。師古曰：音九永反，又音穬。〇今順天府北路之密雲縣地。

要陽都尉治。師古曰：要音一妙反。後漢省。

白檀洫水出，北蠻夷。師古曰：洫音呼鵙反。後漢省。

滑鹽後漢省。

案：漢漁陽郡在今順天府東路、北路兩廳者九縣，惟後漢所省之要陽、白檀、滑鹽三縣無考，大約當在邊牆外承德府屬之豐寧縣一帶，蓋兩漢沿邊各郡皆跨邊外地也。

漢廣陽國屬幽州。高帝置燕國，昭帝改爲廣陽郡，宣帝又更爲國，後漢初併入上谷，永元間又復爲郡。前漢四縣，後漢五縣，省方城、陰鄉，以上谷之昌平、軍都，勃海之安次改屬廣陽郡。〇今順天府東路、西路、南路三廳所屬大興、宛平、良鄉、固安四縣地。

薊故燕國，召公所封。〇今順天府東、西二路兼屬之大興縣。

方城後漢省。〇今順天府南路之固安縣。

廣陽今順天府西路之良鄉縣。

陰鄉後漢省。〇今順天府西路之宛平縣。

案：漢廣陽國今爲神京重地，漢時止四縣，七國既平之後，七國封域制皆不過數縣也，迨後漢復爲郡，嫌其太狹，故割他郡三縣以益之。

漢上谷郡屬幽州，秦置，前漢十五縣，後漢八縣，省五縣，以軍都、昌平改屬廣陽。〇今順天府之昌平州，直隸宣化府之六縣三州。在邊外者爲獨石口外上駟院之御馬廠，張家口外太僕寺左翼牧廠，察哈爾之鑲黄旂、正白旂、鑲白旂。其北境抵内蒙古東四盟之阿巴哈納爾、阿巴噶、蘇尼特三部地。

沮陽郡治。孟康曰：沮音爼。〇今直隸宣化府懷來縣。

泉上後漢省。

潘師古曰：音普半反。〇今直隸宣化府保安州地。

軍都温餘水東至路南入沽，後漢屬廣陽。〇今順天府北路昌平州地。

居庸有關。〇今直隸宣化府延慶州地。

雊瞀孟康曰：音句無。師古曰：雊音工豆反，瞀音莫豆反。〇今直隸宣化府蔚州地。

夷輿後漢省。〇今直隸宣化府延慶州地。

寧西部都尉治。〇今直隸宣化府宣化縣地。

昌平後漢屬廣陽。〇今順天府北路之昌平州。

廣寧今直隸宣化府宣化、萬全二縣地。

涿鹿應劭曰：黄帝與蚩尤戰于涿鹿之野。〇今直隸宣化府保安州地。

且居樂陽水出，東南入海，後漢省。

茹後漢省。

女祁東部都尉治，後漢省。〇今直隸宣化府龍門縣。

下落今直隸宣化府懷來縣、保安州地。

案：一統志：今獨石口外之御馬廠，張家口外之太僕寺左翼牧廠，鑲黄等四旂牧廠，察哈爾之鑲黄旂、正白旂、鑲白旂，内蒙古東四盟之阿巴噶、阿巴哈納爾、蘇尼特，皆上谷郡北境。今内地可考者十二縣，惟泉上、且居、茹三縣無考，或即在口外牧廠、察哈爾及蒙古三部界中，然境土跨連口外者，亦必不止三縣也。

漢代郡屬幽州，秦置。有五原關、常山關，前漢十八縣，後漢十一縣，省六縣，以鹵城改屬雁門。○今直隸宣化府蔚州之西南境，山西大同府之東境，兼直隸之易州境、山西之代州境，北境跨張家口外正黄等四旂牧廠、禮部牧廠、察哈爾之正黄旂、内蒙古東四盟之蘇尼特部。

桑乾郡治。孟康曰：乾音干。○今直隸宣化府蔚州及西寧縣地。

道人師古曰：有仙人游其地，因以爲名。

當城闞駰曰：當桓都城，故曰當城。○今直隸宣化府蔚州地。

高柳西部都尉治，後漢郡治。

馬城東部都尉治。

班氏秦地圖書班氏。○今山西大同府大同縣地。

延陵後漢省。○今張家口外察哈爾正黄旂地有延陵故城。水經注：延鄉水東逕延陵縣故城北。

狋氏孟康曰：狋音權，氏音精。○今山西大同府廣靈縣地。

且如中部都尉治，後漢省。○今張家口外察哈爾正黄旂地有且如故城。水經注：于延水東南逕且如故城南。今名兆哈河。

平邑後漢作北平邑。

陽原後漢省。○今直隸宣化府西寧縣地。

東安陽闞駰曰：五原有安陽，故此加東也。○今直隸宣化府蔚州地。

參合後漢省。○案後鹵城注：虖池，至參合入虖池。别其地，當在今山西代州、繁峙之間。

平舒祁夷水北至桑乾入沽。○今山西大同府廣靈縣地。

代應劭曰：故代國。○今直隸宣化府蔚州地。

靈邱滱河東至文安入大河，過郡行，行九百四十里并州川。應劭曰：武靈王葬此，因氏焉。臣瓚曰：靈邱之號在趙武靈王之前。師古曰：瓚説是也。滱音寇，又音苦侯反，其下并同。後漢省。○今山西大同府靈邱縣。○余案：漢時黄河尚由東北入海，故滱河至文安入大河，下淶水同。

廣昌淶水東南至容城入河，過郡二，行五百里并州寖，後漢省。○今直隸易州屬之廣昌縣。

鹵城虖池水至參合入虖池，别過郡九，行千三百四十里并州川，從河東至文安入海，過郡六，行千三百七十里。師古曰：虖音呼，池音徒河反，後漢屬雁門。〇今山西代州屬繁峙縣之東境。

案：漢代郡，今方望可指者十四縣，惟道人、馬城、高柳、平邑四縣無考。一統志：今張家口外正黄等四旂牧廠，察哈爾之正黄旂，内蒙古東四盟之蘇尼特，皆代郡北境。大約五〔三〕縣地皆在張家口外。

漢雁門郡屬并州，秦置。勾注山在陰館。前漢十四縣，後漢亦十四縣，省沃陽，以善無、中陵改屬定襄，以代郡之鹵城，太原之廣武、原平改屬雁門。〇今山西大同府之大同、懷仁、山陰、陽高、天鎮五縣，應、渾源二州，朔平府之三縣一州，代州直隸州，寧武府之神池、偏關、五寨三縣，北境跨邊，口外豐鎮以北，太僕寺右翼牧廠，察哈爾之正紅旂、鑲紅旂、鑲藍旂，内蒙古西二盟之四子部落地。

善無郡治，後漢改屬定襄，爲定襄郡治。〇今山西朔平府右玉縣之南，平魯縣之北，約即今威遠堡一帶。

沃陽鹽澤在東北，有長丞，西部都尉治，後漢省。〇今殺虎口外寧遠廳迤北，察哈爾鑲藍旂地。山西北境所食口鹽，約即漢志所云沃陽東北之鹽澤。

繁峙師古曰：峙〔四〕音止。〇今山西大同府渾源州西境。今代州之屬繁峙縣，乃漢代郡之鹵城、太原郡之葰人兩縣地。

中陵後漢改屬定襄。〇今山西寧武府五寨縣地。

陰館樓煩鄉，景帝后二年置。累頭山，治水所出，東至泉州入海，過郡六，行千一百里。師古曰：累音力追反，治音弋〔五〕之反。燕剌王傳作台字，後漢以陰館爲郡治。郡國志注云：史記漢蘇意軍勾注。應劭曰：山險名也，在縣，爾雅八陵、西隃、雁門是也。郭璞曰：即雁門山。山海經曰：雁門山者，雁飛出於其間。〇今山西代州直隸州北境，及大同府山陰縣地。

樓煩有鹽官。應劭曰：故樓煩胡地。〇今山西寧武府神池縣地。

武州今山西朔平府平魯縣，寧武府偏關縣、五寨縣地。

涅陶孟康曰：涅音汪，後漢志作汪陶。〇今山西大同府山陰縣地。

劇陽今山西大同府應州地。

崞孟康曰：音郭。〇山西大同府渾源州地。今代州屬之崞縣，乃漢太原郡之原平縣。

平城東部都尉治。後漢志注：高帝被圍白登。服虔曰：去縣七里。○今山西大同府大同、懷仁、陽高、天鎮四縣地。

埒

馬邑師古曰：晉太康地記云，秦時建此城，輒崩不成，有馬馳走，周旋反覆，父老異之，因依以築城，遂名爲馬邑。○今山西朔平府朔州。寧武府神池縣地本有馬邑縣，今省入朔州。

强〔六〕陰諸聞澤在東北，後漢志作疆陰。○今張家口外太僕寺右翼牧廠有强陰故城。

案：漢鴈門一郡，在并州沿邊各郡中差爲近南，與太原接壤，今山西石嶺關北之代州、寧武、朔平、大同四屬，鴈門得十之八九，地望可考者内地十二縣，口外一縣，無考者惟埒縣一縣耳。據一統志，太僕寺右翼牧廠，察哈爾之正紅、鑲紅、鑲藍三旂，内蒙古西二盟之四子部落，皆鴈門郡北境。埒與强陰二縣，幅員安得如許之大，盖漢代與匈奴接壤，開屯列戍，烽火不厭其遠，固不必在各縣界内也。

漢定襄郡屬并州，漢高帝置。前漢十二縣，後漢五縣，以定襄、成樂、武進改屬雲中，以鴈門之善無、中陵改屬定襄，前漢各縣止存桐過、武成、駱三縣，餘皆從省。○在今歸化城土默特境内，歸、綏二城迤東、迤南，和林格爾之東，清水河之南，北、西抵黄河，其北境跨内蒙古西二盟喀爾喀右翼、四子部落兩部地。

成樂郡治，後漢省。○在今歸化城南。水經注：白渠水西北逕成樂縣。北魏土地記：雲中城東八十里有成樂縣城。以今地勢推之，當在清水河之東北，和林格爾之西，托克托東界。

桐過在今歸化城西南，濱河。水經：河水南入楨林縣西北，又南過桐過縣西，河水於二縣之間有君子濟之名。以今地勢推之，當在托克托城西南濱河處。

都武後漢省。

武進西部都尉治。白渠水出塞外，西至沙陵入河，後漢改屬雲中。○在故成樂城東南。水經注：白渠水出塞外，西逕武進縣故城北。以地勢推之，當在今歸化城之南。

襄陰後漢省。

武皋中部都尉治，後漢省。○在今歸化城東北界。水經注：芒干水南逕陰山，西南逕武皋縣。以地勢推之，當在歸化城北牛心山之右。

駱在今歸化城土默特界内。

定陶後漢省。

武城後漢志作武成。○在今歸化城西南。十三州志：武城縣在善無西五十里，北俗謂之太羅城。以地勢推之，當在今朔平府右玉縣邊口外，清水河之東。

武要東部都尉治，後漢省。○在今歸化城土默特界内。

定襄後漢屬雲中。○在今歸化城東。括地志：定襄縣故城在朔州善陽縣北三百八十里。以地勢推之，當在歸化城東北寶山附近。

復陸後漢省。

案：定襄郡，至後漢時以雁門之善無縣爲郡治，其地在朔平府右玉縣之南，内地乃有定襄郡一隅，前漢之十二縣皆在邊口外，内地無尺土也。今歸化城、土默特牧地，自寧遠廳直北以西，西抵黄河，爲漢定襄、雲中兩郡地，其大勢則東境、南境爲定襄地，其西北則雲中地也。今方望可考者八縣，惟都武、襄陰、定陶、復陸四縣無考，大約總在歸化城、土默特界内，或在喀爾喀右翼、四子部落兩部界内。

又一統志朔平府表，於右玉縣兩漢格内書曰：定襄東境。今查定襄郡各縣，前漢時口内并無尺地，迨後漢以善無改隸定襄爲郡治，其地在今右玉縣之南，故一統志以爲定襄東境，乃據後漢言也。

漢雲中郡屬并州，秦置。前漢十一縣，後漢亦十一縣，省陶林、楨陵、犢和、陽壽，而有箕陵，疑即楨陵改名。又以定襄郡之定襄、成樂、武進改屬雲中。○今歸化城、土默特境内，歸、綏二城以西，托克托城、薩拉齊一帶，西南抵黄河，跨入河套内蒙古西二盟之鄂爾多斯地，北境跨内蒙古西二盟之喀爾喀右翼地。

雲中郡治。○在今歸化城西黄河東岸，初開於趙武靈王，秦置爲郡，而漢因之。水經注：白渠水又西南逕雲中故城南。以地勢推之，當在今薩拉齊之東。

咸陽在今歸化城西。水經注：大河東逕咸陽縣故城南。以地勢推之，當即今之薩拉齊。

陶林東部都尉治，後漢省。○在今歸化城、土默特界内。

楨陵西部都尉治，緣胡山在西北，後漢省。○在今歸化城西。水經：河水南入楨陵縣西北。注：緣狐山歷沙南縣東北，兩山二縣之間而出，縣在山南，北去雲中城一百二十里。按楨陵與沙南縣隔河相對，楨陵在河東岸，以地勢推之，在今托克托城西北濱河處。

犢和後漢省。

沙陵在今歸化城西。水經注：白渠水過沙陵縣故城南，西注沙陵湖。以地勢推之，當在今托克托城之北。

原陽在今歸化城西。水經注：芒干水南逕原陽故城西。以地勢推之，當在歸化城之西北。

沙南在今河套内蒙古西二盟鄂爾多斯左翼後旂，與楨陵縣隔河相對。

北輿中部都尉治。闞駰曰：廣陵有輿，故此加北。○在今歸化城西界。水經注：武泉水又西屈，逕北輿縣故城。

武泉在今歸化城西界。水經注：武泉水出武泉縣故城西南，西逕北輿縣故城南。

陽壽後漢省。○在今歸化城界内。

案：雲中爲今歸化城、土默特西北境，其方望大概可指。惟水經注：白渠、荒于、芒干、武泉〔七〕四水，縈帶於定襄、雲中兩郡。今一統志所繪河道，與晉省石刻輿圖不同，未知孰是。又一統志纂成時，土默特界内止有歸、綏二城，此外各廳俱未設，故未能據以立說，俟他日再詳考之。

歸化城、土默特界内河道有四：最南者曰荒于水，發源朔平之右玉、平魯一帶，至邊牆匯而爲一，西流出大水口入草地，迤邐西北，逕清水河之南至沙陵湖入黄河。迤北者曰白渠水，發源右玉之北，西流出雲石口，至殺虎口之北盤迴數折，迤邐西南逕清水河之北，西南至沙陵湖會荒于水入黄河。兩河在歸化城、土默特南界。武泉水發源陰山，至寶山出峽，西南行至和林格爾之北，會岱海泊之黑河西行，又西北至歸化城之西，會芒干水，西南行入黄河。芒干水發源陰山，至牛心山出峽，西南行逕歸化城之西石碌山之東，會武泉水西南行入黄河。兩河在歸化城、土默特北界。山西省有石刻地輿全圖，繪此四水甚分明，一統志則云荒于、白渠入黑河，與此圖不合。然纂志時，七廳未設，親履其地者少。此圖刻於乾隆五十九年，七廳已設，仕宦商賈數數往來，其圖固應不誣也。

邊牆外草地日漸墾闢，蒙民交雜，乾隆中年設爲七廳。自豐鎮直北以東，爲古代郡北境，再東爲古上谷郡北境。豐鎮直北以西至寧遠直北以東，爲古雁門郡北境。寧遠直北以西，今之歸化、綏遠二城，薩拉齊、和林格爾、托克托城、清水河各廳，爲古定襄、雲中二郡地。大勢，雲中各縣在西北，定襄各縣牙錯於雲中之北，灣環於雲中之東，又弓抱於雲中之南，以水經注合地圖考之，其方望猶約略可指也。前漢雲中十一縣，今故城可考者十，惟犢和一縣無考。

漢五原郡屬并州，秦九原郡，武帝元朔二年更名。前漢十六縣，後漢十縣，省固陵、蒲澤、南興、稒陽、莫䵣、河目六縣。〇東接雲中，西窮絶塞，背負陰山、陽山，面臨大河，今爲内蒙古西二盟茂明安、烏拉特兩部地，南境跨入河套内蒙古西二盟鄂爾多斯境内者一縣。

九原郡治。〇在今烏拉特旂北，漢朔方之東北，雲中之西，今河套黄河流東〔八〕處也，以地勢推之，當跨陰山北茂明安地。

固陵後漢省。

五原在今烏拉特九原故城西。水經注：九原縣西北接對一城，盖五原之故城也。

臨沃在今烏拉特九原故城東。水經：河水東過臨沃縣南。注：石門水自石門障東南流逕臨沃城東。

文國後漢志訛作父國。

河陰後漢志作河除。〇在黄河南，今内蒙古鄂爾多斯境内，五原地在河套内者惟此一縣，以地勢推之，當在鄂爾多斯左翼後旂。

蒱澤屬國都尉治，後漢省。○案：屬國所治似當在陰山北，今茂明安界内。

南興後漢省。

武都

宜梁在今烏拉特九原故城西。水經注：河水東逕宜梁縣故城南。闞駰曰：五原西南六里，今世謂之石崖城。

曼柏師古曰：曼音萬。○在今烏拉特黄河北岸。

成宜中部都尉治原高，西部都尉治田辟。師古曰：辟讀曰璧。○在今烏拉特故九原城西。水經注：河水自西安陽東逕田辟城南，又東逕成宜縣故城南，又東逕原高故城。

稒陽東部都尉治，北出石門障得光禄城，又西北得支就城，又西北得頭曼城，又西北得虖河城，又西得宿虜城。師古曰：曼音莫安反，虖音呼。後漢省。○在今烏拉特故九原城東北，近雲中郡。水經：河水東逕稒陽縣故城南，又東經塞泉南而東注。余案：前漢志所云光禄諸城，當在陰山北茂明安境内。

莫䵣如淳曰：音忉怛。師古曰：音丁葛反。後漢省。

西安陽在今烏拉特故九原城西，陰山南。水經注：河水逕朔方縣東北屈，南過五原西安陽縣南。

河目後漢省。○在今烏拉特故九原城西，陽山南，高闕東，南北河之間。水經注：河水自陽山南南屈，逕河目縣左。括地志：河目縣在北假中。余案：河目爲五原極西之境，再西即高闕，古稱絶塞矣。

案：漢五原郡，據一統志，在今内蒙古西二盟茂明安、烏拉特兩部界内。茂明安在陰山之北，東西一百里，南北一百九十里。烏拉特在陰山、陽山之南，東西二百十五里，南北三百里。漢五原郡跨入河套鄂爾多斯境内者，止河陰一縣，其餘地勢之可考者，皆在烏拉特境内。無考之固陵、文國、蒱澤、南興、武都、莫䵣六縣，或即在茂明安界内，盖烏拉特河水所經，有水經注以證之，故方望猶可指。茂明安在陰山之北，水經注不言，遂無可依據耳。

一統志：陰山俗名大青山，西自河套北烏拉特西境，東至歸化城東北，綿亘五百餘里，蒙古土名隨地而異，皆古所謂陰山也。其實陰山橫障漠北，南起賀蘭山，蜿蜒而北，爲古之狼居胥山。又迤邐起伏，而東北直至遼東廣寧邊外，皆岡阜接連，峰巒疊起，中外土名以數十百計。自套北至遼盖，三四千里，漢書匈奴傳侯應言，陰山千餘里，盖約略言爾。

一統志：陽山在陰山西，河套正北，與陰山接連，以東西異名耳，在烏拉特西北二百四十里。陽山之前即秦之北假，蒙恬度河據陽山，取其地名爲北假，北假者，以地假與貧民，使墾種也。其西即高闕塞。余案：後漢書郡國志注徐廣曰，陰山在河南，陽山在河北。其云陽山在河北是也，至云陰山在河南，殊不可解。河南即今河套，套内之山，據一統志有二十餘，然大勢皆平土，其山皆部婁崗阜，絶無高大之名山。陰山爲朔漠障蔽，橫亘三四千里，即所謂内興安嶺，套内一片土將何地以容之。考前漢之西河郡有陰山縣，其地大約在套内，徐廣或本此以立説，然西河郡之陰山，自當是套内同名之小山，豈可以區區者當朔漠數千里之陰山耶。

一統志：唐張仁愿所築三受降城，東受降城在歸化城、土默特界内，中受降、西受降二城皆在烏拉特境内。

漢朔方郡屬并州，武帝元朔二年開，前漢十縣，後漢六縣，省脩都、臨河、呼遒、窳渾、渠搜，以西河之大成屬朔方。〇今河套内蒙古西二盟鄂爾多斯右翼三旂地，西境跨出套外，今套西厄魯特阿拉善部之東界。

三封郡治，武帝元狩三年城。〇在今套外黄河西岸鄂爾多斯右翼後旂之正西，今爲套西厄魯特阿拉善地。水經注：河水東北逕三封縣故城東。

朔方金連鹽澤、青鹽澤皆在南。〇在今鄂爾多斯右翼後旂界内。水經：河水東南逕朔方縣故城東北。

脩都後漢省。〇在今鄂爾多斯右翼界内。

臨河後漢省。〇在今鄂爾多斯河套内，北河之南，南河之北，以地勢推之，亦當在右翼後旂界内。水經注：河水自高闕南，又東逕臨河縣故城北。又南河東逕臨戎縣故城北，又東逕臨河縣南。〇南河、北河説附後。

呼遒後漢省。○在今鄂爾多斯右翼境内。

窳渾西部都尉治。有道西北出雞鹿塞，屠申澤在東。師古曰：窳音庾，渾音魂。後漢省。○在今套西厄魯特阿拉善部東境，阿爾坦山之南，騰格里湖之側。

渠搜中部都尉治，後漢省。○在今河套内朔方故城之東。水經注：河水自朔方東轉，逕渠搜縣故城北。

沃壄武帝元狩三年城，有鹽官。後漢志壄作野。○在今套西，河水北流一曲之西，乃厄魯特阿拉善地。水經：河水北過朔方臨戎縣西，又北有枝渠東出，謂之銅口，東逕沃壄故城南，又北屈而爲南河出焉，又北迤西溢於窳渾故城東，又屈而東流爲北河。

廣牧東部都尉治。○在今河套内故朔方城西。水經注：南河自臨河縣南，臨戎縣北，又東逕廣牧縣故城北。

臨戎武帝元朔五年城，後漢郡治。○在今河套内故朔方城西，河向北流之東岸。水經注：河水北逕臨戎縣故城西。

案：河套一土，東、西、北三面距河，袤延數千里，今并爲内蒙古西二盟鄂爾多斯遊牧地。鄂爾多斯分左、右翼三旂，左翼三旂在東境，其東北在漢時爲五原郡之河陰縣、雲中郡之沙南縣，其正東及東南爲西河郡之大成、富昌、美稷等縣，其西南爲上郡之白土、奢延等縣。右翼三旂在西境，正漢朔方郡地，在黄河東岸者，朔方、脩都、臨河、呼遒、渠搜、廣牧、臨戎七縣，皆鄂爾多斯右翼地。三封、窳渾、沃壄三縣跨出套外，在黄河西岸，乃今套西厄魯特阿拉善部地。據一統志，漢朔方郡套内七縣，皆在鄂爾多斯右翼之中、後兩旂，其前旂及中旂之西南境與寧夏接壤，疑當有北地郡地，但今無可考耳。

一統志：黄河北流逕古朔方之西，行五百餘里，一支出爲二岐東注，水經所謂南河也。其北河流至套外之阿爾布坦山南，迤西溢爲大澤，土名騰格里腦兒，即古屠申澤也。自此屈而東流，過古高闕，南行二百里許，稍東南流，又折而西南與南河合，水經所謂南屈逕河目縣左，又南合南河是也。自此直而東行，逕古五原之南，至大土爾根河入河處，始轉向東南行，過古東勝州境。以地勢測之，漢臨河縣在北河之南，南河之北，水經所謂自高闕南而東逕故城北者，北河也；自臨戎縣北而東逕縣南者，南河也。水經：河水北過朔方臨戎縣西，又北有枝渠東出，謂之銦口，東逕沃野故城南，又北屈而爲南河出焉，又北迤西溢於窳渾故城東，又屈而東流爲北河。余案：據此説，則南、北兩河之間，尚有枝渠一道，故一統志河套圖西北隅河水分三股。

漢西河郡屬并州，武帝元朔四年置，南部都尉治，塞外翁龍、埤是。師古曰：翁龍、埤是，二障名也，埤音婢。前漢三十六縣，後漢十三縣，以大城改屬朔方，省二十二縣。〇地夾黄河兩岸，東岸在内地者，爲山西汾州府之西四縣暨介休縣之西南境。西岸在内地者，爲陝西榆林府之神木縣、府谷縣、葭州。在邊牆外河套内者，爲鄂爾多斯左翼之前旂、中旂。

昌富〔九〕郡治，有鹽官，後漢省。〇在今河套内鄂爾多斯左翼前旂界。水經注：湳水東逕富昌縣故城南。

騶虞後漢省。

鵠澤孟康曰：鵠音告。師古曰：音古督反。後漢省。

平定後漢爲郡治，後徙離石。〇案：漢書注：後漢西河本治平定縣，順帝永和五年，南匈奴左部叛，徙於離石，在郡南五百九里。以地勢推之，平定亦當在今河套内。

美稷屬國都尉治。〇在今河套内鄂爾多斯左翼中旂東南。水經注：湳水出西河郡美稷縣。

中陽今山西汾州府寧鄉縣地。

樂街

徒經後漢省。

皐狼今山西汾州府永寧州地。

大成後漢志成作城，改屬朔方。〇在今河套内鄂爾多斯左前旂界。

廣田後漢省。

圜陰惠帝五年置。師古曰：圜字本作圁，縣在圁水之陰，因以爲名也。王莽改爲方陰，則是當時已誤爲圜字，今有銀州、銀水，即是舊名猶存，但字變耳。〇今陝西榆林府葭州及神木縣地。

益闌後漢志闌作蘭。

平周今山西汾州府介休縣西南境。

鴻門後漢省。

藺今山西汾州永寧州地。

宣武後漢省。

千章後漢省。

增山北部都尉治，有道西出眩雷塞。師古曰：眩音州縣之縣。後漢省。

圜陽師古曰：此縣在圁水之陽。〇今陝西榆林府神木縣地。

廣衍

武車後漢省。

虎猛西部都尉治，後漢省。

離石後漢郡治。〇今山西汾州府永寧州治，兼臨縣、寧鄉縣地。

穀羅武澤在西北，後漢省。

饒後漢省。

方利後漢省。

隰成後漢省。〇今山西汾州府永寧州地。

臨水後漢省。

土軍後漢省。〇今山西汾州府石樓縣。

西都後漢省。

平陸

陰山後漢省。

觬是蘇林曰：觬音麑。師古曰：觬音倪，其字從角。後漢省。

博陵後漢省。

鹽官後漢省。

案：漢西河郡跨大河東西兩岸，兼今山西汾州府之西境、陝西榆林府之東境，跨入河套鄂爾多斯之東南境，前漢置縣至三十六，户十三萬六千餘，口六十九萬八千餘，恢恢乎一大郡也。至後漢省爲十三縣，户止五千六百有奇，口止二萬八百有奇，不及前漢二十分之一。蓋西漢遭新莽之亂，匈奴内侵，邊氓流散，迨光武定鼎之後，百餘年中邊患總未止息，故户口耗減，不能如曩時之盛耳。其方望可指者，據一統志，内地有九縣，河套有四縣，餘二十三縣皆無考。度古時西河爲邊陲要地，初置時稍成聚落即以名縣，在河套者固不止四縣，在内地者亦斷不止九縣，特水經注無指證之文，遂茫無可據耳。又前漢志顔注翁龍、埤是二障名，其地應在河套内，亦未詳爲何地。

漢上郡屬并州，秦置。項羽封董翳爲翟國，漢高祖元年復爲郡。匈歸都尉治塞外匈歸障。師古曰：匈歸者，言匈奴歸附。前漢二十三縣，後漢十縣，省十四縣，增候官。○今陝西綏德州一屬，榆林府之榆林、懷遠二縣，延安府所屬之八縣，鄜州直隸州，兼邠州地北境，跨河套内鄂爾多斯左翼之前旂、中旂。

膚施郡治，有五龍山帝原水，黄帝祠四所。○今陝西綏德州及米脂、清澗、吴堡三縣，兼延安府延川縣地。

獨樂有鹽官，後漢省。

陽周橋山在南，有黄帝塚，後漢省。○今陝西延安府安定縣。

木禾後漢省。

平都後漢省。

淺水後漢省。○今陝西邠州屬之長武縣地。

京室後漢省。

洛都後漢省。

白土圜水出西，東入河。師古曰：圜音銀，已見西河圜陰縣。○在今河套内鄂爾多斯左翼中旂界。

襄洛後漢省。

原都後漢省。

漆垣

奢延今陝西榆林府懷遠縣，兼跨鄂爾多斯左翼前旂界。

雕陰應劭曰：雕山在西南。〇今陝西鄜州，兼延安府甘泉縣地。

推邪師古曰：邪音似嗟反。後漢省。

楨林

高望北部都尉治，後漢省。

雕陰道後漢省。余案：後漢書百官志注：蠻夷曰道，凡邊郡以道名縣者皆同。〇應在今陝西鄜州西北。

龜兹屬國都尉治，有鹽官。應劭曰：音邱慈。師古曰：龜兹國人來降附者，處之於此，故以名云。後漢曰：龜兹，屬國。〇今陝西榆林府榆林縣。

定陽應劭曰：在定水之陽。〇今陝西延安府宜川縣地。

高奴有洧水可爇。師古曰：爇，古然火字。〇今陝西延安府膚施縣，兼安塞、保安、延川、延長四縣地。

望松北部都尉治，後漢省。

宜都後漢省。

案：前漢上郡二十三縣，後漢省爲十縣，十縣之中有候官，後漢邊郡制也。今方望可考者，内地八，河套二，奢延一縣兼跨内外，餘十三縣，并後漢所增之候官皆無考，大約有在内地者，有在河套者。又前漢上郡，匈歸都尉治匈歸障，顔注匈歸，言匈奴歸附其地，亦當在河套，今無可考矣。

漢北地郡屬凉州，秦置。前漢十九縣，後漢六縣，省十三縣，以鶉孤改屬安定，以安定之參䜌改屬北地。〇今甘肅寧夏、慶陽二府，兼涇州、平凉府地，又兼陝西榆林府鄜州地，西跨邊外套西厄魯特阿拉善部之東境。

馬領郡治。師古曰：川形似馬領，故以爲名，領，頸也。後漢省。〇今甘肅慶陽府之環縣，兼陝西榆林府之定邊縣。

直路沮水出東，西入洛，後漢省。〇今陝西鄜州屬之中部縣地。

靈武後漢省。〇今甘肅寧夏府寧朔縣。

富平北部都尉治神泉障，渾懷都尉治塞外渾懷障。師古曰：渾音胡昆反。後漢郡治。○今甘肅寧夏府之靈州，又兼寧夏縣地，寧夏府東北黄河與支河中間，有已省裁之寶豐縣，即漢渾懷都尉治所。

靈州惠帝四年置。有河奇苑，號非苑。師古曰：苑，謂馬牧也。水中可居者曰州，此地在河之州，隨水高下，未嘗淪没，故號靈州。又曰：河奇也，二苑皆在北焉。○今甘肅寧夏府靈州。

眴衍應劭曰：眴音煦。師古曰：音香于反。後漢省。○今甘肅寧夏府靈州地。

方渠後漢省。○今甘肅寧夏府已裁省之新渠縣。

除道後漢省。

五街後漢省。

鶉孤後漢作鶉觚，改屬安定。○今甘肅涇州屬之靈臺縣。

歸德洛水出，北蠻夷中入河，有堵苑、白馬苑，後漢省。○今甘肅慶陽府安化縣地。

回獲後漢省。

略畔道師古曰：有略畔山，在今慶州界，其土俗呼曰洛盤，音訛耳。後漢省。○今甘肅慶陽府合水縣。

泥陽應劭曰：泥水出郁郅北蠻中。○今甘肅慶陽府寧州及正寧縣地。

郁郅泥水出郁郅北蠻中，有牧師、苑官。師古曰：郁音於六反，郅音之日反。後漢省。○今甘肅慶陽府安化縣。

義渠道後漢省。○今甘肅慶陽府寧州地。

弋居有鹽官，後漢注：有鐵。○案：今甘肅靈州有花馬池産鹽，州同駐札其地，漢之弋居應即在此一帶。

大𡙇師古曰：𡙇即古要字，音一遥反。後漢省。○今甘肅慶陽府寧州地。

廉卑移山在西北。○今甘肅寧夏府寧夏縣，兼平凉府固原州地。

案：漢北地郡，今甘肅省東北境，一統志謂套西厄魯特阿拉善部爲北地西境。今内地方望可考者十六縣，惟除道、五街、回獲三縣無考，或其地在套西也。

漢書地理志眴卷縣：河水别出爲河溝，東至富平北入河。

水經注：河水自麥田山，又東北逕於黑城北，又東北高平川水注之，又東北逕眴卷縣故城西，河水於此有上河之名。又北歷峽北注枝分東出，又北逕富平縣故城西，又北逕薄骨律鎮城，又逕典農城東，又北逕上河城東，又東北逕廉縣故城東，又北與枝津合，又東北逕渾懷障西，又東北歷石崖山西，又北過朔方臨戎縣西。

余案：地輿圖黄河至寧夏分爲兩支，流百餘里，復合爲一，中間爲古渾懷都尉治所，地在兩河之間，而隨水高下，未嘗淪没，漢靈州之命名以此。其西一支，河之正流也；其東一支，即水經注所謂枝津也。

一統志：黄河常爲中國患，而寧夏獨受其利，引渠灌溉，無旱澇之災。古本有漢唐諸渠，年久堙塞，我朝康熙、雍正年間發帑脩浚，舊渠之外，復開大清、清塞、惠農、昌潤諸渠，廣膏腴數十萬頃，深仁溥澤，利賴萬世。故民間有天下黄河富寧夏之謠，而不知皆列聖之惠澤也。

漢安定郡屬凉州，武帝置。前漢二十一縣，後漢八縣，省十二縣，以租厲、鶉陰改屬武威郡。〇今甘肅之平凉一府、涇州一屬，兼蘭州、鞏昌、寧夏三府地，又跨陜西邠州地。

高平郡治。後漢志注：有第一城，高峻所據。〇今甘肅平凉府固原州。

復累師古曰：累音力追反。後漢省。

安俾孟康曰：俾音卑。後漢省。

撫夷後漢省。〇今甘肅涇州屬鎮原縣地。

朝那有端旬祠十五所，胡巫祝，又有湫淵祠。應劭曰：史記故戎那邑也，湫音子由反。後漢志注：有湫淵方四十里，停不流，冬夏不增減，不生草木。郭璞注山海經曰：涇水出縣西丹頭山入渭。〇今甘肅平凉州平凉縣地。

涇陽开頭山在西，禹貢：涇水所出，東南至陽陵入渭，過郡三，行千六十里，雍州川。師古曰：开音苦見反，又音牽。此山在今靈州東南，土俗語訛謂之汧屯山。後漢省。〇今甘肅平凉府平凉、華亭、隆德三縣，兼涇州之崇信縣。

臨涇後漢郡治。郡國志注：謝承書曰，宣仲爲長史，民扳留，改曰宜民。見李固傳，而志無此改，豈承之妄乎？○今甘肅涇州之鎮原縣地。

鹵灈水出西。師古曰：灈音其于反。

烏氏烏水出，西北入河，都盧山在西。師古曰：氏音支。後漢志作烏枝。注有瓦亭，牛邯軍處，出薄落谷。○今甘肅平凉府平凉縣地。

陰密詩密人國有囂安亭。師古曰：即詩大雅所云密人不共，敢距大邦者。後漢省○今甘肅涇州屬靈臺縣地。

安定後漢省。○今甘肅涇州地。

參䜌主騎都尉治。師古曰：䜌音力全反。後漢省。

三水屬國都尉治，有鹽官。後漢志注：有左谷，盧芳所居。○今甘肅平凉府固原州地。

陰槃後漢志作陰盤，注：舊有陰密縣，未詳所并。杜預曰：安定陰密縣，古密須國。史記曰：秦遷白起於陰密。山海經曰：温水出崆峒山，在臨汾縣南入河。郭璞曰：水常温。○今陝西邠州屬之長武縣地。

安武後漢省。○今甘肅涇州屬鎮原縣地。

祖厲應劭曰：祖音置。師古曰：厲音賴。後漢志作租厲，改屬武威。○今甘肅鞏昌府會寧縣，及蘭州府靖遠縣地。

爰得後漢省。○今甘肅涇州地。

眴卷河水別出爲河溝，東至富平北入河。應劭曰：眴音旬日之旬，卷音箘簬之箘。後漢省。○今甘肅寧夏府中衛縣。

彭陽今甘肅涇州屬鎮原縣地。

鶉陰後漢志作鸇陰〔一〇〕，屬武威。○今甘肅蘭州府靖遠縣地。

月氏道應劭曰：氏音支。後漢省。

案：安定郡，今之平涼府地，不臨邊，本是腹郡，而在漢時戎馬生郊，固巖疆也。今方望無考者五縣。

漢敦煌郡屬凉州，武帝後元年（紀係元鼎六年）分酒泉置。正西關外有白龍堆，有蒲昌海。應劭曰：敦大煌盛，敦音屯。前漢六縣，後漢同。○今甘肅嘉峪關外安西州，及所屬之敦煌縣地。

敦煌郡治，中部都尉治，部廣候官。杜林以爲，古瓜州，地生美瓜。師古曰：

即春秋所云允姓之戎居於瓜州者也。其地今猶出大瓜，長者，狐入瓜中食之，首尾不出。○今安西州屬之敦煌縣。

冥安南籍端水出南羌中，西北入其澤，溉民田。應劭曰：冥水西北入其澤。○今安西州土魯番地。

效穀師古曰：本漁澤障也。桑欽説，孝武元封六年，濟南崔不意爲漁澤尉，教力田，以勤效得穀，因立爲縣名。○今安西州屬敦煌縣地。

淵泉師古曰：闞駰云地多泉水，故以爲名。後漢志作拼泉。○今安西州地。

廣至宜禾都尉治崑崙障。○今安西州地。

龍勒有陽關、玉門關，皆都尉治。氐置水出南羌中，東北入澤，溉民田。○今安西州屬敦煌縣地。

案：敦煌郡在今嘉峪關外，爲凉州極西北境。武帝紀：元狩二年，匈奴昆邪王殺休屠王，合四萬餘人來降，以其地爲武威、酒泉郡。元鼎六年，分武威、酒泉地，置張掖、敦煌郡，徙民以實之，敦煌乃酒泉之所分也。

漢酒泉郡屬凉州，武帝太初元年開（紀係元狩二年）。應劭曰：其水若酒，故曰酒泉。師古曰：舊俗傳云，城下有金泉，泉味如酒。前漢九縣，後漢亦九縣，無天𨹧。有延壽。○今甘肅肅州及所屬之高臺縣，又嘉峪關外安西州所屬之玉門縣。

禄福呼蠶水出南羌中，東北至會水入羌谷。後漢志作福禄。○今甘肅肅州。

表是後漢志作表氏。○今甘肅肅州之高臺縣地。

樂涫師古曰：涫音官，下同。○今甘肅肅州之高臺縣地。

天𨹧師古曰：音衣，此地有天𨹧阪，故以爲名。後漢省。

玉門闞駰云：漢罷玉門關屯，徙其人於此。○今安西州之玉門縣地。

會水北部都尉治偃泉障，東部都尉治東部障。闞駰云：衆水所會，故曰會水。○今甘肅肅州之高臺縣地。

池頭今安西州之玉門縣地。

綏彌後漢志作安彌。○今甘肅肅州地。

乾齊西部都尉治西部障。孟康曰：乾音干。

案：後漢郡國志，酒泉郡有延壽縣，而無天𨹧縣。延壽縣注：博物記曰：縣南有山石出泉，大如筥篴，注池爲溝，其水有肥如煮肉，洎羕羕永永如不凝膏，然之極明，不可食，縣人謂之石漆。據一統志，延壽爲今玉門縣地，不知係天陔改名，抑别縣析置也。

漢張掖郡屬凉州，故匈奴昆邪王地，武帝太初元年開（紀係元狩二年）。應劭曰：張國臂掖，故曰張掖也。師古曰：昆音胡門反。前漢十縣，後漢八縣。以顯美屬武威，以居延别置屬國，統居延一縣。又别置張掖屬國，統四部，曰候官，曰左騎，曰千人司馬官，曰千人官。〇今甘肅甘州府之張掖、山丹二縣，凉州府之永昌縣。

觻得千金渠西至樂涫入澤中，羌谷水出羌中，東北至居延入海，過郡二，行二千一百里。應劭曰：觻得渠西入澤羌谷。孟康曰：觻音鹿。師古曰：孟音是也。今甘肅甘州府張掖縣地。〇案一統志：西域大澤皆謂之海，餘并同。

昭武今甘肅甘州府張掖縣地。

删丹桑欽以爲，道弱水至此西至酒泉合黎。〇今甘肅甘州府山丹縣。

氐池今甘肅甘州府山丹縣地。

屋蘭今甘肅甘州府山丹縣地。

日勒都尉治澤索谷。師古曰：澤音鐸，索音先各反。〇今甘肅甘州府山丹縣地。

驪靬李奇曰：音遲虔。如淳曰：音弓靬。師古曰：驪音力遲反，靬音虔。〇今甘肅凉州府永昌縣地。

番和農都尉治。〇今甘肅凉州府永昌縣地。

居延居延澤在東北，古文以爲流沙都尉治。闞駰云：武帝使伏波將軍路博德築遮虜障於居延城。〇今套西厄魯特阿拉善部西北境。

顯美後漢改屬武威。〇今甘肅凉州府永昌縣地。

案：武帝初開河西，本武威、酒泉二郡，後分置敦煌、張掖，爲河西四郡。東漢初，竇融據河西，五郡則兼金城而言，其地皆在黄河之西也。

漢武威郡屬凉州，故匈奴休屠王地，武帝太初四年開（紀係元狩二年）。師古曰：休音許虬反，屠音直閭反，後并同。前漢十縣，後漢十四城，增左騎千人官，以安定之鸇陰、租厲，張掖之顯美改屬武威。〇今甘肅凉州府各縣，兼蘭州府地北境，跨套西厄魯特阿拉善部地。

姑臧南山谷水所出，北至武威入海，行七百九十里。○今甘肅凉州府武威縣。

張掖今甘肅凉州府武威縣地。

武威休屠澤在東北，古文以爲豬壄澤。○今甘肅凉州府鎮番縣跨套西厄魯特阿拉善部地，套西有武威故城。

休屠都尉治熊水障，北部都尉治休屠城。○今甘肅凉州府武威縣地。

揟次孟康曰：揟音子如反，次音咨，諸本作恣。○今甘肅凉州府古浪縣地，跨套西厄魯特阿拉善部地。套西有揟次故城。

鸞鳥今甘肅凉州府武威縣地。

撲劚孟康曰：音蒲環。後漢志撲作樸。○今甘肅凉州府古浪縣地。

媼圍今甘肅蘭州府皋蘭縣地。

蒼枍南山枍陝水所出，北至揟次入海。師古曰：枍，古松字。陝音下夾反，兩山之間也。枍，陝〔一一〕名，後漢志〔一二〕作倉松。○今甘肅凉州府古浪縣地。

宣威今甘肅凉州府鎮番縣地。

案：休屠王，匈奴别部，始與昆邪王同約歸漢，既而悔不行，昆邪王殺之，虜其妻子降漢。其子即金日磾，爲官奴，養馬，武帝識之，用爲侍中，以誅反者莽何羅封秺侯，與霍光同受顧命，貴寵七葉，稱爲忠孝世家。匈奴祭天有金人，故姓金氏。

漢天水郡屬凉州，武帝元鼎三年置。師古曰：秦州地記云，郡前湖水冬夏無增減，因以爲名焉。後漢明帝永平十七年改爲漢陽郡。前漢十六縣，後漢十三縣，省街泉、戎邑道、罕開、緜諸道、清水、奉捷六縣，分成紀置顯親侯國，以隴西之上邽、西二縣改屬漢陽。○今甘肅之秦州各縣，兼平凉、蘭州、鞏昌各縣地。

平襄郡治。闞駰〔一三〕云：故襄戎邑也。○今甘肅鞏昌府通渭縣。

街泉後漢省入略陽。○今甘肅秦州之秦安縣地。

戎邑道後漢省。○今甘肅秦州之秦安縣地。

望垣今甘肅秦州地

罕幵應劭曰：幵音羌肩反。師古曰：本破罕幵之羌，處其人於此，因以名焉。後漢省。

緜諸道後漢省。○今甘肅秦州地。

阿陽今甘肅平涼府静寧縣。

略陽道後漢志作略陽，注有街泉亭、街水，故縣省。○今甘肅秦州之秦安縣地。

冀禹貢：朱圄山在縣南梧中聚。師古曰：續漢郡國志云，有緹羣山落門聚，注來歙破隗囂處。後漢郡治。○今甘肅鞏昌府伏羌縣。

勇士屬國都尉治滿福。師古曰：即今土俗呼爲健士者也，隋室之初，避皇太子諱，因而遂改。○今甘肅蘭州府金縣，及鞏昌府安定縣地。

成紀後漢分置顯親侯國，帝王世紀曰：包犧氏生於成紀。○今甘肅秦州之秦安縣地。

清水後漢省。○今甘肅秦州之清水縣。

奉捷後漢省。

隴師古曰：今呼隴城縣者也。後漢志作隴州，爲刺史治所，注有大坂名隴坻。三秦記：其坂九迴，不知高幾許，欲上者七日乃越，高處可容百餘家，清水四注下。郭仲産秦州記曰：隴山東西百八十里，登山嶺東望秦川，四五百里極目泯然，山東人行役升此，而顧瞻者莫不悲思。故歌曰：隴頭流水，分離四下。念我行役，飄然曠野。登高遠望，涕零雙墜。度汧隴無蠶桑，八月乃麥，五月乃凍解。○今甘肅秦州之清水、秦安二縣地。

豲道騎都尉治艾亭。應劭曰：豲，戎邑也，音完。後漢志注：史〔一四〕記：秦孝公西斬戎王。○今甘肅鞏昌府隴西縣地，後漢兼鞏昌府安定縣地。

蘭干

案：天水郡，秦州地記謂，因郡前湖水得名。至後漢改名漢陽，則因隴西郡之西縣改隸天水，西縣爲西漢水發源之地，因以爲郡名也。

一統志：隴山在清水縣東，與鳳翔府隴州接界，一名隴坂，又名隴坻。張衡四愁詩：吾所思兮在漢陽，欲往從之隴坂長。許慎説文：隴山，天水大坂也。隋書地理志：清水縣有分水嶺。元和志：小隴山在清水縣，一名隴坻，又名分水嶺。隗囂時來歙襲得略陽，囂使王元拒隴坻，即此。其上有水東西分流，因號驛爲分水驛。東去大震關五十里，上多鸚鵓。又大隴山在隴城東一百里。金史地理志：清水縣有中隴山。又隴城有大隴山。通鑑注：大隴山在清水縣東北。通志：關山在清水縣東百里，即隴山也余案：庾信蕩子賦：隴水恒冰合，關山惟月明。即指此也。府志：盤龍山在清水縣東五十里，即大隴之支阜，形若盤龍，上有大震關。又二十里爲關山，磅礴三百餘里，巖岫重叠，層層遞高，其坂十八迴，上者七十里至頂，四下稍平。案：隴山延亘隴州、静寧、鎮原、清水諸〔一五〕州縣境，其峯巒巖嶺隨地異名，然其實一隴山耳。自後魏以下，始有大小之分，水經注及元和志皆以小隴山爲隴坂，而大隴山不與焉，今并著之。

漢金城郡屬凉州，昭帝元始六年置。應劭曰：初築城得金，故曰金城。臣瓚曰：稱金，取其堅固也，故墨子曰雖金城湯池。師古曰：瓚説是也。一云以郡在京師之西，故稱金，西方之行也。前漢十三縣，後漢十縣，省白石，以枹罕、河關改屬隴西。○今甘肅蘭州府、西寧府各縣，兼凉州府地，西境跨入青海。

允吾郡治。烏亭逆水出參街谷，東至枝陽入湟。應劭曰：允吾音鈆于〔一六〕。後漢志注：西羌傳有唐谷，秦州有牢北山，傍有三窟。○今甘肅蘭州府皋蘭縣。

浩亹浩亹水出西塞外，東至允吾入湟水。孟康曰：浩亹音合門。師古曰：浩音誥，水名也。亹者，水流峡山，岸深若門也。詩大雅曰鳧鷖在亹，亦其義也。今俗呼此水爲閤門河，蓋疾言之，浩爲閤耳。湟音皇。後漢志注曰：有維都谷，馬武破羌處。○今甘肅西寧府碾伯縣。

令居澗水出西北塞外，至縣西南入鄭伯津。孟康曰：令音連。師古曰：令音零。○今甘肅凉州府平番縣地。

枝陽今甘肅凉州府平番縣地。

金城今甘肅蘭州府皋蘭縣地。

榆中今甘肅蘭州府金縣地。

枹罕應劭曰：故罕羌侯邑也，枹音鈇。師古曰：讀曰膚，本枹鼓字也，其字從木。後漢屬隴西。○今甘肅蘭州府河州治。

白石離水出西羌外，東至枹罕入河。應劭曰：白石山在東。後漢省。○今甘肅蘭州府河州地。

河關積石山在西南，羌中河水行塞外，東北入塞内，至章武入海，過郡十六，行九千四百里，後漢屬隴西。○今甘肅蘭州府河州地。○案：今西寧府所屬有丹噶爾、循化、貴德、巴彦戎格四廳，大約皆枹罕、白石、河關三縣地，貴德近接青海界，即河關也。

破羌宣帝神爵二年置。○今甘肅西寧府碾伯縣。

安夷今甘肅凉州府平番縣地。

允街宣〔一七〕帝神爵二年置。孟康曰：允音鈆。○今甘肅凉州府平番縣地。○案：令居、枝陽、安夷、允街四縣，皆平番縣地，平番今析置莊浪廳，未知四縣孰爲莊浪地也。

臨羌西北至塞外，有西王母石室、仙海、鹽池，北則湟水所出，東至允吾入河，西有須抵池，有弱水、昆侖山祠。闞駰云：西有畢和羌，即獻王莽地爲西海郡者也。○今甘肅西寧府西寧縣。

一統志：崑崙山在黄河源西，書禹貢：析支、渠搜。爾雅：三成爲崑崙邱〔一八〕。書經地理今釋：崑崙山在今西番界今青海地，有三山，一名阿克坦齊欽，一名巴爾布哈，一名巴顔喀喇，總名枯爾坤，譯言崑崙也，在積石之西，河源所出。

積石山即今大雪山，番名阿木你麻纏母孫山，在西寧邊外今青海地西南五百三十餘里黄河北岸。其山綿亘三百餘里，上有九峰，高入雲霧，爲青海諸山之冠。山脈自河源巴顔喀喇山東來，中峰亭然獨出，百里外即望見之，積雪成冰，歷年不消，峰巒皆白，形勢險峻，瘴氣甚重，人罕登陟。番語稱祖爲阿木你，險惡爲麻纏。蒙古稱冰爲母孫，猶言大冰山也。河流其南，至山之東，乃折而北，今土人以此山爲西海之望山，四時禱祀焉。其西海左右前後山之高大者，共十三山，番俗皆分祭之，而以此爲最，蓋即禹貢之積石山，唐時名大積石山，元史所名爲崑崙者也。

黄河源出阿爾坦河及鄂敦他拉，在古吐番朶甘思西鄙，今青海右境之西南。東南流折西北，又轉東北，歷二千七百餘里，至積石關入甘肅河州界。元都實窮河源，至火敦腦兒而止。今考河源，實始於阿爾坦河，又在星宿海之西，自巴顔喀喇山東麓流出二泉，行數里遂合，名爲阿爾坦河。蒙古呼金爲阿爾坦，言水色微黄而溜急也。阿爾坦河之南有烏喀納峰、拉母拖羅海山之泉，北有西拉薩拖羅海山泉及七根池諸水，俱會於阿爾坦河，東北流三百餘里，乃至鄂敦他拉，其地在西寧邊外今青海地西南一千一百十四里。南有都爾伯津、哈喇阿答爾罕、巴顔和碩諸山，北有烏藍得什、阿克塔齊、欽布呼吉魯肯諸山，衆山環繞，中間地可三百餘里，有泉千百泓，大小錯列，登高眺望，歷歷如星，名曰鄂敦他拉。蒙古謂星爲鄂敦，水灘曰他拉，即星宿海，元史所謂火敦腦兒也。火敦，鄂敦音之轉耳。

湟河，番名波洛沖克克河，在西寧邊外西北今青海地，青海之東青海詳後，源出噶爾藏嶺。有三泉，一名伊克烏拉古兒台，一名土爾根烏拉古兒台，一名查哈烏拉古兒台，南流二十餘里匯爲一水，名波洛沖克克河。其東有布虎圖嶺，所出二泉，南流三十餘里又與毛哈圖河相合，流六十餘里入波洛沖克克河。又東南流七十餘里至董郭爾廟，南有土爾根插漢河自西南來流，五十餘里其水始大，乃轉東流四十餘里，入西寧西川邊内，是爲西寧河，即湟水也。又東南流三百餘里，至莊浪衛降唐堡入大通河，又東合莊浪河，又東南至蘭州西南入黄河。

青海在西寧府西五百餘里，一名西海王莽置西海郡，又名卑禾羌海闞駰作畢和，即古鮮水也。漢書地理志臨羌縣注有仙海、鹽池，仙海即青海。又趙充國傳：酒泉太守辛武賢奏言，可分兵出張掖、酒泉，合擊罕开在鮮水上者。又上以書勅讓充國曰：鮮水北去酒泉八百里。又充國上屯田奏曰：治湟陿以西道橋七十所，令可至鮮水。魏書吐谷渾傳：青海周圍千餘里，海内有小山，每冬冰合後，以良牝馬置此山，至來春收之，馬皆有孕，所生之駒，號爲龍種，必多駿異。舊唐書吐谷渾傳：青海周廻八百里。明統志：青海在西寧衛城西三百餘里，海方數百里，有魚無鱗，皆背負黑點。西有二十七道水〔一九〕，匯爲西海，冬夏不溢不乾，自日月山望之，如黑雲冉冉而來。案：西海周迴七百五十餘里，中有山名魁孫拖羅海，有峰名插漢，東西對峙，水色青緑，中流高起。本朝雍正年間，大兵征青海，曾湧泉濟軍効靈異，詔封青海之神，立碑致祭。

漢隴西郡屬凉州，秦置。應劭曰：有隴坻在其西也。師古曰：隴坻謂隴阪，即今之隴山，此郡在隴之西，故曰隴西。坻音丁計反，又音底。前漢十一縣，後漢亦十一縣，省上邽、予道，增鄣縣，以羌道改屬武都，以西縣改屬漢陽，以金城之枹罕、河關改屬隴西。〇今甘肅蘭州、鞏昌二府各縣及秦州地，兼陝西漢中府地，西境跨連青海。

狄道郡治，白石山在東。師古曰：其地有狄種，故云狄道。〇今甘肅蘭州府狄道州。

上邽應劭曰：史記故邽戎邑也。師古曰：邽音圭。〇今甘肅秦州地。

安故今甘肅蘭州府狄道州地。

氐道禹貢：養水所出，至武都爲漢。師古曰：氐，夷種名也，氐之所居，故曰氐道。氐音丁奚反，養音弋向反，字本作漾或作瀁。又後漢書郡國志注云，巴漢志曰，漢水二源，東源出縣之養山，名養。南都賦注曰，漢水源出隴西，經武都至武關山，歷南陽界，出沔口入江。巴漢志曰，西漢，隴西嶓冢山會白水，經葭萌入漢，始源曰沔，故曰漢沔。〇一統志謂，氐道不知所在。余案：今陝西漢中府所屬之寧羌州，城據白馬山下，爲古白馬氐羌所居。養水發源之嶓冢山，俗名漢源山，正在寧羌州城北數十里，則今之寧羌州，似即漢之氐道縣，其地與今階州東西相接。階州，漢之羌道縣，前漢屬隴西，壤地毗連，并無隔閡。一統志謂，後魏嶓冢縣爲漢沔陽地，寧羌州爲漢葭萌縣地。沔陽，今陝西漢中府之沔縣；葭萌，今四川之廣元昭化，其間相隔三四百里，則中間置氐道一縣，亦固其所。如謂隴西之縣不應雜入梁州，則漢之郡縣犬牙相入者固甚多矣。

首陽禹貢鳥鼠同穴山出在西南，渭水所出，東至船司空入河，過郡四，行千八百七十里，雍州浸。後漢郡國志注：爾雅曰，其鳥爲鵌，其鼠爲鼵，如人家鼠而短尾。鵌似鵽而小，黄黑色。穴地入三四尺，鼠在内，鳥在外。孔安國尚書傳曰：其爲雌雄。張氏地理記云：不爲牝牡。地道記曰：有三危，三苗所處。○今甘肅蘭州府渭源縣。余案：鳥鼠同穴，自古傳爲異聞。交城武大令來雨，在蜀中曾往來西藏，云赴藏至察木多一帶，平地穴中，鳥鼠同出。鳥如小雀，黑白色，鼠黑灰色。鳥集鼠頭上啾啁鳴，隨鼠竄走，或飛離尺許，輒還集鼠頭上，聞人馬聲即同入穴。天地之大，真無所不有也。

予道後漢省。

大夏今甘肅蘭州府河州地。

羌道羌水出塞外，南至陰平入白水，過郡三，行六百里。師古曰：水經云羌水出羌中參谷。後漢屬武都。○今甘肅階州地。

襄武後漢有鄣縣，襄武所析置。○今甘肅鞏昌府隴西縣及寧遠縣，并已省之漳縣地，漳即鄣也。

臨洮洮水出西羌中，北至枹罕，東入河。禹貢：西頃山在縣西。南部都尉治。師古曰：洮音吐高反，枹讀曰膚，頃讀曰傾。後漢郡國志注：馬防築索西城。○今甘肅鞏昌府岷、洮二州地。

西禹貢：嶓冢山，西漢水所出，南入廣漢、白水，東南至江州入江，過郡四，行二千七百六十里。後漢屬漢陽。郡國志注：史記曰，申命和仲居西土。徐廣曰：今之西縣。鄭玄曰：西在隴西西，今謂之八充山。○今甘肅秦州兼鞏昌府西和縣地。

一統志：嶓冢山在寧羌州北。禹貢梁州：岷、嶓既藝，又導嶓冢至於荆山。水經注：漢中記曰：嶓冢以東，水皆東流，嶓冢以西，水皆西流，即其地勢源流所歸故，俗以嶓冢爲分水嶺。案：禹貢嶓冢本梁州山，漢志隴西郡西縣有嶓冢山，水經則在氐道縣。考漢之西縣在今鞏昌府秦州界，而氐道不知所在，要之，皆雍域非梁域。至後魏地形志，始云嶓冢縣有嶓冢山，蓋縣本漢沔陽縣地，隋爲西縣，唐爲金牛縣，宋爲三泉縣，元爲大安縣。隋志、通典、元和志、寰宇記、元大一統志諸書，山在此地，斯真禹貢嶓冢導漾，東流爲漢處。而嶓冢之在隴西者，自爲西漢水所出之山，與漢沔絶無交涉，梁州地當還之梁州，地形志所言爲得其實。

五丁山在寧羌州東北四十里，其峽曰五丁峽，亦曰金牛峽，峽口懸崖萬仞，水自峽中噴薄而出，下合漾水，爲蜀道之最險者。

漢水源出寧羌州北嶓山，東流經沔縣南，又東經褒城縣南，又東經城固縣、洋縣南，西鄉縣東北，東南流入興安府石泉縣界。孔安國傳：泉始出山爲漾水，東南流爲沔水，至漢中東流爲漢水。案：禹貢所云沔、漾、漢，皆指東漢水，今寧羌州出者是也。漢志以漾水出氐道，爲東漢水之源，移禹貢嶓冢於隴西西縣，下謂西漢水所出。至漢中之漢水，則但載沮水出沮縣東狼谷，不言與漢水合。今氐道不知所在，西縣之嶓冢别在秦州，東西兩漢水源流絶無交涉。出東狼谷之沮水，乃東漢之别源，禹貢所不言。漢志所載與禹貢多所不合，華陽國志、水經注承漢志之誤，又移漾、沔之名於西漢，又謂西漢自葭萌入漢，謬誤逾甚。今惟以合禹貢者爲正。

西漢水源自秦州西南嶓冢山，西南流經鞏昌府西和縣，至禮縣南，又南經階州之成縣，又東經徽縣，南入略陽界，匯於嘉陵江。按：東西兩漢水絶不相合，禹貢：嶓冢導漾，東流爲漢。皆指東漢也。自漢志以嶓冢爲西漢發源之山，與禹貢不合，水經注又以漾水之名歸之西漢，舛錯逾多。胡渭禹貢錐指辨之已詳。又水經注以西漢水爲嘉陵江，自宋以來皆以故道水爲嘉陵江，亦不同。

故道水在鳳縣北，自鳳翔府寶雞縣流入，又西南入秦州兩當縣界。水經注：兩當水出陳倉縣之大散嶺，西南流入故道川，謂之故道水，又西南合諸水，謂之兩當溪。九域志：梁泉縣有嘉陵江。又大散關西南有嘉陵谷，即嘉陵水所出。自是方有嘉陵江之名。方輿覽勝：嘉陵江源出大散關之西，去鳳州九十里。通志：故道水源出大散嶺之陽，西南流鳳縣，東合黄花川。又西逕縣北一里，又西合紅崖水入兩當界，又西南至略陽界與白水合。案：水經注西漢水南入嘉陵道爲嘉陵水，是古之嘉陵水本西漢水也，九域志始以故道水爲嘉陵江，或又指濁水爲嘉陵江，蓋三水皆嘉陵上游，故得通稱。然惟西漢爲嘉陵之正源，今西漢水别號犀牛江，而故道水羣目爲嘉陵江，皆沿訛也。

余案：東、西兩漢水源流本不相涉，自班志於隴西之氐道縣下注爲禹貢養水所出，又於西縣下注爲禹貢嶓冢山西漢水所出，裂尚書古文爲兩處，混東、西二水爲一流，因而華陽志、水經注因仍其誤，展轉淆訛。然兩水行地，數千年并無改易，其源流可案圖而考也。東漢水發源今陝西漢中府寧羌州北境之嶓冢山，俗名漢源山，出山流十餘里，五丁峽中之水會之即金牛峽。又東北行至沮口，沮水西來會之，下游至沔縣而東趨會褒谷水。又東行會諸水，歷漢中、興安、鄖陽，至襄樊折而南，至潛江又折而東，至今漢陽府之漢口入長江，與禹貢導漾東流又東之文，一一脗合。此所謂東漢水也。自春秋戰國以前，凡載籍言漢者，皆指東漢水，無一言及西漢水者。西漢水發源今甘肅之秦州一統志：秦州有嶓冢山。自是因班志始命此名，與寧羌之嶓冢相去約四五百里。漢以前有無此山名，不可知也。近世仁和趙誠夫兩漢水考引尚書岷、嶓既藝之文，謂隴東之山皆可名嶓，隴西之山皆可名岷，其論雖通，然總是調停班志之意，未必遂爲確論。太行八陘綿亘幾二千里，然隨地異名，不得皆名爲太行。迤南之砥柱、析城、王屋，迤北之壺口，皆近接太行，古文皆各自命名，未嘗以太行概之。名秦州之山爲嶓冢，亦此類耳，迴繞於禮縣、西和、成縣之間，至徽縣而南趨略陽，會故道、嘉陵諸水，入四川之廣元，至昭化而會白水與略陽迤北之水白江，同名異派，古之葭萌也。又南流歷閬中、南充，至合州而東會巴江，西會涪江，南至重慶而會岷江，東北出夔、巫，此西漢水之源流也。其發源處不名漾水經注以西漢爲漾水，自是沿班志之誤，下游亦無沔之名，源出邊塞，而流入巴蜀，分封會盟征伐之所不及，故不見於古籍。至漢高帝乃有廣漢郡，名其所屬之葭萌縣，實爲西漢水經行之路項羽分封，謂巴蜀亦關中地，遂以之封漢王。高祖自漢中還定三秦，未嘗入蜀，然巴蜀爲始封之地，疑廣漢郡之名由此而起，蓋即廣魯於天下之意，因而境内大水輒以漢名。觀漢陽郡之名起於廣漢後，因流及源，其故可想，特無由一證其説耳。至東漢初，以西漢水發源之西縣改屬天水，遂改天水爲漢陽郡，因而和帝於巴郡置安漢、宣漢、漢昌等縣，皆以西漢水立名，與東漢水無涉也。班志於氐道縣注曰：禹貢養水所出，至武都爲漢。今考養水，東漢水也，自發源之嶓冢山東北即入沔縣，并無迂折。若漢之武都縣，則今階州之成縣及鞏昌之西和縣地，在沔縣之西，乃西漢水經行之路，東漢水何由西行及此？又班志不以嶓冢屬氐道之養水，而移之西縣之西漢水，李代桃僵，實爲諸説歧誤之祖。劉昭注補後漢郡國志，引巴漢志曰：漢水二源，東源出氐道縣之養山，西源出隴西嶓冢山，會白水經葭萌入漢，始源曰沔，故曰漢沔。今考兩漢水，乃判然二水，非一水而二源，改嶓冢爲養山，明係因仍班志之誤。所謂會白水經葭萌，明明西漢水也，乃繼之曰入漢，不知入於何處之漢。若云廣漢，不當去廣，如指漢中之漢，是倒流而飛越矣。又曰始源曰沔，故曰漢沔，西漢水安得沔名耶？或牽西而混於東，或牽東而混於西，總是將兩漢水誤會爲一耳。兩漢水發源之地，相去約四五百里，其附入兩水之支流，雖復縱横猥雜，而絶無涓滴相通，謂爲同源而異流已不可通，謂爲異源而同歸，則東漢水自西而東，至江夏入大江；西漢水自北而南，至巴縣會岷江，隔越數千里，風馬牛不相及也。水經注緣飾班志，又有伏流潛通之説，亦可謂歧中有歧矣。

一統志：濁水在略陽縣西北。水經注：濁水自合故道水，又南逕槃頭郡東，而南合鳳溪水，又南注漢水謂西漢水。通志：

白水江在略陽縣北一百二十里，自徽縣流入，南合故道水，即濁水也。余案：此所謂白水江，乃嘉陵江上游所會之小水，在陝西略陽縣北仙人關之南，本名濁水，非羌道縣注之所謂白水也。

一統志：羌水自鞏昌府西固城流入西固城，今屬階州，經階州南，又東南流，經文縣界合白水。水經注：羌水自宕昌婆川城，又東南陽部水注之，又東南逕武階城西南，又東南逕葭蘆城西，洋陽水入焉，又逕葭蘆城南，又逕餘城南，又東南左會五部水，又東南至橋頭合白水。余案：此羌水，正羌道縣注之羌水，所合之白水，乃由昭化入嘉陵之白水，非略陽縣北之白水也。一統志：白水在文縣南，自徼外流入，又東南流入四川保寧府昭化縣界。漢書地理志甸氐道：白水出徼外，東至葭萌入漢，過郡一，行九百五十里。宋書：白水自西傾至陰平界，氐居水上者，爲白水氐。水經注：白水出臨洮縣西南西傾山，水色白濁，至吐費城南注漢水。通志：白水江源出松潘衛界，俗亦名清水江。余案：此所謂白水，乃嘉陵江下游所會之大水，即禹貢西傾所因之桓水，由四川松潘衛之東北流入甘肅之文縣即古陰平，又由文縣流入四川之昭化，會嘉陵江。漢地理志所謂南入廣漢白水，巴漢志所謂會白水經葭萌入漢者也。與略陽縣北之白水江同入嘉陵江，而一在上游，一在下游，南北相去甚遠，固不容稍混矣。

漢武都郡屬涼州，武帝元鼎六年置。應劭曰：故白馬氐羌。前漢九縣，後漢七縣，省平樂道、嘉陵道、循成道，以隴西之羌道改屬武都。〇今甘肅階州、秦州各縣，兼陝西漢中府各縣地。

武都郡治。東漢水受氐道水，一名沔，過江夏，謂之夏水，入江。天池大澤在縣西。師古曰：以有天池大澤，故謂之都。後漢志作武都道。〇今甘肅階州之成縣及鞏昌府西和縣地。

上禄今甘肅階州之成縣地，後漢爲秦州之禮縣地。

故道後漢郡國志注：干寶搜神記曰，有奴特祠，秦置旄頭騎始此。○今甘肅秦州之兩當縣、漢中府之鳳縣及留壩廳地。

河池泉街水南至沮入漢，行五百二十里。師古曰：華陽國志云，一名仇池，地方百頃。○今甘肅秦州之徽縣。

平樂道後漢省。○今甘肅階州地。

沮沮水出東狼谷，南至沙羨南入江，過郡五，行四千里，荆州川。師古曰：沮音千余反，羨音夷。○今陝西漢中府略陽縣地。

嘉陵道後漢省。○今甘肅秦州之禮縣地。

循成道後漢省。○今陝西漢中府略陽縣地。

下辨道師古曰：辨音步見反。後漢郡治，郡國志作下辨。○今甘肅階州之成縣地。

一統志：沮水在沔縣西，自略陽縣流入，即東漢水別源也，源出沔縣北百八十里母豬山，至沮口入漢。余案：班志於武都縣下注曰：東漢受氐道水，一名沔。今考寧羌州之嶓冢，即東漢最初之源，由寧羌即東入沔縣漢之沔陽縣。武都爲今成縣及西和縣地，在寧羌之西，東漢水實無西行涉兩縣之事。又班志於沮縣下注曰：沮水出東狼谷，南至沙羨南入江，道〔二〇〕郡五，行四千里。今考沮水，從發源之處行二百餘里即至沮口入漾沮口有碑曰：沮漾合流，漾水初甚微弱，得沮乃稍大，可通小船。然漾爲東漢正源，沮乃別源，今專言沮而不及漾，未免以賓奪主。且由沮水發源之處，至漢口不過二千里，亦無四千里之多，大抵班志於東、西二漢水實有歧誤之處。著書偶然疏舛，亦何足爲古人病，後之人必欲穿鑿附會，以文其過，其亦可以不必也。

一統志：仇池山在成縣西，一名瞿堆，又名百頃山。三秦記：山本名仇維，其上有池，故曰仇池，在倉、洛二谷間，形如覆壺。仇池記：上有池百頃，天形四方，壁立千仞，自然有樓櫓卻敵，分置調均，竦起數丈，有逾人功，凡二十一道，可攀緣而上。東、西二門，盤道下上，凡七里，上則岡阜低昂，泉源交灌。宋書氐胡傳：仇池地方百頃，四面斗絶，高平方二十餘里，羊腸盤道，三十六回，上豐水泉，煮土成鹽。齊書：氐於其上平地立宫室、果園、倉庫，無貴賤皆爲板屋土牆，所治處名洛谷。水經注：瞿堆絶壁峭峙，孤險雲高，開山圖謂之仇夷，所謂積石嵯峨，嶔岑隱阿者也。左右悉白馬氐矣。元和志：仇池山在上禄縣南八十里，上有數萬家，一人守道，萬夫莫向。其地良沃，楊氏故累世據焉。

漢志沿邊十郡考略

兩漢沿邊各郡，在北方者曰上谷，曰代郡，曰雁門，曰定襄，曰雲中，曰五原，曰朔方，曰西河，曰上郡，曰北地。其在今日，半在内地，半在蒙古游牧地。在内地居多者，爲雁門郡；得半者爲上谷、代郡、西河、上郡、北地，皆兼有游牧地；全在游牧地者，爲五原、定襄、雲中、朔方四郡，長城以内無片土。其在内地者，歷代更改地名，大半皆非其舊；而在游牧地者，二千年來城邑鞠爲茂草，更難辨析。今從大清一統志中撮其大略，以備遺忘。

漢上谷郡，在内地者爲順天府之昌平州，直隸省宣化府之宣化、赤城、萬全、龍門、懷來、懷安六縣，延慶、保安二州。在游牧地者爲獨石口外之御馬廠，太僕寺左翼牧廠、鑲黄等四旂牧廠、察哈爾之鑲黄旂、正白旂、鑲白旂，其北境兼内蒙古之阿巴哈納爾、阿巴噶、蘇尼特三部地。

漢代郡，在内地者爲直隸省宣化府之蔚州西寧縣，易州所屬之廣昌縣，山西省大同府之靈邱、廣靈二縣。在游牧地者爲禮部牧廠，正黄等四旗牧廠，察哈爾之正黄旗，兼内蒙古之蘇尼特部地。察哈爾正黄旗界有漢且如、延陵兩故城，皆代郡所屬也。

案：今山西省之代州，乃漢廣武、陰館二縣地，屬雁門郡，州名始於唐，實與代郡無涉。

漢雁門郡，在内地者爲山西省大同府之大同、懷仁、山陰、陽高、天鎮五縣，應、渾源二州，朔平府之左雲、平魯二縣，朔州馬邑鄉，代州直隸州，寧武府之神池、偏關、五寨三縣。在游牧地者自豐鎮以北，爲太僕寺右翼牧廠，察哈爾之正紅旂、鑲紅旂、鑲藍旂北境，兼内蒙古之四子部落地。大僕寺右翼牧廠有疆陰故城，察哈爾鑲藍旂有沃陽故城，皆漢雁門郡所屬也。

案：兩漢沿邊各郡，惟雁門近南，内接腹地之太原，今内地之大同、朔平、寧武、代州，隸雁門者十之九，恢恢乎一大郡也。然其北境跨長城邊外，歷牧廠、察哈爾，直抵内蒙古之四子部落，蓋戎馬巖疆，控制不嫌其遠耳。

漢定襄郡，在邊牆外，即今歸化城土默特各廳之地，漢時其地分定襄、雲中兩郡，大勢定襄在迤東、迤南，約即今寧遠廳直北以西，及清水河一帶土默特游牧之地，其北境兼内蒙古之喀爾喀右翼、四子部落兩部地。土默特境内有成樂、桐過、武進、定襄、武皋、武城六故城，皆漢定襄郡所屬也。

案：今之定襄縣，乃漢太原郡之陽曲縣，後代遷改，有定襄之名，與古定襄郡無涉。

漢雲中郡，在邊牆外歸化城土默特牧地之西北境，即今和林格爾、歸化城、薩拉齊、托克托城一帶，地居河套之東北，其北境兼内蒙古喀爾喀右翼地，西境跨入河套。在土默特境内者，有雲中、咸陽、楨陵、沙陵、陶陵、原陽、北輿、武泉、陽壽九故城，皆漢雲中郡所屬也。

一統志云：古雲中在陰山之南，黄河自西來折南流之處，即今歸化城以西地。漢時雲中郡治雲中縣，定襄郡治成樂縣，兩地東西相距止八十里，初不相混也。後漢始以成樂、定襄等縣屬雲中，及後魏初，都盛樂，號雲中，於是定襄有雲中之名。至隋以雲中置定襄郡大利縣，而雲中有定襄之名，然相去不遠，猶近故地。自唐以馬邑郡雲内之恒安鎮置雲州雲中郡及雲中縣，又於忻州置定襄郡定襄縣，於是雲中、定襄之名移於古雁門、太原二郡，去故地始遠。今謂大同爲雲中，又太原府有定襄縣，皆唐以後所名，非舊郡也。

漢五原郡，去内地絶遠，乃今内蒙古茂明安、烏拉特兩部地，在陰山之南，河套北河之北，屬縣有在河套内者，西境之河目縣，已接陽山、高闕，入北假界中。今烏拉特境内有九原、五原、臨沃、宜梁、成宜、西安陽、河目、稒陽諸故城，皆漢五原郡所屬也。

漢朔方郡，在河套内今内蒙古鄂爾多斯七旂游牧之地，兼跨套西厄魯特〔二一〕阿拉善牧地。河套一土，東、西、北三面距河，南界長城，袤延千數里。其北境有五原郡地，東北境有雲中郡地，東境有西河郡地，東南境有上郡地，西南接連北地地，而朔方一郡約得十之五六，今鄂爾多斯右翼三旂，即朔方郡地也。套内有朔方、臨河、渠搜、廣牧、臨戎諸故城，套西有三封、窳渾、沃壄三故城，皆漢朔方郡所屬也。

案：河套本秦新秦中地，漢初入匈奴，武帝元朔二年，收其地置朔方郡，徙民十萬以實之。朔方郡領縣十，故城在河套者五，在套西者三。前漢郡治三封，在套西；後漢治臨戎，在套内。脩都、呼遒二城亦在套内，特未詳故城所在耳。

漢西河郡，跨黄河兩岸，在内地黄河東岸者，爲山西省汾州府屬之臨縣、永寧州、寧鄉縣、石樓縣，在黄河西岸者，爲陝西省榆林府屬之神木縣、府谷縣、葭州，又從榆林跨入長城外河套内鄂爾多斯牧地之東南陽[二二]。今鄂爾多斯左翼有大成、富昌、美稷三故城，皆漢西河郡所屬也。

案：前漢西河郡治富昌，在今河套鄂爾多斯左翼前旂界直榆林府之東北。後漢治離石，即今永寧州。其以汾州府之汾陽縣爲西河郡治，始於三國時魏黄初二年，乃漢玆氏縣地，屬太原郡，與西河郡無涉也。

漢上郡，在内地者爲陜西省榆林府屬之榆林、懷遠二縣，綏德州屬之綏德州、米脂、清澗、吴堡三縣，延安府屬之膚施、安塞、甘泉、保安、安定、宜川、延長、延川八縣，鄜州屬之鄜州。其北境越長城，跨入河套鄂爾多斯牧地之南境。今鄂爾多斯左翼前旂有奢延故城，左翼中旂有白土故城，皆漢上郡所屬也。

漢北地郡，在内地者爲陜西省榆林府屬之靖邊、定邊二縣，鄜州屬之中部縣，甘肅省寧夏府屬之寧夏縣、寧朔縣、平羅縣，靈州已省併之新渠、寶豐二縣，慶陽府一屬各州縣，此北地東境也。其西境越長城，跨入套西厄魯特阿拉善部界内，特故城無可考者。

校勘記

〔一〕“曰”，原誤作“目”，據勘本改。

〔二〕“廠牧”，勘本作“牧廠”，未改。

〔三〕“五”，疑爲“四”，即道人等四縣。如指所有口外之縣，尚有延陵、且如，共六縣。

〔四〕“峙”，原誤作“畤”，據勘本改。

〔五〕“弋”，原誤作“戈”，據勘本改。

〔六〕“强”，原誤作“疆”，據勘本改。段末“强陰”及案語中“强陰”同爲改過。

〔七〕“武泉”原缺，據勘本補。

〔八〕“流東”，勘本作“東流”。

〔九〕“昌富”，勘本作“富昌”。

〔一〇〕“鷉陰”，勘本作“鶻陰”。

〔一一〕原兩“陜”字，疑衍，删一。

〔一二〕“後漢志”，原誤作“後魯志”，據勘本改。

〔一三〕“闞駰”，原誤作“甘肅”，據勘本改。

〔一四〕“史”字原缺，據勘本補。

〔一五〕“諸”，原作“路”，不通，據勘本改。

〔一六〕“于”字勘本無。

〔一七〕“宣”字原缺，據勘本補。

〔一八〕“邱”，勘本作“丘”。

〔一九〕“西有二十七道水”，原作“西遊荄七十二道”，據勘本改。

〔二〇〕“道”，勘本作“過”。

〔二一〕“特”字原本及勘本均缺，據文意補。

〔二二〕“東南陽”，應爲“東南界”或“東南境”之誤，未改。

跋

右兩漢幽并凉三州今地考略一卷，坿沿邊十郡考略總論一卷，五臺徐松龕先生遺箸也。先生精研地理，於兩漢志尤篤好，本擬成兩漢郡國今地考略一書，創稿而未及卒事，僅及幽并凉三州，其沿邊十郡尤爲入手初作。然大匠之門，尺題寸棁，無不精堅緻密，細讀之，考核務求虚心，辨證務求確實，爲考求地理之要旨，信後學之津梁也。且其懇懇注意於幽并凉三邊，尤屬匡時憂事，固圉保疆之至意，他日規畫羌蒙，舍是書何以。惟原書紛錯，未遑編整。玆就三州中删去繁複，撮取精藴，以沿邊十郡各論附後，庶覽者粲然列眉，無嫌羼混。篇中如雲中、定襄、西河、代郡之改遷，土默特四水、東西兩漢水之辨極精確。惟代郡參合下考云：案後鹵城注：虖池，至參合入虖池。別其地，當在今代州、繁峙之間。桐案：後鹵城注參合，當是參户之訛，不得引以爲證，此參合當以李申耆所考，在陽高東北者爲是。又鹵城下考云：虖池水至參合入虖池，別係引前漢志舊文。桐案：齊次風漢志考證，以參合爲參户之訛，所辨最是，此亦當改正。

民國四年陽十月初旬，雁門後學張友桐謹識。

王石和文

〔清〕王晦　撰

傅惠成　點校

點校説明

王珻（1670—1742），字石承，又字韞輝，號石和，清代盂縣芝角村人。

王珻出身於官宦世家，祖籍太原，明初由并適盂，至珻歷經十二世。二百餘年中，王氏宗族中取得科名及功業者不可勝計，他一家父子兩代共十四人，其中即有一名進士，八名舉人，五人做過知縣，二人進過翰林院任職，可謂“青衿之士益衆，取科名宦游者相望”。

王珻從小酷愛讀書，其讀書的志趣和方法與一般人不同，他童年時讀到《朱子遺書》，即慨然曰：學習不單是爲填詞作文，更重要的是學習做人。所以他讀書“恐涉浮誇”，要求自己一言一行必合道德標準。每到夜晚，都要静坐自思白天所做之事，有無違背禮義之處。他還主張讀書要有選擇。他在《智昏原》一文中説，古人之書是智慧的結晶，有許多古人就是從書中受到啓迪而爲聖人的，但後人卻“昏於書”。所謂的“古人之書”，也即他認爲的聖賢之書，如源泉，探之而深，推之而廣；而“後人之書”，即“邪妄庸靡之書”，“理不足發天人之奥，情不足狀事物之精”，如果久讀，使人“神氣”沉淪，成爲“昏昏者”，所以他提出對書籍要“能别其真僞”，讀書時要善於“審擇”。除《四書》、《五經》外，他徧涉諸子及後來的唐宋八大家文章。

康熙四十四年（1705），王珻鄉試中舉，翌年考取進士，入選翰林院庶吉士，授檢討，被薦任三朝國史館纂修官。他爲人温厚和平，“對之如坐春風”。在京爲官十餘年，“恥奔競”，唯“鍵户讀書”，專心修史。後以奉侍年邁多病老母爲由乞休，獲准，許原品級歸里。

雍正二年（1724），王珻被聘爲晉陽書院山長。當時的晉陽書院正處於頹廢衰敗之時，他執教後，主張"引掖後學，先德行而後文藝"的宗旨，倡導和實施因材施教，注重實踐，勤修業的教學方法，經常諄諄訓迪學子"以立身行己爲學者讀書根本"。王珻掌教十餘年，從學者多至數千百人，自雍正四年（1726）至乾隆三年（1738）的十餘年間，登甲、乙科者百餘人。後來他因病辭去山長，諸生樹《教澤碑》於三立閣，并鐫其教人條規，以昭後學。乾隆三年，沈提學以"品端學邃，訓迪有分"奏明乾隆皇帝。

王珻以"能獨尚於古文以見稱於當時，流傳於後世"。其爲文自出性靈，長於論辨，古文自成一家，具有鮮明的個性特徵和强烈的時代特色。雍正年間山西巡按使黄祐稱王文"清新俊逸，獨出心裁，是能不受前人牢籠而自成一家言者"，文章"久膾炙於海内"，"其議論上下千古，論事心持其要，論人必當其衡"，"昌言正論，罔所滯匿，談是非成敗之理，若决江河而下"。這些評價都是非常中肯的。

乾隆七年（1742），王珻病逝於芝角村，享年72歲，全省"士子皆有梁木之痛"。乾隆十八年（1753），奉祀晉陽三立閣。

王珻一生著述頗豐，所著有《韞輝詩藁》、《王石和文》、《書文藁》、《唐宋九家古文》（評選）。

《王石和文》爲王珻之文集，由三立書院諸子共同編定。初爲六卷共六十二篇，多爲在晉陽書院時所作。後又陸續刻七、八、九卷，收入雍正七年（1729）後所作及前未收之文共四十二篇。全集共收文一百零四篇，文後附評語。無任何序跋，只有作者自題。現存版本有：

一、雍正七年培風齋刊本，七卷。署"三立書院諸子參編"（以下簡稱"雍正本"）。

二、乾隆六年（1741）補刻本，即山西巡撫採進本（以下簡稱"乾隆本"）。署"晉陽三立書院諸子授業參編"。

三、民國十三年（1924）盂縣教育會鉛印本（兩册）。

四、民國二十五年（1936）山西文獻委員會所編《山右叢書初編》排印本（以下簡稱“《山右》本”）。該本據晉陽書院藏版排印。

本書點校以《山右》本爲底本，以雍正本和乾隆本爲校本，并用本校或他校作參校。

底本原文後面無評語，而雍正本和乾隆本大部分原文後則有評語，這次點校，皆據以補上。

序

天下有先讀其文，而繼見其人者，見其人，益重其文也。有既見其人而復讀其文者，讀其文，益思其人也。予少爲科舉之學，常搜閱前代作者及本朝諸名人之文，以爲舉業科律，已乃得太史山西王韞輝先生《四書文稿》讀之，清新俊逸，獨出心裁，是能不受前人牢籠，而卓然自成一家言者。因手抄口誦，三復不忘，願一晤其人爲慰，而山川間阻，無緣得見。繼又聞先生賦遂初退居林下，冥鴻高舉，瞻望天末，遂以爲生平嚮慕之衷，將終自比於私淑之儔也。

雍正十三年秋，予有山西巡察之役，甫入境，聞先生掌教會城書院，至則喜而趨謁，親其道範，朗然如明月〔一〕之鑒懷也。泠〔二〕然如清風之滌煩暑也。爰進諸生於堂下，高誦予所夙識先生文。開明切示，爲諸生得師慶。當是時，數十年積慕之衷，一旦見之，而私心大慰，且信向之所童而習者，真有道之言也。

先生官京師時，恥奔競，鍵户讀書，同僚咸敬憚之。比告歸，益砥礪實學，以朴醇範鄉邦。與人言，恂恂如不出諸口。予别去，益心儀弗能置。

乾隆六年，予方家居時，坊人以先生時文久膾炙於海内，而古文集僅傳播北地，乃於先生季弟瀘溪令署中，覓得先生文集，欲重梓之，以公四方。介友屬予爲序，予展而讀之，其議論上下千古，論事必持其要，論人必當其衡，合忝之《四書》文，而體用大備。顧予向所見先生之爲人，恂恂如不出諸口者，至是覺昌言正論，罔〔三〕所滯匿。談是非成敗之理，若决江河而下，則又嘆賢者固不可測，而予向之所以重先生者，爲尚未盡其底蕴也。見其人而重其文，讀其文而思其人，予於先生中心藏之矣。

先生字韞輝，石和其别號，先生自有説見集中。

乾隆六年仲夏，江西新城後學黄祐書。

校勘記

〔一〕“明月”，原作“朋月”，據乾隆本改。

〔二〕“冷”，疑誤，當作“泠”。

〔三〕“罔”，原作“岡”，據乾隆本改。

自　序〔一〕

評非出一人手，故不注姓氏，不敢問世，故不求序。不問世，曷爲梓，欲問後世耳。問世且不敢，況後世欲與後人語也。豈必後世之是之哉！後世是吾文，則吾得與後人語。後世非吾文，吾亦得與後人語。後人可語，今人不可語乎？夫今之人固已語之矣！求序，是欲今人是之也。吾文無是者，又何求？若世之君子，有不深謬其文，而惠之序者，則吾亦不敢知已。

雍正己酉四月上旬王瑀題。

校勘記

〔一〕原文無題，此爲點校者所加。

三立祠傳

後學劉贄撰甲戌進士

王先生珻，字韞輝，號石和。盂縣人。生而穎異，至性天成。甫七歲，祖烈病故，抱屍痛絶，日不進飲食，人皆奇之。成童時讀朱子遺書，慨然曰："學人非徒習爲詞章，必做誠意、正心工夫，始爲無愧。"時人頗議其以理學自居，因益加省察，恐涉浮誇。一言一行，求合古人。日所行之事，至夜静坐，自思稍有不合，終夕不寐。其讀書有識，每讀一書，必推究根柢，論古今是非得失，透徹入微。登康熙乙酉鄉薦，丙戌成進士，選翰林院庶吉士，授檢討。學養深醇，爲名公卿所推重。與人接，温厚和平，對之如坐春風。以推薦充三朝國史館纂脩官，旋以親老乞終養歸，瞻依膝下，服勤竭力，無異爲諸生時。親期頤病殁，哀毁骨立，嘔血數次。每忌辰輒涕泣終日。至壬戌冬，病已危劇。值母忌日，猶令人扶起，望塋稽顙號泣。孺慕之誠，蓋終身如一日云。

珻鄉居數十年，敦重品行，德望大著。鄉人王某與王某，因地互控，忽自相謂曰："我輩興詞到案，官法可受，獨何面目見韞輝先生乎?"因彼此忿俱釋。

其鄉素稱多訟，珻在日，鄉人化於禮讓，無訟事，遠近稱爲禮義之鄉。尤善引掖後學，先德行而後文藝，人稱其有安定之遺徽焉。其爲文，自出性靈，時文、古文自成一家。有《韞輝真稿》、《石和古文》行世。雍正二年，各憲重珻學行，延爲晉陽書院山長，從遊者百餘人，俱因材造就，敦崇實行，勤修正學。其講貫訓迪，諄諄以立身行己爲學者讀書根本。由是以發之於文，則言爲有物。科名直易易事耳。掌教十餘年，從遊者日益衆多，至數千百人。月中批改文藝至二千餘首，無不殫心訓示。自丙午至乙卯、丙辰之間，登甲乙科者百餘人。及膺疾辭帳，諸生樹《教澤碑》三立閣下，并鐫其教人條規，以詔來許。自後肄業書院者，咸聞風私淑，以未及親炙爲恨。

先是，乾隆戊午，沈提學以品端學邃、訓迪有方，繕摺具奏，奉旨該部知道。壬戌年，若干歲卒。合省士子，皆有梁木之痛。癸酉，公呈請祀三立閣。又配享晉陽朱子祀。

論曰：先生掌教晉陽書院，值書院頽廢之後，當事振興之。得先生以實學爲化導十餘年，人文蔚起，科第聯翩，不足異也。先生歿後數十年，書院士子，猶能言其丰度，稱其教澤不衰。先生之道德，生民之彝秉，俱見於斯。嗚乎！先生可不朽矣。

王石和文卷一

微子抱器歸周辨甲辰八月二十六日

孔子謂“殷有三仁”,《魯論》首著其人曰:“微子去之。”去殷耳,非歸周也。使其歸周,則微子之仁,豈得謂爲殷有哉!微子之去,詳於《書》,《書》之言曰:“我罔爲臣僕,詔王子出廸。”詔之去殷耳,亦未嘗言歸周也。世乃謂微子抱祭、樂器奔周,周武王遂率諸侯伐紂,是微子不但無懷於商,而商之亡,竟自微子速之,豈不甚矣哉!

商道嚴肅駿厲,故商人之心,信而好義,迄今讀《多士》、《多方》,皆惕惕乎慮有商之人不服,而謀所以安撫之,若甚難者,亦可見商先王之德澤在人,而人心之不忘於商,如此乎深且至也。微子爲帝乙之子,乃不念二十八世之宗社,漠然棄之,先天下臣民而附於周,仁者固如此乎?彼器之定於成湯,而藏諸太廟,六七賢聖君世守之,以至於紂,六百年矣。一旦抱之奔周,何少無故國之思也?後世安禄山移唐祚,奏樂凝碧池,樂工雷海清悲憤擲器於地。微子之賢,豈遂不若一海清?甘以殷先王重器,惟周封爵是求乎?

夫武王克商,大封帝王之後,神農之後於焦,黄帝之後於薊,堯後祝,舜後陳,禹後杞。微子以勝國之裔,其獨應不獲一胙土?是周自封微子,并非微子之有求於周也。且微子之封在成王之二年。先是,三仁中箕子則釋其囚,比干則封其墓,顧無一事及微子,可知微子自遯於荒,武王欲加之恩而弗可得也。迨武庚以殷叛,乃求微子而封之,則微子之入周,固自此始。

《詩》曰:“有客有客,亦白其馬。”夫微子既就封,周人猶賓之，而不敢臣。况當周之未興，殷之未亡，而遽奔周，何以爲微子？《左傳》逢伯之對楚子言武王入商，微子面縛銜璧以見，武王親釋縛受璧而祓之。夫既謂歸周矣，何又見？固皆知其説之誣也。

深醇贍切，議扶綱常，不但於古賢有勳〔一〕。

有子避席辨〔二〕

《史記》稱，孔子没，有若貌類孔子，弟子相與共立爲師。及窮以宿畢不雨、商瞿生子之事。有若絀於辨，乃撤其座。異哉所言，必好事者爲之，不可以信。

彼弟子之欲事有若也，豈不以爲賢乎？果賢也，必不自忘所造，妄尸乎聖人之座。若果妄尸聖人之座，而居之弗疑，開口論説，儼然爲諸聖解惑授業，自尊大於七十子之上，則其不自量，而心昧於聖人之道，不賢亦甚矣。又何待後之窮於所問，而始信其不足事哉？且所問之二事，固未足以定師道矣。聖人無不知，知此二事固宜。然聖人之所以爲聖不在此。今弟子既師事有若，則當求詳於聖人之道之所以至，問仁、問知、問政、問〔三〕禮樂，不當專以此虚無幽幻之事占來察往者，瀆請而嘗試之也。令有若誠知乎此，豈遂足爲孔子。當時德行、言語、文學、政事之科，不乏知聖之深者，豈尚不知有若之不足爲孔子至此而後知之？有若豈尚不知己之非孔子至此而後知其不足乎？吾如諸賢固不輕以是推有若，有若之賢亦斷斷不肯然也。

昔孟子謂子夏、子游、子張以有若似聖人，欲以所事孔子事之，彊曾子，曾子曰："不可。"曾子，大賢也。曾子既不可，則子夏、子游、子張當亦隨知其不可，故其事遂不復行。謂行之者，好事者之妄耳。不然，今日立之師，明日撤之座，吾見一堂之上，斷斷然幾何不以師道爲戲乎？

或曰：弟子思孔子而不得見，故師其貌之類孔子者，道之淺深，德之至與不至無論也。余曰：如是則有若撤座之後，貌豈遂不類孔子？

壽説

天地間孰能壽於人？而人之生於天地間者，又孰能壽於今日之人？蓋鳥獸草木之物，蠢然無知，不可以壽言。則所貴乎人之壽者，不過謂其耳可聽，目可視，手足可持行，口可言事理當否，周旋於君臣、父子、夫婦、昆弟、朋友之交。家國天下之大，皆可以求盡其所當爲，而下逮日用飲食之細。樂也，可歌；悲也，可泣，凡山巔水涯亦皆可以隨其身之所處，而求遂其意之所欲致。非是，則前之千古非壽，後之萬年非壽也。何者？自有天地以來，其年不知凡幾，而腐澌滅息，與鳥獸、草木同盡於不知凡幾之年者，其人又不知凡幾。即魁梧奇傑，富貴豪華之子，亦隨衆人生死於其中，而我獨能以無往不可之身，隨所處而求盡其所當爲，與意之所欲致，則甚矣。

古之人皆夭，而我至壽也。彭祖至今猶以壽稱，是遵何説哉？何謂壽？有斯壽。何謂夭？無則夭。有者何？可見可聞是也。無者何？莫知莫覺是也。古之人有悟於見聞之不常，而知覺之不可再也，故往往托之不朽以傳於後。俾後世讀其書，慨然想見其人，亦巧以不壽爲壽之一術也。然今日我知有古人，古人已不復知有我矣。況後人之渺茫不可指數者，其於今又何知。嗟乎！古人不能有知也，後人未及有知也。乃於古人既往，後人未生之日，幸而適然有我。且適然有我之今日，則莫久於今，而前後爲至暫，莫久於今之一刻，而千古萬年爲至速也。

蘇子曰："自其不變者而觀之，則物與我皆無盡也。"夫物安能不變？其觀者自不變，即觀者亦安能不變？以其有不及觀之時，而當其及觀，固不變。不變而觀物之不變，不變也。不變而以觀物之變，亦不變也。變與不變，不變於觀，而觀者之爲壽大矣。

斯壽也，何壽也？是堯舜之不能留，孔孟之不能待，蘇秦、張儀之不能以詐取，而秦皇、項籍之不能以勢奪也。其易得也哉！得之不易，則承之亦非輕。輕以承之而不求無負於所生，則生爲虚。虚生與不壽同。

涉筆恣肆，如鴻濛、雲將，汗漫九霄。

降服説丁未十一月初七

聖人緣人情而制禮，情有時屈於義，則不得不奪情以就義，而又不使人之絶其情。故情重於所生，而義重於所後。

自漢以來，論爲人後之禮者，無不求詳於情，義特爲後者。事有不同，則因事立議。遂或畸於情，或畸於義，而不能得其畫一之理。歐陽子之論，深爲宋人所非。歐陽子固未嘗滅義，而獨解爲其父母報，有失儀禮之旨。彼謂服可降，父母之名不可改。夫其父母云者，乃儀禮推原之詞，非以爲後者，遂據而父母之也。故疏曰："報之爲言，使同本疎往來相報之法。"若既親於所後之父母，復親於所生之父母，是兩父也。果親於所生之父母，而報以降服之期，則父母無期服之禮，是薄於所親也。故以謂父母之名不可改，則服亦必不可降。服既可降，則亦不得而仍父母之名矣。使謂禮不没其文者，便如其稱，則《禮》固曰："爲所後者之祖父母、妻，妻之父母、昆弟。昆弟之子若子。"夫所後者，父也。固不得以禮没其文，遂不父母之，而但稱之爲所後也。且爲後者於所後之親屬若子，則於所生之親屬不得若子也。不若子，則不若父也。蓋聖人不諱人之所後，故重之以三年。亦不諱人之所生，故報之以降服禮。

大宗得收族，自期及緦麻，緦麻之外，而爲後者固有矣。然不以本服之輕而有減，亦不以本服之重而有增。明乎降服自爲其父母報，并非期大功、小功、緦麻，緦麻之外所得而增減之也。斯報之盡也。若又無改於父母，何以别其爲人後？

孔子曰："名不正，則言不順。言不順，則事不成。"父母其所期，而期於所父母。名與寔違，不可爲事，甚矣。

宋人之持義甚嚴，歐陽子欲慎參乎情，故借禮文以自伸其説。夫欲自伸其説，而因事輕重其議，猶不失一時之權。若曲解《禮》文，俾《禮》之本旨不明於天下，而天下後世倀倀焉無所依，以定情義之準則，歐陽子之失言也。

刻覈明切，羽翼經傳。

石和説珻號也。丙申八月二十三日

石何以和？石，不石觀也。不石觀，何以言石，石之爲言不可易，而加以和。石其姓，和其名也。予既借和之名以和石，遂借石以石予，即借石之和，以石和予。予以石爲名，石以予爲姓也。

石於天地間，爲性最介。芝山之麓，大石蹲出，蟠結深固。其爲介也，甚矣。然東數路之衝，往來行人，至則坐卧石上，雜踏狎玩，磨之瑩然如鑑，日射之光可耀數里，雖欲不名之以和，其可得乎？

夫石之性，從無取於和，而兹獨命以和，則石爲不同。即和之情，從無取於石，而兹獨繫諸石，則和亦爲不同。不同，故有取也。使石非和，吾惡取於石和。非石之和，吾又惡取於和。石與和，不相謀而適相合。合之適足勵予。予行欲端，鑑石之性。予言戒戾，鑑石之情。不端而戾，則對石未嘗不發愧，而羞其見故我也。

昔柳子厚之愚其溪也，溪以子厚重，故溪之名從子厚。予不足以重石，而有學於石，故予之名從石。溪與石，彼此取重之義不類，其有所愛而名之，則一矣。獨是予愛之石常在，而愛石之予不常在，則石之見愛於予者，又將轉而見愛於人。欲如子厚之名從己發，而俾天下後世之莫與争其溪也，能乎？雖然，石之名自予和之，則石自予專之，予之外固不復有石也。不復有石，石不石觀矣。石不石觀者，予不予觀也。則予安知予之非石，而石又安知石之非予乎？予在則石予，予去則予石，後之人有愛石者，即所以愛予。倘有愛予者，石寧不當之，怡然呼而欲應也哉？

人與石竟説得合同無間，栩然若莊生之夢胡蝶，道理實自君子和而不流衍來。

貧解丁巳，删舊《樂解》題

夫人樂莫樂於爲天所厚，憂莫憂於爲天所薄。富貴貧賤，極人生厚薄不同之致，而天非有厚薄於人也。

天之於富貴貧賤，無心也。人物未判，無有誰何。適然而物則物之，適然而人則人之，適然而富貴貧賤則富貴貧賤之而已。陶人凝泥爲器，何嘗厚薄於泥？適爲罇則罇貴，適爲甓則甓賤。其始固貴之，未始不可賤，而賤之未始不可貴也。天之於富貴貧賤，亦若是焉耳。豈其有心厚薄之哉？迨富貴貧賤之局既定，而厚薄遂不能一也。由厚遞推之，以至於至薄；由薄逆推之，以至於至厚，其數幾不可以億計。維天亦不能自掩其不同之數，而使天下之人，謂吾無所厚薄於此也。不得已以憂樂平之，俾富貴者患難，未嘗不懼疾病，未嘗不痛死亡，未嘗不哀其憂。一無減於貧賤，而貧賤者之所以爲樂，亦遂一一無減於富貴。夫人之貪富貴而厭貧賤，不過以可樂可憂之在是耳。

誠憂樂之情無異，則雖富貴之，而非遂厚之；貧賤之，而非遂薄之也。然以富貴貧賤異其境，而以憂樂同其情，則有餘者終在富貴，不足者終在貧賤。富貴貧賤適足以變天下之憂樂，而憂樂之情又無以自平於是，仍平之以憂樂。使富貴之樂不可以或過，貧賤之樂不可以不及。富貴者，惴惴焉有或失富貴之慮，而貧賤者，絶無有不得貧賤之憂。如是，則雖以憂樂平天下之富貴貧賤，而樂常吝於富貴，而憂常寬於貧賤。天固曰惟如是，始足以平天下之憂樂，而富貴之，而果非厚之；貧賤之，而果非薄之也。然則天之厚薄，於人誠不可以尋常測也。厚心爲上，而身厚非厚；薄心爲大，而身薄非薄。人惟體天所以厚我之意，而無自失其情，則富貴而樂，貧賤而樂，雖當憂，而亦無害其爲樂。不然，則無往而不得其憂也。

富貴者之淫於樂，君子直以爲憂，何論貧賤？蓋樂生於情，而情主於理。理得而情適，無關富貴貧賤也。故君子之樂，在富貴貧賤之外，然吾以樂歸貧賤，爲厭貧賤者言之也。夫人厭貧之心，更甚於厭賤，故又專名之爲貧解。

霞蔚雲蒸，毫端萬態。

文情丙申

喜怒哀樂之情一動，則不自知其所至。是非成敗、富貴貧賤、老少死生之故，鬱乎中而達於文，若歌若泣，若狂夫之呼號，若細語，一一與喜怒哀樂之情相發。無情之人，未有能工於文也。若當喜樂之時，而爲哀怒之文；當哀怒之時，而爲喜樂之文，則不能肖。雖同屬喜怒哀樂之情，而此時之所爲文，易一時而復爲之，則亦不能肖。夫一人之情，一人之文，其心之所能思，而口之所能言，非遂相什伯也，而不當其時，遂不可以强而肖，况欲借古人之言，以舒今人之情，豈非并欲借古人之情乎？

古人之情不可借也。縱極語言藻繢之妙，亦止道古人之情之所有，於己乎何與？且自有文以來，其情之有，而人所欲言者，亦概見於古人矣。後之人窮思敝慮，偶自喜其言之不同。及觀古人已先我而言之，而我之所言，乃其餘也。於是恨其生之晚，不能與古人同時，當古人未發言，即參一義，以自鳴胸中之奇。又恨古人言之太盡，不肯稍留餘地，以待後人，令後人復出一詞，頡而抗之，遂使後人無往不出古人下也。恨此不暇，而又襲之以自陋哉！

秦漢而後，能文之士不絶於世，有相學而無相襲，彼其所學者，在神來氣往之際。至喜怒哀樂之情，則莊、列不能告之馬、班，馬、班不能告之韓、柳、歐、蘇，雖其情不無過中失正，而能自言其情之所得，故其言皆可以不朽。非如後之所號剽竊家冥頑而不情，爲可陋也。文中子之著述，擬諸《論語》，其理非不粹，後人讀之，若不敢以爲文中子之文也。彼所以動乎其情，微有間焉爾。

理範於同，而情生於獨。獨之所生，固未可强而同也。世有工畫者，寫一人鬚眉神態，罔不畢肖。好事者竊而模之，復持以贈一人，則彼一人者見之，固不知其爲己寫也，遂不以爲工。今世爲文之士，不求工於畫，而欲竊其畫之工，豈非不情之甚也與？

思議雋妙，處處愜人心脾。中幅極纏綿沉鬱，則又情生於文矣。

文氣

山水、草木之生，皆可通諸文。尤愛松之挺然、鬱然，動而爲韻，則笙簧交作，鼗鼓、鐘磬之喧於空中，而聽者不測其聲之所際也。神乎，韻乎。挺然之質老於雪霜，鬱然之色沃於雨露。韻獨動於風，風無形而有聲。而文之韻又動於氣，氣并無聲而有力，雖極天下之重無不舉，極天下之堅無不透，故能發於文之先，充於文之中，溢於文之外。或振之而高，或幽之奥以曲。或縱之而放乎不可遏抑，或節制之則詘然以止，其爲氣也不同而養之，皆必有道矣。

《孟子》之氣養於理，《戰國策》之氣養於世，故莊、列之氣養於虚，史遷之氣養於憂患。及名山大川，唐宋以來之氣多養於讀書，人之深，則心有定。心有定，則氣盛，氣盛則能直達其意之所欲言，油然沛然，隨其言之所至曲折赴之，而靡不宜也。《孟子》曰："至大至剛，塞於天地之間。"今誠不敢望是，然獨不曰志壹則動氣乎？

今之學者，志不足以帥氣，嗜欲昏於中，取舍亂於外，其觀古人之書，是非、喜怒泊然一無所動，則其心渺不與古人相浹，吾未見古人之氣可猝然借之爲我有也。昔庖丁解牛，心怵然爲戒，慎乎其養氣也，推之百家衆技造其精，莫不由於養氣，而况於文乎！

文者，心之聲也。五色辨諸目，五味悦諸口，而五聲之動起於人心，入人最深。彼其所以感人，亦有運乎聲之中者矣。運乎聲者，氣也。以無聲聲，聲則人莫窮其聲之所自來，而莫定其聲之所自往。往來之所以入於環中，環轉者無窮，故文章之氣通諸松，而極於樂。

智周古今，思入微芒，向來論家從無此透闢。

兵間丙午

間之爲道，以淺乘深，十間而十敗；以深乘深，十間而五敗；其半之，勝敗不可知；以深乘淺，十間而五勝；其半之，勝敗不可知。故間有初，義之所及，不待智者而疑也，則舍其初，而用其再；愚者信之，智者疑焉，則舍其再，而用其三，雖智者不能疑也。如是者，十用之而五勝。合以勝敗不可知之半，則可以勝者操其七也。

曲逆、魏武，古之所稱善間者矣。然今觀其間項羽、韓遂也，皆出於義之再，非必勝無敗之道。幸而無敗，則項羽、韓遂之淺，其深不在曲逆、魏武也。曲逆之間項羽也，羽使至，以太牢進。及見，佯驚之曰："以爲范增使耳。"遂易草具進。不知曲逆何恃，謂此一事足以走范增也。

兩國交兵，一使之至，動關軍機，安有授之館餐，而不知爲誰使者。既不知，則區區進食之人，又安敢意爲輕重，而以太牢草具，立變於俄頃哉？是明示增之有私於漢，而惟恐羽使之不知之也。夫增誠有私於漢，則漢方秘之不暇，其肯以帷幄重事輕洩於進食之人，而又轉洩於羽之使？是其爲間亦已淺矣。羽但少能察，則向之疑增者，至是反可以無疑。或佯受其間而逐增，陰用其計。漢君臣之所畏者增耳。增去，則其謀之施於羽者必輕，漢以施於羽之謀，而羽實應以增之計，吾恐漢之以間乘羽者，必且爲羽所乘。

魏武之間韓遂也，軍前交語移時不及軍事，及遺書，故點竄其字句，此其爲間尤易明，雖韓遂亦未必不知之。使能不待馬超之疑，即時召超言其事，兩人陽背而陰合之，則魏武之以間乘遂者，必且爲遂所乘。惜不能出此，卒致敗亡，以成曲逆、魏武之智。故曰，項羽、韓遂之淺也。

夫間之取效最神，然一爲人乘，得禍之大且速，往往甚於攻戰。《孫子》五間而不實言其事，誠難之也。自非知己知彼，發於無形，而中乎無聲，則其術不可得而輕試矣。

知彼之間無淺非深，曲逆、魏武，惟知彼之淺，故深也。以深乘淺，無往弗勝，而但以爲五勝者，誠恐機或洩於臨事，而情勢變於所備之外，則勝敗之相參其半，不可知。惟取半之不可知，而亦早籌於意中，則無至於大敗。故善用間者，有五必勝，七可勝，而無三大敗。非天下之至深，孰能與於斯。

於勝敗之多寡，明用間之淺深，而以二事證之。熟於情勢，故往復辨論，無不得其機要。

生民之欲戊申十二月二十一日

生民無欲，則不可以治，聖人導之以欲，使天下羣趨於是而爲之，各遂其求，所求既遂，則趨之者益甚，而其情遂肆出於天下，雖聖人無以禁其後。

衣食，人之大欲也。使必織而後衣，耕而後食，則人之不耕、不織者何所賴？天下又不可無不耕、不織之人，乃人有求於耕織，而耕織無求於人，則欲不能相通，而天下何以治？聖人於是有權以通之，而以金銀、珠玉爲之易其衣、易其食，使天下之人知金銀、珠玉之可用甚於菽粟，而金銀珠玉之權始重於天下。

夫金銀、珠玉始非可重也，重之自聖人始。使聖人不重金銀、珠玉，則金銀、珠玉與石無異。使石爲聖人之所重，則亦未嘗不金銀、珠玉也。然而，石之必不可重者，以其多也。聖人導天下，必擇物之少者而用之，然後人知所私。私故重，重之而惟恐不得，於是相逐相争以至於相盗，而卒無有所止。斯時，雖執天下之人而理喻之曰，金銀必不可欲，珠玉必不可欲，彼肯從吾言而易其逐之、争之、盗之之情耶？

天下將有逐之、争之、盗之而必不可易者，無怪也。以欲導之，而以理勝之。理固不可得而勝也，有術焉，仍勝之以欲。使金銀、珠玉無重於用，而惟以菽粟爲重，則天下之欲，固將羣趨於菽粟。天下羣趨於菽粟，則逐之、争之、盗之之情，未必不復施於菽粟。然菽粟積之不能久藏之，不能多。不多，不久，則不甚私。不甚私，則人之趨之者，必不如金銀、珠玉也。果其至如金銀、珠玉，而後復以金銀、珠玉通之，則亦聖人疏節天下之人情，使其欲有所間歇，不至於流而無極也。

福善論丙午〔四〕

人之品有三，而天誘人爲善，戒人爲不善之權伸於一，而窮於兩。善者曰：天但能禍福我，豈能善惡我。不善者又曰：天既不能善惡我，豈能禍福我。此天之權所以兩窮也。惟中人之冀福，而爲善避禍，而不敢爲不善，天遂得以此鼓舞天下之人，而使天下之人皇皇焉冀善之福，而避不善之禍，故其權獨伸於一。然天下之中人最衆，則天之權，其得行於天下之人者亦最衆。今必奪天之權而爲之言曰：爲善必不福爾，將善者倦且曰：必不福爾而禍爾，固未嘗不懼也。嗟乎！天之鼓舞天下者，獨有禍福，而禍福之權獨得行於中人，使中人皆以作善爲懼，則天之權一無所伸。天之權一無所伸，而善類幾何不絶也。

吾以爲禍福之理，原并行於天地，或以聽善不善之自值，則有矣，而其實善之得福，固終多於不善也。特以古今來善者少，而不善者多。千萬人之不善，而得福者數人，天下不計其千萬人，而但以數人爲多；數人之善，而得福者一二人，天下不計其數人，而但以一二人爲少。

伯夷、叔齊，古之善人也。積行而餓死，世謂天之不無善人矣。然夷、齊死近三千年，其死亡於兵燹饑荒之餘者，不可指數，而至今不聞復有夷、齊，則知不可指數者之不得其死，非必以善也。知不得其死者，非必以善，則爲善者之非必不得其死也。蓋善而得福，乃理之常。天者，理而已。子思曰：“君子居易以俟命。”解之者曰：“易，平地也。險則危，而平則安。”吾未見遊康莊之險，而蹈水火者之必無恙也。何必天之有心記檢之哉。天但概無記檢，則爲善者已可不懼，況作善降祥，天固未嘗不一注心乎。豈惟無懼又將恃焉。

大凡人之堅於有爲者，莫不有所恃，雖小人爲不善，亦有所恃也。假令早奪其不善之恃，而深知爲善之必福，則小人亦未必不勉强於善，以爲倖福之具，况君子乎。吾故以禍福之權歸天，誠欲使爲善者之有所恃也。然則爲天者豈徒較量於一言一行之善，朝爲而夕報之，此類今人小丈夫之所以報施天何其淺。君子斷不以此責報於天，而使天下之人，謂天之權有所不勝也。

校勘記

〔一〕“深醇瞻切”云云，此評語，《山右》本原無，據雍正本補。以下各篇末評語皆同此。不一一指出。

〔二〕雍正本旁批曰：“絶倒。事得快辨解頤，自令四座絶倒。”

〔三〕“問”字原無，據文意補。

〔四〕雍正本文後旁批曰：“閎中肆外，道理處處滿足，唐宋人當分一座。”

王石和文卷二

王荆公論丁未

小人而君子矣，不謂之君子不可得也，始非君子也。君子而小人矣，謂之君子不可得也，未始非君子也。吾嘗以人之爲君子、小人，有幸不幸。此雖不足盡君子、小人之論，而其間成敗毁譽之所遭，或幸而激之爲君子，亦或不幸而激之爲小人。如宋之王荆公，可惜也。荆公恥其君不爲堯舜，可謂有君子之志。其《上仁宗皇帝書》高而辨，根柢六經之言，可謂有君子之才矣，而竟不爲君子，則以學君子未盡其道。不幸衆人激之，遂於道爲畔也。蓋未盡其道，則泥古病今，已不能不自撓於事之難行，而又激於人之多言，則情益憤，而持之愈不平。

夫荆公之法不盡可行，而言之者遂以爲盡不可行。其不可行者，荆公亦未必不自改，言之者又不及待其改，荆公遂激而一出於不改。此荆公不能容當時士大夫，當時士大夫亦不能容荆公。過不獨在荆公也。不然，司馬温公亦嘗作相矣，欲改顧役爲差役，蘇軾、范純仁連争之不受。純仁曰："是使人不得言耳。若媚公取容，何如少年蚤附安石，以速富貴。"温公深謝之，然卒不易其議。

夫顧役，荆公之法也。今既不可改，則昔亦非不可行，而温公又必欲改之。如此，此可知宰相立法，而欲天下之從己，亦人情之常。温公未嘗不同荆公，但温公能謝蘇、范言，而荆公遂悻悻自恃其才，此其所以不能無撓於事，而徒激於人之多言，以自取敗也。夫徒激於人之言，而卒以敗天下事，誠亦不可謂君子，獨惜其非有所以激之，固未始非君子也。

嗟乎！士患無君子之志，而荆公不幸以志成其拗；有志則患無才，而荆公不幸以君子之才遂其矯。有志與才，已患不得用，而荆公不幸以大用，敗君子之志與才。夫古之真君子，無不幸彼其所以爲君子非幸也。然天下之幸而爲君子者，固有矣。而荆公獨不幸不得爲君子，其可惜也哉！其不可不慎也哉！

唐之柳子厚、劉夢得亦類是。文欲爲君子者知所謹，非徒爲不爲君子者恕也。

楊子雲〔一〕論甲辰七月二十二日

聖人之言平正通達，千萬世由之而不能盡，後之儒者理不足千萬世，而其言乃使一世不可知。

楊子著《法言》、《太玄》，而《太玄》尤極意。故其言曰："世不我知，無害也。後世復有楊子雲，必好之矣。"吾謂其薄當時，而厚於後之人也。後世亦世之積耳，知文者無擇於時，未必不在當世，一世無知，亦難信後世之必有知也。子雲没四十載，而《法言》大行於世，《太玄》至今罕有傳者，亦安在後世之必好之哉？

唐時始得一韓子，韓子固以子雲自負矣。然韓子之才，亦非千百年所可待也。千百年有韓子，亦或千百年不能有韓子。設世終無韓子，又誰知子雲之文之足好者？即宋之程子，亦以其書爲無益。朱子又謂，支離不成物事。百世以俟聖人而不惑，程朱非其人與？程朱不以爲好，不知子雲之書，其於世安用也？子雲之書一擬之《易》，今其方州部家爲隱於乾、坎、艮、震、巽、離、坤、兑，而六十四卦之文，固未若八十一首之晦澁而不可讀也。子雲方欲以發明易理爲事，而不可讀乃過於《易》，其又何取？況《易》之爲書，精於理而奥於數，吉凶消長，進退存亡之道寓焉。

子雲當新莽之亂，不能去於幾先，乃以劉棻之問奇字，投天禄閣，幾斃已〔二〕，則不閱而欲使後世之士奉其書，以爲修悖趨避之道，恐愚者不敢爲信矣。然則韓子之所取於《太玄》，毋亦惟其文之好，而非謂其理數之果足與《易》上下也。

夫子雲之書不及《易》，而其言必使一世不可讀。如《易》者，直當終天地無讀可也。然後之學者讀《易》而不及子雲之書，何哉？子雲之書，非不高也，顧《易》之爲《易》，至矣，不容後之聖人復有作也。子雲非聖人，而欲奮一己之心思，囊括羣聖人之奥，故其言高而不可讀。然不可讀者，聖人不以爲高。聖人之言平正通達，千萬世由之而不能盡者也。

宕而逸，抑揚婉中，司馬子長之風。

嚴子陵論壬寅

嚴子陵可謂高士矣。雖然，光武不興，子陵必不隱。子陵之所學，非隱也。子陵既與光武同學，意其建謀發策，必足發光武所未至，而有可施於當世之務。子陵而果於隱，光武亦不與之友矣。

光武既興，固子陵可以有爲之日也，而顧矯之曰，士各有志，則奈何志與學之相違若是。吾嘗以是求子陵之心，而竊意其有未大也。蓋子陵之視光武，不過忘年友耳。其年長於光武，而所學又過於光武。以素所重己，而己不甚重之人，一旦貴爲天子，統萬國而臣妾奔走之。子陵亦王臣，安所逃於天地之間，其偃蹇之懷，遂不能爲光武下也。觀足加帝腹之事，可見矣。夫人即善傲，亦何必放誕至於此極哉！彼其心以爲不如是，則無以見天子之不足貴，而鳴己不臣天子之節。故由今憶昔，隱隱有一故人天子在，不能自遣於是，挾之自傲，而不覺其頹然放也。

乃或者不察而曰，光武召之不以道也。又曰，度光武不足大有爲，而懼言計之不行也。夫物色旁求，非不知子陵者。子陵學無其具，則可有其具。遇此明信中興之主，尚不肯相與有成，其將何待而可？

孔子曰："天下有道，丘不與易也。"士生三代後，輒謂非堯舜之君，必不可與共治，此亦學無足適於用，而徒見其論之高，爲不可近也。故即令光武言聽計從，以大盡子陵之學，迹其偃蹇之態，所學或不出黄、老家，亦未必遽有伊、周之業，興治扶化，度越漢廷諸臣十百倍也。其又安知光武之負子陵？彼子陵之被徵，年已六十餘矣。計其所生，當在元、成之代，歷哀、平不隱，新莽不隱，而獨披裘釣澤，變姓名於光武之世。是光武之世不及哀平、新莽也。蓋子陵有軼天下之才，而無容天下之量，則天下遂不可以容其身，一激而入於隱也。隱豈其本心哉？雖然，高矣。

光武大，子陵高，許高不許大，而高士之身份益顯。

郭巨論甲辰六月二十五日

郭巨埋子養母，載孝義乘，今庸夫孺子皆能言其事，以爲孝至尾於大舜、閔子諸人。嗟乎！如郭巨者，固當治以殺子之罪也，惡得爲孝哉！

孟子云："不孝有三，無後爲大。"孔子之告曾子曰："身體髮膚，受之父母，不敢毀傷。"若郭巨之故殺其子，而絶先祖祀，其所毀傷，豈但身體髮膚之不謹而已乎？

孝子之事親，其事隨分可盡。郭巨有母而不能養，已則不孝，豈一子之爲累，而顧不能聽其自爲饑寒，如途人肥瘠之不相關，而必計致之死而後快？子即死，其母未必遂甘旨也。且甘旨又何足以養母？巨其以母爲賢耶，不賢耶？不賢，徒以重其慘刻之過，賢則呼號悲切，傷骨肉之相殘，而食不下咽也，何養之能爲？古之君子，寧以善養，不以禄養，取非其有以奉二人，猶謂之不孝，況殺其子者乎！孝慈，一理也。不孝必不慈，未有不慈而孝者也。

郭巨忍於殺其子，必忍於棄其母，而猶曰孝之。孝之云者，亦僞而已矣。

世乃謂掘地得金，天所以賜孝子，其誣天尤甚。天雖仁愛，斷不加愛於殺子之人。其得金也，安知非郭巨自藏之而自掘之乎？蓋其時以孝舉人，故欲殺子以成孝名，義託得金以成孝，可格天之名。使埋子即可以得金，則天下之埋子者益衆。埋子者衆，則天下之孝子，皆不能有其子，郭巨之父母蚤欲以孝名，豈復有郭巨哉！

五倫，一人情也。自古矯情干名者，多出於詭異奇譎之士。至愚者慕其事，而不得遂，逞其心之不仁，不難絶性以欺世，而世之愚者不察，又轉相稱譽，以是爲當然，致生人之類竟不幸而爲人子，而天地好生之心絶矣。此五倫之賊也。

抑吾又巨既得金，則子固可以不埋，金果巨自藏，則巨固意子之不即埋也，而世反傳其埋子以爲孝，吾故不論金之得不得，而深論其埋子之罪，使知矯情絶姓之事，必不可以欺後世，而後世之稱其孝者，適所以與於不孝，而徒見其識之愚，爲可笑也。

愚人好名，至滅天理而不顧，患中世道矣。逐層辨擊，義挾風霜。

燕丹論戊申十一月十八

嘗讀《燕世家》，未嘗不悲太子丹之義，而燕君臣不自强奮，忍殺所愛，以媚秦爲苟延之計，可恨也。

秦之爲暴，烈矣。諸國之待亡，不可旦夕。億使丹之謀得遂，則非徒燕國安，諸國賴之俱安。今觀其舉動，固燕之人所不能爲，雖齊、楚、韓、趙、魏之人，亦盡不敢爲。至韓亡數年，始見一張子房耳。丹之謀與子房合，子房幸而不死，丹不幸而死。後人多以此壯子房，而罪丹之輕謀取禍，則狃於成敗之見也，不知天下之敗謀善乘之每足以成功。

彼秦人之自視制天下如僕妾，一旦幾斃匹夫之手，即天下視秦，質子割邑，奔命之弗遑。尚有人焉，探虎狼之穴，而欲制其命，雖無成，實秦之所心慄，而天下之人心所大奮也。使燕知其終爲秦滅，而以國授丹，一聽丹之所爲，則丹必能得燕人之死力。燕人知戰亦亡，不戰亦亡，必出死力以抗秦。隨遣一介以利害切動諸國，則齊、楚、魏必幸燕之首先効死，合力以與秦從事，而韓、趙之已滅者，如張子房輩，必能收合餘燼，爲燕甘死於秦。此一役也，燕可以造。觀子房擊秦不中，後陳勝、吴廣皆得乘之起事，而謂諸國獨無意哉！燕不知出此，而殺丹以謝秦。夫秦欲得燕耳，豈徒丹死之是快？丹死，而燕卒滅於秦。齊、楚、韓、趙、魏無丹之謀，而亦未嘗不滅於秦。可知足以存燕者，丹之謀。謀不遂而燕滅，非丹之罪也。

丹與子房之謀同出無聊耳。爲兩人者，其所得施於秦，固惟有此而已矣，豈料其萬全也哉！然子房之不死，其勢可以死也。擊不中，宜死；擊中，亦宜死。非若丹有可乘之勢。丹惟知慮於行刺之先，而未慮及於刺不能行之後，此其智之所以不如子房。使子房處丹之時，亦可以不死，獨是丹不死於秦，而死於燕，固尤丹之所深恨也。

讀此，覺昔賢之論未稱盡允。

漂母論丙午

漂母其聞道乎？其諷淮陰之言，何有合於君子之行也。君子之處世也，報人而不望報於人。嚻嚻焉挾望報之心，而自喜其德之甚。望之愈奢，則報之愈難；報之愈難，則人將忍而出於無報。不報則怨，怨斯讎。兩讎相尋，而德尚安在哉？故君子之不望報，非徒以忠厚之道待人，亦欲自留其德，而予人以可報之道，則人終不能忘。雖忘，亦不讎彼。

淮陰者，固終其身未忘報也。吾觀於子房之盡忠於韓也，不望韓報；其立功於漢也，不望漢報，故能成天下之大事，而有以自全其身。説者謂圯上老人教之以忍，不知惟忍，故不望報。當其受書圯上時，已盡挫其英鋭之氣，而寵之不加喜，辱之不加怒，寵辱之不驚，於報何有？故其成大事者，忍爲之而善全於成事之後者，則惟此不望報之心。

子房所默受諸老人，而自得於忍之餘者也。漂母之告淮陰言，尤顯於老人，而淮陰不用也。淮陰遇食於漂母曰，必重報母。母曰，哀王孫而進食，豈望報乎。漂母之心，未必如老人深思遠慮，而其言切中淮陰，想亦見淮陰怏怏不自聀之狀，而故爲是言，以折其氣。使子房聞之，必有所以用其言，而淮陰不能爲，可惜也。

淮陰之初將也，高祖則設壇拜，請假王則以全齊畀之。高祖豈真有愛於淮陰，而不自惜其名器之甚？誠以淮陰之望報，非此無以厭其心也。迨淮陰之功益大，而高祖報之者已盡。淮陰望報之心不休，高祖其何以厭之？觀其語蒯生曰：“漢王遇我甚厚，不忍負。”推是言也，使其非厚，則負之矣。可知淮陰望報之心，始終未絶，而高祖之不能不疑且懼者惟此。厥後淮陰非有叛於漢，而卒以叛獲罪，實此望報之心致之也。

夫人固有無重輕之言，善受之，足爲終身之用。故君子不敢輕其言。使淮陰能用漂母之言，則亦可以免；不用其言，而徒以千金爲報，不得謂淮陰不負漂母也。

望報，自是淮陰一生病根，卻借漂母之言發出，又借老人之教子房形來，遂使文情錯綜迷離。

何信論己亥

漢高帝戰争之臣，韓信爲第一。帝非信，漢室之天下未可知也。功成而身死，論者咸恨吕后之慘，而惜漢之不能保有功臣爲不義。然吾以爲信之死，非吕后殺之，而高帝殺之。亦非高帝殺之，而蕭何殺之也。何非殺信，以何當救信也。其當救信，奈何以信非反也？信反，何不救，則信死於法；信非反，而何不救，則信死於何。何固心知信之非果反也。使信果欲反，當齊軍之見奪，信可以反而不反；及雲夢之遊，信又可以反而又不反；迨降爲淮陰，而勢固已蹙矣。安有陳豨方受君之恩，邂逅相遇，遽以反情相告，告之而又不赴約，徒觀望遲回，以自貽戚耶？

夫信素知兵，處危疑之際，慮患又深。知兵必明於乘機，慮患深，必不輕泄以敗事。此舍人之告變，當何與后所文致，事之不必有者也。或謂信雖未反，慮其終當反。夫慮其終反，不過削其職幽之耳，何至於殺？即殺，亦止其身可耳，何至於族？假令信如黥布、陳豨發數萬之兵，傳檄叛漢，漢將以何法加之？蓋信無叛漢之形，而高帝不忘殺信之心，而不欲居殺信之名，吕后深知之。高帝、吕后有殺信之心，何又深知之，亦不欲居與知殺信之名，故一以其事委吕后。

彼吕后者，性既敢殺，又未親見信之戰功，遂忍於相負，不惜以殺信之名自予也。其實殺不專自吕后，吕后雖悍，不過一婦人。以高帝之英略，生殺之柄豈遂不能自主？以何之得君，當高帝征豨時，后每事必相議，此事豈不與聞？聞之而豈不與謀？觀高帝還聞信死，且憐且喜，則帝之情可見。觀何紿信入賀，則何之情亦可見矣。然則何有忌於信乎？非也。考古志，信死，門客抱未歲子詣何，何仰面大哭，密送南粤王。何既悲信之死，豈其忌信之生。其不救信，何之自爲計也。

高帝之不悦勳臣久矣，當信登壇受拜，高已不能不疑信。及拔趙、下齊，高帝又不能不畏信。使君疑且畏，而尚能安於人臣之位，從古未嘗有也。故信反，亦死；不反，亦死。使何力争救信，高帝終疑何。與其救信而見疑，不如負信以自全，此何不救信之隱意也。

夫不救信，則亦已矣，豈必附吕以紿信。然不救信，則不得不附吕。附吕而信死，雖謂何之殺信也，亦宜。

有深文入何處，有原情出何處，其出何處正入何〔處〕，使無所逃，最得文家擒縱之法。

鴻門論辛丑

知天之不可爲，而猶欲以人争之，斯真能有爲者矣。其卒不可爲，天也。沛公入咸陽，范增疑沛公有天子氣，鴻門之役，數目羽殺沛公，羽不果。後之論者咸病增，謂沛公既有天子氣，天子安也可殺？且增於羽之諸暴不諫，而獨勸殺沛公，故不能佐羽成王業，卒亡垓下。

甚矣！其論之陋也。使羽早聽增殺沛公，安有垓下之亡哉！其亡於垓下，固增既去時也，所謂天之不可爲者也。當楚漢之争，勢不兩立，羽不殺沛公，沛公必殺羽。增既委身事羽，則必望羽之取天下。望羽之取天下，則不得不殺沛公。使逆意沛公之爲天子，而不敢謀加刃焉，則是爲人臣懷二心，而甘以主之天下默授於人也，豈事君之義哉？况羽之攻入關也，其心未嘗須臾忘沛公。鴻門一會，楚漢得失之機如反掌。增早夜焦思，而幸得此機。此機一失，大事遂去。增方自恨其人謀之未遂，而乃以增之不能順天爲非是乎？且君子之欲盡人以争天也，亦以所謂天者，原在揣度疑似之間，非如人事之確然而可據者也。故增之疑沛公有天子氣，亦在揣度疑似之間耳。彼沛公素嘗以天子自疑，良、噲諸臣亦何嘗不以此疑沛公。如是，則鴻門之會，豈不可恃以無恐，而一時君臣相顧失措，幾不自保。

夫增之識沛公爲天子，亦未必過於沛公之自識，與張良之識沛公也。以沛公之自識，而畏羽之殺，以良之識沛公，而畏沛公之見殺，則是羽竟可以殺沛公，而增之謀殺沛公，固未嘗爲不可也。

夫即使沛公果不可殺，在增爲臣之心亦所不顧，况其在揣度疑似之間哉！至於羽之諸暴不諫，吾亦不能無憾於增。然增朝夕親羽，亦未必不諫，或諫之而不聽，亦未可知。如鴻門之勸殺沛公，而羽不聽是也。蓋不可爲者天，增之所盡者人也。厥後鴻溝之約，良勸沛公負約擊楚，羽乃亡垓下。嗟乎！觀沛公之不肯釋羽，愈知羽釋沛公之疎也。故范增之謀與良同，良幸而增不幸耳。

知天不可爲，而欲以争之，道破千古英雄本色，歸結到幸不幸，使亞父無冤九泉。

鴻溝論庚子十二月十二

楚漢既割鴻溝以盟，已而漢負約擊楚，楚卒以亡。後儒乃責漢之不義，而以子房教之擊者爲非是。噫！過矣。君子之論人也，必揆之於時，度之以勢，兼究其人初心之所存，與夫德之能至與否，不得以迂濶難行者概論而刻繩之也。

漢高乘廣、勝之變，以泗上亭長呼衆起事，苦於戰者七八年，其初心不過欲得天下以圖富貴，非真有憫於秦政之暴，痛生民之塗炭，如商湯、周武之師，爲不得已而興者也。一旦時與心逢，天授我以可得之機，而又曰，姑舍勿取，將以鳴信義於諸侯，則其違情失時與宋襄公之不擒二毛、不鼓不成列何以異哉！

夫楚漢之不兩立，不待智者而知。漢之不能與楚敵，又漢高自知之也。彼自興兵以來，得與楚相持不下者，僅見有此爾。以漢之勢，至能與楚相持不下，其勢即終能下楚，故目前之安，雖漢之所貪，而將來之勢，漢之所必争也。暫欲引還，未幾必自悔，悔必乘間復出關，以有事於楚。然至復有事於楚，而勝敗之勢又不可知矣。况漢即無事於楚，楚必有事於漢，其與漢盟，楚之不得已也。當是時，成臯失利，兵罷食盡，姑許盟以爲息肩之計，不旋踵必且選精簡鋭悉甲以來，而喑啞叱咤之師，度漢能當之乎？不然，義帝嘗有約矣，先入定關中者王。及漢高入咸陽，羽怒，提兵攻函谷關，一舉而拔。鴻門之役，漢高僅以身免。彼既不顧義帝之約，又何恤於漢高之約，既不難以鋭師拔函谷，又何難以全師逼鴻溝，豈以子房之智不能早見及此，而肯舍之勿擊，以自遺患哉？昔武王東征至孟津，諸侯會者八百，僉曰：紂可伐矣。武王復歸，此聖人養晦順天之意。若使當牧野之役，壁壘相對，商主忽下割地之詔，恐武王聞之亦疑且懼，未必肯俯首聽命耳。退處故國也，漢高之於武王，其德爲何如。楚置太公俎上，漢遺之書曰："若其烹，分我一杯羹。"是豈敝蹝天下，竊負而逃之義乎？以武王之未必行者，而責於分羹之主，欲其顧名思義，一切成敗利鈍置之不問，固已難矣。

奕奕熊熊，是《致堂管見》、《東萊博議》中文字。

王景略論丁未四月初九

秦王景略之終也，屬秦勿以晉爲圖。後人以景略始終爲晉，列於張子房之不忘韓，狄懷英之不忘唐。過論也。夫景略之心，不同於兩人，而景略之勢，亦不同於兩人。彼韓非漢之敵，故在漢得以爲韓。唐亦未嘗與周爲敵，故在周得以爲唐也。若秦晉之各君其國，各子其民，儼然一大敵國矣。

景略身在秦，尚安得而爲晉。使其果爲晉，景略亦不忠。景略於晉，非有必不可逃之義也。子房，韓之世臣，忠漢而非寔仕於漢，懷英雖仕周，而猶當唐祚未絶之時，寔唐之舊臣也。景略則晉人而未仕晉，固非晉臣也。未仕晉而仕秦，固秦臣也。

人之爲義，其重孰與於臣。官人之官，禄人之禄，而乃身秦心晉，陰爲圖存之計，則爲人臣有貳心，是子房、懷英之所羞道也。且苻堅之遇景略，不爲不厚矣。諫行言聽，極後代人君用賢之道，而景略經營國中，輔君成富强之業，固亦非不賢而能之也。厚則君有不可忘之義，而賢則不敢忘其君。忘君以利敵，中士之所不屑，而謂賢者爲之也哉？使景略之心誠在於晉，宜必不仕秦。當桓温之伐秦也，景略披褐談世務，温已署爲軍中祭酒。彼温雖跋扈，非遂王敦之比。會稽王尚能義沮武昌之移，况以景略之才，而得左右其間，俾之竭力王室，復晉中原故所失地，未必非温之能。不然，即舍温歸晉，制温覬覦之謀，亦未必非景略之能，乃不從温南旋，則知其心亦非以晉爲必當事。既而事秦，則其心非以秦爲必不當事，亦可知也。

景略蓋功名經濟之士，思得一君而事之，以自吐其胸中之奇。晉則晉，秦則秦，非真有得於聖賢出處之道，必擇而後進者也。及晉不知而秦知，士爲知己者用，景略之心如是而已。

觀晉之伐燕，景略勸秦救燕，破晉師歸於譙，此得謂之爲晉謀者乎？不謀於生時，而反欲謀之於死後，難矣。然則其終之語，何爲曰爲秦耳。誠知晉不可乘，而恐秦之自取敗也。厥後秦果敗於晉，益信景略之非爲晉謀。若曰景略不謀晉，則誠有之。

審勢推情，一歸於理，卓然論世之文。

鄧伯道論己亥九月初七

晉没於石勒，僕射鄧伯道挈子侄以行，恐遇賊不能兩全，乃棄子留侄，卒以無嗣。時人義而哀之曰："鄧伯道無兒，天道無知。"嗟乎！此天之所以有知也。伯道之棄子，於理爲不安，於情爲不順。逆理而違情，雖欲不謂之欺天，不可得也。

夫父子之恩，天性也。己之於子，父子弟之於其子，亦父子。全弟父子之倫，而戕己父子之性，伯道信以爲人之親其子，果不當如其侄乎？即自揣其愛侄之切，果勝於愛其子乎？吾不知棄子時，子若何戀。戀於伯道，而伯道此時竟何以爲情也。

今設有兩途人，呼號望救於我，其望生之情均，其可死之勢亦均，而我必殺一人，以生一人，仁者固有所不爲。伯道之視其子，其視途人爲何如，而忍爲之乎？況伯道當日原非處必不兩全之勢也。使處必不兩全之勢，賊手刃而脅之曰："殺爾子，則存侄；殺爾侄，則存子。"伯道念己身之尚在，痛亡弟之一息，不得已而捨其子，亦强義者之所爲，然君子猶謂其情之難也。乃初與賊遇時，已掠其牛馬而去，則此後不復遇賊，亦未可知。遇賊而賊不害其子，亦未可知。安有預懸一或然之想，而曰度不能兩全，遂棄之以去哉？則賊之殺子猶未定，而伯道之殺子早自决也。且當日之賊未有定所，伯道雖棄其子，安知棄子之後不復遇賊，遇賊而安知賊不復害其侄。是侄之存亡，并不繫乎子之棄與不棄。欲存一未必生之侄，而先棄一不必死之子，蓋徒以全存侄之名爾，而又自言曰："幸而能存我後，當有子。"嗟乎！伯道既以棄子之事矯人，復欲以存侄之事邀天乎！使天早語伯道曰，爾後當無子，則伯道之棄子，或未必若是忍且决也。

古人云：爲善無近名。夫求名於人且不可，況責報於天乎。今果冥冥之中有定伯道之案者，其從全侄之例乎？其從殺子之例乎？不知何以引斷也。

昔第五倫於兄子病，一夜十起，退而安寢。於子病，不一省視，而竟夕不眠。彼雖自謂有私，然第五倫之私，在人情之中。伯道之公，在人情之外。所謂非人情不可近者也。易牙之烹子啖君，與此事清濁雖異，而其心之忍，則一也。使天下慕伯道之所爲，吾恐刻薄之夫皆矯情干名，欲以僥倖於天，而父子天性之愛，幾何不絶於人世哉！吁！天道其知之矣。

覷定忍心邀名，立言雄辨層出，伯道無從置喙。讀之令人慈愛之念油然自生，洵有關世道人心文字。

郭汾陽王論甲辰

大臣之得固於君也，不以術，用術則自疑而疑君，疑君，則君亦疑。用之不善，則君之疑立形；用之善，則無可疑之隙，而有不信之心，疑固待時而動也。史稱郭子儀窮奢極欲，方正學以爲子儀狥衆人之爲，而使君知己不足疑，保身之智也。余曰，非也。賢者固有所不足，此子儀之不足爾，不得以爲智。以此爲智，則子儀亦不善用其術矣。

君子之事君也，必其心一於君，而又使君之能知其心，故上下之交不疑。子儀之心果一於君矣，不宜又狥衆人耳目之欲，以自開其可疑之端也。天下之可疑者，孰有大於欲臣之所望於君，與君之所惟恐不能厭其望者，皆是物耳。安有裨將、牙官森列堂下，服食、器用之好一擬諸天子，而欲使人主之不疑謂情也哉？而不疑者，則以唐太宗保全功臣，絶於往代數傳之後，遺意猶存。僕固懷恩之叛，則全其母；李懷光之叛，則念其子。况子儀之功倍蓰此兩人者乎，而子儀又能不以利害芥於胸。詔書一至，即日就道。當時之君有深亮其心者矣，非亮窮奢極欲也。

觀相州之敗，則讒留京師，以李光弼代。盗發子儀父塚，入朝之日，上下洶洶然，是當日之疑子儀者固有也，曷嘗盡以窮奢極欲免哉。厥後楊綰作相，子儀減去聲色五之四，可知子儀之心，亦自知靡麗非藎臣所宜。特以大節無愧，小小者無事矯飾，姑狃於性之所好，而不能自克，非果求免於窮奢極欲也。使其功成身退，日隨二三羸僕，蕭然山水間，無復耽樂富貴之見，豈遂不能自免？豈必窮奢極欲而後足明其心之無可疑耶？如此，而使人主不疑者，幸矣。非子儀心一於君，而又能使君之知其心，何以全之？

昔王翦將秦兵六十萬伐楚，臨行請美田宅。翦之意以爲空國之兵在己，恐君疑之而中掣其肘，則功不能成，故以是堅君之志，非徒欲保其家也。翦以是行於關外。而謂子儀欲用爲終身自全之計，恐子儀之智不肯用於此也。子儀有再造之功，奢欲何足累子儀？然不如無之爲愈也。指子儀之所不必有，而以爲美，則適足掩子儀之賢，而令天下後世功高震主者，相率而入於驕也。

議論委折周達，有似紫陽序論波態。

蓋寓論乙巳

李晉王克用既滅，王行瑜請乘勝取李茂貞，朝議不可。將入朝，蓋寓止之。

胡致堂曰："蓋寓於此有失策焉。不早請誅茂貞，乃致朱全忠先手以移唐祚。"嗟乎！唐祚之移，豈係茂貞之誅不誅哉，而蓋寓此言，可謂知大體矣。其爲克用慮至深遠也。蓋克用心忠於國，而才近跋扈。自沙陀入衛以來，乃僅得聞斯語也。當是之時，强藩鎮各擅數州之地，以自尊大。召不來，揮不去，乘釁則請入朝，危及乘輿，天子下堂出走，宫闕、宗廟之大爲之灰燼。百姓流離，或數歲不得寧居，爲禍最烈。使克用一旦不奉天子召，徒以請誅茂貞之故，强自入朝，驚駭朝野，天下聞之，洶洶然將跋扈之迹，與此輩何以異？蓋寓甚爲克用不欲也。且克用即入朝，茂貞亦不得誅。當朝議之不許取茂貞，非果欲全茂貞也。蓋其心之畏克用，甚於畏茂貞，故欲留茂貞以角克用。今雖欲入朝，朝議必力止之。止之不獲，羣小必擁天子西走茂貞。茂貞既挾天子以拒克用，則茂貞爲有名。天子在内，而克用攻之於外。朱全忠必假援天子之名，以討克用，則全忠亦有名。挾天子之賊拒於西，援天子之賊討於東。克用居其中，固儼然一叛臣耳，其何以自免？設不幸而敗，天下誰爲克用諒之。此蓋寓所爲深慮者也。

抑又有可慮者，朱全忠之欲篡唐，非一日矣，不以茂貞故也。茂貞不誅全忠，藉口於茂貞。克用誅茂貞，全忠又將藉口於克用。蓋唐時之人，徒畏藩鎮之禍，而不辨其誰爲忠邪。假令得誅茂貞之後，强兵之名震天下，此固朝之君子所疑，而小人所忌也。疑且忌於内，而朱全忠遂得以兵僞聲克用之罪，内外交攻，其時克用能自安乎？

全忠之兵不解，勢又必罷克用以謝全忠。所謂雖誅茂貞，而猶有可慮者此也。蓋寓豈不慮及此哉？及後茂貞再犯闕，克用發兵入援，不果，似爲失策。然朱全忠甚仇克用入援，全忠必襲其後，此又蓋寓與克用之隱慮，後人或不得而知也。嗟乎！茂貞、全忠各結内臣以爲聲援，而克用無之，此所以不得近乎天子，而卒困於晉陽歟？然其得守晉陽，而終唐之世，無失臣節，未必不自蓋寓，此一言基之也。蓋寓可謂知大體矣。

因時度勢以立言，識力超卓，開拓萬古心胸。

文信公論乙巳

小人之害君子，不可謂不知君子。留夢炎知文信公矣。知文信公，奈何以其勸元殺信公也？勸元殺信公，何爲知信公？知信公之能叛元也。元不殺信公，信公必叛元。必叛元而殺之，何爲不知信公？夫存一必叛人之志，而又挾必可以叛人之才，尚欲留人之國，而冀人之無加害於己，蓋亦難矣。故數年之不殺於元，幸耳。及其見殺信公，固曰知我也。然則黄冠歸故里，方外備顧問之言，僞乎？曰：奚爲不僞？信公尚不欲以徒死，豈其欲以苟生？

方其提贛州烏合之衆，奮然仗戈，先天下勤王者，而作之氣，是其志固不在生，誠欲有爲也。及元兵壓城下，猶議背城一戰。真州之脱，間關走閩海，是豈知其不可爲，而遂不爲之者歟？其志又不在死也。當是時，以張世傑之忠焉而死，以陸秀夫之賢焉而死，乃入萬死一生之地，留其身以有待者，獨有一信公〔三〕在元，亦不能不以此畏信公黄冠歸里之言，聊以謝元世祖不死之意。其實果得歸里，數年之後，遇有水、旱、盗賊，信公肯坐失其機，守黄冠之故約，而甘與元之君若臣腼然面目共生於天地之間哉？

夫以信公之賢，而當宋之新亡，一時逸民義士，未盡泯没以死，一有可乘，鼓之遂起，正不待土崩瓦解如元之季世始然也。使信公不早計及此，而但欲以黄冠之身終老牖下，則與舉兵入援之日，前後何逕庭哉。蓋信公一日不死，則宋祚一日可復。故當其生也，無偷生之心，而於其死也，亦絶不肯有苟死之意。迨至不得已而死，則信公之不幸。然吾謂信公亦幸而死耳。

考元自世祖混一後，數十年之間，無大失政。信公即不死，亦無機可乘，無可乘，則不如死。死於故里，則不如元，而其所以得死，寔留夢炎能知信公使然。嗟乎！留夢炎徒知害信公耳，豈知所以成信公也哉！

黄冠一語，從未有闡發及之者，得此而信公心事益與日月争光。

湯武論己亥九月初八日

堯舜之聖，幸而揖讓；湯武之聖，不幸而征誅。湯武心非利天下，不得已而出於征誅，而後之言征誅者，必自湯武始。以是嘆湯武之所遇爲不幸。論者不察，徒求諸古人揚厲之詞，曰："纘禹舊服。"曰："於湯有光。"遂以爲聖人之仁至義盡者，於是乎在。嗟乎！聖人即不以此損盛德，奈何指其所不幸而以爲美哉。此如周公之誅管、蔡，孟子論爲過之。宜若遂指此爲公之德之盛，則固公之痛心疾首，而不敢自安也。蓋人倫之所遭，有常有變，聖人人倫之至，良以聖人能盡其道。謂人倫必不變於聖人，雖聖人亦有所不能。故以湯武之聖，而不能得之於君臣；以周公之聖，而不能得之於兄弟，皆極天時人事之慘，聖人亦受顛倒於氣數之内，而其心幾無以白於天下後世，此聖人之不幸也。

孔子删《書》，雖無非於南巢、牧野之事，而《魯論》一書，常若有微詞。故朱子曰："文王泰伯，同以至德稱之，其旨微矣。"微之者何？以其稱讓爲至德，則不讓者之非至德。可知稱服事爲至德，則不服事者之德之非至又可知。若徒稱文王、泰伯，而美爲德之至，固不可言微也。至其論才，則又曰："唐虞之際，於斯爲盛。"此雖聖人盛周之才，而周才之所以不及唐虞，亦概可想矣。蓋際者，揖讓之會也。周非揖讓，不得爲殷、周之際，而又安從借才於異代乎？向使十亂得與武王從小心翼翼之聖，偕殷三仁比肩事主，都喻吁咈於一堂之上，縱其才不盡如五人，而以二三人當一人，其優絀正不敢臆斷，而聖人之所以論定者，又不知其何如。乃不獲有此，而卒以燮伐大商，成太白懸旂之績，聖人才難之嘆，倘未必不寓此乎？記者會聖人之意，而先之曰治、曰亂。戡亂之才，其不可與致治同年而語，豈顧問哉？

昔成湯放桀，而有慚德。曰："予恐來世以台爲口實。"吁！聖人之慮來世亦至矣。使成湯生於來世，親見放伐之事，正恐憂切於中，而食不下咽也。豈但虚懸此心，而慮得失於萬一也乎？至武王行之，而不慚成湯，先之也。武王以成湯爲先，而天下後世，遂以湯、武王爲先。

夫求揖讓於三代之後，堯舜未必能行，則征誅固天運之不得不然。以不得不然者，而湯武先之，先之者不幸也。蘇子曰："武王非聖人。"其論爲過。余謂武王特聖人之不幸者爾，而文王深遠矣。

湯武之聖而猶以所遇爲不幸，可知君臣大義一毫不得寬假，愈見古聖人胸中真是纖介難容。本孔子之言爲宗，而堯、舜、泰伯、文王、周公主賓錯綜，變幻入妙。

校勘記

〔一〕“楊子雲”，當爲“揚子雲”。下同。

〔二〕“幾嬔已”，雍正本作“幾憖已”。

〔三〕“信公”，原脱，據雍正本補。

王石和文卷三

魏不受衛鞅戊申十月三十日

吾今而知小人之可以亡人國也，而亦可以存人國。用於既强之國則亡，用於將亡之國則存。秦孝公用衛鞅而秦强，秦之亡，即亡於恃强。故曰，用於既强之國則亡。秦强而六國亡，使六國用之，則亦强。彼其所以致强之道，不過刑名、法術而已，終亦必亡。然必不亡於初强之時，故用於將亡之國則存。

鞅初在魏，公叔痤勸魏用之，不果，卒走秦。夫不用鞅，未爲魏失也。彼鞅者，誠不可用，而獨縱之入秦，則魏之亡形兆矣。後秦東向制諸侯，魏之受患最先，魏自貽戚耳。

孝公死，秦人怨鞅，將殺之。鞅亡入魏，於此不用，則魏之大失也。何者？秦固鞅之所必報也。小人之心，安樂則暴，而憂患則深。鞅以得罪幸脱之身求全於魏，則將悉力自効。其所經營於魏者，當不同於用秦之日，更不同於公叔痤初欲用魏之日，必且憤發雄勇，大作魏人之氣，而深合五國之交，併力爲秦患，非但若合從之士，鼓簧於口舌，徒幸無事，而不旋踵以取敗也。蓋從謀之敗，以無可恃。果有魏以爲諸國之恃，則不敗矣。

觀田文合韓、魏之兵攻秦，直入函谷關，以文之怨在秦也。幸而鞅怨在秦，則魏不得復仇鞅。昔管仲，齊桓公之仇也，用之以霸。鞅之才誠不及管仲，獨不可與文輩比論乎。魏不師桓公，而反納之秦，以幸秦旦夕之無侵。

夫秦之侵魏，徒有鞅在耳。秦知用鞅以侵魏，魏不知用鞅以撓秦，則奈何暗於利害之機哉。雖然，鞅之暴大矣。魏用鞅，則鞅不殺於秦。以鞅之暴而得其所死，豈天之所以報小人？吾今而知小人之可以亡人國，即能自亡也。

不游掠於營外，直入堅陣，變化詭譎，英鋭莫當，《國策》秘鑰有是，此固得之。

漢昭烈不取荆州甲辰

天下有大勢，惟勇者能據之；乘天下之勢有大機，惟智者能得之。機之所關，間不容髮。其機一失，後雖百其謀力以追之，而智者無所用其謀，勇者無所施其力。若昭烈之不取荆州，可謂失機矣。

荆州，天下之大勢也。扼南北之喉，得之可以制吴、魏，故壯繆因之北向，而魏人不敢當其鋒。然當南北之衝，爲吴、魏之所必争，故壯繆方北向，而吴人遂已襲其後，則荆州之得之重，而守之難，亦概可見矣。

余嘗論荆州之守，非壯繆所難守，所借之荆州，是以難耳。三國時，吴、魏皆有憑藉，蜀君臣無尺土之階，以白手定大業，則蜀之人才固過於吴、魏。劉表不能以荆州再世，信非昭烈之輩，孰能長據而有哉？使乘表之讓，獲有荆州，魏雖强，必不能臨江横槊，而吴人亦絶不敢以非分之想，萌覬覦於荆州也。乃姑息猶豫，坐失此機，既失已，而始百謀力以取之，取之於魏，而又名借之於吴。物之固有於己者，人非甚强不敢奪，而物之偶借於人者，人雖甚弱不忍棄。荆州之借，吴之所不忍棄也。吴之不忍棄，則昭烈之所不能奪也。蓋借則於勢不安，借而不還，則於理不直。以不安之勢，重之以不直之理，故雖壯繆之智且勇，不能以此折吴人之心，而吴君臣早作夜思，得之則榮，失之則辱，不能一刻甘心於荆州者，亦職由此也。彼曹操者，知荆州之不可復得，遂舍之爲餌，以搆兩國之釁，而兩國六七年間往來争辨，使不絶於道，嘵嘵然今日議分，明日議還，卒之仇怨相尋，至於毁敗。荆州之亡，實亡於不取荆州之日也。

孟子曰："行一不義，殺一不辜而得天下，弗爲。"此言聖人心理之極，非所語於干戈擾攘之際也。成一時之小諒，失天下之大計，鄉黨自好之士爲之，豈取天下者所宜出哉？況不取荆州，而取益州，武侯蓋逆知荆州之借，未可久安，故不得已復事於西，以爲自安之計。其實早取荆州，以坐觀益州之變，則益州終可取而致，其取之亦必有道矣，可不至如當日之急遽而無序也。

或曰，表甚私其後妻之子琮，未必實以荆州讓昭烈。夫表非曹敵也，當操舉兵壓境，表實不能無懼心，況其將死，而孱弱之劉琮豈足支大顛。表誠知與其以荆州棄之操，何如委之昭烈，而令其子有所依以自全也。則爲昭烈者，與其以荆州棄之操，何如取之已，而令表之子有所依以自全也。取其地而全其子，固亦義之可通者矣，比益州之取不猶愈乎。故昭烈不取荆州，於是乎失機。

於當時情勢洞若觀火，故曲折透快，言之遂爲千古定論。若行文之飛揚出没，不可蹤迹，眉山而後，孰與抗行。

淮陰侯取趙甲辰

用兵之道，入險難，弗大勝，則大敗。險而能以實行之，故不險。嘗至井陘道，憑吊淮陰所以取趙處，何其險也。及觀背水之陣，則又險。

夫淮陰號知兵，奈何出入萬死一生之險，以儌倖成功，豈不亦不慎矣哉！及詳制勝之由，然後嘆淮陰用兵之神，而知彼知己，其行之險者，皆實也。兵莫神於奇，莫速於刼，莫秘於間。三者，皆用兵之所難，而淮陰兼之，尚於險乎何有？

井陘，趙之所倚爲一大險也。不入井陘，則無以探趙之咽喉。當是時，趙若以重兵阻關，則井陘必不能入。或曰，淮陰料趙之智必不能以兵阻關也。淮陰能料趙，不能料左車子。趙若聽左車子之言，必以重兵阻關。

或曰，淮陰料趙之智必不能聽左車子也。既入，不速奪趙壁，則井陘必不可久駐。或曰，淮陰背水之陣，能得士卒之死力，故趙可速勝。其告諸將曰，置之死地而後生是也。是皆不然。人之智慮變於俄傾，趙雖不聽左車子，設左車子再三争之，安必不聽？設趙之親信有是左車子之言者，以其言再三争於趙，趙安必不聽？淮陰雖善料，恐料不及此，況井陘之地既難於入，尤難於出。當日趙陳高阜，望井陘若隧。趙若堅壁不戰，以輕兵出井陘後，則淮陰之兵必亂，背水之陣徒速之死耳。是皆不測之險也。淮陰安肯以三軍之命，徒試之於一料哉？

淮陰固籌之定矣，蓋先有間伺於趙，凡左車子之爲趙謀，趙之所以不聽左車子，已無不得其情，然後决意入之，而無疑也。既入，而恐趙之不速戰也，故爲背水以餌之，使趙人貪背水之利，空壁而來，然後千餘人得以間道入趙壁，拔易其幟，一鼓而趙可虜也。

大抵用兵之道，無試險，無争利。料險之可，不十不入，料利之可，不十不貪。凡此者，趙失而淮陰得之。故曰：行之於險者，皆實也。後宋高祖伐南燕，一踵淮陰取趙事，料燕之智，必不能守大峴。既過，喜形於色，蓋喜己之得脱於險，則知入大峴時，未免有試心也。其較淮陰之成功，固已幸矣。蜀之馬謖，亦所稱知兵者，街亭之役，卒以死地取敗，又孰謂死地可盡生？

以行之險者，皆實爲主，識議卓絶。淮陰逆，趙文逆，淮陰井陘一戰，歷歷如在目前。

鼂錯居守戊申

蘇子曰：錯使天子自將而居守，欲爲自全之計，乃所以自禍。

夫謂爲自禍，是也；而以爲自全，非也。錯非欲自全者也。錯之謀，即如寇準澶淵之戰，七國之反以誅錯爲名，其心不能不忌有天子。錯使天子自將，以中七國之所忌，則彼師爲無名，而三軍之氣奪矣。錯欲以此速已天下之亂，不幸計沮身滅，初非因欲自全而然也。

自全之説，蘇子特因袁盎之讒，而究其弊於居守。其實錯之心有斷斷不至是者也。錯之所以得死者有三，而不在欲自全。當文帝時，賈誼欲衆建諸侯而少其力，文帝尚遲回不肯用。錯乃謀削七國，無故發不世之難，固已險矣。當是時，方捍患之不暇，猶暇借是傾袁盎，則適足發盎之讒鋒，而自將之議又犯天子之不順。何也？七國之削，非獨錯謀，實景帝之深欲也。削之而反，則帝之所不料也。反出於帝之不料，則已不能無悔，於錯謀而又重之以所不順，雖使從錯之議，率六軍之衆親冒矢石，獲成功而還爲居守者，將何以堪之？彼澶淵之役，寇準身與行間，王欽若，猶有孤注之讒，真宗卒以此疎寇準，况錯之居守者乎。

夫人臣爲國家發不世之難，遺天子以情之所不順，而先施啓奸讒之口，如是者無一不可危，則錯之濱於死數矣，而特不意死之若彼速也。蓋人好爲欲速之謀者，其取禍亦速，而險於謀天下之事，往往自中其身。錯惟鋭於削國，而算弗先定。一旦變出非常，其急切之心，遂不能少待。使少待，而以一、二大將，奉天子之命，出兵制吴、楚，則吴、楚亦必敗。觀錯誅而吴、楚不退，卒成功，周亞夫固知無待於天子之將也，惟天子自將，則試險而成功速。

吾觀錯之謀漢與其所以自敗，始終無出險與速。蓋識有餘而氣不足，不能自養其鋒，驟用之以至於敗，故其父謂錯曰，劉氏安，鼂氏危，惟不知自全之道使然耳。不自全，卒亦無濟於天下之事，此天下之所爲惜也。蘇子固曰，天下惜錯之以忠而受禍，使果欲自全，則不忠而可誅矣，又何惜。

錯本自不能無失，不必復以欲自全故示深文。通篇出入操縱，俱極酣暢淋漓之致。

直不疑償金甲辰六月二十二日

直不疑買金以償同舍，世稱爲長者。蘇子獨謂之求名，有以哉。或曰，不疑償金弗令人知也，何名之求。余曰，此不疑之所以求，此不求名之名也。

孟子曰，好名之人，能讓千乘之國，苟非其人，簞食豆羹見於色。若漢以來士之好名者，與孟子之時又遠矣。能讓簞食豆羹，千乘之國或未必然也。不疑償金，是直簞食豆羹之義耳。其以金償，同舍固以名自償也。彼謂金可以得名，而所謂盜金者，即終可以得不盜金之名，并可以得不辭盜金之名，故不辨之而償，償之而復不辨。若隱隱以償金之名，寄之同舍，待同舍之悞，持金者告歸而必返，返而必不昧其金，然後情暴事彰，而其名遂取之如左券也。孰謂其果以盜金自污哉？

盜金者，小人之事，而償金，君子中之盜也。君子之處世也，不敢邀君子之名，亦不故邀小人之名。無故而甘居小人之名，則其情必有甚貪，而於名，將重有所不能忘。古之人爲君受過，爲親受過，有時冒天下之不韙，而不必自明其心，彼其心誠有不得已。視不疑之償金，其大小爲何如，豈不簞食豆羹之不若乎？且不疑亦烏能充其償金之心。設使所亡之金多，而至於力之不能辦，不疑將何以償？或同舍者貪不疑之償，易一時而再以亡金告，不疑將何以償？

夫人必有不視千駟萬鍾之識，而後能平情於一介。若不疑之區區於薄物細故，其不平也甚矣，安能充之以至於大，而無往行之不得也。昔蘧伯玉恥獨爲君子，不疑償金難爲受金者地矣。不疑而非君子。不疑而君子也，能不恥哉。

看破邀名伎倆，層層發抉，如剥蕉心。

北漢主報宋太祖乙巳

辭之不可已也如是夫！吾於北漢主鈞所以報宋太祖知之也。北漢偏據太原，地非廣於蜀、唐兵甲之强且利，亦未必過於吴、楚、荆南諸大鎮也。乃終鈞之世，晏然無事，閲十餘年，無一矢加遺，豈不以其辭哉？

史謂宋祖哀鈞之辭，而不忍加兵，非也。宋祖誠服之矣，徒哀之云爾乎？北漢世承漢業，於曆數爲正統，使當隱帝遇害時，若天命之有歸，傳檄天下，伸大義以混一海内，則名正言順，固未見其當絀於宋也。宋乃欲假桓文之故智，慴漢來降，曰，爾何困此一方民？其詞浮而驕。鈞之報宋，則曰，我家世非叛者，區區守此，懼漢氏之不血食也。大哉言乎！心之不欺，氣之不侮，力之足以奮發而有爲，俱於是乎在。亡國之君未聞有此言也。

誠念高皇帝如綫之祚，傳於渺身，身既負荷先業，於宋非臣非叛，尺寸之地，義不當予人。宋即貪漢之土地、人民，欲興無名之師，北踰太行，向能死社稷之君以决勝負，問鼎於城下，吾知不欺，必能結民不侮，必能馭衆奮發有爲，必能得士卒之力，將背城一戰，出死力以抗宋師。宋能必其有濟乎？故宋祖知無濟而不爲，非果有哀於漢也。不然，南唐之滅，李煜一門臣妾請成，其可哀視漢爲何如？乃宋祖則曰，卧榻之側，豈容他人鼾睡？何不忍於漢，而獨忍於唐？且李繼勳之攻漢，在鈞死之未踰月，獨不念漢氏之不血食乎？以此知宋祖之非真有哀於漢也。

宋祖嘗雪夜至趙普家，計下太原。普深阻之，而又張其詞曰，諸國既平，彈丸安逃？蓋一時君臣，當大業甫定之餘，欲侈服遠之略，不肯以言示人弱，概如此也。其實太原之不能驟取，宋祖與普固已相喻於無言矣。其不能驟取者，以有鈞之辭在耳。

觀鈞死之後，繼勳帥師攻漢，竟不能克，至太宗之四年乃下，益知生前所以爲此辭，實有自固之算。其知彼知己，非出於倉猝也。太祖之服，豈徒以辭而已乎。然則鈞固非但能辭也。

宋非哀漢，史家從未參及，明眼看破，婉曲中復，極雨驟風馳。

岳武穆班師壬寅

學者不設身處古人之地，而談可否於事外，則甚易，況執事後之成敗，以定可否，無怪其言之多中也。岳武穆朱仙之役，功垂成而班師，卒去天下事。說者曰，公當違詔以進，待其成功，然後以身請罪，則身亦可免。嗟乎！公之所處，固萬無可進之勢也，即進，亦無成功之理。爲此說者徒見其易於事外之談，而亦不中於事後之見，其弗思已耳。

宋之和議，非但秦檜所深持，亦高宗之所便也。金牌之詔，一日十二，公安能抗不奉命哉？兵法云：將在軍，君命有所不受。此言偶爾攻守之事，非所語於公之所處也。當檜以和議沮公，公之得與檜格者，獨有戰功，乃和之苟安已形，而戰之成功未見，以金之强，豈得鋭師壓之？果遂如與諸將之約，飲黄龍府可計日而待哉？

夫公之成功，檜之大忌也。忌功之成者，刻不容待，而公之成功，尚必需之時日，則此時日之内，檜必百計中公。越一日不歸，再必變法以詔，越數日不歸，必數變其法以詔，不但如金牌十二已矣。甚或責以阻悮國是之罪，奪之職而收其兵符，當是時，猶能抗不奉命乎？又或遣一臣親宣天子之意，曰：舉朝甚憂將軍跋扈，天子獨嘉乃忠，謂將軍其必還，以執朝臣之口，用昭天子用人不貳之德。不然，即請血使臣頸，以明將軍之果不臣也。當是時，猶能抗不奉命乎？使不奉命，則真叛矣。如是，以求成功，則功固不可成。

用兵之道，作氣爲先。身負叛名，三軍之士咸有進退維谷之懼，師未動而氣先沮喪矣。以沮喪之師，深入重地，聲援不至，金且以重兵襲其後，孤軍久老於外，焉有不敗乎！小敗則檜得以喪師按公罪，大敗則以公假手於金。夫人臣欲忠於國，而徒抗天子之明詔，奮萬死不顧一生之計，以僥倖成功，固已舛矣。況功之無成，卒悮國家事，而亦無以自明其心迹，公之智勇，其何取於此？蓋公之班師，經也；以公之班師爲失計，欲公之行，權也，然無功不可以爲權。公之心固非一、二事外者之見所能測識也。

設身處事，方有此論。後儒紛紛言權，徒擾古人。

丙吉問牛喘甲辰

丙吉爲相，出見羣鬬殺人横道，不問，曰：京兆之事；見牛喘，下車問之，曰：三公調陰陽，職當憂。時人謂其知大體。甚哉！丙吉之好爲大言也。然其細已甚，彼以宰相之體安在哉？

正朝廷以正百官，正百官以理萬民，俾百姓安樂壽考，靡有不得其所，是則體之大者矣。若區區一牛之喘，不過物類氣息之偶然，未必有關陰陽之事。且陰陽之在牛與在人孰重？百姓不親而後物，失其性不推其本於人，而遽於物是問，吾未見陰陽之大，果一牛所能轉移，而調劑之也。京兆任百姓，而宰相反任一牛，則京兆之職固大於宰相矣。

夫宰相，百官之率也。兵、農、禮、樂、錢穀、刑罰之務，不必身任其勞，而無不心籌其成。若一切謝之非己事，則天下事莫不有官，官莫不有司。各諉其事於所司，而宰相其何事哉？《周官》之制，自冢宰以至司獸皆有事，殺人則曰京兆之事，牛喘獨不可曰司獸之事乎？若必以牛爲陰陽所兆，則天地間固不獨一牛。

草之黄，木之枯，風之鳴條，雨之破塊，莫非陰陽之所兆，而欲執是以理陰陽，雖聖人不能，况丙吉乎！吾恐牛即有陰陽之理，亦非不問鬬殺之丙吉所能問也。

昔文帝問錢穀、刑獄之數於周勃，勃不能對。問陳平，平以宰相調陰陽，非其職。吾謂平實不知，故欲此以塞其責，非實知之而以爲不當言也。然亦未至如丙吉之混輕重，而失序若此之甚也。蓋丙吉者，是不問錢穀而問耗鼠，不問刑獄而問鬬蟻，曰：將以調陰陽也。不亦細乎。

古之君子，仁民而後愛物，其愛之也，亦必實有所及，齊宣王以羊易牛，孟子譏其恩足以及禽獸，而功不至於百姓，然固已及之矣。吾不知丙吉間牛之後，其恩之及於牛者又安在？竟有何術焉，可以已牛喘也。嗟乎！彼固以陰陽之事，非人所能推詰也哉。

丙吉之賢，固不以此一事掩若賢，此一事反足掩丙吉。珻蚤歲曾有是作，後讀司馬温公，所論多同，遂毁之。然事終不能已於心，故復論及。自記〔一〕。

宋勢壬寅

嘗觀宋之亡於和，而速亡於不和，皆不可謂知勢。彊弱之勢，兩則不能合，三則能合。弱合弱則成彊，合彊則愈弱，而兩弱皆亡。吴越之人同舟而遇風，則相救如左右手，非吴越之相愛也，勢之所值，存則俱存，亡則俱亡，不得不然者也。

金本宋敵，而有元則爲宋黨。元起自沙漠，蠶食盡諸國，滅夏侵金，而不及於宋者，金爲之隔耳。故宋之有金，猶六國之有韓、魏也。秦不能越韓、魏以取齊、楚、燕、趙，元亦不能越金以取宋。爲宋之計，但益修前好，使金爲無顧之憂，得以一意向元，然後内修國政，繕軍實，静觀二國之成敗。金勝，則以重兵襲其後。有元，金必不敢專肆力於宋。不勝，則乘其敝取金，併金之地，亦足以抗元。勝負均無，彼交争之不暇，其誰我争？則金一日不亡，固宋不亡之一日也。宋不知禍之即已，而欲和元以逞。

夫元之不可和，非但如昔日之金也。金雖日侵宋，而饜宋之金帛者有年，亦未必遽有吞宋之心。若元之設謀定慮，非金帛是問，宋即欲和元，其心與乎不與，終必背宋。况未及元背，而又趨兵於元，則元之取宋爲有名，而宋自貽戚也。舍易與之金而結難信之元，失宋、金之衆而恃孤宋以與元從事。嗟乎！其未有以滅虢取虞之事告之者，徒速之禍以取敗而已矣。使其用於高宗之代也，則可以張彼其時，内則有若李綱、趙鼎，外則有若韓世忠、岳飛、劉錡、吴玠諸人，爲之運籌决勝，不可以和也而和，寧宗以降，不可以不和也，而懲和之覆轍，欲奮螳螂之臂，洩數世之寃，遂致一敗塗地，不可復振，豈非同一法而倒施之者歟？蓋宋無日不以圖金爲事，前既失於不果取，既遂至於不能取，而又失於取，金取而宋隨以亡。然則宋之取金，乃其所以自滅也哉。〔二〕

籌畫宋勢，情類《國策》，用筆則眉山。

校勘記

〔一〕《山右》本無此（王琇）自記，據雍正本補。

〔二〕《山右》本原無此篇，據雍正本補。

王石和文卷四

讀《出師表》書後乙巳

君子不得已而有言，故其言人不可學。非言之不可學，其所以不得已者，不可學也。蓋其不得已之言，初非有學於人也。

三代已後之文章，莫盛於兩漢，而《出師表》冠絶。彼其忠愛悱惻，皆出於心之不得已，雖董、賈未之到也，何論後世能文之士。蘇子稱其與《伊訓》、《説命》相表裏，可謂知言矣。然今論兩漢之士，其鑽經研傳，博極古人之書者，或不屈指武侯。武侯固未嘗以書爲事也，豈獨武侯，即伊尹、傅説，當時無多可讀之書，亦未嘗以書爲事也。使三人者屑屑焉日以書爲事，而勞於誦讀，如後世操觚家求工聲音、句調之間，以自鳴其能文而已焉。雖其言未必不勝於後人，然欲如是之卓然千載，而與日月争光，不可得也。

蓋言者，所以徵理而發事也。當其理明事切，得之心而注之手，并不自知其非古人也，又何知有古人之書？凡知有古人之書而爲言，則皆得已。得已，則言皆可學而至，而非其言之至也。自武侯以來，宇宙之書不啻倍於古，讀書爲文之士，宜亦倍於古，而古之作者反不概見，非其才不及，與功之未加也。蓋其書既煩，擇而不精，於書之深者，概遇以淺，而其淺者，咀之而易竭，閲之而難解。學之者不識其易，而徒驚於所難，字梳句櫛，數卷之書，窮歲而莫盡。及盡，彼則無餘，而我亦無所得。故其耳目昏耗，而文章之不逮於古，職是之由，學者蓋不知也。

古人云，書，智者之作耳，智者不讀也。夫吾謂不讀書，則無以開其智，惟智者始可以讀書。智者之讀書，能無書也。武侯嘯吟隆中時，於書想無不讀，當流涕入告，不過自抒其不得已之言，豈復有所謂古人之書在其意中哉？史稱武侯讀書，略觀大意。夫大意得矣，尚何略。然則武侯之略，即武侯之所以能深也夫。

讀書能無書，武侯確贊，尤足開後人讀書行文之三昧。

讀王荆公《周公論》書後乙巳

周公所執贄而見者十人，還贄而相見者三十人，貌執者百餘人，欲言而請畢事者千有餘人。此《荀子》載周公之言也。王荆公曰：甚哉！荀子之好妄也，是誠周公之所爲，則何周公之小。

余謂見士，固宰相之事。縱其事未必有，其道非不可行，不得以爲妄。且周公之見士，不必其一日也。使一日而見十人、三十人、百餘人、千餘人，勢誠不可給。若合終身而計之十人、三十人固少，而百千餘人固未爲多也。公將於不賢之中，而取其賢，於賢之中而又取其大賢，安有南海、北海之士人各一才，才各一具，渺然不一識其面，而風聞懸度，遂謂苟取一、二人而已足耶？且士之見公何爲也哉。

公方制禮作樂，凡周官三百六十之選，所在皆需人。汲汲然求當世之士如不及，故士以此得見於公，非如戰國諸公子，竊養士之名，欲以士之言語、權詐傾動諸侯王，而行若毛遂、侯嬴之徒，固無由一至公門，望公之接引而禮遇之也，不得以孟嘗、春申比。至謂周公但宜立學校之法，而不必勞其身以見天下之士者，其言尤不備。

學校之設，莫詳於周矣。考周之太學，王世子、王子、羣后之世子、卿大夫元士之適子、民之俊秀皆與焉。五年視博習親師，七年視論學取友，九年而後可知類通達，亦已遲矣。若使待教行化洽，舉公輔、庶司之器，無不取給於學校，則非遲之數十年不能也。將數十年之前，何所取以爲治？

夫天下之才，原不能盡於學校也。當日者吕、散、夭、括之才，幸皆用於文武之世。設使其未用此數人者，能必盡歸之學校乎？不盡歸之學校，而周公遇之能無執贄以見乎？後荆公當國，新更學制，養士以千數，而周、張、程、邵非出於荆公之學校，然則學校之立，原以養天下之才，而未必能盡天下之才。欲以此廢彼，固不可爲訓矣。荆公乃謂荀子生於亂世，不能考論先王之法，而惑於亂世之俗。夫見士豈亂世哉？蓋亦狃於先王學校之法，謂可以易天下，而不知見賢、立學之義，聖人固并行而不悖也。周公非小，而荆公小之，荀子於是乎不妄。

思議宏通，如霞絢目。有關經濟之文，非徒翻案也。

讀老泉《書論》書後丙午

窮者變之基也，變之窮，每至無所復入，萬物之情，不能安於無入也。於是復起而變之，以求通於所入，而脱然自出於窮之外，不窮則不變。寒之不窮，則不炎；炎之不窮，則不寒。使當夏之初，而思入於秋；冬之半，而思入於春，雖天地之大無所用其變。故窮者變之基，而天地聖人所以乘也。

聖人雖有善變之才，而不適值夫窮，則亦囿於變之中。任天下之所變，而卒不可以變天下。蘇子謂忠質可變而爲文，文不能復變而爲忠質。以周之制，不容爲其後者計也。嗟乎！豈知不容爲後計者，正後之所容以計哉。食之太牢矣，不可復茹其菽，豈其習於夏之炎矣，不可復入於秋之爽乎？極乎夏，固秋之所乘，而太牢之厭，固即菽之所以乘也。故忠之後可變爲質，質之後可變爲文，文之後復可變而爲忠質。

秦人乘可變之勢，而不善用其變，嚴刑暴斂以困天下，所謂以炎夏之窮，一變而入於冬也。漢乘秦之敝，而亦未得聖人以爲之變。故不純不備，終不足以語於先王之道。夫先王之道，豈遂絶於天下後世哉？帝可變而王，王可變而霸，其勢易也。霸變而爲王，其勢難而非理之必不可者也。人之變，變於運，運之變，亦變於人。人有爲而運無爲，雖一日之間可觀矣。初盛擬諸早，極盛之時擬於午，過則昃，昃之不可變，而爲午固也。然有時氣朗風清，固不啻午也。夏商之季，昏暴淫虐，豈非狂風戾雨之發作於日中乎。故一日之時，先後不變，而氣之陰陽無不可變。古今之運先後不變，而政之盛衰無不可變。變者，所以救其窮也。

古先王立制，原無不窮之理。後之變者，乘其窮而矯之太過，則不久亦窮。窮復變，故其變速。若變而折乎大正，久之始窮，窮而後變，故其變遲。此善變者，但變於所窮，而無盡失乎彼。先王立制之意，其所以立制之時，原未至於窮也。窮而後不得不待變於聖人，聖人者能乘變之窮者也。

惟聖人能乘變之窮，自是千古定論。深雄奇幻，擒縱莫可端倪。

讀韓非《説難》書後〔一〕甲辰七月二十六

史稱韓非著《説難》甚具，而悲其以説卒死於秦。嗟乎，豈其知之而不能行哉！惟其行之，是以不免於死，非之死固即死於著《説難》也。

君子之説君也，合則留，不合則止，兩言决耳，其又何難焉。彼非者，慮難之端無不至，則用説之術亦無不至。蓋必欲其君之從而後已也。今夫濟川者，無必於濟，測津梁之淺深，審風波之險夷，可斯濟，否則已焉。有老於操舟之子，挾必濟之心，而巧施其無不濟之術，未有不覆者也。非之著《説難》，可謂老於操舟矣。且所以用其説者，亦不過戰國狙詐之謀，以利害傾動人主，束迫之使無不然耳。不必其説之能用以正，而有得於古大臣事君之道也。

事君之道，太上格心，其次格行，心與行正，然後上下之交固，一合而不可離。若徒以非道之言，而嘗試於所交疏，將悦於利，利之既得，而終疑悚於害；害之既去，而終畏吾未見權謀狙詐之朝。疑畏日積，而上下能相與有成也。若是者，説雖行而必危，又何論其不行。

夫説者以言進於人，固必問其人爲何如。孔子曰，不可與言而與之言，失言。苟不可，雖一言已過，豈待多端謀之求合耶。秦政之亂，賢人君子避之若浼，非以韓國諸公子入使於秦，不能爲韓計，而又以計求合於秦，其擇主之智已謬，區區慮説之難，不亦末乎？

彼非之慮，亦少疎矣。人主之心，必有所信。李斯者，秦之所尊信，而姚賈又秦之所親信也。非羈旅之臣，未因於所信，欲肆百中之口，立談間回人主意，而奪其所親信，則尊信者聞之，安得不忌？兩信交謀，而非安得不死？非之説秦，其揣情料勢，當亦靡所不至，而乃獨昧於此乎。由是言之，非之著《説難》，亦容有未具也。

即就《説難》發議，以矛刺盾，不攻自破。韓非子千載孤憤，見此亦當爽然若失。

讀蘇東坡《范增論》書後己亥

蘇子《范增論》，文詞宕逸，甚可愛。獨惜其責增者太過，而不能使增之心折於地下也。蘇子曰："增之去，善矣，恨〔二〕其不早耳，增之去，當於〔三〕殺卿子冠軍時也。嗟乎！獨不思增之初心爲何如，而謂肯去於此時哉。"

增少好奇計，留心當世成敗之務。其欲有所攀附以就功名者，已非一日。行年七十，而後遇羽，增固恨其遇之晚也。廣、勝之輩可以代秦天下者，惟劉與項，而項强於劉。增初未遇劉，而先遇項，原未嘗以項爲非其主也。即勸項梁立義帝，亦不過爲項氏計。彼卿子冠軍，義帝偶用之人，趙之役，實庸而驕，羽殺之救趙敝秦，諸侯震慴，不敢仰視，霸天下之業從此定矣。增知佐羽定天下，何惜一卿子冠軍。

增之於項氏，當歸梁時，已有君臣之分。至羽既誅卿子冠軍，而君臣之分遂定。入關後始識沛公有天子氣，豈能舍項羽而中道事之乎？當時從龍之士，雲附沛公，其自項歸劉者有矣，而增獨能事羽不變，增固有人臣之義也。蓋增之於項，成則俱成，敗則俱敗。雖明識羽之不足謀大事，而猶欲竭己之才以濟羽之强，庶成東西中分之業。迨陳平間行，羽疑增不能用，不得已去，至彭城疽發背死，則知增之初心未遂，而其戀戀於羽者，固未有已矣。若於殺卿子冠軍時便去之，以明進退之義，則增徒没没老耳，後世安知有增？

《易》曰："知幾其神乎。"此聖賢之所以難進而易退也，豈可以律豪傑功名之士。然增不去，禍終及己，故不得已而去之，以全其身，亦不可謂不知幾也。增去，羽遂亡，則增之去就，係羽者固甚大，而謂可輕也哉。

亞父功不遂志，抱憾九泉矣，何堪後人復責之備也。惟此原心立論，往復頓挫，逸氣欲飛。

讀曾子固書《魏鄭公傳》甲辰

魏鄭公以諫諍事付史官，太宗怒之，薄其恩禮，失始終之義。曾子固以此嘆鄭公之賢，書於傳後，一篇之中，反覆嗟惜，甚有味乎言之也。雖然，鄭公誠賢矣。其所以觀理之識於此，得毋有未至乎？

人臣之事君也，善則稱君，故使天下知君之善，不必復知吾之善也。若曰某政善，以吾諫之而行，某政不善，以吾諫之而止，是掩君之善，而以善自予也。不然，是欲與君并其善也。自予則私，并則不讓。雖在朋儕之中，猶不能無惡於意，而况君也哉。曾子固乃謂不如此，將使後之君臣謂往代無諫諍之事，或啓其怠且忌矣。

夫人臣幸遇納諫之主，則當導其機，無塞其流，皇皇焉致吾君於堯舜之不暇，舍此不計，而徒爲後世之爲君、爲臣者計乎。若鄭公以此逢君之怒，而後亦不敢深有論説，可謂自塞其流矣。且使後世聞之，咸曰納諫如太宗，敢諫如鄭公，猶不能保始終之無間，將諫者誰不懼而自怠哉？

子固又曰："伊尹、周公之切諫其君者，其言至深，存之於書，未嘗掩焉。固也。然伊尹、周公之所以諫，亦其史官自爲書，非必伊尹、周公之自付之也。且其書删於聖人，其所言者，皆祈天永命之道，若鄭公之逐日而言，逐事而言，其言未必盡可見於後世，宜太宗之聞之而怒也與？成王之命君陳，曰："爾有嘉謨嘉猷，則入告爾后於内，爾乃順之於外，曰：'斯謨斯猷，惟我后之德。'"夫成王不忘此於臣下，而謂太宗獨無望於鄭公乎？

或曰，納諫非不美，世固以此傳太宗之賢矣。余曰，里人有暮夜之慝，吾言之而彼改之，則其改過之名，非不美。然使自吾告於人，曰：彼方作慝，賴吾言止，則其人聞之固未有不怒者也。故諫諍之事，自天下傳之則可，太宗自付之史官則可，自鄭公付之，則大不可也。

夫以鄭公之賢，絶非欲沽直於後世也。不過以遭時遇主，其一時相得之雅，知無不言，言無不受，爲往代君臣所未有，庶垂之青汗，播於無窮，使天下後世知吾君有納諫之美，且使太宗知人君之一言一動，不能泯於天下後世，益謹小慎微，以求至乎其治之至也，詎料以此失始終之義哉。以此而失，固鄭公自取之也。厥後遼東之敗，太宗猶恨鄭公不在，則知太宗之心終未嘗不亮鄭公，而鄭公平日之所以敢諫其君，由太宗納諫使然耳，賢不獨在鄭公也。嗟乎！太宗誠賢矣哉。

南豐書傳歸美鄭公，文或順其語闡發，或就其語翻駁，旁通曲暢。要本之中正和平，洵推當代鉅手。

讀韓子《與馮宿論文書》書後〔四〕甲辰七月十七日

余讀韓子《與馮宿論文書》，而竊謂文章之係於所知，重也。嗟乎！文章之知難矣。爲文而爲世所知，則文未必至。若世盡不知，又何取於文之至哉？韓子非不欲世之知，世無能知韓子，故與馮宿有激乎言之也。使其果有知韓子者，不至如當日之大慚大好、大好大怪，韓子豈樂俟後世之知？

韓子之俟知於後世，韓子之不得已也。顧韓子之文，誠不易知，不謂當日之士，何竟出今之士之識之下也。今韓子之所謂慚者，誠不可尋。讀其得傳於世，爲士之心慕手追，而不敢必其有至者，固必韓子之深思極慮，大稱意而自以爲好者也。乃今讀之，亦但覺其好，而不以爲可怪。何哉？雖然，使今之士，生韓子之時，驟讀其文之淵然蒼然，而惶惑萬狀者，亦未必不以爲可怪；而怪韓子者，得生今時從容讀韓子之文，亦必以爲好，而翕然稱之無異詞也。

士固疑於目而言於耳，何必唐之人爲然。此韓子之所以無慚於不知，而一意望知於後世，非果不欲當世之知之也。況非韓子者，直當以不知爲慚耳。

韓子之文不易得好，非韓子之文亦不易得怪。非韓子而得怪，則安知怪之者，非適出知文之人，而己之所好，乃足慚也。此不得以韓子之不慚、不知爲解矣。且韓子之文，亦非世盡無知也。其不知者，人人之爲見。至若孟郊、張籍、李翺數子，皆高明深識，而篤嗜於韓子，不可謂不知韓子之文也。使并無數子之知，將其文湮没佚散，不必留於後，而亦難望後世之必有知矣。後世之知韓子，以數子爲之發端也。然則韓子之文，尚不能不託之於當世，而士敢謂世人之不必有知乎？但不必人人之知耳。人人知之，固必有深知者焉以爲不足知。若求人人之知，則又人人之所爲不足知也。

作者知者相得而益彰，無限感慨冀望。文情之妙，在若遠若近間。

讀古史疑戊申

三皇氏世系年紀遠矣，荒略難信，故學者獨詳五帝以來事。其所傳聞異詞，亦往往不能無疑。《史記》顓頊才子“八愷”，帝嚳才子“八元”，至舜皆得用，而《虞書》不列其人，安知非四岳、九官、十二牧諸人而異名耶？然以年考之，則“八愷”不當用於舜世，而《索隱》以“八愷”主后土爲禹，“八元”敷五教爲契。禹明爲鯀之子。《夏紀》鯀爲顓頊子，以禹列“愷”，不可爲據，甚矣。獨孔安國傳《書》以皐陶名“庭堅”。曹大家註《列女傳》，以伯益爲皐陶子。庭堅“八愷”之一，則益，顓頊孫也。

《秦紀》又以益爲大業子，豈大業即皐陶？然推大業爲女修子，女修爲顓頊之裔孫，又何以稱？且皐陶雖少，亦當生於顓頊之末年。越帝嚳在位七十年，帝堯在位七十二年，至帝舜在位六十年，讓禹位時，皋陶猶以邁種聞，則皐陶不下二百餘歲。鯀殛於舜，當亦不下二百歲。自黄帝來，人率百歲，而兩人之壽獨久如是哉？乃《顓頊紀》又云：“駱明生鯀”。駱明，顓頊子也。《漢書·律曆志》又以鯀爲顓頊五代孫。由前説，則皐陶、鯀當與帝嚳同爲黄帝曾孫，而帝嚳之子堯與禹、益爲四從兄弟；由後説，則禹爲堯之姪，或曾孫，而益又加遠也。一人而祖孫之互易其代，將何所據而是？

或謂古之一姓不避名。皋陶之庭堅，非即"八愷"。如少昊名摯，帝嚳之子亦名摯，然固不敢臆矣。帝嚳四妃生稷、堯、契、摯，則稷、契爲兄弟。契之十四世孫爲湯，稷之十五世孫爲文王。後儒又疑湯、文不當隔六百年爲叔侄。

湯崩外丙二年，仲壬四年，孟子之言也。蔡氏亦以太甲繼仲壬後，而《大紀》論湯、伊尹無舍嫡立弟之理。然考商世，固多立弟。太甲弗明厥德，伊尹敢放於後，獨不可奪於前？但湯崩丁未，太甲即位戊申，則又無外丙、仲壬曆數。凡此者，其果足信乎？夫有所信，則不能不有所疑。守其所信，則疑者固可棄也，而未知棄者之果不足信也。以信棄疑，不若以疑存信，故寧疑。

頭緒極紛，叙斷極净，其於可疑處言之鑿鑿。

讀古史疑二戊申

女媧氏之治天下，煉石補天，甚誕，而羿射十日事，何爲猶附《堯紀》？孔子删《書》，弗載，固不可信。獨《玄鳥》、《生民》詩，至今學者稱焉，以爲聖人之瑞。不知聖人之所以異於人者，不過耳能聽，目能明，心思能睿哲。天之所以生聖人，亦不過以聰明睿哲，足爲天下君臣、父子、夫婦、昆弟、朋友人倫之極而已矣。豈必弗出於人，而後貴哉。

蓋天地之性，人爲貴。爲其形生神發，能得天地之正氣，而聖人尤人中之最貴者。果如二詩所云，則聖人之生亦不正而怪，甚矣。事之怪者，鮮不爲不祥。今若以人而育物，世必共指爲不祥，况育於物乎！奈之何又不育於物也？維天篤生聖人，其安所取於此。

禘祭之義，應推始祖所自出。若仍祀自出之祖則非，其父爲瀆。若儼尸一玄鳥、巨人迹而駿奔俎豆之，被之詩歌，揚厲無窮之功德頌之乎，侮也。後秦之於大業，亦神其瑞於玄鳥，蓋慕商、周事而附會之也。

夫始皇得天下，出自吕姓，則玄鳥之瑞，固不能及於始皇。凡若此者，直可見於《齊諧》、鄒衍之書，不當列於正史，以滋天下萬世之惑也。

或曰，玄鳥、巨人迹，朱子固以之注《詩》矣。余曰，此朱子因《史記》之言，而未及改正者也。然《史記》之言出於《列子》，列子好奇之士，其言豈足爲典乎？其與補天、射日何以異也。有謂補天爲贊天之所不足，以玄鳥始至之日祠高媒祈子，爲玄鳥降生，從帝高辛行，爲履帝武。其説近之。

蘇明允《譽妃論》最雋辨，得此互相發明，足開商周兩朝聖人蒙霧。

校勘記

〔一〕雍正本此篇題作：《書韓非〈説難〉後》。

〔二〕"恨"，《唐宋八大家全集》"恨"字前有"獨"。

〔三〕"當於"，《唐宋八大家全集》作"當似"，"似"字後有"殺"字。

〔四〕雍正本此篇題作：《讀韓子與馮宿論文書》。

王石和文卷五

静觀戊申十二月十五日

静居一室之中，將旦，悠然會天地古今之形聲，而形聲無有也。無形，故形形；無聲，故聲聲。使入於彦聲之中，其爲形聲也幾何？登山者不可謂見山，涉海者不可謂見海。遠而望之，則見，然見其所望，而不見其所不望。惟以心望之，則無不見矣。

天下事入乎中者，必不能見其外。閉離婁於户中，問以户外之事，與瞽者無異。好惡之情炎於心，而成敗、利害、攻取之事接於目，雖智者處之，不能以無失，况愚乎。然愚者立乎外而觀之，亦未嘗無所見也。今夫以我觀人，其耳、目、口、鼻、鬚、眉之神態無不見；以我觀我，則不見；以人觀我，則又無不見。無他人處我之外，我處人之外也，處乎外者無我也。苟無我，則我亦爲人，故亦可以觀我。

我游心於千古，則千古之上，千古之下無不有我。我遊心於六合，則六合之内，六合之外無不有我。千古六合有我，而今之所有，固非我也。我以觀千古、六合者觀我，而觀我者固非我也。非我，故能觀我。能觀我，則無不觀，觀不以我，則仍一無所觀。一無所觀者，静也。善乎蘇子之言曰：事有必至，理有固然。惟天下之静者，乃能見微而知著。見知，爲智者之事，不言智而言静，以智者亦有時而不静也。平旦之時，固無不静。善觀者能常守此静而不失，雖謂人人之皆智也，可。

静悟之後，所見固自不同，是儒是子。

山河〔一〕日月喻戊申十二月十七日

山河，天下之奇觀也。取石於山，取水於河，以作山河於都邑之内，矗之成峯，缺之成嶠，匯之而池，衍之而流，磯激之而湍瀾，然固不如山河之大且深也，主人自奇，而觀者羨焉。遞而竊於畫，爲峯，爲嶠，爲池，爲流，爲激湍，一一與山河相肖，然又不如山河之可登而涉也，而觀者聚而嘆美，主人益自奇。嗟乎！彼之所爲山河，固皆象天下之所有，非天下之所無，使果所無，則又不足奇也。乃不奇其有之真，而反挾所象之假者以爲貴。何哉？蓋真者天下之所公，不得私而有也；惟假，則可私，愈私，則愈貴。甚矣，人情之好私也。

道德，天下之公理，而或假之以炫世。文章發道德之藴，亦天下之公器，而或假之以傲物。然當其炫之、傲之，固知其非道德、文章也。道德、文章無可炫與傲也。炫而傲之者，私之也。日月照天下，夜光之珠照不及尋丈，世或千萬金易之而不可得。夫世有愛而欲易之千萬金者，吾不問而知其非日月也。日月非愛之者所得私也。故天下之好私者，每不愛日月山河，而愛珠、愛畫、愛所作之水石。彼所作之水石，與畫與珠皆一。

無適於用，挾而私之，不過炫與傲耳，而不謂從而羨之者，豈其未見日月山河哉。然不有羨之者，則彼亦何從而私之，爲炫與傲也。惟私，故小。吾於無私而見日月山河之大，於日月之經天，山河之鎮地，而見道德、文章之大。士之慕道德文章者，亦衆矣。其無若珠、若畫、若水石之作而爲也。

不事雕飾，疎横之氣溢於行間，惟老故横。東坡晚年文字往往如是。

泰伯三讓己亥

或問，孔子稱泰伯三以天下讓爲至德，讓周乎？讓商乎？曰：讓商。何以知其爲讓商？曰：即於孔子之稱至德知之也。

《魯論》稱至德者二：曰泰伯，曰文王。朱子曰，孔子論武王而及文王之德，且與泰伯皆以至德稱之，其旨微矣。蓋文王讓商者也，同文王於泰伯，則泰伯亦讓商者也。但使讓周，孔子未必以至德稱之矣。即稱之，而曷謂其旨之微哉？微之者何，但言讓之爲至，而不言不讓之非至也。以成湯之聖，而不能讓於前，武王之聖，而不能讓於後，成湯、武王之德非有議於天下。無議於天下，則不得竟指其德之非至，而但稱泰伯、文王爲德之至，則聖人之意之所重，固獨有在於讓也。

夫君臣之際，前後聖人所至慎也。生民以來，無所逃於天地之間，其義大於兄弟，泰伯力行，夫義之大，而不敢自明其心，故後人不知讓之何屬。然聖人之稱至德，固必於其至大者稱之矣。

或謂泰伯果讓商，則當留其身以自靖，如文王之三分有二，以服事殷可也。彼太王實始翦商，欲以天下及文王，其不得遂及者，徒有泰伯在耳。伯去而翦商之謀遂成，後武王克商有天下，未嘗不始於泰伯。曰：此文王不能得之於武王者也，而謂泰伯能得之於太王乎？且太王之心，非有利於天下也。天之祚明德久矣。虞之後有夏，夏之後有商，商之後不能不有周。故周之代商，雖泰伯亦知其不得不然也。

事有可以爲，又不得不爲，而特不自我爲之，庶其心之對天地而無愧，質鬼神而不慚也。泰伯之心如是則已矣。故太王、武王可以取而取也，泰伯、文王可以取而不取也。取之，行天下之大權，不取，守天下之大經。君臣，天地之經也。聖人於太王、武王而外，固不欲天下後世之行權矣。乃權，又天下後世之所不能不行，聖人亦知天下後世之不能不行，而獨贊泰伯、文王之不行者，以立君臣之義。

若曰，權固無累於德，而德之至者，卒在此而不在彼也。信乎泰伯之讓，非商無以爲德之至。孔子稱泰伯之讓，非商無以見其旨之微，而朱子之所以闡幽發隱，合泰伯文王而一之者，意在斯乎？或者不推其義之無大於此，而徒以爲兄弟之讓小矣。夫伯夷、叔齊兄弟之讓者也，孔子但曰古之賢人，而不稱以至德，何哉？

讓商讓周，千秋聚訟，得此可正其紛。

游術癸卯

吾友孔貫原爲余言，某園，天下之幽麗處也。奇花瑶草，曲流怪石，軒榭之勝，都極人世罕有。一方士大夫稱遊觀之美者，於是爲最。主人既貴顯，日出入黄閣紫扉之中，無因至其地。某歲，暫歸居園者一日，親朋故舊之謁無虚晷，其所爲幽麗者，卒不得而寓目焉。吾嘗携壺至園中，十日而返，園之勝盡有於目中矣，今猶彷佛能一一言之也。余曰，有是哉，子得遊之術矣。主人承閥閲之舊，輦石引澗，積數世而後成；子有之於十日何易以數世之勞，而居者一日，子反有十日之樂何久，則安知子之非主人，而一日居者之非逆旅客耶？

蓋人之求適己者，非以己適也，適物之接乎己者也。陳奇淫玩好之物於市，聚而觀者靡不稱快。觀者快耳，不問其人也。推之人有錦綉，可以悦吾之目；人有管絃可以悦吾之耳，何必據而有哉。苟其悦之，又何必非有也。然則吾之所有者，固大矣。彼園之花孰與大塊之文章，園之水孰與江河之大且深，園之山孰與武夷、會稽、泰、華。此乾父坤母遺之爲我不鬻之産，極天下之有財者莫能藏，有力者莫能奪，而惟知其樂者能有之。

吾樂天地之有；彼人之所樂，不過分天地之有，别亦不過分吾之有。彼分吾之有，則彼固無有也，而吾又羨彼之有，則吾亦無有也。吾非無有，無於有人之有。吾無人之有，故有。有有，則有；不有，吾并無吾之有，故無不有，則以爲吾有之，可也；以爲人有之，亦可也。以爲人與吾同有之，可也；以爲人與吾同無有，可也。同有而人不有有，故吾獨有；同無有，而人有有，故吾獨無不有。無不有，故無不遊。蓋吾之遊也以心，吾於子得遊之術矣。

所見甚達，胸中言下有智珠流走。

智昏原甲辰八月初四日

天以書開天下之智，李斯焚書，天之厭智也。上世之人智於書，後世之人昏於書。天厭智，天亦厭昏。厭昏者，天心之常，而厭智，則天之變也。蓋智與智不相治，有高於人之智，而人咸受治焉，故治一國者，必一國無復同其智。治天下者，必天下無復同其智。使天下之人各逞其智，而大智照如神，小智察如鬼，胥天下之人智鬼神，而天下何以治？

倉頡造字，鬼爲夜哭，畏天下之趨於智也。鬼猶畏之，而况於人乎。流至戰國，人心之智險，而無所復入矣。彼李斯者，一舉書而火之，天下之人昏昏如也。漢興，除挾書之律，天下漸多智，然固不如書未焚時。自是，著作愈紛，邪妄庸靡之書皆行於世，而人之智又不如書既焚時。

夫書非能昏人，其書本自不智。古人之書，如源泉探之而深，推之而廣，後人之書，行潦也，擾之斯濁耳。理不足發天人之奥，情不足狀事之物，精學者久於其中，而神氣汩矣，幾何不爲倉頡之鬼所笑乎？

夫一代之興，必有一代之文章。書之善者，何時蔑有？惡夫邪妄庸靡之亂真也。有能别其真僞，而審擇禁毁之，固人心由昏而智之一大機也。

昔書焚於秦，而六經獨不滅，可知天亦甚護理之正者。今其所亡百家之書不可考，想其理固不如六經，而後世之邪妄庸靡，想又不如所亡之書，而天之厭昏又甚於厭智，則其書固不待如書契之興。至秦時之久，當必有人焉，審擇而禁毀之也。然非大聖人，莫能任其事。天厭智，必假手於大惡之人，及其厭昏，必假手於大聖之人，非聖人而爲之，則又昏矣。

書以導智，而不别其真僞，反足以昏人。故知讀書不可無識。

君子之報壬寅

天之於真君子必報，於真小人必報，其可善可惡，混處於君子小人之中者，則每聽其自爲富貴，自爲貧賤於其間，此如草木同生，偶值時地之異，則榮枯自爲不同，而非必天之有心位置之也。天之所用心，蓋在真君子與真小人矣。乃嘗求諸古君子之報，而竊嘆天之用心有所不可知。何哉？或君子不得君子之報，或君子而得小人之報，甚或不如小人之報，此懷忠履潔之士每欲翹首問天，而天高無言。不知天固有以報之矣。

今夫富貴安樂爲天所愛，不輕予人。才德顯名尤爲天所愛，尤不輕予人。彼既得天之厚，能自拔非常，有以顯當時而傳後世，則華於身與華於心，孰榮？榮於一時與榮於萬年，孰久？其得報之輕重、大小，豈可以尋常計哉，而猶必欲天之富貴而安樂之？竊謂其望於天，亦過也。且夫盡古今之君子，而悉與之富貴安樂，雖天亦有時而窮。何也？人之爲君子者，或近乎仁，或近乎義，其所取原自不同也。近仁者，渾然而温如春夏之能生，近義者，毅然而肅如秋冬之能殺。秋冬之際意肅氣寒，即以天所甚愛之物，而欲暢茂滋榮以助其生，恐造物之才固有所止矣。

語云，太剛必折。夫折不折，君子無懼，然其理不可易也。故吾謂古今之爲君子者，不獨所遭有幸不幸，而所禀亦有幸不幸焉。君子而近仁，君子之幸者也。《詩》曰："愷悌君子，神所勞矣。"夫愷悌，仁之謂也。人而愷悌，則和平之福有不操券而至者乎。君子知其然，故持己謙，接人恕，其養德也如春。

說到不報而報，則君子無憾；說到報皆自取，則君子無尤於天人感應之理。真是通達周至。

申君子報壬寅

人知天之惡僞君子也，甚於惡小人乎。僞君子猶得君子之半也，惡君子之半，豈其恕小人之全？然自天視之，固全小人也，而又得君子之半，則更險於小人。小人不知有善，僞君子不忘有惡，僞君子與小人，同一惡而多一僞。僞非惡乎，是惡之中又倍其惡也。倍惡不惡，天亦不聽。且小人者，固無待於天之惡。僞君子則非天不能惡之也。

彼小人者，鄉邦非之，行路謗之，其於不善之報，亦略相當矣。僞君子獨儼然於身世之間居之不疑，人既不之知，而又不欲天之知。豈天之昭昭在上而肯受其欺罔乎？蓋名者，天之所恃以償君子也。人世便益巧利之事，天亦不能助君子之人，使出其才以與小人争，而獨留身後之名，以待古今來孤忠苦孝，强仁慕義者之所爲。若并此而亦竊之，其何以償君子。

嘗論域中之權有三：曰利，曰勢，曰名，而名之權大，天方操此權以待君子，而僞君子乃竊之以自予，則天之權去矣。

孔子曰："譬諸小人，其猶穿窬之盗也與。"小人盗財，僞君子盗名。盗財者盗於人，盗名者盗乎天。既盗之矣，猶欲主人不之知，反奉以廉讓之名而酬其德，豈情也哉？然則天下之爲君子者，豈必皆安而行之，而勉强於善者非乎。曰僞者，反乎真而爲言，非反乎安而爲言。君子之僞，即小人之真也。即吾所謂小人者，亦不過指庸劣貪鄙者言之，非有寬於天下之巨奸大慝。若巨奸大慝，則天之惡之也，固甚於僞君子。

以天惡警僞君子，思議處處沁心透骨。學君子不實，每

滋斯弊。余未能學君子也，亦不敢不以自警。〔二〕

施杏樹戈地文壬寅

余家杏樹戈地稱沃，大人受自祖先，以授於珻。珻業之以爲重，非徒地之謂，謂是先世之遺澤所存也，祖若宗之問晴課雨，而親履其畝者也，衣之食之，數世於兹矣。

村之巽隅，新建文昌帝君閣成。余奉大人意，獻之作香火計。或曰，此地，子之所重也，當令世守之，不如以他地易。余曰，此正余之所以重此地也。念閣經始於家大人，與族之諸父兄，余輩奔走之以襄其事，鄉人士之所敬而祀也。今思所以獻神，於必擇物之素重，而又可以垂諸久遠者爲稱。

夫人心有所敬，不得不假於物。假於物，而不將其所重；與心有所重之物，而謀所以位置之處，不將於所敬，二者皆失也。吾敬神，豈敢有愛於地？吾重地，固不敢有靳於神矣。靳於神，而徒委之農夫野老，歲計升斗之獲。守也，與棄等。且亦安知後世子孫之必能長有此地乎？

人世盈虚、消息之數，是惟無來，來則必去。故一切靡麗之物，罔不隨時俱盡。惟地之縱横於西疇、南畝者，歷古今莫之變。然地雖不變，嘗數而不能不變其主地之人。則以主地之人視地，雖謂地亦有時而去，可也。

余思行田野，詢荷鋤之父老，或曰，某地已易主也；或曰，某地易主而又易也。問有轉十年不變者乎？十無四五矣。歷百年而不變，蓋十無一二也。用是慨然太息二。彼祖先世朝拮夕据，辛苦遺子孫，當纖毫不肯施舍，而子孫承之，僅如萍水之轉；相嬗數世之後，欲弔爲誰氏之有，而杳不可識，甚無謂哉！

兹地，祖父相承三百年，以至於余而不變。誠恐余一旦先地而去，而將來地之存亡，又不可知，則人與地俱盡，其視世之轉相鬻，而不識爲誰之有者何異？嗟夫！余悲世人重地而反輕也，故以是羞諸神，神在則地不去，地在則人亦不去。後之人易其畝，遡厥所由，以爲某地，某氏之所施。庶知區區之忱，來自祖父，非珻今日之所敢德色也。雖更閲數百年，誰有過而問其直者哉？故時之人無如余之善守祖地也。後之子孫讀吾文，知神明之不可慢，而祖宗之所遺者，雖一物不可輕棄，其謀所以保之難。如此，則余之重地，固非以地重也。

綿纏篤摯，讀之不知是情是文。

校勘記

〔一〕“山河”原作“山山”，據雍正本改。

〔二〕《山右》本原無此（王珻）自記，據雍正本補。

王石和文卷六

關帝廟碑記

神之祀遍天下，與尼山、文昌比祀。尼山以德祀，文昌以福，神兼以威，宜祀神者尤衆。惟神之德，以白手佐昭烈成帝業，君臣之義始終無間。鎮撫荆襄，上下倚之，其福利於國家甚大。一時吴、魏之人懾其威，惴惴不敢仰視。使身不即死，必能席卷許昌，指顧復高皇帝大統，漢業之興，不止三分而已也。

每讀史至樊之役，未嘗不嘆吕蒙之失計，智出魯肅下也。肅初以荆州假蜀，豈其忘荆哉？亦以荆州，蜀則不能據之以抗魏。蓋三國并争，吴、蜀之所患皆在於魏，魏之所患，則不在吴，而在蜀，而蜀之最足爲魏患者，尤在神。吴不知合蜀以爲外固，而反詭計襲荆，荆襲而吴亦不振，徒禍蜀而資魏之逞。魏既張兩國，遂不可爲，卒乃致後之滅蜀、平吴，爲司馬氏階者以此。此神之所死不瞑目也。忠漢之心不遂，而充塞於萬世，故大義於今爲烈。談蜀君臣事者，猶凛凛有生氣。上自王公大人，以及窮鄉荒壤之牧竪走卒、商賈負販之流，慕其德，慨然而憑弔冀福者，雖疾痛，未嘗不呼神佑。至亂臣賊子過廟泚顔，或逡巡趑趄於門之外，而畏不敢入拜也。其威亦靈矣哉！

夫天下之人情，不過爲慕、爲冀、爲畏，而三者并得施於神，故通天下無不祀神。固巷，盂郊外之僻里也，舊有關帝君廟，且壞。里人奮輸財力，修之聿新，三情固不忘於僻里哉。亦因是，多里人之好義。

光明俊偉，文境擬兩漢。

藏山趙文子廟碑記

事之忠且苦者，不報於身，必報於子若孫。否則精魂英魄之無所洩，往往鬱而爲神。

趙氏世忠於晉，下宫之變，何其苦也。況公孫、程兩侯以他孤出文子於難，先後繼以死，其忠苦之載在史者，令人不可卒讀。及趙後稱雄列國，雖始封之燕、齊、魯、衛莫與較大，可不謂忠苦之報與？然兩侯之裔，竟未大顯於世，何哉？且韓、魏未有斯苦，而亦與趙裂土君國，則知趙自爲神明之後，此未必天之所以報下宫也。故數人之忠苦，鬱而未伸，團結於一時，而光怪於異代，遂憑奇岩峭石絶壑之間，發之爲風雲，蒸之爲雨露，摶蕩之爲雷走電掣，以感動乎人，而廟食於土，理無足怪。獨是神之靈滿宇宙，而式憑之者，顧獨親於盂，以盂故爲藏孤處。十五年匿山中，其精神胥萃於山，與盂人生死相狎而依者，二千年於兹矣，故盂人之敬神尤切。神日歆黍稷之薦，而膏澤之以酬下民之勤如響應。神固猶是人情。其靈之團結光怪，而必不容掩遏者，固有然也。

己亥秋八月，山水暴作，廟幾圮。�懼忠苦者之不祀也，倡謀於邑侯孔君，擇董事者六人，且遍告鄉人士，咸鼓舞從事，輸財力以後至爲恥。工作之勞，閲三四歲罔間。當是時，四方以歉告，哀鴻之聲延數百里，盂歲獨無恙。落成日，殿榭墀階，大易厥規，棟梁榱桷之飾完以華，歲益大熟。父老走相譁，以爲是神之靈，争入山奉馨香無絶。嗟乎！兹役也，顯慰斯人求澤之願，而隱患苦者血食之報，其關於農桑、人心、風俗之故非細，豈盡人哉，倘有神焉陰相之。

將神所以得爲神處，説得極平實，將神所以感動人處，説得極親切。高論贊幽明，與名山同不朽。

周遇吉節録補聞壬寅

明總兵周遇吉，守寧武關死，甚烈。雜見書傳中，世多能言其事，然與余所聞頗不類。余得之太原馬守備。馬，故公兵丁也，言公死事始末最詳。

當李自成將寇太原，公時在代州，旦夕巡城上，忽一騎飛報，母舅至郊廳。附公耳語，左右不知語何，但聞公厲聲云："何來尋死！"舅爲明副總兵，已降於賊，蓋賊遣之説公也。騎飛馳去移時，復來附公耳語，公厲聲云："將頭取來！"遂遣健卒數人去。舅勇甚，兩卒出不意抱之，伸身，卒皆仆地，廳壁亦催。旁一卒恐，速刃其胸，須臾持頭血淋漓至。公哭，命棺葬之，後數日，聞賊攻太原，公提兵往援。至忻州地，頗逡巡。

余又聞之楊故老，當賊之攻太原也，巡撫蔡懋德曾飛文檄公，與大同總兵姜瓖公至忻州，待姜不至，此與馬逡巡之説相合。當是時，公欲援未及，賊之前鋒已至。公戰大捷，賊勢益集，遂退代州，出奇兵奮擊，復大捷。會食盡，公恐寧武有失，於是移守寧武關，賊至，公開門連戰皆捷，賊怯，欲引之去。有僞書生教之復戰，公復欲戰，王兵備不可，令土塞其門。公曰："如此，是爲死城矣。"賊累日夜攻城益急，城上不能支，將陷。賊揚言曰，獻周遇吉，一城無死。公謂左右曰："遇吉生不能報國家，今豈惜一死以累衆，可獻我。"兵民環泣，不肯。公曰："死耳，無泣。可速獻。"衆遂以繩繫公下。公時將巾布衣，有兩賊掖之去。公既下，馬等隨報公。夫人某氏曰："公且降，可無虞。"氏曰："安有降賊將軍哉！必死矣。"言未訖，賊紛攀衙墻上，氏命馬等射之退，又命人運草。馬等會意，趨出。甫出，火大起。呼號之聲，慘不可聞。氏與家屬盡死於火中。賊既陷寧武，恨其久不下，屠殺一盡，血流成波有聲，以數門土塞，不可走故也。兵備亦自殺。

公見賊罵，倒懸演武廳，磔之。

公死後三日，有壯士伏公尸哭。哭訖，觸石死。壯士失姓名，嘗盜公馬，公壯其人，釋之給馬，故來爲公死。至今寧武演武廳天陰則石有血痕。壯士血耶？公血耶？

王珻曰：公死無愧張睢陽矣。然睢陽死後三日，而救兵至。故十日賊亡，公死誰至者，蓋僅一壯士耳。卒之身死，國亦滅，以悲公之不幸。雖然，公死則明爲有臣。至今父老皆能言公事，何爲不幸哉！

按史，李自成將犯山西，公請濟師於朝，朝遣副將熊通二千人來赴公，令通防河。會平陽守將陳尚智已遣使迎賊，諷通還鎮説降，公怒，立斬之，不言是公舅。豈史偶未詳，抑馬當時聽之悮耶？然馬又言公哭喊，則以有戚誼者。姑據所聞，俟爲史者之覈采焉。珻記。

摹繪逸事，聲情俱現，筆意自《段太尉狀》、《張中丞傳》得來。

書田子方廟壁戊申

介之仙臺有所謂蚪蚄廟，土人俎豆之維虔。每歲五、六月交，禾蟲有作，父老紛走廟下，奉黍稷以告，哀籲之聲相聞於道。如是環十數村而遥，蟲卒不爲災。其亦靈矣。

余偶經其地，有紳士語曰，此田子方廟也。異哉！奚爲乎天下有名實之相違如此者乎。遍索碑記，則近人所爲，無復言子方事。惟門頞有“三賢”字，其字迹斷落，僅可尋。《汾乘》載子方與卜子夏、段干木，號三賢。想昔之好義者建祠於兹，後人不覈，徒以子方與蚪蚄音相合，而又冠以田，遂置子夏、干木不道，而子方之名獨以訛顯。

今廟象尚三，其加冕而旒，則後人附會而新之也。嘻！果蚪蚄奪子方之位耶？抑子方竊蚜蚄之祀耶？我人不敢知。獨念蚜蚄臚諸祀，族次先穡矣。亦何地不可居歆，而實逼處此，以與後之君子争有數椽也，不已陵乎？而子方者，義至高，生不苟合當世。豈其千百年後忽改行易德，區區一祀之愛，取非其有，而腹是果？常士猶將恥焉，敢謂子方其不吐乎？然今之享祀者伊誰哉？其又誰爲福民，而利賴之也？蓋古之聖賢，生有殊功德，死則以風雲雨露之澤庇厥庶民。子方賢人，不辜下民之請，爲之捍災禦患，俾弗嫉於蝨螣，用克有年，亦理之可信，而特不能自言其非蚜蚄也。民日受捍災禦患之德，以時舉祀勿敢墜，亦遂不知其爲子方也。

夫吾謂子方之得祀，於土宜矣。其祀宜在士大夫，乃士大夫不祀，而獨祀於農夫野老。農夫野老祀之，又不知爲子方，而士大夫又不爲之辨其非，將跪而祝之曰蚜蚄，坐而受之，則子方也；穀士女而降之康者，子方也。頌神功而矯舉之，則又曰蚜蚄，名與實違，人祀之非實，神享之非名，非名則冒，非實則濫。濫與冒也，弗光祀典。

爲告鄉人曰：先生姓田，名子方。魏文侯時人，文侯下焉，與卜子夏、段干木著於春秋之季，祀不可闕也，名不可假也。

解流俗之惑，還先賢之祀，義韙文炳。

重修雲閣之舞樓記丙午

烏川之大觀在雲閣。插漢凌霄之狀，環境數百里未有也。居人李友梅，募衆修舞樓於閣之前，走余求記，因録古碣文以示。按，萬曆十一年記，唐勅遣尉遲敬德復造，則知唐以上閲有年。又云，自漢以後漸圮，則知漢以上閲有年。嗟乎！考閣之由來，其使人懷古之情深也。

余惟秦周之際，列國日以干戈相尋，絳宇紫廬之盛，罕有聞者。意其在兩漢時，年豐物阜，都人士安樂壽考，而烏川沃壤數十里，山川之所鍾毓，必有縉紳大夫、卓識之士出其間，遂相羣山之逶翠，左右二水之瀠流，蜿蟺噴激，胥極於兹地。故建閣東其隘，以寓扶偏起勝之意。此有心者所經營，豈偶然耶？

魏晉而降，應亦興廢相間無絶，以是至唐猶有遺址。唐既受命有天下，推老子爲姓，所自出崇祀躋上帝，故今其閣奉三教。

烏川徑可通塞外地。敬德生溯漠，初事劉武周，歸唐。想其生平横戈立戰功，其往來攻襲之地，或多經於是，因不忘也哉。吾因更有感矣。

敬德於貞觀間，得圖形凌烟閣，後數年，至高宗時，遣官復圖者七人，而敬德已不與。况今千年後，雖欲過凌烟憑弔往事，於斷碑殘碣之中，覓其姓氏，而杳不可得，不謂兹閣猶留之也。獨是碑既述漢唐，而漢唐舊文未見，豈土人徒得之傳聞，抑歲久爲風雨所剥蝕？余向偶經其地，亦未及考。他日有好義者廣厥貲力，完兹閣益新，余將遍索古碑摩讀之，以識顛末，并賦雲物山水之美，則舞樓之修，其小焉者也。

或又曰，馬氏曾於西南隅重修漢壯繆廟，今復環之方丈數楹，以增兹閣之勝。若是，亦宜牽連得記。

低徊唱嘆，無限弔古之情。

培風室記甲辰九月二十二日

余作室於松山之半，名曰“培風室”。其地多風，故取諸風，然不培則風之積不厚，而無以行遠。

莊子曰:“而後乃今培風”,言風之可以行遠也。蓋物之能入微而行遠者,無過風與水。水障之則絶,風則動於呼吸之間,放乎無極。舒之非有,卷之非無。孰障之,而孰絶之？無可絶,故行遠。

嘗偃卧室中，以聽山之風聲摇山巔，韻動林内，一旋繞於室之左右。始聽以耳，而噫如，而嘘如。小者颯颯，大者颼颼。既聽以心，若詞章之鼓吹；爲文風，若抱德者之實。大而聲宏，爲道風，若坐明堂出令。若大將之號萬軍，若忠臣義士感時憂事，咿唔而寫怨也。

爲治風，而古人得之以培。蓋天地間無非是氣，氣之所積，莫不有風，風皆可培。培於天，則爲温、爲肅；培於人，則有文章、道德、政治。堯舜培之，其風也動；孔孟培之，其風也流。荀、楊培道義之風而未醇，程、朱培之。漢唐以後，諸名臣各培事業之風。左、史、韓、柳、歐、蘇之徒，培諸文章。培之厚，故行之遠。大哉風乎！播於六合之外，被乎百世之下，而實藏之於一心之中。今而知心之可以生風也，與天地通矣。

吾以天地之風聽古人，而以古人之風聽天地，心不能生風也，而未嘗不心乎風。心無風，但以風名。室無風，而心乎風。遂以風名室，而勗之培。

於風聽出許道理，故“培”字俱從心上做工夫。説鵬言鯤，尚多曠語。

游六師嶂記乙卯

六師嶂最奇勝，名與藏山埒。甲戌夏，同志者偕遊，余後至，不甚悉然。其勝彷彿於意中，歷三、四年未嘗忘也。既張碩儒約余讀書山中，意在藏山六嶂兩境云。於是先尋六嶂。嶂出衆山之上，崖削如屏，故遊客名爲碧屏山，而土人則仍謂之六師嶂也。傳有六羽士化於山之洞内，今其洞極邃。好事者束燎照之入，或一、二里不能窮，往往燎滅而返。有廟搆於嶂之腰，頗壯麗，非六師也。門從裂石而入廟，後倚深巖。巖内池水幽黑，深不可測。以小石激之，碧光閃動，若有龍神之出没，悚然不敢逼視。出巖，斷橋横木，而南得茅屋數間，即可休息，讀書處也。

一白髮山人，作柏屑香，即之言，弗顧。坐移時，將歸，乃曰："有徑至藏山三里許，一路景不減是。"行焉，果得奇嵁數狀，皆可繪。北折踰嶺而東，已迷藏山故徑矣。行及數里，林木漸茂，有斧斤之餘蘗置路，蓋樵夫所僅至也。余若有駭欲返，碩儒曰："樵夫至之，奚不可。"疾行數里，山益高，林益密，有斧斤之大木當徑，蓋伐木者所僅至也。兩人均駭，碩儒欲返。余念已至此，返艱，因曰："伐木者至之，奚不可行之。"益疾越數嶺，迥非人徑，蒙雜蔽空，鳥鵲亂喧。

嘗聞山中人言，鵲喧必有虎，駭甚。又越數嶺，日將沉，林中暮色蒼然而來，蕭颯之聲四起，茫然不知所出。欲陟嶺以待旦，至則萬山叢峙，不辨南北東西之向，而隱隱風送對山樵歌。大聲呼之不應，而山下别有應聲。急就之，惡林如櫛，尺寸不能視。忽山斷石分，下絶萬仞，緣之而行，上下壁立，中不能旋足，此時亦不知應者之果在否也。良久，乃下。其人已陟對山之半，遥揖而問曰："此非藏山道所由乎？"曰："此去藏山絶遠，久號虎穴。"以手遥指其路。復疾行至劉氏莊，昏黑久矣。急向一門扣之，主人閉弗納。連扣不已，方肅之入。問曰："何來？"余曰："迷藏山而來也。"主人曰："嘻！來何暮。此非藏山道，久號虎穴，樵夫牧豎莫敢至者。來，幸矣。"余兩人且喜且駭，越宿乃行。後二日，囊書復至藏山。

不夾議論，處處寫生，從《史記》得來。

游芝角山記癸卯

山之生於天地，有幸不幸焉。或幸而名擅古今之勝，或不幸而歷古今無聞知。彼其實非甚相讓也，而名之顯晦頓異，豈非所遇不同輕重之，惟人使然哉。余少讀柳子永州山水記，私怪造物之秀，豈其獨鍾於是州？及讀歐陽永叔記滁州者，乃知永之外，固復有滁。往歲至滁，尋醉翁，豐樂二亭遺迹，求當年諸峯林壑之美，未見獨跨吾芝山也。又訪於永，來人親見穹谷嵁巖之狀，或不如子厚所記云。倘見者，雖遇其勝，而未及搜耶。然則山之有勝，而未經人搜，固不乏也。

吾負遊山之癖，每携朋入芝山，松之大者干霄，小者櫛密。林外得夷石如几，可環坐飲。有泉盈流石徑，作細大鳴，與松韻相間。引觴滿酌，頹然成醉，不知永、滁之足樂，視此爲何如？獨惜吾山不得生於永、滁，以邀二公之遊。又嘆二公獨不謫吾鄉，得前後游是山，爲之窮奇而抉秀也。故山雖具有永、滁之勝，而見是山者，猶獨羡永、滁，此山之所以不遇也。雖然，永、滁之山自開闢至唐宋千萬年，而始遇二公。當未遇之時，荒寂何遽不若吾山，則吾山千萬年後，安知不有二公其人者發之，俾赫然擅名宇内如永、滁也？未可終以爲不遇矣。獨是開闢至今千萬年，既無有一知之者，則後世雖更歷千萬年之久，何不可終無一知之者，又未可以爲必遇也。嗟乎！山與天地無窮極，其知不知無所謂後世也。

自吾不及見山之知，遂不得不俟知於後世。後世知之，而吾不見，吾憾吾不見，而後世或終不能知，憾更甚。天下之山之美者，衆矣。如永、滁之見知者有幾？豈獨吾山也哉？吾以山推之，抑又不獨山也。

遇之顯晦，顛倒無數英雄。天乎，人乎？今古有同慨也。

藏山石牀記癸卯

攀磴至藏山之中嶂，路折而南，忽復西入小石門。崖石突出當徑旁，高於徑三四尺。土木覯積猥奥，獨相石之隅殊廉。度其下必夷，因與張碩儒、余弟荆潤、書童、道人、道童併力剪闢，五六日乃盡。果得平石如牀，日光得熏灼。午仄，壁陰下陳簟憩之，甚温。牀頭横石半尺許，長短與牀齊，可枕。尋其旁，隱有斧鑿之痕，知前人曾有樂乎此者。其愛石之情，想與余同也。書、課暇，則携壺石上，玩雲嵐烟壁、晨夕旋佳之態，以極此石之樂。今歷二十四年，余復來坐此石，回憶當時併力之人，碩儒、道人已逝，兩童不知處，獨余與荆潤在耳。顧余冉冉將老也。若倍二十四年，保能復坐此石乎？若再倍二十四年，固斷斷無之也。後人之坐此石者又誰哉？其亦如余之徘徊眷戀於石否也？嗟乎！今古之感，其使人不忘矣。彼前人之斧鑿，而愛斯石者，不知閲幾百年，而後發於余。余今日欲問其人，而已杳不可得。後之漸而積踏者，又不知幾百年。其有愛而發之同余情者，又不知幾百年。欲問余今日之爲誰，而又必不可得也。

夫幾百年則已遠，年之幾百與幾百相積，而遠遂不可窮。人於無窮之内，前不能待於後，後不及望乎前，獨石以不欣不戚之質，逆旅古今人，而閲其死生往來之變。人爲萬物之靈，而不能與萬物争夭壽，類如此石，可嘆也。今日者徘徊眷戀於石之上，醉而歌，歌而悲以泣，怪造物者胡不竟石余，而俾無今古之感。其不足樂乎。然余果石，而又安知石之樂也。余其如此石何也。

設想都在前後際，千古萬年茫然遥集。

萇池怪松記癸卯

桂之焚，漆之割，松、栢、梗、楠之伐，皆以材戕。有不材者，腐澌岩阿，往往爲世所薪，則亦戕。萇池西落趙文子行祠内，植耇松二株。右者倚徙飛插如鳳舞，其左類龍形，皆松之弗戕於材者也，而類龍者最古，身臃曲不五、六尺，兩幹交紐爲一，横拖南北，觀之莫測首尾，其粗倍於身有半，旁數枝既舒復迴，亦紐幹成環。皮骨悉入幹内無迹，故其幹乍細乍粗，屈突夭矯，如老龍之横偃舒放於空中。雖不爲世所材，而其材固已奇矣。非果如世之不材者，株守而自腐也。

夫材，戕於人之所貴，松不材，故人不知貴。不材戕於人之所賤，松非真不材，故人不敢賤。伸之、縮之，縱之、横之，無往不得其爲松矣。忽有好事者，嫌其長枝礙簷，爲之削其杪，其果以材戕乎？不得而知也；其果以不材戕乎？亦不得而知也。然則削之者自陋耳。爾松何過焉？雖然，松亦有自取者矣。爾既偃蹇於世，不爲匠石之睨，則當厚爲斂戢，不得恃其無用，疎蕩自任，而伸之、縮之，縱之、横之，不復顧流俗中亦有好惡爲也。瓦礫當徑，行者擲焉，惡其無用也。非惡瓦礫之無用，惡其無用而礙人之用也。彼流俗者既以爲弗材，又病其有礙。一旦好惡出於心，從而戕之，若擲瓦礫，又何怪乎？雖於松無甚傷，而好惡之情則可懼矣。

大抵物之在世，有用則險，無用則腐，而自恃其無用，則肆險與腐，定自天肆成於人爾。松無患於天矣，慎無自肆焉，以爲當世之所侮也。

蒼秀如老樹着花，意爲貧賤肆志者痛下砭。

考妣王府君李孺人合葬墓誌銘

先考府君王姓，諱纘先，字接武。山西太原府今隸平定州盂縣北鄉永寧都芝角人。勅封文林郎、翰林院檢討，加一級。生明崇禎丙子，享年九十三歲。其卒雍正六年正月十六日也。後先妣李氏五十日。

先妣爲明四川遵義府知府諱應龍孫女，邑庠生諱廷薦女，勅封孺人。生明崇禎戊寅，卒於雍正五年十一月二十六日。享年九十歲。今以三月二十二日合葬於祖塋之次。不孝珻泣而誌之。

志與史相表裏，史館之徵實者三，一取諸墓誌銘，以故世之子孫，欲揚其親者，必求當代顯官大人之言爲榮，而顯官大人重其子孫之請，遂不惜浮摭美善，以張厥生平，又溢美及子孫。此於作誌之道無取。夫譽非其實，則與志他人無異，而美及子孫，固非所以志其親也。昔人重一字之褒，奈何以浮且溢者，掩親之實行，爲人子者懼焉。

按太原王姓世系載於史甚遠。自十二世祖諱仁美來兹土以耕讀，世其業，越數世，人無不横經。後族漸繁，始間有易儒而業者，然青衿之士益衆，取科名宦游者相望。

曾祖，太原郡庠生，諱汲用。少孤力學，卓然不苟一介，士林推爲古君子。生祖待贈公，諱烈。尤謹飭於物，無失色。蓋自曾祖、祖，歷府君三世，無隻字入公門云。

祖生子二，長伯父，太原郡庠生，諱繹先。次即府君。府君幼穎悟，甫爲文，即能屈其儕輩。

從祖丙戌經魁，素負才，少許可，見府君文未有不擊節。以蚤失祖妣，太孺人史氏遂輟帖括不治，然居常益自憤。因爲兒輩延師督課至夕，爲之講貫。兒輩誦聲不歇，府君從不寐。至康熙乙酉，珻始倖鄉薦。丙戌，成進士。兄弟子侄登賢書者，連六、七科無虚榜。一門頗得側於文事，而極固陋。如珻文，亦過邀士大夫口，謬爲海内操觚家所傳誦，不知其源多出於府君，而不逮府君遠也。

府君未試，於位無赫赫之績，然静而有識，論古今事輒中。退讓不敢以氣加人，自言横逆之來，忍於未發則易，待既發之後，恐彼此難收。尤研倚伏之理，常訓子孫曰："盛衰相環，與其過衰，寧弗盛。吾不願子孫富貴，但世世爲讀書人足矣。若時富貴來逼，當存不富貴之心。"故終其身約於自奉。甘粗垢弗厭，惟營兒輩筆墨之費，則殫厥心罔惜。

吾家稍席前世之豐，妣孺人出巨門，益不習貧。中年困鞠育之計，日典簪珥，佐府君教子力業，惟恐兒輩以貧故隳進取。迨兒輩次第叨科名，才劣不克致通顯，以養父母，致始終甘旨弗充，此不孝珻所椎心自訟而莫容也。

孺人之附身極菲，切囑勿易之華。附府君，身尤菲甚。府君顧蹙然以爲過。有慰之曰，是於封君之分，固歉。府君曰，情分二字須明，非謂過分。窮子之情，竭矣。嗟乎！兒輩既以窮累父母，乃父母獨甘窮惓憐兒輩，至死弗能已。今檢笥篋所遺藏，一器一物，靡不敝垢。不孝珻有深痛焉。然則兒輩之不肖，其負我父母之德固多矣。惟府君之德，謙而能忍，孺人則順而好義。府君之終，自捫其胸曰，吾生平無一昧心事，倘閭前小貿易，保無有一、二銅錢之不如值者。嗟乎！即此固未必有。府君檢點至此，此古人之所以謹屋漏。珻泣識其言，用告後世子孫不知省察者。

府君長孺人二歲，孺人以十七歲歸府君，齊眉七十三年。生男五。長，甲午科舉人，揀選知縣璣，生丁酉科舉人，揀選知縣錫信、庠生錫轂。次，待封文林郎玥，生辛卯科舉人，揀選知縣錫譽、錫章、錫冕。三，琨生錫繁。四，乙酉科舉人，丙戌科進士，選翰林院庶古士，歷任翰林院檢討，加一級，三朝國史舘纂修官珻，生甲午科舉人，四川叙州府隆昌縣知縣錫光、葆光。幼五，戊子科副榜，癸巳科舉人，揀選知〔一〕縣璐，生錫榮。幼女三，皆適名族。諸子孫所娶，及孫女之適人者，省文不載。

念珻嘗濫竽史局,追陪諸君子之後。府君又嘗顧珻,於長安得接一時名公卿,及四方文學之士,故今之望人亦多。知府君今非不能邀一言之華衮,特以府君積行惟恐人知,不敢以是違夙志,而不孝珻撮述遺行,亦不敢片詞假借,使後世疑其文,而反有不能得於府君,則不孝之罪,於焉滋大。執筆荒述中,寧野且略也。銘曰:

惟我府君，謙和守常。孺人相之，恭順而良。天眷乃德，俾壽且康。雖康而壽，壽弗山長。有原山腹，不騫不傷。室廬未遠，生死相望。歷千秋而百代，仰古槐、耇松之鬱然者，知吾父吾母之藏。

語質而摯。

校勘記

〔一〕“知”，原脱，當補。

王石和文卷七

釋諱庚子丁巳

天下惟事之常者不必諱，而至常莫如死。惟人甚惡死，故其諱死也爲獨甚。偶言之，則以爲不祥，聞之者亦以爲不祥。嗟乎！彼固以死爲重事耶！重，則愈不可忘於言。

古之人當樂而悲，每痛心於死生之大，誠有以達乎其理矣。蓋死者，人品、事業、學問之一大課程也。謂生平之程，至是焉始定。過此以往，雖上智無所用力矣。此古今來聖賢君子所爲朝乾夕惕，畢力以争此一刻，求其死之無憾，而後即安，而不敢有諱其事也。

曾子曰，仁以爲己任，死而後已。孔子曰，朝聞道，夕死可矣。可知不死而已者，且慮乎其不可以死也。豈其諱之，而以爲非己事哉？且諱之，亦何嘗免於死？

富貴貧賤，人生有經有不經。惟死，則無不經。無不經者，常乎？變乎？經之反以爲常，而言之反以爲變，可笑也。晝必死於夜，朔必死於晦，春必死於冬，天地不能以此爲諱，而況人乎。人得天地陰陽之氣以生，故生必有死，而不能如天地之健，故一死而不復生焉，則已矣。雖諱之曰不死，奚益？嗟夫！余亦甚悲人之死而不復生也，而不必諱也。

人必知有死也之悲，而後知有生之樂。據爐飲醇醪，不自知其樂也；啓户見同雲密雪，裂人肌膚，方知不寒者之爲足樂也。當勞，方知逸之樂；當病，方知無病之樂。然勞可以知逸，有病可以知無病，死則不可以知生。故不若於逸時念勞，無病時念有病，生時念死。然後知未至於此者之足樂也。

天下事當其未至而謀之，則不至於有悔。適百里者，方晨，知暮之終及，而急於行；至晡，知暮之將近，而愈急於行。彼諱言暮者，未及行而忽暮；諱言死者，未及盡生之當爲而忽死，可不謂大哀乎。故不諱言死，欲重用其生也。人能重用其生，而無驚於死，則一切可喜、可怖之境，俱不足動其心，乃可以臨大事而不亂。斯亦養氣之一助也。

生必有死，惟生順則死寧，見人當生時一刻不可放過。張明痛切，言之如青天白日。

趙受韓上黨壬子

秦昭襄四十七年，攻韓上黨，郡守馮亭以上黨十七城都市入趙，趙受之，卒有長平之敗。論者咸以受罪平原君。夫吾謂趙之所以失者，在當受之時，不知所懼，而但以得地爲喜。既受之後，不知自保，而徒以貪地爲能。其失不盡在受也。秦之蠶食諸侯久矣，趙爲秦之勁敵，秦何嘗一日忘趙。自趙成侯高安戰後，於肅侯則戰，於武靈王則戰，於孝惠王則戰，於孝成王則戰，豈其以受上黨哉。

夫秦之與趙，越韓千里而干戈相尋如是，況拔上黨，而實逼處此，則固朝發而夕至也，趙何以待之？故其取上黨，滅韓之兆也。滅韓，亡趙之漸也。馮亭以地入趙，非真有忘於韓，實欲親趙以抗秦，使趙之君臣得地而懼，早作夜思生聚訓練，以固其内，設險置戍以防其外。增十七城之賦役，合韓西向秦，則秦、趙勝敗之形，未可知也。此一役也，趙可以强。

戰國之時，兵連禍結，誰非土地、人民是利，其誰肯得地而舍之，轉以滋大國也，豈必定料其有長平之敗哉？且長平之敗，固成於趙括。何者？秦即因上黨之故，而伐趙，豈能必勝趙？趙即因上黨之故，而敗於秦，豈必敗之至於此極乎？假使當日者秦間不行，廉頗尚將，彼白起雖知兵，安所施其能哉？以趙括之劣，遇白起之勇，雖無上黨之受，其敗當復如是也。不然，秦趙前後經數戰，勝負率相當，而四十餘萬之命，胡爲獨盡於趙括。獨是括之驕誕無實，鄰國知之，朝臣知之，其母亦知之，而不知者獨一趙君耳。吾不知趙君以括代頗之時，平原君安在哉？不能於此時痛哭争其事，縱不受上黨，奚益？

趙豹曰，聖人禍無故之利，蓋言利之不可幸也。趙之君臣有幸心矣。幸目前之利，而忘自强。受讎國之間，而以庸妄代老成。此雖以秦之强不能逞志於趙，况趙之於秦乎？趙故受上黨亡，不受上黨亦亡。不受，則安於弱，而禍遲。受則禍速，而尚可以强。趙惟不能自强，而徒速其禍，則雖謂趙之亡，兆於上黨之受，可也，而其實失不盡在受上黨也。

斷制屹如山岳，高文老識。

藺相如完璧壬子

秦、趙，戰争之國也。相抗以勢，勢之所在，不得示人以弱。示弱，則人得乘間求逞於我，而我愈不可以振。藺相如之完璧歸趙也，其事甚壯。奮單使之威，折虎狼之秦，用是不辱其國，此豈不明於天下之勢者哉？楊龜山謂相如不當輕身以重璧，區區一璧，與之可也。嗟乎！璧之在，趙璧耳，挾之入秦，則國勢之所爲重輕也。苟爲國勢重輕之所係，雖瓦缶不當以讓秦。

六國時，韓、魏賂於秦，而趙獨否。至長平敗後，始欲割六城爲媾，而虞卿以爲憂。然則秦之所大欲於趙，與趙之所深患於秦，而惟恐不能以自保者，皆不係乎賂也。蓋秦之視韓、魏，若弄掌耳。有所求，則伐；得所求，則舍，擒縱之惟意，而趙不如是也。譬如兩虎相捽，爪牙威力皆足以相角，稍退，則反爲所噬。彼秦愛趙璧，而必以十五城爲易，秦固不敢以韓、魏視趙也，故趙雖畏秦之强，而許其璧，猶必欲得十五城之易。以爲名。若城與璧兩失，則徒爲笑於天下，而趙其不競。且夫無故貪人之寶，而欲取爲己有，此其情已不遜。雖以十五城爲約，實要以不得不從之勢，安知非借是窺趙，而欲試其侵侮之端？其意不專在璧也。況璧入而又悔其約，此市井反覆之爲，雖匹夫尚當以受紿爲恥，而謂趙甘之乎？

夫趙果畏秦，而不敢愛其璧，則當與於求璧之初。今既申明二國之約，而選國之不辱君命者以從事。相如慷慨受君之命，捧璧而西，漫無所得，徒拱手奉之於秦，則趙君臣之任相如何意，而相如復何面目以歸於趙？故於此時，爲相如計，惟有與璧存亡而已矣。蓋秦以城求璧，而趙不與，曲在趙。入璧而秦不與城，曲在秦。雖恐璧之壞，而按圖示復與。既先欺趙，則曲亦終不在趙。況秦終必不與城，此相如所以决意使之懷歸而無疑也。

璧既歸趙，則相如之事已畢，死之生之，惟秦是聽，而尚何懼哉？然秦既不得璧，必不殺相如，此又相如之所能料秦於十九者也。後澠池之會，相如從趙王入秦，秦王請趙王鼓瑟，相如亦請秦王擊缶，以劫秦王於五步之内。信如龜山言，則鼓瑟之細，雖趙王獨爲之，以媚大國，何害？乃相如尚不肯以此伸秦屈趙，而況璧乎？

當日情勢實不得不如是，非相如之勇，卻不能如是。揆情度勢，透闢無遺。

蜀漢戰守之形壬子

知戰而不知守，不可以語將之智。然欲守，無可守之地，雖智者無所施。蘇子曰，孔明棄荆州，而就西蜀，知其無能爲。蓋以西蜀之不可戰也。夫孔明之取西蜀，非遂棄荆州。迨荆州既失，孔明之猶足有爲者，幸而西蜀在耳。何者？用兵之道，戰與守不可偏用也，而守固先於戰。戰，必於平原曠野，戎馬四出之地，而守，非長關絶塞，則無以拒敵人之長驅，而自固其國。

北燕西秦，可戰可守之地也。洛陽汴泗，可戰之地也。西蜀之地，則僅可以守。荆襄不連，西蜀亦僅可戰，而不可守。孔明之智，豈不知劍門、峽江之險，其守不可出，其出不可繼？顧其意欲合荆、蜀爲戰守之計，厥後荆州失利，則孔明之所不料也。假使當日者龐士元尚在，孔明專任荆州，以西蜀爲庭堂，而荆州爲門户，則吴、魏之强，直可鞭箠使之矣。若使不得西蜀，則吴、魏必且先手，苟其地一先爲吴、魏所據，而孤守荆州之旅，前後牽制，亦坐而待困之道也。雖欲偏安一隅，其可得乎？故蜀之繼世，將無關、張、趙、馬，而昭烈之賢，遠非後主所及，姜維之才，又遠不逮孔明。然得綿國祚四十餘年，守蜀之效然也。

大抵古之大有爲者，莫不固可守之形以爲戰。李密勸楊玄感，經城勿攻，直入咸陽，欲以守爲戰。不從，而玄感亡。柴孝和勸李密，留翟讓掣東都，自以兵入關中，欲以守爲戰。不從，而密又亡。惟唐高祖則約詞謝密，使東綴王世充之兵，而徑搗長安，用成帝王之業。此一舉也，直與漢之高祖争烈矣。

司馬温公乃謂項羽不能修德，雖聽韓生之言留關中，終亦必敗。此自論其德耳。不知韓生之所論者，勢也。使猶是漢高、項羽之德，而互易其東西之勢，則鴻溝定約之後，楚之天下何遽至於亡哉？漢惟得可戰、可守之地，故興楚惟居可戰、不可守之地，故亡。

宋太祖入洛陽，謂遷洛不已，終當遷陝。當時羣臣不能從宋祖之言，百年後，天下卒以多事。孔明思關、陜而不可得，不得已思其次，則其入蜀之意，謂與漢、唐兩高先後同揆，可也。故爲孔明之計者，得荆州，則爲漢高，爲唐高。失荆州，則爲宋祖。後世之慮但荆州之失，實天不祚漢，而出於孔明之不幸，非其始謀之果有未至也。

大凡英雄之謀人國也，必策萬全而後已。不爲萬全之策，而貪利争捷，固不足得志於天下。夫貪利争捷者，一時僥倖進取之計，非立國久大之謀也。蘇子之言，或從事後成敗以爲之論。天下事論成敗於事後，則古人之失固多矣。

西蜀攻守之形洞然於心，了然於口，將漢、楚、唐、宋錯綜寫入，鎔若一事，是何等力量。

從術壬子

欲集天下之勢，必使衆知所恃。有所恃，故弱者得以自立，而合衆之弱可以成强。不然，則羣弱各懷利害，而趨避之弗遑，以至於散亡不可收。周末縱横之説，兩持天下之勢，以歆動人主，秦卒用横併天下，横易而縱難也。

張儀之才非能過於蘇秦，而幸居其勢之易。蘇秦始亦用横，不合於秦，不得已東歸成縱。及齊敗約，乃挾秦、燕之姻，喝齊歸燕十城，則蘇秦已不能不自雜於縱横之間。故曰：縱之難。蓋縱横之術，莫不有所恃，而横之所恃者，秦也。秦之心一，而六國之心六。秦非横，别無以自利，故其謀用之不變。六國則瞻利顧害，一有不利而已不能以自保其謀矣。

後之策縱者曰：六國無賂秦；曰：四國當助韓、魏攻秦。吾以爲六國非不知賂秦之失，而迫於不得不賂。四國亦非不知助韓、魏攻秦之得，而困於不敢攻。何者？秦人虎噬，而一國安危之機懸於旦夕。彼五國者，誰肯姑舍其安，以急一國之危，而此一國又安能孤守其危，以待五國之救，而不懼秦之旦夕亡己也？故不得不折而附於秦。附秦而救至，又不得不助秦以攻救。當此之時，尚欲堅明約束，俾相救如左右手，雖尾生不能以成其信。夫尾生之信，固可一人爲之，而非可合衆人以爲之也。

今有搏虎者，必更相訂約，併力無散。及虎一震怒咆哮，則奔走自顧之不暇，且惟恐不能移害於人，而冀己須臾之無害及也。惟得强有力之人，奮不顧利害，挺然獨捍於前，則衆有所恃，各逞其長戟勁弩交加於虎，而虎爲立斃。嗟呼！六國之時獨無有一人焉，肯任其搏虎之事者。其背盟散約，日以土地、人民争啖虎狼之秦，無怪也。然此一人者，必其國可以自强，而深明天下之大計，不以始終易其志，此必不在燕與齊。燕、齊緩不與秦爲難，又心不在韓與楚。韓弱無足恃，楚足恃而遠不及援。惟趙、魏之國差可自强。魏適當秦之衝，而信陵君又深明天下之計。觀不助秦伐韓，竊符救趙，亦可謂不易其志者也。故能率五國之兵，大敗秦人於河内。使魏終用信陵，則生聚訓練以自强其國，秦伐韓則救，伐趙則救，伐楚、燕、齊則救。諸國得我之勢有所恃，以自完其國，其誰不奮而協以從我？夫然後議不賂秦，議助韓、魏攻秦，無所施而不可。縱有敗盟之國而有所恃，則不敗者固多，至於皆敗，而比當日之亡亦已後矣。

蘇秦非有積忠於六國，鼓口舌之能，以成從約。秦人不敢窺函谷關十五年，况信陵之賢乎。嗟乎！人才，國之勢也。不能用人以作衆之恃，而徒曰攻秦無賂秦，是則誠然矣。其誰能然也哉？

蘇氏父子《六國論》，千古絶唱。此更翻進一層，談成敗處，真令風雲色變。

關壯繆絶吴壬子十一月

孟子曰："行一不義而得天下，不爲。"言天下固可不得也。若人臣佐主取天下，則義主於必得，而并非有可得可不得之義。然其心又不忍以不義取，則當其不行不義時，而其必取天下之計，已大定於心矣。壯繆義絶吴婚，卒失利於吴。説者謂公激於一時之意氣，不屑與吴國通好。雖終不得天下，亦有所不顧，故心與事不及相謀，此實不足以知公義之至也。

漢吴之勢，何嘗一日忘於公心。公之心固不以天下全歸之漢不已者也。欲以天下歸漢，則不得不取吴。其不遽取者，以有魏在耳。若滅魏之後，不吴是取，而焉取哉？公固曰，吾方籍爾之土地、人民，滅此而後朝食，而與爾爲婚媾乎。許之，而終不取，則以兒女之私緣，忘國家之大計。許之，而終取，則包藏禍心，以圖人之國。反覆危險，非公之所以爲心。蓋漢與吴終不能和，公與吴人皆知之。公即與吴爲婚，吴亦終負公，而公必不能負吴。然公又終不能不取吴，故與其失信於後，毋寧絶之於始也。

昔下邳之變，公嘗羈旅於曹，而未嘗自諱其歸劉之意，此公之不欺曹也。公之不許吴婚，亦公之不欺吴也。曹、吴，公之讎，奚爲不欺？蓋公忠漢之心，根極於天性，光天地而昭日月，雖讎敵之前，無所容其隱忍之詞。

夫忠於漢，類守義者所能，不欺曹、吴以忠漢，非義之至者不能。公固以絶吴之言，決其取吴之志，所謂得天下而不行不義者也。其終不得天下，乃天耳，非公之所悔。不然，吴國之大，亦何辱於公？公之智勇，豈不念及於天下之事，而徒悍然出之於口者哉。

光明洞達，堪與日月輝。

唐肅宗論戊申

理用之於常，而勢用之於變。苟爲勢所不得不然，而有可以濟於天下。勢得，理亦未嘗不得也。世皆言唐肅宗之即位於靈武爲逼，不子，而玄宗傳寶於肅宗，爲縱，不父。信斯言也，是使唐之天下不至於亡，而固不足以快其論理之心也。夫理之至，莫不通乎勢。勢之所在，失之則不及爲，撓之則爲適足以生變。彼其論肅宗也，既有以失天下之大勢，而其論玄宗也，又撓以勢之所必不能行。守一時之諒，而甘以父之天下讓於賊，姑置其所以討賊者，而與吾子校當立不當立之義，是豈勢之可通者哉？

孟子曰："舜視棄天下，猶棄敝屣也。"此推聖人仁孝之極。其實瞽瞍果罹於法，舜亦未必肯棄堯所受之天下。況肅宗棄天下，則實害於孝，而不即位，則天下又萬不可得。何者？當時之天下，已不知唐有天子矣。雖明告以天子在蜀，而賊見據長安，乃徒遥奉一傳聞不可知之天子，則天下之心不固，又安知奸諛之臣不窺伺兩宫，而各懷向背於父子也。如是，則唐之天下，亂不獨在賊矣。故爲此時之玄宗、肅宗計，皆當以天下爲心。玄宗心天下，不必天下之自己取。肅宗心天下，不必天下不自己取之也。此雖玄宗無命，猶當行天下之大權，以繫中外之望。况軍駐馬嵬時，玄宗固曾以天下授之肅宗。其即位靈武，猶是遵馬嵬之命也。即位，而玄宗復命爲天下兵馬大元帥，不知馬嵬之命已行也。知之，而即傳寶於靈武，猶是行馬嵬之命也。吾見父子之間心安理得，惡有所謂逼與縱哉？

或者曰，肅宗請之而後即位，則無失。嗟乎！是乃與於失之甚者也。古今來安有自請爲天下者乎？請之而從，則是肅宗非復奉馬嵬之命，玄宗不能不疑肅宗。請之而不從，則是玄宗自悔其馬嵬之命，肅宗不能不疑。玄宗父子相疑，而天下之大勢去矣。其失孰大於是。然則肅宗一無失乎？曰：有之。肅宗之失，在平賊之後，而不在即位之初。

今有人奪父之物，必拱手讓父之取，而己不敢先於父；與既取之，而以爲是取於人，非取於父，而遂欲據之爲己有。二者皆失也。故爲肅宗者，但當退居儲位，固迎上皇，率天下臣民，而上之璽。一而不獲，至再，再而不獲，至三，必求玄宗之受而後已。使玄宗必不受，不得已而居之，則亦無憾矣。惜乎玄宗之所以辭，與肅宗之所以請，今皆不知其心何如。然其事固可無惡於天下。夫事之無惡於天下者，雖聖人不絶也。

道理光大，議論宏通。

辨桐葉封弟辛亥

成王以桐葉戲小弱弟曰：“封汝。”周公入賀，王曰：“戲也。”公曰：“天子無戲。”遂封於唐。柳子曰，如此，是教王遂過也，必非周公之所爲。余則謂王之弟當封者也。當封而封之，非過，其何遂？

武王克商，大封兄弟之國。十五同姓之國，四十周之子孫，不狂惑者皆爲諸侯。小弱以天子之弟，而不獲一祚土，其於親親之道實闕。此雖成王無戲，公猶當以時入告於王。况王言及之故，公因而成之，非果以事之不可行者。但執天子無戲之義，而勉强迫束，俾無自食其言而已也。

凡人君之言，當論其是與非是，不當問其戲與非戲。果非是，雖朝出而夕更之，不爲過。即如柳子所云，設王不幸以桐葉戲婦寺，公亦將舉而從之乎？果是，則惟是之行是，則不得謂之爲戲也。在王出之爲戲，在周公聽之爲正。夫人臣之事君，能因事納誨，奬順其君之美，使戲者亦無不歸於正，斯其用意深矣。若必沾沾曰，是戲也，必不可行。待其戲既寢，而又曰，是必不可不行。則凡事之行止，前後惟臣意之所變，而天子不得自行其意，此徒足重君心之難，而事之得相與有成者，不亦寡乎！

夫持責難之義，危言讜論，而不以戲渝開君心之漸，此三代以後正色立朝者之所爲。大聖人之轉移君心者，正不必如是。且戲，原非天子之所宜。遇事之當爲者，而勸其無戲，則王知己之動出爲令，雖一嚬笑之不可苟，而謹小慎微以自善其後。是適足以杜王之過，而非所以爲遂也。周公之意，豈不然乎？

或曰，封唐叔，史佚成之。夫成之自史佚與非史佚，今不得而知，而其事要非周公之所必不可爲也。况公方負扆治天下，無鉅細取决於己，乃以封國之大典，聽諸史佚而已。不與，亦未必然矣。

柳州之辨，本自留間，乘間攻入，探情抉理，簡切之中，神韻無窮。

三多族譜記辛亥十一月十四日，松

余畏友端木氏髯叟，其族之人咸挺身而髯，多壽多男而又多君子。上世分司五行之職，宣令於東方，而天下順之。禹受命有天下，以勳進爲春官，長而封諸國中，得與勾龍氏之位相次。越商、周千餘年，無顯者。至秦始皇帝東封泰山，叟家爲東道主人，賜爵大夫。由此遂以大夫世其族，蔓延於天下。然其家抗直孤厲，不屑中風塵之物色，故多隱於深巖大谷之中。

余邑僻在萬山，傍山而家者數十族，皆大夫苗裔。其家於北山之麓者，爲衆宗派，蕃衍多男子。大夫長蒼然眉壽，世之祝年者，雖公卿大人，未嘗不具書禮請大夫。彼武陵武功之族，世所稱著氏。然時輒靡謝，獨大夫家節勁心堅，卓然有君子之風。

自秦以來，通籍者率在春官裏行。後代良材輩出，懷奇利用之士，亦往往出入冬官門下。惟族於兹者，雖銜大夫之號，而抱樸如處士。其或老其材以待用，或以無用爲有用。大夫家進退有義，余不得而識也。

余嘗載酒爲大夫長壽，至，則萬石君之胄未嘗不在，余時抗坐不爲讓；至大夫家之環而侍者，雖諸幼輩亦不敢俯視。其家風喜絲竹，每奏之泠然而善，間則慷慨奮發，如驚濤駭瀾，凄風寒雨之驟至。余悚然不敢爲聽。辭去數十武，音猶在耳。

一日，邀余賦詩，偕官子文同往，子文脱冕榭問故，曰，吾毛屬於大夫，凡吾之縱横藝林者，皆大夫子餘香。顧余粗操翰墨，亦有〔一〕通家之誼，遂與往來不絶，無一、二日不相見。故其族之祖孫、父子、昆弟無不與余善，因丐余譜其族。余惟自大夫長而下，爲子，爲孫，爲耳孫，爲雲孫，蓋數十世於兹矣，而大夫長猶得拊愛之如同室，豈不盛哉？爰爲之次乃家世，俾後之覺者，無忘大夫典型。且知多壽、多男、多君子如大夫家，而獨肯引余爲同調，固亦余之幸也。

寓意最正，亦奇亦確，寫得陸離光怪。

紫栢歸根記辛亥

達幽明之理，識鬼神之情狀者，無怪。雖怪，亦常也。芝角山有龍神祠，世傳爲紫栢樹，能作雲雨，以潤於民。鄉人至今俎豆焉，而語之則猶疑以爲怪。雖然，祭法固言之矣。

山林、川谷、丘陵能出雲爲風雨，見怪物曰神，神固不必盡古之人爲也，其於紫栢何疑之與有？但事信於目，而疑於耳。九州六合之内外，不乏幻杳奇譎之事，以至誕妄不可詰，而文人筆之異録，無慮千億數。後之君子讀其書，終以爲疑。紫栢雖非其理之無，而世遠年湮，未得於目之所親見，則事之有無，固不能使人之不疑也。

丙申夏，禱雨龍廟，掘得栢根於院中。絳色虬形，刺之得液如生，紫栢之説，於是焉可信。時里人士或議毁，以龍非栢；或議藏，以栢即龍。先君子持之曰藏是栢，非龍也，而或爲龍之所憑。憑之久，則亦龍矣。石言於魏榆。晉侯問師曠，對曰："石不能言，或憑焉。"龍之爲靈，出没不可方物，往往憑於幽巖絶谷古木，而呈其烟霧變化之狀，其與栢固將合同而化，何必是龍而栢之非。且龍必有死，而神則不死，其神安知不在栢也。

龍祠始於《封禪書》，三代弗秩之典，而栢之得樹東社，則已久矣。鄭旱，有事於桑山，斬木，遂不雨。董仲舒謂春旱，令民以水日禱社稷、山澤，無伐山木。是雲雨之作，未嘗不通其理於木。鄉人但見作雲雨，而不能指爲何神，遂概謂之龍。其實神之所以靈，未必鱗甲鬚爪而行空者也。今像神於廟，而栢是毁，木之與泥，奚擇焉？

夫天之生物，莫靈於人。古聖賢盡性至命，以極經天緯地。既歿，則歸魂於天，而彌綸於宇宙之内，不在纍然衣冠之藏也。然過墟者罔不敬矣。栢雖植物，既歆下民之饗，倘亦有其魂之所彌綸，而根其故我。彼河圖、洛書之理，何與龜馬？設世有得遺骨於河洛之間者，必不以爲可棄。况紫栢歷千百不可知之年，而其極猶生，則又安知非千百年内山之精靈鍾是？其靈不没，故其根不死也。瞻之者用是有戒心，豈其曰毁？其如《周禮》埋祭山林之義，不亦順乎！

人士韙先君子之言，藏於岩下西北之邃，以石塞其口，蓋聞海栢根曾化爲石。藏之既久，行與石化，將興雲致雨，必有膚寸而合，游揚光怪於岩之際者，是紫栢之所歸根也。記之，俾後人無迷其處，且無以其事爲怪而不信云。

典確閎邃，縱横自如。

藏山新建韓獻子祠碑記壬子

太史公謂韓獻子紹趙氏孤，以成公孫、程兩人之義，爲天下之陰德，宜與趙、魏終爲諸侯。嗟乎！周衰，同異姓諸國殘滅，十無一二。韓以侯國之卿崛起，有疆宇，得與趙、魏同君國、子民，合土地、兵甲之强半天下，守其緒至十餘世。其爲明德之報遠矣，而遡祖先父功德，乃權輿紹趙孤一事哉。亦可知此事之造福於趙甚大，而自叔帶以下，血食皆拜獻子之賜。蓋趙自成子從文公定伯業，世有勳於晉。及下宫難作，獻子義沮屠岸賈弗獲，告趙趣亡，趙莊子義弗肯，曰："有子，必不絶趙祀。"獻子爲諾。

後晉景公十七年，疾，卜得大業之後不遂者爲祟。獻子因以趙孤言，而文子得復趙田邑如故，獻子用以此踐其言。獨念復趙孤於成者，獻子也，而出趙孤於難者，公孫〔二〕、程也。假令不得公孫、程兩人之義，獻子雖欲不食其言，而坐俟成敗於十數年之後，固無能爲矣。不知獻子當日竟何恃以諾莊子。蓋獻子之存趙祀也，不在景公十七年。

當時屠岸賈之威擅晉國，國之諸將半司其耳目。使非有闕閱共謀之士，周旋彌縫其間，兩人何以出入晉宮？而十五年匿山中，亦未必無風聞洩於外，而敢必趙祀之爲不絶也，則趙孤頭角未露之日，固獻子所早夜以籌，而幸龜策有告，遂乘之以立。故史遷曰，程嬰、公孫杵臼之藏趙孤武，韓厥知之也。觀趙氏被害時，獻子稱疾不出，則趙氏始終之計已大定於胸中，而或者不察，以爲獻子至是始功於趙，淺矣。

夫人固有發策定謀，濟天下難成之事，而不必使人識其心者。獻子身爲晉卿，使人得識其爲趙之心，則晉君臣必疑，而將不利於趙。故公孫以存趙之孤，而死於前；程以趙孤之存，而死於後。獻子則不死，而委曲全趙孤於前後之際。此三人者，迹不必同，而其心皆可以對天地，而不愧質鬼神而無慚。所謂同功一體之人也。

今盂山故趙地，以得藏文子，故而秩成信侯、忠智侯祀，乃獨獻子是遺，則其典實有闕。揆諸文子之崇德報功爲不稱，珻故捐貲搆祠，命僧寂玉營地於中嶂之絶壁下，像祀韓獻子。適麗牲之石弗具，有金代舊碣魯鼓，其陰遂附鐫紀事，而又顔於祠曰：不絶人祀，以見獻子晉賢大夫行業多可書。其得祀於藏山趙文子廟者，獨有取諸此也。且珛嘗過梁山，故老言山之九，即峯有藏趙氏孤處。倘其時索孤未已，必不敢十五年株處一山，而或旋移之以爲避。然《詩傳》謂梁山，韓之鎮，其地固爲獻子采，即是亦可推獻子之與知藏孤事，得與諸公同廟食於兹山，宜哉。

闡幽發微，情事曲暢，當令兩名卿怡然地下。

新建文明閣碑記辛丑

聖人以善教人，而天下之好善、惡不善者定。乃天下之人不能無冀於福而爲善，無懼於禍而不爲不善。好惡之情，遂不足以勝其爲不爲之念，而聖人教人爲善之道且窮。

夫聖人之教，原非使天下自悖其福，而徒驅於禍之中也。其善不善共行乎禍福之途，福雖不必與善爲緣，而亦未嘗故與善相避。如是，則爲善之心亦可以定矣，而聖人之教固可信於天下。然人之所冀於福，又不但如是，而其教人爲善之道，遂不得不窮。蓋小人以不善倖福，君子以善即爲福，而中人以善求福，天下之中人固衆矣。有道焉，期天下以君子而一狥中人之情，以大錮小人，而俾不得逞志於禍福之途，則惟納禍福於善不善之中，而使天下求福於善，懲禍於不善，而爲之而不爲之，庶有以神乎教之用，而通其權於聖人之所不及。此文昌帝君之牖世，其功謂與孔子配，可也。

孔子有教，而天下不肯爲不善；帝君有教，而天下不敢爲不善。天下之自然而不肯爲不善者幾人哉。使孔子不得帝君之教，天下將有悖心反道，肆然於日用倫常之際，而不復以天地日月爲可忌者無感焉。何者？彼誠無所冀而懼也。人惟冀與懼之念交於中，而一意之萌，愓然如不可以對鬼神，此原與世之堅僻盗名者異，力而行之，亦聖門之所謂强恕而行也，惡害於道哉？一念强之，强而至念念，人無不善之念，此其人爲何如人？一人强之，至人人皆强，世無不善之人，此其世爲何如世？念與念相積，人與人相化，久之但知善之可樂，不善之可恥，則亦無所用其冀與懼矣。雖聖人教人爲善之初心，又何以加諸此也。

歲壬午八月二十九日，族中諸父兄以士子攻舉業者，屢躓塲屋，感堪輿之理，議建閣於村之巽隅，迄乙酉歲六月二十四日告成。珻適以是歲登鄉薦，後歷數科無虚榜。今誠不敢謂獲雋者，果能善，然愛慕青雲之士，或因是罔肯玩愒，奮發自勵，於文行亦不可謂非帝君誘人爲善之權之所寄，而堪輿家所謂巽隅振文明，固有徵而未敢深恃也。不然，何地無巽，各祠一神而事之，豈必皆有利焉？後生勉哉。果能砥行學文，以力於爲善，是乃所以事帝君也，其將福汝。若果能力於爲善，而并不惟福是求，則其能事帝君也益大。帝君之福人，又豈必區區專於富貴利達哉。

并謀利計功，亦納入正誼明道中，方是聖人礪世磨鈍本旨。其論圓而正。

修盂城碑記庚戌

今上御極之七年，海内登。上理鴻綱纖目之張舉者，弗可億數。一時親民賢吏，遂各相山川、風土所宜，恪恭興事，成久安長治無疆之業。我盂則於是以修城告。

盂城四阻於山而小，然從未罹於兵。國初，土寇薄城下，幾危，卒殲其醜於城之西門外。至今問其遺事，而父老尚有言之色動者，則以城雖小，其完有可恃以爲存也。後因循不葺，漸即頽圮，往來如履坦，官民熟睇，以爲常。蓋天下太平久矣，富庶安樂，室家婦子相歡聚，身不經干戈戎馬之擾，其望烽警燧，或至白首不聞其事，因不思設險自固而然也。顧吏柄境之興革，惟境大事是講。城盛也，所以滋豐保大。值時和民豫之年而陴隍罔飭，司土者於政實有闕，非徒爲寇之出入與非常，聊以固吾圉焉而已也，而有備無患之道，未嘗不於是乎在。

邑侯閻公煊，甫莅任，即心營其事。期年，政洽民孚。乃以意喻諸人，而邑之紳衿、黎庶争輸財力者，旦夕雲集城下。環垣而理，其長五百五十八丈五尺，爲高三丈。或基稍崇，則減之尺者二。爲闊八尺。或址稍隘，則增之尺者二。而女墻飾以睨，則修，堞臺所憑以爲禦，則修；西門視三門獨弗堅，則修。數十年來，盂邑之工，蓋未有煩且大於此者。乃問所費，則不過一千七百緡；問其時，則起於己酉三月三日，迄七月之晦。不過五閲月，用力少而成功多。

侯何幸得此？於民則以聖天子過化存神，速於風雷，而各大寮爲之勤宣德意。侯用是承厥風旨，凡有施爲，動合機宜。愛民力，故民不辭勞；惜民財，故民不知費。其鼓舞從事，而奔走之恐後者，洵有自來，非偶然也。兹役也，侯亦嘗自愧其乏，不能廣施以爲民先。然使侯果有囊可解，雖不惜千萬金以成此功，將多財好施者類能之，而考風者實嘉且憎，謂其財保無朘於民。且民也，徒諉其事於上，逡巡雉堵之下，袖手不一執其勞，是吾民終事之心不興，而上之所以感動乎民者，或未有道也。然則侯之寡施，而能致民，不亦賢乎！至其董事奔勞，捐輸人名已紀之别石，不復及焉。

叙事議論，相輔間出，絶類歐、曾風味。

重修盂東關城碑記庚戌

《春秋》城築不絶書，重病民也。閻侯既理内城而竣，復踵事於東關。途之人以爲難，謂民之財力，幸用於前矣，不可以復。嘻！是而其未知前之役。夫前之財固未嘗費，而力固未嘗勞也。雖數興之，何病？且永以爲利。蓋東關之與城，勢爲輔車。居民烟火萬家，冠蓋之族如雲，廛邸市肆交錯於内，幣帛、財賄、米粟之所積，商賈往來者之所輻輳，治内繁華之區於是稱最。倘陴堞之弗完，奸宄者日伺焉。或有不遑大懼，爲我居民病。侯於是比初籍而校酌之，俾財焉勿淫，汰其浮之一、二；工焉勿濫，汰其浮之二、三。心畫悉定，然後屬之紳士民以董。疇亮陶事，埏人是察；疇諧石事，硴人是糾；疇格灰事，煅人是課。各虔乃事，惟懼稍不緻堅，致有隕越於邑大造。事訖計費，與侯始之所畫一一相符。於時窮鄉僻野之民，羣來走睹城下相告語，以爲吾侯何術之施，而成之無難也若是。

夫吾以爲事之難易，何嘗惟視舉事之人。玆關成於明嘉靖中，日久頹廢，當事者非概無屢於心，奈工費多寡之弗省，輒噤不言其事。間有鋭事者，甫興作，而費耗紛然四出，亦遂畏之中止。以故，官民蒿目因循百七八十年，卒無有人焉敢起而任之者。無怪途之人以爲難也。若侯今日之舉，則固無難矣。蓋今日之所費，不過官俸之餘，與紳士民之所樂輸，其役不過公費之所雇。財力既無與於民，民其誰謂我難？不然，城之役大矣。

有司不善設法，而閭閻是問，雖其道終主於佚民，而難與圖始者。且執非常莫殫之慮，以撓我有司，有司遽能有喻焉。故於修城，見侯之功，而於不勞民，見侯之德，且於寡費，見侯立法之善。盂人感侯之功德，而又良其法，爲紀諸石，曰：關西因内城爲垣，東南北環之如制。其長蓋六百丈，高三丈，闊七尺。間增減之近是。禦敵之臺六，門於東者二，南北各一，新建崇樓於東門之上，工頗不減於内城，而約費僅得五百一十四緡有奇。量材、程工、計傭存之於籍，悉可法。後之有事於城者，其如侯法從事，慎無畏其難，且無病我民也。

侯諱煊，字言揚，直隸南宫人。以庚子科鄉薦，任盂縣事。克勤於民，多惠政云。

清腴典奥，《左》、《國》之遺。

宋東京考序辛亥六月

一事一迹之在當時絶無足異，惟後之人憑弔往事，往往考其城郭、宫室之制，園苑之觀美及渠洫、關梁之營置，以至一閭一墓無關政治風俗之大，而尋其遺蹟，慨然如見當年事，而發歌泣之情於無窮。或所傳聞異詞，則不惜近徵博討，以求一當。昔人謂讀書得悮字爲快。夫人情何快於悮，倘亦好學深思，從疑索信，而懷古之情有不能自已焉也。

梁因宣武軍之舊，建都於汴。五代干戈相尋，視國都如傳舍，無復創制顯庸之志，遂一切因陋就簡，以至於宋，而始稱漸備。宋祖鴻開國之謨，繼世因之，海内太平，百姓豐樂無事，工築營繕之興，踵事增華，靡不窮極其盛。盛極而衰，蕩然無存什一於千百，亦其天時人事相環之理，不得不有如是也。獨是宋之距今未遠也。漢晉以下之迹，往往見於故都可道説，而宋近在數百年内，其賢君相之德業，學士、大夫之文章，悉於今爲烈，而獨東京已事忽湮泯磨滅，至求其故墟而不可得，豈不惜哉！

此亦有由矣。汴濱大河，河水數以决告，而又衝東、西、南、北，爲戎馬四出之地，無險阻絶塞之可憑，故名區奧境，半沉没於洪波巨浸之中，而烽燧之餘，蹂躪燼毁，問其故老，而杳無。後有存者，斯東京之徵信爲倍難。物之留而可稽者，不得與他都會齒，豈非地勢之遭不同所致而然哉。

夫政治載於史，風俗載於志。其繁簡質文之爛然青簡，不變也。不變者，無庸考。惟是境遇之遷移，或迹是而名非，或名在而迹去；非實有得於見聞之餘，則名與迹相謬；謬與謬相傳，非但如魚魯、帝虎之訛，可以心揣而得也。後雖有博古之君子，其何從而正之？

周子維宗客大梁數載，隨境討捜，凡書之所有，必求信於目；目無可信，則訪之耆舊，以求信於耳；至耳目無可信，則仍參之稗官野史，以證其見聞之所得。俾城郭、宫室、園苑、渠洫、關梁、閭墓及他迹之非一而足，無不纖悉臚列，而東京一百七十年間遂烔然若目前。事雖間及於前，不過遡其沿革之原，或偶及於後，亦不過推其沿革之委，其意總求覈乎宋之東京而止。故曰，宋東京考也，誠得其沿革之故，以想其時之盛衰，而政治風俗之大，亦未嘗不略見於此矣。且吾則更有感也，宋祖欲留都洛陽，晉王諫止之，謂國家之固，在德不在險。夫其始之興也，固以德，而其後之亡也，則以無險之可恃。有國者觀前之所以興，興後之所以亡，修德而無忽於險，則雖以此書爲得失之林，可也。

昌明贍博，渾灝流轉，南豐得意之筆。

石樓縣志序辛亥十月

吾友袁子梅谷纂修《石樓志》，既成，繕爲八帙，都諸志而三，其《藝文志》獨居五。甚矣，袁子之湛於文而嗜也。

夫志猶諸史，無亦惟是詳搜核討，求得往昔遺事，闡賢人君子之幽，俾信而可傳，以不没於後世，則亦已矣。豈其掇藻摭績而文是爲，將天下寵其文，而究何得於古之人與事也。雖然，言之不文，其行不遠。彼其所言之事，不能按真肖曲，而其人之始終、本末，適掩於固陋畔散之詞，後世安所據而信之？

古之所稱良史，獨司馬子長絶冠，惟其以曠代之才，縱橫上下古今之林，每傳一人，吞吐騁頓，曲寫乎事之所難明。假令移其人與事，而屬班、范以下爲之，其同不同，固未可知。故當時之人物、事迹得託於子長之文，不可謂非遭逢之幸。文亦何累於道哉？且其所謂文，原非徒競於詞而以掇藻摭績爲足以當之也。

《禹貢》一書，不遺壤植墳壚，以至篠簜、箘簵、鼉蠙、齒革、羽毛之屬，罔弗悉具，而《周官·職方》所載，其瑣羅纖列，往往近是。此皆無意於文，而爲天下後世能文之士所莫及。子長惟有得於此，故辨而不華，質而不俚。范蔚宗乃自謂體大思精，誠雄其文之甚。然似著書自爲文者之言，非所例於左、右史之記言動，其於《禹貢》、《周·職方》之意爲間矣。知此意者，可與論志、史之文也。

袁子以名進士起家，文章擅海内，來令石樓，起殘救敝，循政次第舉，而獨於文教之興三致意焉。誠念石邑僻在萬山，曩數被於兵，不沐以《詩》、《書》之化，民將野健而逞悍然，弗率長上之教。故立學課藝之暇，復有事於志之役。今閲所志星野、津梁、户口、鄉村風俗之最瑣細者，亦莫不燦然有文可誦，而《藝文》所載，則又不過表揚忠孝節義，爲百姓疾苦請命，期無失悦安强教之意而已焉，而未嘗徒以文自鳴，則吾所取於袁子之文者，固在此也。

昔文翁治蜀，導其俗從事於文，而蜀士習爲之大振。今石士之興起者，豈不駸駸漸澤於雅乎？遲之數十年後，行且家弦户誦，有文章命世之英接踵繼出，炳焉得儕於兩漢之選者，知必自袁子今日始。然則學不通於治，信不足爲文，故吏如袁子可與言治，士如袁子可與言文。

夫志之文，猶諸史也。吾請以兹志之序，質諸袁子，而繼今與之言史。

往復和平，舒卷自如。

培風山堂之始園記辛亥

昔未有而今有之，則始園有於昔。何爲始不知，則弗有也。既有，何以不知？以園固富貴者之所有，吾以貧賤辱園，不園觀，故不知園之有也。今非富貴，何以知？蓋歷觀富貴之園而竊喜，喜之不貧賤也。富貴者厭於甘食、美衣，崇榭不足，則繼之輦石、引澗而爲園。故能爲園者，卒稱富貴之尤。然當其爲之也，窮工極巧，不惜繪天下山川、雲物以求克肖。一有不肖，則引爲憾。及退觀吾園，適爲彼之繪本，彼求肖吾園，吾園不求肖彼也。

園出芝山之麓，西背松嶺，結室於上，有澗從嶺之絶谷而來。雨集則奔流委匯於室之前，林木上下蔭翳，環池掩映，厥樹楸、檀、榆、柳、白楊，厥果梨、棗、杏、桃、李。山花之不培而榮，鳥之飛鳴而啼陰噪晴者，不可品識。其負戴馳驅，喧踏於林之外者，爲行人。迤素曳翠，隱現變幻於林之間者，爲遠山與川霧。

每携觴坐石，遥極萬類。風自東來，則園林唱而嶺松和如波濤；西來，則嶺松唱而園林和如琴瑟。於時得之耳成聲，得之目成色，得之心則聲色俱入於化。舉人世之窮工極巧，靡費數千萬金，求彷佛泉石之奥，而不可得，吾獨得之。雖不美於衣食軒榭，而世之所稱尤富貴者，其樂固在此而不在彼也。且吾與富貴同其樂，而樂亦不同彼富貴者。志滿意適，求罔不遂，聊借是以逞豪華，未必其心專一於是，而實有味乎。

枕石漱流之趣也，吾惟無所得於彼，故專樂於此。蓋其枯槁沉抑，無與當世之寵榮。惟窮而思息，以深究其清幽淡泊之味，誠非如古之君子，實有足樂於中，而適然遇諸山水、花木之間也。然是數者，富貴人得之，以爲華。吾幸得之，而又能深究其味，則亦未嘗不樂。樂而後知吾之果未嘗不富貴也。嗟乎！造物之富貴，原非有靳於人也。人誠明乎富貴之義，則何地無園？誠明乎園之義，則何時無富貴？吾向者惟知富貴之園，而不知園之富貴。故富貴者日得挾所有以傲吾園，吾園亦遂黯淡無色，甘爲庸夫孺子之所共棄。是吾以憂貧賤，而失園之富貴久矣。園而有知，當笑我之無知也。而後乃今知之，則吾之有園，固自今日始。雖謂吾之有富貴，自今日始，可也。因名其園曰始園。

所見亦達亦實。

壽馮兆公母賈孺人乙卯七月

《詩三百篇》中詠婦人女子之事，蓋詳《采蘋》、《卷耳》、

《桃夭》、《鷄鳴》，皆見風謡，而聖人取之，以爲天下後世法，然未聞著爲母儀也。且其所詠，率化行俗美，宜室宜家，士女相警戒之詞，而無一言及於壽。即言壽者，終《雅》、《頌》之什累牘矣，而壽母僅見於《魯頌·閟宫》。豈造物之錫壽，易於男子，而難於婦人？婦人之賢者，宜於爲婦，而不宜於爲母與？

蓋婦人無非無儀，亦唯是主中饋，佐夫子以事舅姑。至稱之爲母，則固以其子而母之也。子不賢，人何以賢其母？子不賢，而無以彰母之壽，人何由得壽其母也。彼截髮窺游之事，彤史爲烈。向非陶、王二子，其事業功名足垂之竹帛，後世安知二母之賢？故二母之賢，賢於其子，獨其壽不壽，固未可知也。

馮子兆公慧於文業，工詩賦、古文詞、書畫、《素問》，公卿大夫多引致之爲重，而一時求字問疾者，紛集於户，無虚晷。人既争重，兆公因益重。兆公之母制錦稱祝，以申錫純介嘏之意，是陶、王二子之所難，而《三百篇》中絶無而僅有者。兆公何幸得此於母哉？

古之議婚必擇婦，婦之關於門户甚大。吾聞馮之先世有隱德，天將大馮氏之門，因篤生明經。公績學砥行，即以孺人作之配，益講明於修身教家之道，故兆公之文學，多得於幼儀，而孺人遂以賢母稱。其八秩帨辰，在明年之正月乙卯秋。同人以余適寓會城，預爲請序。

或曰，大比在即，當待兆公之貴也。余曰，兆公成進士，孺人不過爲進士之母；官翰林，不過爲翰林之母。其賢而壽，有以加乎？且世之富貴而不能壽其母者，何限兆公，遂以貧賤歉耶？

始余得兆公於三立書院，在乙巳、丙午之交。把手論文，兩人青以純方十餘年，而兆公僅得慈侍。余雖欲著斑斕之衣，承歡菽水，豈可得哉？蓋余同兆公之貧賤，而以不肖不能及時娱親，重有羡於兆公也。今推猶親之誼，稱觴數百里外，兆公跪進余觴孺人，其齎顔加一匕箸也。當是時，兆公之樂何如？

姿以宕而愈流。

祭許茹其文丁巳四月

嗚呼！士惟文字性命之交，歷久而難忘。雖不相見而相思，思之至於風雨晦明，溯洄無從，又每恨於不相見。况乎駒走梭擲，石火電煌。其幽明之睽阻者，不徒天之南，地之北，而竟成今古之茫茫。則低徊往事，感念夙誼，安能不臨風悵望，而涕泗之交滂。

壬辰之歲，迪來先生來自江西，晤余帝鄉。腹詠口誦，唯津津乎公之道德與文章。余之願交於公，實於是焉心藏。後余解組，訪公金陵，杯酒論文，氣沉神揚，而益信迪來之告我非荒唐。

迪來作吏石樓，把袂太原，兩人靡言不及公，而績滿遷處道公之里，其與公叙愫而談心者，想亦念余而徬徨。三人踪迹參商，從未聚於一堂，而晤此則思彼，晤彼則思此，異迹而同思者，蓋越二十餘年而如常。

前歲公致余書，言隨往處州，又冀余偶以他事南下，或邂逅處州之署，而意若幾幾乎不敢望。孰意言猶在耳，溘焉長逝，遂修文地下而爲郎。嗟乎！公之品行遵濂，與閩公之翰藻學歐與韓，展其底藴，固足黼黻廟廊。否則折一枝之桂，亦何難決勝於科場。顧乃白首衡門，羈旅異境，而游魂於處山之巖巖，釣水之汪汪。有心者求其故不得，欲向高高而問彼蒼。嗟乎！一時之屈，後世之光，公之著述，久膾炙於人口，所選房行闈牘，咸不脛而走四方，且有令子克嗣縹緗。世之顯而達者非一，以此較其所得，未孰得短而孰長？雖然，公於此誠可以無憾，而朋友之私，故舊之情，不能無痛於公之不第，而爲下荆山之淚者數行。

念余文之固陋，望作者而未遑。獨公與迪來之不棄，手自鉛黄而加詳。天下有不深謬余文者，或不河漢公評。余獨何心，能無讀遺言有斷腸。顧余之謭劣，不能發公於萬一。今所得致於公者，七百字之哀言，塗荒紙而一張，誠有愧乎。

迪來之交全終始，而棺槨、衣食之附於公者，罔有不臧。嗟乎！自古迄今，靡不有死。富貴貧賤，同歸於盡，何問乎爲彭與爲殤。公今先逝，我豈終强。所争唯先後遲速之間，而又何傷？吾所傷者，於公半世蘭情，僅識一面，而一朝千古，如薤之露而草之霜。可知人生知己，不但聚會爲難，雖求常爲一世之士而不可得，則奈何以非金、非石之質，忘人壽之無幾，勞勞焉妄逐乎兔迅與烏忙。嗟乎！公則已矣，余與迪來異地同聲哭公於數千里之外，以爲是昔所稱同調之士也，而今則云亡。尚饗。

藹而摯，悽然可悲。

校勘記

〔一〕“有”，原在“通”字後，據乾隆本移改。

〔二〕“公孫”，原作“孫公”，是正。

王石和文卷八

論繼母之服丁巳八月十五

禮之制繼母服也，有權焉。天人參焉者也。民之初生無禮而有情，聖人緣情制禮，故禮生於情。有人情所不及者，聖人爲之禮以範之，使其情必至於是而後已，故情又生於禮。禮生於情者，天之自然；情生於禮者，人之當然。天下日習於當然之道，而久不自知。其非自然也，則禮教之權微矣。

繼母之服三年，此聖人憂天下之父子而爲之。教其母以慈，教其子以孝也。繼母之於生母，其情不同可知也，而比之以服，其何以報親母？説者謂子之所以重父也。

夫重父，則祖父母爲父所自生，而降以期服。伯叔爲父所同生，而降以期服。降於所自生、同生，而獨重於所配。先王制禮之意，恐未必盡於是。故知此爲聖人之所以教慈而教孝也。何者？服降於祖父母，而天下未嘗不知祖父母。服降於伯叔，而天下未嘗不知伯叔。降服於繼母，而天下幾不知爲母矣。

五倫之中，有天合，有人合。繼母之於子，其初固途人也。途人而一旦名之爲母子，其情已不能無疑，而又降之服，天下將愈疑，曰：果也，其非母子也。積疑生忌，積忌生殘。忌殘交相起於門内，勢必有因母子而賊父子之恩者。人倫之變，孰大於是？聖人故爲之同其服，明示於天下，曰：此固爾之母子也。天下亦皆曰：此固吾之母也。非吾母而吾何以服之三年？又皆曰：此固吾之子也，非吾子而何以爲吾服三年？

夫天下有吾服之三年，爲吾服三年，而尚欲加之忌殘者，固人情之所大不順也，而孝慈之天於是動矣。然聖人當日又非以理之所本無，而徒爲之禮以强天下也。使以理之所本無者强天下，則天下亦未必從。執途人而責以三年之服，雖加之刑，其可得乎？

子之於繼母，始雖途人，今固父之婦，而夫之子矣。爲吾父也，婦而吾不以爲母，吾何以爲人子？爲吾夫也，子而吾不以爲子，吾何以爲人婦？是雖禮之未制，而孝慈之理固亦不能無動於心也。聖人因而制之爲禮，使其情一無不及焉，則情禮相生，而天人合。天人合，而後母子之分定。天下之爲父子者，愈無不定。此聖人制禮之微權也。

教孝教慈，雖未經先儒發明，而原情酌理，遂成至當不刊之論。得此可以翼經，可以注律。

讀王荆公《伯夷論》丁巳七月二十一日

事有出於諸子百家，苟其理不可信，不得已參聖賢之意以爲斷。若非不可信，而聖賢意又無明指，必欲强釋之，以就己意，則徒足掩他書，而自失其事之所據。斯尚論之者過也。

《史記》稱，武王伐紂，伯夷恥食周粟。王荆公非之，以謂紂至不仁，武王至仁，伯夷必不避武王而不事。至引孔子不念舊惡，求仁得仁，餓於首陽之下；孟子不立惡人之朝，非其君不事，居海濱以待天下之清爲證。吾謂此數書者，固未足證伯夷之必不恥食周粟也。彼荆公之所謂不念，以爲不念紂耶，則紂惡未嘗舊與惡不仁之意悖。以爲不念武王，則武王非惡也。是其言已自齟齬矣。且伯夷固不立惡人之朝，豈遂欲立武王之朝？殷之三仁，何嘗無惡於紂？今讀《書》所載，其痛心於宗社之亡者最至。伯夷誼誠不同三仁，亦何至竟欲滅商之祀，而翹首待武王哉。

夫伯夷所待於天下之清，原不在周、紂。或悛心而改過，武庚或繼紂而中興，庶冀得其君而事之，以延有商六百祀之基。非其君不事，伯夷固當以武王爲非其君也。荆公又謂伯夷、太公爲天下大老，春秋已高，或欲歸而死於北海，抑來而死於道，抑至文王之都，而不及武王之世以死。太公相武王而成之，二人之心豈有異耶？是又不然。二人同爲天下大老，太公可及武王而相，伯夷獨不可及武王而餓乎？安知非欲歸，而文王已死，不果歸；或至文王之都，而武王已立，遂避之而不屑就也。蓋伯夷、太公同思文王，一則行天下之權，一則守天下之經，各行其所是而已。伯夷之所是，乃天下人之所不共是。惟不共以爲是，獨能守之至死不變。其是，乃在萬世，亘天地而不滅也。

武王伐紂，來會者八百國。若伯夷而亦宗周，是八百國人人之見耳，何以爲伯夷？太王欲翦商，而泰伯不從。文王服事殷，而武王伐之。彼祖孫、父子之間已不能不各有所是，伯夷之與太公又何必同觀於始。居北海而終餓首陽，此必爲恥食周粟而然。若以遜國之故，而至餓以死，則亦憤而怨矣。孔子何爲乎賢？孔子之賢伯夷，蓋指遜國一事，而孟子謂聖之清，則統始終而言之也。

夫以武王之聖，而伯夷不能容。非清之至者，孰與於斯善乎？吕東萊曰：武王得無君之罪，天下獲有君之幸，而伯夷則不之恕也，可謂知伯夷之心矣。由是而言，《史記》稱伯夷恥食周粟，而餓於首陽，非不可信也。

反復攻辨，痛快淋漓，雖令恥食周粟心事昭然若揭。荆公雖拗，當亦無從置喙。

象入舜宫疑甲辰六月十九日，丁巳八月初九删

孟子之書，有經門人問其有無，而辨其無者。如百里奚食牛，伊尹割烹要湯是也。有門人未及問其有無，而但就事論理者，如象入舜宫，而欲使二嫂治棲是也。然則象入舜宫之事無乎？曰：未必有也。何以知其無有？曰：吾必之於象，必之於堯，必之於

舜，而皆知其無有也。象雖傲，敢傲於兄，必不敢傲於天子。二嫂，固天子之女也。象何敢使治棲。且象傲耳，非遂愚也。觀其有殺兄之謀，而必假父母以爲名，豈能無懼於天子？

當堯之妻舜也，九男事之，百官、牛羊、倉廩備其愛惜而隆禮之如此。以天子之所愛惜而隆禮者，一旦致之死而處其室，謂不懼百官之嘩於下，九男之從而發其事哉。

夫抑思堯之時，何時乎？九族既睦，平章百姓，固天下大治之時也。使舜果死，而象入舜宫，而有舜之所有。異日者，堯進四岳而咨之，問其所以試舜者，曰：已死矣；問二女，曰：適他人矣；九男、百官各皆走散矣。此何如之世也？雖大亂者不至此，堯何以君天下？堯之爲君，必不容象有此事，故象亦斷斷不敢爲此也。况四岳之薦舜也，曰："父頑，母嚚，象傲，克諧。以孝，烝烝，乂，不格姦。"帝曰："我其試哉。"於是釐降二女於嬀、汭，是舜之升聞，固以其能孝親而不格姦也。完廩浚井之謀，縱有之，亦當在二女未降之先。若既降，而復有此事，不格姦者如是乎？所稱克諧以孝，又何也？

孟子曰："瞽瞍厎豫，而天下化。"夫厎豫，即《書》所論克諧，而不格姦之時也。當是時，天下既已化，而有弟不克悛心，竟同異類者之所爲，則傷風敗俗，自家始矣，何化之有？當必不然。然則孟子何以不辨其非？曰：孟子就事論理，以明聖人待弟之心，其事之有無不暇辨也。

戰國好事之流，敢爲異説者固多，何可盡信，故吾發其私心之疑，如此。若帖括家應舉業者，則一以孟子之書爲斷。可矣。

文説孟子就事論理，便非翻孟子之案。又説制舉業者一以書爲斷，并非翻萬章之案，不過自發其心之疑也。而推究情理，斷制發中山，匪直破疑團，兼足維風教，洵有關世道之論。

惜分齋説戊午七月二十七日

陶士行曰："大禹聖人嘗惜寸陰，至於衆人當惜分陰。"嗟乎！是何言分之易惜，分之説不當爲衆人言也？蓋分之爲義大矣，禹惟惜分而至寸，非惜寸而遺分也。

自有天地以來，一分之細，積之可成萬年，而萬年之遠，析之不外一分。日月以之而盈虧，山河以之而陵谷，城郭人民以之而今古。其間賢愚、貴賤之相錯，成敗、興亡、治亂之相遞，君臣、父子、昆弟、夫婦、朋友之相周旋，恩怨之相尋，喜怒、悲愉、愛惡、取舍至紛然不可紀極，而當境之實而受用者，無過於分。人欲無虚此當境其實，而可以致力者，亦無過於分。若越此分，而至彼分，至彼分而留此分，雖天地聖人，亦有所不能。是以堯舜之執中，湯之敬躋，文、武之緝熙執競，孔孟之不厭不倦，操存舍亡，子思之慎獨，所争皆分也。禹之治水八年於外，不爲不久，然自既載壺口以迄，四海會同無非歷分而成，故天地間惟分爲至重。

人知百年之有用，而不知呼吸爲至久也，莫迅於呼吸。當呼并不可爲吸，當吸已不能爲呼，是惟呼吸之時，乃爲有用，而呼吸之前，呼吸之後，皆虚而不可致力者也。危乎，微乎。自非大聖人，安能惜之至於此極乎？

聖人惟期之遠，故所惜愈近；衆人惟狃於近，故所惜反遠。惜尺之陰，則虚寸；惜丈之陰，則虚尺；惜百年，則虚一生；至一生皆虚，而歷百年，不啻無一分也。惜分之説，豈可望於衆人哉？雖然，謂衆人不惜，則可；謂衆人無分，則不可；謂衆人有分而可不惜，尤不可。蓋衆人之才固萬不逮聖人也，衆人惜之百，不足當聖人惜之一。聖人不惜，不得爲聖；衆人不惜，并不得爲人矣。彼士行之言分雖易，而其望衆人也，不已至乎！我衆人也，幸天不置我於分之外，即未嘗不與聖人同在可惜之中，因顧而自警曰分中人。分中人，惡可以不惜。遂書之，而額於齋。

道體周流無間，分陰所關最大，是從“子在川上”章悟來。

書院文是序乙卯

古今之文章，惟其是。是非者，天下之公心，而韓昌黎獨謂太史公、司馬相如、劉向、揚雄之徒，不爲當時所怪，必無後世之傳。此不過以文自樹立之道教劉正夫。其實數子在當日，未必人盡怪而非之也。即昌黎之文，亦未必當日人盡怪而非之也。其怪而非之者，固皆不知文之人。文章之是非，必問於知文者，而不知文者何論？不知文者，謬以是爲非，猶知文者不以非爲是。彼此各自爲是非，而卒之是非，天下之公心其是而是之者，固常且衆也。惟揚子雲以好奇，頗不理於時。乃後世自昌黎而外，即程子、朱子、蘇氏父子，未聞有是詞焉，恐亦不可謂爲後世之傳矣。然則求文章之是，豈必定如子雲。彼昌黎三試禮部而不中，歐陽永叔知貢舉，大爲時所謗。時承六朝、五代是非汨亂之後，雖不必人人非，而偶爲越雪之驚，猶宜。若當今文明化成之世，聖天子光軒熙堯，丕正文體，文章之是非，如揭日月於中天。士生今日，但患其文之不是，不患是而有司之誣非之也。

夫所謂文之是者，原非但不謬於理，必意刻詞警，而氣足以相輔。古之號能文者，惟有得於此。故其文不必盡中聖人之理，靡不卓然自立，而爲法於天下後世。況帖括代聖賢語，其理原無容歧。果能意立詞隨，詞出氣行，則其理自無不顯，而天下翕然稱之，無所容其異同之見，無惑也。

山右密邇神畿，沐菁莪棫樸之化，又得諸賢大僚鼓舞振作，而宗匠者爲之督學使，故操觚之家，駸駸日澤於雅。

余因得於書院課業中，擇其合者付諸剞劂，以爲是之嚆矢，而未敢信其果是也。蓋求是有道，雖意氣詞互用，而氣爲難。然舍詞意又别無用氣之法，誠寢食、沐浴於古人之詞，而深得其命意之所在，俾我之喜怒哀樂與古人浹洽無間，則真氣動矣。氣動，則辭無不達，意無不愜，而談理無格格不吐之病。所謂言之長短，與聲之高下，皆宜也。士能於此求文章之是，行將與古作者爲徒，豈其齟齬於一第？直探囊取之可也。

其體高潔，宕處流姿。

唐宋九家古文序己未

六經爲文字之祖，而操觚家不敢以爲文。孟子生當晚周，異學争鳴，能依六經之旨以爲言。歷秦漢迄唐宋，惟孟子文章最盛。故唐宋諸君子莫不祖六經而宗孟氏，後世學者，轉相效法，亦遂非唐宋之文不道也。

夫唐宋以上非無文章。自韓昌黎衰起八代，而諸君子先後倡和，率變先秦、兩漢之體貌，而未嘗不抉其精。人情欣於所邇，宜其學唐宋者尤衆。明之中葉，高才績學，間軼唐宋而步秦漢。然未見其能秦漢也，或則蹶焉。有遜志唐宋者，則接足曾、王之門矣。有志者嚮往尚友之，而不敢奉以爲宗。此唐宋之文所以膾炙人口，而亘千古莫之變也。可謂盛矣。

自古文章之盛，變而不變。不變，則蹈常襲故，附會雷同，而不可以爲文；變，則詭譎支離。此之所見問之彼，而不以爲可。一、二人之所可，質之天下人，而枘鑿不相入。如是，又安取以文爲也？文以明道，而道非一人之所獨，故古聖賢之文，其理不過愚夫、愚婦之所知能。苟爲愚夫、愚婦之所知能，固天下人人意中之所欲出也。然欲望出於天下之人，人則固不能。

今夫日用、飲食、山川、草木之顯而易見，莫不有理，人人皆可知其故。或遂執途人而授之筆，弟往不能造一語。惟能文者爲之探奥鈎玄，縱横變化，靡不如其意之所欲出。彼實有得於中，非强而言之，亦明矣。蓋文與道相表裏，道足者文自至。不然，亦志於道而知足以及之者也。

韓、歐之文，因文見道，朱文公體道爲文，其他柳、蘇、曾、王所見，雖不必同，要其筆之所至，皆足以發難顯之情。苟於道有所見，皆能親切言之，而曲盡其所以然。不如是，則無以成一家言，而名後世。是九家之所以不變也，何必九家是乃秦漢以來，諸子之所不能變，質之孟子而一原者也。故尚論九家之文，可合爲一家。

夫九家非有意於一，而造其是，不能不一學者。誠欲造其是，惟會其所以能一之故，則執筆爲文，亦不過自寫其意之所欲出。雖九家并不必有一家，而後九家可學也。然非深於讀九家，安能無九家？非静熟於人情、物理，出入諸子百家之書，則亦不能讀九家。嗟乎！學者至能讀九家之文，而其於文章得所宗矣。宗九家所以宗孟子也。

醇意高文，如明霞紓晴空。

關帝廟碑記己未四月作，十二月初一删

天地何爲而覆載日月？何爲而照臨山川？何爲而流峙？氣爲之也。非氣，則不能無絶續於今古、晦朔、陵谷變運之際，而天地、日月、山川不可以終古。况人禀天地之理，而肖形於日月、山川之内。非氣，愈無以爲生。故生莫非氣，氣必有理，而得乎義之理者，其氣爲最盛。可以富貴，可以貧賤，可以生，可以死。生則爲聖、爲賢，而死則爲神。

孟子曰：“是集義所生”，誠有以探乎氣之本也。然集義者，聖賢存養省察之事。若神之義，又非有待於集而後能。蓋其本乎

天，而成於性，不徒求合於事。事隨其所遇，以行其心之所安，遂莫非全體之流露，而自極盛大流行之趣。雖神亦不自知其氣之何以來，而何以往，人又烏從而知之。不可知，故神。世之論者，不測神義之所以至，而徒曰扶炎漢，義也；忠不忘昭烈、桓侯，義也；信封魏武之金，義也。節此固未始非義，然皆忠臣義士分内之事，有不必待神而能者矣。且使神之義可以一、二指數，則有至有不至，未必能充塞宇宙，浹洽人心，而天下後世尊之以至於今，凛凛有生氣如是也。惟其如是，故非義之至者不能。

夫天下事造其至者，雖匹夫、匹婦一節，皆可見天地之心，况大聖、大賢之所爲乎。伯夷爲聖之清，柳下惠爲聖之和。良以清和之能，造其至耳。惟神固義之造其至也，豈不謂聖之義者乎？義至於聖，則其義無以加，而浩然之氣，亦遂不能有所絶續於生死之際。此神之所以参天兩地、炳日月、鎮山川，血食於天下後世，而令天下後世尊之至今，如是凛凛有生氣無疑也。彼施民勤事定國禦災捍患之祀，各秩於典，而神之所以爲神，尚不必區區例諸此矣。何也？氣爲之也。

陽曲大盂鎮舊有關帝廟，肇於萬曆二十八年。越康熙十年而脩之者，有榮君某某。今越數十年，又得榮君某踵而脩之。然則榮氏之慕義者亦多矣。

從孟子養氣章推來，將所以爲神處寫得彌綸布濩。

昭文樓碑記己未八月

國家以文章爵人，仍不大離古仁、義、忠、信之意。抑亦三代以後，其法不得不出於此也。故文章之事，每與世運隆污，而爲天心所甚重，陰以司其籙者，統天下之文人學士，而爲之甲乙、進退於其間。此士之以文章進者，莫不競言天，而有志者或懼焉。以爲文章，人心所自出，徒諉於天，將能文之士何恃？然竊思人同此心，而能文者何以不概生於世？生之，而又或有顯有不顯。何哉？蓋兩間文明之氣，必有所鍾。往往發於名山大川，而英偉奇傑之士，遂得應氣而生，以顯爍於當世。其山川之高下、向背，或不無古今變遷。有心者所爲相厥地勢，施補偏救敝之功，固亦非其理之不可信也。

晉，舊文獻大邦。古聖帝、名王之所産，而陽邑首隸會城。文章事業之汗青簡者，代不乏人。厥後科名漸減於往代。

癸丑春，闔邑之紳士民增修文昌閣於巽隅，因福建進士沈公一葵令陽時，與孝廉劉君璋所建舊閣而巍叠其樓，祀奎星於樓之絶上。近矚遠瞻，萬類畢現，一方文明之氣於焉大會。

乙卯夏落成，李君琦適以是歲登賢書，後鄉會獲雋者相繼。一時翹首青雲之士，幾莫定其功之所歸。將歸於人，彼其人率生於數十年之前，顧必有所待而後發，則不得不歸於地，而地豈能爲功於無文之人？仍不得不歸於天。然天實陰察天下文人學士之高下，而甲乙、進退之，究非有所私於人也。蓋天之愛斯文，甚矣。歸功於天，天心之所不樂也。故善承天者不恃天，人事盡而天之命屬，地之氣凝。天、地、人相得益彰，而人之權爲重。維神固日高高在上，以鑒此邦。士之所修於人事何如也？多士勉哉。

是役也，工鉅而人和。當其爲之，以後爲羞；及工成勒名，以先爲恥。吾見彼此交相讓，而不樂以功自與也。故文内俱不載姓氏，而紀於碑之陰。

或言天，或言人，或言地，而主意仍歸於人。出没縱横，變化不可端倪。

跋《唐宋八家山曉閣選》己未七月十六日

嗟乎！甚矣，舊事之難忘也。雖山川、草木、道途、旅舍及徵逐、游戲、笑語之處一再經過，往往流連不忍去。况生平誦習之書，而又爲良友所手贈，如之何其使人無感於心也。余少與故友張碩儒連窓事筆硯，碩儒案頭有山曉閣《唐宋八家選》。余借觀之一夕，碩儒窺余燈下，知余頗有味乎其書也。曰："子愛讀是書，請以爲贈，願無負贈者之意。"當是時，余陋處窮鄉，不獲聞當世大人先生之緒論，竊意世所稱高才能時文者，其構思取氣，想亦無能出於八家。因逐日程誦，不敢稍後於時文。然不過移聲襲調，借爲時文之助，絶非專心致志，而於古人之精神義理有深相浹洽者也。後成進士，官翰林，歸家作汗漫游，東西南北經涉萬里，未嘗不以自隨。其得開卷而讀者，究時無十一於千百也。

前既徒讀，而不能專；後雖得專，而又不能讀。此余所以有負良友之贈，而常抱歉於是書也。今余老矣，其得致力於是書者，愈無歲時。偶檢敝篋，如晤當年寒燈風雨之況，而良友夜分持贈丁寧告語之情，宛然如在目前。不覺掩卷神傷，而涕爲之潸然下也。嗟乎！碩儒既不得見是書，余幸得見之，而又不能終讀。回念書之與余相習，已五十年；今裝帙其本，不知得相習者又幾年。若善藏之，其得後余而存者，或不下百年也。

夫八家之精神義理存於世無終極，余徒寄思本頭，而計存亡於百年之後，不亦淺乎！雖然，余誠不能與此書共存亡，本存則余之思存，而得托之以百年。本亡，而余之思未嘗不存，所托又不止百年。

夫人生固罕得百年者，日勞勞於富貴、貧賤之途，炎於中而動於外，幾不自知其壽之所終。迨忽焉以盡而雲飛烟散，乃不能與一紙争壽。一紙之可懷，豈不勝於富貴貧賤。然則此書之發余舊懷深矣。撫今追昔，余固不知舊之爲書也。果何心也哉？

俯仰情深，低徊欲絶，讀之烟雨迷離。

彦明王先生墓表己未十一月十五日

先生王姓，諱焞，字彦明。邑庠增廣生，爲處士諱希尹之仲子。於族爲珻祖輩，以帖括教授里中三十年，族子弟之業儒者，盡出先生門下。間有他姓縉紳，慕而致之西席，族子弟往往負笈以從，故族之頗復振於文事也。

自先生始，吾族在順治中青衿之士甚衆，罕得自奮於青雲。後歲仍饑饉，人困於衣食之計，益廢舉子業不治，而文章是非利病講究之法，絶口十數年，訖後生無聞。先生孤寒士，獨奮發《詩》、《書》於衆所棄置不爲之時，召收族之雋而有志者，爲之肄業。講貫數年之後，采芹者接踵相繼。最後明經鄉會兩科，及宦游之人益衆，非先生之門人，即門人之子弟與其弟子也，而先生獨不幸窮以死矣。其死在珻登賢書歲之冬。凡後珻而進取者，先生皆未之見也。

先生立身有法度，取予不苟一介，而色温氣下，於童叟一無所忤。故族之爲士者，重先生之文，而爲民者重先生之行。歷先生之生迄死，後三十餘年，凡後生之見先生，與未及見先生者，每言及先生，未嘗不知先生之爲善人，而能文也。嗟乎！天道福善，而善人必有後，先生文可式靡，而獨艱於一第；行足範俗，而反不能自貽其子孫。凡經先生之口授講説，與其所私淑，食稽古之報，光門户者比相望，而先生竟無尺土片瓦之存。豈天之福善人者果遲而有待？抑福善禍淫之理，雖古之君子，不能無失什一於千百，固有如此也？先生不過古之君子耳，又何怪。雖然，吾不能不憶先生之生平而悲先生。

長子汝霖，博學能文，早餼於庠，前先生卒。次子汝梅後卒。有孫運生，亦卒。次□生，曾孫甲成。

先是，占者謂其葬地不善，衆門人議改之，而未果。今門人之不存者過半，而孫又不能爲主其事，或遂已。珻大懼先生之文行久而愈湮，故立石几，識其處，而又爲之叙述始末。將刻諸碣，以景先生之風，而志小子之思焉。

叙次夾之議論，悲憤出以和平，文章中《國風》也。

董貞女序己未七月二十日

忻州貞女，李矞之妻，曰董氏。既爲矞也妻，胡女？以其尚未妻，故女之也。女已胡妻，妻之以見，終爲矞妻也。女在抱，其父國學生董某許字矞。將届婚，而矞亡。女自矢靡他，以意白母。其父走聞矞母王氏，王氏悲喜諾。蓋王氏年二十，已故其夫。矞之父克顯，撫孤矞一十三載，以節著於里。女既入門，拜夫於柩，拜姑於堂，晨夕執婦道，鄉人士義之，争贈詩歌。孝廉張子安世録聞於四方之友。

太史王珻曰，嗚呼！貞女董氏之所爲，可謂難矣。風詩之詠婦事者最詳，而節婦自共姜以外無聞説者。謂婦女之節而在下，或不工詠歌，不盡達於輶軒，若是宜莫詳。《列女傳》，乃劉向之書，不過著有國家興亡法戒之大義。至范史備采野閨之秀，而列於傳者，僅十有七人。此十七人者，曹大姑傳其學，蔡文姬傳其才，其他傳賢、傳孝，而不必盡以節傳，則信乎節之難也。雖其節或死或不死，君子第論其事之難易，而死生固非所論。

昔程嬰、公孫杵臼脱趙孤於晉宫，公孫問曰："立孤與死，孰難？"程曰："立孤難，死易。"自常情論之，鮮不謂其違難易之分，乃公孫甘擇其易，而以難遺程。程亦慨然自任其難，而不以生愧。公孫厥後十五年匿山中，險阻備嘗，而後得復趙氏於故，始信二公之言，絶不自欺以欺人也。今董氏痛舅之亡，傷姑之無子。自入寒帷，代夫事其母，謀立後以延李祀，其事之大小誠不可與程、公孫較，而其心之不自欺，以盡於所難，則一也。

夫天下事有不可不爲，人不盡爲，而己獨爲之，則難。有可以爲，人盡不爲，而已獨爲之，則尤難。以氏未結其褵，夫亡别賦于歸，其事亦可無誚於世，乃氏獨深痛於心，而有不能自已者。

假使氏處共姜以下諸人之地，以死以生，必能不愧於諸人。若諸人與氏易地而處，正不知能爲氏之所爲否？故氏之所爲，爲尤難，且吾於是更有爲氏難者。禮，夫死稱未亡人，其意蓋皇皇以待亡也。今氏之所待，或十數年，或數十年，以至百年。身死而節完，其待固已久矣。氏即不自以爲難，而吾能不爲氏難乎？雖然，不難不節，節不極難不傳，氏勉哉。

守節難，女子守節尤難，故篇中只從“難”字發論，文致疏古奥衍。

張碩儒墓表己未八月初四日

乾隆四年秋，故友張碩儒之仲子，請表其父於墓。夫余實陋於文，不足發吾死友之懿。顧念獲交於公最久，深知公之言行、意氣、文章，公之知余亦最深。以知己之人，而又爲己所知之人，徒以陋靳於詞，俾轉求能文而不相知者爲焉，其何以慰吾思友之心，而死友之目恐亦不瞑於地下也。

公性果敢有爲，羞一切齪齪之行。平居議論風生，若決江河而下，往往以論屈其座人。雖間不無過中失正，而心坦直可原。其有戾於理者固寡，故人亦不能復其詞以相抗。使其遭時得志，居喉舌之位，必能亢直喜事，敢道當世之所難言，而惜其未達死矣，死而無傳於人也。公家饒於貲，好蓄古今書，樂交一時翰墨之士，遇急難輒恤。雖處遠鄉，而邑中士大夫莫不知重。公其爲文爽切，頗與意氣類，而不喜藻績粉飾，至累躓於場屋。故雖知重公者，亦不知重公文，而余固知之也。

公之祖，庠生，諱慊，端飭有守，余初爲之表於墓後。公考諱光文之殁也，余又爲之表，今又表公。嗟乎！余年長公二歲，而公家若祖若父若孫皆得見余文。文無足論，而余之衰且老，何以堪也。

憶余與公定交時，皆未弱冠。風雨連窓，誦讀晨夕無間。誦讀之外，有得，未嘗不勸；失，未嘗不規。規之而未嘗不愓然省，怡然無忤於意。時携酒登臨，興深，則論古今成敗，及當世文章之得失。是非有不合者，雖劇言恣辨，卒未嘗不歸於一，可謂一時意氣之隆，而忽焉長逝，杳成今昔之不相及。然則人之於世，幸而耳聞目見，得開口論説，自吐胸中之所有於知己之前，爲時幾何也？生哭其死，生又哭其生，死生之相距，又幾何時？顧役役焉敝精瘁神，較錙銖毫末於人世，而忘其身之寄世爲有盡，欲何爲也？

公諱彦，字碩儒，太原府庠生。生子二：長雲翔，國學生；次雲翱，庠生。享年若干，距余今之表也，又若干年。

生死聚散之感，如有哀絃急管奏於紙上。

讀《家語》疑己未十月十六日

世疑《家語》非孔氏之書。夫《家語》，明載孔子言行，與羣弟子之問答，何自而知其非？且其書見於《禮記》，見於《左氏春秋》，又見《中庸》。參之《論語》、《孟子》，亦有合者。何自而知其非？但其記事間涉隱怪，則疑爲孔氏之書而或雜以後儒之附會。如少正卯兩觀之事，久疑於心。及讀朱子《舜典·象刑》説所疑，益不禁疑之發也。

夫孔子之以周道治魯也，非即堯舜之道乎？《舜典》曰："欽哉，欽哉，惟刑之恤哉。"今爲政七日，他務未遑，不言而殺一大夫，如刈草芥。揆諸聖人欽恤之心，其用刑恐不若是之輕也。古者刑人於市，與衆棄之，必使死者知罪，生者知警。今少正卯之誅，果誰與乎？國君不知，朝臣不知，國之人亦不知，雖少正卯亦不自知其罪之何以至此極也。徒以子貢之問，而後知其有五大惡。是當時之人，固但知其誅。魯之聞人，而不知其誅心逆而險，行僻而堅，言僞而辨，記丑而博，順非而澤者也。其何以信天下？將使後世之當國柄者，威福自擅，一切莫須有之事，皆得借之爲口實也，豈小患哉？恐聖人用刑，斷不若是之隱也哉。

謂魯國君弱臣强，孔子欲借少正卯，以威三家，是又不然。昔宰我對社，而孔子非其説。朱子謂是時三家僭亂，惟禮可以已之。少正卯既爲魯大夫，必爲三家之所素用。不告而殺其所用，則三家之心，必疑且懼，而謀所以去聖人不終日也，尚何魯國之爲？且權不施於三家，而反誅他人以示意，則其意何以對少正卯，而使少正卯之無負寃於地下乎？彼共工、驩兜之罪，雖不及誅，而堯之惡共工也，曰："静言庸違象恭。"禹曰："何憂乎驩兜？"是二人者，當時固明知之，而明言之矣。非吾少正卯之不言而誅，誅而復不言，而絶無知於人也。彼子貢尚不知，何况他人？

朱子曰，少正卯之事，予嘗竊疑之。《論語》所不載，子思、孟子所不言，雖以《左氏春秋》内、外《傳》之誣且駁，而猶不道也，乃獨荀况言之，是必齊、魯陋儒憤聖人之失職，故爲此説，以誇其權耳。由是言之，則《家語》爲孔氏之書，而或雜以後儒之附會，不可盡信。若以少正卯之誅爲可信，必其所載子貢之問當贅也。

翻論確有至理，上關經傳，下關世道。

王石和文卷九

增修芝角山廟記

廟之經修也，匪一率以補救卒事。自己丑歲，始置常住而宏厥規，越今近二十載，又以重修告，蓋踵事而增之華也。

廟面山而逼背，廟北營山門，依門環之垣。垣外闊基二丈餘，東西長倍以半。從基廉俯視，斗削成崖。於垣内依東巖搆室，引澗水暗度室中，潛行外基地北出，噴薄於崖之半。雨後觀之，懸瀑飛流，激射可愛。又穿北院室，前後其户，以賓温爽，與東室配。先是，欹泉當東室，基甃之平爲井，渟然於閾右。井之袤南，爲西巖。巖洞頗邃，洞泉黝而寒，列羣碑於洞口。盛夏泉水盈瀉，潺湲鳴碑際。自洞逶而北，不十數武，石壁峭立聳峙，有泉涵壁趾，益瀓而甘。蹲泉起樓臨壁上，曰聽松樓。每風動松巔，鼓吹雲間，登樓聽之，栩然立塵外。

兹役也，工不侈而致幽。董事者蓋於此乎有匠心也。按芝角村北枕山，山爲村主嶂。歷修多同韓氏，豈韓之先曾有寓居於此者？今弗可考，但前既與韓氏同修，後之修者何必外韓氏？况祀神，公典也。我子姓用不敢私，匪徒使人謂我能修睦於他氏。誠恐穉松漸盛，後世子孫有專而利之者，其若山靈何？是以不義貽後人也。故莫若互察而守，俾永無壞。後之子孫，非事於廟，其誰敢問山木之值，以違先德而取怨恫於神明也。

叙次疏古詳悉。

用兵疑《博議》。壬戌三月二十四日

吕東萊言君子之用兵，無所不用其誠。蓋惜宋襄、陳餘用誠之無多，而徒以杯水救車薪之火也。夫謂兵專於誠，既未足盡兵之道，而以宋襄、陳餘爲一日之能誠，尤未足盡誠之道。宋襄、陳餘皆未能實用其詐者也，惡足以言誠哉？誠以言乎其無不實也。其理雖盡於君子，而用未嘗不通於小人。君子用之以行其忠，小人用之以行其詐，故誠意。

傳曰：小人閒居爲不善，無所不至。此謂誠於中，形於外。可知誠之爲道，原不專屬乎仁義忠信云爾也。若施之於用兵，則固有道矣。兵雖非小人之事，而用之則不得盡施以君子之心。故凡度之己，而實有可守度之人，而實有可攻。奇正、進退，變化無窮，而一心之中莫不有確然可據之勢。將遇敵之愚者，可以大勝，而智，亦不至於大敗，是則所謂用兵之誠也。諸葛武侯本此義以用兵，故生平不試於險，而後世之談兵者，要未以武侯爲非君子也。若仁義忠信，殷湯、周武之所以施於三代，安可概責之宋襄、陳餘哉？蓋兵，詭道也。君子亦不能不用其詐。用詐之深，而至於不可破，乃誠。何則？其所自立者，實也。宋襄、陳餘惟不能實用其詐，其至於顛倒覆敗固宜，而尚以是矜一日杯水之誠，不亦誣乎！

宋襄欲以義聲傾動諸侯，徒竊乎誠之名。陳餘暗於入深出險之道，以義師自許，并未得誠之用。假令宋襄早知有傷股之殘，必擊楚師於未濟；陳餘早知有拔幟易幟之亂，豈肯不聽左車子之言，以重兵絶淮陰之後？今以二公之事，問二公之心，一心先不能自信天下，其孰從而信之？吾不謂仁義忠信之師，乃如斯而已也。

夫東萊之所謂誠，固仁義忠信也。以此爲誠，無論非二公所得假，且其道究不可施於兵。蘇子之論兵曰："惟天下之至信爲能詐。"夫信，誠之謂也，與詐相反。蘇子合而言之，斯深得乎兵家言誠之旨矣。若陳餘、宋襄之誠，一用而即敗，而東萊猶惜其不能無所不用。嗟乎！吾恐多用，則愈多敗也。

東萊言用兵貴誠，而以宋襄、陳餘爲一目之誠，恐後世談兵者過信其言，爲害匪細，故於此不能不致一疑，非敢乘前賢之間。自記。

臧哀伯諫郜鼎疑《博議》。壬戌四月十八日

君子之事君也，擇而後事，非事而後擇。既事矣，而猶心逆之曰，是當與言以成其善，是當不與言以長其惡。日導之縱欲敗度，以至於陷溺死亡而後已。此雖庸劣之鄙夫，恐不設是心也。顧反責賢智者以爲之，且深責其不能爲，以爲非是無以全臣子之節，而不知已滅臣子之義。

夫無義又安得有節？臧哀伯世仕於魯，羽父弑隱公，而立桓公，則羽父、桓公，皆哀伯不同天之仇也。《春秋》之義，臣弑君，子弑父，在官者得殺無赦。哀伯爲魯之世臣，既不能討，又不能逃，而有靦面目甘心立於仇人之朝，哀伯之失節固難以自謝矣。然君子之罪哀伯也，在弑隱之初，而不在事桓之後。桓弑隱，則桓爲哀伯之仇。哀伯事桓，則桓爲哀伯之君。哀伯以郜鼎諫其君，而吕東萊不之是也，曰：所言者是，所與言者非，謂不當發忠言以補亂人之闕。

夫君之有臣，所以已亂也。況哀伯爲魯之世臣，而隱、桓皆惠公之子。哀伯既奉桓而君之，則當盡其爲臣之義，昭德塞違，納君於無過之地，用保厥宗社，俾十二公之血食，無委於草莽。是亦爲世臣之道，而可告無愧於惠公者也，而必曰：是仇也，仇之，何如勿事。前忘隱而事桓，既不忠於隱。後事桓而戕桓，復不忠於桓。將使哀伯生平前後無一不出於亂也，何疎於爲哀伯計哉。

齊桓公殺公子糾，而管仲相桓公，孔子無非焉。唐太宗殺建

成，而王珪、魏徵爲太宗名臣。夫三子之所以取重於天下後世，非重其爲桓公、太宗臣，而重其能盡忠於桓公、太宗之世也。假令管仲懷檻車之辱，王、魏不忘六月七日之變，各包藏禍心，以亂人家國事，則天下後世，其以三子爲何如人？吾不知東萊於此，將從而取之乎？其必不取也？然則哀伯之與羽父，其不可同年而語亦明矣。

東萊欲正名定罪，不肯置哀伯於羽父之下，不已甚乎！厥後桓不能聽哀伯諫，動不以禮，卒致彭生之禍。吾方憾哀伯之所以格君心者有未盡，而其功不如管仲，激言敢諫爲不如王、魏也，而東萊轉若以彭生之禍，爲哀伯之所宜幸。不識哀伯又何幸於此？嗟乎！東萊罪哀伯於事桓之後，無怪其責之多。過也。

議峭辣，態紆綽，出入處不爽累黍。

冀毅齋墓表辛酉九月十五日

平遥冀子諱魯，字毅齋，從余學於晉陽書院。余既旋里，復負笈於盂。告别歸省，至家即亡。距别余之時，僅五日。踰月，余始聞信而哭。又踰月，其叔君聘來求表於墓，余大哭。死生，人之常。余所以痛毅齋者，以毅齋固孝友人也。其生平、氣誼、經濟、文章無一之當死，而卒以篤孝故致死。死猶若以英魂出奇，令余追念其生平之氣誼、經濟、文章，不禁西望出涕於無窮也。

毅齋爲武孝廉諱君錫子。孝廉善事其父，諱儼，處士。公撫諸弟甚摯，命毅齋與其叔君聘同學於余，友愛相得無間。竊意能友者，必能孝，此毅齋爲人之大節。與人交，然諾不欺。無賢愚，不肯以色忤，而不奪其胸中黑白之辨。有時談天下事，及論古今成敗，津津出諸口。予嘗高其誼，而逆其才之有以用，知非章句迂書生所能爲之一、二彷佛也。

少嗜韜略，偶應武童子試，冠一軍。督學使見其文而奇之，惜不當以鴻才角技勇。歸即詣學博，告棄去，就余問舉業。初閲其文，汗漫無歸，不可繩以舉子業尺度。數月淘汰漸净。乙卯歲大比，以國學生入闈，文爲司衡者所識賞。既以微疵見放，益自奮。涵肆於前輩大家，而得其高明果毅之氣，同儕交讓爲不可及，擬其必捷。乃於辛酉六月廿六日，忽以父病召歸星馳。未及家三十里，於鄉人得孝廉凶信，痛墮馬下，入門一哭即絶。絶復甦，閲三日死。既死，而兩目視，家人多端撫祝如故。叔君聘爲取族子立嗣，乃瞑。然每至夜分，大聲呼苦於院，家人與之語，不應，止復呼。蓋孝廉主冀氏宗祀，所生止毅齋，而又無子。自恨其所負未展於世，一抒其顯親揚名之意，俾孝廉之宗祀得所托，以傳於後世，故目雖瞑而心未瞑，憂虞憤懣之氣不得伸於人間，至鬱爲苦痛，大發於厥聲，有凄絶也。

余嘗疑人死之無知，讀傳載荀偃以不復嗣事於齊，卒不瞑爲奇。今觀毅齋事，其奇同，而竟悲聲顯聞於人如生爲奇絶。可知古今來有心人深慮家國之事，至死不變有如是也。至是，乃不敢不以人死之知爲有。嗟乎！毅齋之友愛，以及氣誼、經濟、文章，余知於生前，而篤孝乃得於死後。然惟其孝之篤，益信其友愛非誣，而氣誼、經濟、文章，皆有所根，非徒矯情飾貌，博浮名於世好而已也。

君聘歸，讀余文於墓，復爲余告毅齋之靈，曰：子之文章，何難取一第。天靳不得用，而徒抱其氣誼、經濟以死。然天能死子，而不能死子之孝。子死於孝，而子之文章固自在也。其氣誼、經濟亦得托之以不没於人口。毅齋其無恨。

毅齋又喜音律，善琴，工真、草書法，臨懷素大草有得。在盂時，嘗爲余寫《芝角山廟碑記》，端楷可愛，而未鎸毅齋名。余方别磨碑，以待毅齋書，而毅齋竟亡。

情事悽愴，聲淚交集，不知是情是文，夜臺有知，毅齋可無憾於九泉。

謁岳廟神像疑辛酉十月十三日

形神俱也，形在，斯神在。天之形高明，故其神無不覆；地之形廣厚，故其神無不載。岳瀆之形巖然巍然，浩浩蕩蕩，故其神無不鎮而潤人。鍾岳瀆之氣，而成形於天地之間，得爲萬物之靈，其寔人固弗靈於岳瀆也。使岳瀆反借靈於人，而屑屑焉欲變其形，而惟人之是肖，則亦小之乎爲岳瀆[一]，而罔以成其鎮物潤物之功。

洪荒以前無祀法，孔子删《書》，而《堯典》尚闕其文。至舜受命，始類於上帝，望於山川。望者，望其地以祭，未嘗有廟也。後世禮儀漸備，祭法所載天地、社稷、山川，皆有祭。然圜邱、方澤、壇壝之制，至今著爲令，亦未嘗有廟也。故韓魏公《北岳廟記》云："廟而祭，非古也。"廟祭已非古，況從而人之乎？

古之秩山川者，五岳視三公，四瀆視諸侯。三公、諸侯，爵耳。視之者，視其爵以差犧牲、玉帛之數，非遂從而人之也。人已，則必有祖宗、子孫、居里、姓氏，今岳之祖宗、子孫爲誰而居里又安在也？其姓氏果屬於何族，而命自何代哉？或曰，紀於《封神傳》。夫《封神傳》不經之書，豈足爲典？且封之爲義，不過使之配食社。以句龍配稷，以后稷配句龍。后稷原非社稷也。今若舉社稷而人之，爲句龍、后稷，固社稷之所不受矣。吾不知今之人而祀者，果爲岳乎？抑爲配岳者乎？

大抵封告山川之事，出於中古以後，天開於子，地闢於丑，人生於寅，而山川生於天地，則人未生，而岳之爲靈，固已久矣。此亦何待於人而像其形以爲重。形神俱也，非其形，則非其神。然則今之所祀者，固人耳，非岳也，何以得神之所在？吾故以爲天地、山川之祀，皆當神之以位，而不必像之以人。蓋祀典之舉於官者，沿革皆有自，或沿，或未及革。若愚庶無知，遂任意繪飾，罔有忌憚，竟若不知天地、山川之非人者，往往冕旒上帝，而冠之以姓。夫上帝主宰兩儀，即無極、太極之理，而徒曰人也哉！

精理發聾，名言驚瞶，是關係宇宙綱常文字。

名論庚申十二月二十日

德，人所自立也，而天之報德者，有富、有貴、有名。乃人之慕名，每不如其慕富貴，而得富貴之難，又未至難於得名，則天之所以報人者，名固重於富貴，且富貴亦不能無借於名也。極富貴者之所衣，不過滿體，所食不過滿腹，此亦無以甚異於人。然而富貴之異於人者，以人之争榮乎富貴也。

假令埋金玉於深谷，匿公卿於荒野，人無可以知富貴，富貴又何榮？况吾所謂名，又非苟榮於富貴者之所能必得也。彼世之富而不仁，貴而不義者固有矣。乘富貴之勢，以逞其恣睢暴戾，穢行在一時，而惡聲留後世。如是之富貴，往往與名相反。縱欲名之是借，而又烏可得哉？雖然，反乎名者，非天之所以爲報也。報者，報其人之所應得。賊仁害義之徒，憑機任運，以僥幸於不可必得之數，此并非出於天之所予，而又何報之有？使如斯以爲報，天固不應以穢行惡聲爲仁愛斯人之具也。然則天之所以報人，無論富貴、貧賤，罔不惟德是視。

德修於己，而名施於世。貧賤則獨善其身，富貴則兼善天下。富貴出於天，而得名與貧賤同。與貧賤同者，出於天，而實不徒恃乎天。不徒恃天者，正天之所深欲報也。蓋人之生於天也，原有清濁厚薄之異。因所稟之異而名，而富貴之以成其厚名，而貧賤之以成其清。惟厚與清，皆天之所以篤愛有德。故報罔不惟德是視，而富貴之報，亦統歸於名。

孔子曰："君子疾没世而名不稱焉。"非疾無名，疾無德也。

一字不肯苟下，是古人鏤心錬氣之文。

王氏族譜序辛酉八月十五日

譜系不明，則將有親疎罔辨，近遠無别，休戚不相關，慶弔不相通。以一父母之生，而漸淪於秦、越人之漠不識，其誰何無怪焉？是大可痛也。昔人謂宗法立，斯譜系明。然自卿、大夫不世其官，而宗法不得行於世，茍譜系之克明，則人知念一父母之生，而宗誼固未嘗不宛然在抱也。

魏晉及唐，雅重族姓。顧公、卿、大夫以門閥相高也，意不在叙宗，故考所自出，率帝王、公侯之後。夫天下之生民衆矣，九州、四海之大，豈盡帝王、公侯數族？數族而外，豈盡無所生以留於後？而留於後者，豈盡無貴而顯爲公卿大夫者也？是未敢以爲然也。

漢初之功而侯者，罕能與國相終始。四五世則絶，絶則散爲黎庶。迄唐之代，雖其後裔欲遡厥始封，而往往不可得。彼唐虞三代，年世益遠，經秦氏之暴，焚書坑儒，文獻之徵澌滅殆盡，而尚欲叙次，如章正庶、昭穆之無謬，固亦難矣。乃世之纂譜者，猶多蒙唐也。不思闕疑考信，動引帝王、公侯爲遠祖。夫即使果出帝王、公侯，而傳聞疑信之間，亦甚不可爲據。况源流一失，而已斷强續，移乙注甲，奈之何不誣前人以誣後人也。故誣而失亂，則有孫禰其祖，祖溷爲孫之誚。誣而失僞，則有謂他人父、謂他人祖之嫌。以水源木本之誼，而徒爲矯誣誇世之具，適足增有家之羞而已，復何謂哉。

吾家系出太原。太原之王，自周、秦以來爲有姓。今太原土著已莫識正庶、昭穆之次，而吾遷祖從太原歷常山而來盂，并不識遷祖所自出，又安問自出已上之祖？故吾之譜吾族也，自遷祖始。

遷祖至余纔十二世，閲二、三世單傳共祖。厥後宗支繁衍四出，聚族而居者，蓋十無七、八也。其間或流落異地而無所稽，則難書；或義養隨母而有所礙，則難書。兹譜之緝，惟謹吾正祖所自出。於四世，但記祖之兄弟，而不及兄弟之子。五世則記兄弟與兄弟之子，而不及其孫。六世則記兄弟與兄弟之子。若孫，而不及孫之子。至吾太高祖以下，始詳而盡書焉。是非譜之有略於族也。

紛然者既不可易爲書，惟以兄弟子孫發其派，俾承其派者，各自爲敘，親則易知，簡則易核。諸派清而一源可遡。萃而觀之，固完譜也。嗟乎！譜之爲義重矣。上以敬祖，而下以睦族。非導之睦，何以致敬？非教之善，何以敦睦？而善之教也，即寓乎譜之作。蓋列於譜者，其初共一父母，其後固共一父母之所生也。善則族之人共以爲榮，而惡則共以爲辱。誠知榮辱之於族是關也，而凛凛焉以不克齒於族爲懼。將樸者耕，秀者讀，其有貴而顯，無矜己以傲族，亦勿護族以虐人。是乃族人士之所共榮也，而其於宗也可亢。故宗以明譜之法，而譜以廣宗之義。

醇厚淵涵，仁孝之言藹然可思。

王氏族譜後序辛酉八月二十日

作譜之病，莫大於失真。余前序已言之，而又爲之申其義曰：譜之作也，通於史，不知者無妄紀，知者無遺録，如是而已矣。然史明書善惡以寓懲勸，而天下後世讀之，動其爲善去惡之心，譜則不能然也。不過别其世序，第其昭穆，使人明收族之義，而親者無失其爲親，善惡固非所及，是其與史不同爾。故史以昭天下之大法，而譜以屬天下之至情。情視乎服，服盡，則親盡。親雖盡，而猶不能不用吾情，斷不至相視途人若也。假執途人而祖宗奉之，雖愚者亦以爲情之不順，而世之混譜者，何其不情也。其風始於魏，尚衣冠之族，以盧、崔、鄭，及太原之王四姓下司州吏部勿充猥官。沿至唐，命儒臣纂《姓氏録》。一時譜牒所上唐、虞、夏、商、周之裔姓且遍天下。獨不思古天子命姓，諸侯命氏，爾時林林總總之衆，不爲所命者，今果安在哉？且姓氏之紛，而入於淆，非一日矣。

姓别爲望，望别爲房。或一姓而數望，或一望而數房。房、望多而姓益亂。欲合天下之姓，而支分派析，雖遷史共以爲難。遷約《世本》，以作《世家》，覈姓氏所由來，而要未若後之詳且盡也。後之作者，吾不知何所考信取驗，而能詳盡若是。

眉山《蘇氏族譜》遠及高陽，而斷始於蘇味道。乃其譜則以高祖止，非徒謂親盡高祖。彼以高祖而上不可知，不可知者固無所致吾情也，寧闕其疑。

今吾之爲譜也，直而遡之不極其遠，但始於遷祖；横而推之不極其廣，但詳於太高祖。高祖以上行實，概從省文。自吾曾祖諱汲用，懷芳履正，士林推爲古君子，得於吾之所親聞。吾祖諱烈，言信行謹，終身未曾一覿官吏，得於吾之所親見。吾父諱纘先，誠樸而慧思，守“忍”字爲家法。娶吾母李氏，賢有器識，佐吾父教諸子。子孫之登鄉會榜者雖多人，而才思器識固未有以逮之也。節其梗概，附見譜序中，而不敢詳及以失序譜之體。

夫譜爲吾族而作，乃族名多未具。然善讀之則端委可尋，而法戒可推。譜及祖之兄弟，則兄弟之子孫有所考而感。譜及兄弟之子孫，則兄弟子孫之子孫有所考而感，而太高祖以下，子孫無不有所感。夫今日之子孫，固又異日之祖宗也。世以傳世，前後相望。某某祖爲人若何，而某某爲之子孫。某某子孫爲人若何，而某某爲之祖。上思不愧於祖宗，而下亦不貽子孫之羞。讀斯譜也，得無悚然爲戒，而油然以興乎？苟能戒且興也，則懲勸之道，未始不於是在，雖謂與史通，可也。

申發前序，前借宗立言，此借史立言，無不透切愷摯。

家祠碑記壬戌六月九日

繼别大宗法，不得槩議於下。即五世之小宗，亦歷千百年罕行者，非理不當行，勢不可也。勢不可，而强行之，適足長亂，而於理爲病。故自唐宋以來，士大夫多緣分立家廟，而家廟之制，於今爲昭。王制祭法、廟制頗異，要自大夫迄官師，皆有廟。惟庶士、庶人無廟而寢薦。官師固周諸侯之中下士，以此知有職者宜廟。

廟無隆降，而廟數有隆降。大夫三適，士二，不及曾、高。官師一，不及祖。乃程子則曰："今人不祭高祖，甚非。"朱子本《周禮》而酌乎時宜，以定爲四親廟，與程子意同，皆溢於古大夫之數。何也？朱子固嘗云："廟規制甚大，非如今人，但以一室爲之。"蓋廟有厢夾，有序墻，有寢，爲唐、爲陳、爲枋，甚具一室，則諸不擬於廟制，而高祖在五服内，獨靳乃情，而俾不得伸，非先生孝治天下之意。即如今世之祠堂，往往合族之先後、尊卑，而混祀一室之中。雖不可爲典，亦未嘗以溢乎其數爲僭也。况古大夫之數實合祖廟而三，大夫不得祖。諸侯初爲大夫者，别立爲祖廟而四。親廟内無祖廟，故得通於上下，祖始也。若後世非始遷、始封，及始爲官者，廟弗稱祖。

余家自始遷以來，宗族繁衍，其分衍於吾支者，至吾考勑封文林郎、翰林院檢討，公於制爲可。今立廟而仍合祀高、曾祖於内。迨親盡遞遷，則吾考常祀。自吾以後所出，恐勢難拘四親數。

略如世俗之祠堂，而小變其義，已祔罔遷，惟不混於祔。凡廟中告祝主祭，不問長幼，不論爵之有無。有爵則序貴賤，爵同仍序長幼。雖青衿亦與，而白衣則隨祭執事，而不主祭，殁亦不得祔。倘子得主祭，而父方隨祭則父代。然非有職，及科甲之父，未封而終應封者，雖代祭，弗祔。

夫祀事之設，所以教孝弟也。不議親而議貴，謂孝弟何？第念孝弟，非讀書明理不可。概於衆人之中而問孝弟，誰爲不孝弟？故不得已，取諸讀書。概於讀書之中而問明理，誰爲不明理？故不得已取諸爵，誠以有爵之人，或從讀書明理來，而立身行道，光前裕後之事，庶幾其終有望焉。若使衣冠其身，而禽獸其心，處不齒於鄉論，出有玷乎官箴，雖幸主廟祀，而問心内慚，正恐顙泚之欲下也。既無以對祖宗，又何以服同宗無爵者之心。然則膺是任者，豈不難而宜慎也哉？

余不自揆，稽之於古，以禮祀其祖宗，而慮之於後，以義迪其子孫。禮有常儀，義無定法。守其儀而變通其法，爲余家私祀之權禮，非敢以是爲通禮也。若通禮則有紫陽之家制在焉。

醇明静黎，其古在品。

合修八蜡藏山文子廟碑記庚辛

近治城百數十武，絶河而西，八蜡、文子廟相比建，然其廟各垣而環。以故，祭祀各以時，舉廟之興廢，亦各從鄉人士之向背，以爲盛衰，而蜡廟乃漸即於頹不治。蓋蜡神之祀通宇宙，而藏山舊爲文子藏迹處，故盂人俎豆文子尤虔，要其規制卑隘，皆不足以展犧牲之陳周趨蹌之節。且廟門俯瞰於河，河水齧其趾甚急，不修且壞。

乾隆某歲，紳士民羣協於謀，復有事文子廟，敞厥地基，易腐增缺，壯麗輝煌，一侈前觀，并修蜡廟如制。遂毁垣而合之，以祀於通院。合之何義乎？曰：是皆加惠於民，而有利社稷者也。按社，土神，祀配勾龍、稷、穀神，祀配后稷。八蜡肇伊耆氏，其祀先嗇以下及坊庸，咸與嗇主稼穡，義通乎稷。坊，堤也，庸，溝也，義通乎社。故曰，蜡祭，仁之至，義之盡也。若文子以賢大夫生定社稷，没而能作風、雲、雨、露，以廟食於兹土，固宜與先嗇諸祀前後相配矣。

古之論祀法者，皆有功烈於民。及民所瞻仰，與財用所自出，非此族，不在祀典。八蜡與文子其族從，合而祀之，誰曰不可？况八蜡次社稷，通立國里，有司莅土者，例得從事廟下，其敬率在官；而文子膏雨境内，鄉人之望歲者，里尸户祝，童叟皆以爲靈，敬率在民。今合之，而祀則同祀，罔異官民；修則同修，亦無偏修偏廢之舉，以取怨恫於神明也。用是協神道而宜人情，俾時和年豐，百穀順成，其造休於神人固大。

工訖，孝廉石君士瑯求記，余惟廟之修屢矣，紀於碑林，立而合之自今始。《春秋》書始事，故余之作記也，獨於合修三致意。善始也。

疏明典雅，氣韻澤於劉中壘。

校勘記

〔一〕“潰”，原脱，據乾隆本補。